Unterwegs in die Welt von morgen

Unterwegs in die Welt von morgen

Utopische Geschichten
und Science-fiction-Romane

Verlag Das Beste
Stuttgart · Zürich · Wien

Die Texte in diesem Buch
erscheinen mit Genehmigung der Verleger

132

Printed in Germany
ISBN 3 87070 439 X

Karl Alexander 7
Flucht ins Heute

London 1893. Eine Stadt ist in Aufruhr: Wer verbirgt sich hinter dem grausamen Phantom namens Jack the Ripper? Etwa der angesehene Arzt Dr. Stevenson, der eines Abends spurlos verschwindet? Für den Schriftsteller und Erfinder H. G. Wells wird eine schreckliche Ahnung zur Gewißheit: Stevenson hat sich aus dem Staub gemacht, mit der von ihm konstruierten Zeitmaschine . . .

Eric Frank Russell 219
Der Stich der Wespe

Im Krieg der Erde mit dem sirianischen Kombinat hat sich das Kräftegleichgewicht zuungunsten der Erde verschoben. James Mowry wird auf den feindlichen Planeten Jaimec geschickt, um dort „die Wespe" zu sein. Heimtückisch und ganz auf sich gestellt, soll er den Feind irritieren und Angst und Unzufriedenheit unter der Bevölkerung schüren.

Illustrierter Anhang:

Meteorite – Gefahr aus dem Weltraum 371

Flucht ins Heute

Ins Deutsche übertragen von
Reinhard Heinz

Illustrationen: Horst Maurmann

Prolog

London 1893

DER Gentleman stieg am frühen Abend an der Mile-End-Station aus dem Zug und ging schnell zur Straße. Ein verstohlenes Lächeln huschte über sein Gesicht, das für den muskulösen Körper etwas zu schmal war. Aber er war trotzdem gut aussehend. Um einen verwegeneren Eindruck zu machen, hatte er seine Melone tief ins Gesicht gezogen.

Vorsichtig überquerte er die Straße, um auf dem nassen Kopfsteinpflaster nicht auszurutschen. In der Hand trug er eine schwarze Ledertasche. Von der Themse stiegen kalte, dichte Nebelschwaden auf und tauchten die Straße in düsteres Grau. In der Ferne erklangen Nebelhörner. Da er über seinem gutsitzenden dunklen Anzug einen feinen Schafwollumhang trug, der die Kälte abhielt, fror er nicht. Er hatte etwas Kopfschmerzen, aber sonst fühlte er sich wirklich ausgezeichnet. Ja, es war herrlich, wieder im East End zu sein, wenn auch nur für kurze Zeit. Und das Wetter bot für sein Vorhaben die nötige Diskretion.

Er winkte eine vorbeifahrende Pferdekutsche heran. Die zweirädrige Droschke bremste, die Räder rutschten auf dem nassen Pflaster. Er schwang sich auf den Fahrgastsitz, lehnte sich nach vorn und suchte die Straße nach Vertreterinnen des ältesten Gewerbes ab. Er rechnete nicht mit Schwierigkeiten, da der Bezirk sich nicht geändert hatte. Es roch nach Fisch und Altöl von den Docks. Alles war mit einer dumpfigen Schicht Talg überzogen, und sogar die hellsten Gaslaternen wirkten verschwommen.

Der Gentleman ließ sich vom Droschkenkutscher an das nördliche Ende der Commercial Street fahren, wo die Reihe schäbiger Spelunken und schmutziger Herbergen ihren Anfang nahm. Er bezahlte den Kutscher und ging zu Fuß weiter. An der Ecke Commercial Street und Folgate Street trat eine Prostituierte aus einer verrufenen Kneipe, hüllte sich in einen schmutzigen, fadenscheinigen Mantel und ging mit gesenktem Kopf in seine Richtung. Er hatte sich in einer Wandnische versteckt und beobachtete die Dirne. Sie war dünn und blaß, hatte gelbe Zähne und einen abgestumpften Gesichtsausdruck. Ihr Bauch war wegen dürftiger Ernährung leicht aufgedunsen. Der Gentleman bekam Herzklopfen und nickte unmerklich.

Er wollte sie soeben ansprechen, als das Freudenmädchen sich plötzlich umblickte und davoneilte. Etwas stimmte nicht. Er verließ die Nische. Der Grund für die Bedrängnis der Dirne war ein Bobby, der gerade die Straße überquerte und ihr folgte. Der Gentleman lächelte wieder. Er beschloß, die beiden zu beschatten.

Die Dirne eilte an den rußgeschwärzten Häusern vorbei, ließ Spitalfield's Market hinter sich und bog in White's Row ein. Er nahm die Verfolgung auf und wunderte sich über ihre Ausdauer. Als er die enge Gasse erreichte, wo es nach ausländischen Vagabunden stank, verschwand sie in einem Seitengäßchen. Der Bobby ging aber geradeaus weiter, und der Gentleman erlaubte sich ein kurzes, heiseres Lachen. Das galt dem Bobby.

Das schmutzige Gäßchen wand sich wie ein trockenes Flußbett durch die Häuserreihen und Fabrikanlagen. Der Gentleman mußte sich anstrengen, um mit ihr Schritt zu halten. Nun, das war nicht schlimm, denn es verstärkte sein Verlangen nur. Als die Dirne die Houndsditch Road erreicht hatte, machte sie kehrt und taucht, in ein Labyrinth von Gassen ein, die kein Ende zu nehmen schienen. Aber der Gentleman war mit dem Bezirk vertraut. Hin und wieder sah er ihre schlanke Gestalt um eine Ecke biegen, und das reichte ihm, ihre Spur nicht zu verlieren. Der Gentleman bewegte sich so schnell und leise, daß die wenigen Bettler und Diebe, die sich in den naßkalten Straßen herumtrieben, ihn nicht belästigten. Wie dem auch sei, seine starken Arme und Schultern hätten sogar den Mutigsten von ihnen eingeschüchtert.

Endlich blieb sie stehen und lehnte sich gegen die Ziegelwand eines Gebäudes. Während sie sich ausruhte und neue Kräfte sammelte, konnte man deutlich das Rattern der District Line hören, die die Bürger durch diese Lasterhöhle Londons fuhr.

Mit kräftigen, lauten Schritten und einer überlegenen Miene ging er zu ihr hin. Zuerst lauschte sie, dann drehte sie den Kopf und sah ihn an. Sie ordnete schnell ihre Kleider und zwang sich zu ihrem nettesten Lächeln. Sie war jetzt nicht mehr bestürzt und niedergeschlagen, sondern in ihren Augen schimmerte neue Hoffnung. Sie fuhr mit der Zunge über ihre Lippen und nickte in Richtung auf ein hölzernes Tor, das als Eingang für die Arbeiter einer Kleiderfabrik diente.

Der Gentleman blickte kurz in alle Richtungen, dann drehte er sich wieder zu ihr hin und nickte. Er ließ es zu, daß das Freudenmädchen ihn an der Hand nahm und in einen kleinen Hof führte, der von Ziegelmauern umgeben war. Er hörte Singen. Die Stimmen kamen aus dem zweiten Stockwerk des Gebäudes neben der Fabrikhalle. Eine Versammlung der sozialistischen Arbeiterbewegung nahm gerade ihren Anfang: Sie sangen die Internationale.

Der Gentleman und die Dirne erreichten den hinteren Teil der Fabrik. Jetzt betraten sie einen Hinterhof, an dessen Wänden große Müllbehälter aufgereiht waren. Einige davon waren mit den Resten billiger Stoffe gefüllt. Der Gentleman zögerte und inspizierte den Ort sehr kritisch. Dann lächelte er zustimmend. Hier waren sie ganz ungestört.

Aus seiner Weste nahm er seine reichverzierte goldene Taschenuhr und öffnete den Deckel. Sogleich begann das eingebaute Spielwerk ein französisches Wiegenlied zu spielen. Die Innenseite des Deckels war mit dem Bild einer schönen dunkelhaarigen jungen Dame versehen. Der Gentleman betrachtete das Porträt sehr eingehend, dann legte er die Uhr behutsam auf dem Sims über einem der Müllbehälter ab.

Die Dirne wandte sich ihm zu, knöpfte ihren Mantel auf und zog ihr Kleid und drei Petticoats bis zu den Hüften hinauf. Er schauderte vor Freude.

„Fünf Schillinge, und Sie können tun, was Sie wollen, Sir", flüsterte sie während der zweiten Strophe der Internationale.

Er sagte nichts, sondern reichte ihr eine Goldmünze. Sie sperrte erstaunt den Mund auf, trat einen Schritt zurück und zitterte. Er grinste. So viel Geld hatte die Dirne gewiß noch nie erhalten. Er wußte, daß sie sich ihm auch für wenige Schillinge hingegeben hätte, aber er zog diese Art vor. Das unerwartete zusätzliche Geld machte die Dirnen plötzlich warmherzig.

Und diese Dirne war wie alle Frauen. Während er seine Hosen hinunterschob, küßte sie ihn dankbar. Sie schmeckte faulig, aber der ranzige Kuß erregte ihn sogar. Sein Atem beschleunigte sich. Er spürte ihre Hände an seinen Oberschenkeln. Er konnte es nicht mehr erwarten.

Dann schloß er die Augen und gab sich ganz seinen Gefühlen hin. Aus der Schwärze tauchten Farben und Formen auf. Die

Dirne, die sich lustverzerrt krümmte, wurde seine Schwester. Meine Güte, wie er sie liebte! Er wollte mit ihr für den Rest seines Lebens zusammensein. Wie konnte man sagen, daß das verboten sei? Wie konnte man sich erdreisten, ihn dafür zu bestrafen? Er wollte mit ihr in ein fremdes Land fliehen und sie heiraten. Niemand würde es erfahren. Ihr gemeinsames Leben würde immer so sein, und diese Lust und Wonne würde nie enden. Es würde keine anderen geben . . . Für beide nicht. Sie waren eins . . .

Was hatte sie am Höhepunkt ihrer Leidenschaft geflüstert? Es hatte andere Männer gegeben? Er war nicht der erste? Sie hatte ihn von Anfang an belogen? Sie hatte ihre kostbare Unschuld nicht für ihren wahren Geliebten bewahrt?

Die Farben und Formen wurden zusehends roter und schwärzer, und er stöhnte gequält. Gleichzeitig durchwühlten seine Hände die Taschen unter seinem Umhang und fanden, was sie suchten.

Er war der Erste und Einzige. Mit der linken Hand packte er die Dirne am Haarschopf und zog ihren Kopf ganz nach hinten. Er war der Erste und Einzige. Mit der Rechten schnitt er ihr mit einem Seziermesser von Ohr zu Ohr die Kehle durch.

DAS Lied verhallte, und der Gentleman stieß einen langen, tiefen Seufzer aus. Dann machte er sich daran, die Tote zu zerlegen. Er führte das Messer mit sicherer Hand und großer Schnelligkeit. Als er geendet hatte, hob er die Teile vorsichtig in einen leeren Müllbehälter und fügte sie zu einem Bild des Schreckens zusammen. Dann trat er zurück, um sein Kunstwerk zu betrachten.

Zufrieden steckte er die Taschenuhr wieder ein und befestigte die Kette an seiner Weste. Er machte sich daran zu gehen, hielt aber dann kurz inne. Er lauschte. Die sozialistischen Arbeiter applaudierten einem Redner, dann war es totenstill. Nur das gedämpfte Murmeln von Stimmen aus der Versammlung war vernehmbar.

Der Gentleman ging schnell über den Hof und eilte durch das Tor auf die Straße. Er hörte Pferdehufe auf dem Pflaster und das vertraute Quietschen der Stahlfedern einer Kutsche. Die Droschke bremste vor dem Häuserblock und ließ einen Fahrgast aussteigen, der das Gebäude betrat. Wahrscheinlich war es ein verspäteter Besucher der Versammlung. Der Gentleman lächelte über den glücklichen Umstand, lief zur Kutsche und stieg auf. Der Kutscher erkundigte sich nach dem Fahrtziel, gab die Zügel, und das Gefährt setzte sich in Bewegung.

Sobald die Droschke in die Brick Lane eingebogen war, erkannte der Gentleman, daß er außer Gefahr war, und entspannte sich. Hemmungslos gab er sich dem Gefühl des Triumphs hin, das ihn nach jedem Mord überkam. Die Freude über das gelungene Ereignis würde ihn Wochen, vielleicht sogar Monate glücklich und zufrieden sein lassen. Und wenn der Drang ihn wieder packte, würde er nach Bethnal Green oder Shoreditch zurückkehren.

Das einzige Problem war die Polizei. Bald würde sich die Nachricht über diesen neuerlichen Vorfall verbreitet haben und ein neuer Aufschrei durch die Massen gehen, den bestialischen Mörder endlich dingfest zu machen und hinzurichten. Bestimmt würde die Öffentlichkeit ihrem Verlangen massiver denn je Nachdruck verleihen. Für lange Zeit würden die Beamten von Scotland Yard durch das East End schwärmen. In Zukunft mußte er sehr vorsichtig und wählerisch sein. Dieser Gedanke gefiel ihm überhaupt nicht.

Vielleicht wäre es besser, England jetzt zu verlassen. Keine Frage, daß er sich das leisten konnte. Aber schon nach seiner ersten Tat würde man seinen neuen Aufenthaltsort kennen. Sein Stil war immerhin einzigartig. Sollte er unter Umständen nach Südfrankreich gehen, wo die Frauen kokett und die Polizisten unbeholfen waren? Er lächelte bei dem Gedanken, seine Messer an einem dunkelhaarigen Freudenmädchen am mondbeschienenen Strand von St. Tropez einzusetzen.

In einiger Entfernung hörte er einen weiteren Zug vorbeifahren. Das donnernde Geräusch riß ihn aus seinen Träumen. Er griff nach seiner Tasche, nahm weiße Lappen und ein Fläschchen Reinigungsmittel heraus und machte sich daran, seine Hände und Schuhe sorgfältig von den Blutspuren zu reinigen. Nicht ohne Befriedigung stellte er fest, daß er seine Kleider nicht besudelt hatte. Das schrieb er seinem Geschick und seinen medizinischen Kenntnissen zu.

Die Droschke hielt vor der Whitechapel-Station an. Der Gentleman stieg ab, zahlte und ging hinein. Er war die Ruhe selbst. Er löste eine Fahrkarte nach Mornington-Crescent und hörte sich geduldig die Ausführungen des Schalterbeamten an, daß er bei Charing Cross von der District Line auf die Northern Line umzusteigen hätte. Er wußte das bereits.

Dem Gentleman war nicht bekannt, daß der Bobby, der die Dirne ursprünglich verfolgt hatte, die Kreuzung von Fairclough Street und Berner Street erreicht hatte, als er gerade abgefahren war. Der Bobby hatte Verdacht geschöpft, sich umgesehen und die Leichenteile im Hinterhof der Fabrik aufgespürt. Er hatte seine Kollegen herbeigepfiffen, die sofort reagierten, nachdem sie seinen knappen Bericht gehört hatten. Sieben Minuten nachdem der Gentleman seinen Zug bestiegen hatte, wurde er vom Droschkenkutscher gegenüber der Polizei beschrieben. Und fünf Minuten später bestätigte der Schalterbeamte die Beschreibung und klärte die Polizei über sein Fahrtziel auf. Innerhalb einer Stunde war das Morddezernat von Scotland Yard mobilisiert und nun seinerseits auf Beutefang.

1

MORNINGTON PLACE Nummer 17 war ein hohes, schmales Ziegelhaus mit einem ordentlichen Hof, den eine Hecke und ein schmiedeeiserner Gitterzaun begrenzten. Mit seinen drei Giebeln und dem dunkelbraunen Gebälk glich es allen übrigen Wohnhäusern östlich vom Regency Park zwischen Euston und Camden Town. Auch die Straßen glichen sich aufs Haar, denn sie waren wohlüberlegt und planmäßig angelegt. Am Abend waren sie mit lebhaften und tatkräftigen Menschen bevölkert, die sich zu einem Schwätzchen unter den Gaslaternen zu ihren Nachbarn gesellten oder Botengänge erledigten.

Der Bewohner von Mornington Place Nummer 17 hielt große Stücke auf seine Nachbarschaft. Vielleicht war der Grund dafür, daß er mit seinen siebenundzwanzig Jahren zum ersten Mal in einem annehmbaren Stadtteil nördlich der City lebte und tun und lassen konnte, wie ihm beliebte. Erst kürzlich hatte er sich ein neues Fahrrad gekauft, das mit den modernsten Sicherheitsbremsen ausgestattet war, und fuhr nun allabendlich durch Mornington-Crescent. Er überanstrengte sich dabei nicht, sondern nahm die Eindrücke, Geräusche und Gerüche in sich auf, die sich ihm boten. Dann verarbeitete er die gesammelten Eindrücke zu umstrittenen – und deshalb sehr populären – Artikeln, durch die er sich einen anständigen Lebensunterhalt verdienen konnte.

Heute abend hatte er beschlossen, sich im Regent's Park umzusehen, der sich in der Vergangenheit immer als guter Ort für neues Quellenmaterial erwiesen hatte. Er hatte auf seinem Stahlroß bereits das York Gate erreicht, aber die vertraute Schönheit der gepflegten Grünflächen und tief herabhängenden Äste, deren Konturen im Nebel sanft und fließend waren, noch nicht registriert. Er selbst schien irgendwie benebelt zu sein. Als er jedoch an den See mit seiner glatten, schillernden Oberfläche kam, stieg in ihm plötzlich die Erinnerung an schöne Sommernachmittage auf, an denen er mit ausgewählter weiblicher Begleitung über den See gerudert war und eine Flasche gekühlten französischen Weins, Brot und Käse genossen hatte. Die Erinnerung daran ließ ihn erkennen, daß er seine eigene innere Aufregung noch nicht zu dämpfen in der Lage war. Die Londoner liebten ihn als abseits stehenden Beobachter, dessen Artikel dennoch vor Leidenschaft sprühten. Es war ihm, als hätte er mit seinem Fahrrad fünf Meilen mit Scheuklappen über den Augen zurückgelegt. Er verfluchte seine Zerstreutheit, dann lachte er. Der Grund war nicht schwer zu erraten. Er erwartete später am Abend alte Freunde und ehemalige Klassenkameraden, und – ach, du meine Güte! – welch eine Überraschung hielt er für sie bereit.

Er hätte an diesem Abend seine Fahrradtour überhaupt nicht angetreten, aber Mr. Hastings, der unerschrockene Herausgeber der *Pall Mall Gazette,* hatte bis zum Ende der kommenden Woche um drei weitere Artikel gebeten. Ja, er war mit seiner Arbeit in Verzug geraten, denn er hatte sich mehr als sonst mit voller Hingabe einem wissenschaftlichen Projekt in seinem obskuren Privatlaboratorium gewidmet. Er hatte auch mehr Geld ausgegeben, als die Artikel eingebracht hatten. Folglich war es unumgänglich, daß er neues Material fand – und zwar schnell.

Er lehnte sich vor, spannte die Muskeln und trat fester in die Pedale. Die Straße vor ihm war seltsamerweise menschenleer, und für menschliche Artikel brauchte er menschliche Themen.

Der Nebel verwandelte sich in Sprühregen. Er wischte sich mit einem großen Taschentuch sein schönes, markantes Gesicht trocken. Durch die Nässe hing sein dichter dunkelhaariger Schnurrbart wie bei einem Walroß über seinen Mund. Er fuhr ein kurzes Stück freihändig und verwandte beide Hände, um die Haarmasse wieder in die richtige Form zu drehen.

Er fuhr um eine Kurve und durch das Hannover Gate in den Park. Dort sah er einen sehr großen, dünnen und steifen

Gentleman, der einen russischen Windhund mit ähnlichen Eigenschaften spazierenführte. Wie wäre es mit einem Artikel über die bemerkenswerte Ähnlichkeit (nicht nur körperlich, sondern auch psychisch) zwischen Hundebesitzern und ihren Tieren? Er grinste spitzbübisch bei dem Gedanken, von verärgerten Adligen und Nichtadligen, die Dackel oder Bulldoggen besaßen, Beschwerdebriefe zu erhalten. Leider hatte er nicht die Zeit, sich mit den tausenderlei Arten und Züchtungen zu befassen, mit denen die Menschen sich zu umgeben pflegten. Nun gut, unter Umständen war das ein Thema für eine weniger hektische Zeit.

Aber nach einer weiteren Meile hatte der Radfahrer immer noch nichts Interessantes entdeckt und beschloß schließlich, es für heute bleiben zu lassen. Er radelte zum Fahrradständer vor dem Regent's Inn, einem Treffpunkt für junge Paare, die sich hier nach ausgedehnten Spaziergängen im Park ausruhten. Er ging hinein, bestellte ein Bier und setzte sich an einen Tisch, der neben dem großen offenen Kamin stand.

Er sah sich im Raum um in der Hoffnung, endlich eine neue Idee zu bekommen. An einem Tisch in der Ecke entdeckte er ein Paar, und sein Gefühl riet ihm, es sich näher anzusehen.

Die beiden beschwerten sich darüber, daß trotz der Novemberkälte zu viele Leute im Regent's Park seien. Der Radfahrer fragte sich, wo all die Leute gewesen waren, als er durch den Park radelte.

„Eigentlich sollten wir in deinem nächsten Urlaub ans Meer fahren, Liebling", schlug die Frau vor. „Nicht einmal die Fischer werden dort sein."

Der Mann gab ihr recht. „Da es außerhalb der Saison ist, wäre es auch billiger."

Ein breites Lächeln zeigte sich auf dem Gesicht des Radfahrers. Er zog einen Notizblock und einen Stift aus seinen Kniebundhosen und begann zu schreiben. Wieso war ihm das nicht schon eher eingefallen? Die Küste war innerhalb einer halben Tagereise mit dem Zug von London aus erreichbar und sein Lieblingsplatz. Er erinnerte sich – mehr erleichtert als schmerzlich – an ein Wochenende, das er dort im Januar mit seiner Frau Isabel verbracht hatte. Es diente der Erholung von einem leichten Schwäche- und Tuberkuloseanfall. Er hatte damals Biologie unterrichtet, und seine Frau Isabel hatte darauf bestanden, daß er sich ganz seinem Beruf und seiner Ehe widme und seine Träume aufgäbe, ein großer Schriftsteller und Erfinder zu werden. In seinen Augen stand sie für alles, was er verabscheute, und drängte auf eine Entscheidung zwischen ihr und seinen radikalen Ideen und unrealistischen Zielen. Er hatte sich dann für sich selbst entschieden. Jetzt grinste er schelmisch und schrieb einen Titel nieder: „Wie man verheiratet am Freitag zur Küste fährt und am Montag als Junggeselle nach London zurückkehrt."

Er legte den Stift beiseite, leerte sein Glas, lehnte sich zurück und seufzte. Dieser Stoff würde wahrscheinlich sogar für drei Artikel reichen. Zöge man Isabels krimskramssammelnde Tante und eine ehemalige Studentin hinzu, die sowohl Frauenrechtlerin als auch mannstoll war, dann ließe sich daraus ein ganzer Roman machen.

Er wollte sich gerade ein weiteres Glas bestellen, als er vorsichtigerweise seine Taschenuhr hervorholte und einen Blick auf das Zifferblatt warf. „Mein Gott!" rief er aus. Es war halb neun, und seine Gäste waren für neun Uhr bestellt! Er packte seine Sachen, zahlte und rannte aus dem Gasthaus.

Er sprang auf sein Fahrrad und legte sich ins Zeug. Schon bald kam er an die Anhöhe, die er vor einer halben Stunde so gemütlich hinabgefahren war. Er trat die Pedale mit ganzer Kraft, aber der Berg war ungewöhnlich steil. Er atmete angestrengt, und trotz der Kälte begann er unter den Kleidern zu schwitzen. Hoffentlich würde er sich dadurch keine Lungenentzündung zuziehen!

Obwohl er sich sehr anstrengte, kam er nicht schneller als mit Schrittgeschwindigkeit voran. Widerwillig stieg er ab und schob sein Fahrrad die letzten paar Meter zur Spitze des Hügels. Als er zu Fuß ging, runzelte er die Stirn und fragte sich, wieso die Fahrräder so primitiv sein mußten. Man könnte sie sehr wohl mit Übersetzungsmechanismen ausstatten, die die Umdrehungen der Räder änderten. Andere Maschinen waren mit solchen Vorrichtungen bestückt. Noch besser wäre eine Art Antriebsmotor, wie eine leichtgewichtige Version des Verbrennungsmotors von Daimler und Benz.

„Hmmm", brummte er. Vielleicht sollte er sich demnächst damit befassen. Diese Idee schien ihm unendlich einfacher als seine gegenwärtige Erfindung. Er lächelte, bestieg sein Stahlroß und radelte zurück nach Mornington-Crescent. Zum Teufel mit den Artikeln über die Küste! Sobald ihm sein Projekt in den Sinn kam, wurde er ganz aufgeregt und konnte sich auf nichts anderes konzentrieren. An diesem Morgen hatte er in seinem Laboratorium die letzten Handgriffe an seinem Gerät ausgeführt und konnte die Reaktion seiner Freunde kaum erwarten. Natürlich mußte der Apparat noch getestet werden, aber dieses Ereignis erfüllte ihn trotzdem mit großem Stolz und starker Befriedigung. Trotz einer dürftigen Kindheit und einer gestrengen biblischen Erziehung, trotz seines Versagens als Lehrling, seiner chronischen Tuberkulose, seiner mangelhaften Leistungen auf der Universität und der schlimmen Nachwirkungen seiner Ehescheidung – trotz all dieser Dinge war er im Begriff, die Geschichte zu ändern. Und noch heute würden seine Freunde als erste diese Tatsache erfahren. Schließlich würde die Naturwissenschaftliche Fakultät einen ehemaligen Studenten, der vor sieben Jahren hinausgeflogen war, mit einem Ehrentitel auszeichnen wollen.

H. G. Wells stieg vor dem Haus Nummer 17, Mornington Place, von seinem Fahrrad, schob es durch das Tor und lehnte es unter dem überwölbten Vorbau gegen die Mauer.

„MR. WELLS!" rief die penible Mrs. Nelson, als er in die Küche eilte. „Wo waren Sie denn?" Sie faltete die *Daily Mail,* die sie gerade gelesen hatte, legte die Zeitung auf den Tisch hinter ihr, stand auf und goß eine Tasse Tee ein, die sie ihm dann reichte. Danach nahm sie wieder auf ihrem Stuhl Platz, schlug ein Bein über das andere und fuhr sich über das silbergraue Haar über ihrem schmalen und hübschen Gesicht. Dann musterte sie ihn kritisch mit ihren unerschrockenen blauen Augen und runzelte die Stirn. „Bei so einem Wetter sollten Sie nicht auf diesem komischen Apparat durch die Gegend sausen."

„Das Wetter ist immer so", erwiderte er seiner Haushälterin. Dann nahm er einen großen Schluck aus seiner Tasse.

„Aber in Ihrem Zustand . . ."

„Ich habe mich in meinem ganzen Leben noch nicht besser gefühlt."

Sie schüttelte den Kopf und seufzte. „Dasselbe hat Mr. Nelson gesagt. Am Tag, bevor er starb. Gott sei seiner Seele gnädig."

H. G. beachtete ihre Bemerkung nicht und leerte seine Tasse. „Ist schon jemand da, Mrs. Nelson?"

„Nein, Sir. Aber ich habe Ihnen einen Pullover herausgelegt", sagte sie zuneigungsvoll. „Im Salon ist es kühl."

„Es ist kein Salon, Mrs. Nelson, es ist eine Bibliothek."

„Nennen Sie es, wie Sie wollen, Sir, aber . . ."

„Ich lege noch ein paar Scheite aufs Feuer." Er ging aus der Küche.

Mrs. Nelson wandte sich wieder ihrer Zeitung zu, konnte sich aber nicht konzentrieren. Sie schüttelte den Kopf, lächelte versonnen und blickte an die Decke. Sie hatte ganz andere Ansichten als Mr. Wells. Besonders seinen Ansichten über Religion und Ehe widersprach sie heftigst. Hatte er nicht behauptet, daß neunzig Prozent aller Ehen in einer Revolte oder in passivem Ertragen enden? Als sie seine Scheidung gerügt hatte, hatte er sie mit einem Lachen und der frechen Bemerkung abgetan, daß sie schließlich keine Arbeit bei ihm gefunden hätte, wenn er nicht als Junggeselle leben würde. Zu ihrer Bestürzung hatte er weiterhin gesagt, daß es eine Wohltat für die ganze Nation sei, wenn eine so konservative Person wie Mrs. Nelson für einen so radikalen Menschen wie Mr. Wells arbeitete. Wie dem auch sei, sie hatte noch nie eine so aufregende und anspruchsvolle Tätigkeit wie als Haushälterin von Mr. Wells ausgeübt.

Sie goß sich Tee nach und hoffte, daß ihre belegten Brote die Zustimmung von Mr. Wells finden würden. Sie hatte sich große Mühe gegeben und den ganzen Nachmittag damit verbracht, sie zuzubereiten. Sie seufzte. Angesichts der fortgeschrittenen Stunde und der zu erwartenden Gäste würde er wahrscheinlich für den Wein größeres Interesse aufbringen.

Was aber nicht stimmte. Denn nachdem H. G. drei weitere Scheite auf das Feuer im Kamin gelegt hatte, nahm er einen der kunstvoll hergerichteten Appetithappen vom Zinntablett, kostete und fand ihn vorzüglich. Mit vollen Backen kauend, blickte er sich um. Abgesehen von den köstlichen Häppchen hatte Mrs. Nelson eine Schale mit feinen Früchten, verschiedenen Käsesorten und Brot vorbereitet. Den Tisch hatte sie liebevoll mit Silber, Kristallgläsern und mehreren Flaschen französischem Rotwein gedeckt. Auf dem Sideboard brannten Kerzen. Obwohl Teppiche, schöne Vorhänge und großzügiges Mobiliar fehlten, war es Mrs. Nelson gelungen, den Raum nett und gemütlich erscheinen zu lassen.

Wells war entzückt. Angesichts der bevorstehenden revolutionären Enthüllung war der Raum jetzt ideal für die Versammlung vorbereitet.

Er wußte, daß seine Freunde begeistert sein würden, denn einige von ihnen hatten ihn seit der Studienzeit nicht mehr gesehen. Damals hauste er in einem kleinen Kellerzimmer im West End und mußte mit einem sehr dürftigen Stipendium durchkommen. Ah, Mrs. Nelson! dachte er. Welch eine wunderbare Frau sie war! Er wünschte sich, sie würde für immer seine Haushälterin bleiben. Denn was wäre das für ein Haushalt, wo alle immer derselben Meinung sind? Wie könnte da jemand etwas dazulernen?

Er war versucht, in die Küche zu stürmen und ihr einen Kuß auf die Stirn zu drücken. Aber er wollte sie nicht in Verlegenheit bringen, zumal es schon spät war. Er ging schnell nach oben und zog seine graue Tweedhose und sein bequemes Norfolk-Jackett an. Dann kämmte er sein dunkelbraunes Haar und betrachtete sich kritisch im Spiegel. Wie üblich lächelte er, denn er mochte sein Gesicht. Seine markanten, dennoch zarten Züge ergänzten seiner Meinung nach seine Leidenschaft für die Schriftstellerei und Erfinderei, und eines Tages würde es zweifellos eine charmante, außergewöhnliche und intelligente Frau anziehen – eine emanzipierte Frau.

Kurz nach zehn kamen die ersten Gäste. Mrs. Nelson nahm in der Diele Mäntel und Hüte in Empfang und hängte sie in den Garderobenschrank. Dabei wunderte sie sich, daß Mr. Wells für diese Leute, die sie als Bohemiens oder Liberale verdächtigte, einen so großen Aufwand betrieb. Aber sie verhielt sich nichtsdestoweniger höflich und führte die Gäste in die Bibliothek, wo Wells sie herzlichst begrüßte. Dann schloß sie die Tür zu diesem Raum und ging zu Bett, da es schon fast elf und sie müde war.

In der Bibliothek gab es zuerst eine kurze Unterhaltung über die Zeit nach dem Studium. Die Karrieren der anwesenden Herren waren steil verlaufen, wohingegen Wells noch auf sehr wackligen Beinen stand. Aber er war dennoch optimistisch und sprühte vor Begeisterung, als er die kleinen Happen herumreichen ließ. Er goß Wein ein und gab jedem Gast zusammen mit einer persönlichen Bemerkung ein Glas. Dann lud er sie mit einer weit ausholenden Geste ein, es sich bequem zu machen. Sie ließen sich auf dem Sofa und den Stühlen nieder und tranken den Wein. Da er in dem Raum nur über fünf Sitzplätze verfügte, entschied H. G. sich für einen Stehplatz. Auf diese Weise konnte er das Gespräch besser lenken. Und so nahm der Abend seinen Beginn.

H. Ronald Smythe, engstirniger Wirtschaftswissenschaftler, sprach langatmig über die Frivolität der Belletristik. H. G. hörte geduldig zu und wartete. „Belletristik ist Lüge, und ich würde sogar so weit gehen zu behaupten, daß sie das Verbrechen fördert", sagte Smythe.

„Es ist mir neu, daß Bücher Verbrechen begehen sollen", antwortete James Preston, Rechtsanwalt und Kandidat für die Parlamentswahlen. „Ich war immer der Ansicht, daß Menschen die Missetäter seien."

Alle lachten.

„Was meint denn unser Gastgeber dazu?" fragte Smythe, der jetzt beinahe so rot wie seine Fliege war.

H. G. wandte sich halb um. Seine Stimme war dünn und piepsend, dennoch zuversichtlich. „In der Tat. Ich bin mir über den Zusammenhang, den du, Ronald, aufgezeigt hast, nicht im klaren, aber ich gebe dir recht, daß es ein Verbrechen ist, daß manche Dinge veröffentlicht werden." Er machte eine Pause, da die Gäste wieder lachten. „Es ist ebenso ein Verbrechen, daß einige Dinge nicht veröffentlicht werden." Seine Augen funkelten. Und dann begann er langsam und behutsam mit seinen Ausführungen. Seine Gäste waren jetzt entspannt, und er mußte sie zuerst in die richtige Stimmung bringen, um von ihnen nicht verspottet zu werden. „Wir alle wollen eine Welt frei von sozialen Ungerechtigkeiten und sittlichen Geboten, die den Menschen niedriger als den Affen machen, von dem er abstammt." Er machte eine Pause und zündete sich eine Zigarre an.

Merklich unbeteiligt lehnte sich der Arzt Dr. Leslie John Stephenson wiederholt über die Stuhllehne und nahm einen Happen nach dem anderen vom Tablett. Er hatte einen Wolfshunger und ließ erst von den Speisen ab, als er merkte, daß er allein das halbe Tablett leergegessen hatte. Stets besorgt um sein Aussehen und Auftreten, fuhr er sich mit der Stoffserviette leicht über den Mund und wandte sich dann seiner Kleidung zu. Auf seinem Schoß lagen mehrere Brot- und Käsekrümel, die er behutsam in die Serviette beförderte, die er dann gekonnt in ein Dreieck faltete und auf den Tisch legte. Dann nahm er einen angemessenen Schluck aus seinem Weinglas, lehnte sich zurück, stützte das Kinn in eine Hand und hörte zu.

„Ihr redet von Kriminalität, meine Freunde", fuhr H. G. fort. „Kriminalität existiert nur, weil die britische Monarchie und die Kirchenhierarchie den Großteil der Bevölkerung unterdrücken und wenigen Privilegierten die Freiheit lassen zu tun, was ihnen beliebt."

„Willst du damit andeuten, daß die Königin und der Erzbischof von Canterbury kriminell sind?" fragte Preston.

„Nur, daß sie es nicht besser wissen", entgegnete H. G. „Obschon Königin Victoria meiner Meinung nach die Herzen der Menschen wie mit einem großen Briefbeschwerer ein halbes Jahrhundert belastet hat. Als vernünftiger und intelligenter Mensch könnte man das als das größte Verbrechen der jüngsten Geschichte bezeichnen."

Als das Gelächter verklungen war, räusperte sich Dr. Stephenson und riß das Wort an sich. Seine Stimme war weich und melodisch und verriet eine Spur Melancholie. „Es spielt keine Rolle, in welcher Gesellschaft wir leben. Kriminalität wird es immer geben."

„Nicht in einer Gesellschaft, in der alle Bürger satt werden und eine neue Ethik herrscht."

Stephenson lächelte leicht. „Das kann nur geschehen, wenn man das ganze Volk einer Gehirnoperation unterzieht."

Die Gäste schmunzelten auf Wells' Kosten, und H. G. erinnerte sich daran, daß Stephenson als Student in der Kricketmannschaft die Angewohnheit hatte, den harten Holzball mit einer schnellen Drehung gegen die Beine eines gegnerischen Schlägers zu schleudern. Offensichtlich hatte er gelernt, in einer ähnlichen Weise zu denken und zu sprechen.

„Mein lieber Stephenson", sagte H. G., „freust du dich nicht auf den Tag, wo du in der Zeitung gute Nachrichten zu lesen bekommst?"

„Wo liegt der Unterschied? Du selbst hast bereits das unzureichende Justizsystem der Königin erwähnt. Und die Absurdität der Religion, die vorschreibt, wie man sich zu verhalten hat. Wenn die Justiz selbst unmoralisch ist, dann sollte man besser darauf verzichten. Wenn einige Verbrecher der Bestrafung entgehen und wenn es keinen Gott mit einer letzten Vergeltung gibt, dann kann uns die Kriminalität egal sein. Die Menschen sollen tun, was sie wollen. Die wohlverdiente Strafe wird sich automatisch einstellen, wenn sie sich an einem Stärkeren vergreifen."

H. G. war sprachlos. Er kniff die Augen zusammen und musterte sein Gegenüber. Er verlor nicht die Geduld und überlegte kurz, um wieder die Oberhand zu gewinnen.

„Glaubst du nicht, John, daß wir die Menschen zu einer Moral erziehen sollten?"

„Wieso?"

„Um Recht und Ordnung aufrechtzuerhalten."

Stephenson lachte. „Es *gibt* weder Recht noch Ordnung, Wells!"

„Und wie steht es mit der Heiligkeit des menschlichen Lebens? Oder glaubst du daran auch nicht?"

„Ich arbeite als Arzt, Wells. Leute kommen auf die Welt, werden krank und sterben." Er beugte sich vor und senkte seine Stimme, so daß sie noch melodischer klang. „Ich weiß von meinen Patienten nur, in welchem Zustand ihre Organe sind. Ich bin wie ein lumpiger Mechaniker, der eine Kutsche repariert. Nur werden meine Hände voll Blut, nicht voll Schmiere. Letztlich geht es nur um die Frage, ob man es in Ordnung bringen kann oder nicht, Wells. Wie kann man bewirken, daß die Räder sich weiter drehen und das Herz weiter schlägt?" Er hielt inne und lehnte sich wieder zurück. „Nun, was ist daran so verdammt heilig?"

H. G. wurde rot. „Nichts, wenn man es so formuliert."

Die anderen lachten und rutschten aufgeregt auf ihren Plätzen hin und her.

„Der Literarischste unter uns hat soeben seine erste Debatte verloren", sagte Smythe belustigt.

Wells sah ihn an. „Nicht ganz, Ronald. Ich stimme zwar zu, daß unsere derzeitige Justiz und Moral inkonsequent sind, aber man darf die Wissenschaft und Technik nicht außer acht lassen. Diese werden letztlich den Glauben an Gott und die Königin ersetzen. Sie sind die Hoffnung für die Zukunft der Menschheit. Sie werden zu einem neuen Zeitalter der Aufklärung führen. Und die Vergeltung ausüben, an die wir nicht zu glauben scheinen."

Stephenson runzelte die Stirn und trank sein Glas leer. Ihm fiel nicht sofort eine Antwort ein, denn er hatte zwar eine gute Ausbildung und Erfahrung im medizinischen Bereich, war aber mit der Technik und den Spekulationen, wohin sie eines Tages führen würde, nicht sehr vertraut. Er schwieg also vorerst, wie es sein diktatorischer Vater in seiner Kindheit von ihm verlangt hatte.

Zwischenzeitlich hatte H. G. seine selbstsichere Haltung wiedergewonnen und fuhr fort: „In weniger als hundert Jahren wird es keine Kriege, sozialen Ungerechtigkeiten oder Verbrechen mehr geben. Unsere Welt wird ein fortschrittliches Utopia sein, wo jeder in der Lage ist, sich in neue geistige Höhen zu schwingen und den Vergnügungen des Fleisches nachzugehen." Er sah seine

Gäste an, die einschließlich Stephenson und Smythe interessiert zuhörten.

Es stand in der Tat etwas Großes bevor, und in den Mienen seiner Gäste spiegelte sich diese Erkenntnis wider. Harper, der Psychologe, hatte die Augen geschlossen und drückte seine Finger auf den Nasenrücken, um sich besser konzentrieren zu können. Und Grinnell, der weitsichtige Lehrer, nickte andauernd mit dem Kopf und fuhr sich über seinen gepflegten Bart.

Aber dann wurde H. G. wieder von Stephenson unterbrochen. „Ich finde, daß der Mensch nicht nobel ist, H. G. Und es ist bestimmt nichts Entzückendes an einer menschlichen Seele, die in menschliches Fleisch eingesperrt ist. Weiterhin läßt der derzeitige Stand der medizinischen Wissenschaft nicht vermuten, daß der Mensch sich in Zukunft einschneidend ändern wird."

Smythe nickte wild mit dem Kopf.

H. G. lächelte seinen Gegenspieler an. Jetzt, so fühlte er, hatte er die Oberhand gewonnen. „Ich kann dich gut verstehen, John. Du mußt den ganzen Tag unter Kranken und Sterbenden zubringen. Unter Menschen, denen du gerne helfen würdest, aber dazu nicht in der Lage bist, da die Medizin noch in ihren Kinderschuhen steckt. Du wurdest vor deiner Zeit geboren, wie wir alle."

„Worauf willst du denn hinaus? Mehr Vorhersagen? Das sind doch keine Argumente."

„Ich möchte lediglich sagen, daß gegen Ende des zwanzigsten Jahrhunderts alle Menschen auf der Erde glücklich und zufrieden sein werden."

„Kannst du nicht spezifischer werden?" fragte Stephenson sarkastisch.

„Du kannst ein beliebiges Jahr nach 1950 wählen", erwiderte H. G. mit feierlicher Geste. Dann zog er genüßlich an seiner kubanischen Zigarre.

Smythe konnte sich nicht länger zurückhalten. Er erhob sich schwankend. „Was sollen wir deiner Meinung nach tun?" fragte er. „Sollen wir dem Papst eine Petition für eine Enzyklika über die Reinkarnation vorlegen?"

Ein Großteil des Lachens ging auf das Konto von Wells. Die Stimmung, an der er so hart gearbeitet hatte, war wie weggeblasen. Er überlegte verwirrt, was er zur Antwort geben solle, als er plötzlich erkannte, daß er für seine Mitteilung keine besondere Stimmung oder dramatische Spannung benötigte. Bisher hatte die

Debatte seinen Hang für Polemik befriedigt, aber dies war keine Diskussionsrunde alter Klassenkameraden über philosophische oder politische Bewegungen in den Teehäusern von South Kensington. Das war die wichtigste Versammlung seines ganzen Lebens.

Er brauchte nur zu erklären, mehr nicht.

„Also, H. G.", sagte Preston, dessen Gesicht von drei Gläsern Wein gerötet war, „warum hast du uns wirklich eingeladen? Der Grund war sicherlich nicht, uns einer Erneuerung alter Wortgefechte zwischen dir, Smythe und Stephenson beiwohnen zu lassen." Er steckte sich eine Zigarette an. „Diese Zeiten sind vorbei, und ich muß jetzt gehen, da mich morgen ein arbeitsreicher Tag erwartet." Er machte Anstalten aufzustehen.

„Bleib sitzen, James", sagte H. G., der viel ruhiger wirkte, als er war. „Ich komme sofort darauf zu sprechen." Gedankenversunken ging er vor dem Kamin auf und ab, atmete tief durch und wandte sich seinen Gästen zu.

„Liebe Freunde, wie wir wissen, hat alles eine Länge, Breite, Tiefe und Dauer. Dauer – oder Zeit – ist die vierte Dimension, nicht wahr?"

Alle nickten zustimmend, obwohl Stephenson und Smythe etwas reserviert wirkten.

„Unser Leben verläuft in Form eines Falles oder Fluges durch die räumliche Dimension in einer gewissen Zeit, aber wir können zu jedem beliebigen Zeitpunkt nur drei Dimensionen *wahrnehmen.* Wie wir wissen, beginnt unser Dasein mit der Geburt und endet mit dem Tod. Demzufolge sind wir vierdimensionale Wesen. Was wir von Augenblick zu Augenblick sehen, ist nur ein Teil unserer Realität."

„Das ermöglicht noch nicht den Weg zu deiner sogenannten Utopie", sagte Stephenson.

Wells lächelte und ließ die Bemerkung einfach unter den Tisch fallen. „Wenn Zeit eine Art Raum ist, stellt sich die Frage, *wieso* wir uns in der vierten Dimension im Gegensatz zu den anderen drei nicht umherbewegen können?"

„Das tun wir doch", entgegnete Smythe. „Mit der Geschwindigkeit, die wir Minuten, Stunden, Tage, Wochen und so weiter nennen."

„Und was wäre, wenn wir diese Geschwindigkeit verlangsamen oder beschleunigen könnten?"

„Unmöglich", sagte Stephenson entschieden. „Die Zeit schreibt uns die Geschwindigkeit des Lebens vor. Und daran ist nicht zu rütteln."

„Haben wir nur deswegen Wissenschaft studiert, um uns mit dem gegenwärtigen Stand zufriedenzugeben? Oder um das Unbekannte zu erforschen?"

Harper und Grinnell gaben Wells recht. Stephenson, Smythe und Preston ließen sich scherzend darüber aus, wie es um Wells' finanzielle Lage oder seine geistige Gesundheit stand. Aber keiner von ihnen machte Anstalten zu gehen.

Die Diskussion dauerte Stunden, mit kleinen Eß- und Trinkpausen. Wells genoß jede Minute davon, denn er tat das, was er sehr liebte – er gebrauchte Worte und Logik, um die Zweifler zu überzeugen. Auf die Zwischenrufe „Unmöglich!" zitierte er gelassen die neuesten Errungenschaften der Technik: Edisons Sprechmaschine, die praktisch anwendbare Glühbirne (er hatte bereits einige in seinem Labor installiert), den Verbrennungsmotor von Daimler und Benz, Marconis drahtlose Übertragung und – gelobt sei die Königin – Londons neue elektrische Untergrundbahn.

„Was ist unmöglich, meine Herren?" Wells breitete die Hände aus und steckte sich eine weitere Zigarre an. Er sah kurz auf die Uhr auf seinem Schreibtisch. In einer halben Stunde würde die Sonne aufgehen. Sie hatten die ganze Nacht geredet.

Aber seine Augen strahlten. „Was hast du vor acht Jahren gemacht, John?"

„Medizin studiert. Was soll das beweisen?"

„Was war deine erste Vorlesung?"

„Anatomie."

„Kannst du dir noch das Gesicht, die Statur und die besonderen Merkmale deines Professors vorstellen?"

„Selbstverständlich."

„Wenn du deine Augen schließt, siehst du dann die Übersichten und Wandkarten über den menschlichen Körper?"

„Sicher."

„Kannst du dich an die erste Leiche erinnern, die deine Klasse seziert hat?"

„Was soll denn das, Wells? Natürlich kann ich das! Mein Gedächtnis ist völlig in Ordnung."

„Dann ist dein Verstand soeben durch die Zeit gereist." H. G.

lächelte, dann führte er den Gnadenstoß aus. „Und wenn dein Verstand das kann, warum nicht der Rest von dir?"

Die Gäste murmelten einander zu.

Stephenson war aufgesprungen. „Das ist gegen die Vernunft!" schrie er.

„Womöglich schon. Aber ist nicht die Aufhebung oder Überwindung der Schwerkraft dasselbe? Du weißt doch, daß mehr als ein Mensch in einem Ballon zu einer Höhe von über tausend Metern über der Erdoberfläche hinaufgestiegen ist, nicht wahr?"

Stephenson wollte etwas sagen, sank aber dann auf seinen Sitzplatz und überlegte angestrengt. Wer hätte sich vor zehn Jahren schon eine elektrische Glühbirne träumen lassen? Oder eine Sprechmaschine? Wer hätte sich vor hundert Jahren eine Kamera vorstellen können? Oder ein Grammophon? Die Technik schien sich immer schneller zu entwickeln. Vielleicht hatte Wells mit seiner utopischen Zukunft recht. Seine Theorien schienen vernünftig.

Smythe hatte das Wort und gestikulierte triumphierend, als er sprach. „Kommt euch das nicht alles bekannt vor? Wie jene absurde Sammlung, die Wells vor fünf Jahren veröffentlicht hat?" Er wandte sich um und sprach zu H. G.: „Was hatte das für einen Titel?"

„Der ewige Argonaut."

„Ach ja", fuhr Smythe fort. „Handelte das nicht von einem jungen Mann, der durch die Zeit reiste und vielen großen Zivilisationen der Zukunft begegnete? Welch ein Unsinn! Vergiß deine Zeitmaschine, Wells. Es ist Zeitverschwendung und geziemt sich nicht für dich!"

H. G. räusperte sich und lächelte selbstgefällig. „Ich habe meine Zeitmaschine nicht nur nicht vergessen, meine Herren, ich habe eine konstruiert."

2

DAS Durcheinander der Stimmen weckte Mrs. Nelson. Sie lauschte und konnte die gedämpfte Stimme von Mr. Wells hören. Dann folgte ein neuer Wirrwarr empörter Stimmen. Sie sah auf die Uhr auf dem Nachttischchen: 5.15 Uhr. Sie runzelte die Stirn.

Welch ein kopfloser Mann! Trotz seiner gebildeten Art war er unvernünftig und charakterlos. So etwas gehörte sich nicht. Wenn Mr. Wells nicht so rücksichtsvoll war, seine Gäste zu entlassen, dann würde sie das höchstpersönlich erledigen. Sie stieg aus dem Bett und warf sich schnell einen grauen, knöchellangen Morgenmantel über ihr blaues Nachthemd.

Auf dem Weg nach unten schüttelte sie den Kopf. Sie konnte diesen Mann einfach nicht verstehen. Er konnte so nett und rücksichtsvoll sein, um im nächsten Augenblick dann die ganze Nacht seine radikalen und gotteslästerlichen Ideen zu verkünden. Zweifellos stammten die guten Seiten von der gestrengen und umsichtigen Erziehung seiner Mutter. Und das andere hatte er von seinem leichtsinnigen Vater geerbt. Und erst diese Schule, die den armen, labilen Mr. Wells mit Darwinismus, Sozialismus und anderen Wahnvorstellungen vergiftet hat. Vielleicht könnte sie eines Tages den Vikar zu einer Tasse Tee bei ihnen überreden: Er wäre vielleicht in der Lage, dem jungen Mann den Kopf zurechtzusetzen.

Als sie die letzte Stufe der Treppe erreicht hatte, klopfte es an der Haustür. Wer konnte das um diese Zeit sein? Wieder klopfte es ungeduldig. Sie riß die Tür auf. Da die aufgehende Sonne sie blendete, mußte sie mit der Hand die Augen abschirmen.

„Mr. Wells empfängt keine weiteren Gäste mehr, Gentlemen", sagte sie zu den beiden Herren, die vor der Tür standen. Sie nahmen ihre Hüte ab und ordneten ihre schlechtsitzenden Anzüge. Mrs. Nelson wollte gerade die Tür vor ihrer Nase zuschlagen, als einer von ihnen eine Plakette hochhielt.

„Guten Morgen, Madam. Ich bin Kommissar Adams von Scotland Yard. Entschuldigen Sie die frühe Störung, aber ist der Herr des Hauses da?"

NACHDEM Wells die Neuigkeit verkündet hatte, waren die Gäste aufgesprungen und hatten ihn mit Fragen bombardiert. Stephenson war am lautesten. H. G. hatte den Mann noch nie so aufgeregt gesehen. Und warum nicht? Die Zeitmaschine würde den Tod auslöschen und, so überlegte er, hoffentlich auch die Existenz Gottes.

Als seine Gäste sich etwas beruhigt hatten, setzte Wells seine Erklärung fort. Er hatte das Phänomen der vierten Dimension seit Jahren studiert und getestet. Seine Erläuterungen hielt er so einfach wie möglich, da seine Freunde nicht über sein Wissen verfügten und er sie unwiderruflich überzeugen wollte.

„Gentlemen!“ begann er. „Atome rotieren durch das Sonnensystem, wie unser Sonnensystem durch das Universum rotiert. Auch das Universum dreht sich, während es mit Lichtgeschwindigkeit durch den Raum reist. Ich habe entdeckt, daß sowohl die Vergangenheit als auch die Zukunft permanent in unserem Universum existieren. Aber unser Bewußtsein registriert nur das ‚Jetzt‘, weil es dazu erzogen wurde. Vielleicht ist das für Mutter Natur eine zwingende Notwendigkeit, um die Ordnung der Schöpfung aufrechtzuerhalten. Die verschiedenen Zeitebenen oder Zeitsphären grenzen an diejenige, in der wir uns jetzt befinden. Sie unterliegen den Gesetzen der Gaußschen Koordinaten. In anderen Worten, eine bestimmte Zeitdimension ist lediglich ein elektromagnetisches Feld. Ein Strudel, wenn man es so nennen will. Ich habe nun eine Maschine entwickelt, die Energiefelder nebeneinanderstellt und dadurch Reibung erzeugt. Das führt zu einer größer werdenden und sich ausdehnenden Kettenreaktion, die die Maschine aus einer Zeitsphäre in eine andere hebt oder wörtlich gesagt dreht. Die Beschleunigung hält die Maschine und seinen Insassen in einem bewußten, aber aufgelösten Zustand jenseits aller Zeitebenen. Man kann willentlich in die Zukunft oder Vergangenheit gehen.“

„Wie weiß man, was was ist?“ fragte Grinnell.

„Wenn die Rotation nach Westen geht, erreicht man das Gestern. Nach Osten gewinnt man das Morgen.“ H. G. trank sein Glas leer und goß frischen Rotwein ein.

„Und nach Norden findet man sich in Schottland wieder, nach Süden verschlägt es einen in die Themse“, bemerkte Smythe sarkastisch. „Hirngespinste.“

„Ruhe!“ fuhr Stephenson ihn an. Er wandte sich an H. G. Seine Augen waren weit aufgerissen und glänzten. „Geht die Maschine, Wells?“

„Theoretisch schon. Ich habe sie noch nicht getestet, da mir das Rückkehrproblem noch Sorgen machte. Doch heute früh ist es mir gelungen, den IVR, eine Art Zwischenraum-Auflösungsregler, zu installieren. Ich hoffe, daß diese Vorrichtung im Falle einer Gefahr bei der ‚Landung‘ automatisch bewirkt, daß die Passagiere jenseits der Zeitebenen bleiben.“

„Was für eine Gefahr?“

„Nun, wer möchte schon mitten in einer pestverseuchten Stadt oder auf einem Kriegsschauplatz ankommen?"

„Bleibt die Zeitmaschine nicht an dem Ort, an dem sie sich befindet?" erkundigte sich Grinnell aufgeweckt.

„Natürlich, aber wer weiß, was in tausend Jahren aus London geworden sein wird? Vielleicht liegt diese Stelle nach einer Landsenkung dann am Grunde des Atlantiks. In solch einem Fall würde sich automatisch der IVR einschalten und den Passagier zum nächstgelegenen sicheren Landezeitpunkt lenken." Er machte eine kleine Pause. „Zusätzlich dazu gibt es eine weitere Sicherungseinrichtung. Es handelt sich dabei um eine Art Rückkehrautomatik, die ich als RRL bezeichne. Sie bringt den Passagier automatisch zum Ausgangszeitpunkt der Reise zurück, falls sie nicht abgeschaltet ist." (Er zeigte ihnen nicht den Spezialschlüssel, mit dem sich die Abschaltung vornehmen ließ.)

„Aber wieso soll denn das verdammte Ding wieder zurückkehren?" fragte Stephenson.

„Wenn man während des Fluges verletzt wird und sich selbst nicht mehr helfen kann, dann ist es nur gut, daß die Maschine wieder heimkommt, oder?"

„Du erwähntest, daß die Maschine während der Fahrt an Ort und Stelle bleibt", warf Grinnell ein. „Ich glaube, das verstehe ich nicht ganz. Könntest du erklären, wieso das möglich ist?"

H. G. lächelte. „Sie bewegt sich nur entlang der vierten Dimension. Sie nimmt immer denselben Raum ein. Aber wenn sie sich nicht im Raum von heute befindet, dann ist sie im Raum von gestern oder morgen."

„Dann verschwindet sie also tatsächlich?"

„Natürlich. Aber nur für die Dauer einer Zeitreise."

Die Gäste murmelten.

„In zwei Wochen möchte ich euch zum Jungfernflug wieder in mein Haus bitten."

Plötzlich war Smythe wieder auf den Beinen. „Zum Jungfernflug? Du willst uns auf den Arm nehmen, Wells!" Er lachte geringschätzig. „Wenn du davon nicht ablassen willst, dann wirst du bald im Irrenhaus landen und nicht in der Zukunft."

„Hört, hört!" rief Preston zustimmend und klatschte in die Hände.

Aber bevor H. G. antworten konnte, öffnete Mrs. Nelson die Tür und steckte ihren Kopf in das Zimmer.

„Scotland Yard ist draußen, Sir."

Wells wandte sich an seine Gäste. „Meine Herren, entschuldigt mich bitte für einen Augenblick."

Sobald er das Zimmer verlassen hatte, standen seine Gäste auf und unterhielten sich lebhaft.

Smythe blickte Stephenson vorwurfsvoll und enttäuscht zugleich an. „John! Du nimmst sein Gerede doch nicht ernst, oder?"

Der Arzt runzelte die Stirn. Er hatte für den verstörten Volkswirt wenig Verständnis. „Und wenn doch?"

„Ich glaube allmählich, daß Wells total übergeschnappt ist."

„Wells ist ebensowenig verrückt wie du oder ich."

„Aber du glaubst doch nicht etwa, daß es so eine Zeitmaschine gibt!"

„Doch." Der Arzt lachte kurz. „Ist nicht Notwendigkeit die Mutter der Erfindung?"

H. G. HÖRTE ungeduldig die Erklärung des Kommissars an, der lustlos die Natur seines Besuchs erklärte. Mrs. Nelson stand neben ihm.

Als Adams ausgesprochen hatte, erwiderte H. G.: „Das ist ausgesprochen lächerlich, Herr Kommissar! Ich betätige mich nicht als Mörder und unterhalte in meinem Haus keine Gäste, die solche Dinge tun."

„Ein Verdächtiger wurde in der Nachbarschaft beobachtet, Sir."

„Nun, dann suchen Sie in der Nachbarschaft nach ihm!"

„Unsere Anweisung ist, in jedem Haus in Mornington-Crescent nachzusehen. Auch bei Ihnen, Mr. Wells."

„Guter Mann, ich habe Gäste!"

„Und *ich* habe einen Durchsuchungsbefehl", entgegnete Adams unbeeindruckt und streng. Er hielt H. G. einen Zettel vor die Nase, der erst vor wenigen Stunden von einem schläfrigen Richter unterzeichnet worden war. Er winkte seinem Kollegen auffordernd zu. „Komm, Duggan, wir haben keine Zeit zu verlieren."

Duggan war so groß, daß er sich bücken mußte, um mit dem Kopf nicht an den Türrahmen zu stoßen. Und als H. G. in die Bibliothek zurückgehen wollte, wurde er von einer kräftigen Hand ergriffen, herumgedreht und sorgsam nach Waffen abgetastet. Dann lächelte Duggan zufrieden.

„Soll ich die anderen hier auch durchsuchen, Sir?"

H. G. drehte sich auf den Absätzen und ging langsam in die

Bibliothek, wo seine Freunde warteten. Sie schwiegen jetzt, da sie das Gespräch an der Tür mitgehört hatten. Gespannt beobachteten sie jetzt H. G., der vergeblich nach den rechten Worten suchte, um diese Erniedrigung zu rechtfertigen.

Er wiederholte leise und ruhig, was Adams ihm gesagt hatte, dann bat er seine Freunde höflich, jetzt zu gehen.

„Ihr müßt wissen, daß das für mich persönlich sehr peinlich ist", sagte er. Seine Hände hatte er hinter seinem Rücken verschränkt. „Weiterhin", flüsterte er weiter, „rechne ich damit, daß ihr die verblüffende Neuigkeit dieses Abends für euch behaltet. Ich muß das Gerät erst testen, bevor die Nachricht an die Öffentlichkeit darf."

Die Gäste murmelten einander zu. Einige grinsten verschmitzt, andere waren ernst. Aber sie stimmten alle zu, wie ein Grab zu schweigen, als sie die Bibliothek verließen. H. G. Wells' Behauptung, eine funktionierende Zeitmaschine gebaut zu haben, sollte ihr Geheimnis bleiben.

Und so stellten sie sich in der Diele in einer Reihe auf und nahmen von Mrs. Nelson ihre Mäntel und Hüte in Empfang. Dann wurde einer nach dem anderen von Duggan durchsucht. Wie echte britische Gentlemen ließen sie die Prozedur über sich ergehen, ohne den Polizisten auch nur eines Blickes zu würdigen. Sie taten so, als gehöre diese Zeremonie zum vergangenen Abend.

Als sie alle gegangen waren, fühlte sich H. G. mehr traurig als verärgert. Seit Monaten hatte er von diesem Ereignis geträumt, seine Entdeckung einem kleinen, kritischen und einflußreichen Freundeskreis bekanntzugeben. Wer hätte sich träumen lassen, daß die Polizei ein solches Treffen stören würde? Er zuckte resigniert die Achseln. Immerhin konnte er dankbar sein, daß sie nicht schon am Beginn oder in der Mitte des Treffens gestört worden waren.

Er seufzte und ging wieder in die Bibliothek. Dort goß er sich den letzten Rotwein ins Glas und setzte sich auf seinen Lieblingsstuhl nahe am Kamin. Er streckte die Beine aus und unterdrückte ein Gähnen. Es war herrlich, sich entspannen zu können, nachdem er die ganze Nacht gesprochen hatte und gestanden war. Verschiedene Dinge gingen ihm durch den Kopf, aber bevor er etwas Angenehmes finden konnte, kam Mrs. Nelson ins Zimmer. Sie trug ein Tablett mit einer Teekanne, Milch, Zucker und einer Tasse in den Händen. Als sie sah, daß er immer noch Wein trank, runzelte sie die Stirn.

„Ich dachte, Sie würden vielleicht gern eine Tasse Tee trinken, während Sie darauf warten, daß die Polizei ihre Arbeit beendet."

Er wollte antworten, hörte aber Lärm von oben. Adams und Duggan hatten sich also über sein Schlafzimmer hergemacht. Er blickte finster drein.

„Zum Teufel mit ihnen! Glauben Sie, daß sie hier wären, wenn ich nicht jene Artikel über freie Liebe geschrieben hätte?"

„Wir sind nicht der einzige Haushalt, den sie durchsuchen, Sir." Sie setzte das Tablett unsanft auf dem Tisch ab.

Da erschien Kommissar Adams in der Tür. Er verzog keine Miene. „Es tut uns leid, daß wir Sie stören mußten, Sir."

H. G. erhob sich langsam von seinem Stuhl, nahm einen tiefen Atemzug und streckte sich. „Stören ist eine Untertreibung. Sie haben meine fundamentalsten Menschenrechte verletzt!"

„Wir gehen jetzt." Adams verbeugte sich leicht, dann ging er zur Diele.

„Was haben Sie denn überhaupt hier zu finden erhofft?"

Adams drehte sich um und antwortete: „Jack the Ripper."

VERBLÜFFT sank Wells in seinen Stuhl zurück. Durch den vielen Wein und den fehlenden Schlaf war er nicht in der Lage, einen klaren Gedanken zu fassen, aber er überlegte trotzdem sehr angestrengt.

Jack the Ripper? Dieser Geistesgestörte hatte seit Jahren immer wieder Schlagzeilen gemacht. Viele Experten waren der Überzeugung, daß er entweder das Land verlassen oder Selbstmord begangen hatte. Wieso wurde er jetzt von Scotland Yard in Mornington-Crescent gesucht? Sein Jagdgebiet waren doch die Straßen von Whitechapel gewesen.

Zweifellos hatte es einen Mord gegeben. Aber wieso verdächtigte man Jack the Ripper? Wenn man der *Times* glauben konnte, dann hatte es in den vergangenen Jahren zahlreiche Nachahmer gegeben. Aber wie konnte sich die Polizei so sicher sein, daß der Grausame wieder zugeschlagen hatte?

Wells schauderte. Aber er hatte großen Respekt vor Scotland Yard. Wenn Adams behauptete, Jack the Ripper befände sich in der Gegend, dann war es sehr wahrscheinlich, daß das stimmte. Wells bedauerte seine grobe und ablehnende Art gegenüber den Polizisten. Er seufzte wieder. Eigentlich war der Besuch von Adams und Duggan ein Segen, denn er wußte jetzt, daß in seinem

Haus keine Gefahr bestand. Er drehte den Kopf und sah auf die Uhr auf seinem Schreibtisch. Zehn Minuten vor sieben. Das Feuer war ausgegangen, und die Rotweinflaschen waren leer. Es war Zeit, zu Bett zu gehen.

Aber in diesem Augenblick ertönte die Stimme von Mrs. Nelson aus der Diele. „Mr. Wells? Ist Dr. Stephenson mit den anderen gegangen?"

„Natürlich."

„Aber sein Umhang und seine Tasche sind noch im Schrank."

H. G. sprang auf und lief in die Diele.

Mrs. Nelson war totenblaß. Sie hielt Stephensons Umhang in der Hand und starrte ihn ungläubig an. Dann deutete sie auf die Flecken auf dem Stoff.

H. G. runzelte die Stirn, denn er konnte den Gedanken seiner Haushälterin nicht folgen. „Was ist los, Mrs. Nelson?"

„Blutflecken, Sir!"

Er griff nach dem Umhang, sah ihn sich genau an und entdeckte tatsächlich mehrere braune Flecken auf der hellen Wolle. Nur den geschulten Augen der gewissenhaften Mrs. Nelson konnte so etwas auffallen.

Er hängte den Mantel an seinen Platz im Schrank zurück und hob die lederne Arzttasche heraus. Er blickte die schwarze Tasche lange an. Als er sie schließlich öffnen wollte, wich Mrs. Nelson zurück und lehnte sich mit angsterfüllten Augen an die Wand. Wells sah zu ihr hoch. „Sollten Sie uns nicht das Frühstück bereiten, Mrs. Nelson?"

Sie nickte, hielt ihre Hand vor den Mund und eilte davon.

H. G. sah ihr nach, bis sie verschwunden war. Als er hörte, wie die Küchentür geschlossen wurde, öffnete er den Verschluß und zog die Tasche langsam auf. Sein Herz hämmerte. Er hob die blutverschmierten Lappen aus der Tasche und legte sie auf den Boden. Unter den Lappen befand sich eine Sammlung chirurgischer Messer aus rostfreiem Stahl, die glänzten, obwohl kein direktes Licht auf sie fiel. Ein starker Geruch erfüllte die Luft. H. G. erinnerte sich an einen Sonntag, als sein Vater hinter dem Haus für das Mittagsmahl einige Hühner geschlachtet hatte. Er hielt sich die Nase zu und atmete durch den Mund, um sich nicht erbrechen zu müssen.

In einer Ecke der Tasche steckte eine kleine Dose. Er griff hinein und hob den Deckel des Behälters ab. Er würgte und biß sich auf die Lippen.

Die Polizei hatte recht. Es war Jack the Ripper. In der Dose waren ein Finger, eine Niere und zwei Augen.

H. G. Wells stopfte die Lappen in die Tasche, machte schnell den Verschluß zu und stieß sie mit den Füßen wieder in den Schrank. Er verschloß den Schrank, drehte sich herum und lehnte sich gegen ihn. Er überlegte krampfhaft. Dr. Leslie John Stephenson, ehemaliger Klassenkamerad und Assistenzarzt, war also der berühmt-berüchtigte Jack the Ripper! H. G. fröstelte. Wer hätte das gedacht! Der Mann war ihm immer klug und feinfühlig vorgekommen. Dennoch war Wells eine düstere, bösartige Schattenseite in seinem Charakter nicht entgangen, die gelegentlich in einem kurzen, aber heftigen Gefühlsausbruch zum Vorschein kam. Einmal hatte er Stephenson beim Handballspielen beobachtet. Damals war er noch Student gewesen und hatte den Ball mit aller Kraft in das Gesicht eines Gegenspielers geschleudert. Ohne Entschuldigung oder den traditionellen Handschlag war er in Siegerpose vom Spielfeld gelaufen. Damals hatte H. G. diesen Gewaltakt frustrierenden Belastungen zugeschrieben, denen der junge Medizinstudent bei der Vorbereitung auf seine Laufbahn ausgesetzt gewesen war. Die volle Tragweite seiner Vermutung war ihm jedoch entgangen.

Wichtigere Gedanken drängten sich ihm auf. War Stephenson noch im Haus? Falls ja, wo? Wie konnte die Polizei ihn verfehlt haben? Ihre Suche hatte länger als eine Stunde gedauert und war zweifelsohne sehr gründlich gewesen. Richtig, Stephenson konnte mit den anderen das Haus verlassen haben, aber ohne seinen Umhang und seine scheußliche Tasche wäre er nie an Duggan vorbeigekommen. Vielleicht war es ihm doch gelungen. Vielleicht hatte er Umhang und Tasche absichtlich zurückgelassen, um deren Untersuchung durch die Polizei zu vermeiden. Nein, das war nicht logisch. H. G. war zusammen mit dem Detektiv die ganze Zeit an der Haustür gewesen. Stephenson hatte gefehlt. Er war weder durchsucht worden, noch hatte er sich bei seinem Gastgeber verabschiedet. In der Verwirrung und Aufregung war sein Fehlen keinem aufgefallen. Wenn er das Haus wirklich verlassen hatte, dann war dies auf eine andere Weise geschehen.

Und wie? H. G. sperrte wieder den Mund auf und faßte sich an die Stirn. Um Gottes willen, wieso kam er erst jetzt darauf?

Er rannte durch die Diele zu der Tür, die zur Hintertreppe

führte. Er öffnete sie und eilte in den Keller hinunter. Die Tür zu seinem Laboratorium war aufgebrochen und stand offen. Der gelbe Schimmer einer Glühlampe drang durch die Tür nach außen. Hatte er vergessen, das Licht abzuschalten? Nein. Die Glühlampen waren zu neu und kostbar, als daß er sie vergessen hätte.

Er schlich zur Tür und machte sie ganz auf. Es war niemand in seinem Labor. Er kniff die Augen zusammen. Stephenson war tatsächlich nicht mehr hier, und er hatte sich auf ganz ungewöhnliche Weise aus dem Staub gemacht.

Die Zeitmaschine beförderte ihren ersten Passagier.

3

DIE Zeitmaschine stand in der Mitte des Raumes. Ein schwaches, bläuliches Schimmern ging von ihr aus, das immer mehr abnahm und schließlich ganz verschwand. Einem außenstehenden Beobachter erschien sie vermutlich klobig, häßlich und schief, aber für H. G. war sie von vollendeter Schönheit.

Die Passagierkammer war viereckig und zweieinhalb Meter hoch. Ihre Konstruktion bestand aus schweren Stahlplatten, die durch Abertausende von Bolzen und Nieten verankert waren. Die Außenwände der Maschine liefen spitz zu, um eine bessere Rotation durch die vierte Dimension zu ermöglichen. An allen Seiten waren kleine, mit dicken Scheiben versehene Fenster eingebaut. Bei manueller Steuerung und langsamer Geschwindigkeit konnte der Passagier so beobachten, in welches historische Ereignis er gerade geriet. Bei einer Fahrgeschwindigkeit von zwei Jahren pro Minute konnte man die Außenwelt natürlich nur als verschwommene, farbige Moleküle erkennen, da die Vorrichtung in einem aufgelösten Zustand durch die Zeit schwirrte.

Unter der Kabine hatte der Antrieb seinen Platz. Der Motor war einen Meter in den Boden versenkt. Er bestand größtenteils aus Präzisionsteilen aus rostfreiem Stahl, aber hin und wieder glänzten auch Nickel- und Eisenteile zwischen den Puffern aus Industriediamanten.

Das Herz der Maschine war eine Vorrichtung, bestehend aus gedrehten Kristalleitern, die die elektromagnetischen Felder aneinanderreihte, verdichtete und in Drehung versetzte. Auf diese

Weise konnte die Maschine aus einer Zeitsphäre in eine andere tauchen.

Innerhalb der Kabine befanden sich die Hebel- und Schaltvorrichtungen, die mühelos von dem Drehstuhl, der mit einem Getriebe ausgestattet war, erreicht werden konnten. Der Stuhl drehte sich mit, da der Passagier sonst die unheimlich schnelle Rotation nicht überleben würde. Die große Zentrifugalkraft würde einen Menschen in wenigen Sekunden töten. Die Skalen mit den Jahreszahlen und Daten drehten sich ebenso mit. Auch die Lenk- und Druckmechanismen waren mit einem Kreiselgetriebe versehen, so daß der ganze Apparat beim Eintritt in eine Zeitebene unter Kontrolle war. Hinter dem Stuhl befand sich eine kleine Kammer für den Notfall, die Nahrung, Sauerstoffflaschen und Kleidung enthielt.

H. G. ging langsam zu seiner Zeitmaschine. Er wunderte sich sehr. Er schielte durch eines der Fenster in das Innere der Kabine. Der Stuhl war leer, also mußte Stephenson zumindest die Gegenwart verlassen haben. Dann kniete er auf dem Boden nieder, öffnete den Deckel des Antriebs und blickte hinein.

Er überprüfte mehrere Kontakte (solche, wo die Kristallbarren mit den metallenen Antriebswellen verschweißt waren), über die er sich bereits den Kopf zerbrochen hatte. Sie waren nicht beschädigt. Dann legte er vorsichtig seine Hand auf den Zwischenraum-Auflösungsregler. Der IVR war noch warm, aber nicht überhitzt oder geschmolzen. Das war ein gutes Zeichen. Er machte den Deckel wieder zu, stand auf und wischte sich die Hände an einem Lappen sauber.

Er ging zur Vorderseite der Maschine und betätigte prüfend den Griff an der Kabinentür. Sie war abgeschlossen. Jetzt hatte er keine Zweifel mehr, denn die Tür ließ sich nur von innen blockieren. Stephenson hatte sich also der Zeitmaschine bedient, um in eine andere Zeitsphäre zu gelangen. Da der Mann nicht über den Spezialschlüssel verfügt hatte, um die Rückkehrautomatik abzuschalten, wurde die Tür selbsttätig verriegelt. Nach der vorgegebenen Wartezeit von genau neunzig Sekunden hatte sich die RRL eingeschaltet und die Maschine zum Ausgangszeitpunkt zurückgebracht.

„Mein Gott, sie hat funktioniert!“ sagte H. G. leise. Er blickte hoch und lächelte stolz über die glänzende Messingtafel, die er erst gestern über der Tür angebracht hatte. Auf ihr stand: UTOPIA.

UTOPIA

Vor dem Jungfernflug wollte er sie feierlich mit einer Flasche Champagner taufen.

Plötzlich runzelte er die Stirn und wurde wütend. „Er kommt in mein Haus, getarnt als alter Freund und ehrwürdiger Doktor der Medizin, trinkt meinen Rotwein, macht sich über mich lustig und benutzt meine Zeitmaschine! Dieser verdammte Kerl! Eine Unverschämtheit ist das!"

Aber wie konnte es Stephenson gelingen, die Maschine erfolgreich zu bedienen? War das Konzept so einfach? H. G. blickte sich kurz um und sah, daß die Notizen und Zeichnungen auf seinem Werktisch durcheinandergeworfen waren. Dieser Fuchs hatte sich vorher genau informiert. H. G. ging wieder zu seiner Maschine.

Er nahm seinen Schlüsselbund aus der Tasche, öffnete die Tür zum Passagierraum, ging hinein, setzte sich hin und studierte die Instrumente. Der Rotationsschalter war in der äußersten östlichen Position, und die Skalen verrieten ihm, daß Stephenson in das Jahr 1979 gereist war. Wieso ausgerechnet 1979? H. G. runzelte die Stirn und dachte nach. Bei dem Treffen hatte er vorhergesagt, daß die Welt gegen Ende des zwanzigsten Jahrhunderts ein Utopia sein werde, aber er hatte nicht von einem bestimmten Jahr gesprochen.

Es lag auf der Hand, daß der Mann die Zeitmaschine nur benutzt hatte, um der Polizei zu entkommen, die ihm dicht auf den Fersen war.

„Hm", murmelte er. Sollte er mit seiner Vorhersage tatsächlich recht haben, dann wäre Stephenson im Jahre 1979 verloren. Er hätte alle Mühe, sich in einer Gesellschaft zurechtzufinden, in der es keine Kriminalität und Gewalt gäbe. H. G. richtete sich plötzlich auf. Um Gottes willen! Wieso machte er sich Sorgen um Stephenson? Was wäre mit den glücklichen und zufriedenen Menschen von 1979? Was wäre, wenn dieser Kerl ein neues Blutbad anrichten würde wie 1888 und 1892? Die Menschen von 1979 wären hilflos, wenn sie sich plötzlich dem Gewohnheitsverbrecher und grausamsten Mörder Londons gegenübersähen. Panik würde ausbrechen.

H. G. starrte auf die Instrumente. Er mußte etwas unternehmen. Schnell! Er wischte sich den Schweiß von der Stirn. Ein verruchter Mörder benutzt meine beispiellose Maschine, um sich dem Zugriff der Justiz zu entziehen! Meine Zeitmaschine ist für den Nutzen der Menschheit gedacht und darf nur zu diesem Zweck eingesetzt werden. Trägt sie nicht den Namen einer vollkommenen menschlichen Gesellschaft?

Er ging auf und ab, rauchte nervös und fällte eine schnelle Entscheidung. Dr. Leslie Stephenson mochte nicht an Vergeltung glauben, aber H. G. Wells war anderer Ansicht. Es gab nur eine Lösung: Er mußte Jack the Ripper fangen und zurückbringen.

Kurz entschlossen ging er zu dem Safe, der in eine Wand seines Laboratoriums eingemauert war, stellte die Kombination ein und riß die Tür auf. Er nahm die fünfzig Pfund, die er dort für Notfälle aufbewahrte, legte das Geld in seine Brieftasche, doch überlegte es sich dann anders. Was sollte aus Mrs. Nelson werden? Er stand ja nicht vor einer Reise nach Afrika, wo er ihr postwendend bei Bedarf einige Pfund zukommen lassen konnte. Nein, es war besser, ihr das Geld zu überlassen. Sie konnte damit mindestens ein halbes Jahr auskommen, und wenn er bis dahin nicht zurück wäre . . . Er schauderte.

Er ging zur Werkbank, steckte das Geld in ein Kuvert, dann schrieb er eilig einige Zeilen.

> Liebe Mrs. Nelson,
>
> ich muß London vorübergehend verlassen. Sollte ich in einem Monat noch nicht zurück sein, dann verwenden Sie bitte den Rest des Geldes, um sich eine neue Stellung zu sichern.
>
> Mit besten Grüßen
>
> HGW

Er faltete den Zettel, steckte ihn in das Kuvert, legte ihn vor die Labortür und schloß ab. Dann ging er wieder zum Safe, griff tiefer hinein und holte den alten Schmuck heraus, den seine Mutter ihm vermacht hatte.

Er steckte die Erbstücke in die Tasche, ging zur Zeitmaschine, machte einen tiefen Atemzug – er hoffte verzweifelt, daß es nicht sein letzter wäre – und kletterte hinein. Er verriegelte die Tür, nahm auf dem Stuhl Platz und befestigte die Gurte. Es war unnötig, den Regler für die Zielzeit einzustellen, denn das hatte Stephenson bereits getan. Jahr: 1979. Monat: November. Tag: fünf. Alles bereit. Aber Wells' Jungfernflug sollte dennoch keine Spazierfahrt werden.

Er bediente die verschiedenen Schalter, die den Antrieb anlaufen ließen. Ein leises Brummen von unten verriet ihm, daß sich bereits Energiefelder aufbauten und beschleunigten. Es konnte nur noch Sekunden dauern. Eine Lampe am Instrumentenbrett leuchtete auf. Die Maschine war bereit.

H. G. wischte sich erneut den Schweiß von der Stirn. Es war noch nicht zu spät, die Reise abzubrechen. Stephensons Flucht war eine Verzweiflungstat gewesen, aber er, Wells, war nicht gezwungen, durch die Zeit zu schwirren. Er konnte in der Gegenwart bleiben und weiterhin herumpfuschen, schreiben, träumen . . . Er könnte ein anständiges, produktives Leben führen und auf den Sprung ins Ungewisse verzichten. Hatte nicht schon seine Mutter ihn stets davor gewarnt, zu impulsiv zu sein?

Er streckte die Hand aus, um den Antrieb abzuschalten. Er hatte den Hebel schon halb umgelegt, als er plötzlich innehielt. Zum Teufel damit! Sollten all die Jahre der Forschung und Konstruktion umsonst gewesen sein? Er mochte zwar impulsiv sein, aber er war nicht leichtsinnig. Schließlich war der Zweck seines Daseins, das Unbekannte zu erforschen, das zu tun, was kein Mensch vor ihm gewagt hatte.

Er machte ein finsteres Gesicht. Er stand nicht vor einer Fahrt ins Ungewisse. Denn Stephenson hatte bereits vor ihm auf diesem Stuhl gesessen. Und das festigte seinen Entschluß. Selbst wenn es um Leben oder Tod ging, so hatte er die feste Absicht, diesen gemeinen Mörder Stephenson zurückzuholen.

Er biß die Zähne zusammen und schob den Hebel ganz durch. Die *Utopia* reagierte verblüffend schnell und unerwartet. Sie erreichte bald eine so große Drehgeschwindigkeit, daß die Wände des Laboratoriums durchscheinend wurden. Er fühlte sich, als würde er hilflos in die Tiefe fallen und gleichzeitig von einer unsichtbaren Hand in die Höhe geworfen. Er stellte sich vor, daß er sich mitten in einer gewaltigen Windhose befände, dann wurde ihm schwindlig. Sein Kopf wurde gegen die Kopfstützen gepreßt, sein Magen hob und senkte sich. Ihm war hundeelend.

Die Maschine beschleunigte ihre Rotation immer mehr, und Wells konnte nicht mehr logisch denken. Seine Gedanken wurden verschwommen, er verlor die Orientierung. Er glaubte, er müsse gleich explodieren und irgendwo in dem außerzeitlichen Nebel, der ihn umgab, sterben. Mit panischer Angst versuchte er verzweifelt, die Gurte zu lösen, obwohl das seinen sicheren Tod bedeutet hätte. Aber er war kaum in der Lage, sich zu bewegen.

Und das war sein Glück, denn in die Leere hinausgewirbelt, hätte er sich sofort in nichts aufgelöst.

Er wimmerte und zitterte, während die Maschine auf ihrer Irrfahrt durch die Zeit wirbelte. Zum erstenmal seit seiner Kindheit fing er an zu beten. Dann schüttelte er energisch den Kopf. Er mußte wieder die Kontrolle über sich gewinnen. Aber es half nichts. Seine Lider wurden schwerer und schwerer. Sein Verstand und Körper wurden von tiefer Schwärze umhüllt. Nichts hatte mehr Substanz. Sein letzter bewußter Gedanke war, daß er sich irgendwo entlang der vierten Dimension schmerzlos in nichts auflöste.

Er erwachte mit einem Ruck. Die Schwärze war verschwunden und das Brummen der *Utopia* weniger intensiv. Er wischte sich die Augen. Ein Meer von hellen, aber verschwommenen Farben umgab ihn. Dann griff er in seine Tasche, nahm seine Taschenuhr heraus und hielt sie hoch. Er zwinkerte, dann sperrte er ungläubig den Mund auf. Die Uhr erstrahlte, bestand aus abertausend Farben. Ebenso seine Arme und Beine. Jetzt mußte er sich im aufgelösten Zustand befinden!

Er bewegte seine Arme vor seinen Augen auf und ab und sah ein glitzerndes, schillerndes Farbenspiel von unvorstellbarer Schönheit. Er lächelte. Er war mit dem Universum zu einer Einheit verschmolzen! Er hatte sich zwar aufgelöst, aber er fühlte sich ausgezeichnet.

Aber wo war er? Welche Zeit war es? Er hielt die Uhr näher an seine Augen und betrachtete sie lange. Die Farben sprangen wie züngelnde Flammen umher, aber schließlich konnte er den Stand der Zeiger ablesen. Er hatte seinen Flug um 7.14 Uhr begonnen. Stephenson hatte also einen Vorsprung von mindestens neunzig Minuten. Wells war jetzt seit dreiundzwanzig Minuten unterwegs. Er lehnte sich zurück und schloß die Augen, um besser überlegen zu können. Wenn seine Berechnungen richtig waren, dann würde er im Jahre 1979 um 7.57 Uhr ankommen. Die vierte Dimension hatte ihn also nicht ums Leben gebracht. Während sein Körper in einen aufgelösten Zustand überging, hatte er lediglich geschlafen. Es war alles in Ordnung!

Er lachte. Dem Erfolg stand nichts mehr im Wege. Vor Freude hüpfte er in seinem Stuhl auf und ab, soweit das die Gurte erlaubten. Eine Woge der Begeisterung und Euphorie kam über ihn, daß er, H. G. Wells, es geschafft hatte, die vierte Dimension zu überwinden. Und wenn er dazu in der Lage war, dann konnten auch andere diese Reise wiederholen. Der Mensch konnte die Ewigkeit erreichen.

Um 7.54 Uhr verwandelte sich das prächtige Farbenspiel in ein Grau, und H. G. wußte, daß die Maschine im Begriff war, im Jahr 1979 zu landen. Und als die Panik wieder in ihm hochkletterte, kontrollierte er seine Gedanken, indem er sich auf mögliche Komplikationen konzentrierte, denen er hilflos ausgesetzt war. Ein Versagen im IVR-System zum Beispiel. Oder falls er chemisch auf 1979 reagieren würde und explodierte? Oder implodierte?

Um genau 7.56 Uhr gab es einen lauten Knall wie bei einem Gewitter. Alles wurde schwarz. H. G. sackte bewußtlos auf seinem Stuhl zusammen.

Das Geräusch entfernter Stimmen und widerhallender Schritte weckte ihn. Sein erster Gedanke war, daß er eine ganze Ewigkeit im Koma gelegen hatte und sich jetzt in einem Krankenhaus der Zukunft befand, wo fortschrittliche Menschen seinen altertümlichen Verstand und Körper untersuchten. Ein kurzer Blick auf das Instrumentenbrett seiner Zeitmaschine bewies ihm, daß dem nicht so war. Daraufhin untersuchte er kritisch seine unmittelbare Umgebung und war sehr erstaunt. Das Instrumentenbrett hatte einen Riß, und seine Farben waren verblaßt. Die einst glänzenden Elfenbeinschalter waren von einer schmutzigen braunen Schicht überzogen. Das Glas, das die Skalen bedeckte, war zwar noch ganz, aber hatte sich im Laufe der Zeit so verfärbt, daß es fast unmöglich war, die Zahlen und Werte abzulesen. Der Rotationsschalter war verrostet und steckte in seiner östlichen Position fest. Das bedurfte einer Reparatur, wollte er je wieder nach Hause kommen.

Er drehte sich auf seinem Stuhl und öffnete den Verschluß der Vorratskammer. Das Wasser war verdunstet, die Lebensmittel waren nur mehr ein Häufchen Staub, und das Gewebe der Kleider bröckelte bei Berührung ab. Etwas Unvorhergesehenes war geschehen. Das Gurtwerk, das ihn auf dem Stuhl gehalten hatte, war noch wie neu, und der Beschleunigungshebel zeigte noch die schimmernde Ölschicht, die er tags zuvor aufgetragen hatte.

H. G. Wells runzelte die Stirn. Er hatte einen fast verhängnisvollen Fehler gemacht. Er hätte die gesamte Kabine mit einem Kreiselantrieb versehen sollen, um Beschädigungen durch die hohe Energie der Rotation zu vermeiden. Er war womöglich viel weiter in die Zukunft gegangen, da sich die Regler auch zersetzt haben könnten.

Plötzlich schoß ihm ein Gedanke durch den Kopf. Warum hatte die Maschine nicht gealtert ausgesehen, nachdem sie Stephenson ins Jahr 1979 gebracht hatte? H. G. mutmaßte, daß das auf das Masse-Verjüngungsprinzip zurückzuführen war, das in Kraft trat, wenn man rückwärts durch die Zeit reiste. Wollte er also je in die Vergangenheit reisen, so mußte er sich das zuvor gut überlegen. Wenn in der Vergangenheit die Technik der Maschine nicht existierte, dann . . . Er grinste verschmitzt. Was sollte es! Diese Reise war überstanden.

H. G. löste das Gurtwerk und stand auf. Er fühlte sich sofort schwindlig und lehnte sich gegen eine Seitenwand der Kabine, um einen ersten Blick auf die Zukunft zu werfen. Aber die Scheiben waren geschwärzt und rissig. Er konnte überhaupt nichts sehen.

Ärgerlich sperrte er die Tür auf. Er tat dies mit dem Spezialschlüssel, der gleichzeitig die Rückkehrautomatik abschaltete. Denn es lag nicht in seiner Absicht, daß die Maschine selbsttätig ins Jahr 1893 zurückkehrte und er wie ein Schiffbrüchiger zurückbleiben mußte. Dann stellte er mit Überraschung fest, daß der Türgriff kürzlich gereinigt und geölt worden war. Und als er die Tür aufmachte, quietschte sie nicht in den Angeln, wie er erwartet hatte. Auch diese waren frisch geölt. Hatte sich jemand anders mit seiner Maschine befaßt?

Er machte seinen ersten Schritt in das Jahr 1979.

Er untersuchte die Stahlwände der Zeitmaschine, die noch intakt waren. Die Messingplatte über der Tür mit dem Namen UTOPIA war mit Grünspan überzogen und unleserlich. Er drehte sich langsam um und stellte fest, daß er auf einer Estrade stand, die von oben mit Scheinwerfern beleuchtet war. Das Podest befand sich in der Mitte eines großen, runden Raumes mit einer hohen Decke und einem verzierten, gewölbten Eingang. Was war aus seinem Laboratorium geworden? In der Theorie sollte sich seine Zeitmaschine nur auf der vierten Dimension, nicht räumlich, bewegt haben.

Er zitterte. Er hatte Angst, sich zu bewegen, Angst, zu atmen. Befand er sich jetzt in einem umgekehrten Zustand und betrachtete sein Inneres von weiter innen? War er tot? War er in die Schichten seines Unterbewußtseins eingehüllt? Er trat einen großen Schritt nach vorn und zuckte bei dem entstehenden Geräusch zusammen. Dann drehte er sich ganz herum und sah, daß er sich mitten in einer Ausstellung befand. Seine Augen weiteten sich. Hinter ihm waren komische Erfindungen ausgestellt. Die kleineren befanden sich auf Tischen. Waren das Motoren, Kommunikationsvorrichtungen oder Schreckensbilder seiner eigenen Phantasie?

Vor ihm standen drei Glasvitrinen, in denen sich eine Menge Bücher und Skizzen befanden. Die Bücher waren sehr alt und in Leder gebunden, die Zeichnungen eingerahmt. Einige der Skizzen und Pläne erkannte er wieder. Er selbst hatte sie für seine Zeitmaschine gefertigt. Er runzelte die Stirn, dann sah er nach rechts. In der hinteren Ecke des Raumes erkannte er in einer anderen Vitrine die vergilbten Blätter der *Pall Mall Gazette*. Er stieg vom Podest herab und ging auf diesen Schaukasten zu. Dabei stieß er gegen ein rotes Absperrseil. Er drehte sich wieder um und ließ seine Blicke durch den ganzen Raum schweifen.

An der Wand hing ein Schild: H. G. WELLS – EIN MANN, DER VOR SEINER ZEIT LEBTE!

Ach, du meine Güte, überlegte er. Habe ich all das getan? Wurde aus meinem Laboratorium ein Museum? Haben sich meine privaten und öffentlichen Triumphe und Niederlagen in Antiquitäten verwandelt, die von Schulgruppen und Museumsbesuchern gemustert und betastet wurden? Was denken sie von mir?

Er ging in die Mitte des Raumes, um eine bessere Übersicht zu bekommen. Seine Gedanken drehten sich im Kreis. Die plötzliche Erkenntnis, daß er ein berühmter Mann geworden war, war zuviel für ihn.

Plötzlich brach er in freudiges Gelächter aus. Es war ein gutes Gefühl zu wissen, daß er es offenbar geschafft haben würde, wieder im London von 1893 zu sein. Diese Tatsache flößte ihm Optimismus ein und bewahrte ihn davor, verrückt zu werden.

Er befaßte sich erneut mit der Ausstellung, um mehr über sein Leben zu erfahren. Als er eine alte Fotografie entdeckte, wich er einen Schritt zurück, faßte sich zitternd an die Stirn und wollte wegsehen, aber wie hypnotisiert mußte er auf das Bild starren.

Das Bild stellte einen Mann dar. Er war recht vierschrötig und gewichtig, das Haupt nur mehr spärlich behaart, die Backen dick und das Gesicht voller Falten. Er sah alles andere als glücklich aus. Auf dem Schildchen unter der Fotografie stand zu lesen: „H. G. Wells mit fünfzig Jahren."

„Nein!" rief er verzweifelt. „Nein, das bin nicht ich! So werde ich niemals aussehen! Das werde ich nicht zulassen!" Immer noch starrte er die Fotografie an. Das Abbild konfrontierte ihn mit seiner eigenen Sterblichkeit. Die Frage aller Fragen schoß ihm durch den Kopf. Wann würde das Leben für H. G. Wells zu Ende sein?

Er blickte sich erregt um. Die Ausstellung enthielt bestimmt einen Nachruf und sein Todesdatum. Gott sei Dank stand es nicht in großen Lettern unter seinem Namen. Er wollte es nicht wissen. Er wollte es nie wissen.

Er fühlte sich elend. Er mußte weg von hier. Er lief zum Absperrseil und zwang sich, nichts anderes anzusehen. Aber über der Tür zu der Halle sah er eine Uhr, auf der es 16.04 Uhr war. Er hielt inne, runzelte die Stirn und holte seine Taschenuhr hervor. 8.04 Uhr.

Jetzt war er einer Panik nahe. Er wußte, daß seine Berechnungen nicht so falsch sein konnten – es sei denn, etwas Unerwartetes war geschehen. Sein Laboratorium war verschwunden, sein Haus war verschwunden, alles war verschwunden, und er hielt sich anscheinend in einem Museum auf. Die Zeit stimmte nicht im geringsten.

Er hörte Stimmen und Schritte, die immer näher kamen. Da es keinen anderen Fluchtweg gab, eilte er zur Zeitmaschine zurück, stieg in die Kabine und kauerte sich auf den Boden.

Ein Führer begleitete eine Gruppe in den Ausstellungssaal. „Eine weitere hervorragende Gestalt aus dem späten neunzehnten Jahrhundert war H. G. Wells“, dröhnte die Stimme des Führers durch die Halle. „Er war Schriftsteller, Wissenschaftler, Sozialkritiker, Historiker und Erfinder.“

Von Ehrfurcht ergriffen lauschte Wells in seinem Versteck.

„Vor sechs Monaten stieß man bei umfangreichen Sanierungsarbeiten in London auf das obskure Laboratorium des Erfinders, das sich in einem Keller mit Ziegelwänden befand. Und man kann sich leicht ausmalen, was die Archäologen dabei zu Tage gefördert haben.“

H. G. öffnete die Tür einen Spalt und streckte den Kopf hinaus, da er unbedingt sehen wollte, wie die Menschen des Jahres 1979 aussahen.

„Meine Damen und Herren“, fuhr der Führer fort. „Die Kalifornische Akademie der Naturwissenschaften und das Naturwissenschaftliche Museum von San Francisco sind stolz, Ihnen die Wellssche Zeitmaschine zeigen zu können!“

San Francisco? Wie zum Teufel war er nach San Francisco gekommen? Die Zeitmaschine bewegte sich doch nur entlang der vierten Dimension! Seine Gedanken überschlugen sich, und schon bald dämmerte es ihm. Natürlich! Wenn Archäologen sein Laboratorium und die Zeitmaschine „entdeckt" hatten, dann würde das einmalige Stück sicherlich um die ganze Welt reisen, damit jeder es besichtigen konnte. Die Zeitmaschine mußte sich auf einer Welttournee befinden.

„Natürlich war die Arbeit dieses rätselhaften Mannes umsonst, denn der Apparat hat nie funktioniert."

H. G. setzte sich empört auf. Diese Bemerkung war eine Frechheit! Wie konnte es dieser Idiot wagen zu behaupten, die Zeitmaschine würde nicht funktionieren?

Ein kleines Mädchen unter den Besuchern sah Wells und kicherte. „Mutti, was macht denn dieser komische Mann da?"

Der Führer wandte sich um und entdeckte Wells, der die Kabinentür zuschlug und absperrte. „Hallo, Sie da! Das ist verboten!"

H. G. griff bestürzt nach dem Rotationshebel und versuchte mit aller Kraft, ihn in die westliche Position umzulegen. Aber der festgerostete Hebel gab nicht nach. Es gab noch eine Möglichkeit. Er konnte weiter in die Zukunft fliehen, aber beim gegenwärtigen Zustand der Maschine wäre das sehr leichtsinnig gewesen.

Der Führer klopfte bereits an die Tür. „Sir, hier darf nichts berührt werden!"

Mit einem Schrei entriegelte H. G. die Tür und warf sie auf. Sie schmetterte gegen den Kopf des Führers und schlug ihn zu Boden. H. G. sprang mit einem mächtigen Satz aus der Maschine, rannte zum Ausgang und riß das Absperrseil mit. Die Leute wichen ihm aus. Einige lachten verblüfft. Er lief aus dem Saal und fand sich bald in unzähligen Korridoren und Gängen wieder. Er hörte Trillerpfeifen und das Trampeln von Wächtern, die seine Verfolgung aufnahmen.

Am Ende eines Korridors kam er zu einer Tür mit der Bezeichnung Notausgang. Er riß sie auf, und es ertönte ein automatischer Feueralarm, der die Verwirrung noch vergrößerte, denn jetzt mußten die Wächter das Gebäude evakuieren.

H. G. rannte über eine kleine Treppe und landete in den Kellerräumen, die voll alter Vitrinen, Podeste und Ramsch waren, der der heiligen Hallen darüber nicht mehr würdig war. An einer Ecke des Korridors sah er Licht, hörte aber keine Stimmen. Er lief um die Ecke und entdeckte einen Ausgang.

Er ging hinaus, dann kam er über eine Treppe auf einen betonierten Gehweg. Er entfernte sich vom Museumsgebäude und versuchte, nicht aufzufallen. Vom Haupteingang her hörte er die Rufe der Wächter, die die Besucher evakuierten. Der schmale Weg führte in ein kleines Wäldchen, und sobald das Museum außer Sicht kam, war H. G. sehr erleichtert.

Ihm war aufgefallen, daß das Wetter sehr den ungünstigen atmosphärischen Verhältnissen Londons ähnelte. Der Himmel war bewölkt, und feiner Dunst zog durch die Bäume. Es war nur etwas wärmer als in London, und die Luft war nicht so feucht. Aber es roch komisch. Es fehlte der ausgeprägte Geruch nach brennenden Kohleöfen. Er zuckte mit den Achseln und erinnerte sich daran, daß er eine Mission auszuführen hatte.

Nach einer Biegung und ein paar Stufen kam er an ein Tor und erkannte, daß er sich in einem japanischen Garten befand. Er hielt kurz inne und bewunderte die Schönheit der Blumen und die ausgefallenen Farben der großen Karpfen im Teich. Er berührte einen Zwergbaum, lächelte und fühlte sich wieder sicherer. 1979 war also zugleich eine alte und eine neue Welt, die das Gute und Nützliche der Vergangenheit mit den besseren Dingen der Gegenwart kombinierte. Zwar hatte er diese neuen Dinge noch nicht gesehen, aber es war beruhigend, daß es noch Blumen, Bäume und Gras gab. Er setzte sich wieder in Bewegung und folgte einem Pfad, der sich um den großen Teich wand und wahrscheinlich aus dem Garten führte.

Hinter ihm erklang ein entferntes hohes Geräusch, das immer lauter wurde und schließlich wie Donner klang. Er verzog sein Gesicht, hielt sich beide Ohren zu und kniete sich auf den Boden. Dann sah er zum Himmel und erblickte erstaunt eine große silberne Maschine mit mächtigen Flügeln, konischen Motoren, Schiffsluken und blauen und weißen Kennzeichnungen.

Sie stieg langsam in den Himmel auf und bewältigte mühelos die Schwerkraft. Mein Gott, was war das bloß? War nicht schon Ikarus in das Ägäische Meer gefallen?

H. G. vergaß alles um sich herum, sprang auf und lief durch den Park hinter dem Flugzeug her. Er blickte dem riesigen Vogel so lange nach, bis er ihn nicht mehr sehen konnte. Das Donnern wurde leiser und zu einem dumpfen Dröhnen. Seit der Zeit der Griechen war es der Traum der Menschheit gewesen, wie ein Vogel fliegen zu können. Nach vielen Tausenden von Jahren war dieser Traum in Erfüllung gegangen. Die gewaltige Flugmaschine war der Beweis, daß H. G. mit seinen Äußerungen recht gehabt hatte: Wissenschaft und Technik brachten Entlastung und Fortschritt.

Vielleicht hatte er selbst zur Erfindung des Flugapparates beigetragen? Bevor er 1979 wieder verlassen würde, wollte sich Wells so einen Apparat genauer ansehen.

Er spürte ein Knabbern an seinen Füßen und sah hinab. Er stand knietief im Wasser eines Teichs, und Karpfen machten sich an seinen Hosenbeinen zu schaffen. Mit einem verlegenen Murmeln verließ er schleunigst den Teich, in den er geraten war, und ging weiter.

Er folgte einem Spazierweg durch weite Grasflächen und Baumgruppen. Dieser Park stand in nichts einem Londoner Park von vor sechsundachtzig Jahren nach. Auf einer Wiese spielten Kinder mit einem Hund, ein älteres Paar saß auf einer Bank und las, ein junger Mann sonnte sich mit seiner Freundin auf einer Decke. Ein friedliches und idyllisches Bild.

Er runzelte die Stirn. Nostalgie für die Gegenwart war ebenso schlecht wie Nostalgie für die Vergangenheit. Er konnte nicht nur träumend durch diese Welt wandern. Er mußte Leslie John Stephenson finden, und die Zeit drängte. Unbedingt. Er wollte nicht dafür verantwortlich bleiben, diesen Mörder auf die glücklichen Bewohner von 1979 losgelassen zu haben.

Er ging über eine kleine Anhöhe. Bald würde er sich mit jemandem unterhalten und seine ganze Klugheit anwenden müssen, um Stephenson ausfindig zu machen. Plötzlich hörte er ein stetiges Rauschen, das sich wie ein Wasserfall anhörte. Oder war es nur der Wind? Es war auf alle Fälle ein fremdartiges Geräusch, und er bereitete sich auf eine weitere faszinierende Entdeckung vor.

Von der Spitze des Hügels sah er, daß der Park aufhörte und eine Straße an seine Stelle trat. Keine Pflastersteine. Aber woher kam dieses Geräusch? Er drehte sich um und sperrte den Mund auf. In einer Meile Entfernung befand sich ein enormes, breites Gebilde aus Beton, das sich über den Horizont wölbte. Es war offensichtlich eine Straße, eine moderne Brücke, denn über ihre Flächen rasten ameisenähnliche Gebilde in zwei Richtungen. Wells betrachtete entzückt dieses Ballett moderner Technik.

Dann lächelte er verschmitzt. Wie klug, dachte er. Diese Gebilde müssen etwas mit dem Verbrennungsmotor von Daimler und

Benz zu tun haben. Sie wurden sogar von ganz normalen Menschen gelenkt.

Plötzlich sah er einen stromlinienförmigen, schlanken Zug, der über einen Berg kam und entlang der Brückenstraße fuhr. Der Zug hielt an einem Bahnsteig, ließ Fahrgäste ein- und aussteigen und fuhr dann mit einem elektrischen Pfeifen wieder davon.

Er blickte ihm verdutzt nach. Was für ein Zug! Was für eine herrliche, atemberaubend kraftvolle Maschinerie! Scheinbar war das der Enkel der Londoner Untergrundbahn, aber er stieß keine riesigen Schwefelwolken aus. Welch ein Wunder!

Das war also San Francisco. Herrlich! Auch London mußte unbeschreiblich sein.

IN HOCHSTIMMUNG verließ H. G. den Park. Er ging auf einem Bürgersteig an einer Straße entlang und hielt immer wieder inne, um die Form und Verarbeitung der Fahrzeuge zu bewundern, die an der Straße standen. Bald kam er an eine Stelle, wo eine junge Dame auf einer Bank saß, über der das Schild HALTESTELLE angebracht war. Er blieb in wenigen Metern Entfernung stehen und starrte die junge Frau an. Ihr Haar war lang und schwarz und hatte viele Locken, die über die Schultern hingen. Ihr Gesicht war hübsch und sanft, die hohen Wangen machten sie vornehm, und ihre Lippen waren voll und sinnlich. Sie trug eine lockere Bluse und eine *Hose!* Ihre Haut war von gesunder Farbe, und ihre Figur, die durch die leichte Bekleidung deutlich zum Vorschein kam, war so vollkommen, daß H. G. sich vorstellte, im Garten Eden gelandet zu sein. Bezaubert starrte er das Abbild einer fortschrittlichen Eva an.

Sein Herz klopfte, und seine Hände wurden feucht. Vor seiner Rückkehr wollte er so eine Frau haben. In der Vergangenheit hatte er so viele Enttäuschungen erlebt, auch wenn die Frauen sich noch so ausgefallen und fortschrittlich gebärdet hatten. Munter pfeifend ging er zu ihr hin. „Entschuldigen Sie, Madam." Er verneigte sich leicht. „Können Sie mir sagen, wo ich bin?"

Die junge Frau machte große Augen, runzelte die Stirn, erhob sich und ging schnell fort.

H. G. war wie vor den Kopf gestoßen. Er wußte bereits, daß die Leute Englisch sprachen. Das konnte also nicht das Problem sein – es sei denn, es lag an seinem Dialekt oder seiner Wortwahl. Dann inspizierte er seine Kleidung und verstand. Sie war altmodisch.

Nicht nur das, seine Schuhe und Hosenbeine waren naß und schmutzig. Er konnte sich gut vorstellen, wie sein übriges Äußeres wirkte. Er mußte schnell seine Juwelen verkaufen, um modernes amerikanisches Geld zu bekommen. Dann konnte er sich neu einkleiden, um einen respektablen Eindruck zu machen.

Die gegenüberliegende Seite der Straße war von Menschen überfüllt, also nahm er sich vor, gleich dort zu beginnen. Er ging über die Kreuzung und kümmerte sich nicht um die runden Lichter an den Metallpfosten, da er sie nicht verstand. Als er in der Mitte der Straße war, kamen mehrere Fahrzeuge um eine Kurve und fuhren schnell auf die Kreuzung zu. H. G. aber sah in eine andere Richtung. Plötzlich hupte es. Er wirbelte herum und riß entsetzt den Mund auf. Die metallisch glänzende Maschine raste auf ihn zu. Sie würde gegen ihn prallen und ihn zermalmen. Dann ertönte ein schreckliches Quietschen, und von den Rädern der Maschine stieg schwarzer Rauch auf. Im letzten Augenblick konnte die Maschine ausweichen und hielt an. Der junge Mann, der die Maschine betätigte, lehnte sich erbost aus dem Fenster und schrie: „Verdammter Idiot!"

Und dann waren die anderen Fahrzeuge herangekommen, und die überraschten Führer steuerten hin und her, fuhren groteske Zickzacklinien, um nicht gegen ihn oder andere Fahrzeuge zu prallen. Das Hupkonzert war ohrenbetäubend.

Endlich reagierte H. G. Er lief auf den Gehsteig zu, aber gerade in diesem Augenblick kam ein motorisiertes Fahrrad um die Kurve. Es fuhr sehr schnell und war sehr groß. H. G. hechtete zur Seite, landete auf dem Gehsteig und konnte gerade noch seine Beine zurückziehen, bevor das Motorrad knapp an ihm vorbeiraste. Dabei riß er sich ein großes Loch in den teuren Stoff seines Mantels.

Sehr mitgenommen kämpfte sich H. G. wieder auf die Beine und floh zurück in den Park. Er rannte an einigen Baumgruppen vorbei, erreichte ausgedehnte Wiesen und verlangsamte seinen Schritt. Er ging in die Richtung, von wo er gekommen war. Ein wenig begangener Pfad führte in eine Mulde mit Felsen und Dickicht. Er setzte sich auf einen Stein und ruhte sich aus. Sein erster Kontakt mit der fremdartigen Technik war ein Alptraum gewesen. Aber er schrieb sich die Schuld dafür selbst zu. Er kannte nicht die Gesetze und Regeln, die den Massengebrauch von Maschinen regelten. Dann wurde er ärgerlich, denn er erinnerte sich an die Worte seines brillanten Biologielehrers. T. H. Huxley hatte gesagt: „Man muß das große Machtpotential der Wissenschaft respektieren und klug damit umgehen. Aber man darf die Wissenschaft nie über die Humanität setzen, denn es gibt nichts Heiligeres als die Menschenrechte des einzelnen."

Warum hatten die Führer dieser Maschinen nicht angehalten und ihn passieren lassen? Waren sie rücksichtslos, ungeduldig oder schlecht ausgebildet? Wie dem auch sei, das nächste Mal wollte er sehr vorsichtig und zurückhaltend sein, wenn er wieder mit dieser unglaublichen Technologie zu tun hatte.

Die Sonne war bereits untergegangen. Zweifellos waren alle Geschäfte schon geschlossen, und er konnte heute nichts mehr ausrichten.

Er überlegte kurz, wie es Stephenson ergangen sein könnte. Falls er noch am Leben war. Aber ein so schlauer Fuchs, der Scotland Yard fünf Jahre lang an der Nase herumführen konnte, würde in jeder Zeitebene überleben. Was ihn selbst anging, so war sich H. G. darüber nicht so sicher.

Obschon er hungrig und durstig war und sich nach einem Bad und frischen Kleidern sehnte, beschloß er, die Nacht im Park zu verbringen. Er war zu erschöpft, um mit der Gastfreundschaft der Bürger San Franciscos zu experimentieren. Da es in der Mulde Insekten gab – besonders Moskitos –, erkletterte er den Hügel, auf dem er bereits gestanden hatte. Dort kauerte er sich zwischen einen Baumstamm und einen Busch und benutzte seinen zerschundenen Mantel als Kopfkissen. Als die Nacht über den Park hereinbrach, lauschte er den Geräuschen der Stadt, die ihm fremd waren. Mein Gott, was würde er jetzt für eine gute Tasse Tee von Mrs. Nelson geben, wie sie ihn vor wenigen Stunden für ihn zubereitet hatte! Oder eine Flasche Rotwein aus Frankreich.

Nicht einmal in seiner unglücklichen, kargen Kindheit hatte er sich so einsam und verlassen gefühlt. Er hatte Angst, für immer seine Zeit zu verlieren.

Er schlief – gelinde gesagt – unruhig.

4

H. G. Wells erwachte mit einem Ruck. Es war kurz nach acht Uhr, und der Lärm der Rush-hour hatte jetzt seinen Höhepunkt erreicht. Er erhob sich und konnte nicht sofort klar sehen. Er rieb sich den

Schlaf aus den Augen, die daraufhin brannten. Das führte er auf seinen schlechten Schlaf zurück. Er blinzelte auf die Straßenbrücke hinunter. Seine Augen waren gerötet, und seine Nase juckte.

Er runzelte die Stirn. Die acht Fahrzeugschlangen bewegten sich nur langsam, und oft kamen sie ganz ins Stocken. Der Fall war klar: zu wenige Straßen für zu viele Fahrzeuge. Er sah nach oben. Dort drehten Maschinen Kreise über der Fahrbahn. Die fliegenden Maschinen waren nicht so groß wie das Luftschiff, das er tags zuvor gesehen hatte, aber sie brummten wie Bienen. Schnell erkannte er, daß die Fluggeräte den Verkehr auf der Straße überwachten und regelten.

Er stand auf, streckte seine Glieder und hustete. Dabei spuckte er etwas Blut. Noch eine Nacht im Freien, und er würde bald wieder seine Tuberkulose haben. Fest entschlossen verließ er sein Lager. Sein Magen knurrte. Mit der Hand umfaßte er die Juwelen in seiner Tasche. Er ging den Hügel hinunter und über die Wiesen, die jetzt mit Tau belegt waren. Er stieß auf einen Springbrunnen und trank das köstliche Naß in tiefen Zügen. Dann wusch er sich das Gesicht und fühlte sich erfrischt. Als er den Park verließ, war er wieder in besserer Stimmung.

Als er dieses Mal an eine Kreuzung kam, wartete er vorsichtshalber, bis andere Fußgänger erschienen waren. Er folgte genau ihrem Beispiel und überquerte mit ihnen die Straße, als die Fahrzeuge anhielten und warteten. Immer wieder warf er einen verstohlenen und mißtrauischen Blick auf die Blechmaschinen, gab sich aber Mühe, nicht aufzufallen.

Ein seltsames Ereignis ließ ihn innehalten. Im vergitterten Korb eines Krans, fünfzehn Fuß über der Straße, waren Arbeiter mit Metallhüten, die etwas an eine Straßenlampe hängten. Der Gegenstand war länglich, hatte Fransen, war rot und grün und mit großen silbernen Sternen übersät. Wells wandte sich um und sah, daß alle Straßenlampen auf dieselbe Weise geschmückt waren.

Ein weiterer Lastwagen, voll beladen mit jenen seltsamen Gegenständen, kam an, und weitere Arbeiter hängten Zweige an die Straßenlampen. Es waren keine richtigen Zweige, denn sie rochen nicht wie solche. Künstliche Zweige an den Lampen?

Als er auf einem Lastwagen eine auf dem Kopf stehende Tafel mit dem Weihnachtsmann sah, fiel ihm ein, daß Weihnachten nahte. Er hatte immer gehört, daß die Amerikaner in solchen

Dingen eifriger als ihre englischen Kollegen waren. Aber Weihnachtsschmuck in den Straßen? Offensichtlich hatte sich die Menschheit in diesen Dingen noch nicht weiterentwickelt. Der Schmuck enthielt keine religiösen Symbole. Vielleicht wies er die Menschen nur darauf hin, daß die Zeit der Geschenke und Nächstenliebe gekommen war. Aber bis zu Weihnachten waren es noch sieben Wochen, überlegte er. Dann lächelte er. Es war gut, daß die Weihnachtszeit von zwölf Tagen auf sieben Wochen verlängert worden war. Die Menschen würden für eine viel längere Zeit besonders höflich und zuvorkommend sein.

Er drehte sich um und stieß gegen eine Dame, die schwer mit bunt verpackten Geschenken beladen war. „Verzeihung!" Er bückte sich, um der Dame beim Aufheben der Päckchen behilflich zu sein, aber die Dame wich zurück, und ihr Blick verriet Angst.

„Lassen Sie die Finger davon!" fauchte sie ihn an, hob ihre Sachen auf und eilte davon.

H. G. richtete sich wieder auf und sah ihr nach. Es war ihm ein Rätsel, wieso die Dame so unfreundlich gewesen war. Aber vielleicht fühlte diese Dame sich gezwungen, die Einkäufe zu tätigen. Das würde ihr Verhalten erklären.

„Puh!" Wenn diese Einstellung weitverbreitet war, dann war diese mit Schmuckwerk erzeugte Feiertagsstimmung nur ein Ritual. Zu meiner Zeit war das anders, dachte H. G. erbost.

Es gelang ihm, ohne Vorkommnisse die City zu erreichen. Sein Atem ging schwerer als sonst, und sein Kopf schmerzte. Vielleicht, weil er so hungrig war und in der Nacht davor nicht geschlafen und viel getrunken hatte. Nur die dunstige, gelblichbraune Farbe des Himmels war ihm ein Rätsel.

AN EINEM riesigen Haus, kurz vor dem Union Square, sah H. G. ein Schild, das in dem zehnstöckigen Gebäude auch ein Juweliergeschäft anzeigte.

Er öffnete einen Flügel der Glastüren des Gebäudes und beobachtete, wie die Leute über eine moderne Treppe nach oben strebten. Das Sonderbare an der Treppe war nur, daß die Leute ruhig an Ort und Stelle blieben, während sich die Stufen nach oben bewegten!

Er betrachtete die Vorrichtung eingehend und nickte. Offensichtlich hatten die rollenden Treppen den Zweck, Aufzüge zu ersetzen. Und wenn Maschinen in der Lage waren, Menschen so nach oben zu befördern, dann konnten die Menschen ihre eigene Energie sparen und für nützlichere Zwecke einsetzen. Wieder nickte H. G. zustimmend mit dem Kopf und bedauerte, daß er nicht im späten zwanzigsten Jahrhundert geboren war, wo alles elektrisch und maschinell ablief. Er erinnerte sich an das aufregende Erlebnis, als der Lichtmensch in seinem Laboratorium die ersten Glühbirnen installiert hatte. Dabei waren ihm die grundlegenden Gesetze der Elektrizität erklärt worden, die er beim Bau der Zeitmaschine größtenteils selbst herausgefunden hatte (mit Hilfe der abstrakten Veröffentlichungen des genialen Thomas Edison). Aber zweifelsohne waren jene Theorien längst überholt.

Er ging bis zum Beginn der Rolltreppe und zögerte. Er hatte Angst, sich in den rollenden Treppen zu verfangen. Aber dann tat er diese Sorgen als viktorianische Befangenheit ab. Lächelnd ging er an Bord. Er konnte sich frei bewegen. Er hob seinen Fuß vorsichtig auf die nächste Stufe. Dann machte er einen Satz nach oben. Mit drei weiteren Schritten hatte er das Zwischenstockwerk erreicht!

Er fand das Juweliergeschäft, betrat es und fragte einen Verkäufer, der sich ihm höflich näherte, ob er mit dem Inhaber eine sehr wichtige Angelegenheit besprechen könne. Schließlich kam ein kleiner Mann mit grauem Haar und stellte sich als Max Ince, Geschäftsführer, vor. H. G. weihte ihn in den Zweck seines Besuches ein und wurde an einen Tisch im hinteren Teil des Geschäfts geführt. Ince nahm die Wellsschen Erbstücke und untersuchte sie mit seiner Lupe. Vorsichtig betastete er die Steine und prüfte sie auf Herz und Nieren.

H. G. sah Ince für eine Weile zu, aber der Mann ging so besonnen und methodisch vor, daß H. G. die Spannung nicht mehr ertragen konnte. (Waren die Steine wertlos oder kostbar?) Also blickte er sich im Raum um, um sich abzulenken. Ganz in der Nähe waren auf einem Ladentisch moderne Uhren ausgestellt. Er nahm eines der Chronometer in die Hand. Auf dem Schildchen stand: DIGITALUHR. H. G. fing an, mit den Knöpfen zu spielen. Er vergaß alles um sich herum. Gelegentlich schmunzelte er lausbübisch.

Schließlich sah der Juwelier auf. „Darf ich fragen, woher Sie diese Steine haben?“

„Ein Geschenk meiner Mutter, der diese Erbstücke von Mrs. Fetherstonhaugh vermacht wurden."

„London?"

„Groß-London. Was sind sie wert?"

„Zirka fünfzehntausend Dollar." Ince deutete diskret auf Wells' schmutzige Kleidung. „Aber bei einem unverbürgten Kauf würden Sie viel weniger bekommen."

„Ich will nur einen fairen Preis", sagte H. G. erleichtert. „Geben Sie mir diese erstaunliche Uhr hinzu, und ich bin zu dem Geschäft bereit."

Ince strahlte. Aus einer Schublade holte er einen Kaufvertrag und einen Stapel anderer Papiere und legte sie vor H. G. auf den Tisch. „Würden Sie so nett sein, Sir, und diese Formulare ausfüllen? Außerdem benötige ich Ihren Ausweis, Ihr Visum, Ihren Führerschein und eine Kreditkarte. Ach ja, auch Ihre gegenwärtige Adresse und Telefonnummer. Es wird etwa eine Woche dauern, bis der Kauf abgeschlossen ist."

„Eine Woche? Könnten Sie mir einen Vorschuß zahlen?"

„Wenn Sie die genannten Unterlagen bei sich haben, ja."

„Was soll denn das heißen? Ich bewerbe mich nicht um einen Sitz im Parlament, ich verkaufe Ihnen nur einige meiner Steine!"

Ince zog die Augenbrauen hoch. „Haben Sie eine Zollerklärung, Sir?" fragte er höflich.

„Jetzt reicht es aber. Sie glauben doch nicht, daß ich sie gestohlen habe, oder? Verdammt noch mal, ich bin Engländer."

Ince drehte sich um und ging mit den Juwelen in sein Büro. H. G. lehnte sich über den Ladentisch und sah, wie der kleine Mann die Tasten einer Maschine bediente, die große Ähnlichkeit mit seiner „Denkmaschine" hatte, für die er vor etwa einem halben Jahr die ersten Skizzen gemacht hatte. (Seine Erfindung – nachdem er sie konstruiert hatte – würde die Gedanken großer Männer in Kupferplatten speichern, die dann durch elektronische Impulse kombiniert werden würden. Er verfolgte damit das Ziel, die Menschheit mit atemberaubender Geschwindigkeit weiterzubringen.) Mit Entrüstung erkannte er, daß die Maschine des Juweliers einen viel weltlicheren Zweck hatte.

„Ich bin erstaunt, Mr. Ince!" rief er aus. „Was machen Sie denn da mit meinen Steinen?"

„Ich überprüfe sie mit dem Computer." Er kehrte an den Ladentisch zurück und schüttelte langsam den Kopf. „Ich muß Ihnen leider sagen, daß ich sie nirgends verzeichnet finde."

H. G. packte den kleinen Mann verzweifelt am Arm. „Was könnten Sie mir für die Steine jetzt zahlen, sofort, in bar?"

„Zweitausend", erwiderte Ince schnell.

„Einverstanden."

Ince ging schnell zum Safe in seinem Büro.

H. G. blickte ihm nach. „Halsabschneider!"

ER VERLIESS das Juweliergeschäft mit einem Kuvert, das in kleinen Scheinen das Geld enthielt, und einer Digitaluhr, die er stolz an seinem Handgelenk trug. Als er über die Rolltreppe nach unten fuhr, drückte er die verschiedenen Knöpfe und bekam die Uhrzeit, das Datum, das Jahr, den Luftdruck und die Zahl der verbleibenden Tage von 1979.

Er ging um eine Ecke, wo es nach Essen roch. Seine Nase folgte dem köstlichen Duft. Er beschleunigte seine Schritte. Augenblicke später stand er vor einem neuen Restaurant. Es war ein niedriges Gebäude mit einem dunkelbraunen Dach, hellbraunen, mit Stuck verzierten Wänden und großen Fensterfronten. Um das Gebäude war ein gepflasterter Raum mit gleichmäßigen, rechteckigen weißen Strichen. Auf den so eingeteilten Plätzen konnten die Besucher des Restaurants ihre Fahrzeuge abstellen. H. G. überquerte diesen Platz sehr vorsichtig, da die Besucher sehr schnell kamen und gingen. Bei dieser Geschwindigkeit mußte der Service im Restaurant ausgezeichnet sein, dachte H. G. Oder das Essen, das man im Jahre 1979 zu sich nahm, war derart beschaffen, daß sein Verzehr nicht lange dauerte. An dem Gebäude hieß es in großen Buchstaben: „McDONALD'S – Essen mit Spaß".

Er betrat das Etablissement und war erstaunt, daß es innen einem Londoner Restaurant des Jahres 1893 ähnelte. Nur glänzte alles neu. Die Tapeten waren Montagen aus alten Fotografien. Er berührte eine braune Tischoberfläche und einen orangefarbenen Drehstuhl und bewunderte die Form.

Was war das für ein seltsames Material? Er riß sich zusammen und ging dieser Frage nicht weiter nach, da er bereits von mehreren Leuten angestarrt wurde.

Er ging zum anderen Ende des Raumes und stellte sich in einer Schlange an. Dann sah er nach oben und betrachtete ein durchsichtiges Bild eines Menüs (das in seltsamer Weise von hinten beleuchtet war, was er natürlich nicht verstand), da die anderen dasselbe taten. Er las die Liste der angebotenen Speisen und Getränke, und außer „Pommes frites“, „Kaffee“, „Tee“ und „Milch“ wußte er mit den Namen nichts anzufangen. Er hatte keinen blassen Schimmer, was er kaufen sollte, deshalb hörte er den Gästen zu, die vor ihm bestellten.

Als er an der Reihe war, hatte er sich eine Bestellung eines anderen Gastes gemerkt und führte sogar korrekt das Ritual aus, drei Papierservietten und einen Trinkhalm zu nehmen und in seine Manteltasche zu stopfen.

„Was wünschen Sie?“ fragte eine lächelnde Verkäuferin in einem grün-weiß gestreiften Anzug.

Der Stoff war hell und glänzte, so daß es sich unmöglich um Wolle oder Baumwolle handeln konnte. Er nahm an, daß es ein neues Gewebe war, vielleicht mit dem Material verwandt, das die Tische und Stühle bedeckte. Er mußte sich zurückhalten, um nicht die Hand auszustrecken und es zu betasten.

„Einen Big Mac und Pommes frites“, antwortete er.

„Etwas zu trinken?“

„Tee, bitte.“

„Zum Hieressen oder Mitnehmen?“

„Hier.“

Er zahlte mit einer Zwanzigdollarnote, nahm das Wechselgeld entgegen und setzte sich mit dem Imbiß in eine Ecke. Er nahm sich von den Pommes frites ein Stück, betrachtete es und folgerte, daß das die amerikanische Art der Pommes frites sein mußte, die er von London so gut kannte. Aber als er hineinbiß, verzog er den Mund, denn es war weich, lauwarm und schmeckte wie zu kurz gebackener Teig. Es konnte sich unmöglich um Kartoffeln handeln. Wahrscheinlich war es eine eiweißreiche Kunstnahrung. Er trank von seinem Tee, der zwar für einen Engländer schwach war, aber trotzdem anregte, da er heiß war. Den Teebeutel hielt er für eine sehr praktische Erfindung – man mußte sich keine Teeblätter mehr aus den Zähnen picken.

Auf dem Sitz hinter ihm lag die Morgenausgabe des *San Francisco Chronicle*. Er blätterte die Zeitung durch, stopfte sich den Mund voller Pommes frites und las. Dann schüttelte er den Kopf und murmelte entsetzt: „Mein Gott, was haben sie mit der englischen Sprache gemacht?“

Er nahm den Big Mac aus dem Behälter, der seiner Meinung

nach aus gummiertem Papier bestand, um Temperaturextreme zu überstehen. Dann betrachtete er das Gericht. Das Aroma war entzückend, und da er einen Wolfshunger hatte, biß er hinein. Der Big Mac war ein Leckerbissen. Vielleicht das Beste, das er je gegessen hatte.

Er verschlang den Rest des Hamburgers und beschloß, sich einen zweiten zu kaufen, als er merkte, daß jemand ihn beobachtete. Er drehte den Kopf.

Ein kleiner Junge blickte seine altmodische Kleidung an. „Sind Sie in der Werbung?" fragte er erstaunt.

ALS H. G. endlich ein Bekleidungsgeschäft gefunden hatte, das seinen Ansprüchen genügte, hatte er sich an den Verkehr einigermaßen gewöhnt. Er war überrascht, daß er als Fußgänger schneller vorankam als manches Auto. Obschon sich seine Ohren noch nicht an den Straßenlärm gewöhnt hatten, fühlte er sich Lichtjahre von seiner bizarren Nacht im Park entfernt. Nun hatte er auch Nahrung von 1979 in seinem Magen, und sobald er sich die entsprechende Kleidung verschafft hatte, gab es für ihn nur noch das Problem, schnell Stephenson zu finden.

Er betrat das Bekleidungsgeschäft und war sehr geduldig mit dem Verkäufer, der sich wegen seines ungewöhnlichen zweireihigen grauen Tweedanzuges gar nicht mehr beruhigen konnte. (Er war sehr schmutzig.) Auch die Weste, das weiße Hemd und die gelbe Seidenkrawatte erregten Aufsehen. „Ist das die neueste Mode in London?" fragte der Verkäufer mit großen Augen.

„Ich bin schon länger unterwegs", erwiderte H. G. schlagfertig. Er beherrschte es jetzt bereits, zweideutig und ausweichend zu sprechen.

Der Verkäufer schlug Jeans, ein grobes ungebügeltes Hemd und eine Schirmmütze vor. Aber sobald H. G. in Erfahrung gebracht hatte, daß einige Männer tatsächlich noch Anzüge trugen, fiel ihm die Wahl nicht mehr schwer. Er entschied sich für einen hellbraunen Anzug mit zwei Knöpfen und Weste, ein beigefarbenes Hemd, eine bräunliche Krawatte und dunkelbraune Schuhe. Der Verkäufer war über seinen erlesenen Geschmack erstaunt.

Die Umkleidekabine war so klein, daß H. G. kaum Platz hatte, sich ordnungsgemäß umzukleiden. Er fühlte sich doppelt befreit, als er frisch eingekleidet wieder herauskam.

H. G. trat vor den Spiegel und strahlte. Dann zwirbelte er seinen

Schnauzer in die richtige Form, trat einen Schritt zurück und bewunderte sich. Der englische Gentleman in ihm war noch immer unverkennbar – aber er war ein Mensch des zwanzigsten Jahrhunderts geworden. Kleider machen Leute!

Er ging langsam zur Kasse, wo der Verkäufer auf ihn wartete. „Sie sehen sehr gut aus, Sir, sehr gut."

„Danke."

„Es macht 476,18 Dollar."

H. G. zählte langsam das Geld, da er mit der neuen Währung noch nicht sehr vertraut war. Aber trotz seiner Konzentration war ihm klar, daß er eine Riesensumme für diese Ausstattung auf den Tisch blättern mußte.

H. G. eilte aus dem Laden, ohne sich die Mühe zu machen, seine alten Sachen mitzunehmen. Ein wichtiger Gedanke war ihm gekommen. Wenn Leslie John Stephenson in Amerika überleben wollte, dann mußte er – wie H. G. Wells auch – amerikanische Dollar haben. Falls er also einige englische Pfund bei sich gehabt hatte, war sicherlich seine erste Aktion im Jahr 1979 gewesen, diese einzutauschen. H. G. kam zu dem Schluß, es sei am besten, seine Suche bei den Banken aufzunehmen.

Er hielt inne. Nicht einfach irgendeine Bank. Stephenson mochte zwar ein sexuell perverser Mörder sein, aber er war auch ein englischer Gentleman und würde sich eine englische Bank aussuchen.

Von einem Polizisten erfuhr er, wo sich die Bank of England befand. Erfreut nahm er zur Kenntnis, daß diese Institution ganz in der Nähe war. Er hatte es so satt, zu Fuß gehen zu müssen.

GUTER Dinge überquerte er mit beschwingten Schritten die Straße, obwohl seine Beinmuskeln schmerzten. Dank seiner neuen Kleidung fühlte er sich im späten zwanzigsten Jahrhundert jetzt mehr zu Hause. Neben dem Verkehrslärm hörte er eine Glocke, die ganz und gar nicht in das übrige Klangbild dieser Zeit paßte. Eine Straßenbahn, die voll besetzt war, rollte über eine Kreuzung und eine Anhöhe hinauf. H. G. freute sich über dieses Relikt aus dem neunzehnten Jahrhundert. Erst vor kurzem hatte er Zeichnungen der Straßenbahn in der Zeitung gesehen. In San Francisco hatte man also ein Herz für die Vergangenheit. Gut für sie, noch besser für ihn.

Beim Anblick der englischen Flagge über dem Gebäude der

Bank of England erlaubte er sich einige nostalgische Gedanken, dann ging er durch die Drehtür hinein. Sobald er sich im Innern des Gebäudes befand, bemerkte er, daß die Luft hier frischer und besser roch.

In der Schalterhalle erinnerte er sich kurz an die Filiale von Lloyd's in Mornington-Crescent, wo er für gewöhnlich seine geldlichen Angelegenheiten abwickelte. Etwas fehlte. Natürlich! Die Anzeigetafel für die Kurse hinter den Schalterreihen, wo man die täglichen Schwankungen, besonders des europäischen Marktes, ablesen konnte. Vielleicht ließ sich diese Information dadurch gewinnen, daß man eines jener kleinen Geräte hinzuzog, die der Juwelier Max Ince als Computer bezeichnet hatte. Wie dem auch sei, er mußte sich mit einem Angestellten der Bank unterhalten. Also ging er zum ersten Schreibtisch und summte unbewußt die Musik mit, die aus Lautsprechern an den Wänden ertönte.

Der Tisch war nicht besetzt, also wartete er in einiger Entfernung neben einer hochgewachsenen Topfpalme. Die Pflanze zog ihn an, denn er hatte noch nie zuvor ein so großes Exemplar gesehen. Er wußte nicht, daß eine Zimmerpalme höher als drei Fuß wachsen konnte, und diese hier war höher als er selbst.

Als er der Pflanze nahe genug war, erkannte er, daß es sich nur scheinbar um eine Palme handelte. Er hatte es hier mit einem viel seltsameren und exotischeren Gewächs zu tun. Behutsam berührte er ein Blatt, das ihn sehr an die Tischoberfläche bei McDonald's erinnerte. Er folgerte, daß es sich nur um eine moderne Neuzüchtung handeln konnte.

Er wollte sein Glück gerade am nächsten Schreibtisch versuchen, als eine junge Frau, die er auf Anfang zwanzig schätzte, durch eine Tür kam und zum Schreibtisch eilte. Sie war etwas kleiner als H. G. und hatte dunkelblondes schulterlanges Haar mit Locken. Ihre Züge waren bezaubernd, ihre Augen groß und braun.

H. G. starrte auf ihre Figur, die ein dunkelbrauner Hosenanzug eher betonte als verhüllte. Zwar hatte er auf der Straße viele Frauen in einer ähnlichen Aufmachung gesehen. Aber in der Bank of England? Er wurde rot im Gesicht.

„Was kann ich für Sie tun?" fragte sie mit einer leisen, melodiösen Stimme.

„Ich – ich warte auf einen Bankangestellten. Danke."

Sie lächelte. „Ich bin eine Bankangestellte. Aber Sie erwarteten jemanden mit englischem Akzent, ganz zu schweigen von der

Dekoration à la Kalifornien. Bitte entschuldigen Sie die Plastikpalmen." Sie machte eine Handbewegung. „Bitte nehmen Sie doch Platz. Sind Sie zum erstenmal in den Vereinigten Staaten?"

H. G. schaffte es, zu nicken und sich hinzusetzen. Vor seiner Reise hatte er zwar mit technischen Fortschritten gerechnet, aber daß die leitenden Positionen der Bank of England auch mit Frauen besetzt waren, das hätte er sich nicht träumen lassen. Also hatten die Frauen auch die geheiligten Hallen des Handels erobert.

„Was wünschen Sie denn, Sir?"

Ihr Parfüm erregte ihn. Aber schließlich zwang er sich zum Nachdenken. Wenn diese Bank auch nur im geringsten eine Ähnlichkeit mit einem Handelshaus im London von 1893 hatte, so könnte man nicht einfach hereinspazieren und um eine persönliche Information bitten, ganz gleich, wie hochgestellt man auch wäre. H. G. wußte nicht, ob dieser Umstand auch für das San Francisco von 1979 zutraf, aber es galt, auf alle Fälle vorsichtig und geschickt vorzugehen. Er entschloß sich, mit dem Wellsschen Charme zu beginnen. Er streckte seine Hand vor. „Ich bin Herbert George Wells." Seine Zähne blitzten, so lächelte er.

„Amy Robbins." Anstatt ihm die Hand zu reichen, schob sie ihm eine Visitenkarte in die ausgestreckte Hand.

„Könnten Sie mich darüber informieren, welche Dienstleistungen Ihre Bank neuen Kunden zu bieten hat?"

ZWANZIG Minuten später hatte Amy ihn davon überzeugt, daß er Reiseschecks kaufen solle, wenn er große Geldsummen in der Tasche umherschleppte. Inzwischen war er ihr sehr sympathisch geworden, obwohl er sie immer so komisch anstarrte. „Okay, jetzt muß ich nur mehr Ihren Paß oder so etwas sehen."

„Ich kann mich leider nicht ausweisen."

Sie runzelte die Stirn.

„Ich habe heute morgen meinen Freund im Museum verloren. Wir wurden mitten in einer – ah, Feuerwehrübung getrennt. Er hat meine sämtlichen Papiere in der Tasche."

„Das ist dumm", antwortete sie. Sie war jetzt schon seit fast zwei Jahren bei der Bank und wurde als sehr verläßliche Angestellte des mittleren Managements betrachtet. Es war ihre erste Stellung, und sie wollte beweisen, daß sie ein fähiger und erfolgreicher Mensch war, obschon sie vorzeitig das College verlassen hatte, um zu heiraten, und bereits wieder geschieden war.

Sie liebte ihre Freiheit und Unabhängigkeit über alles. Und das Fundament dafür war diese Stellung. Sie wollte keine Fehler machen. Und die Vorschrift war: „Immer den Kunden sich ausweisen lassen!"

Aber hier hatte sie einen Mann vor sich, wie er ihr in ihrem ganzen Leben noch nicht begegnet war. Vornehm. Freundlich. Wenn auch etwas ungewöhnlich, altmodisch. Sie mußte einfach Vertrauen zu ihm haben.

„Nun, hoffentlich finden Sie Ihren Freund bald." Sie lächelte. „Es war mir ein Vergnügen, Ihnen behilflich zu sein, Mr. Wells." Sie streckte ihm die Hand hin.

Er seufzte erleichtert, dann nahm er ihre Hand und hielt sie viel länger als nötig. „Vielleicht läge Ihnen etwas daran, mir die Stadt zu zeigen. Aber selbstverständlich nur, wenn Sie Zeit dafür haben."

„Gerne. Meine Telefonnummer steht auf der Karte, die ich Ihnen gab. Rufen Sie mich an."

Er stand auf und zögerte. Er hatte bereits auf Dr. Stephenson angespielt, aber sie hatte den Faden nicht aufgegriffen.

„Ist noch etwas?"

„Eigentlich ja." Er lächelte froh und nahm wieder Platz. „Ich habe mit meinem Freund ausgemacht, gemeinsam mit ihm zu Abend zu essen. Ich glaube, ich erwähnte bereits, daß ich ihn verloren habe."

„Ja, er hat Ihre Papiere."

„Nun, ich habe keine Ahnung, wo er sich aufhält, und ich dachte, daß es möglich ist, daß er heute schon hier war, um Geld umzutauschen."

„Wie heißt er?"

„Leslie John Stephenson. Er ist Arzt. Groß. dunkelhaarig."

„Richtig, Dr. Stephenson war hier. Es ist ja ziemlich offensichtlich, daß Sie beide erst vor kurzem angekommen sind." Sie wurde leicht rot. „Nun gut, ich habe ihm das Jack-Tar-Hotel in der Geary Street empfohlen und hoffe, daß Ihnen das eine Hilfe ist. Vielleicht finden Sie ihn dort."

H. G. lächelte hoch erfreut. „Ist es weit von hier?"

„In San Francisco ist nichts weit entfernt."

„Sie waren so nett und hilfreich, Miß Robbins. Ich danke Ihnen recht herzlich." Er nahm wieder ihre Hand, nur daß er sie dieses Mal küßte. Sie platzte mit einem Lachen heraus. „Vielleicht sollten wir morgen oder so zusammen zum Lunch gehen?"

„Sehr gerne."

Er beugte sich über den Tisch. „Ich entdeckte ganz in der Nähe ein sehr reizendes Restaurant. Ich glaube, es ist schottisch."

„Wie heißt es denn?"

„McDonald's."

Und dann war er verschwunden. Sie sah ihm mit großen Kinderaugen nach. Keiner von ihnen bemerkte sogleich, daß er seine Reiseschecks vergessen hatte.

5

H. G. KÄMPFTE sich durch die gläsernen Drehtüren der Bank, schlenderte durch die Straße und freute sich wie ein kleines Kind. Wie herrlich das Leben doch war! Dann stieß er frontal gegen eine Parkuhr, und der plötzliche Schmerz riß ihn aus seinen Träumen. Seine Aufgabe war die Verfolgung eines Gewaltverbrechers. Die Frauen und sein Entdeckungsdrang waren jetzt unwichtig.

Er beschleunigte seinen Schritt und kam an die Kreuzung von Post Street und Grand Avenue. Er bahnte sich einen Weg durch die anderen Fußgänger und überholte sie. Seine Miene war entschlossen. Bald würde er Hand an Stephenson legen können, und dann war es nur mehr eine Sache der Zeit, bis dieser seine wohlverdiente Strafe erhielt.

Aber er hatte keinen blassen Schimmer, wo sich das Jack-Tar-Hotel befand! Er lehnte sich an eine Hauswand, beruhigte sich und beschloß, daß Beobachtung die beste Lösung sei. Er mußte nicht lange warten.

Eine feingekleidete grauhaarige Dame, mit vielen Weihnachtspaketen unter dem Arm, beugte sich auf die Straße hinaus und hob einen Finger in die Luft, als ob sie auf etwas Besonderes im Himmel deuten würde. H. G. blickte nach oben, konnte aber außer Wolken nichts sehen. Er runzelte die Stirn. War es möglich, daß die Dame den Wind prüfte? Oder hatte sie durch die schwere Last einen Krampf im Arm bekommen?

Ein gelbes Fahrzeug hielt bald darauf bei der Dame an. Ein fettleibiger Mann wälzte sich aus dem Sitz, ging zu ihr und öffnete die hintere Tür. H. G. fiel auf, daß an seiner Mütze über dem Schirm das Wort „Taxi" stand.

Die Dame stieg ein und sagte etwas zum Chauffeur. Er nickte, nahm wieder auf dem Fahrersitz Platz und fuhr davon.

Vollkommen logisch! Die unförmige gelbe Maschine war offensichtlich der Nachfahre der wuchtigen, unbequemen englischen Pferdedroschke. Seine Haltung gegenüber den mit Verbrennungsmotoren betriebenen Fahrzeugen war bisher ein Schwanken zwischen Bewunderung und Mißtrauen gewesen. Aber wenn er Leslie John Stephenson je erwischen wollte, dann blieb ihm keine andere Wahl, als sich eines jener Taxis zu bedienen.

Er trat an die Bordsteinkante. Halb hinter einem Lampenmast und einem Verkehrsschild versteckt, hob er schüchtern eine Hand und streckte einen Finger in die Luft.

Wells sah ein gelbes Taxi, das auf die Kreuzung kam. Aber es schien nicht so, als ob das Fahrzeug anhalten wollte. Doch dann schwenkte es plötzlich hupend aus und kam kurz vor Wells zum Stehen. Er erschrak und sprang zurück, wobei er gegen den Lichtmast prallte. Noch immer hielt er den Arm hoch und streckte den Finger gen Himmel. So eine Unverschämtheit!

Der Fahrer lehnte lässig aus dem Fenster. „Wollen Sie ein Taxi?" Er deutete auf Wells' ausgestreckten Arm. „Oder wollen Sie das Verkehrsschild hypnotisieren?"

H. G. öffnete die hintere Tür und stieg vorsichtig in das Taxi. Er war sogleich enttäuscht über die billige Innenausstattung, die schlechte Polsterung und den Geruch nach Abgas, das durch die defekte Heizung eindrang. Die Ausstattung war sehr primitiv, keine britische Handarbeit. Er fragte sich, ob er das verkehrte Fortbewegungsmittel gewählt hatte.

„Wohin?"

„Zum Jack-Tar-Hotel."

H. G. beobachtete, wie der Fahrer mit dem rechten Fuß ein Pedal drückte. Das Fahrzeug setzte sich ruckend in Bewegung und rollte auf die Kreuzung zu. H. G. wurde nach hinten gegen die Lehne gedrückt.

Scheinbar war das ganze Fahrzeug mehr oder weniger defekt. Er war immer der Überzeugung gewesen, daß die Technik der Zukunft sauber und reibungslos sein würde. Jetzt erkannte er, daß seine Annahme unlogisch war. Wenn eine Pferdedroschke rosten und kaputtgehen konnte, dann galt das wohl auch für ein modernes Taxi.

H. G. gewöhnte sich sehr schnell an die Geschwindigkeit und das neue Fahrgefühl. Auch das jähe Bremsen und Anfahren an den

Ampeln machten ihm bald nichts mehr aus. Und bald verlangte es ihn nach mehr Geschwindigkeit und Fahrgefühl.

„Wie schnell fährt dieses Fahrzeug?"

„Ungefähr hundertfünfzig Stundenkilometer."

„Wirklich?" H. G. machte große Augen.

Der Fahrer vermutete, daß H. G. sein Taxi und damit seine Männlichkeit anzweifelte. „Ja. Wirklich." Er nahm ein kleines Gerät aus Metall, an dem eine Schnur befestigt war, vom Armaturenbrett, hielt es vor seine Nase, drückte einen Knopf und rief hinein: „Kommen, bitte kommen. Ich fahre westwärts auf der Grant. Irgendwelche Spuren von den Bullen zwischen meinen Rädern und dem blauen Meer? Ende."

H. G. war nicht so sehr von dem Gerät beeindruckt, denn er hatte bereits mit dem Telefon Bekanntschaft gemacht. Nein, es war die Aussprache des Chauffeurs. Sie hörte sich an wie das Klappern von Milchkannen auf einem Pferdekarren, der in aller Früh über das Kopfsteinpflaster der Londoner Straßen fuhr.

„Keine Bullen, kein Radar. Freie Fahrt bis zur Golden Gate. Viel Spaß!"

Der Fahrer brach das Gespräch ab, dann lehnte er sich nach vorne, änderte seinen Griff am Lenkrad und beobachtete die Straße vor ihm.

Die Ampel schaltete auf Grün.

Der Fahrer drückte das Pedal bis zum Anschlag durch, die Reifen quietschten, und der Wagen raste mit achtzig über die Grant Avenue und bahnte sich wie ein superexplosives Geschoß einen Weg durch den Verkehr. Der Fahrer rutschte wie wild auf seinem Sitz hin und her. Auch mit seiner Hupe ging er nicht sparsam um – in Situationen, in welchen vernünftigere Kraftfahrer die Bremsen gebraucht hätten.

Zuerst sah H. G. ihm nur staunend zu. Aber plötzlich fiel es ihm wie Schuppen von den Augen. Der Fahrer befand sich mitten in einem privaten sexuellen Ritual und war so hingerissen, daß er ganz vergessen hatte, daß H. G. auf dem Rücksitz saß. Er redete dem Fahrzeug zu, als ob es eine Frau wäre. Wells' eigene Erregung wuchs mit der zunehmenden Schnelligkeit des Taxis.

Das Taxi überfuhr eine rote Ampel und bog mit gut hundert Stundenkilometern in die Columbus Avenue ein. Es kam beängstigend ins Schwanken, als ob es sich jeden Moment überschlüge. Aber der Fahrer riß gekonnt das Steuer herum und gab wieder

Gas. „Komm schon! Zeig's mir, Baby! Komm! Schneller, schneller!"

H. G. war es ganz schwindlig geworden. Aber er lachte erregt.

Am Ende einer Steigung schoß das Vehikel in die Luft und schwebte einige Meter, bevor es krachend und ächzend wieder auf der Straße aufsetzte. H. G. stieß überrascht die Luft aus und klatschte begeistert Beifall. Er konnte sich nicht länger beherrschen. „Noch einmal!" rief er aus. „Noch einmal!"

Der Fahrer wiederholte das Kunststück gemäß der Aufforderung insgesamt sechsmal. Beim siebten Sprungversuch überhitzte sich der Motor, und die Kühlerhaube sprang auf. Der Fahrer fluchte, als die Temperaturnadel in den roten Bereich schnellte, und schaltete seine geliebte Maschine ab. Eine große Dampfwolke schoß in den Himmel.

Der Motor tickte und ächzte. Während er sich erholte und abkühlte, lehnte sich H. G. seufzend zurück. Die wilde Fahrt hatte ihn erschöpft, aber bereits süchtig gemacht.

Der Rest der Fahrt zum Hotel verlief ruhig und ohne besondere Vorkommnisse. Als H. G. schließlich widerwillig aus dem Taxi kletterte, war er nicht mehr derselbe.

H. G. Wells hatte sich Hals über Kopf in das Automobil verliebt.

LESLIE JOHN STEPHENSON saß am Eßtisch seiner Hotelsuite und verspeiste ein Schneckengericht, das er beim Zimmerkellner bestellt hatte. Er war zwar etwas müde, aber mit dem Fortschritt, den er in der kurzen Zeit seit seiner Ankunft im Jahre 1979 gemacht hatte, sehr zufrieden. Nachdem er das Museum verlassen hatte, war er innerhalb einer halben Stunde auf die St. Vincent De Paul Rescue Mission in Haigh Street, ein kleines Stück östlich vom Park, gestoßen, wo er ein kostenloses heißes Mahl und ein warmes Bett vorfand. Und erst heute morgen war er gratis in die Stadt mitgenommen worden, wo er einige der Goldmünzen, die er immer in seinem Gürtel bei sich trug, gegen einige hundert Dollar eintauschen konnte. Danach hatte er sich mit mehreren neuen Kleidungsstücken ausgerüstet und wohnte jetzt hoch über der Straße mit ihren unangenehmen blechernen Geräuschen in einer Suite, die hundertfünfzig Dollar pro Tag kostete. Er lächelte. Nicht schlecht für jemanden, der vor Scotland Yard auf der Flucht war.

Er schob das Geschirr zur Seite und widmete sich wieder dem

Gedicht, an dem er gearbeitet hatte. Er war sehr beeindruckt, mit welcher Leichtigkeit der moderne Füllfederhalter mit dem eingebauten Tintentank über das Briefpapier des Jack-Tar-Hotels glitt.

Für die Jungfrau von Orleans

Gefangen in einem Flammenmeer
lächelst du nur; genießest es sehr.
Deine Lippen brennen vor Verlangen
Nach den zärtlich dich streichelnden Flammen . . .

Er legte den Federhalter weg und rieb sich seine rotumrandeten Augen. Dann füllte er sein Glas nach, stand vom Tisch auf und trat auf den Balkon. Er betrachtete den bewölkten Himmel und die Dächer und Türme, die sich zu seinen Füßen ausbreiteten. Das Bild erinnerte ihn an die Aussicht, die man von der Bibliothek seines Vaterhauses hatte, das jetzt einem seiner einfältigen älteren Brüder gehörte. Er nahm einen Schluck Gin und stieß zischend die Luft aus, als der Schnaps in Hals und Magen brannte.

Sein einstiges Zuhause! Und sein diktatorischer Vater! Er war Arzt. Und seine drei Söhne mußten unbedingt auch Ärzte werden. Und seine einzige Tochter würde zweifellos eines Tages auch einen Arzt heiraten.

Seine Schwester! Stephenson trank noch einmal von seinem Gin. Er war nach seinem ersten Jahr an der Universität in sein Vaterhaus zurückgekehrt. Dort war seine Liebe für seine dunkelhaarige, zarthäutige Schwester erwacht und gediehen. Dort hatte er sie verführt – auf der Wiese hinter dem Haus des Verwalters, an einem warmen Sommernachmittag, als die Luft süß und sinnlich roch. Sie hatte sich nicht dagegen gesträubt, und er interpretierte das als wahre Liebe. Auf dem Höhepunkt seiner Leidenschaft flehte er sie an, mit ihm zu fliehen und ihn zu heiraten. Es hatte für ihn nie eine andere Frau gegeben.

Aber ohne Reue oder Scham erwiderte sie, daß sie ihn in diesem Augenblick zwar mochte, aber daß seine Leidenschaft schon von anderen vor ihm ausgeübt worden war.

„Von wem?" hatte er erzürnt geschrien. Er erfuhr, daß der Verwalter sie bereits geliebt hatte – und daß sie ihr Lager mit ihrem Vater geteilt hatte – , nicht nur einmal, sondern oft.

Sie hatte das Feuer entfacht und den Dämon geweckt.

Zu Hause. Er führte das Glas wieder an die Lippen. Dort hatte er am Abend desselben Tages versucht, seine Schwester mit einem Küchenmesser zu töten, da er seine Wut und die Erniedrigung nicht länger ertragen konnte. Er hätte es auch geschafft, wenn sein Vater nicht die Schreie gehört hätte und in den Raum gekommen wäre, um ihn mit einem Schürhaken bewußtlos zu schlagen.

Seine frühere Heimat. Er war nur einmal – zur Verlesung des Testaments seines Vaters – zurückgekehrt. Er hatte nichts geerbt. Seine Schwester war nicht zurückgekommen, und keiner wußte, wo sie war.

Er hatte nichts mehr, außer sich selbst. Aber er würde erfolgreich sein und es zu etwas bringen.

Plötzlich schleuderte er das Glas in den Himmel. Es segelte eine ganze Weile durch die Luft, bevor es auf dem Dach des Hauses auf der gegenüberliegenden Straßenseite zerschellte. Er ging vom Balkon ins Schlafzimmer und schaltete das Farbfernsehgerät an, das er für die faszinierendste Sache des Jahres 1979 hielt. Er ließ sich in einen weichen Sessel fallen, legte die Beine auf das türkische Sofa und sah sich die Nachrichten an.

Die schnelle Bildfolge beeindruckte ihn sichtlich. Stephenson hatte Schwierigkeiten zu folgen, denn es bestand kein Zusammenhang, und im Gegensatz zur gedruckten Seite blieb keine Zeit zum Nachdenken. Vielleicht aber sollte man über das, was man sah, gar nicht nachdenken. Womöglich wurde das bereits von den Menschen gemacht, die diese Bilder zusammenstellten. Stephenson fand das gut und beschloß, sich von dem Gebotenen vollkommen einlullen zu lassen.

Ein Kriegsfilm versetzte Stephenson in den Pazifik. Eine Horde japanischer Soldaten stürmte aus dem Dschungel und griff nichtsahnende amerikanische Marinesoldaten an. Eine Granate explodierte und tötete die Amerikaner außer einem, der das Augenlicht verlor. Ängstlich wimmernd begann der Überlebende, mit seinem Maschinengewehr zu feuern. Er ließ sich von seinem Gehör leiten und zog mit dem Lauf weite Bögen.

Stephenson sprang freudig von seinem Sessel auf, als die Salven die japanischen Horden niedermähten. Er stellte sich vor, er selbst hielte die Waffe in seinen Händen und hätte sie auf seinen Vater gerichtet. Ein langer Feuerstoß, und er ginge für immer zu Boden.

Als er wieder zur Wirklichkeit zurückkehrte, war Stephenson entspannt und freudig erregt. Er betrachtete das sentimentale Ende der Episode, dann schaltete er das Gerät ab. Er fühlte sich sehr bestätigt und zufrieden. Die Gesellschaft mußte eine große Wandlung vollzogen haben. Die Menschen durften sich freier ausdrücken, das heißt, mehr Gewalt darstellen. Er schmunzelte. Wenn dieses sogenannte Fernsehen den gegenwärtigen Stand der menschlichen Kreatur darstellte, dann war er hier mehr zu Hause als in seinem eigenen Zeitalter! Er lachte zynisch. Er war tatsächlich hundert Jahre vor seiner Zeit geboren! Er konnte kaum den Einbruch der Nacht erwarten, um auf die Straßen zu gehen und mehr persönliche Eindrücke zu sammeln.

Er stand auf, streckte sich und nahm seine geliebte Spieluhr. Er öffnete sie, aber nicht, um nach der Uhrzeit zu sehen, sondern um das Bild im Innendeckel mit dem Mädchen seiner Phantasie zu vergleichen. Dann klappte er den Deckel wieder zu und steckte die Uhr in die Seitentasche seiner neuen Hose. Die Kette befestigte er am Ledergürtel. Nun probierte er seinen neuen Panamahut und die Oxford-Schuhe mit Absätzen an. Er drehte sich vor dem mannshohen Spiegel am Schrank. Er stieß einen zufriedenen Seufzer aus. Er hatte dieselbe negative und verstohlene Art, denselben Hauch von dekadentem Luxus, wie es für die Männer 1979 so typisch war.

Er grinste lausbübisch und bewunderte seine Verwandlung. Zuerst war es ein großer Schock für ihn gewesen, anstatt in London in San Francisco gelandet zu sein, aber eine Stadt war wie die andere. Bald würde er sich einen Stadtplan kaufen und die Straßen und Gassen von San Francisco in wenigen Tagen auswendig kennen. Vielleicht könnte er lernen, wie man jene mit Motoren angetriebenen Fahrzeuge steuerte und bediente. Dann könnte er sich unabhängig und frei ganz dem widmen, was ihm den größten Nervenkitzel verschaffte.

Plötzlich klopfte es laut an der Tür zu seiner Suite. Wer mochte das sein? Er atmete ganz leise, ging zur Tür und lauschte. Seine große rechte Hand hatte er zur tödlichen Faust geballt.

Es klopfte fünf weitere Male, lauter als zuvor. Eindringlich und unüberhörbar.

Stephenson wurde jetzt ärgerlich, sein Gesicht verkrampfte sich. „Schon gut!“ rief er. „Wer ist da?“

„Der Portier, Sir“, antwortete eine Stimme, die durch die gepolsterte Tür sehr gedämpft wurde.

„Was zum Teufel wollen Sie?“

„Ihre Koffer sind gerade angekommen, Sir.“

„Meine Koffer? Das ist absurd! Das muß eine Verwechslung sein."

„Sie sind doch Dr. Stephenson, nicht wahr?"

Mit einem Stöhnen trat Stephenson an die Tür, schloß auf und öffnete sie. „Was in drei Teufels Namen . . . ?" Er riß den Mund auf, taumelte zurück. Das Blut erstarrte in seinen Adern, und seine Augen weiteten sich vor Entsetzen. „Mein Gott!" stieß er mit bebender Stimme aus. „Wells?"

H. G. BETRAT das Zimmer, schloß die Tür und sah dem zitternden Stephenson in die Augen. Er war nicht ärgerlich oder nervös, wie zu erwarten gewesen wäre, sondern etwas traurig, daß er der erste war, der Jack the Ripper entlarvt hatte. Er kannte Leslie John Stephenson schon lange, und es war etwas peinlich, daß ausgerechnet er, H. G. Wells, zum Werkzeug der Vergeltung und Gerechtigkeit werden sollte. Ja, es war eine undankbare und unangenehme Aufgabe.

Er betrachtete sein Gegenüber kritisch. „Ist deine Kleidung nicht etwas zu prahlerisch, John?"

„Wie bist du hierhergekommen?"

H. G. lächelte lediglich.

„Wie hast du mich gefunden?"

„Die Details sind wirklich nicht wichtig, oder?"

Stephenson seufzte, fuhr sich mit der Hand durch das Haar, wandte sich dann von H. G. ab und sprach mit einer ungewöhnlich sanften Stimme. „Anscheinend weißt du also Bescheid."

„Du hast deinen Umhang und deine Tasche im Garderobenschrank gelassen", erwiderte H. G. ungerührt.

„Verzeih diese Unannehmlichkeit."

„Was hat dich nur dazu getrieben, John?"

Stephenson erschrak, dann drehte er sich zu H. G. hin. „Es gibt keine Erklärung. Und selbst wenn es eine gäbe, dann ginge das niemanden außer mich etwas an."

Er tastete nach der Flasche Gin und hielt sie hoch. „Möchtest du einen Schluck Gin, alter Knabe? Er schmeckt nicht mehr so bitter wie früher, ist dafür aber sehr teuer und importiert. In Anbetracht des Ortes, wo wir uns befinden" – er erlaubte sich ein ironisches Lächeln –, „schmeckt er nicht schlecht. Darf ich dir ein Glas eingießen?"

H. G. ekelte der Gedanke, mit diesem Kerl anzustoßen. Aber

vielleicht würde es ihm sogar gelingen, Stephenson logisch zu überzeugen, daß er mit ihm in das London von 1893 zurückkehren sollte. Schließlich machte der Mann einen vernünftigen Eindruck. Widerwillig erwiderte er: „Warum nicht? Wir können die ganze Sache ja wie Gentlemen behandeln."

Stephenson ging durch das Zimmer zur Bar, holte zwei Gläser, füllte sie halb, stellte die Flasche zwischen sie und setzte sich dann auf einen Barhocker. Er bedeutete Wells, ebenfalls Platz zu nehmen. „Was hast du jetzt vor?"

„Dich zurückzubringen", antwortete Wells.

Stephenson lachte verächtlich. „Wozu denn?"

„Muß ich das wirklich erklären, John?"

Stephenson seufzte und stützte den Ellbogen auf der Bar auf. „Mein lieber Wells, ich habe stets Respekt für deine Talente und Begabungen gehabt. Du verstehst es, den menschlichen Geist herauszufordern. Aber das hier ist weder eine literarische Diskussion noch eine wissenschaftliche Debatte. Wir befinden uns außerhalb unserer Zeit, haben also Leben, Tod und somit die Menschlichkeit überschritten. Für dich und mich gibt es keine Regeln. Ich kehre niemals ins Jahr 1893 zurück! Also wollen wir das vergessen und uns wie Gentlemen über unsere einzigartige Lage unterhalten." Er trank. „Können wir so verbleiben, Wells?"

„Wir befinden uns zwar nicht in unserer Zeit, Stephenson, aber wir haben uns nicht über das Menschsein hinausentwickelt. Muß ich dich daran erinnern, daß es in unserem Universum Gesetze gibt, an die wir immer gebunden sein werden? Zum Beispiel die Achtung für andere Menschen? Empfindest du überhaupt keine Reue? Hast du gar kein Gewissen?"

„Gewissen?" Stephenson lachte wieder. „In einer gewissenlosen Welt?" Er zwinkerte mit den Augen und trank.

„Aber diese Morde, John! Wie konntest du nur?"

„Sobald ich mir mein anatomisches und medizinisches Grundwissen erworben hatte, war es wirklich nur noch ein Kinderspiel."

„Aber warum?"

„Es bereitete mir Vergnügen."

„Hast du denn nichts für deine Mitmenschen übrig?"

Er spitzte ungeduldig den Mund. „Mein Guter, ich denke, daß ich bereits meine Haltung zu diesen Dingen klar formuliert habe. Soll ich alles zweimal sagen? Für mich ist Mord kein Verbrechen. Man kann einen Menschen aus Lust oder Profitgier umbringen, um Reichtum oder Ruhm zu erlangen. Aus politischen, religiösen, sozialen, wirtschaftlichen oder humanitären Gründen. Ein Diktator kann das Opfer eines Meuchelmörders werden, ebenso wie man einen gehaßten Vater auf die Seite schaffen kann. Die Schwachen und Gefährlichen können eliminiert werden und so weiter. Kannst du dir vorstellen, in welch schrecklichem Zustand die Welt sein würde, wenn es den Mord nicht gäbe?"

Wells' Gedanken überschlugen sich. Dieser Mann hatte soeben gewichtige Gründe für wahllosen Mord vorgetragen. Ein Plädoyer, das diesen niederträchtigen Akt sogar noch attraktiv erscheinen ließ. H. G. erkannte, daß Stephensons Psyche verdreht war.

H. G. mußte diese Debatte mit logischen Schlußfolgerungen gewinnen. „Ich bin sicher, daß die Menschheit auch ohne die Institution Mord überleben und gedeihen würde", erklärte er trocken. „Und ich bin sicher, daß die Mehrheit der Gesellschaft einschließlich meiner Wenigkeit deine abweichlerischen Ansichten entschieden ablehnt. Dir entgeht die Tatsache, daß es ohne Gesetz und Ordnung keine große und fortschrittliche Zivilisation geben kann. Und die Grundlage dafür ist die Achtung der Rechte anderer."

„Ich stimme dir bis auf einen Punkt zu, Wells. Die Mehrheit der Bevölkerung ist nicht rational. Wenn aber die Irrationalität die Spezies Mensch regiert, dann werden Gesetze nur von denen aufgestellt, die mächtiger sind. Und diese Gesetze sind nur den Mächtigen dienlich. Die Gesetze werden dann von jenen geändert, die die Macht an sich reißen können, wobei sie wieder nur ihren eigenen Vorteil im Auge haben. Habe ich recht?"

Als H. G. nicht sofort eine Antwort fand, brach Stephenson in lautes Gelächter aus und klopfte ihm auf die Schulter.

H. G. wich zurück und riß Stephensons Arm weg. „Ich habe genug von diesem nihilistischen Blödsinn! Du hast meine wissenschaftliche Errungenschaft dazu mißbraucht, der Justiz zu entweichen! Somit hast du meinen Ruf beschmutzt und meine Ehre geschmälert!"

„Wie schlimm!" Stephenson lachte.

„Es geht hier um das Prinzip!"

„Prinzip?" spöttelte Stephenson. „Haben sich die Zeiten nicht geändert, Wells?"

„Mein lieber Mann, die Moral verändert sich niemals, ganz gleich, was du sagst! Du kehrst mit mir nach London zurück, um deine Schuld der Gesellschaft gegenüber zu bezahlen!“

Stephenson stand auf und sah H. G. von oben herab an. „Du kleiner Narr! Bist du blind durch diese Welt gegangen? 1979 wimmelt es von Leuten wie mir – Triebtäter, Mörder, Brandstifter, Räuber, Terroristen.“

H. G. lachte geringschätzig. „So ein Unsinn!“

„Du glaubst mir nicht?“ Stephenson vollführte mit der Hand eine einladende Geste. „Ich will dir etwas zeigen.“

H. G. folgte ihm in das Schlafzimmer, wo Stephenson an einen großen Kasten mit einem dunkelgrauen Schirm ging und einen Knopf drückte.

„Man nennt das Fernsehen.“

H. G. trat einen Schritt zurück und sperrte verblüfft den Mund auf. Denn auf dem Schirm erschien sofort ein farbiges Bild von zwei Männern, die sich unterhielten. Das war also das Endergebnis der drahtlosen Übertragung Marconis. Welch eine großartige Kommunikationsmöglichkeit! „Wunderbar! Einfach wunderbar!“

„Ich bin vollkommen deiner Meinung.“ Stephenson drückte einen weiteren Knopf und zauberte das Bild von zwei Männern hervor, die in Westernkleidung aus dem neunzehnten Jahrhundert einander gegenüberstanden. Zwischen ihnen befand sich die Straße. Einer zog eine Pistole und feuerte drei Schüsse auf den anderen ab. Stephenson deutete vom Bildschirm auf Wells und lächelte verschmitzt.

„Ich glaube, daß es sich hier um eine Darstellung der Geschichte handelt“, kommentierte H. G. ungerührt. Als er erkannte, was sein Gegenüber im Schilde führte, stieg Wut in ihm hoch. Er ballte erregt die Fäuste.

Wieder drückte Stephenson einen Knopf. Es erschien ein Ringkampf mit zwei unheimlich muskulösen Männern. Der eine schleuderte den anderen aus dem Ring in das Publikum und wurde zum Sieger erklärt. Das Publikum tobte vor Begeisterung. Dann schaltete Stephenson erneut um. Eine Kinderpuppe wurde zum Verkauf angeboten. Es war eine originalgetreue Wiedergabe eines Soldaten mit Waffen und so weiter.

Stephenson lachte entzückt. „Es werden auch Feuerwaffen verkauft.“ Schließlich schaltete er das Gerät ab. „Das ist meine Welt,

Wells." Er schlenderte in das Wohnzimmer. „Ich gehöre hierher, du nicht! Du bist ein Relikt der Vergangenheit!"

„Du kehrst zurück!" fauchte H. G. ihn an.

„Ich gehe nirgends hin!"

„Das werden wir ja sehen!" Er packte Stephenson am Arm und begann, ihn zur Tür zu führen.

Der größere Mann ging einige Schritte mit, dann riß er sich los und grinste. „Mein Lieber, ich glaube, daß du unvernünftig geworden bist." Er wischte sich mit der Hand über den Ärmel seines Hemdes. „Womöglich sogar gewalttätig. Habe ich mich jetzt klar ausgedrückt?"

H. G. stieß ein zorniges Knurren aus und rannte mit schwingenden Armen auf Stephenson zu. Dieser wich aus und versetzte ihm von hinten einen Faustschlag, so daß er gegen die Wand prallte. Wells ließ pfeifend die Luft aus den Lungen.

Stephenson kam näher und holte zu einem kräftigen Schlag aus. H. G. duckte sich blitzschnell. Stephensons harte Faust landete in einem Ölbild an der Wand, durchbohrte es und machte Risse in die Mauer.

H. G. setzte zu einem Sprung auf die Beine des Gegners an, aber dieser trat schnell zur Seite und versetzte ihm mit dem Knie einen Schlag ins Gesicht. H. G. sackte zusammen. Verzweifelt versuchte er, wieder auf die Beine zu kommen.

Sein Gegner hob seinen muskulösen Arm und ließ seine stählerne Faust auf Wells' Schädeldecke niedersausen. Wells stieß einen kurzen Schrei aus, fiel auf den Teppich zurück und zitterte kurz; dann lag er regungslos da.

STEPHENSON betrachtete den leblosen Körper und nickte zufrieden. Damit waren die Justiz und die Vernunft abgetan. Dann bemerkte er, daß H. G. noch atmete. Er runzelte die Stirn. Dem mußte er Abhilfe schaffen. Er ging um Wells herum und trat hinter die Bar, wo er ein Schubfach öffnete und einen Eisklopfer fand, der zwanzig Zentimeter lang war. Er drehte ihn in seiner Hand und stellte fest, daß die scharfe Spitze sehr geeignet war.

Er ging wieder zu H. G. und drehte ihn auf den Rücken, als er es sich besser überlegte. Er blickte auf ihn hinunter. Eigentlich wäre es schade um Wells. Der kleine Mann war so genial, letztlich hatte er das Zeitreisen erst ermöglicht. War er nicht der Kolumbus eines neuen Zeitalters und einer neuen Dimension?

Hatte nicht Wells die Vorrichtung konstruiert, mit deren Hilfe er endgültig den Armen Scotland Yards entrinnen konnte?

Plötzlich erinnerte Stephenson sich an etwas. Natürlich! Als er sich die kühn ausgeführten Zeichnungen der Zeitmaschine angesehen hatte, war er auf die Rückkehrautomatik gestoßen und hatte in Erfahrung gebracht, daß zu ihrer Abschaltung ein Spezialschlüssel nötig war. Damals hatte er damit nichts anfangen können, aber jetzt fiel es ihm wie Schuppen von den Augen. So war Wells ihm gefolgt! Die Zeitmaschine war zu ihrem Ausgangszeitpunkt zurückgekehrt, weil er, Stephenson, den Spezialschlüssel nicht hatte. Demzufolge konnte man, wenn man in Besitz des Spezialschlüssels war, beliebig auf der vierten Dimension umherreisen, ohne je eine Verfolgung fürchten zu müssen. Er grinste. Er mußte den Schlüssel an sich nehmen. Es war überflüssig, Wells mit dem Eisklopfer ins Jenseits zu befördern. Er konnte den einmaligen kleinen Wissenschaftler im zwanzigsten Jahrhundert zurücklassen, wo er sich hoffnungslos verstricken würde.

Seine Hände zitterten vor Aufregung, und er machte sich über Wells her, um in seinen Taschen nach dem Schlüssel zu suchen. Aber dann gab H. G. ein dumpfes Stöhnen von sich und begann sich zu regen, als die Schwärze vor seinen Augen verschwand. Stephenson runzelte die Stirn und setzte sich auf die Hüften seines Opfers. Es blieb keine Zeit mehr. Es war unumgänglich, den kleinen Mann umzubringen, um danach in Ruhe den Schlüssel finden zu können. Zum Teufel damit, dachte er bei sich. Der Zweck rechtfertigt die Mittel! Das war schon immer so gewesen.

Er hob zum zweitenmal den Eisklopfer.

Plötzlich klopfte jemand flüchtig an die Tür. „Zimmermädchen!"

Stephenson ließ den Eisklopfer fallen, fluchte und sprang auf.

Die Tür ging auf, und ein Mädchen schob einen Wagen mit Eimern, Besen, Lappen und Reinigungsmitteln in das Zimmer. Sie sah die beiden Männer – einer aufrecht stehend, der andere am Boden liegend –, hielt jäh inne und hob erschrocken die Hand vor den offenen Mund. Sie schrie nicht sofort um Hilfe.

Stephenson besaß die Geistesgegenwart, mit den Händen sein Gesicht zu verdecken, so daß er nicht erkannt werden konnte. Dann lief er an dem Mädchen vorbei auf den Korridor. Er blickte sich kurz um und sah, daß Wells sich taumelnd aufrichtete.

6

H. G. SCHLUG die Augen auf und wußte zuerst nicht, wo er sich befand. Alles war verschwommen. Die blauen Tapeten verschmolzen mit dem Weiß der Decke. Die Farben fingen an zu schmerzen, sich immer weiter zu entfernen und sich zu drehen. Jemand schrie, aber er wußte nicht, warum oder wer. Er stöhnte gequält und setzte sich langsam ganz auf.

Sein ganzer Körper tat sehr weh. Als er den Raum allmählich wieder klar sah, versuchte er, den Kopf zu drehen. Ein Halswirbel knackte laut, und ein stechender Schmerz fuhr durch seine Glieder. Mit größter Vorsicht bewegte er Kopf und Rücken, bis der Wirbel wieder an die richtige Stelle rutschte. Er fühlte sich sofort besser und konnte sich wieder bewegen, obwohl hinter seinen Schläfen ein dumpfer Schmerz pochte.

Er bemerkte das uniformierte Mädchen, das vor ihm auf dem Boden kniete und ihn aus großen Augen ängstlich ansah. Dabei berührte es leicht seine Stirn.

„Sir! Fehlt Ihnen etwas, Sir?"

„Ich hab mich schon besser gefühlt, danke!" Er richtete sich ganz auf, dann sah er den Eisklopfer auf dem Boden. Es lief ihm heiß und kalt über den Rücken. Er konnte sich sehr glücklich schätzen, überhaupt noch am Leben zu sein.

„Soll ich einen Arzt holen, Sir?"

„Danke, nein."

Welch ein Ungeheuer! dachte H. G. Welch niederträchtiger, perverser Mensch! Er hätte sich eigentlich denken können, daß Stephenson auch nicht davor zurückschrecken würde, einen ehemaligen Klassenkameraden umzubringen.

„Sind Sie ganz sicher, daß Sie keinen Arzt wollen?"

„Der einzige Arzt, der mich interessiert, hat bereits das Feld geräumt."

Voll Rachedurst steckte Wells den Eisklopfer in die Tasche und ging hinaus. Während er mit dem Aufzug nach unten fuhr, beruhigte er sich und überlegte. Stephenson hatte wahrscheinlich das Hotel verlassen und ging jetzt ziellos auf der Straße umher. Wie groß war der Vorsprung des Mörders? Bestimmt nur wenige Minuten. H. G. erinnerte sich genau, daß der Griff des Eisklopfers noch warm und feucht gewesen war, als er ihn zuerst vom Boden aufgehoben hatte. Aber in welche Richtung mochte Stephenson gegangen sein? H. G. entschloß sich, seinem Gefühl zu folgen. Er konnte nur hoffen, daß er Stephenson nicht für immer aus den Augen verloren hatte.

Im Erdgeschoß verließ H. G. den Aufzug und durchquerte die Empfangshalle. Auf dem Bürgersteig der Van Ness Avenue blickte er sich schnell in beiden Richtungen um. Die Straße führte westwärts über eine lange Anhöhe hinauf, die für einen Flüchtigen sehr ungeeignet und schwer zu bewältigen gewesen wäre. Sein Gefühl sagte ihm, daß bergab ein viel wahrscheinlicherer Fluchtweg sei, also ging er nach Osten, wo sich in einiger Entfernung schöne Bürgerhäuser an der Straße aufreihten. Schon nach wenigen Schritten kam er an die Kreuzung von Van Ness Avenue und Geary Street. Das Ampellicht gebot ihm Halt, und die vielen Fahrzeuge brausten über die Geary Street südwärts, aus der Stadt hinaus. War Stephenson in die Geary Street abgebogen oder Richtung Osten auf der Van Ness Avenue weitergegangen? Wieder blickte Wells in beide Richtungen. Die Geary Street war breiter und heller, weil sie direkt von der späten Nachmittagssonne beschienen wurde. Die Van Ness Avenue hingegen war in Schatten getaucht, die Straße als Fluchtweg also besser geeignet. H. G. folgte der schattigen Straße Richtung Innenstadt.

Nach zwei Querstraßen erblickte er Stephensons Panamahut, der die Köpfe der anderen Fußgänger überragte. Gott sei Dank hatte sein Gefühl ihn nicht im Stich gelassen!

Er lächelte grimmig, fing an zu laufen, so schnell er konnte, ohne dabei die anderen Leute auf dem Bürgersteig umzurennen, und holte Stephenson schließlich an der Ecke von Van Ness Avenue und Ellis Street ein. Stephenson stand an der Bordsteinkante und wartete nervös auf das Umschalten der Ampel.

H. G. biß die Zähne zusammen und spannte seine Muskeln. Er war jetzt genau hinter Stephenson, packte ihn, wirbelte ihn herum und hielt die Spitze des Eisklopfers drohend an seine Kehle. Erschrocken riß Stephenson die Augen weit auf und atmete schnell und kurz. H. G. sah die Angst in den Augen seines Gegners und wußte, daß er gewonnen hatte.

Er wollte gerade einen Befehl ausstoßen, als eine Dame in der Nähe sah, was los war, und einen lauten Schrei ausstieß. H. G. drehte sich unwillkürlich um, um die Lage zu erklären, aber das

DON'T
WALK

genügte Stephenson. Er schlug H. G. die Waffe aus der Hand, sprang herum und raste mit Riesenschritten über die Straße, obwohl die Ampel noch rot zeigte. Er wich drei heranbrausenden Autos aus und hatte schon fast die andere Straßenseite erreicht. Doch da kam ein Volkswagenbus mit hoher Geschwindigkeit heran und stieß frontal mit dem Mann zusammen. Er wurde gute fünf Meter durch die Luft geschleudert, bevor er mit dem Kopf voran auf dem Straßenbelag landete.

Sofort bildete sich eine Menschenmenge um den daliegenden Stephenson. Die Leute brüllten und schrien. Einige machten ratlose Gesichter, weil sie nicht wußten, was zu tun war. Andere wollten sich nur die Aufregung und Einmaligkeit des dramatischen Moments nicht entgehen lassen.

H. G. stand an der Bordsteinkante. Er fühlte sich erschöpft und konnte nur zusehen. Ein großer Polizist in schwarzer Uniform und mit weißen Handschuhen lief mit großen Sätzen zur Unglücksstelle. Schnell trieb er die Schaulustigen beiseite, beugte sich über Stephenson, lockerte dessen Kleidung, zog trotz der Kälte seinen eigenen Mantel aus und deckte damit den bewußtlosen und schwerverletzten Stephenson zu.

Der unglückliche langhaarige Fahrer des VW-Busses ging bestürzt auf und ab. Nach einiger Zeit lehnte er sich gegen die Tür seines Busses und beantwortete die Fragen des Polizisten, der alle Antworten in seinen Notizblock schrieb. Der Polizist ging sehr gelassen und routinemäßig vor, als wäre so etwas nichts Ungewöhnliches. Er tat seine Arbeit systematisch und effektiv. Der Verkehr lief jetzt wieder normal, und die Fußgänger kümmerten sich nur noch wenig um den Vorfall.

Dann ertönte eine Sirene, die immer lauter wurde, bis das Geräusch allmählich ohrenbetäubend und unerträglich wurde. H. G. erblickte einen glänzenden rot-weißen Wagen, der von der Van Ness Avenue kam und nun in die Ellis Street einbog. Das Schild an der Tür besagte: „Notarztwagen 37“. Zwei wendige junge Männer in dunkelblauen Uniformen sprangen aus dem Vehikel und kümmerten sich um Stephenson. H. G. eilte auf seiner Straßenseite ein kleines Stück nach oben, um besser sehen zu können. Zuerst hoben sie Stephenson auf eine Tragbahre mit verchromten Griffen, dann rollten sie ihn zum Wagen und schoben ihn hinein. Ihre Bewegungen waren geschmeidig. Keine verschwendete Energie, kein Durcheinander, kein unnötiges Wort. In

Sekundenschnelle saßen sie wieder in ihrem Wagen. Einer sprach in ein kleines Gerät aus Metall und wendete gleichzeitig den Wagen, während der andere eine Maske über das Gesicht des Verletzten schob und an großen Metallflaschen hantierte. Der Wagen raste über die Ellis Street davon, und die übrigen Verkehrsteilnehmer reagierten auf das Heulen der Sirene, indem sie eine freie Gasse bildeten.

H. G. war sehr beeindruckt. Er hatte über den Krimkrieg gelesen, daß die Verletzten oft tagelang auf den Schlachtfeldern umherlagen. Die wenigen Glücklichen, die schnell in ein Lazarett kamen, wurden von den überlasteten Ärzten einfach nicht beachtet, oder man amputierte ihnen gleich die verletzten Gliedmaßen. Er jedoch war soeben Zeuge eines sehr eindrucksvollen Manövers geworden, das der Rettung eines Lebens diente. Die Schnelligkeit und das Geschick waren wirklich sehr eindrucksvoll gewesen. Mein Gott, dachte er, wie beruhigend es doch für die Leute von 1979 sein mußte zu wissen, daß eine Verletzung oder gar der Verlust des Lebens nicht auf die leichte Schulter genommen wurden. Daß ausgebildete Fachkräfte innerhalb kürzester Zeit unter Zuhilfenahme der Technik darauf reagierten.

Dann runzelte er die Stirn und geriet etwas in Verwirrung. Eigentlich war der Vorfall sehr ironisch gewesen: Stephenson war von einem Erzeugnis fortschrittlicher Technik zermalmt und von einem ähnlichen Apparat aufgesammelt und weggebracht worden. Eins brachte den Tod, ein anderes erweckte wieder zum Leben. Das Verhältnis war jedenfalls ausgewogen.

In seinem Kopf nahm eine Erkenntnis Form an. Die Maschinen, Skalen, Knöpfe, Kommunikationsvorrichtungen, Detektoren, Lichter etc. waren neutral. Es hing immer davon ab, wer sie bediente. Menschen, die einerseits zu unerhörten Leistungen befähigt waren und sich andererseits schlimmer als Tiere verhielten. Die fundamentale Dualität hatte sich also im Lauf von sechsundachtzig fortschrittlichen Jahren nicht geändert. Der Mensch war immer noch derselbe. H. G. schauderte. Was wäre, wenn Stephenson – bei der Unterredung im Hotel – recht gehabt hatte?

Stephenson! H. G. ging zu dem großen Polizisten, der an der Straßenecke in einen Kasten aus Metall sprach. Als der Beamte das Gespräch beendet hatte und den Deckel des Kastens verschloß, sprach H. G. ihn an. „Entschuldigen Sie, Sir, aber können Sie mir sagen, wo man diesen armen Kerl, der von dem Fahrzeug überfahren wurde, hingebracht hat?"

Der Polizist musterte H. G. kritisch vom Scheitel bis zur Sohle. „Kennen Sie ihn oder was?"

„Nein, nein, Sir. Sie müssen wissen, ich bin noch nicht lange hier, und es würde mich interessieren, was mit so einem bedauernswerten Unfallopfer geschieht."

„Die Ambulanz hat ihn geholt und wird ihn ins Städtische Krankenhaus bringen. Ist das in London nicht genauso?"

H. G. ZAHLTE das Taxigeld und stieg vor dem Haupteingang des Städtischen Krankenhauses von San Francisco aus. Die Sonne versank hinter dem Horizont, und ein kalter Nebel zog von der Bucht herauf.

H. G. blieb überrascht stehen. Die Anlage war riesig, doch die Gebäude sahen alt und abstoßend aus. Die Außenwände waren hellrot gestrichen, aber mit der Zeit hatten sich viel Ruß und Schmutz angesetzt. Die Sträucher und Rasenflächen zwischen den einzelnen Komplexen wirkten sehr vernachlässigt. Um das ganze Gelände zog sich ein hoher schwarzer Eisenzaun, an dessen unterem Ende vom Wind herangetragene Zeitungen und Tüten hingen. Das Krankenhaus wurde von einem hohen Schlot überragt, der dichte weiße Wolken ausspie.

Die gesamte Anlage erinnerte H. G. mehr an ein viktorianisches Gefängnis und hatte nichts mit dem modernen Tempel der hochentwickelten medizinischen Künste gemein, den H. G. erwartet hatte. Aber daß es sich dennoch um ein Krankenhaus handelte, verriet ihm das große, hellbeleuchtete Schild NOTFÄLLE zu seiner Linken.

Ein weiterer rot-weißer Wagen fuhr durch die Einfahrt und folgte dem Pfeil zur Rückseite des Gebäudes. H. G. vermutete, daß er dort auch Stephenson finden würde. Er ging schnell dem Auto nach. Der Wind hatte zugenommen, und die Kälte wurde grimmiger.

Im Gegensatz zum Haupteingang herrschte am Eingang für Notfälle reges Treiben. Hier war alles sehr modern. H. G. beruhigte sich wieder. Vielleicht war die Front des Krankenhauses nur in einem schlechten Zustand und würde bald renoviert werden. Er ging durch die Glastür hinein, die sich automatisch öffnete und schloß.

Die Notfallstation entsprach seinen wissenschaftlich-romantischen Träumen des neunzehnten Jahrhunderts. Vor ihm breitete sich ein schneeweißer Fußboden aus, der von einem silberglänzenden Fahrstuhlkomplex unterbrochen war. An den Fahrstühlen waren Pfeile und Hinweisschilder, darüber stand in großen Buchstaben AUFZÜGE. Plötzlich leuchtete ein Licht auf, und ein Klingelzeichen ertönte. Ein Aufzug war gerade angekommen. Die Tür öffnete sich, und ein Pfleger schob einen älteren Mann auf einer Bahre hinein. Das Gesicht des Patienten war ebenso kreidebleich wie die makellos reinen Leinentücher, die seinen Körper bedeckten. Die Tür schloß sich wieder mit einem zischenden Geräusch. H. G. beobachtete die aufleuchtenden Lichter. Der Fahrstuhl befand sich jetzt vier Stockwerke unterhalb des Erdgeschosses.

Gegenüber den Aufzügen befand sich der „Empfangs- und Informationsschalter." Die Damen hinter den Glasscheiben trugen alle gestärkte weiße Uniformen und Käppchen. Ob jung oder alt, ihre Mienen waren ruhig und gelassen und ihr Haar wohlfrisiert. Einige von ihnen bedienten kleine Maschinen; das Summen und Knistern elektrischer Energie war unverkennbar.

Von der Rezeption führten zwei glänzende Korridore in das Innere des Krankenhauses. Fahrbare Tragbahren wurden hin und her geschoben. Auch motorisierte Rollstühle kamen daher. Wer hätte sich wohl träumen lassen, daß selbst die Behinderten mittels einer Energiequelle bewegungsfähig waren? Und dann gab es viele Menschen, die ähnliche Arbeitskittel trugen; einige waren weiß, andere rosarot, grün, grau und selbst blau. H. G. folgerte schnell, daß die verschiedenen Farben auf die unterschiedlichen Funktionen hindeuteten. In einem dringenden medizinischen Fall ging so keine Zeit damit verloren, herauszufinden, wer für was zuständig war. Wie klug.

Er bückte sich und befühlte mit der Hand den Fußboden, dann strich er über die helle Wand. Ja, alles in diesem Krankenhaus bestand aus jenem seltsamen Material, dem er zum erstenmal im McDonald's begegnet war. So glatt, so glänzend, so weich, dennoch fest und kompakt.

Und von der Decke ergoß sich leichte Hintergrundmusik über Hallen und Gänge. Aber kein Wimmern, Stöhnen oder Schreien war zu hören!

H. G. lächelte stolz. Das war also die Zukunft, die er vorhergesagt hatte. Das konnte die Technik für die Menschheit zustande bringen. Eine schöne, erhabene Welt, wo ein aufgeklärter Mensch dem anderen helfen konnte.

Aber wieso war diese Anstalt so riesig? Gab es so viele kranke und verletzte Menschen? H. G. glaubte nicht daran, denn die meisten Menschen, die er bisher gesehen hatte, waren uniformiert und sicherlich nicht krank, sondern arbeiteten hier. Und das war auch ein positiver Umstand, denn somit war sichergestellt, daß es für die Behandlung und Pflege der Kranken genügend Ärzte und Schwestern gab.

Das Erstaunlichste allerdings war die unerhörte Sauberkeit des Krankenhauses. H. G. hatte fast Angst, irgend etwas zu berühren und somit an unerwünschter Stelle Bazillen des neunzehnten Jahrhunderts zurückzulassen.

Er erinnerte sich an seinen kurzen Krankenhausaufenthalt in St. George's nach seinem letzten und schwersten TBC-Anfall, verursacht durch Überarbeitung und das Auseinanderbrechen seiner Ehe mit Isabel. Man hatte ihn in einen langen, trostlosen Krankensaal gelegt, der fünfzig andere Patienten beherbergte. Der düstere Raum wurde von vier Gaslampen beleuchtet, und da die hohen Fenster nie geöffnet wurden, war die Luft stickig. Es stank nach Körperausscheidungen, Galle, Fäulnis und Tabak. Er wurde auf ein schäbiges Bett gelegt, mit einem feuchten Federbett und einem Berg Decken bedeckt, um sein hohes Fieber zu dämpfen, das ihn seit Tagen ausgezehrt hatte. Jedesmal wenn er hustete, verspürte er unerträgliche Schmerzen in jeder Faser seines geschwächten Körpers. Dann hatte der Arzt seine Visite gemacht und sich schnell jeden Patienten angesehen. Das Stöhnen der Todkranken beachtete er nicht, denn es gab nichts, was er nicht schon für sie getan hätte; ohne Erfolg. Aber das war 1892 gewesen.

Und jetzt? Helle Lichter und gestärkte Bettwäsche. Musik und Hygiene. Und nicht das geringste Anzeichen, daß es irgendwo Schmerz oder Leid gab. H. G. war überwältigt.

„Kann ich Ihnen helfen, Sir?" fragte ihn eine Schwester.

H. G. erschrak, als er so jäh aus seinen Träumen gerissen wurde. Aber bald fand er seine Fassung wieder. „Ich glaube, daß ein Bekannter von mir von zwei blaugekleideten jungen Männern hierhergebracht wurde." Er zögerte. „Er wurde von einem Auto überfahren."

„Bitte wenden Sie sich an den Schalter, Sir."

H. G. ging zur Rezeption und wartete geduldig. Hinter den

Glasscheiben befand sich eine Reihe von Bildschirmen, auf denen verschiedene Korridore und Räume abgebildet waren. Eine Krankenschwester saß vor den Bildschirmen und drückte auf Tasten einer Konsole, woraufhin die Bilder wechselten. Gelegentlich notierte sie etwas. H. G. traute seinen Augen nicht. Nur durch Tastendruck konnte man in Sekundenschnelle wissen, was in verschiedenen Teilen des Krankenhauses vor sich ging! Bei Notfällen konnten sofort entsprechende Rettungsmaßnahmen eingeleitet werden! Ein triumphales Lächeln verklärte seine Züge. Stephenson war kurzsichtig und hatte sich geirrt, denn hier wurde das Fernsehen zum Nutzen der Allgemeinheit eingesetzt. (Die Bilder, die er im Hotelzimmer gesehen hatte, dienten also offenbar nur dem Zweck, die Leute davon abzuschrecken, gewalttätig zu werden.) H. G. fragte sich, ob diese Form der Kommunikation auf der ganzen Welt verwendet wurde. Wenn ja, dann konnten Millionen von Menschen augenblicklich sehen, was andere Menschen taten oder wie sie lebten. Welch ein Segen für die Rationalität!

Eine statuenhafte Krankenschwester kam auf ihn zu. Sie lächelte. „Was kann ich für Sie tun, Sir?"

„Heute nachmittag wurde ein Bekannter von mir bei einem Verkehrsunfall verletzt und in dieses Krankenhaus gebracht. Ich möchte gerne wissen, wie schwer er verletzt ist und wann er voraussichtlich entlassen werden kann."

„Natürlich, Sir. Geben Sie mir bitte den Namen und die Versicherungsnummer des Patienten."

„Er heißt Leslie John Stephenson . . . "

Sie drehte sich um und bearbeitete die Tasten der kleinen elektronischen Maschine.

„Aber bei der Versicherungsnummer muß ich leider passen."

„Dann das Geburtsdatum?"

„Ich bin mir darüber auch nicht ganz sicher."

Die Krankenschwester blickte von der Maschine zu H. G. auf. „Es tut mir leid, Sir, aber ich habe keinen Leslie John Stephenson eingetragen."

H. G. lächelte geduldig. „Ich glaube nicht, daß er zum Zeitpunkt des Unfalles seine Papiere bei sich trug."

„Dann wird er bestimmt unter XY stehen." Sie runzelte die Stirn, dachte kurz nach und sagte dann: „Können Sie mir sagen, wo sich der Unfall ereignet hat?"

„An der Ecke von Van Ness Avenue und Ellis Street."

Sie widmete sich wieder ihrem Computer und tippte eine andere Mitteilung ein. Sekunden später kam die Antwort, die sie Wells vorlas. „Ein Weißer männlichen Geschlechts, einsachtzig groß, fünfundachtzig Kilo schwer, braune Augen, dunkelbraunes Haar, dunkler Typ. Wurde um 16.13 Uhr bewußtlos eingeliefert. Trug ein rosarotes Hemd und eine hellblaue Hose."

„Das ist er! Das ist Leslie John Stephenson!"

„Die offizielle Bezeichnung ist XY Nummer sechzehn." Sie lächelte stolz.

„Können Sie mir sagen, wie es ihm geht?"

„Leider nicht. Da müssen Sie den behandelnden Arzt fragen, Mr. . . . "

„Wells."

Sie notierte seinen Namen, dann zeigte sie auf einen Korridor. „Nehmen Sie doch im Besucherraum Platz, Mr. Wells. Der Patient wird von Dr. Rodden behandelt. Sobald der Arzt seinen Dienst beendet hat, werde ich ihn zu Ihnen schicken."

„Danke." Er drehte sich um und ging.

Er passierte die Insel mit den Aufzügen und betrat den Aufenthaltsraum für Besucher. Es war ein großes Zimmer in hellbraunen und beigefarbenen Tönen, dunkler und ruhiger als der übrige Teil des Krankenhauses. Der Boden war mit einem Teppich bedeckt, und eine Vielzahl von Sitzgelegenheiten und Lesestoff harrte der Wartenden. In St. George's war für Besucher nur ein feuchter, kühler Raum mit je einer Holzbank an den steinernen Wänden vorgesehen gewesen.

H. G. ging auf einen leeren Stuhl zu, als er ein seltsames Geräusch hörte. Er drehte sich um und schaute. Auf dem Korridor, gegenüber dem Warteraum, befanden sich Maschinen; ein Mann nahm einen Becher mit einem Getränk aus der einen Maschine und aus der anderen einen Apfel! Maschinen als Nahrungsspender!

H. G. wurde so neugierig, daß er sofort zu der Reihe von Apparaten lief, um sie sich näher anzusehen. Sie hatten kleine Fenster. In der einen Maschine lagen Sandwiches, in einer weiteren Früchte, in der dritten gab es Erfrischungsgetränke und in der vierten Kaffee, Tee und heiße Schokolade. In der fünften gab es Süßigkeiten (deren Namen für ihn unverständlich waren). Er verspürte plötzlich großen Hunger, ging zur Sandwichmaschine und entschied sich für ein Schinkenbrot mit Käse, weil er das kannte. Er drückte die Taste, aber es geschah nichts. Er runzelte die Stirn und sah sich den Apparat ganz genau an. Hinter dem Glas flammte eine Schrift auf: „Geld einwerfen!" Er errötete, griff in die Tasche und beförderte eine Handvoll Kleingeld ans Tageslicht. Er steckte die entsprechende Münze in den Schlitz, aber es geschah nichts. Er drückte die Wähltaste, die Maschine erwachte zum Leben und gab seltsame Geräusche von sich, dann leuchtete wieder eine Schrift auf: „Bitte ein anderes Fach wählen!"

H. G. gehorchte, bekam aber sein Geld wieder zurück und erhielt dieselbe Aufforderung. Das wiederholte sich dreimal.

Er betrachtete die nächste Maschine in der Reihe und runzelte die Stirn. Er mochte keine Früchte. Mit finsterer Miene ging er zum nächsten Automat und studierte die dortigen Angebote. Er hatte keinen Appetit auf Hustenbonbons oder Puffreis, doch es blieben nur mehr „Fritos" und „Twinkies" übrig. Das letztere erschien ihm nahrhafter, also warf er Münzen in den Einwurfschlitz, zog am Hebel, und – siehe da! – heraus kam ein Twinkie. Er wickelte den kleinen Riegel vorsichtig aus, roch daran und stopfte das Ding in den Mund. Er kaute, schluckte das Zeug hinunter und fühlte sich weder satt noch erfrischt. Vielmehr taten seine Zähne weh, weil die Füllung des Twinkies aus einem weißen, süßen, schmierigen Zeug war.

Zu guter Letzt gönnte er sich eine Tasse Tee, der sehr schwach war. Er kehrte in den Warteraum zurück und dachte dabei über die Automaten nach. Das Problem bei der automatisierten Nahrungsvorbereitung und -ausgabe war das Fehlen einer Beschwerdemöglichkeit. Ein Ober oder eine Haushälterin konnten ein Mahl, das nicht schmeckte, abräumen und ein neues servieren. Aber die Automaten waren nicht mit einem Rücknahmefach ausgerüstet.

Er wählte einen bequemen Stuhl, setzte sich hin und nahm eine Zeitschrift vom Beistelltisch, als ein Doktor in einem weißen Kittel drei Schwarze in den Raum führte. H. G. legte die Zeitschrift weg und betrachtete die drei interessiert, da er Farbige bisher nur auf Fotografien gesehen hatte.

Er studierte sie genauer und konnte keine Spur des Dschungels oder der Savanne an ihnen erkennen. Es schien sich um eine ganz normale amerikanische Familie zu handeln. Die Mutter war grauhaarig, übergewichtig und trug ein abgetragenes dunkelblaues Kleid mit großen weißen Punkten. Die beiden jungen Kerle, die sie zu einem Stuhl führten, waren offensichtlich ihre Söhne. Der ältere war groß und stämmig und trug ähnliche Kleidung wie Stephenson; er ging verärgert auf und ab, während der Arzt flüsternd sein Mitgefühl aussprach.

Der jüngere Knabe, in einem verblichenen Hemd und einer braunen Hose, lauschte den schlechten Nachrichten des Arztes vertrauensselig. Die Mutter begann zu weinen. Der Doktor klopfte ihr tröstend auf die Schulter. Sie schob seine Hand weg. Er zuckte verlegen die Achseln, murmelte eine Entschuldigung und ging hinaus. Der jüngere Knabe redete seiner Mutter gut zu. „Paps wird bald wieder gesund sein. Hör nicht auf das, was der Doktor sagt, Mama!"

H. G. beobachtete die drei weiterhin, ihr Leid bedrückte ihn. In der Schule hatte er in amerikanischen Geschichtsbüchern Radierungen aus der Sklavenzeit gesehen, an die er jetzt denken mußte. Die Sklaverei wurde ein Jahr vor seiner Geburt abgeschafft. Gab es im Jahre 1979 eine andere, neue Form der Unterjochung? Eine, die nicht mit offener und brutaler Gewalt aufrechterhalten werden mußte? Oder waren das nur Hirngespinste seines sensiblen Gemüts? Es gab nur eine Möglichkeit, das festzustellen: hinübergehen und fragen.

Unwillkürlich erhob er sich und ging auf die Schwarzen zu, als der ältere Bruder sich umwandte und ihn unverblümt ansah. H. G. blieb stehen. Der junge Mann kniff die Augen zusammen, und seine Nasenflügel bebten. H. G. suchte in dem Gesicht des jungen Mannes nach einer Erklärung, aber dessen Miene war jetzt kalt und haßerfüllt. H. G. kehrte vorsichtshalber zu seinem Stuhl zurück und tat so, als würde er lesen. Warum hatte der junge Mann ihn so feindselig und haßerfüllt angesehen? Er hatte ihnen oder ihrem Vater doch nichts getan.

WÄHREND der kommenden zwei Stunden wartete H. G. im Aufenthaltsraum auf das Erscheinen von Dr. Rodden, um mehr über den Zustand Stephensons zu erfahren. Es waren zwei sehr hektische Stunden, da die ganze Zeit heulende Ambulanzen vorfuhren und verschwanden. Dazwischen versammelten sich Freunde oder Verwandte im Warteraum. Sie waren meistens schwarz, braun oder asiatisch. (Die Notfallpatienten folglich auch.) Die Hoffnungslosigkeit in ihren Augen bedrückte H. G. sehr. Die Technik hatte diesen Menschen nicht geholfen. Sie machte sich über sie lustig.

H. G. verließ angewidert den Warteraum in dem Bewußtsein, daß in diesem winzigen Teil von 1979 tatsächlich ein Klassensystem existierte. Es war immer seine Überzeugung gewesen, daß der Fortschritt die Menschen frei machen würde. Sie anregen würde, dem Guten nachzustreben. Jetzt bezweifelte er das, und es machte ihn wütend, seinen eigenen Glauben anzweifeln zu müssen, insbesondere, da Stephenson das vor wenigen Stunden bereits getan hatte.

Er ging mit großen Schritten an der Insel der Aufzüge vorbei und wandte sich an den Empfangsschalter.

„Ja, Sir, was kann ich für Sie tun?" Die Schwester hinter dem Fenster war sehr hübsch und wirkte sehr intelligent. Und sie war schwarz. Aber sie war keine moderne Sklavin. Was ging da vor? H. G. hätte gern mehr über diese Widersprüche erfahren.

„Ist etwas passiert, Sir?" Sie klimperte besorgt mit ihren langen Wimpern.

„Ja, allerdings! Die Schwester, die vorher hier war, sagte mir, daß ich in jenem Aufenthaltsraum auf Dr. Rodden warten solle, der mir bald sagen könnte, wie es um meinen Bekannten steht."

„Dr. Rodden verließ vor zehn Minuten das Krankenhaus", antwortete sie mit einem entschuldigenden Unterton.

„Aber er sollte doch mit mir sprechen!" rief H. G. entrüstet.

„Es tut mir leid, aber er wird erst wieder morgen früh hier sein."

„Halt, halt!" H. G. wurde purpurrot. „Sie erwarten doch nicht, daß ich die ganze Nacht in diesem Warteraum zubringe?"

„Es tut mir leid, Sir, aber da kann ich Ihnen nicht helfen. Tun Sie, was Sie für richtig halten." Sie deutete auf jemanden hinter H. G. „Der nächste bitte."

Niedergeschlagen verließ H. G. das Krankenhaus.

Die frische Nachtluft tat ihm wohl, und der Nebel zeichnete die harten Konturen der Lichter und die metallischen Verkehrsgeräusche weich. H. G. beruhigte sich und ging vom Krankenhaus weg. Als er die Straße erreicht hatte, fragte er sich, was er jetzt tun sollte. Das fremdartige Aufleuchten der vielen bunten Neonlichter lähmte seine Gedanken. Müdigkeit und Erschöpfung machten seine Glieder bleiern. Er setzte sich auf die Bordsteinkante und überlegte, welchen logischen Weg er jetzt einzuschlagen hätte. Die erste Idee, die ihm in den Sinn kam, war zwar nicht sehr genial, aber dafür sehr praktisch. Sich aufs Ohr legen.

Auf der anderen Straßenseite waren Hotels, deren Fassaden ihn an das London des neunzehnten Jahrhunderts erinnerten. Er lief auf sie zu. Was er brauchte, war Schlaf.

Er betrat das Portrero Hotel („Seit 1929“). Die Empfangshalle war mit verstaubten Möbeln bestückt. Der Portier war ein Schwarzer, der auf seinem Stuhl ein Nickerchen machte. Die Beleuchtung war spärlich. Der Schwarze rieb sich den Schlaf aus den Augen und zog an seinen Hosenträgern, die seine übergroße Hose an seinem sonst nackten Körper hielten.

„Was willst du, Mann?“

„Ein Zimmer.“

Der Schwarze legte ein vergilbtes Blatt Papier und einen Stift auf den Tisch. „Das macht vierzehn fünfzig.“

H. G. griff in die Tasche, fand aber nur etwas Kleingeld, nämlich einen Dollar vierzig. Er runzelte ungläubig die Stirn.

Der Schwarze zwinkerte mit den Augen und wartete. Offenbar war er das gewohnt.

Plötzlich lächelte H. G., denn er erinnerte sich wieder an die Reiseschecks, die er heute bei Amy Robbins gekauft hatte. Mein Gott, es schien bereits eine Ewigkeit her! „Nehmen Sie Reiseschecks?“

„Wenn sie nicht ausländisch sind.“

H. G. grinste vergnügt über die ungewollte Ironie in der Antwort des Mannes, dann griff er wieder in die Tasche.

Die Reiseschecks waren nicht in seinen Hosentaschen, also suchte er in seinem Mantel. Seine Reiseschecks! Hatte er sie verloren, oder waren sie gestohlen worden? Hastig durchsuchte er erneut alle seine Taschen, aber umsonst.

„Ist was?“

H. G. antwortete nicht. Er drehte sich auf dem Absatz um und rannte aus dem Portrero Hotel hinaus. Er war zu keinem klaren Gedanken fähig und kehrte einfach wieder ins Krankenhaus zurück.

Im Wartesaal schliefen drei Kinder in dem Sessel, den er zuvor innehatte, während ihre Väter auf der Couch saßen und Karten spielten. Auch die übrigen Sitzplätze waren besetzt. H. G. war alles egal, also legte er sich auf den Teppich und benutzte einen Stapel Zeitungen als Kopfkissen. Niemand beachtete ihn; ich könnte ebenso sterben, dachte er verbittert.

EINE Stunde vor ihrer Schlafzeit stand Amy Robbins unter der Dusche und genoß den heißen Wasserstrahl.

Sie hatte ihre Freiheit jetzt seit einem Jahr, in San Francisco – der Stadt der Lichter, Restaurants und Individualisten! Ohne Kompromisse schließen zu müssen, konnte sie ihr eigenes Leben führen. Sie war glücklich, denn sie liebte ihre Freiheit.

Erquickt drehte sie das Wasser ab und stieg aus der Dusche auf den dicken weißen Teppich. Das Badezimmer war voll von Dampf und vom Duft der parfümierten Seife. Gemächlich trocknete sie sich ab. Dann drehte sie sich um und griff nach dem Morgenmantel, der an der Tür hing. Dabei warf sie einen Blick in den Spiegel, der sich beschlagen hatte. Die Farben ihres Spiegelbildes waren pastellfarben und duftig.

Sie ging aus dem Badezimmer über den knarrenden Flur in das Wohnzimmer ihres Apartments. Dort legte sie eine Platte mit Opernarien von Mozart auf. Dann ging sie in die Küche und spülte das Geschirr.

Nach der getanen Hausarbeit goß sie sich ein Glas gekühlten Chablis ein, schlenderte ins Wohnzimmer zurück und legte sich mit der Zeitung auf das große alte Sofa. Die Musik schwoll leicht an und ließ sie an die eine Sache denken, die sie wahrhaftig vermißte: einen offenen Kamin und den Geruch brennender Eichenscheite. Sie lächelte, lehnte sich zurück und betrachtete die hohe Decke. Es würde nicht mehr lange dauern. Alles zu seiner Zeit, ein Schritt nach dem anderen! In diesem Augenblick genoß sie gerade das köstlichste Geschenk, das es gab: das Alleinsein.

Das Telefon läutete.

Es war Harry, der Juniorchef der Maklerfirma, der sie in ein unglaublich gutes baskisches Restaurant einladen wollte.

„Nein, Harry, ich möchte einfach allein sein und zu Hause bleiben."

Er dachte, sie sei krank, gab sein Beileid zum Ausdruck und hängte auf.

Sie lachte, streckte sich, ging dann wieder zum Sofa und gähnte lächelnd. Die Männer konnten es nicht mit ansehen, daß eine Frau unbegleitet auf die Straße ging oder allein zu Hause blieb. Das paßte einfach nicht in ihren Kram.

Sie aber schob ihre Zehen unter ein Kissen und spielte damit. Diese kleine Welt gehörte ihr. Nie wieder wollte sie einem

Menschen die Freiheit nehmen oder sie sich nehmen lassen, wie es in ihrer ersten Ehe der Fall gewesen war.

Amy stand auf, ging zum Plattenspieler und legte die andere Seite auf. Sie ging wieder zur Couch und lauschte der zweiten Hälfte der Mozartmusik. Sie schloß die Augen. Dann mußte sie plötzlich an jenen seltsamen und naiven Mann denken, Mr. Wells aus London. Zum drittenmal, seitdem sie am Nachmittag die Bank verlassen hatte. Wieso kamen ihre Gedanken immer wieder auf ihn zurück? Was an ihm machte das aus? In einem Augenblick war er ihr als der altmodische Liebhaber erschienen, der sich als unwiderstehlich erweisen könnte.

Sie überlegte, ob er, wie versprochen, anrufen würde und ob sie ihn je wiedersehen würde. Sie zuckte mit den Achseln, brach aber dann in lautes Lachen aus.

Natürlich würde er sich wieder melden. Der arme Mr. Wells hatte ja seine Reiseschecks in der Bank vergessen. Falls sie immer noch so an ihm interessiert wäre und er sie nicht von selbst darauf ansprechen würde, wollte sie ihn einfach fragen, was er in der Mittagspause vorhatte.

Sie trank ihr Glas aus, gähnte wieder und ging schließlich zu Bett. Miß Amy Robbins war stolz, sie selbst zu sein.

H. G. ERWACHTE jäh. Es roch nach alter Druckerschwärze. Er hob den Kopf und sah, daß er mit seinem Gesicht auf einem Berg Zeitungen geschlafen hatte. Er stand langsam auf. Der Warteraum war leer, und die Sonne schien durch die Fenster. Er drehte sich um. Das Krankenhaus wirkte einsam. Keine Schritte von Patienten, keine besorgten Ärzte, keine hektischen Krankenschwestern; nicht einmal die Sirenen von Krankenwagen. Es war, als ob Verletzung und Tod auch eine Ruhepause brauchten.

Er ging aus dem Warteraum über den Flur in die Herrentoilette. Dort wusch er sich in dem Waschbecken aus schneeweißem Porzellan und entdeckte im Spiegel, daß sein Bartwuchs im Lauf der vergangenen zwei Tage unübersehbar geworden war. Das war peinlich und ärgerlich.

Dann roch er an sich. Eine Flasche Eau de Cologne auf die Zeitreise mitzunehmen wäre auch keine schlechte Idee gewesen. Er runzelte die Stirn und machte schnell den Oberkörper frei. Im Waschbecken befeuchtete er Papierhandtücher und machte sich daran, sich zu waschen. Als er oben fertig war, ließ er Hose und

Unterhose hinunter und wusch sich behutsam unterhalb der Gürtellinie. Dann kleidete er sich wieder an und lächelte. Ein sauberer Körper ließ ihn sich wieder wie ein zivilisierter Mensch fühlen.

Mit einem letzten Handgriff kämmte er sich mit den Fingern das Haar und drehte seinen Schnauzer in die richtige Stellung. Er trat einen Schritt zurück und betrachtete sein Spiegelbild voller Bewunderung. Den Umständen entsprechend sah er blendend aus.

Er verließ die Toilette und überlegte, wie es wohl um Leslie John Stephenson stehen mochte. Er hoffte, daß der Mann gesund genug wäre, um sofort die Reise zurück ins Jahr 1893 antreten zu können.

Aber wie vermochte er den Kerl zur Zeitmaschine zu bringen? Er war kein Polizist, sondern Schriftsteller und Erfinder. Dann müßte er eben einen Weg finden, wie sein Gegenspieler zu überwältigen wäre.

Energisch schritt er in Richtung Informationsschalter, um dort kräftig auf den Tisch zu klopfen. Am Getränkeautomat hielt er kurz inne und spülte eine Tasse mit lauwarmem Tee hinunter. Dann marschierte er zum Schalter. Er verlangte nachdrücklich, mit Dr. Rodden zu sprechen. Zu seiner Überraschung kam Minuten später ein gequält und abgekämpft aussehender Mann durch die Doppeltür des Korridors und ging auf ihn zu. Über seiner Brust hing am langen weißen Mantel ein Schild, das ihn als Dr. A. Rodden auswies.

„Sie wollten mich sprechen?"

„Ich versuche es schon seit sechzehn Stunden."

„Ich kann Sie trösten, mein Guter. Die Anwälte meiner Frau warten schon seit zweieinhalb Jahren." Er lachte trocken und ging auf die Aufzüge zu, wie ein Mann, der schon seit Jahren versuchte, seinen Schatten einzuholen. H. G. folgte ihm und mußte sich anstrengen, mit dem davoneilenden Arzt Schritt zu halten.

„Was wollten Sie denn?"

„Ein Freund von mir ist Ihr Patient, und ich würde gerne wissen, wann er entlassen wird."

„Zuerst müssen Sie das Finanzielle regeln."

„Sicherlich. Aber können Sie mir nicht sagen, ob der Mann transportfähig ist?"

„Klar. Wie heißt er?"

„Leslie John Stephenson – oder vielmehr XY Nummer sechzehn."

Dr. Rodden blätterte mit dem Daumen durch die Papiere, die er auf seinem metallenen Klemmbrett hatte. Er hielt an einer Seite inne, las sie, runzelte die Stirn und sah auf. „Immer wieder passiert etwas, wofür es aus medizinischer Sicht keine Erklärung gibt. Es war ein Routinefall. Wir wollten ihn nur zur Beobachtung noch eine Weile hierbehalten." Er seufzte. „Es tut mir schrecklich leid, aber der Mann verstarb heute nacht zwischen zwei und drei Uhr."

7

„Er ist tot?" H. G. sperrte den Mund auf. „Kann ich ihn sehen?"

„Halt!" sagte der Arzt, der plötzlich mißtrauisch geworden war. „Sind Sie mit dem Verstorbenen verwandt?"

„Er hat keine Verwandten gehabt!"

„Entschuldigen Sie mich jetzt. Ich hätte Ihnen besser überhaupt keine Auskunft geben sollen." Dr. Rodden ging schnell davon.

H. G. wurde schwarz vor Augen. Seine Knie zitterten. Er lehnte sich gegen die Wand des Korridors. Ihm fiel Mrs. Nelsons Rat ein, im Fall einer großen Belastung (oder eines Bronchitisanfalls) sechs tiefe Atemzüge zu machen. Er zwang sich dazu. Sein Kopf wurde wieder klarer, aber er mußte sich immer noch festhalten, während er regungslos auf die viereckige Lichtquelle an der Decke starrte.

Stephenson tot? Sein Leben durch ein fremdartiges Fortbewegungsmittel ausgeblasen? Richtig, der Kerl hatte zwar die schwerste aller Strafen verdient, aber er sollte nicht vor einer rechtmäßigen Verhandlung sterben. Das war kein geziemendes Ende für einen Engländer und Gentleman, ganz egal, wie grausam seine Taten gewesen sein mochten. Durch ein Kraftfahrzeug gestorben! Welch eine Schande!

H. G. schauderte. Am schlimmsten an diesem bizarren Vorfall war, daß Stephenson außerhalb seiner Zeit gestorben war. In einer fremden Welt, wo niemand verstand, daß der logische Verlauf der Welt verletzt worden war. Sein Todesschrei war im London 1893 nicht vernommen worden. Sein Tod konnte auch nicht als Erleichterung angesehen werden, denn der Tod war – außerhalb der Zeit – nicht wirklich geschehen. Eine große Traurigkeit überkam H. G.

Er vergrub die Hände in seinen Taschen, blickte auf den Boden und wanderte durch den Korridor. Seine Odyssee war fehlgeschlagen.

Allmählich verlor der Schock seine Wirkung, aber die Traurigkeit blieb. Nun denn, so sei es. Leslie John – wo immer du sein magst –, ruhe in Frieden, trotz deiner scheußlichen Verbrechen.

Er kam an einer Cafeteria vorbei. Das Wasser lief ihm im Mund zusammen, aber er hatte nicht genügend Geld, um etwas zu kaufen. Es wäre nur logisch gewesen, zur Bank of England zurückzukehren und zu erklären, daß seine Reiseschecks verschwunden waren. Er würde sicherlich den Verlust ersetzt bekommen, aber mit dem wenigen Geld, das er noch hatte, würde er nie dorthin gelangen. Die Entfernung zwischen der Bank und seinem gegenwärtigen Aufenthaltsort schien ihm so groß und unüberbrückbar wie die Entfernung zwischen London und San Francisco zwischen 1893 und 1979.

Er verspürte panische Angst und hatte schon das Gefühl, verrückt zu werden, wäre er nicht unverhofft auf eine Reihe von Münztelefonen gestoßen. Er betrachtete das Treiben. Münzen klirrten, und unermüdliche junge Männer erzählten über Maße und Gewichte und andere Merkmale ihrer Nachkommenschaft.

Eine Zelle war offen. Er eilte hinein, setzte sich nieder, starrte auf das Telefon und wünschte für einen Augenblick, daß er das Gehäuse öffnen und einen Blick in das Innenleben werfen könnte. Statt dessen las er die Gebrauchsanweisung, folgerte, daß er sich ein Telefonat leisten konnte, nahm die Visitenkarte aus der Innentasche seines Mantels und las sie. „Miß Amy Robbins, Bank of England Ltd., 337 Sutter Street, San Francisco, California. 422-4316." Er hatte ihr vorgeschlagen, sie zum Lunch einzuladen, woraufhin sie auf die Telefonnummer verwiesen hatte. Die fragliche Nummer mußte also die siebenstellige Zahl in der unteren rechten Ecke der Karte sein.

H. G. zögerte einen Augenblick, dann hob er den Hörer ab, hielt ihn an sein Ohr (er hatte es bei anderen so gesehen) und steckte die Münze in den Einwurfschlitz. *Ding. Klick. Klick-klack. Knarren. Pip-pip-pip-pip. Rat-tat-tat. Klick-klack.* Er drehte den Ziffern entsprechend die Wählscheibe, hielt den Atem an und wartete. Er hörte eine weitere Serie von Klicks, dann statisches Rascheln und dann ein klingelndes Geräusch, das sich wie gedämpftes Vogelpfeifen anhörte.

H. G. schmunzelte aufgeregt.

„Bank of England, was wünschen Sie?"

„Wunderbar", murmelte er versehentlich in den Hörer.

„Bank of England, was wünschen Sie?" wiederholte die Stimme leicht irritiert.

H. G. öffnete den Mund und setzte zum Sprechen an, hielt aber dann inne. Er hatte keine Ahnung, was er sagen sollte. Sprachlos starrte er die Sprechmuschel an.

Am anderen Ende der Leitung wurde aufgehängt.

H. G. wurde rot im Gesicht und murmelte: „Unverschämtheit!" Er hängte den Hörer ein, kramte eine weitere Münze aus der Tasche und lernte ein paar Sätze auswendig, damit er bei seinem zweiten Versuch mehr Glück hätte.

Dann warf er die zweite Münze ein und wählte erneut.

„Bank of England, Sie wünschen?"

Er holte tief Luft und wiederholte seine eingeübten Sätze: „Guten Tag, Miß Robbins. Wie geht es Ihnen an diesem wunderschönen Morgen? Hier spricht Mr. Wells aus London, sollten Sie meine Stimme nicht wiedererkennen. Aber ich bin sicher, daß Sie nicht vergessen . . . "

„Sir, ich bin nicht Miß Robbins. Soll ich Sie verbinden?"

„Ach . . . ja natürlich. Selbstverständlich." Er zögerte, und seine Gedanken überschlugen sich. Das Telefonsystem mußte doch komplizierter sein, als er sich vorgestellt hatte. Es mußte viele Hunderte von Leitungen geben, die sich wiederum mit Abertausenden anderer vereinigten. Die Verzweigungen mußten ungeheuerlich sein. „Ja, bitte?"

Aber die Verbindung war schon getätigt, und seine Leitung befand sich im Wartestand. Er seufzte, lehnte sich zurück und lauschte der elektronischen Geräuschwelt, die er nicht verstand. Dennoch waren die Geräusche ziemlich angenehm.

Plötzlich gab es ein Knacken. „Amy Robbins hier."

Die Stimme war anders, weit entfernt, atemlos, aber es war zweifelsohne ihre Stimme. H. G. fiel ein großer Stein vom Herzen. Er begann mit seiner auswendig gelernten Eröffnung. „Guten Morgen, Miß Robbins. Wie wunderschön Sie an diesem Morgen aussehen."

„Hallo? Wer ist dran?"

„Sie erkennen mich nicht?"

„Wie sollte ich?"

„Wir sahen uns gestern."

„Frank, bist du es?"

H. G. machte ein finsteres Gesicht und wurde wieder rot. „Nein, hier ist nicht Frank. Sie sprechen mit Mr. Wells aus London. Erinnern Sie sich?"

„Natürlich, ja", antwortete sie erfreut, dann lachte sie wie ein Backfisch. „Ich hoffte sehr, Sie würden anrufen."

„Tatsächlich?" Er erschrak. Wenn sie seine Gedanken lesen konnte, so war das sehr peinlich.

„Klar. Es wäre doch recht seltsam, wenn jemand Reiseschecks im Wert von fünfzehnhundert Dollar auf meinem Schreibtisch vergißt und sich dann nicht wieder meldet, oder?"

„Das ist richtig", sagte er erleichtert. Gott sei Dank, sie hatte sein Geld. Das Leben würde weitergehen, und er würde wieder heimkehren. Alles würde in Ordnung kommen.

„Mr. Wells, sind Sie noch dran?"

„Natürlich, ich bin hier."

„Haben Sie gehört, was ich soeben sagte?"

„Sicher, aber deswegen habe ich nicht angerufen."

„Nicht?"

„Nein, deswegen nicht. Ich würde mich freuen, wenn Sie mich heute zum Lunch begleiteten."

„Herzlich gerne." Ihre Stimme klang richtig ergriffen.

„Bestens, das freut mich ganz besonders. Darf ich Amy zu dir sagen?"

„Ja."

„Können wir uns hier treffen, Amy?"

„Wo bist du denn?"

„Im Städtischen Krankenhaus von San Francisco."

„Was? Ist etwas passiert?"

„Es ist nichts mehr zu machen", erwiderte er ruhig. „Ich erkläre es dir beim Essen. Und – Amy? Würdest du so nett sein und meine Reiseschecks gleich mitbringen? Das würde mir eine Fahrt zur Bank sparen, und ich bin etwas knapp bei Kasse."

Sie erklärte sich bereit und hängte auf.

Als H. G. die Zelle verließ, war er sehr mit sich zufrieden. Seine Gedanken drehten sich nur noch um Amy. Ihr braunes Haar, ihre dunklen Augen, ihr sensibler Mund, ihre schlanke Figur. Wie schnell er sich in seiner Vorstellung ein Bild von ihr gemacht hatte, obwohl er nur ihre Stimme durch eine Telefonübertragung gehört hatte.

Gedankenversunken ging er am Warteraum für Besucher vorbei aus der Unfallabteilung hinaus. Er mußte unbedingt mehr über diese Kommunikationsmöglichkeit erfahren. Es war genial! Seiner Annahme nach wurden Telefonsignale durch elektromagnetische Energiefelder übertragen – dieselbe Art von Energiefeldern, die seine Rotationen durch die Zeit ermöglichten. Deshalb, so vermutete er, müßte er sich nur ein einigermaßen gutes Wissen über das Telefon verschaffen, um es mit seiner Erfindung verbinden zu können. Und man könnte sowohl in die Vergangenheit als auch in die Zukunft sprechen. Durch die Zeit telefonieren! Sich mit Verstorbenen und Ungeborenen unterhalten. Königin Victoria oder den Zar von Rußland befragen. Wie würde das die Unsterblichkeit der Menschen fördern!

SEINE Gedanken drehten sich ganz um einen Telefonapparat, den er im Innern seiner Zeitmaschine installieren würde, als es einige Male hupte. Er drehte sich um und sah Amy, die ihm aus einem dunkelblauen Fahrzeug zuwinkte. Er lächelte, winkte zurück und ging zu dem schlanken Automobil.

Das Innere des Wagens war sauber und gefällig – im Gegensatz zu dem Taxi, in dem er tags zuvor gefahren war. Er ließ sich auf dem Sitz nieder.

„Oh, bevor ich es vergesse . . . “ Sie übergab ihm lächelnd seine Reiseschecks.

„Danke schön.“ Er blickte sich um. „Welch ein wunderschönes Kraftfahrzeug. Wunderschön. Einfach hinreißend.“

„Es ist nicht gerade ein Rolls-Royce“, antwortete sie.

„Nein, ganz bestimmt nicht“, erwiderte er, obwohl er nicht wußte, was gemeint war.

„Möchtest du fahren?“

„Das kann ich nicht.“ Er lächelte verträumt. „Aber eines Tages möchte ich es gerne lernen.“

„Das ist kein Problem.“ Sie fädelte sich in den Verkehr ein und fuhr davon.

Obwohl er am Tag zuvor viele grundlegende Dinge über das Fahren eines Automobils gelernt hatte, beobachtete er Amy sehr genau. „D steht für Fahren, und R bedeutet rückwärts?“ fragte er.

Sie warf ihm einen überraschten Blick zu. „Du bist doch bestimmt schon einmal in einem Auto mit Automatikgetriebe gefahren, oder?“

„Noch nicht oft."

Sie lachte. „Tja, die Engländer mit ihrer Tradition!" Sie zeigte auf den Boden des Wagens. „Schau, keine Kupplung, nur eine Bremse und ein Gaspedal." Sie trat das Pedal ganz durch, und der Wagen fuhr schnell über eine Anhöhe auf die Küstenstraße.

Er lehnte sich zurück und lächelte vergnügt. Die Schnelligkeit konnte tatsächlich zur Sucht werden.

„Herbert, was hast du in dem Krankenhaus gemacht?" fragte sie mit ernsterer Stimme.

Er runzelte die Stirn und sah weg. „Ach so, das." Dann erklärte er kurz, daß Leslie John Stephenson von einem Automobil angefahren und getötet worden war.

„Ach!" Sie steuerte mit der linken Hand, nahm mit der rechten seine und drückte sie. „Das tut mir so leid."

„Mir auch."

„Kann ich irgend etwas für dich tun? Er war dein Freund, und ich weiß . . . "

„Er war nicht mein Freund."

„Hmm?" Sie zog die Augenbrauen hoch. „Aber gestern sagtest du . . . "

„Er war niemandes Freund."

„Ich verstehe nicht."

„Ich würde lieber nicht darüber sprechen, wenn es dir nichts ausmacht."

„Oh!" Sie zog ihre Hand zurück. „In Ordnung."

Er schwieg und hatte keine Freude an der Landschaft, an seiner ersten Fahrt auf einer modernen Schnellstraße, an der konstant hohen Geschwindigkeit. Aber er konnte sich nicht überwinden, ein Wort zu ihr zu sagen. Es war ihm sehr peinlich, daß er sie vor den Kopf gestoßen hatte. Er nahm an, daß sie jetzt irgendwo einen kurzen Lunch nähmen und daß es dann zu Ende wäre.

Er sah zum Fenster hinaus und überlegte. Schließlich erreichten sie ihr Ziel.

Sie parkten und stiegen aus dem Auto. H. G. sah reihenweise kleine Läden und Stände. Dahinter ragten Masten empor. Das waren die Fischerboote, die vor Anker lagen. Möwen zogen ihre Kreise, stießen heisere Schreie aus und stürzten auf die Wasseroberfläche nieder. Er fühlte sich fast wie zu Hause.

„Ah, das Meer!" rief er. „Ich liebe es. Woher wußtest du das?"

Sie drehte ihm ihr Gesicht zu. Ihre Miene war besorgt, und die Hände hatte sie hinter dem Rücken verschränkt. „Schau, Herbert, es tut mir leid, weil ich mich im Wagen so kindisch benommen habe. Aber es nimmt mich immer so mit, wenn ich mit dem Tod in Berührung komme. Wenn du darüber nicht sprechen willst, dann ist das deine freie Entscheidung. Also verzeih mir, ja?"

Ein immenses Glücksgefühl brachte sein Blut in Wallung. Bevor er wußte, was er tat, nahm er sie an den Schultern und zog sie an sich. Seine Wange berührte ihr Haar; ein frischer, sauberer Duft ging von ihr aus, mit einem kleinen Hauch Parfüm vermengt. Seine Knie wurden weich, und seine Hände zitterten. Sie erwiderte seine Umarmung, und er spürte, wie auch sie leicht bebte.

Sie nahm ihn bei der Hand und führte ihn über den Schotter zu dem Bürgersteig, der mit einem Baldachin überdacht war und parallel zum Anlegeplatz der Fischer verlief.

„Magst du Fisch?" fragte sie guter Dinge.

„Im Augenblick würde ich alles essen", erwiderte er.

Und so betraten sie Alioto's. Der Chef ließ sie an einem Tisch neben einem großen Fenster Platz nehmen, wo sie einen herrlichen Ausblick auf den Anlegeplatz, die Fischerboote, die Bucht und die grünen Berge von Marin County hatten. Aber was ihm am meisten ins Auge sprang, war die Golden Gate Bridge. Seiner Meinung nach bildeten die mächtigen Doppeltürme, die Trägerkabel und die meilenlangen Brückenteile ein einmaliges Denkmal für die unbegrenzten Fähigkeiten der menschlichen Rasse.

„Bezaubernd!" rief er verzückt.

„Ein schöner Anblick, nicht wahr?" sagte der Ober, der sich seit einigen Minuten in der Nähe ihres Tisches aufgehalten hatte.

„Wirklich bezaubernd, diese Brücke! Das hätte ich mir nie träumen lassen! Die Männer, die das erbaut haben, sind Genies, hörst du? Reine Genies!"

„Ja, Sir", sagte der Ober, der durch die Überschwenglichkeit des Gastes leicht in Verlegenheit kam, aber dennoch ein dünnes Lächeln hervorbrachte.

„Wo könnte man die Ingenieure erreichen? Ihre Bautechniken würden mich brennend interessieren."

Der Ober sah sich um, dann antwortete er diskret: „Ich befürchte, das geht leider nicht mehr. Die Brücke wurde 1937 vollendet."

„Oh!" H. G. drehte sich schnell vom Fenster weg. „O ja. Das geht nicht mehr."

Amy versteckte sich hinter der Speisekarte und warf H. G. vorsichtige Blicke zu.

„Wünschen die Herrschaften etwas zu trinken?" fragte der Ober.

„Ich hätte gerne etwas Wein", schlug Amy vor.

„Eine glänzende Idee", stimmte H. G. zu. Er hob den Kopf zum Ober. „Sie haben nicht zufällig einen Chablis, oder?"

„Irgendein spezielles Château, Sir?"

„Ich bevorzuge Château de Grenouille, Jahrgang 1890."

„Ich glaube, daß der älteste Grenouille, den wir im Keller haben, ein 1976er ist", kam die freundliche Antwort.

H. G. bekam wegen seines Fauxpas ein puterrotes Gesicht. „Wir probieren den 1976er Grenouille, danke."

„Eine vortreffliche Wahl, Sir." Der Ober verbeugte sich leicht. Sie bestellten Muscheln, auf deren Geschmack H. G. besonders gespannt war.

Der Lunch bereitete großes Vergnügen, und die Atmosphäre war perfekt, aber Amy bekam immer mehr den Verdacht, daß an seinem Verhalten und an seinen Manieren etwas nicht stimmte. Oder war es vielleicht nur der besondere Charme eines englischen Gentleman?

Nach dem Essen trank er seinen Chablis, lehnte sich in seinem Stuhl zurück und lächelte. Zum erstenmal im Jahr 1979 fühlte er sich vollkommen wohl in seiner Haut. „Liebe Amy, ich habe noch nie ein so feines Mahl gegessen. Und in so charmanter Gesellschaft schmeckt es, muß ich gestehen, doppelt so gut."

„Kein McDonald's", sagte sie.

Er dachte nach, dann antwortete er: „Nein, das ist es nicht." Er war sehr ernst. „Du hast recht."

Sie sah ihn schräg an, seufzte, goß sich den Rest des Weines ins Glas. Wollte er sie auf den Arm nehmen?

„Die Aussicht, jene Brücke . . . Das ist alles so eindrucksvoll."

„Herbert, bist du ein Schauspieler?"

Er lachte. „Ach, du meine Güte, nein! Wäre dem so, dann würde ich jetzt sicherlich nicht hier sein." Er lachte wieder, und seine Augen leuchteten kurz auf.

„Wo wärst du dann?"

„Ach, ich weiß nicht. Vermutlich in London, in einem Theater. Aber eigentlich hasse ich Bühnen."

„Gehst du lieber ins Kino? Was ist dein Lieblingsfilm, Herbert?"

H. G. dachte, daß sie ihn hier und jetzt durchschaut hatte. Schließlich kam er zur Überzeugung, daß die Wahrheit die beste Antwort wäre. „Ich habe keinen Lieblingsfilm", gab er offen zu.

„Wie scharfsinnig von dir."

Das Kompliment ließ ihn vor Scham rot werden, und er wechselte sofort das Thema. „Mein liebes Mädchen, wie kommt es, daß eine junge Dame wie du sich ohne männlichen Beschützer so gut in dieser Welt zurechtfindet?"

„Wer sagt, daß das leicht ist?"

„Nun, du fährst deinen eigenen Wagen, hast eine respektable Stellung und zweifellos eine bequeme eigene Wohnung."

„Ich arbeite hart." Sie entschuldigte sich und ging auf die Toilette.

Während sie weg war, versuchte er, seine Gedanken zu ordnen. Sie wußte nicht, wer er war, und würde immer den Verdacht haben, daß er in eine dunkle Affäre verwickelt sei, solange er sie nicht in sein Geheimnis einweihte. Er mußte ihr bald reinen Wein über sich und Stephenson einschenken.

Obschon Amy Robbins ein gutes Leben hatte, spürte er doch, daß ihr etwas fehlte. Es waren aber bestimmt keine Männer, da sie sehr attraktiv war. Vielmehr, so glaubte er, war es etwas, das nur eine bestimmte Art von Mann ihr geben konnte. Plötzlich ging ihm ein Licht auf: Könnte es sein, daß *er* dieser Mann war?

Sie kam an den Tisch zurück und lächelte ihn strahlend an. Sie hatte sich frisch gemacht und neues Make-up aufgetragen, aber die roten Wangen vom Wein waren noch da. Sie sah hinreißend und unschuldig zugleich aus.

„Sag mir, Amy . . . "

„O nein! Keine weiteren Fragen mehr. Du weichst mir dauernd aus. Über dich weiß ich so gut wie nichts."

„Das ist doch lächerlich." Mit einer nervösen Handbewegung warf er sein leeres Weinglas um.

„Bist du verheiratet, Herbert? Ist das der Grund, wieso du so seltsam bist? Ist es das?"

„Um Gottes willen, nein. Wenn dem so wäre, dann würde ich meine Haushälterin, Mrs. Nelson, umsonst bezahlen, nicht wahr?"

„Ach so, du lebst mit jemandem zusammen."

„Ihr Zimmer ist im ersten Stock über der Küche, wo es von Fotografien ihres verstorbenen Mannes nur so wimmelt. Sie ist siebenundsechzig und eine vorzügliche Köchin."

Amy lachte; sie war erleichtert.

„Der französische Dichter Charles Baudelaire sagte einst: ‚Die Ehe ist wie ein Käfig. Diejenigen, die drinnen sind, wollen hinaus, und diejenigen, die draußen sind, wollen hinein.'"

„Dann bist du also geschieden?"

Er wurde rot. „Ja, ich bin geschieden." Er seufzte.

„Nun, Herbert, ich bin auch geschieden. Na, und?"

Ihm war plötzlich sehr heiß geworden. Die Jungfräulichkeit der Braut hatte für ihn eine große Bedeutung, obwohl das in krassem Gegensatz zu seinen aufgeklärten Vorstellungen über den sozialen Wandel und den wissenschaftlichen Fortschritt stand. Aber er besaß zumindest die Klugheit, diese Gedanken für sich zu behalten.

„Was war mit deiner Ehe? Was lief schief?"

„Ich brannte mit einer meiner Studentinnen durch. Nach unserem Hochzeitstag hatte ich kein Geld und keinen Beruf, also bezogen wir Räume im Haus ihrer Tante. Das ganze Haus war mit den Gipsfiguren von Tantchen überfüllt. Wir sprachen kaum miteinander. Ich hatte nicht einmal Platz, mich hinzusetzen oder zu schreiben. Aber das schlimmste war, daß meine Frau Isabel sich nicht vor mir ausziehen wollte, wenn wir zu Bett gingen."

Amy lachte. „Nur gut, daß ihr keine Kinder hattet."

Dieser Gedanke verblüffte ihn, aber dann lachte auch er. Die Fröhlichkeit war gut, denn jetzt fühlte er sich besser. Sie war ein Kind des zwanzigsten Jahrhunderts und erzählte ihm, daß sie großzügige Eltern, eine herrliche Kindheit und eine gute Ausbildung gehabt hatte. Dennoch hatte sie ihr Studium abgebrochen, um sich in eine Ehe zu stürzen, die genauso ein Reinfall wurde wie seine. Er hingegen war ein Kind des neunzehnten Jahrhunderts, und ihm waren die Götter nicht so wohlgesonnen gewesen: Er hatte eine harte Kindheit gehabt, seine Eltern waren sehr arm gewesen. Es war fast wie ein Wunder, daß er es überhaupt bis zur Universität geschafft hatte.

Sie waren ganz anders. Sie hättten ebensogut von verschiedenen Planeten stammen können. Und dennoch hatten sich ihre Wege gekreuzt. Beide hatten sie Schwierigkeiten und Nöte überstanden, sich mit Fehlschlägen abgefunden. Sein Gefühl sagte ihm, daß sie sehr viel gemeinsam hatten; aber eines stand fest: Sie waren nicht Kinder von Utopia.

Er sah sich die Rechnung für den Lunch an. 79 Dollar. Der Wein allein kostete 55 Dollar.

Sie verließen das Restaurant Hand in Hand.

„Hast du heute abend schon etwas vor?" Er legte seinen Arm um ihre Hüfte.

„Nein, Sir", scherzte sie.

„Wollen wir uns zum Dinner treffen?"

„Gute Idee." Sie strahlte. „Allerdings muß ich dich warnen, daß du nicht der Typ von Mann bist, mit dem ich normalerweise ausgehe."

„Hm?"

„So ein Mann wie du ist mir noch nie begegnet."

„Ich fasse das als Kompliment auf und hole dich heute abend an der Bank ab, ja?"

„Um sechs Uhr. Fährst du mit zurück in die Stadt?"

„Danke nein, Amy. Ich möchte mich hier noch etwas umsehen."

„Dann viel Spaß!" rief sie. „Und paß gut auf dich auf!"

Er beobachtete sie, wie sie über den Parkplatz ging. Ihr beschwingter Schritt verriet ihm, daß sie glücklich war. Sie drehte sich mehrmals um und winkte ihm zärtlich.

H. G. VERBRACHTE den gesamten Nachmittag am Internationalen Flughafen von San Francisco, wo er das Phänomen der Fliegerei untersuchte. Er wäre noch lange geblieben, wollte aber seine Verabredung mit Amy nicht versäumen. Also stieg er in einen der Busse, die ihn in die Stadt brachten.

Die erschütterndste Entdeckung war, daß es am Flughafen Sicherheitseinrichtungen zur Bekämpfung von „Luftpiraten" gab. Erst vor wenigen Tagen hatte er prophezeit, daß die Kriminalität im späten zwanzigsten Jahrhundert ausgerottet wäre. Das war also doch ein Irrtum. Die Moral der Menschen hatte mit der schnellen Entwicklung der Technik nicht Schritt gehalten. Davor müßte er seine Mitmenschen nach seiner Heimkehr warnen.

Die riesigen Flugzeuge auf den Landebahnen hatten ihn sehr beeindruckt und ihn in Hochstimmung versetzt. Auf der Erde bewegten sich diese Riesenvögel wie prähistorische Saurier, aber sobald sie von der Erde abhoben, fand eine Verwandlung statt. Mit vollendeter Eleganz schossen sie in den Himmel, und ihre schlanken Metallkörper glänzten und strahlten in der Sonne.

H. G. hatte versucht festzustellen, welchen Teil – falls überhaupt – er zur Entwicklung des Flugzeuges beigetragen hatte. Er scheiterte an den Sicherheitsvorkehrungen. Vielleicht würde sich später eine Gelegenheit bieten.

Er stieg aus dem Linienbus und kämpfte sich mit großen Schritten durch die vielen Fußgänger zur Bank of England. Er drückte einen Knopf auf seiner Digitaluhr und sah, daß er eine halbe Stunde zu früh da war. Er hatte Zeit, mehr über seine Umgebung zu lernen, um in Amys Augen nicht mehr der Einfaltspinsel zu sein, der er jetzt noch war. Er grinste unwillkürlich. Im schlimmsten Falle könnte er beim Dinner ja über die Aerodynamik sprechen.

Auf der gegenüberliegenden Seite der Straße entdeckte er einen Buch- und Zeitschriftenladen. Er ging hinüber und kaufte die gestrige Ausgabe der Londoner *Times.* Gott sei Dank gab es wenigstens die *Times* noch! Dann sah er sich weiter im Laden um.

Er erblickte eine Zeitschrift mit einem abstrakten Titelbild und nahm sie in die Hand. Sie hieß *Scientific American,* und er blätterte sie schnell durch, wobei er auf einen Artikel stieß, der ihm sofort ins Auge sprang: „Windturbinen – ein Vorstoß ins einundzwanzigste Jahrhundert!"

Der Beitrag begann mit einer Betrachtung über die Erschöpfung der Öl- und Gasvorkommen, erwähnte die Gefahren und Grenzen der Atomkraft (was ihm völlig unbekannt war) und die praktischen Schwierigkeiten der Gewinnung von Sonnenenergie in den nächsten Jahrzehnten. Als Alternative wurde dann die Verwendung der Windkraft zur Betreibung der Kraftwerke vorgeschlagen. H. G. war erstaunt und las weiter. Der Artikel schloß mit der Feststellung, daß sich ohne die Ausbeutung der Windenergie der gegenwärtige Lebensstandard nicht länger aufrechterhalten ließe. H. G. zuckte enttäuscht die Achseln und legte das Heft zurück.

„Das hätte ich ihnen schon vor sechsundachtzig Jahren sagen können", murmelte er.

Aus einem anderen Regal nahm er eine glänzende, üppige Publikation mit dem Namen *Penthouse.* Das Titelbild zierte eine spärlich bekleidete junge Dame, vielleicht die schönste Vertreterin des weiblichen Geschlechts, die er je gesehen hatte. Mit zitternden Händen schlug er das Magazin auf. Noch vor wenigen

Stunden hatte er erzählt, daß er Isabel in zwei Ehejahren nie nackt gesehen hatte! Hier – offen für jedermann sichtbar – war ein schönes, zartes, nymphenhaftes junges Mädchen, das nichts anhatte als ein Paar lange weiße Strümpfe! Und dieser entledigte sie sich auf der nächsten Seite!

H. G. wurde ganz rot, konnte aber nicht von den Bildern ablassen. Zuerst wurde die junge Dame gezeigt, wie sie sich badete und ihre Abendtoilette erledigte. Dann lag sie mit geschlossenen Augen und verträumter Miene auf dem Bett. Mit der linken Hand berührte sie ihre Brust.

H. G. wurde sich plötzlich klar darüber, daß so etwas in seiner eigenen Zeit mit Gefängnis bestraft worden wäre. Die Zensurmaßstäbe mußten sich unheimlich gelockert haben. Das war ihm sicherlich sehr genehm, aber er konnte die Wandlung nicht nachvollziehen. Wenn er nicht in diesem Augenblick mit eigenen Augen auf die hellen, weichen Oberschenkel einer wunderschönen jungen Dame gesehen hätte, dann hätte er das nie geglaubt! Sein Blut geriet in Wallung.

„Wollen Sie das Heft kaufen oder nicht?"

H. G. drehte blitzschnell den Kopf. Der Ladeninhaber warf ihm finstere Blicke zu. H. G. wurde rot im Gesicht und warf das Magazin wieder in das Regal. Er schämte und ärgerte sich. Er mußte sein Verhalten ändern; er mußte seine Gefühle so frei machen wie seinen Intellekt; er mußte sich von den alten Vorstellungen losreißen.

Aber Amy wartete. Und Gott sei Dank konnte er wieder lächeln und ihr zuwinken, als er sie sah.

Sie führte ihn zum Essen in ein Lokal, dessen Innenausstattung echt elisabethanisch war. Er freute sich, endlich einmal nicht in einem Raum zu sein, wo alles aus Kunststoffen bestand. Die Tische waren tatsächlich aus Holz, die Teppiche aus echter Wolle und die Servietten aus Stoff.

Das Essen war köstlich und machte ihn stolz, ein Engländer zu sein. Ebensogut mundete der Gin, von dem er zuviel trank. In ausgelassener Weise und mit fliegenden Händen sprach er in einem fort.

Das Schlechte war, daß er sein beschränktes Wissen über 1979 in Begriffen ausdrückte, die ein Jahrhundert alt waren.

Jetzt hatte Amy genug. Trotz seines Witzes und seines Charmes trieb er sie zur Weißglut. „Herbert, du bist entweder ein Schauspieler oder ein Anachronismus. Wo warst du eigentlich die letzten zehn Jahre?"

„Willst du damit sagen, daß ich naiv bin?" fragte er mit schamrotem Kopf.

„Nein." Sie lachte herzlich, schüttelte den Kopf und sah ihn mit großer Zärtlichkeit und Bewunderung an.

Jetzt wußte er, daß seine Annäherungsversuche nicht ohne Wirkung auf das Mädchen blieben.

Als sie das Restaurant verließen, schwieg H. G. – dank der beruhigenden Wirkung einiger Tassen Tees und der Erkenntnis, daß er bereits zuviel von seiner wahren Identität gezeigt hatte. Er hatte ein schlechtes Gewissen. Er wußte, daß es zwischen ihm und Amy bereits zu weit gegangen war, und er machte sich nun deswegen schwere Vorwürfe.

Sie fuhren durch die Stadt. Leichter Nebel kam auf.

„Hast du *Krieg der Sterne* gesehen?" fragte sie. „Er wird jetzt wieder gespielt"

„Sagtest du Krieg . . . der Sterne?" Er richtete sich auf und drehte sich langsam ihr zu. In seinem Kopf überschlugen sich die Gedanken. Aber er wagte es nicht, die vielen Fragen zu stellen, die sich ihm aufdrängten.

„Ach, Herbert, jetzt hör doch endlich auf, mich auf den Arm zu nehmen! Du weißt doch, der Film!"

„Nein." Er schluckte. „Nein, hab ich nicht gesehen."

Und so fand er sich neben ihr in einem Lichtspieltheater wieder, das nicht so eindrucksvoll wie die großen Schauspielhäuser Londons war. Dafür waren die Sitzplätze wesentlich bequemer. Der Vorhang teilte sich und enthüllte eine große weiße Fläche, auf der plötzlich eine Schrift erschien.

„Vor langer, langer Zeit, viele Galaxien entfernt . . . " begann die Einleitung. Ein auf die Bildfläche projektiertes Buch? dachte H. G. Dann riß er den Mund auf und duckte sich unwillkürlich hinter den Vordersitz, als die ersten Bilder kamen: zwei seltsame Luftschiffe . . . Nein, das waren keine Luftschiffe, das waren . . . Raumschiffe? Mein Gott, sie beschossen sich, und der Lärm war ohrenbetäubend! Er schielte über die Rückenlehne des Vordersitzes und verfolgte mit Entsetzen, wie das größere Raumschiff das kleinere verschluckte.

Amy drehte den Kopf und lachte. „Herbert, laß das doch!" flüsterte sie. „Du bist noch schlimmer als ein kleines Kind."

H. G. riß sich zusammen und setzte sich wieder aufrecht hin. Der Film war so überwältigend und die Illusion so vollkommen, daß er glaubte, mit seiner Zeitmaschine in der fernen Zukunft gelandet zu sein, die er sich nicht in seinen kühnsten Träumen so vorgestellt hatte. Nein, das war alles andere als sein Utopia. Zwar hatten sie lustige kleine Maschinen, automatische Wesen, die elektronisch denken konnten, aber diese Waffen! Dieser riesige Todesstern! Durch einen Knopfdruck wurden ganze Welten ausgelöscht! Die Glorifizierung der Schattenseite der menschlichen Natur! Angesichts der Untaten von Darth Vader waren die Untaten von Jack the Ripper fast bedeutungslos. Offenbar war das Böse mit dem Hereinbrechen eines neuen Zeitalters nicht verschwunden.

H. G. seufzte. Er hatte einen Blick auf die Zukunft der Zukunft geworfen und gesehen, wie die Menschheit den Fortschritt zu einem Alptraum machen konnte. Konnte er wirklich etwas anderes erwartet haben? Vielleicht nicht. Aber er konnte die Menschen davor warnen.

Die Menschen der Zukunft waren von dem Wahn besessen, eine phantastische Technik für ihre Machtgier zu mißbrauchen, um ganze Völker zu unterdrücken, zu versklaven und niederzumetzeln. Daß am Ende doch das Gute triumphierte, war für H. G. nicht überzeugend.

Verstört verließ H. G. das Theater.

„Gefiel es dir?“ fragte sie.

„War interessant“, antwortete er bewußt zweideutig.

Sie nahm ihn mit zu ihrer Wohnung und lud ihn ohne Umschweife ein, für einen Drink mitzukommen. Wenn er sich nicht schon an ihre direkte Art gewöhnt hätte, dann wäre er jetzt sicherlich sehr erstaunt gewesen, denn noch nie zuvor hatte ein weibliches Wesen ihn irgendwohin eingeladen.

Es stand einer Frau also frei, die Initiative zu ergreifen, obschon das bisher immer ein Vorrecht der Männer war. Er fragte sich, wie lange das schon Brauch war und wie die modernen Männer dazu standen.

Er fand großen Gefallen an ihrer Wohnung. Sie war alt, aber dennoch gepflegt und auf ihren Geschmack abgestimmt. Wie im Restaurant war hier alles echt – die Tische, Stühle, Teppiche, Wände und Bücherregale. Er war der Überzeugung, daß einige Zeitgenossen für die allgegenwärtigen Imitationen aus Kunststoff nichts übrig hatten.

Sie kam mit zwei gefüllten Gläsern zurück, die sich durch den kühlen Wein beschlagen hatten, stellte sie auf den Tisch vor dem Sofa, lächelte und fragte, ob er Mozart mochte.

„Ja, ich mag Mozart sehr", erwiderte er und war froh, daß er sich nicht über zeitgemäße Musik zu äußern hatte.

Eine Schallwoge kam durch das Zimmer und hüllte seine Sinne ein. Überrascht sah er hoch. Amy hatte ein elektrisches Gerät angeschaltet, das diese Musik hervorbrachte und wahrscheinlich die Weiterentwicklung des alten Grammophons war. Noch nie in seinem Leben hatte er Musik so kristallklar gehört. Entzückt lehnte er sich zurück, schloß die Augen und stellte sich vor, daß das gesamte Londoner Symphonieorchester im Raum war und nur für sie und ihn spielte. Seine Nervosität wurde durch die hinreißenden Töne der Musik aus dem achtzehnten Jahrhundert weggespült.

„Ich ziehe mich jetzt um. Schau dich um, wenn du willst." Sie ging hinaus.

Er erhob sich, um das Zimmer zu durchforschen, und entdeckte sofort ein beigefarbenes Telefon, das neben dem Schaukelstuhl in der Ecke auf dem Boden stand. Er ging hinüber und untersuchte es vorsichtig. Er war scharf darauf, sein Innenleben zu inspizieren, war sich aber klar darüber, daß er erst Amy um Erlaubnis bitten mußte.

Schließlich gewann seine Neugierde doch die Oberhand. Er angelte in seinen Taschen nach einer Münze und verwendete sie als Schraubenzieher, um das Gehäuse zu lösen. Er hob es ab und lächelte über die winzigen, komplexen Schaltkreise. Sie erinnerten ihn an den komplizierten Aufbau seiner Rückkehrautomatik.

Tüt! Tüt! Tüt! Tüt!

Er machte große Augen und richtete sich auf. Wo kam dieses Geräusch her? Was hatte er getan? Verzweifelt untersuchte er das Telefon, aber das *Tüt* hörte nicht auf. Er geriet in Panik und setzte das Gerät wieder zusammen, aber erst als er endlich den Hörer auf die Gabel legte, verstummte das Geräusch.

Er zog sich wieder auf das Sofa zurück, nahm einen großen Schluck Wein und beruhigte sich.

Amy kam zurück; ihr Haar war frisch gekämmt, und sie hatte ein eher merkwürdiges Kleidungsstück angezogen. Es hatte große Ähnlichkeit mit der Arbeitskleidung eines Schmiedes. Ein gezacktes Band befand sich vorne und ging von ganz oben bis ganz unten.

Sie ließ sich auf die Kissen am anderen Ende des Sofas nieder und steckte ihre Zehen unter ein großes Kissen. Dann führte sie ihr Weinglas an die Lippen. Immer wieder lächelte sie ihn freundlich an.

Sie unterhielten sich locker über Bücher und Musik, wobei Amy sehr direkt ausdrückte, was ihr gefiel und was nicht. H. G. war auf der Hut. Wenn sie ihm unbekannte Werke erwähnte, tat er seine Meinung erst kund, nachdem er erfahren hatte, in welche Richtung sie tendierten. Sie war froh, denn ihre Meinung schien ihn aufrichtig zu interessieren. Das unterschied ihn von den meisten Männern, die sie kannte.

„Wenn zwei Menschen sich in einer so lockeren und entspannten Atmosphäre unterhalten können, ohne sich vor bösen Gerüchten oder niederträchtigem Geschwätz fürchten zu müssen, dann ist die Ehe doch überflüssig, oder, Amy? Zusammen mit Religion und Kirche ist sie die nutzloseste Einrichtung, die ich kenne. Es wird mir nie in den Kopf gehen, wieso zwei Menschen, die sich lieben, zuerst einen Segen der Kirche oder des Staates brauchen, bevor sie ins Bett gehen können."

„Das müssen sie doch gar nicht!" Sie lächelte verspielt. „Ja, wer sagt denn, daß sie sich überhaupt lieben müssen?"

Er sah sie kurz an, dann drehte er den Kopf und spielte mit seinem Bart. „Nun, ich habe eine Reihe von Artikeln über die freie Liebe veröffentlicht, aber ich bin mir nicht sicher, ob ich so weit gehen würde."

„Freie Liebe?" Sie lachte erneut. „Dieses Wort habe ich von meiner Großmutter zuletzt gehört!"

„Tatsächlich?" antwortete er betroffen. „Wie würdest du das denn nennen?"

„Warum sagst du nicht einfach *sexuelle Revolution?* Oder hast du davon auch noch nie gehört?"

Sexuelle Revolution? Mein Gott, dachte er, was hatte das zu bedeuten? „Darf ich fragen, wer gegen wen revoltiert?"

„Das hängt wohl davon ab, in welchem Bekanntenkreis man sich befindet, nicht wahr?" Sie antwortete sehr leise, dann rückte sie näher an ihn heran.

Er setzte sich aufrecht hin. In seinem Kopf drehte sich wieder alles, und er wußte nicht, was er mit seinen Händen anfangen sollte. Plötzlich entdeckte er seine Knie und klammerte sich daran fest wie ein Ertrinkender am Rettungsseil. Es herrschte langes Schweigen.

„Das war ein schöner Abend", stammelte er.

Sie nickte. „Ja, ich finde es toll, daß man sich mit dir so gut unterhalten kann. Das ist wirklich mal was anderes!"

„Insbesondere, wenn man gleicher Meinung ist."

„Wer sagt, daß ich mit dir einer Meinung bin? Ich glaube nämlich nicht, daß Religion überflüssig ist."

„Tatsächlich?"

„Nein, und ich bin nun einmal davon überzeugt, daß auch die Ehe ein nützliches Ding ist. Besonders wenn Kinder da sind. Davon abgesehen bist du der netteste Mann, den ich kenne."

„Du bist auch nicht gerade die Dümmste."

Sie sah ihm in die Augen, dann hob sie langsam die Hand und berührte mit ihren Fingerspitzen seine Wange. Er wich zurück und war sich nicht sicher, was er jetzt tun sollte. Immer wenn er früher mit Frauen zusammen war, dann hatte er die aktive Rolle gespielt. Nicht einmal die Lichter waren gelöscht! Er war sich nicht mehr sicher, ob es die verstohlene Natur der Sexualität noch gab.

Schließlich blickte sie weg. (Stand in ihren Augen nicht Enttäuschung zu lesen?) Er nahm seinen ganzen Mut zusammen und sprach weiter: „Nun, es ist am besten, wenn ich jetzt gehe."

„Ja? Wo wohnst du denn?" fragte sie oberflächlich. Da wußte er, daß er etwas Verkehrtes gesagt hatte.

„Wo ich wohne? Eigentlich nirgends." Er wurde rot.

Sie setzte sich aufrecht hin. „Heißt das, daß du noch nicht einmal ein Hotelzimmer genommen hast? Herbert, du bist schon seit zwei Tagen in San Francisco!" Sie lachte und schüttelte ihren Kopf.

„Ich hatte noch keine Zeit."

„Aber wo hast du dein ganzes Gepäck?"

Er lächelte ein wenig. „Ich bin ganz plötzlich abgereist."

Sie beugte sich nach vorn und legte ihre beiden Hände auf die seinen. „Du bist ein sehr komischer Mann. Nein, nicht komisch. Mysteriös."

Wieder einmal stand er auf. „War die Wahrheit nicht schon immer seltsamer als die Dichtung?"

Sie sah ihn wieder verwundert an, dann lächelte sie. Die

magische Anziehungskraft zwischen ihnen war zurückgekehrt. „Du weißt ja, daß du nicht gehen mußt."

„Nein?"

„Nein, du kannst hierbleiben", flüsterte sie mit heiserer Stimme.

„Kann ich?" ächzte er.

„Herbert, würdest du mich bitte küssen?"

Sie wartete nicht auf eine Antwort, sondern nahm ihn in die Arme und zog ihn auf die Mitte des Sofas. Ihr Kuß war leidenschaftlich, aber zugleich zärtlich und sehr angenehm. Versuchsweise begann er, ihre Liebkosungen zu erwidern. Sie küßte ihn immer wieder, und jeder Kuß war leidenschaftlicher und intensiver als der vorige. Er bebte und zitterte. Sie manövrierte ihn auf den Rücken, und ihr weiches Haar umhüllte sein Gesicht und seinen Nacken. Dann fing sie an, seine Brust zu liebkosen. Mit ihrer Hand machte sie kleine, kreisende Bewegungen und glitt langsam tiefer.

Er wurde sehr nervös. Das war nicht so, wie er es gewöhnt war; das war nicht so, wie es sich eigentlich abspielen sollte. Er hatte immer darauf bestanden, daß Männer und Frauen geschlechtliche Wesen seien und daß der Akt der Liebe ein natürliches Vergnügen sei, der von beiden Teilen genossen werden sollte. Aber wer hatte je davon gehört, daß eine Frau einen Mann verführt, außer in französischen Romanen?

Er setzte sich aufrecht auf das Sofa.

Verwirrt sah sie ihn an. „Habe ich etwas Falsches gemacht?"

„Ich glaube, ich sollte mir besser ein Hotelzimmer nehmen."

„Willst du nicht hierbleiben?"

„Besser nicht."

„Fein. Ich meine, wenn du mich nicht magst oder aus irgendeinem Grund nervös bist, dann ist es besser, wenn du nicht bei mir schläfst." Sie stieß empört den Atem aus.

„Richtig." Er entfernte sich einen Schritt, dann drehte er sich um und sah sie an. Er zitterte.

Sie setzte sich auf, streckte ihren Arm aus und nahm seine Hand. „Was ist los?"

„Ich weiß auch nicht."

„Du bist doch nicht schwul, oder?" fragte sie erstaunt.

„Schwul?" Er verstand nicht, was sie meinte.

„Homosexuell."

Er brach in lautes Lachen aus, dann wurde er plötzlich ruhig und überlegte. Das war ihr Ernst. Sie verstand nicht, daß er eine ganz andere Einstellung zur Sexualität hatte, die mittlerweile veraltet war. Er runzelte die Stirn und setzte sich auf die Couch.

Er hatte sich immer für einen Radikalen gehalten, aber in Wirklichkeit war er ein Heuchler. Seine Haltung zur Sexualität hatte sich nie geändert. Er war nur dem Namen nach ein Verfechter der freien Liebe. In der Vergangenheit hatte er die Schriftstellerei dazu benutzt, modern zu sein und widerspenstige Frauen davon zu überzeugen, ohne Eheschwur mit einem Mann ins Bett zu gehen. Sicherlich hatte er ihnen nahegelegt, daß sie Freude und Vergnügen an der Sexualität haben sollten. Und sicherlich war er immer auf der Suche nach einer guten Liebhaberin, aber er hatte nie damit gerechnet, sie zu finden.

War Amy wirklich seine Venus Urania? Er schluckte, dann blickte er sie an. „Amy . . . " Ein plötzliches Verlangen überkam ihn, er stürmte auf sie los.

Sie warf sich ihm entgegen. Schließlich konnte sie sich aus seiner Umarmung losreißen, um ihn bei der Hand zu nehmen und durch den Flur in ihr Schlafzimmer zu führen.

ETWAS Weiches und Zartes berührte sein Gesicht. Er verspürte einen feuchten, zarten Druck auf seinen Lippen. Träumte er bereits von ihr? Es mußte wohl so sein. Noch nie hatte ihn jemand so geküßt. Er schlug die Augen auf und sah ihr schönes Gesicht über sich. Welch eine genüßliche Art und Weise zu erwachen!

„Guten Morgen", sagte sie nach dem Kuß.

Er sah zu ihr hoch und lächelte verschmitzt. „Wenn du einen Wecker bauen könntest, der sich so anfühlen würde, dann würdest du der reichste Mensch der Welt werden."

Sie lachte und deutete auf das Nachtkästchen. „Ich habe dir Tee gebracht." Ein süßlicher Duft stieg aus einer großen blaugrauen Kanne auf.

„Danke schön." Er stützte sich auf einen Ellbogen auf.

„Und die Zeitung." Sie legte die Morgenausgabe des *Chronicle* neben ihn.

Er nahm einen Schluck Tee und warf einen Blick in die Zeitung. Die Überschrift auf der dritten Seite sprang ihm sofort ins Auge. „MÄDCHEN IN MASSAGESALON ERMORDET! Polizei sagt, für die Tat à la ‚Jack the Ripper' gibt es kein Motiv."

Dr. Leslie John Stephenson war am Leben!

8

Nob Hill Circle Nummer 13 war ein stattliches, schmales und hohes Haus, das kürzlich renoviert und in fünf geräumige Wohnungen umgebaut worden war. Die modernsten Sicherheitsanlagen umgaben das Grundstück. Mit dem neuen Dach und den grauen Verzierungen glänzte und strahlte das Haus im Sonnenlicht, wie es vor hundert Jahren der Fall gewesen sein mußte, als es eben erbaut war.

Im obersten Stockwerk öffnete sich ein Fenster. Der neueste Bewohner des Hauses wollte die frische Seebrise in seine schöne Küche lassen.

Leslie John Stephenson stand nackt vor dem Fenster und streckte den Kopf zum Fenster hinaus. Genüßlich sog er die frische Morgenluft ein. Dann drehte er sich um, streckte sich, trommelte sich anschließend mit den Fäusten auf seinen steinharten Bauch. Er stellte eine Kasserolle gefüllt mit Wasser in den Mikrowellenherd seiner ultramodernen Einbauküche und wartete dreißig Sekunden, bis das Wasser kochte, nahm die Kasserolle heraus und machte sich Tee. Er nahm die Tasse und schlenderte durch das Apartment, das modern eingerichtet war. Er liebte das Gefühl der dicken, zotteligen Teppichböden an seinen nackten Fußsohlen, den Anblick der herabhängenden verchromten Lampen, die zarten Farbtupfer in Pastelltönen an den Wänden. Er liebte das moderne Mobiliar, das nicht zum Sitzen, sondern zum Sichbreitmachen geschaffen war. Er lächelte. Er könnte sich für den Beginn eines neuen Lebens keine besseren Wohnräume ausgesucht haben!

Er stellte den Tee auf einen Glastisch und setzte den Gasofen in Betrieb. Er streckte seine muskulösen Beine aus und wärmte sich auf. Das Gefühl, nackt zu sein, war einmalig. Wenn sein Vater ihn je so erwischt hätte, wäre er sofort verprügelt worden. Aber das war lange vorbei. Er war ein neuer Mensch in einem neuen Land. Er trank langsam seinen Tee und erinnerte sich, wie er auf Nob Hill – hoch über der exotischen Stadt San Francisco – angekommen war.

In der vorletzten Nacht war er in einem Zimmer in einem Krankenhaus aufgewacht. Neben ihm hatten noch neun andere

Patienten geschlafen. Nachdem er sich kurz umgesehen hatte, hatte er festgestellt, daß er sich in der „Intensivstation Nummer neunzehn" befand und daß jeder dort die Bezeichnung „XY" trug. Er war schnell wieder zu seinem Bett gegangen, hatte seine Fieberkurve studiert und entdeckt, daß er Nummer sechzehn war, an Gehirnerschütterung litt und zur Beobachtung hier war. Er war von einer jener modernen Droschken überfahren worden, die man hier Autos nannte. Und er hatte es gut überstanden!

Aber da war etwas gewesen. Er hatte ein Geräusch vernommen und sich hinter seinem Bett versteckt. Eine Krankenschwester war durch eine der Doppeltüren aus Glas gekommen und hatte einen Blick in das Zimmer geworfen, dann war sie wieder verschwunden. Er mußte diesen Ort sofort verlassen, bevor man herausfände, wer er wirklich war. Zweifellos war Wells ganz in der Nähe und versuchte, ihn ausfindig zu machen.

Er war wieder aufgestanden und hatte sich die Kurve des Patienten angesehen, der neben ihm lag. Der arme Kerl hatte ein Emphysem. Stephenson wußte als Arzt, daß diese Lungenkrankheit unheilbar war. Der magere ältere Mann war in ein durchsichtiges, zeltähnliches Gebilde eingeschlossen gewesen, das sich mit seinen krampfhaften Atemzügen hob und senkte. Wie wunderbar, hatte Stephenson gedacht, als er die Kanülen und Schläuche sah, die vom Mund und der Nase des Mannes zu Regulatoren und dann zu den Sauerstoffflaschen führten: Der Mann wurde durch eine mechanische Vorrichtung am Leben gehalten, die seine Atmung regulierte, ihm eine Sauerstoffmischung eingab und Infektionen verhinderte.

Stephenson hatte sich aus dem gemeinsamen Kleiderschrank der Patienten seine Kleider geholt, sich schnell angezogen und war wieder zu seinem Bett gegangen. Er hatte seine Kurve genommen und sie mit derjenigen des armen Emphysemopfers vertauscht. Daraufhin hatte er das Krankenblatt des anderen vernichtet und im Mülleimer vergraben.

Als nächstes war Stephenson zu dem lebenserhaltenden Sauerstoffsystem gegangen und hatte es erneut bewundert und bestaunt. Welch enormen Fortschritt die Medizin seit 1893 gemacht haben mußte, um so einen großen und ungerechtfertigten Aufwand bei diesem todkranken Mann betreiben zu können, der nicht einmal einen Namen hatte! Das schwache Licht reichte aus, daß er die eigentlich sehr einfachen Bedienungsanleitungen an den Geräten lesen konnte.

Ja, er war so begeistert von der automatischen Beatmungsmaschine gewesen, daß er sie nur sehr schweren Herzens abschalten konnte.

Vom Krankenhaus aus war Stephenson sofort zum Jack-Tar-Hotel gefahren, hatte seine Sachen abgeholt und war in ein Taxi gestiegen. Er war durch die dunklen Straßen der Stadt gefahren und hatte Müll und Schlamm und dunkelhäutige Jugendliche gesehen, die sich in den Schatten umhertrieben und Böses im Schilde führten. Er hatte Betrunkene in den Torbögen beobachtet, die wandelnden Leichen glichen.

In einem Viertel der Stadt waren die wenigen Leute auf der Straße Schwarze. Die Polizei hatte offensichtlich keine Skrupel, sie auf der Straße zu verhaften.

Er hatte belustigt gelächelt. Die Schwarzen waren also immer noch versklavt, nicht wahr? Und die Edelmütigkeit von Abraham Lincoln war ganz umsonst gewesen. Sicherlich, sie hatten es geschafft, den Baumwollfeldern zu entkommen, aber wohin? Sie hatten sich von ihren ländlichen Ketten befreit, um in den Slums einer Stadt zu landen, die von anonymen Mächtigen beherrscht wurden.

Mit einem Gefühl des Triumphes hatte er den Fahrer gebeten, ihn in ein anderes Viertel zu fahren. Er hatte recht gehabt. Der Überfluß an Gewalttätigkeit und Verbrechen, den er im Jack-Tar-Hotel im Fernsehen gesehen hatte, war wahrhaftig ein richtiger Maßstab. Der Satan hatte ihn also nicht im Stich gelassen. Hier herrschten schlimmere Zustände als im East End von London.

H. G. Wells war der Meinung, die Technik werde die Menschheit retten und befreien. Welch unwissender Narr der doch war! Die Technik hatte das Elend in den Städten nicht abgebaut, nein, sie diente dazu, es zu erschaffen! Welch köstliche Ironie!

Allerdings hatte Wells in einem Punkt recht: Die Wissenschaft war in der Tat ein vorzügliches Werkzeug und Hilfsmittel für die wenigen Mächtigen, um sich den Gestank und den Zorn der Massen vom Leib zu halten. Stephenson fand das sehr erheiternd. Er gehörte wirklich – hierher, ins Jahr 1979.

Seine Rundfahrt hatte mit einem Abstecher zum Broadway von North Beach geendet. Er hatte sofort eine große Zuneigung zu diesem Gebiet gewonnen. Die Straßenlampen waren hell und die

Lichtreklamen grell und protzig, dennoch gab es viele dunkle Seitenstraßen und Gassen. Und die Mehrzahl der kleinen Etablissements verhieß Vergnügungen sexueller Natur!

Er musterte mehrere spärlich bekleidete Damen, die in Hauseingängen standen und die Passanten in ihre Häuser zu locken versuchten. Ja, er mußte sicherlich in der Nähe des Broadway bleiben.

Wenige Stunden später hatte er diese Wohnung in der Nähe gemietet. Die Monatsmiete war unverschämt hoch, aber Geld spielte keine Rolle. Er hatte genügend Gold in seiner Geldtasche. Ja, Nob Hill war für ihn die ideale Wohnung. Diese Ruhe, diese Eleganz, und nur ein paar Querstraßen vom Broadway entfernt. Hatte nicht das köstliche Verbrechen der letzten Nacht die Bequemlichkeit und Vorzüge seines Aufenthaltsortes bewiesen?

Er bebte vor Lust, dann sprang er auf die Füße und eilte ins Badezimmer. Er ging zum Spiegelschrank aus Marmorimitation, öffnete ein Fach und nahm das moderne Rasiergerät und den Rasierschaum heraus, die er sich gestern gekauft hatte. Ach ja, die Zeitmaschine! Er sah in den großen Spiegel und lächelte sein rauhes Gesicht an. Denk dir nur, welches Potential darin liegt! In wenigen Stunden könnte er im alten Ägypten sein und Kleopatra in ihrem Boudoir überraschen. Oder er könnte sich an der schönen Helena von Troja ergötzen.

Er lehnte sich gegen das Waschbecken, denn der Gedanke ließ seine Knie weich werden. Er konnte sich jede Frau aussuchen, die er wollte, und wenn sie durch seine Hände gegangen wäre, dann hätte er die Geschichte verändert. Unvorstellbar!

Wenn er doch nur den Spezialschlüssel hätte, mit dem sich die Rückkehrautomatik abschalten ließ!

Er merkte plötzlich, daß er erneut in das Schränkchen gegriffen hatte und zärtlich mit den chirurgischen Messern spielte, die er aus dem Krankenhaus gestohlen hatte.

„ICH werde dir sagen, was los ist“, sagte H. G. und sprang auf. „Dr. Leslie John Stephenson lebt, das ist los!“ Er schlüpfte schnell in seine Hose.

„Ich verstehe nicht.“

Er nahm die Zeitung und breitete sie vor ihr aus. Dann ging er zum Schlafzimmerfenster und blickte hinaus, aber das grelle Licht der Morgensonne gefiel ihm nicht. Es schien durch die Bäume und warf Schatten und Muster auf Green Street.

Sie las schnell den Artikel, stand aber immer noch vor einem Rätsel. „Hier steht kein Wort von Leslie John Stephenson."

„Natürlich nicht!" rief er aus. „Der Mann hat ein weiteres schreckliches Verbrechen begangen und konnte dann fliehen! Er ließ bestimmt keine Visitenkarte bei seinem Opfer zurück."

Sie trat hinter ihn und legte ihre Arme um ihn. „Würdest du mir bitte erklären, was sich da abspielt?" fragte sie sachte.

Er befreite sich aus ihrer Umarmung und ging neben dem Fenster auf und ab. Wieviel konnte er ihr sagen? Schließlich würde er für sein seltsames, unruhiges Verhalten irgendeine Erklärung geben müssen. Er beschloß, so vorzugehen, als ob die gräßlichen Morde von Whitechapel erst vor einigen Jahren geschehen wären. Und das waren sie auch – in seiner Realität.

„Dr. Leslie John Stephenson ist in Wirklichkeit ein geisteskranker Mörder, der vor einigen Tagen nach San Francisco kam. Ich will den Bösewicht einfangen und der Justiz übergeben, damit er seine verdiente Strafe bekommt."

„Ach so! Dann arbeitest du für Scotland Yard."

Er räusperte sich. „Ich handle auf eigene Faust, und ich bin ganz für Dr. Stephenson verantwortlich."

„Es ist auch egal, für wen du arbeitest." Sie konnte ihre Enttäuschung nicht verbergen. „Du bist also doch kein Weltreisender oder Schriftsteller, wie du gesagt hast."

Er war wie vor den Kopf geschlagen. Er ging zu ihr hin und nahm sie bei der Hand. „Amy, ich habe dich nicht angelogen! Du mußt mir glauben!"

„Wenn du das bist, was du behauptest zu sein, warum bist dann ausgerechnet du hinter einem Mörder her?"

„Man könnte sagen, daß es eine persönliche Angelegenheit ist."

„Hat er jemandem in deiner Familie etwas getan?"

„Nein. Es geht darum – nun, ich habe ihm die Flucht nach San Francisco ermöglicht."

„Wie?" Sie lachte, denn das schien absurd. „Zuerst erzählst du mir, daß dieser Stephenson ein Reisegefährte von dir ist. Dann behauptest du, er sei tot. Jetzt sagst du mir, daß er lebt und ein Mörder ist. Und nur, weil in der Zeitung steht, daß eine arme Prostituierte ermordet wurde." Sie hielt kurz inne. „Wenn ich ihn nicht mit eigenen Augen in der Bank gesehen hätte, dann würde ich bezweifeln, daß es ihn überhaupt gibt."

„Niemand außer Stephenson selbst könnte dieses Verbrechen begangen haben!“ warf er ein.

„Herbert, wenn du wirklich davon überzeugt bist, daß Dr. Stephenson diesen Mord begangen hat, wieso gehst du dann nicht einfach zur Polizei? Damit wärst du aus dem Schneider.“

„Ich bezweifle, daß die Polizei das verstehen würde. Die Sache ist sehr kompliziert.“

„Zu dumm!“ Sie hatte gerade gemerkt, wie spät es war. Sie fauchte ihn an. „Ich werde zu spät zur Arbeit kommen! Und ich habe mich noch nie verspätet!“ Sie eilte aus dem Zimmer.

Er lief ihr nach, holte sie im Flur ein und nahm sie in die Arme. Sie wehrte sich zuerst, dann entspannte sie sich. Sie spürte, daß er sich große Sorgen machte. Sie verstand ihn zwar nicht, aber sie war nicht mehr böse auf ihn und fühlte mit ihm.

„Amy, ich . . . “

„Psst!“ Sie legte einen Finger auf seine Lippen. „Sag jetzt nichts. Ich verstehe diese Dinge zwar momentan nicht, aber das macht nichts. Was immer du unternimmst, gib auf dich acht. Ich bin eine ganz miserable Krankenschwester.“ Sie küßte ihn so, wie sie es getan hatte, als sie ihn geweckt hatte. Dann drehte sie sich schnell um, ging in das Badezimmer und schloß die Tür ab.

STEPHENSON fand ganz in der Nähe seiner Wohnung ein englisches Pub und Restaurant. Es waren nicht viele Menschen dort. Es kam ihm vor, daß das Gasthaus mehr von den trinkenden als von den speisenden Gästen bevorzugt wurde. Es war gut, das zu wissen, denn sollte er einmal Heimweh verspüren, dann konnte er sich in eine Ecke setzen, ein Bierchen oder zwei trinken und mit den übrigen hier lebenden Engländern Lügen austauschen.

Da er einen Bärenhunger hatte, bestellte er das teuerste Menü auf der Speisekarte, das ihm auch mundete. In der Nähe sah er eine Zeitung vom Tag liegen, die er sich holte. Während er genüßlich seinen Tee schlürfte, suchte er die Story, die sein gestriges Abenteuer wiedergab. Er war enttäuscht, daß er es nicht zur Titelseite gebracht hatte, aber das würde sich bald ändern, dachte er. Voller Befriedigung las er das berüchtigte „Jack the Ripper“. Er lächelte über die ungenaue, mangelhafte Beschreibung, die der Portier des Massagesalons von ihm gegeben hatte. Entzückt war er angesichts der detaillierten Reportage über den Tathergang. Wie schade, daß er nicht mehr Zeit gehabt hatte, sich der kleinen

Chinesin zu widmen. Aber das Blut war bereits durch die Zwischenwand in die nächste Kabine gesickert. Er hatte sich schnell verziehen müssen.

Besonders belustigte ihn die Feststellung, „daß noch kein Verdächtiger bekannt war". Er legte die Zeitung weg, lehnte sich zurück und dachte nach. Den Krankenhausaufzeichnungen gemäß war er tot. Und da er nur ein Besucher des Jahres 1979 war, existierte er auch nicht! Er hatte sich noch nie so sicher gewähnt und fühlte sich pudelwohl. Nicht nur, daß er tot war, es gab ihn überhaupt nicht, wiederholte er in Gedanken. Dennoch war er noch nie so lebendig und gesund gewesen und konnte jederzeit sein aufregendes Handwerk ausüben. Er hatte freie Wahl. Wen immer er sich in seinen launischen Kopf setzte!

Seine Lage war wahrhaftig einmalig. Er bedauerte die Polizei von San Francisco, denn es würde nie Motive oder Hinweise geben, geschweige denn einen Verdächtigen.

Er wollte gerade gehen, als er ein Gespräch mithörte, das mehrere Gäste über die Kriminalität führten. Er lauschte.

„Hast du die Geschichte über Manson in der Zeitung gelesen?"

„Ja, heute morgen."

„Glaubst du, sie lassen ihn frei?"

„Keine Chance."

„Weißt du, was mich total stört? Das Geld der Steuerzahler wird verwendet, um so ein Schwein am Leben zu erhalten."

„Stimmt", sagte der andere. „Und hast du den anderen Artikel gelesen? Scheinbar läuft noch so ein Verrückter herum."

„Nein."

„Ein Mädchen aus einem dieser orientalischen Massagesalons wurde umgebracht."

„Junge, Junge! Wenn nicht mal die Nutten mehr sicher sind, dann ist allerhand faul."

„Das darf man wohl annehmen."

„Noch zwei Drinks, Barkeeper!"

Wer war dieser Manson, über den sie diskutierten? Stephenson nahm wieder die Zeitung und las die Titelseite. Die Schlagzeile lautete: MANSON BALD WIEDER AUF FREIEM FUSS. Begierig las er den Artikel und erfuhr, daß „Charlie" für eine ganze Reihe brutaler Morde verantwortlich war.

Was Stephenson allerdings störte, war die Behauptung, daß Manson der grausamste Mörder aller Zeiten sei. Keinesfalls sollte diese Krone auf dem Haupt von Manson bleiben! Wartet nur, was meine lieben Messerchen tun können!

Als er zahlte, bemerkte er, daß ihm allmählich das amerikanische Geld ausging. Er trat auf den Bürgersteig, blinzelte in die Sonne und sah sich um. Die Bank of England war nicht weit entfernt. Hatte die reizende junge Dame nicht gesagt, daß er jederzeit zwischen zehn und fünfzehn Uhr Geld wechseln könne? Er hatte viel Zeit.

Er lehnte sich gegen die Hauswand und beobachtete die Männer, die vorbeigingen. Er fand es gut, daß sie so ungezwungen und fröhlich gekleidet waren. Er wurde ärgerlich, als ihm einfiel, daß die Blutflecken in seiner zweiten Hose nicht ganz herausgegangen waren. Er mußte einkaufen gehen. Er hatte bei weitem nicht genug Kleidungsstücke für diese Zeit und diese Stadt. Er war immer stolz auf sein tadelloses Aussehen gewesen und sah nicht ein, wieso er diesen Standard im Jahr 1979 nicht fortführen sollte. Wenn er über den Broadway spazierte, dann müßte er als der ultramodernste, der teuerste, der sinnlichste und exotischste Gentleman erscheinen, der je hier entlanggegangen war. Er drehte sich um und ging siegesgewiß in Richtung Bank.

H. G. STAND von Amys Eßtisch auf, ging in die Küche und kippte seinen Tee in den Ausguß. Er hatte bereits fünf Tassen getrunken, und seine Hände zitterten schon. Er warf einen letzten Blick auf die dritte Seite der Zeitung – jetzt zerknüllt und zerlesen – und warf sie in den Papierkorb. In trübe Gedanken versunken, ging er ins Badezimmer, zog sich aus und begann, sich mit ihrem Rasierzeug zu rasieren. Das war seine erste richtige Gelegenheit, sich in einem modernen Badezimmer der Körperpflege zu widmen, aber all der Luxus, der ihn umgab, interessierte ihn nicht. Er schnitt sich, weil er die scharfe Klinge nicht gewohnt war, nahm aber den Schmerz nicht wahr.

Er ging unter die Brause und machte sich keine Gedanken über die unzulänglichen Installationen von 1893. Abgesehen davon hatte er es gründlich satt, mit großen Augen über alle Dinge zu staunen. Er stand unter einem Strom heißen Wassers, weil es ihn entspannte und er sich so besser konzentrieren konnte.

Es gab keinen Zweifel. Ein Mord war geschehen, und sein gräßlicher Stil war zweifellos der von Stephenson. Es war zwar möglich, daß ein anderer in Nachahmung des großen Vorbilds die

Frau umgebracht hatte, aber wieso ausgerechnet zu diesem Zeitpunkt? Eigentlich war es ganz logisch: Stephenson lebte und lief frei in einer Stadt der Zukunft umher, ebenso wie er selbst.

Fragen drängten sich ihm auf. Dr. Rodden hatte ihm versichert, daß Stephenson tot sei. Wie konnte er sich geirrt haben? Wie konnte ein so fortschrittliches Krankenhaus in bezug auf den Tod eines Patienten einem so maßgeblichen Irrtum unterliegen? Welche Ironie!

Was soll denn das? tadelte er sich. Warum voreilig an einen ärztlichen Kunstfehler glauben? Stephenson war für tot erklärt worden, also war er auch tot! Oder?

Aber er wußte, daß es Stephenson irgendwie gelungen sein mußte, das Krankenhauspersonal hinters Licht zu führen und unentdeckt zu entkommen. Er hatte zwar keinen Beweis, aber sein Gefühl sagte ihm das klar und deutlich. Und er ärgerte sich, weil er es haßte, sich auf sein Gefühl verlassen zu müssen. Er mußte Stephenson finden, und zwar schnell. Er hatte aber keine Ahnung, wo er seine Suche beginnen sollte.

Er kletterte aus der Dusche und trocknete seinen Körper mit einem Handtuch ab. Amy hatte schon recht. Er sollte sich auf die Seite der Polizei schlagen und ihnen seine Hilfe anbieten. Wenn er der Polizei mitteilte, daß er wüßte, wer das chinesische Mädchen ermordet hatte, sie aber nicht zu dem Verdächtigen führen konnte, würde dann nicht er als Täter verdächtigt werden? Er fluchte. Er konnte nicht erklären, daß Stephenson alias Jack the Ripper und er vor kurzem mit einer Zeitmaschine angekommen seien! Man würde ihn in ein Irrenhaus stecken, wo er bis zum Ende seines Lebens schmachten müßte. Und wer würde dann all die Bücher schreiben, die seinen Namen trugen?

Er lief aus dem Badezimmer ins Schlafzimmer, wo seine Schuhe und sein Hemd lagen. Und was war mit Amy? Konnte er sie einfach so, ohne Erklärung, verlassen? Nachdem er den heiligen Gral der körperlichen Lust gefunden und davon gekostet hatte? Hatte er wirklich einen so schändlichen Charakter?

Er seufzte. Er konnte das Jahr 1979 nicht verlassen, ohne Amy eine Erklärung gegeben zu haben. Er mußte sich zuerst auch überzeugen, daß Stephenson wirklich tot war, oder herausfinden, welches Schicksal er erlitten hatte. Und sollte dies nur mit Hilfe der hiesigen Polizei möglich sein. Er würde auch nicht davor zurückschrecken, sich selbst in schlechtes Licht zu setzen. (Immerhin hatte er als Beweisstück ja die Zeitmaschine.) Er mußte der Wirklichkeit ins Auge sehen und sein eigenes Gewissen befriedigen. Er war für Stephenson verantwortlich und mußte etwas unternehmen.

Er ging zum Telefon im Wohnzimmer und wählte die Nummer der Polizei, die auf der Wählscheibe stand.

„Hier Sergeant Valentine. Was wünschen Sie?" Die Stimme knarrte.

Er schleuderte den Hörer auf die Gabel, bedeckte das Gesicht mit zitternden Händen und schluchzte. Wie zum Teufel sollte er es ihnen denn beibringen? Was sollte er sagen? Etwa: „Hallo, hier spricht H. G. Wells. Ich bin ein Bürger des neunzehnten Jahrhunderts und möchte Sie warnen, daß Jack the Ripper sein Unwesen in San Francisco treibt. Könnten Sie mir bitte helfen, ihn zu finden, so daß ich ihn nach London zurückbringen und ihn in den Old Bailey einsperren lassen kann? Ich wäre Ihnen für Ihre freundliche Unterstützung sehr verbunden."

Er ließ sich aufs Sofa fallen und starrte an die Decke. Huxley hatte einst gesagt: *Sage die Wahrheit über die Wissenschaft, auch wenn sie peinlich oder unangenehm ist, und du wirst feststellen, daß die Menschen dein Wort nie anzweifeln.*

Das war jetzt ein schwacher Trost.

Als Amy mit ihrem Autoschlüssel an die Glastür der Bank klopfte, um eingelassen zu werden, war ihr das sehr peinlich. Sie setzte sich an ihren Schreibtisch und blätterte den Stapel Papiere durch, als sich jemand auf ihren Tisch aufstützte. Sie konnte ihr schlechtes Gewissen nicht verbergen und wurde rot.

„Du siehst blendend aus", sagte Carole Thomas, eine energische junge Dame, die erst kürzlich aus den Reihen der Schalterangestellten in das Management aufgestiegen war und neben Amy die einzige Frau war, die diese Stellung innehatte.

„Hallo, Carole."

„Etwas hat sich getan, nicht wahr?"

„Was meinst du?"

„Du bist fast eine halbe Stunde zu spät gekommen."

„Der Verkehr."

Carole lachte und nickte. „Wo? Im oder außerhalb des Schlafzimmers?"

„Carole!"

„Gut, gut. Ich werde es nicht verpetzen. Ich möchte dich nur beglückwünschen. Es wurde allmählich Zeit, daß du einen netten Kerl kennenlernst."

Amy lächelte und war plötzlich wieder sehr glücklich. „Carole?"

„Was?"

„Er ist wie ein kleiner Junge und ein Großvater zugleich. Hast du nicht Lust, am Freitagabend zum Dinner zu kommen? Dann kannst du Herbert kennenlernen."

„Ja, ich komme. Ich möchte mir doch nicht entgehen lassen, deinen Herbert kennenzulernen."

In der kommenden halben Stunde war Amy in Gedanken mit der vergangenen Nacht beschäftigt. Ihre gemeinsamen Stunden mit Herbert würde sie nie vergessen. Aber wenn sie darüber nachdachte, wollte sie schon wissen, wer dieser Mr. Herbert Wells aus London in Wirklichkeit war.

Plötzlich setzte sie sich mit einem Ruck auf und starrte auf die Uhr an der Wand. Was tat sie denn? In einer knappen Stunde würden sich die Türen für den Schalterverkehr öffnen, und sie hatte noch nichts vorbereitet! Sie riß alle Papiere aus dem Eingangskorb und nahm ihre Arbeit in Angriff. Als die Wächter die Banktüren öffneten, hatte sie den größten Teil schon erledigt.

Sie las gerade einen Bericht über die Schwankungen der Weltwährungen, als sie merkte, daß jemand vor ihrem Tisch stand. Sie lehnte sich zurück und sah auf.

„Ja, was kann . . . " Schon wollte sie erschrocken die Hand vor den Mund halten, aber sie besaß die Geistesgegenwart, das nicht zu tun. Statt dessen hielt sie sich an der Stuhllehne fest. Herbert hatte recht! Vor ihr stand Dr. Stephenson, der sich leicht verneigte; der ranke, schlanke Engländer, der eigentlich tot sein sollte. Er strahlte vor Leben und musterte sie. Sie zwang sich zu einem Lächeln und spürte, wie wieder Farbe in ihr Gesicht kam.

„Guten Morgen, Miß . . . "

„Robbins", ergänzte Amy automatisch. Klang seine Stimme nicht vorsichtig? Hatte er aufgrund ihrer Reaktion Verdacht geschöpft? Oder litt sie unter Wahnvorstellungen?

„Ach ja, Miß Robbins. Ich hoffe, ich habe Sie nicht erschreckt." Er lächelte kurz. „Ich möchte gern weiteres Geld umtauschen."

„Gern."

Er reichte ihr ein Bündel Pfundnoten.

Sie sah das Geld kurz an, war aber zu keinem klaren Gedanken fähig. Sie öffnete die Schublade an ihrem Schreibtisch, dann schloß sie sie wieder. „Bitte entschuldigen Sie mich einen Augenblick. Ich muß mich über die heutigen Kurse informieren. Es wird nicht lange dauern."

„Lassen Sie sich ruhig Zeit." Er nickte unmerklich mit dem Kopf und setzte sich hin.

Sie ging durch die Schalterhalle und hoffte verzweifelt, daß ihre Stimme nicht gebebt hatte. Sie ging hinter eine Schalterreihe, packte ein Telefon und wählte die Nummer ihrer Wohnung. Es klingelte unerträglich lange. Endlich wurde abgehoben.

„Herbert!"

„Ach, Amy! Wie nett von dir, daß du . . . "

„Herbert, er ist hier!"

Es kam lange keine Antwort.

„Mein Gott, hast du nicht gehört?"

„Halte ihn so lange in der Bank auf, wie es irgend geht. Ich komme sofort."

„Und wenn es mir nicht gelingt?"

„Versuch es!" Er hängte auf.

Mit zitternder Hand legte auch sie den Hörer auf und warf einen kurzen Blick über die Schalter zu ihrem Schreibtisch. Er saß noch immer dort. Was sie nicht gesehen hatte, war, daß er sie beim Telefonieren beobachtet hatte.

Sie kehrte an ihren Schreibtisch zurück. Ein dünnes Lächeln stand in ihrem nervösen Gesicht. Umständlich setzte sie sich auf den Stuhl und ordnete ihre Kleider, als ob ihre Bewegungen ihn beschäftigt halten würden.

„Heute steht der Kurs bei eins Komma achtundsiebzig, Sir", verkündete sie mit gespielter Begeisterung. „Das ist besser als beim erstenmal, als Sie hier waren."

„Blendend", erwiderte er mit tiefer Stimme und blieb weiterhin sitzen. Er hatte seinen Kopf nach hinten gelegt und die Augen halb geschlossen, so daß er fast einen schlafenden Eindruck machte. Aber er war hellwach und überlegte fieberhaft, und seine Finger zuckten, als er sich damit immer wieder über seine Lippen strich.

Sie rechnete die zur Auszahlung fällige Geldsumme aus und zählte langsam die Dollarscheine. Wenn ihr doch ein geeigneter Trick einfiele, wünschte sie von ganzem Herzen. Sie konnte ihn nicht durch das Sicherheitspersonal festnehmen lassen, weil es dafür keinen Grund gab und sie dadurch in große Schwierigkeiten käme. Schließlich überreichte sie ihm das Geld.

„Bitte, Sir."

„Danke." Er faltete die Scheine, steckte sie in seine Tasche, erhob sich und lächelte sie an.

Auch sie stand auf. Wenn sie ihn nur dazu bringen könnte zu reden. Irgend etwas. „Gefällt es Ihnen in San Francisco?"

„Ja, sehr gut. Vielen Dank für die Nachfrage."

„Wie hat Ihnen das Jack-Tar-Hotel gefallen?"

Er machte ein finsteres Gesicht, kniff die Augen zusammen und sah sie intensiv an. Dann lachte er geringschätzig.

Sie erkannte, daß sie einen Fehler gemacht hatte. Starr vor Schreck hörte sie ihn sagen: „Miß Robbins, Sie kennen nicht zufällig einen gewissen Mr. Wells, oder?"

H. G. KAM fünf Minuten zu spät zur Bank und mußte Amy beruhigen, die sichtlich mitgenommen wirkte. Er hielt ihre Hände über dem Schreibtisch und flüsterte ihr Aufmunterungen zu. Sie war den Tränen nahe, riß sich dann aber zusammen und gewann ihre Fassung wieder.

„Es tut mir leid", flüsterte sie. „Es tut mir wirklich leid."

„Das ist schon in Ordnung, Amy. Wirklich. Ich werde Leslie John Stephenson finden. Schließlich ist er auch nur ein Mensch." Er hoffte, daß seine Worte zuversichtlicher klangen, als er es war.

Sie rang sich ein Lächeln ab. „Du bist sehr nett."

„Na also, wer sagt's denn? Es geht ja schon wieder."

Amy rief kurz das Jack-Tar-Hotel an und fand heraus, daß Stephenson gestern abgereist war, die Rechnung bar bezahlt und keine Adresse hinterlassen hatte.

H. G. verließ Amy und rief auf der Straße ein Taxi. Er bat den Chauffeur, ihn zur Polizeistation zu fahren.

Das San Francisco Police Department war fast ebenso groß und abstoßend wie das Krankenhaus, obwohl zumindest die Außenwände frisch gestrichen waren.

Uniformierte Polizisten schwärmten in Vierer- oder Fünfergruppen aus dem Gebäude, überprüften beiläufig ihre Waffen und stiegen dann in riesige schwarzweiße Fahrzeuge. H. G. machte große Kinderaugen. Noch nie in seinem Leben hatte er so viele Polizisten gesehen! Und jeder trug eine Schußwaffe! Es kam ihm vor, als ob in San Francisco Krieg wäre. Oder war der Feind die Bürgerschaft selbst?

Nein! Die vielen Männer in den blauen Uniformen waren sicher dazu da, helfend einzugreifen. Das erklärte alles.

Er betrat das Gebäude und fragte sich bis zum Morddezernat durch. Dank seines konservativen Aussehens wurde er für einen Regierungsbeamten oder Rechtsanwalt gehalten und stieß deshalb auf große Hilfsbereitschaft. Nicht so beim Schalterbeamten des Morddezernats. Der bürokratische Mensch wollte seinen Namen, Adresse, Telefonnummer und die exakte Natur seines Besuches samt Ausweis, bevor er auch nur daran dachte, ihn mit dem Sekretär des Inspektors einen Termin verabreden zu lassen. Verärgert und gekränkt weigerte sich H. G., irgendwelche Angaben zu machen, und wartete.

Nach einer halben Stunde gab H. G. klein bei. Er sagte dem Schalterbeamten, daß er Hinweise über den Mörder der chinesischen Masseuse hätte.

„Wieso haben Sie denn das nicht gleich gesagt?"

Fünf Minuten später fand sich H. G. auf einem roten Ledersofa in einem Büro wieder. An den Wänden hingen Plaketten, Auszeichnungen, Fotos und andere Meilensteine der Karriere eines Beamten. Hinter dem Schreibtisch saß Leutnant J. Willard Mitchell, der zum Fenster hinausblickte. Sein Haar war schon grau, sein Gesicht faltiger als das eines Fischers und seine Haut rauher als die eines Preisboxers. Gelegentlich nahm er einen Schluck aus einer großen Tasse und zog an einer Zigarette. Sein Aschenbecher war übervoll. Mit Papieren und Zetteln überfüllt war sein Schreibtisch. Dichtgedrängt kamen Telefongespräche bei ihm an und ließen den elektronischen Kasten neben seinem Stuhl wie einen Weihnachtsbaum aufleuchten. Als H. G. Mitchell gemustert hatte, war er sofort im Bilde. Dieser Mann war mit allen Wassern gewaschen, hatte schon alles gesehen und getan, hatte aber nicht die Zeit, auch nur über einen Bruchteil davon nachzudenken.

Mitchell neigte sich mit seinem Stuhl plötzlich nach vorne, so daß er ganz aufrecht saß, nahm den Hörer in die Hand und drückte auf eine Taste. „Ruth, stellen Sie bitte keine weiteren Anrufe durch."

Er sprach langsam, aber seine Stimme war sehr wohlklingend. Dadurch entstand der Eindruck, daß er seine Gedanken von dem hektischen Getue um ihn herum getrennt hielt. „Und sagen Sie Sergeant Ray, er soll kurz reinkommen, wenn er Zeit hat.“

Sekunden später betrat ein Mann den Raum. Sein langes Haar reichte bis zur Schulter. Er trug Jeans und ein enges Hemd, das so kurz war, daß sein Bauch herausschaute. Er nahm Platz und musterte H. G. mißtrauisch, als hätte er einen Vertreter des Bürgermeisteramtes vor sich. Er zog einen Stift und einen Notizblock aus seiner Hosentasche und wartete.

„Mr. Wells hat einen Hinweis über den Mord gestern abend. Es ist besser, wenn wir uns das zu zweit anhören. Wegen des Protokolls.“

„Welcher Mord?“

„Der im Massagesalon.“

„Ach ja.“ Ray schrieb etwas auf.

„Sind Sie amerikanischer Staatsbürger, Mr. Wells?“ fragte Mitchell.

„Nein“, antwortete H. G. „Wie Sie wahrscheinlich an meiner Aussprache hören, komme ich aus London. Ich bin hier als Tourist.“

„Zum erstenmal hier in den Staaten?“

„Ja.“

„Und Sie haben Informationen über einen Mord in der Stadt San Francisco?“

H. G. räusperte sich und sprach abgehackt: „Ich weiß, daß der Mörder des chinesischen Freudenmädchens Leslie John Stephenson heißt.“

„S-t-e-v-e-n-s-o-n?“ fragte Ray, der jetzt wie ein wilder schrieb.

„Nein. Ste-phen-son. Der Mann wohnt in London. Er ist Arzt in der Harley Street und einunddreißig oder zweiunddreißig, einsachtzig groß und fünfundachtzig Kilo schwer. Er hat dunkelbraunes Haar und tiefliegende Augen.“

„Prüfen Sie das nach, Sergeant!“

Ray verließ mit den Notizen den Raum.

Mitchell wandte sich wieder an H. G. „Woher wissen Sie das, Mr. Wells?“

„Das ist nicht einfach zu erklären. Ja, eigentlich ist es unmöglich.“ Seine Hände waren klamm, und er rieb sie an seinen Hosenbeinen.

„Ich verstehe.“ Der Leutnant überlegte kurz. „Sind Sie ein Hellseher?“

„Wie bitte?"

„Haben Sie übersinnliche Kräfte? Mich interessiert nämlich, woher Sie diese Information haben."

„Nein, ich bin nicht im Besitz von übernatürlichen Fähigkeiten, Leutnant! Wenn ich Ihnen die Quelle meiner Information enthüllen könnte, dann würde ich das gern tun, aber es geht nicht. Ich habe Ihnen alles gesagt, was ich weiß."

Kurz darauf kam Ray zurück und übergab Mitchell mehrere gefaltete Bogen Papier. Dann murmelte er eine Entschuldigung und verließ das Büro. Der Leutnant studierte kurz die Blätter, dann lächelte er taktvoll.

„Nun, das war sehr nett von Ihnen, daß Sie gekommen sind, um uns Ihre Einsichten mitzuteilen. Wo können wir Sie erreichen, sollten noch weitere Fragen auftauchen?"

„Muß das sein? Das ist ziemlich peinlich . . . Ich wohne bei einer Freundin. Müssen wir sie unbedingt in diese Sache verwickeln?"

„Nur, wenn wir mit Ihnen in Kontakt treten müssen. Aber glauben Sie mir, wir sind sehr diskret."

„Also gut. Ich wohne in Green Street 92, und meine Freundin heißt Miß Amy Robbins."

Mitchell nickte und legte den Stift aus der Hand. „Nochmals vielen Dank."

Plötzlich erkannte H. G., was geschehen war. Er richtete sich auf und sprach leise, aber dennoch entrüstet: „Sie werden nichts gegen sie unternehmen, nicht wahr?"

Mitchell konnte sich ein Lächeln nicht verkneifen. Er zündete eine neue Zigarette an. „Ich habe Verständnis für Ihre Besorgnis, Mr. Wells. Aber letztlich verlangen Sie von uns, daß wir einen Mann verhaften, von dem Sie behaupten, daß er einen Mord begangen habe. Wenn wir immer so vorgingen, dann säße bestimmt schon die halbe Stadt hinter Gittern."

„Zweifeln Sie mein Wort an?"

Mitchell spitzte den Mund, nahm die Papierbogen in die Hand, überflog kurz den Inhalt und las dann in einer Stimme, die plötzlich abweisend geworden war: „Das Zollamt hat keine Aufzeichnungen über einen Dr. Leslie John Stephenson, aber er könnte illegal eingewandert sein. Die britische Regierung hat keine Aufzeichnungen darüber, je einem Leslie Stephenson einen Paß ausgestellt zu haben. Nun gut, er könnte auch einen gefälschten

Ausweis gehabt haben. Die Polizei von London hat keine Aufzeichnungen über einen Leslie John Stephenson, ebensowenig wie Scotland Yard, das FBI, der CIA, MI-5, Interpol oder die Sûreté." Er zog an seiner Zigarette und blies kleine Ringe in die Luft. „Schließlich hat auch das britische Einwohnermeldeamt keine Daten über einen Dr. Leslie John Stephenson." Er erlaubte sich ein geringschätziges Lachen. „Ja, Mr. Wells, ich bezweifle tatsächlich Ihre Aussage."

H. G. war so beeindruckt, daß er gar nicht gewahr wurde, daß Mitchell ihn einen Lügner geschimpft hatte. „Wie haben Sie all das so schnell herausgefunden?"

„Computer, Mr. Wells." Er stand auf und ging zum Fenster. „Wir haben – wie alle anderen auch – Computer." Er zeigte auf die Tür. „Würden Sie jetzt so freundlich sein zu gehen? Ich bin ein vielbeschäftigter Mann."

„Sie weisen mir die Tür?" H. G. war verblüfft.

„Ich will mich einmal anders ausdrücken", sagte er höflich. „Ich habe mich bemüht, Sie nett zu behandeln, weil Sie Ausländer sind. Dennoch hasse ich es, wenn man mir falsche Angaben macht! Ehrlich, Mr. Wells, wenn ich mich nicht mit Ihrem Konsulat in Verbindung setzen müßte, dann würde ich Sie jetzt für zweiundsiebzig Stunden in eine Zelle sperren!"

„Ich habe keine falschen Angaben gemacht, Herr Leutnant!"

„Die Computer lügen nicht", erwiderte Mitchell forsch.

„Wollen Sie damit sagen, daß Sie einem elektronischen Gerät mehr vertrauen als dem Wort eines Gentleman?"

„Sie etwa nicht?" Mitchell lächelte nur und hielt ihm die Tür auf. „Und bitte, Mr. Wells, lassen Sie sich in diesem Gebäude nie wieder sehen! Adieu."

Erschüttert eilte H. G. zum Ausgang. Er hätte sich nie träumen lassen, daß sein Besuch bei den Ordnungshütern so enden würde. Wie sollte er in der Zukunft eine optimistische Lebenseinstellung bewahren?

In seine schwermütigen Gedanken versunken, verließ er das Gebäude. Lief die Wissenschaft den Menschen davon? Oder wurden die Wunder der Technik einseitig mißbraucht, so daß die Geschädigten und Betrogenen sich dagegen auflehnten und furchtbare Verbrechen begingen?

H. G. nahm sich vor, diese Fragen zu beantworten, bevor er 1979 verlassen würde. Er ballte seine Fäuste und drehte sich um, da plötzlich eine eiskalte Brise aufgekommen war. Nimm es, wie es ist, H. G., sagte er sich. Erkenne es an. Du wirst das schreiben, was wahr ist, nichts anderes. Und du wirst der Meister des Intellekts und der Vernunft bleiben, was immer auch geschehen mag.

Das San Francisco Police Department gedachte somit, im Falle Leslie John Stephenson nichts zu unternehmen. Dann mußte er die Sache selbst in die Hand nehmen. Und indem er Jack the Ripper dingfest machen würde, könnte er ihnen eine Lektion aus der Vergangenheit beibringen, die zweifellos längst vergessen war. Er würde ihnen zeigen – besonders Leutnant Mitchell –, daß man das Wort eines Gentlemans niemals auf die leichte Schulter nehmen sollte.

STEPHENSON stieg an der Ecke Hyde und Beach Street aus einer Straßenbahn aus. Die Fahrt war sehr unangenehm gewesen. Trotz der guten Laune der Touristen verabscheute er das unbequeme Beförderungsmittel aus der Vergangenheit und verfluchte sich, daß er überhaupt eingestiegen war. Die Straßenbahn war veraltet! Ein hopsendes Relikt aus der Vergangenheit. Die Fahrt hatte ihn daran erinnert, wie oft er des Nachts in der District Line gefahren war und den fürchterlichen Rauch eingeatmet hatte, während er sich, auf eine harte Holzbank gekrümmt, gefragt hatte, ob die Polizei ihm auf den Fersen war. Ja, die Straßenbahn stammte aus dem neunzehnten Jahrhundert und ließ in ihm einen großen Zorn aufsteigen.

Er blieb kurz stehen und spuckte an das hintere Fenster der Straßenbahn. Dann eilte er davon. Er spazierte über die Beach Street, seine Seele war aber für die Schönheit der Pazifikküste, der eleganten Möwen, der friedlichen Stimmung nicht empfänglich. Die frische salzige Brise war ihm zuwider, aber noch mehr verabscheute er die hell scheinende Wintersonne. Er wünschte, es wäre neblig und Nacht. Der Vorfall in der Bank hatte ihn sehr beunruhigt. Da er im Jahr 1979 nicht existierte, konnte er zwar nach Herzenslust morden, ohne sich über zurückgelassene Spuren sorgen zu müssen. Aber die Reaktion der jungen Dame in der Bank war zu eindeutig, als daß er H. G. Wells weiterhin ignorieren konnte. Wells war ihm zwar körperlich unterlegen, aber der Schriftsteller war schlau und genial. Er stellte eine ernsthafte Bedrohung dar.

Stephenson ging über mehrere Stufen und kam an den Ghirardelliplatz, der von kleinen exklusiven Läden umgeben war. So wußte dieser Wells also, daß er am Leben war, nicht wahr? Er war sein einziger Zeuge, und das machte ihn zu einem gleichstarken Gegner. Das mußte er natürlich sofort ins rechte Lot setzen. Sicher, es war ihm zuwider, ein männliches Wesen hopsgehen zu lassen, da Mord per Definition ein geschlechtlicher Akt war. Aber den Umständen entsprechend . . . Halt! Vielleicht gäbe es eine andere Möglichkeit, mit Wells abzurechnen. Er mußte dem kleinen Wissenschaftler ja nicht aus dem Weg gehen. Er brauchte sich keine Sorgen zu machen, von ihm überführt und dingfest gemacht zu werden. Im Gegenteil. Er brauchte ihn nicht einmal umzubringen. Er mußte Wells nur ausfindig machen. Und das sollte angesichts der Vorkommnisse in der Bank an diesem Morgen nicht schwierig sein.

Er erinnerte sich an das große, schwere Buch im Jack-Tar-Hotel, das neben dem Telefon gelegen hatte. Dann marschierte er jeden Winkel des Platzes ab, bis er eine Telefonzelle gefunden hatte. Er ging hinein und schlug das Telefonbuch auf, das mit einer Kette an der Ablage befestigt war. Wie hieß das Mädchen, das Wells kannte? Robbins. Ja, genau. Er fand das „R“, überflog die Seiten und lächelte zufrieden. Hier stand es klar und deutlich. Er merkte sich die Adresse gut, verließ das Telefonhäuschen und spazierte wieder über den Platz. In tiefen Atemzügen sog er die Luft ein und fühlte sich sehr erfrischt. Er brauchte sich keine Gedanken über Wells mehr zu machen, denn er hatte schon einen Plan ausgeheckt. Er konnte sein Hühnchen mit ihm rupfen, ihn wie einen Dorn aus seinem Leben reißen. Vielleicht schon heute abend, wenn es pechschwarz und neblig düster in der Stadt wäre.

Er lächelte. Falls er heute noch Lust dazu verspürte. Er betrat ein Bekleidungsgeschäft, das sich „The Body Shop“ nannte, was seiner Meinung nach ein sehr geschmackvoller Name war. Der Laden war leer, was ihn einigermaßen überraschte. Es gab moderne Herrenbekleidung in Hülle und Fülle; die Ausstattung bestand fast nur aus Chrom und Glas. Unsichtbare Lautsprecher gaben moderne Musik von sich. Stephenson wollte sich am liebsten hemmungslos im Takt drehen und bewegen, so sehr nahmen die Klänge ihn ein. Dieser Laden war kein Ort für Frack, Zylinder und Walzer! Nein, dieser Laden vermittelte einen lebendigen Eindruck der Zukunft, fühlte sich fast wie die Zukunft an, und er empfand es als äußerst aufregend, sich in den vielen Spiegeln zu betrachten.

Er wählte sieben bunte Seidenhemden mit weißem Kragen und mit Stoff überzogenen Knöpfen aus. Er grinste. Ein perfektes Gefieder für das Hier und Jetzt!

Dann sah er, wie sie mit langen Schritten und wippenden Hüften hereinkam. Sie warf den Kopf zurück, so daß ihr langes Haar wie die Mähne eines Vollblüters durch die Luft wirbelte. Über ihrem kurvenreichen Körper trug sie eine enge Hose aus einem schweren Baumwollstoff und eine entsprechende Bluse, die weit über die Grenzen der Anständigkeit hinaus aufgeknöpft war. Sie hatte ein angenehmes Gesicht, das nicht schön war; ihr Mund war eine Spur zu breit, ihre braunen Augen ein kleines bißchen zu stechend. Vielleicht war das der Grund, so empfand er, warum sie etwas unsicher war. Aber er konnte sich auch getäuscht haben, denn sie stellte sich direkt vor ihn hin, stützte ihre Hände auf die Hüften und wich seinen Blicken nicht aus.

„Hallo! Ich bin Marsha. Was darf's denn sein?" Ihre Stimme war etwas rauh und heiser, aber doch sehr angenehm.

„Zuerst einmal die hier." Er reichte ihr die Hemden.

„He, hast du einen tollen Akzent!"

Er schmunzelte.

„Ist das auch die richtige Größe, oder willst du sie anprobieren?"

„Nein, das ist nicht notwendig. Die Größe stimmt."

„Gut." Sie ging zur Registrierkasse und legte die Hemden auf den angrenzenden Glastisch. Dann drehte sie sich wieder um und lächelte. „Sonst noch etwas?"

„Ich möchte mir einige Hosen ansehen."

„Herzlich gerne." Sie ging ihm voraus und führte ihn um einen Tisch in einen rechtwinklig angebauten Flügel des Geschäfts. Die Hosen waren in Regale an den Wänden geschichtet. Seine Augen hafteten an ihrem Rücken. Sofort bestürmte ihn die Erkenntnis, daß sie keine Unterwäsche trug, denn unter der engen Hose waren keine Linien zu sehen. Sein Gesicht wurde heiß.

„Die Schnitte sind alle verschieden. Es ist also am besten, wenn ich deine Größe abmesse, dann kannst du welche anprobieren."

„Wenn es keine zu großen Umstände macht."

„He", sagte sie lachend. „Das ist mein Job." Sie zog ein Maßband um seine Hüften.

Sie war so nahe, daß er sie riechen konnte. Der Geruch war angenehm, aber doch etwas muffig, als ob sie es vollkommen natürlich erachtete, daß Frauen Schweiß absondern. Die Innenflächen seiner Hände wurden feucht.

„Einunddreißig." Sie kniete nieder und hielt das Maßband an die Innenseite seines Hosenbeins, um seinen Schritt zu messen. Sie schien plötzlich innezuhalten, und das Herz schlug ihm bis zum Hals. Er wußte nicht, ob sie ihn oder das Maßband ansah, jedenfalls konnte er in ihrem Ausschnitt bis unter die Brüste sehen. Sein Atmen wurde angestrengt; er sträubte sich zwar dagegen, aber in seiner Leistengegend wurde es immer lebendiger.

„Fünfunddreißig." Sie stand wieder auf und strahlte ihn an. Er konnte in ihrem Gesicht jedoch nicht ablesen, was sie gerade dachte. „Irgendeinen besonderen Wunsch?"

Er sah die gestapelten Hosen durch. „Bist du allein hier?" fragte er mit brüchiger, quäkender Stimme.

„Die anderen Mädchen machen gerade Mittagspause. Warum?"

„Ich wundere mich nur."

„Ach so. Nein, ich betreibe diesen Laden nicht, wenn du das meinst. Ich arbeite nur hier, und es ist kein schlechter Job. Ich kann alles zum halben Preis bekommen."

Sie redet zuviel, dachte er, als er sich Jeans aussuchte, auf deren Gesäßtasche eine kleine amerikanische Flagge genäht war. Er hielt die Hose hoch und bewunderte sie.

„Willst du sie anprobieren?"

Er nickte.

Sie zeigte auf die Umkleidekabine, und er ging hinein, zog seine Hose aus und schlüpfte in die Jeans. Es war die engste Hose, die er je getragen hatte, aber sie war nicht unbequem. Er trat aus der Umkleidekabine vor den Spiegel, drehte sich einige Male und war sofort von der eklatanten Betonung seiner Körperformen und dem aufregenden Gefühl des Stoffes begeistert. Er wollte die Verkäuferin gerade etwas fragen, als er sah, daß sie auf seinen Unterleib starrte. Er folgte ihrem Beispiel. Seine intimen Körperteile zeichneten sich durch den dünnen Stoff als scharfe Konturen ab! Er hob den Kopf wieder; sie sah immer noch hin. Er konnte es nicht glauben. Er wußte, daß er auf einen bestimmten Typ Frau immer sehr attraktiv gewirkt hatte, aber jetzt war er ehrlich sprachlos. Keine englische Verkäuferin aus dem neunzehnten Jahrhundert mit etwas Selbstachtung hätte je einen Mann auf diese unverblümte Weise angesehen.

Noch immer starrte sie auf ihn! Sie verhielt sich wie die billigste Hure in der Commercial Street. Offensichtlich hatten sich die Sitten ungeheuer geändert, was für Stephenson sehr aufregend war. Auf dem Broadway hatte er gesehen, daß moderne Freudenmädchen von 1979 dieselbe äußere Erscheinung wie eine Verkäuferin oder irgendeine andere Frau hatten. Es schien keine Besonderheiten in der Kleidung oder im Verhalten zu geben, die einem Mann genau sagten, daß er sich einer Professionellen näherte. Vielleicht wurde heutzutage darin gar nicht mehr unterschieden! Vielleicht führten sich heute alle Frauen wie Nutten auf, nur daß einige dafür Geld bekamen und andere nicht. In diesem Fall konnte er sich sexuelle Gunst von jeder weiblichen Person erhoffen, ohne einen Skandal oder eine Abweisung zu riskieren. Er würde nie mehr einen Korb bekommen oder an eine Frau – wie seine Schwester – geraten, die geschmacklos begierig und übereifrig wäre. Er konnte sie alle wie Prostituierte behandeln. Und dann könnte er ihnen ihr schäbiges Leben und ihre edle Unschuld nehmen, denn es gehörte sich nicht, daß sich eine Dame an einem Mann ergötzte.

Dann eilte er zurück in die Umkleidekabine und zog geschwind seine andere Hose wieder an. Danach wählte er sieben Jeans in verschiedenen Farben aus und ging zur Kasse. Dort stand sie und verpackte seine Hemden. Als sie ihn kommen hörte, hob sie den Kopf und lächelte. „Gefunden, was du wolltest?"

Er nickte und setzte das Hosenbündel auf dem Kassentisch ab. Seine Hände zitterten vor Angst und Erregung, denn er konnte nicht den Mut aufbringen, sie zu fragen. Er hatte in seinem ganzen Leben noch nicht gefragt! Übrigens, hatte er für den Abend nicht schon etwas vor? Wollte er nicht mit Wells reinen Tisch machen?

Sie überreichte ihm zwei Plastiktüten. „Es hat mich gefreut."

Er mußte fast dreihundert Dollar bezahlen. Als er ihr die Geldscheine in die Hand drückte und sie ihm das Wechselgeld gab, berührten sich ihre Fingerspitzen. Eine Woge von Gefühlen durchfuhr ihn und gab ihm den Mut, den er brauchte.

„Marsha?" Seine Knie wurden weich; seine Stimme hörte sich seltsam an. „Das ist doch dein Name, nicht wahr?"

„Jawohl."

„Bist du", fuhr er stotternd fort. „Bist du heute abend schon verabredet, oder würdest du mir die Ehre erweisen, dich heute abend besuchen zu dürfen?"

Es war noch nicht allzu spät, es war aber bereits stockfinster und kalt. H. G. stand am Fenster der Eßnische und sah in die Nacht hinaus. In der Hand hielt er ein Glas Gin, von dem er immer wieder trank. Er war in einer sehr nachdenklichen Stimmung, aber sein Verstand war zu keinem logischen Gedanken fähig. Er starrte einfach in die Luft. Er fühlte sich so müde wie ein Sagenheld nach einer schweren Schlacht. Es schien etwas Großes und Schwerwiegendes in der Luft zu liegen, aber er wollte nicht daran denken. Vielmehr wünschte er sich in seine Kindheit zurückversetzt. Er verfluchte sein frühes Interesse für die Mathematik, denn damit hatte eigentlich alles begonnen – und geendet hatte es mit dem Bau der Zeitmaschine und seinem Rendezvous mit Amy Robbins 1979.

Dann kam sie in das Wohnzimmer. Sie hatte sich gerade geduscht und sah blendend aus. Sie trug verwaschene Jeans und ein blaues Arbeitshemd, das sie locker in die Hose gesteckt hatte. Sie ließ sich auf der Couch nieder und bedeutete ihm, ihrem Beispiel zu folgen. Er lächelte verlegen und folgte ihrer Aufforderung mit dem Wunsch, sowohl die Vergangenheit als auch die Zukunft mögen sich in nichts auflösen, damit er mit dieser Frau ewig in diesem Zimmer bleiben könnte. Die Verwirklichung dieses Wunsches würde ihn von der Verantwortung befreien, die schwer auf seinem Gemüt lastete.

„Darf ich dir, bevor ich Platz nehme, einen Drink anbieten?"

Er lächelte, aber inwendig zürnte er über seine beiläufige Art, dieses wichtige Gespräch zu eröffnen.

„Gern."

„Ohne oder amerikanisch?"

„Amerikanisch?"

„Mit Eis."

Sie kicherte, drückte ihre Schenkel zusammen und schlug einen Fuß über den anderen. „Eis mit Seven-Up, bitte."

„Seven-Up?" Seine Augen wurden groß, und mit der freien Hand griff er an seinen Bart, ein sicheres Zeichen, daß er übertölpelt worden war. Was zum Teufel war das denn? Der Name ergab keinen Sinn.

„Im Eisschrank steht ein Sechserpack."

Er wußte, daß „Eisschrank" das elektrisch betriebene Kühlhaltegerät in der Küche war – eine geniale technische Leistung! Aber was sollte das andere Wort bedeuten, das sie eben geäußert hatte?

„Verzeihung, Madam, was verstehen Sie unter einem Sechserpack?"

„Du willst mich wohl auf den Arm nehmen. So etwas gibt es in London doch auch!"

„Schon, aber unter einem anderen Namen."

„Das Seven-Up ist in grünen Dosen in einer Packung von sechs Stück im untersten Fach des Kühlschranks. Du weißt schon, was ein Fach ist, oder?"

Er verneigte sich leicht und ging in die Küche. Dort fand er die Dosen und öffnete eine mit relativer Leichtigkeit. Es sprudelte. Neugierig hielt er die Nase an die Öffnung und nahm dann einen kleinen Schluck.

„Hmmmm." Es schmeckte wie süße Limonade, nur – um einen modernen Ausdruck zu gebrauchen – daß es irgendwie elektrisch geladen war. Er nahm einen großen Schluck und beging den Fehler, mit der Flüssigkeit in seinem Mund zu gurgeln. Es zischte und schäumte, und der Schaum stieg ihm in der Nase hoch und kam in seine Luftröhre. Er schnappte nach Luft, beugte sich über den Ausguß und hustete heftig.

„Fehlt dir was?" rief sie.

„Nein!" rief er zurück, nachdem seine Nase wieder einigermaßen frei war. Er wischte sich die Augen trocken, dann machte er ihr einen Drink. Er stellte das Seven-Up wieder in den Kühlschrank, als ob es eine Flasche Nitroglycerin wäre.

Er kehrte mit den gefüllten Gläsern in das Wohnzimmer zurück, setzte sich hin und runzelte die Stirn. Er grübelte wieder über die unangenehme Aufgabe nach, die seiner harrte.

„Wie ist es gelaufen?" fragte sie leise.

„Nicht gut. Die Polizei ist zu einer Zusammenarbeit nicht bereit."

„Aber wieso?"

„Sie haben mir nicht geglaubt."

„Hast du ihnen nicht deine Unterlagen gezeigt?"

„Du weißt so gut wie ich, daß ich inkognito reise."

Sie nahm einen Schluck aus ihrem Glas und dachte kurz nach. „Warum diese Geheimnistuerei, Herbert? Ich mache mir allmählich Sorgen darüber."

Er wollte die Gelegenheit schon beim Schopfe packen und ihr reinen Wein einschenken, aber als er in ihre großen, besorgten Augen blickte, konnte er es nicht übers Herz bringen. Er seufzte und schüttelte den Kopf. „Glaub mir", sagte er spitzfindig, „du hast nichts zu befürchten. Ich bin es, der in der Patsche steckt."

Sie nickte und war sich nicht sicher, was er als nächstes sagen würde. Sie hatte auch Angst, denn sie spürte ihre Liebe zu ihm erwachen und wollte sie um keinen Preis zerstören. Nervös strich sie mit den Fingern durchs Haar. „In welcher Patsche?"

„Du weißt doch, daß ich Stephenson aufhalten muß."

„Das wird doch nicht schwierig sein. Du bist ihm schon so weit gefolgt."

„Doch, ich brauche dazu eine gehörige Portion Glück." Er untertrieb. „Der Kerl ist schlau wie ein Fuchs."

„Ich werde dir helfen. Sag mir nur, was ich zu tun habe."

„Es kann gefährlich werden."

Sie lächelte schnell und sah zur Decke hoch. „Wer nicht wagt, gewinnt nicht! Und das betrifft auch deinen Dr. Stephenson."

Und dann lagen sie sich plötzlich in den Armen und küßten sich zärtlich. Er hielt sie ganz fest und spürte, wie ihre Muskeln sich entspannten und sie am ganzen Körper warm wurde.

„Amy, Liebling, du bist wunderbar."

Sie legte ihren Kopf neben seinen, gab ihm einen Kuß auf sein Ohr und flüsterte dann: „Als Gegenleistung verlange ich nur von dir, daß du ganz ehrlich zu mir bist."

Er fiel auf die Couch zurück und atmete tief aus. Aber immer noch hielt er sie ganz fest, fester als sonst. Dann stieß sie einen langen Seufzer aus, blieb aber in seinen Armen liegen. Noch nie zuvor hatte er so große Zärtlichkeit verspürt. Zumindest vorübergehend waren sie ein Liebespaar geworden, aber wohin sollte das führen? Vielleicht würden sie gemeinsam durch die vierte Dimension reisen und ihre Vorfahren besuchen. Vielleicht würden sie die Zeit umkehren und ihre Kinder kennenlernen? Er wurde rot vor Freude über diesen Gedanken.

Sie spürte seine Veränderung, richtete sich auf und warf ihm fragende Blicke zu. Er wandte sein Gesicht ab und setzte sich aufrecht hin. Sein Gesicht spiegelte seinen inneren Konflikt wider.

„Ist etwas?"

„Ich weiß nicht."

„Was ist los?"

„Nichts ist los", erwiderte er, während er die Blumen in der Teekanne aus Steingut anstarrte. Seine Hände zitterten leicht. Amy Robbins war nicht nur eine neue Affäre. Ihr Verhältnis war mehr als nur Spielerei geworden. Ihr Angebot zu helfen und die darauf folgende Umarmung bestätigten das. Obschon noch keine entsprechenden Worte und Versprechen gefallen waren, war das alles mehr als eine Liebelei.

Aber da sie ihm ganz vertraute, verdiente sie die Ehrlichkeit, die sie verlangt hatte. Vielleicht würde er nie wieder seine Arme um sie legen können, ihren zarten Körper neben seinem spüren? Ihre Lage war aussichtsloser als die von Romeo und Julia. Ja, was er ihr jetzt sagen wollte, könnte ihre glückliche Beziehung für immer beenden, und keine Fahrt mit der Zeitmaschine könnte diesen Schaden wieder reparieren. Aber sie mußte es wissen.

„Es gibt etwas, was ich dir noch nicht gesagt habe", begann er zögernd.

Sie nahm sein Gesicht in ihre Hände und sah ihm tief in die Augen. „Wenn du mir jetzt sagen willst, daß du verheiratet bist, dann werde ich das nicht glauben." Sie senkte ihren Blick. Ihr Gesicht war ganz blaß, und ihre Stimme wurde kalt. „Und wenn du es bist, dann sag es mir bitte nicht. Dann geh einfach, und komm nie wieder zurück!"

„Zum letzten Mal, Amy, ich bin nicht verheiratet!" rief er, sprang auf und stellte sich mitten in das Zimmer. „Für wen hältst du mich? Für einen Casanova?"

Verblüfft beobachtete sie ihn, wie er erregt auf und ab ging. „Nun, wenn du nicht verheiratet bist, was ist es dann?"

„Ich . . . Ich weiß nicht, wie . . . " Seine Stimme versagte.

„Herbert! Würdest du mich bitte aufklären?"

„Ich . . . Ich bin in London, geboren, am einundzwanzigsten September . . . "

„Ach, du meine Güte", fiel sie ihm ins Wort. „Also bist du eine Jungfrau. Wunderbar. Ich bin Skorpion."

„Amy!" rief er gequält. „Ich wurde vor einhundertdreizehn Jahren geboren!"

9

DAS soll wohl ein Witz sein, dachte sie und blickte ihn verblüfft an. Mit einer dramatischen Einleitung hatte er ihr gesagt, daß er ihr etwas Wichtiges mitzuteilen hätte, um sie dann darüber aufzuklären, daß er hundertdreizehn Jahre alt sei! Und er war in einer

Zeitmaschine nach San Francisco gekommen, die (mitten im Flug) als Teil einer Wanderausstellung aus London nach Amerika gebracht worden war! Und noch vor drei Tagen hatte er seine alten Freunde von 1893 bewirtet? In Wirklichkeit war er hinter einem Mörder her, der seine revolutionäre Erfindung dazu mißbraucht hatte, vor Scotland Yard zu fliehen? Und er fühlte sich dafür verantwortlich, den berüchtigten Bösewicht auf 1979 losgelassen zu haben?

Dieser Witz war gar nicht zum Lachen. Er zeugte von schlechtem Geschmack und machte sich über ihre Liebe lustig. Das war kein Witz, es war ein grausamer Streich. Sie erinnerte sich an einen Vorfall, wo sie ähnlich niederträchtig behandelt worden war. Sie hatte sich noch einmal mit ihrem Exehemann eingelassen, in der Hoffnung, sie könnte dadurch die zerrüttete Ehe retten. Als sie am nächsten Morgen erwachte, fand sie auf dem Nachtkästchen einen Zwanzigdollarschein und einen Zettel, auf dem er um die Scheidung bat.

Aber was hatte sie Herbert angetan, daß sie eine solche Behandlung verdiente? Ihre Verblüffung verwandelte sich in Verwirrung. Und dann fühlte sie sich sehr gekränkt. Der Schmerz traf sie wie ein Schwertstoß mitten ins Herz und lähmte jede Faser ihres Körpers. Seit ihrer Scheidung war sie vor Männern auf der Hut gewesen. Diejenigen, die sie kränkten, hatte sie gemieden. Diejenigen, die sie edelmütig behandelten, hatte sie bevorzugt. Und dann kam dieser englische „Gentleman“ mit dem breiten Schnauzer und dem Lächeln, das alle Mauern niederriß. In drei Tagen hatte sie ihn lieben gelernt, und jetzt zerstörte er dieses Gefühl, trampelte mit Füßen auf ihren Empfindungen herum. Warum? Sie hatte keine Ahnung. Aber, und das war viel wichtiger, wie würde sie über diese Enttäuschung hinwegkommen? Sie redete sich ein, daß sie ganz ruhig bleiben müßte, ganz egal, was auch geschehen mochte.

Allerdings hatte ihre Geduld eine Grenze, und jetzt war das Maß voll. Der kleine Mann plapperte noch immer über die vierte Dimension, und sie konnte es nicht länger ertragen. Langsam stand sie auf. „Herbert?“

„Jetzt, wo du alles weißt, meine Liebe“, sagte er guter Dinge, „kann ich dir sagen, daß ich es hasse, Herbert genannt zu werden. Ich bin H. G. Wells, und ich ziehe es vor, wenn man mich mit meinen Initialen anspricht.“

„H. G. Wells?" Darauf war Amy allerdings nicht vorbereitet.

„Höchstpersönlich und zu Ihren Diensten." Er lächelte stolz.

„Und Shakespeare ist dein Onkel, richtig?" Sie rang sich ein Lächeln ab.

„Wie bitte?"

„Ich glaube, du solltest jetzt besser gehen", sagte sie. Ihre Stimme zitterte leicht.

Es herrschte Schweigen. Sie sah, wie seine Augen sich erstaunt weiteten und dann dumpf wurden. „Du glaubst mir nicht", sagte er. Plötzlich ging er mit weit ausgebreiteten Armen auf sie zu. „Amy, du mußt . . . "

„Bitte, rühr mich nicht an!"

Er hielt inne. „Ich wußte, daß es so kommen mußte. Ich wußte, daß die Wahrheit alles verderben würde, aber du mußtest es wissen. Und ich konnte dieses groteske Rollenspiel, ein moderner und naiver Engländer zu sein, nicht länger ertragen, besonders wenn wir . . ." Er ging mit hängendem Kopf auf die Tür zu.

„Wenn wir was?"

Er drehte sich um. „Es ist schrecklich schade. Ich habe mich in dich verliebt!"

Erstaunt sah sie ihn an. Dann schüttelte sie den Kopf. Sie war vollkommen durcheinander.

Und dann sank er plötzlich in sich zusammen. Schluchzend vergrub er das Gesicht in seinen Händen. Zornig wischte er sich die Tränen aus den Augen und schrie: „Es gibt keinen Gott! Kein höheres Wesen würde je einen Menschen erschaffen, um ihn dann in ein solches Unglück zu stürzen! Ich heiße H. G. Wells und wurde im Jahr 1866 geboren. Ich kam – nicht mit einem verdammten Flugzeug –, sondern mit einer Zeitmaschine hierher. Ach, hätte ich diese Teufelsmaschine doch nie erfunden!"

Sie war nicht länger verwirrt oder gekränkt. In diesem Augenblick hatte sie gemerkt, daß es tödlicher Ernst war, und sie war aufgeweckt genug, um die volle Tragweite zu verstehen. Seine Phantasie war an die Stelle der Wirklichkeit getreten. Ein eiskalter Schauer lief ihr über den Rücken.

„Und ich wäre bestimmt nie hier gelandet, wenn Dr. Leslie John Stephenson sich nicht in meiner Maschine aus dem Staub gemacht hätte. Aber das ist kein gewöhnlicher Mörder, meine liebe Amy! O nein! Das Scheusal, das ich verfolge, ist der Mann, den man Jack the Ripper nannte!"

Amys Augen weiteten sich, und sie klammerte sich an der Stuhllehne fest. Sie wurde von großer Furcht gepackt. Der Mann ist verrückt, dachte sie, und Gott weiß, was diese Geschichte mit Jack the Ripper zu bedeuten hatte! Was sollte sie tun? Wenn er sie angreifen würde? Verzweifelt blickte sie sich im Raum nach einem Gegenstand um, mit dem sie sich verteidigen könnte. Ihr Herz schlug bis zum Hals.

Er machte eine müde Handbewegung und wandte sich ab. „Es hat keinen Sinn." Seine Stimme war tief und traurig. Erschöpft legte er die Hand auf die Türklinke und preßte seine heiße Stirn auf die kühle Oberfläche.

Sie seufzte erleichtert. Er mochte zwar ein Geisteskranker sein, aber eines stand fest: Er würde sich nicht an ihr vergreifen. Ja, je kritischer sie ihn beobachtete, desto normaler kam er ihr vor. „Setz dich hin."

Er ging zum Sofa, setzte sich auf die Kante und rutschte unruhig hin und her. Er kam ihr wie ein Hund vor, der als Strafe einen Fußtritt erwartet. Sie beugte sich vor, stützte ihr Kinn in ihre Hände und betrachtete ihn sehr genau. Ihre Furcht hatte sich gelegt, und sie war jetzt ganz ruhig und kühl. Allerdings war sie traurig und gekränkt. Sie hatte ihn geliebt, ihm ihre Hilfe angeboten, und er hatte das ohne ersichtlichen Grund mit Wahnsinn beantwortet. Was er gesagt hatte, konnte einfach nicht wahr sein, dennoch hatte sie das Gefühl, daß er ein wahrheitsliebender, ehrlicher Mensch sei. Was war also los? Sie sammelte sich und studierte ihn genauer, aber wie sehr sie sich auch bemühte, sie konnte das, was er gesagt hatte, nicht nachvollziehen. Es sei denn . . .

Sie zwang sich dazu, ihn weiterhin zu beobachten. Schließlich entdeckte sie einen Sinn in der ganzen Sache, und ihre Gedanken schienen ganz logisch. Sie lächelte verbittert. Was er mit diesem ganzen Theater sagen wollte, war, daß er bereits gebunden war. Das war die Lösung: Trotz früherer gegenteiliger Versicherungen hatte er eine Frau und Kinder zu Hause. Er war nicht hinter einem Mörder her. Vermutlich sammelte er nur Bücher für die Universitätsbibliothek von Oxford. Sicherlich war das sein erster Ausflug in die Freiheit seit Jahren, da er als guter Vater und Versorger seiner Familie zu beschäftigt war. Natürlich. Das mußte die Antwort sein.

„Warum hast du es nicht gleich gesagt?"

„Wie bitte?"

„Warum hast du nicht zugegeben, daß du verheiratet bist? Fürchtest du, ich würde dich erschießen? Ich habe schon früher mit verheirateten Männern geschlafen."

Er wurde rot. „Puh!" Er fiel auf die Couch zurück. „Diese Ironie!"

„Welche Ironie?"

„Mein liebes Mädchen, die Ironie besteht darin, daß ich dir unter Umständen eines Tages beweisen könnte, daß ich der Schriftsteller und Erfinder H. G. Wells aus dem London von 1893 bin, aber dich nicht davon überzeugen kann, daß ich frei und ungebunden bin."

„Herbert, hör auf damit!"

„H. G.", verbesserte er sie.

„Wie du willst, H. G.! Da du offensichtlich nicht Manns genug bist, das einzugestehen, könntest du mir zumindest erklären, wieso du diesen Unsinn über die vierte Dimension und die Zeitmaschine inszeniert hast! Ich meine, das muß doch einen Grund haben!"

„Richtig", erwiderte er. „Es ist die Wahrheit."

„Ach, zum Teufel!" Sie lehnte sich im Stuhl zurück und starrte an die Decke. Es schien, so dachte sie, als würde sie nie eine zufriedenstellende Antwort erhalten. Es war also sinnlos. „Das wär's dann! Es tut mir leid, aber würdest du jetzt bitte gehen?"

„Und wenn ich dir beweisen könnte, daß ich H. G. Wells bin? Und daß ich kürzlich mit einer Zeitmaschine in San Francisco angekommen bin?"

„Vergiß es, und mach die Tür hinter dir zu, ja?" Sie wandte ihren Blick von ihm ab und schloß die Augen ganz fest, aber in ihr nagte bereits ein brennendes Interesse.

„In bezug auf Stephenson hatte ich doch auch recht. Er lebt. Das war die Wahrheit, nicht wahr?"

„Ja."

„Warum ist mir das nicht schon eher eingefallen?" rief er freudig. Er wandte sich ihr zu. „Amy, ich kann dir tatsächlich beweisen, wer ich bin!"

„Schön. Laß mich bitte überlegen." Eines stand fest: Es war sein Ernst. Ihre Gefühle für ihn waren so tief verwurzelt, daß sie ihm die Chance einräumen mußte, seine Beweise zu präsentieren. Sie würde zwar kritisch, aber loyal sein. Dann könnte sie über die geistige Gesundheit ihres Liebhabers entscheiden.

Sie erhob sich. Ihr war leicht schwindlig, und sie mußte sich an den Kopf fassen. Aber ihre Schwäche kam nicht von dem gefühlsbedingten Aufruhr, sondern von einer seltsamen Erregung, die sie gepackt hatte. Und wenn er seine Identität tatsächlich beweisen könnte? Falls ja, dann würde ihre Liebe zu ihm unermeßlich werden.

„Gut, H. G., beweise es." Sie drehte sich um und sah, daß seine Züge sich aufhellten. Ein großer Stein war ihm vom Herzen gefallen.

„Hast du Werkzeuge?" fragte er aufgeregt. „Du weißt schon, Zangen, Schraubenzieher, Schraubenschlüssel, Drahtschneider, Bohrer und so weiter."

„Ja, einige, aber wieso?"

„Und Öl, ich brauche auch ein Ölkännchen."

An der Ecke von Fourteenth Street und Noe Street, in einem eintönigen Teil der Stadt, stieg Stephenson aus dem Taxi, bezahlte den Fahrer und ging dann mit schnellen Schritten zu der Adresse, die Marsha ihm gegeben hatte. Er schauderte plötzlich. Das purpurrote Seidenhemd war alles andere als ein guter Kälteschutz, auf der Haut fühlte es sich wie Eis an. Er nahm sich vor, morgen einen guten und warmen Mantel zu kaufen.

Er ging über eine steile Betontreppe in das Treppenhaus eines alten Apartmenthauses. Der Teppich war sauber, sandte aber einen modrigen Geruch aus. Im Erdgeschoß hatte jemand vor einigen Stunden Speck gebraten. Er verzog angeekelt die Nase und kniff die Augen zusammen, als er die verblichenen Muster an den Wänden sah. Er haßte es, an das neunzehnte Jahrhundert erinnert zu werden.

Er hielt kurz inne und suchte die Briefkästen nach dem Namen seiner Gastgeberin ab. Richtig: Marsha McGee. Er eilte über die Stufen nach oben, wobei er jeweils zwei Stufen gleichzeitig nahm. Es war sein erstes Treffen mit einer Verehrerin. Er würde nicht mehr bezahlen müssen.

Plötzlich stand er vor der Wohnungstür. Unter dem Türspion war ein Türknauf aus Messing, den er kurz betätigte.

„Sofort!"

Er hörte schnelle Schritte, dann wurde die Tür geöffnet. Er spürte einen angenehmen Hauch warmer Luft aus der Wohnung treten.

„Hallo! Komm rein." Sie trug Jeans und ein enges Unterhemd, das ihre Brüste und die nackten Schultern betonte. Das frisch gebürstete Haar schimmerte im Licht, und er mußte an eine französische Ansichtskarte denken, die er unerlaubterweise im Schreibtisch seines Vaters gefunden hatte. Das Bild hatte den Namen „Lady Godiva" getragen.

Zögernd betrat er das Apartment. War er zu diesem Anlaß unpäßlich gekleidet? Wenn ja, so schenkte sie dem jedenfalls keine Beachtung; sie schien froh, ja sogar glücklich, daß er hier war. Sie nahm ihn bei der Hand und führte ihn über den blanken Holzboden zu einer Bettcouch, wo sie ihn Platz nehmen ließ. Die Couch war das einzige Möbelstück im Zimmer.

„Magst du einen Drink?"

Er nickte.

„Prima." Sie ging in die Küche und kam kurz darauf mit zwei Gläsern zurück. Ein Glas gab sie ihm, das andere stellte sie vor dem Sofa auf den Fußboden. Dann ging sie durch eine Öffnung, die einst eine Doppeltür war, in einen verdunkelten Teil des Raumes, der jetzt als Garderobe diente.

Er sah, wie sie in einem Schubfach der Kommode wühlte (vielleicht, um eine Bluse überzuziehen?), und kostete dann von dem rötlichen Getränk in seinem Glas. Es war eine Mischung aus weißer Limonade und Rotwein mit einer Zitronenscheibe. Es schmeckte nicht überwältigend, hatte auf seinen rauhen Hals aber eine lindernde Wirkung. Er schnalzte vergnügt mit der Zunge.

Mit wippenden Hüften kam sie zurück und ging zu dem Plattenspieler, der auf dem Sims des Dachfensters zur Straßenseite der Wohnung stand.

„Magst du Fleetwood Mac?"

„Doch", erwiderte er neugierig.

„Jeder, den ich kenne, steht auf Linda Ronstadt, aber ich finde sie viel zu traurig. Immer diese zerbrochenen Beziehungen und einsamen Nächte. Was für ein Hundeleben!" Sie lachte. „Obwohl ich nichts gegen das Geld hätte, das dieses Weib macht."

Sie drückte einen Knopf am Plattenspieler und stellte auf volle Lautstärke. Der Raum wurde mit einem vibrierenden Klang erfüllt, und Stephenson hielt sich unwillkürlich die Ohren zu. Die Musik konnte man bestimmt noch in den Nachbarhäusern hören, dennoch stand sie mitten im Zimmer und bewegte sich im Takt, als ob die hohe Lautstärke die natürlichste Sache der

Welt wäre. Langsam entspannte sich Stephenson und fand Gefallen an dem primitiven Rhythmus und den hohen Harmonien.

Sie setzte sich neben ihn, öffnete die linke Hand und zeigte ihm eine selbstgerollte Zigarette. Sie zündete sie an und inhalierte den Rauch in tiefen Zügen. Der Geruch war ihm nicht vertraut; es war weder Tabak, noch war es Opium, das er in schmutzigen Buden im Fernen Osten probiert hatte.

„Eigenzüchtung. Ich bekam es von einem alten Freund, als ich vergangenen Monat meine Eltern in Modesto besucht habe." Sie sprach direkt in sein Ohr, da die Musik so laut war. Ihr heißer Atem ließ ihn erbeben. Sie nahm einen weiteren tiefen Zug von der komischen Zigarette, dann bot sie sie ihm an.

Er stutzte zuerst, dann erkannte er, daß es sich womöglich um eine moderne Art des alten indianischen Brauches der Friedenspfeife handeln könnte. Es war also ein Ritual der Freundschaft und des Vertrauens. Dann nahm er das merkwürdige Kraut, folgte ihrem Beispiel, und nachdem er gezogen hatte, wurde er von einem starken Hustenanfall geschüttelt.

Sie kicherte. „Ja, das ist stärker als sonst. Man muß sich erst daran gewöhnen."

Er erholte sich wieder, wischte sich die Tränen aus den Augen und nickte dann. Es fiel kein Wort, nur die Musik war vernehmbar. Er nahm einen vorsichtigeren Zug und gab das Zeug dann zurück.

„Was führt dich denn nach San Francisco?" fragte sie. Ihre Augen waren jetzt starr und glänzend, ihre Stimme schwer.

„Das Wetter", gab er zur Antwort und fühlte sich plötzlich froh und belebt.

„Das Wetter? Mein Gott, ich würde morgen nach Honolulu ziehen, wenn ich mir das leisten könnte."

Er lehnte sich zurück, schloß die Augen und fuhr sich mit der Hand über die Stirn. Die Musik schien lauter. Alles vibrierte.

Sie legte sich neben ihn. „Gutes Zeug, he?"

„Ich fühle mich prächtig."

Sie nahm einen letzten Zug, dann drückte sie die Kippe in einem Marmeladeglasdeckel aus.

„Welchen Sinn hat das alles, wenn man es sich recht überlegt?" sagte sie – mehr in die Luft, als zu ihm – und starrte dabei an die kahlen Wände.

„Das Leben?" krächzte er. Er wußte es nicht, dachte aber, daß er sie verstehen müsse, und nickte langsam mit dem Kopf.

„Hawaii ist so weit weg, aber schon in wenigen Stunden könnte man dort sein."

„Ich war noch nie dort."

„Ich auch nicht."

„Wie sieht es dort aus?"

„Ach, das weißt du doch. So wie hier, nur wärmer. Aber vielleicht auch nicht. Dort gibt es auch viele Unwetter, nicht wahr?"

„Es muß dort schön sein."

„Machen wir uns auf die Socken."

„Das können wir nicht."

„Wieso?"

„Du mußt morgen früh den Laden aufsperren."

„Ah!" Sie nahm einen großen Schluck aus dem Glas, dann überlegte sie, welche Bedeutung seine letzte Aussage hatte. Sie schien zusammen mit der Musik von Fleetwood Mac in der Luft zu schweben. „Grenzen."

„Müssen nicht sein." Seine Stimme war schwer und seltsam.

„Zum Teufel damit! Ich möchte Spaß haben, das ist alles."

„Das ist eine vernünftige Einstellung."

„Vielleicht gehe ich nie wieder zur Arbeit."

„Herrlich!"

Sie fuhr sich mit dem Handrücken sanft über die Wange. „Willst du noch mehr Wein, bevor wir gehen?"

„Gehen? Wohin gehen wir denn?" Er machte ein finsteres Gesicht.

„Ich weiß nicht, irgendwohin."

„Ich wäre sicherlich nicht abgeneigt hierzubleiben, wenn es dir nichts ausmacht, Marsha."

„Hey!" Sie sprang auf und machte plötzlich einen sehr lebhaften Eindruck. „Ich weiß es!"

„Was? Hawaii?"

„Nein, nein, das heben wir für morgen auf."

„Was dann?"

„Hast du schon mal einen Pornofilm gesehen?"

AMY parkte den Wagen auf dem leeren Parkplatz, der tagsüber für die Besucher der weltberühmten Japanischen Teegärten gedacht war. H. G. nahm sie bei der Hand und führte sie in einem großen Kreis um die Museumsanlagen. Sie strebten auf den

Seiteneingang zu, aus dem er vor einigen Tagen zum erstenmal in das San Francisco von 1979 gekommen war.

Da die Tür abgeschlossen war, nahm er aus der kleinen Werkzeugtasche einen Meißel und machte sich daran, die Metallplatte am Schloß abzustemmen. Als er genug Spielraum hatte, untersuchte er mit einer kleinen Taschenlampe das Innenleben des Schlosses. Es handelte sich um ein ausgefallenes Zylinderschloß, das einige Zeit in Anspruch nehmen würde, aber kein unüberwindbares Hindernis darstellte. Es funktionierte nach demselben Prinzip wie das erste mit einer bolzenförmigen Zuhaltung versehene Sperrschloß des Amerikaners Linus Yale jr. von 1861.

Er kniete sich auf den Boden, während Amy mit der Taschenlampe leuchtete, und zerlegte die Sperrvorrichtung. Er konzentrierte sich so auf seine Arbeit, daß er alles um sich herum vergaß. Er zerlegte kleine Teile der Vorrichtung, die eigentlich für die Öffnung der Tür überflüssig waren, und bewunderte die Weiterentwicklungen der neueren Zeit auf dem Gebiet der Sicherung. Er stieß auf eine Reihe von Zuhaltungen, die ineinandergriffen, was bedeutete, daß er den ganzen Bolzen zu entfernen hatte.

„Bitte beeil dich", flüsterte sie. „Schlag es doch einfach entzwei." Sie reichte ihm einen kleinen Hammer.

„Wo denkst du hin! Ich bin doch kein Barbar."

Bevor sie eine entsprechende Antwort geben konnte, entfernte er den Zylinder, die Türgriffe und den Bolzen selbst. Er hielt ihn in den Lichtkegel der Taschenlampe und betrachtete ihn wie einen gezogenen Zahn.

Dann sammelte er die Werkzeuge ein, und sie betraten den Keller des Museums. Nachdem sich ihre Augen an die Dunkelheit gewöhnt hatten, führte er Amy über die Stufen in das Erdgeschoß. Die Nachtlichter brannten, und H. G. war erleichtert, daß er jetzt ohne Schwierigkeiten sehen konnte. Sie befanden sich in der Nähe des Haupteingangs.

Plötzlich hörten sie Fußtritte, die sich näherten. Amy suchte nach einem passenden Versteck. Sie verschwand gerade noch rechtzeitig in der Damentoilette. H. G. entdeckte gegenüber die WC-Tür für Männer. Er schlich auf Zehenspitzen hinein, und als er hinter sich die Tür schloß, kam gerade ein Wächter um die Ecke.

H. G. versteckte sich in einer Kabine. Als er hörte, daß der Nachtwächter ebenfalls in die Toilette kam, kletterte er auf die

WC-Schüssel und duckte sich. Der Wärter wusch sich nur die Hände. Dann fiel die Tür ins Schloß. Die Schritte entfernten sich, und H. G. ging leise zur Tür, öffnete sie und steckte seinen Kopf hinaus. Auf der gegenüberliegenden Seite des Flurs sah er Amy, die den Kopf in ähnlicher Weise aus der Tür streckte.

Sie gingen wieder auf den Flur, und trotz ihrer Proteste führte er sie tiefer in das Museum hinein.

Sie kamen an einen Rundbau. Plötzlich zog H. G. Amy hinter eine Säule. In der Mitte des Raumes befand sich ein Informationsstand, an dem ein Wächter saß. Er las die Zeitung und trank Kaffee. Die Zeit, während der sie hinter der Säule warteten, kam ihnen wie eine Ewigkeit vor. Endlich legte der Wächter die Zeitung beiseite, gähnte, stand auf und verschwand in einem dunklen Korridor.

H. G. nickte Amy zu, dann setzten sie ihren Weg fort. Schließlich erreichten sie den Ausstellungssaal. Er führte sie hinein, dann schloß er die Tür und schaltete das Licht an. Sie stiegen über die Absperrseile hinweg, die während der Besuchszeiten die Neugierigen von den Errungenschaften H. G. Wells' trennten, und näherten sich der *Utopia*. Er klopfte auf die harte Oberfläche, als begrüßte er einen alten Freund.

Er ging zu den Antriebsmotoren, hob den Deckel und sah hinein. Die Kristallbarren glänzten wie neu, und die Getriebe aus rostfreiem Stahl drehten sich mit Leichtigkeit. Die Isolierung auf den RRL-Schaltkreisen war brüchig geworden, aber immer noch intakt. Auch die Puffer aus Elfenbein und Diamanten waren nur dem Aussehen nach gealtert. Der Rost hatte lediglich Teile des Gehäuses befallen. Die wichtigen Bauelemente waren in bestem Zustand. Er ölte die Verbindungen, schloß die Haube und wischte sich die Hände an einem Lappen sauber.

Plötzlich fiel ihm auf, daß Amy sich mit einem alten Buch über einem Schaukasten beschäftigte.

„Was tust du?"

Sie kümmerte sich nicht um ihn, sondern las weiterhin in dem Buch. Dann sagte sie beiläufig: „Wieso hast du George Bernard Shaw nicht gemocht?"

„Ich habe den Mann nicht einmal kennengelernt!"

„Nun, offensichtlich fandest du ihn albern." Sie las aus dem Buch vor: „Eine schrullige, vegetarische alte Jungfrau, die schrieb, um sich in ihren schlaflosen Nächten die Zeit zu vertreiben." Sie machte ein kluges Gesicht, als sie H. G. ansah. „Vorausgesetzt natürlich, du bist tatsächlich der, der du angeblich bist."

H. G. riß ihr das Buch aus den Händen und schlug es zu. Er zitterte. „Bitte laß das!"

„Wieso?"

„Bevor mich jemand zitiert, möchte ich die Bücher zuerst einmal schreiben."

„Es sollte nur ein Scherz sein."

„Nun, ich empfinde das gar nicht als Scherz. Welchen Sinn hat mein Leben noch, wenn ich bereits jetzt weiß, was ich alles schreiben und erfinden werde?" Er legte das Buch wieder auf seinen Platz zurück.

Er bemerkte, daß sie abwechselnd von ihm zu einer alten Fotographie in Schwarzweiß blickte, die sich in einem anderen Schaukasten befand. Sie nickte ungläubig und betroffen.

Er ging zur Kabinentür, kniete nieder und zog an einem kleinen ringförmigen Griff. Eine prismenförmige Vorrichtung – mit einer Schicht feinen bunten Staubs bedeckt – kam aus der Zeitmaschine heraus. Er wischte den Staub ab und betrachtete die Vorrichtung.

„Was ist das?"

„Das ist meine Version eines Neigungsmessers und hält beim Flug die magnetische Abweichung konstant. Dabei sammelt es außerzeitliche Restmaterialien und sollte gelegentlich gereinigt werden."

„Was bewirkt es?"

„Es verhindert, daß die Maschine sich in die Unendlichkeit dreht."

„Was wäre so schlimm daran?"

„Die Unendlichkeit hat keinen Anfang und kein Ende. Die Ewigkeit ist unentrinnbar. Man wird für ewig in eine Zeitebene eingeschlossen."

„Oh!" Sie sah ihn kritisch an. „Du kennst dich sehr gut damit aus, nicht wahr? Aber du bist nicht wirklich H. G. Wells, sondern du siehst nur zufällig aus wie er."

„Falsch." Er schob das prismaförmige Gebilde wieder in sein Gehäuse und kletterte dann in die Kabine.

Sie folgte seinem Beispiel. „In Ordnung, probieren wir es einmal aus."

Er war gekränkt und ignorierte ihre Bemerkung. Als er die Skalen auf dem Instrumentenbrett sah, machte er ein finsteres Gesicht. Die gläsernen Fenster hatten sich im Laufe der Zeit so geschwärzt, daß man keine Werte mehr ablesen konnte. Mit einem kleinen Schraubenzieher entfernte er die Gläser und warf sie in die Ecke, so daß sie klirrend zerbarsten.

„Was tust du da?"

„Ich korrigiere mit den Mitteln, die mir augenblicklich zur Verfügung stehen, einen Konstruktionsfehler."

Er untersuchte die Schaltvorrichtungen. Glücklicherweise waren die Schalter, die die Entstehung und Mischung der Energiefelder regelten, in Porzellan gegossen, so daß der Zahn der Zeit sie verschont hatte. Ein Tropfen Öl auf jeden von ihnen schmierte die Metallfedern darunter, so daß sie sich leichter bedienen ließen.

Bald kam er an den Rotationsschalter, der in der östlichen Position festsaß. Er verfluchte seine Engstirnigkeit, daß er für diesen heiklen Hebel minderwertigen Stahl verwendet hatte, dann goß er den Rest des Öls darüber. Er zog daran und stieß mit dem Fuß dagegen, aber der Rotationsschalter gab nicht nach. Er wandte sich Amy zu. Er lächelte voller Hilflosigkeit und Schwäche.

„Ich kann den Rotationsschalter unter diesen Umständen nicht reparieren. Folglich können wir nur in die Zukunft reisen. Wohin, Miß Robbins?"

„Samstag", antwortete sie heiter. „Nur bis zum Samstag. Schließlich möchte ich nicht das ganze Wochenende verlieren."

„Wie du meinst", erwiderte er höflich. Er wandte sich den Skalen zu und stellte sie mit Hilfe des kleinen Schraubenziehers ein. Dann stellte er die Uhr der Kabine mit seiner Digitaluhr gleich und richtete sich wieder auf.

„Wie lange wird es dauern?" fragte sie und zog die Augenbrauen hoch, als sie sich auf dem Stuhl niederließ.

„Um drei Tage zu reisen? Ganz genau eine Viertelsekunde."

Sie lachte. „Unmöglich."

„Du glaubst nicht, daß es funktioniert, nicht wahr?" Er war erzürnt. „Du hältst mich für einen alten Esel, der an einem verstaubten Museumsstück herumfummelt, oder?"

„Das habe ich nicht gesagt."

„Das war auch nicht nötig."

Er schloß die Tür ab, zwängte sich neben Amy auf den Drehstuhl, befestigte das Gurtwerk und betätigte dann eine Reihe von Schaltern. Dann warf er ihr einen Blick zu. Auf Amys Gesicht stand nackte Angst zu lesen. Er trommelte mit den Fingern auf der

Mahagonilehne des Drehstuhls und wartete auf das vertraute Summen der elektromagnetischen Energiefelder, die beschleunigt und in Drehung versetzt wurden, um sich schließlich zu überlappen und ineinanderzugehen.

„Nun?“

Jetzt war er an der Reihe, ein besorgtes Gesicht zu machen, denn das Geräusch blieb aus. Er schaltete alle Schalter ab und versuchte es ein zweites Mal.

Nichts geschah.

Ihm brach der kalte Schweiß aus, denn er wußte sehr wohl, welch große Bedeutung dieses Experiment hatte. Was wäre, wenn er nie mehr zu seiner Zeit zurückkehren könnte?

Mit kreidebleichem Gesicht löste er die Gurte, sprang aus der Kabine und lief zum Antrieb. Er hob die Haube ab und untersuchte den Antrieb sehr genau. Seine Hände allerdings zitterten so stark, daß der Lichtkegel der Taschenlampe unruhig hin und her schwirrte. Er konnte nichts genau sehen. Dann schloß er die Augen, um sich zu beruhigen. Er atmete tief durch und war sogleich viel entspannter. Er untersuchte die Drähte von den Schaltern zum Generator, aber sie waren alle in Ordnung. Dann fragte er sich, ob seine Maschine überhaupt einen so winzigen Zeitunterschied wie drei Tage überwinden konnte. Eigentlich sollte das schon möglich sein, folgerte er. Natürlich war der Betrieb von genau einer Viertelsekunde so ziemlich das Kürzeste, was er seiner Maschine zumuten konnte, aber sie war durchaus in der Lage, diesen Zeitsprung durchzuführen.

„Mir ist gerade aufgefallen“, flüsterte sie in der Kabine, „daß ich in meinem ganzen Leben noch nie etwas Lächerlicheres getan habe!“

„Wenn ich du wäre“, entgegnete er nüchtern, „dann würde ich glauben, daß es ein viel schlimmerer Fehler war, sich mit mir zum Lunch zu verabreden.“

„Hör mal, H. G., können wir jetzt bitte gehen? Jeden Augenblick kann ein Nachtwächter durch diese Tür kommen!“

„Mein liebes Mädchen, ich habe nicht die Absicht, diesen Raum zu verlassen, bevor ich nicht den Fehler in meiner Zeitmaschine entdeckt habe“, sagte er traurig, aber mit Überzeugung. „Für dich geht es nur darum, ob du mir vertrauen kannst oder nicht. Für mich hingegen geht es um alles, um mein Leben, wenn du willst.“ Er setzte seine Arbeit fort.

Sie lehnte sich gegen die Außenwand der Passagierkabine, schloß die Augen und biß sich auf die Lippen.

Er tastete die Maschinenteile ab, um zu sehen, ob sich dort irgendwelche Trümmer abgelagert hatten. Alles war sauber, intakt und gut geölt . . . Die Teile bewegten sich ohne den Schwirrton einer möglichen Reibungsstelle . . . Keine fremden Metallpartikel, die die Zahnräder blockierten . . . Halt! Was zum Teufel mochte das sein? Er fühlte ein zylinderförmiges Objekt, das locker, aber dennoch gut verankert an den Zahnrädern hing. Das hatte dort nichts zu suchen!

Er zog seine Hand heraus, wühlte seine dürftige Werkzeugsammlung durch und fand das Blatt einer Eisensäge. Er schob den biegsamen Stahl in das Gehäuse und sägte sich mühsam durch den Fremdkörper. Mit einem klirrenden Geräusch fiel das Ding schließlich auf den Boden des Maschinengehäuses. Er entfernte das Sägeblatt, angelte nach dem Gegenstand, hob ihn heraus und untersuchte ihn im Lichtkegel.

Es war ein kleines, ungewöhnliches Schloß.

Er verstand das nicht, denn er versuchte, sich an etwas zu erinnern, das er noch nicht getan hatte. „Warum um alles in der Welt würde ich den Antrieb abgesperrt haben?" Er hielt das Schloß hoch, damit sie es auch sehen konnte. „Vor einiger Zeit wurde das Getriebe mit einem Schloß blockiert, so daß es sich nicht drehen konnte."

„Wieso hast du das getan?"

Er schloß die Haube und richtete sich auf. „Ich bin mir nicht sicher, ob ich es getan habe. Da es noch nicht geschehen ist, weiß ich nicht, wer das Schloß angebracht hat."

„Würdest du mir bitte etwas erklären?" fragte sie. „Wie konntest du mit der Zeitmaschine nach San Francisco kommen, wenn das verdammte Ding überhaupt nicht funktionierte?"

Er lachte. „Es hat funktioniert. Als ich abfuhr."

Sprachlos starrte sie ihn an. Sie leistete keinen Widerstand, als er sie bei der Hand nahm, in die Kabine geleitete und sie und sich auf dem Sitz festschnallte. Seine letzte Bemerkung hatte sie ganz aus der Fassung gebracht.

Er betätigte die Schalter. Und schon schwoll das vertraute Brummen der Energiefelder an. Da das „Bereit"-Licht nicht mehr funktionierte, wartete er volle zwanzig Sekunden, bis er sicher war, daß das Summen der Energiefelder die richtige Höhe und

Lautstärke hatte. Dann warf er ihr von der Seite einen Blick zu. In seinen Augen war die Frage aller Fragen zu lesen.

Sie erwiderte seinen Blick – über das Geräusch beunruhigt und erstaunt –, dann schluckte und nickte sie.

Ihre Lippen formten sich zu einem kurzen Kuß, und er zwinkerte ihr zu. Dann schob er entschlossen den Beschleunigungshebel bis zum Anschlag durch.

STEPHENSON mußte mit seinen Händen seine Knie umklammern, um während der Rückfahrt zum Apartment nicht Hand an sie zu legen. Immer wieder warf er ihr flüchtige Blicke zu und fragte sich, ob sie sich genauso fühlte wie er. Der Pornofilm – wie sie es genannt hatte – war ein großer Genuß gewesen. Der Film handelte von einem jungen, hübschen Mädchen, das bei einer Kulthandlung der Sonnenanbeter in der Wüste mißbraucht und geschändet wurde. Der Film gipfelte in einer Orgie, die zu Ehren Satans gefeiert wurde.

Er war noch ganz erregt und fragte sich, ob er sie berühren sollte. Schließlich hatte sie diesen Film ja vorgeschlagen. Nein, nein, es wäre besser, wenn er ihr den ersten Schritt überließe. Er hatte Angst, zurückgewiesen zu werden, Angst, sie zu erzürnen. Er konnte diese Marsha McGee nicht einfach anfassen, da sie keine berufsmäßige Hure war. Aber, ach, wie sehr sehnte er sich danach, seine Hände an sie zu legen!

„Nun?" fragte sie. „Hat es dir gefallen?"

Dumme Frage! Wie hätte er mir nicht gefallen sollen. Der Film war ein brillantes und unbezahlbares Kunstwerk! Eine glänzende schwarze Perle, die man der Moral und dem Weibsvolk vor die Füße werfen kann. Ach, ich bin ganz verliebt in den Film!

„Meiner Meinung nach eine sehr interessante Form der Unterhaltung", erwiderte er.

„Am Ende wurde es etwas brutal. Ich wäre mit einfachem, gutem altem Sex zufrieden gewesen. Aber der Film hat mich tatsächlich sehr aufgewühlt."

Als sie wieder in der Wohnung waren, tauschte sie die Platte von Fleetwood Mac mit etwas aus, das sich Alice Cooper nannte. Stephenson verstand diesen Namen nicht, aber die Musik war ihm lieber als die vorherige. Sie machte ihnen einen Drink und teilte ihm mit, daß sie kein Marihuana mehr hätte. Sie schien erstaunt, daß er nicht sein eigenes Zeug mit sich führte. Dann zuckte sie die

Achseln. „Ist wahrscheinlich recht kompliziert, damit durch den Zoll zu kommen, nicht wahr?"

„Stimmt."

Sie lachte. „Ich wette, daß keiner mehr schmuggelte, wenn die Drogen legalisiert würden." Dann war sie wieder auf den Beinen und durchwühlte die Schubfächer der Kommode. Sie kam mit einem kleinen Fläschchen und einem Silberlöffel zurück, dessen Griff die Form eines Liebespaares beim Geschlechtsverkehr hatte.

Er grinste, denn er erkannte das weiße Pulver in dem Fläschchen als Kokain. Er hatte dieses Anregungsmittel freizügig in seiner Studienzeit verwendet und damit große sportliche Leistungen vollbracht. Dennoch lehnte er es ab, die Droge bei seinen Streifzügen durch das East End zu verwenden, da das auftretende Hochgefühl wahrscheinlich auf Kosten der Vorsicht und Sicherheit allzu hemmungslose Wollust erzeugen würde.

„Willst du?"

„Das ist Kokain, nicht wahr?"

„Beste Sorte, ja. Mein Boß bringt es auf seiner Jacht mit und gibt mir immer ein paar Gramm ab."

„Dann ja, bitte." Er beugte erwartungsvoll seinen Kopf vor. Sie füllte den Teelöffel und hielt ihn unter seine Nase. Er hielt sich ein Nasenloch zu und sog das Pulver schnell ein. Dann ließ sie ihn mit dem anderen Nasenloch schnüffeln, woraufhin er aufs Sofa zurückfiel. Sein Herz schlug wie rasend, und sein Blut geriet in Wallung. Er merkte nicht, daß unterhalb seiner Nase und auf seiner Oberlippe ein Rest des Pulvers verblieben war. Er hörte, wie sie mehrere Male das Kokain einsog. Sie kicherte und grinste. Ihre Augen funkelten. Dann beugte sie sich über ihn – ihre Brüste drückten auf seine Schultern – und schleckte langsam das Kokain von seiner Oberlippe.

Das wirkte auf ihn so erotisch, daß er ausrief: „Was für ein herrlicher Abend!"

„Tja." Sie nickte zustimmend.

„Weißt du, Marsha, ich habe das Gefühl, dich schon seit Jahren zu kennen, dir seit Jahren auf Schritt und Tritt gefolgt zu sein. Und jetzt wendest du mir plötzlich dein Gesicht zu . . . "

„Ja." Sie lächelte.

Sein Hals wurde trocken, und er mußte husten. „Entschuldige mich."

Er stürzte ins Badezimmer, schloß ab und sah sich lange im

Spiegel an. Sein Atem ging oberflächlich, seine Nasendrüsen sonderten Sekret ab, seine Zähne knirschten. Das Kokain, so erkannte er plötzlich, war nicht rein gewesen, ganz gleich, was sie auch behauptet hatte. Es war mit einer Chemikalie gemischt, die seine Gedanken auf den Kopf stellte. Und trotzdem fühlte er sich so wohl! Die Droge war auch nicht das Problem, denn er konnte mit allem fertig werden! Der springende Punkt war, daß er noch nie eine Frau um Sex gebeten hatte; er hatte sich noch nie einer Frau unzüchtig genähert, ohne vorher seine obligatorische Goldmünze zu überreichen. Diese Marsha McGee war keine Prostituierte. Gemäß den viktorianischen Regeln war sie ganz sicherlich eine kleine Hure, aber sie nahm kein Geld. Also was nun?

Er ging zurück. Seine Stimme klang dumpf. „Marsha . . . " Er sprach nicht weiter, sondern nahm seine Taschenuhr aus der Tasche und öffnete den Deckel. Worte waren jetzt überflüssig.

Sie lag auf dem Sofa, ein Bein hatte sie angezogen und über die Lehne gelegt, das andere war gestreckt, so daß der Fuß den Boden berührte. Sie machte damit kleine, kreisförmige Bewegungen. Ihre Arme waren hinter dem Nacken verschränkt, so daß sich ihr langes Haar wie ein Blumenmeer darüber ergoß. Sie lächelte ihn verschmitzt an, denn während seiner kurzen Abwesenheit hatte sie sich all ihrer Kleider entledigt.

In einer ruhigen, eiskalten Weise lief er Amok.

AMY fühlte sich unglaublich schwach und ausgelaugt. Sie hob den Kopf, öffnete die Augen und sah automatisch auf die Uhr. Es war 10:23:25. Nur wenige Augenblicke waren seit jenem Moment des Schreckens vergangen, als H. G. den Hebel durchgedrückt hatte. Jetzt stieß er freudige und triumphale Äußerungen aus. Er zog sie vom Stuhl hoch, und sie lehnte sich gegen die Kabinenwand. Die Metallwand war ganz warm, was sie erstaunte, denn normalerweise sollte das Metall kalt sein. Aus dem Inneren der Platten hörte sie ein Ticken und Knarren, was sie noch mehr erstaunte. Sie versuchte sich zu erinnern, was zwischen dem Zeitpunkt des Umlegens des Hebels und jetzt geschehen war, aber die Zeitspanne war so unendlich winzig gewesen. Dunkel erinnerte sie sich an ein Umherwirbeln verwischter Farben und ein tiefes Schwarz, aber das war schon alles. Sie wußte, daß etwas geschehen war, aber sie hatte keine Ahnung, was.

Sie verließen die Zeitmaschine. Amy bekam wieder Farbe im

Gesicht und sah sich in der Ausstellung um. Nichts schien sich verändert zu haben. Auch er war nicht anders. Was machte er denn da überhaupt? Er steckte einen kleinen Schlüssel in das Schloß über dem Türgriff, an dem „RRL" stand. Nun gut.

„Es ist alles gleich", sagte sie mit hohler Stimme.

„Nur bis Samstag, nicht wahr?" Er lächelte.

Hatte sie tatsächlich einen Sprung durch die Zeit in die Zukunft getan? Sie runzelte die Stirn, denn sie wollte es nicht glauben, gleichzeitig wußte sie aber, daß es geschehen war.

„Was hast du getan?" Ihre Stimme klang klar und deutlich.

„Oh!" antwortete er beiläufig, „du befindet dich an demselben Ort. Nur haben wir heute Samstag."

Sie schwieg und beschloß, ihn sein Spiel zu Ende spielen zu lassen.

„Komm mit", flüsterte er streng.

Sie folgte ihm zur Tür, dann drehte sie den Kopf und glaubte, um die Zeitmaschine herum einen schwachen bläulichen Schimmer zu sehen, war sich aber nicht sicher.

Sie traten auf den dunklen Korridor hinaus. Auch hier hatte sich nichts geändert, und sie wurde immer skeptischer. Sie kamen an den Rundbau, wo niemand war. Er machte ihr ein Zeichen zu folgen, was sie aber nicht tat. Auf dem Informationsstand hatte sie eine Zeitung entdeckt, die neben einer Tasse Kaffee lag. Sie wußte, daß H. G. seine Hände nicht im Spiel haben konnte, da sie die ganze Zeit bei ihm gewesen war. Bevor er sie zurückhalten konnte, ging sie mutig auf den Tisch zu und nahm die Zeitung. Obenauf lag der zweite Teil der Morgenausgabe des *Chronicle,* und sie suchte unwillkürlich nach dem Datum.

Samstag, 10. November 1979.

Sie erschrak. War das möglich? Waren sie tatsächlich in die Zukunft gereist? O mein Gott, dachte sie, ist es so einfach, Tage zu überspringen, zurückzukehren und dann ein Prophet zu werden? Aber diese Tatsache war unanfechtbar! Sie hatte eine mit dem Datum versehene Zeitung der Zukunft in der Hand.

Herbert hatte also nicht gelogen. Sie war erstaunt, daß er soviel Geduld mit ihr hatte; seine Gefühle waren also so ernst wie bei Antonius und Kleopatra, Romeo und Julia. Sie hob ihren Kopf und sah, daß er sich langsam näherte. Er war also H. G. Wells. Und sie war sich sicher, daß er sie liebte! Sie wollte schon einen Freudenschrei ausstoßen, doch H. G. legte den Finger auf den Mund.

Wieder sah sie auf die Zeitung. Es war wirklich das Datum vom Samstag. Sie blätterte durch die Zeitung, um zu erfahren, was am Samstag alles passieren würde. Sie entdeckte etwas auf Seite eins ganz unten, warf einen Blick darauf und stöhnte auf wie ein Toter auf dem Sterbebett.

Amy sackte auf dem Stuhl neben dem Tisch zusammen. Ihr Körper zuckte. Sie rang nach Luft, dann wurde ihr schwarz vor Augen, und sie verlor das Bewußtsein.

Kurz danach wachte sie wieder auf. H. G. schüttelte sie. Sie starrte ihn mit großen, angstgeweiteten Augen an. Das scheußliche Wissen um die Zukunft ließ sie zittern und wimmern.

„Was ist geschehen?" fragte er immer wieder.

Sie hatte nur die Kraft, mit dem Finger auf die Zeitung zu deuten. Er warf einen Blick auf die Titelseite und stieß langsam die Luft aus. Sein Gesicht wurde kreidebleich, dann purpurrot. Sie hatte ihn noch nie so zornig und so entschlossen gesehen.

„Wir werden sehen", zischte er. „Na warte, wir werden ja sehen!"

„Was willst du tun?" brachte sie schließlich hervor.

„Was denn schon? Die Zukunft ändern!"

Er faltete die Zeitung und stopfte sie in seine Tasche. Dann half er ihr auf und in die Zeitmaschine, wobei er sie fast tragen mußte, so schwach war sie. Aber sie wußte, daß sie lebte, und wollte auf dieses kostbarste Gut nie verzichten.

Als er ihr in die Kabine half, drehten sich ihre Gedanken nur um das eine. Voller Wut schlug er gegen den Rotationshebel, der schließlich nachgab. Auf diese Weise konnten sie wieder in die Vergangenheit reisen.

Nein, diese Schlagzeile würde sie nie vergessen: „*San Francisco Chronicle.* Samstag, 10. November 1979. KARRIEREFRAU ERMORDET. Vierter Jack-the-Ripper-Mord stellt Polizei vor ein Rätsel" – Sie hatte nicht den ganzen Artikel gelesen, aber die Fotografie des Opfers war unmißverständlich, zumal unter dem Bild stand: „Amy Catherine Robbins, Angestellte der Bank of England."

10

ALS sie endlich wieder in ihrem Apartment waren, hielt er sie lange Zeit fest. Er wußte, daß das Zeitreisen allein eine große Wirkung auf Seele und Verstand ausübte. Dazu kam der Schock der Zeitung, was jeden anderen verrückt gemacht hätte. Aber Amy war stark, dachte er. Gott sei Dank. Wenn es aus dieser mißlichen Lage einen Ausweg gab, dann mußten sie beide stark sein, sonst würde es überhaupt nicht klappen. Ihr Leben lag nun ganz in seiner Hand. Er mußte so schnell wie möglich Stephenson in seinem blindwütigen Vorgehen stoppen. Aber wie?

Endlich spürte er, wie sie sich in seinen Armen entspannte. „Geht es dir besser?"

Sie nickte. Den Kopf hatte sie noch immer an seiner Brust.

„Willst du etwas sagen?"

„Das war kein Alptraum, das war echt!"

„Ja, leider."

Sie seufzte. „Nun, ich gebe nicht dir die Schuld für all dies. Ich mußte mich ja nicht mit dir einlassen."

„Wir können ja immer verschwinden", sagte er und wandte seinen Blick ab. „Mir gefällt diese Idee zwar nicht, und ich lasse Leslie John Stephenson nur ungern in dieser schönen Stadt sein blutiges Handwerk ausüben, aber wenn es darauf ankommt, können wir in der *Utopia* oder einem ganz normalen Flugzeug verschwinden, bevor der Zeitpunkt deines Todes eintritt. Und dadurch verändern wir tatsächlich die Zukunft, *quod erat demonstrandum.*"

Für einen kurzen Augenblick war sie begeistert, doch dann verschwand das Strahlen in ihren Augen wieder. „Und was, wenn wir nichts ändern können? Was, wenn es tatsächlich hoffnungslos ist? Du hast doch bestimmt schon von der ‚Vorsehung' gehört."

Er zog die Augenbrauen hoch. „Ich dulde dieses blöde Gerede über die Vorsehung nicht. Ich bin fest davon überzeugt, daß der Mensch sein eigenes Schicksal bestimmen kann."

„Ich will einfach nicht sterben!" Ihre Stimme überschlug sich. Sie biß sich auf die Lippen.

„Amy, du wirst nicht sterben! Wir haben einen freien Willen. Und ich habe bereits die Zukunft verändert, indem ich mit einer Zeitmaschine nach San Francisco kam und dich kennenlernte."

„Du hast recht." Sie seufzte wieder. „Entschuldige."

Er wies sie nicht darauf hin, daß auch Stephenson die Zukunft verändert hatte, indem er zwei grausame Morde begangen hatte. Er mußte diesen Bösewicht und Schurken unbedingt aufhalten. Er, H. G., war verantwortlich.

Dann fiel ihm ein, daß die Zeitung aus der Zukunft in seiner

Tasche steckte. Er nahm sie heraus, breitete sie auf dem Eßtisch aus und studierte den Artikel, in der Hoffnung, einige Hinweise über den gegenwärtigen Aufenthaltsort des schurkischen Arztes zu erlangen. Das war zwar nicht der Fall, aber der Artikel enthielt doch eine ausführliche Beschreibung des Hergangs und der näheren Umstände des Verbrechens an Amy.

Er las mit Entsetzen, was Stephenson der hübschen Verkäuferin Marsha McGee angetan hatte. Ein Teil des Artikels beschäftigte sich mit dem Tod einer Dame namens Dolores Clark, der Tochter eines bekannten schwarzen Anwalts. Die Leiche des Mädchens war im John-McLaren-Park am Donnerstag früh um 3.05 Uhr gefunden worden. Sie war schätzungsweise eine halbe Stunde vorher ermordet worden. H. G. drückte einen Knopf auf seiner Uhr. Es war jetzt 23.30 Uhr. Dolores Clark würde in weniger als drei Stunden ermordet werden.

Plötzlich nahm eine Idee in seinem Kopf Gestalt an. Eine ausgezeichnete Idee: unendlich logisch und narrensicher.

Er stand auf und eilte zu Amy. „Mein Gott, ich glaube, ich habe die Lösung gefunden!"

„Ja?" Ihre Augen leuchteten dankbar.

„Gemäß der Zeitung vom Samstag hat Dr. Stephenson bereits jemand anders ermordet. Sie heißt Dolores Clark und wird ihm in wenigen Stunden zum Opfer fallen. Wenn wir diese Greueltat verhindern können, dann wird auch dein Tod nicht stattfinden."

„Mit anderen Worten: Wir lauern ihm auf."

„Wir wissen genau, wann und wo die Tat stattfindet."

Langsam nickte Amy, dann lachte sie. „Das ist eine großartige Idee! Jetzt wird alles wieder gut!"

„Mein liebes Mädchen", antwortete H. G. voller Überzeugung, „nichts ist unmöglich. Man darf nur nicht den Mut verlieren."

„Du bist genial!"

„Wie lange brauchen wir, um zum McLaren-Park zu kommen?"

„Höchstens zwanzig Minuten."

„Dann fahren wir um halb zwei, damit wir genügend Zeit haben."

Sie nickte begeistert.

„In der Zwischenzeit, so schlage ich vor, ruhen wir uns etwas aus. Ich persönlich möchte in guter Verfassung sein, wenn wir das Schicksal herausfordern." Er nahm auf dem Sofa Platz.

„Und was ist, wenn wir verschlafen?" fragte Amy. Sie setzte

sich neben ihn, so daß ihre Brüste gegen seinen Arm drückten.

Er schmunzelte. „Du Kind der Gegenwart machst dir Sorgen zu verschlafen?"

„Was ist daran so komisch?"

„Ihr habt Uhren, die vom allmächtigen Elektron selbst gesteuert werden", sagte er feierlich. „Sie verlieren die Zeit nicht, und ihr Weckruf ist unstillbar."

„Wir müssen ja nicht unbedingt schlafen. Es gibt andere Möglichkeiten, sich zu entspannen!" Sie legte ihre Hand auf seinen Schenkel.

Er beobachtete sie, wie sie ihre Bluse auszog, und bekam vor Verlangen einen roten Kopf. Dann hielt sie plötzlich inne und kicherte. „Wenn dies alles vorbei ist, müssen wir uns wieder in das Museum schleichen und es ausprobieren."

„Was ausprobieren?"

„Die Liebe, du Dummerchen! Kannst du dir vorstellen, wie schön es im zeitlosen Zustand sein muß?"

Er schaute sie überrascht an. „Ein herrlicher Vorschlag!"

GANZ in der Nähe von Broadway und Columbus Street befand sich ein Nightclub, der ab und zu als Diskothek diente. Die Fassade bestand aus einer schwarzen Marmorimitation. Außer von der schalldichten Eingangstür wurde die glänzende schwarze Fläche nur von Neonlichtern unterbrochen, die den Namen der Vergnügungsstätte anpriesen.

Leslie John Stephenson saß in der Mitte des Raumes an einem kleinen Tisch und trank Gin. Er beobachtete junge Paare, die vor dem Vorhang der Bühne tanzten. Sie bewegten sich in schnellen und komplexen Abläufen, schüttelten und wiegten sich im Takt der Musik. Die Männer – einige in hellen dreiteiligen Anzügen – drehten ihre Tanzpartnerinnen, als wären sie Puppen, die gerade einer Reihe von Experimenten unterzogen würden. Stephenson ahnte, daß er Zeuge eines modernen Menuetts war. Die Schritte waren zweifellos schneller als im siebzehnten Jahrhundert, aber die zynischen und dekadenten Begleiterscheinungen wären dieselben. Einige Dinge änderten sich eben nie.

Er trank, lehnte sich zurück und freute sich sehr. Es tat gut, sich nachher zu entspannen. Die eindeutigen Bewegungen der Tanzenden erinnerten ihn an Marsha McGee, die in ihrer Wohnung im Takte der Musik ihren Körper bewegt hatte.

Und er erinnerte sich lebhaft an die bestiale Wollust, die er mit ihr vor wenigen Stunden erlebt hatte. Zuerst, als er angefangen hatte, sie zu schlagen, hatte sie mit großer Leidenschaft reagiert. Dann, als die Schläge heftiger wurden, fing sie an zu schreien, aber Augenblicke später hatte er ihr die Kehle durchgeschnitten und ihr Leben beendet.

Nachdem er sein blutiges Ritual vollzogen hatte, hatte er sich in ihrem altmodischen Badezimmer gereinigt. Dann hatte er die Wohnung in der Noe Street verlassen und war mit einem Taxi nach Russian Hill gefahren. Er war in die Wohnung von Amy Robbins eingebrochen und hatte schnell entdeckt, daß sie nicht da war. Er war erstaunt darüber, denn er hatte angenommen, daß eine berufstätige Frau früh zu Bett ginge, um den Anstrengungen des nächsten Tages gewachsen zu sein. Zuerst wollte er auf ihre Rückkehr warten, war aber dann nervös geworden, weil er es haßte, sich in einer fremden dunklen Wohnung herumzutreiben. Vielleicht würde sie überhaupt nicht heimkommen? Angesichts der fortgeschrittenen Stunde war das gut möglich. Eigentlich war es sehr wahrscheinlich, daß sie gerade woanders in dieser großen Stadt mit einem Mann im Bett lag, denn die Moralauffassung der Frauen von heute begünstigte diese Möglichkeit sehr.

So leise, wie er gekommen war, hatte er die Wohnung wieder verlassen. Er war nicht enttäuscht gewesen, denn er wußte sehr wohl, daß er die Zeit auf seiner Seite hatte. Er würde einfach am Tag darauf zurückkommen.

Dann war er nach North Beach zurückgekehrt und hatte die Diskothek gefunden, in der er sich jetzt köstlich amüsierte. Seine Gedanken beschäftigten sich wieder mit der Gegenwart.

Die Musik verklang, und ein Sprecher trat auf die Bühne. Die Tanzenden nahmen wieder ihre Plätze ein.

„Ladies and Gentlemen, wir sind stolz, Ihnen zum erstenmal in San Francisco die Pet Killers präsentieren zu können!"

Der Applaus war nur mäßig, als sich die Vorhänge öffneten. Eine Band, bestehend aus großen, schlanken Musikern in schwarzer Kleidung, mit weiß bemalten Gesichtern und purpurroten Lippen, stand auf der Bühne. Dahinter befand sich ein großer Silberkäfig auf einem Podest. Darin saß eine Blondine, die mit einem wehenden weißen Kleid bekleidet war. Stephenson beugte sich unwillkürlich vor und verfolgte das Schauspiel mit großer Begierde.

Die Band begann mit einer komplizierten Einleitung, die „Blood Fever Blues“ hieß. Der ganze Raum vibrierte, so laut dröhnte und krächzte es aus den riesigen Lautsprechern. Dazu kam das Farbenspiel der Lichter und Strahler, das die Sinne in Verwirrung setzte. Stephenson war verzückt und konnte sich sehr wohl vorstellen, Satan selbst stünde gern auf dieser Bühne.

Während der langen Einleitung wurde die Frau aus ihrem Käfig befreit. Der Sänger der Gruppe führte sie an einer Hundeleine umher. Andere Mitglieder der Band stießen sie und riefen ihr Gemeinheiten zu. Andere schlugen sie sogar mit der flachen Hand. Als die Musik ihren Höhepunkt erreichte, rissen sie ihr die Kleider vom Leib, fesselten sie und bespritzten und übergossen sie mit einer dunkelroten Flüssigkeit, die, so dachte Stephenson, hoffentlich echtes Blut war.

Als die Gitarristen die letzten Akkorde anschlugen, zog der Sänger die Dame auf den Boden, trat auf ihr herum und schleifte sie dann schließlich über die Bühne außer Sichtweite. Eine breite rote Spur blieb zurück, die in sattes grünes Licht gebadet wurde. Stephenson sprang auf und klatschte begeistert in die Hände. Er rief: „Zugabe!“ Die meisten Zuschauer machten einen gelangweilten oder angewiderten Eindruck. Die Musiker selbst schienen überrascht, daß zumindest ein Zuschauer von ihren ersten musikalischen Stehversuchen begeistert war, da auch sie sich nicht sicher waren, ob sie zu weit gegangen waren.

Als die Pet Killers ihr makabres Schauspiel beendet hatten, war Stephenson begieriger denn je. Seit September 1888 hatte er nicht mehr zwei Frauen in einer Nacht umgebracht. Das war die Zeit, wo er nicht nur seine Männlichkeit, sondern auch seine neu erworbenen medizinischen Kenntnisse unter Beweis stellen wollte. In London war damals eine Panik ausgebrochen. Warum sollte er der schönen Stadt San Francisco nicht dieselbe Gelegenheit bieten? Mit geübtem Blick sah er sich im Raum nach einem Opfer um.

„Willst du tanzen?“

Er drehte den Kopf. Das Mädchen auf dem anderen Stuhl an seinem Tisch war vor wenigen Minuten noch nicht dagewesen.

„Ich bin Dolores.“ Sie lächelte.

Er war überrascht und fassungslos, weil sie an ihn herangetreten war. Noch dazu war sie schwarz, und er hatte nie zuvor eine Farbige als Objekt seiner Lüste angesehen. Er war sich nicht sicher, was er davon halten sollte. Sie hatte eine freche Nase und üppige, fleischige Lippen. Ihre Rundungen waren nicht so ausgeprägt, wie sie es bei Marsha McGee waren. Diese Dolores war vielmehr zierlich und zart wie eine orientalische Blume. Ihr Haar war in viele kleine Zöpfchen gebunden.

Auch ihre Kleidung war etwas Besonderes. Sie trug eine Pyjamahose aus Seide, die in die Stiefelchen aus Krokodilleder gesteckt war. Darüber trug sie anstelle einer Bluse ein moosgrünes Unterhemd, das den Namen des Clubs verkündete, in dem sie sich gerade befanden. Handgelenke und Hals waren mit Schmuck überladen, der bei jeder Bewegung aufblitzte.

Vielleicht wäre diese Negerin eine interessante Partnerin, dachte er. Zudem gehörte dieses Mädchen offensichtlich der Oberschicht an, und seine rituelle Zerfleischung würde die Polizei in Scharen auf ihn hetzen. Er würde wieder wichtig, berüchtigt, gefürchtet werden und könnte sich so Satans würdig erweisen. Er hätte sein nächstes Opfer, das ihn aus eigenem Antrieb auserwählt hatte, nicht besser aussuchen können.

„Ich heiße Leslie John."

ENG umschlungen schliefen H. G. und Amy, bis der Wecker läutete.

Sie waren beide augenblicklich wach und sahen sich an. H. G. blickte auf seine Digitaluhr. Es war ein Uhr nachts. Mit einem Zeichen der Erleichterung rollte er sich zum Nachtkästchen hinüber und stoppte den Wecker. Sie standen beide auf. Sie ging in die Küche und machte Tee für ihn und Kaffee für sich.

Er verzog sich ins Bad, wo er sich mit kaltem Wasser das Gesicht wusch. „Verdammt!" rief er und machte einen Satz nach hinten. Das Wasser war während der Nacht sehr kalt. Er beschloß, zur Entspannung seiner verkrampften Muskeln eine heiße Dusche zu nehmen. Das warme Wasser war eine Wohltat. Doch plötzlich kamen ihm Zweifel, ob es ihm möglich sein würde, den Verlauf der Zukunft tatsächlich zu beeinflussen.

Amy saß am Tisch, trug warme Kleidung und umfaßte mit ihren Händen die heiße Kaffeetasse. H. G. kam herein, sah, daß sie angezogen war, und nickte. „Ah, das ist gut, daß du schon fertig bist."

„In der Küche ist Tee für dich."

„Danke, wie zuvorkommend!" Er ging los und goß sich eine Tasse ein. Es schien ihm eine kluge Vorsichtsmaßnahme, denn sie hatten einen langen Streifzug durch die kalte, feuchte Nacht vor sich.

Er nahm neben ihr Platz und sah wieder auf die Uhr. „Wir müssen jetzt bald gehen."

„Machen wir doch zuerst einen Schlachtplan, was wir genau unternehmen wollen."

Er nickte und zog und drehte an seinem Oberlippenbart. „Also, über die grundsätzlichen Dinge sind wir uns einig. Wie zum Beispiel die Polizei."

Jetzt nickte sie. „Wenn wir sie rufen, dann werden sie uns entweder nicht glauben, oder Stephenson wird seine Tat woanders ausführen."

„Genau. Es wäre deshalb nicht gut, die Polizei zu rufen. Dadurch gäben wir dem Schicksal eine Chance."

„Ja. Und wir können Dolores Clark nicht warnen, weil wir nicht wissen, wo sie ist."

„Jedenfalls fand der Vorfall, der nicht geschehen wird, um etwa halb drei statt." Er lächelte. „Und dann wird H. G. Wells – ein Mann des Denkens, der Wissenschaft und des Utopismus – in den Lauf der Geschichte eingreifen."

„Was hast du denn vor?"

„Nun, wir werden ihn überraschen und das arme Mädchen retten! Was sonst?"

„Aber wie? Wir sind nicht bewaffnet."

„Das ziehe ich auch vor. Schau, Amy, der Mann, der die Faust erheben muß, hat keine Ideen mehr."

„Schön gesagt, aber Stephenson ist stärker als du, H. G., und sehr gefährlich! Was geschieht, wenn dir die Ideen und Worte ausgehen?"

Er seufzte. „Wir sind zu zweit, Amy."

„Und wenn es hart auf hart geht?"

„Dein Auto kann man schließlich auch als Waffe betrachten. Er hat bestimmt einen heiligen Respekt davor. Und", schloß er kläglich, „die chirurgischen Instrumente von Dr. Stephenson lassen sich sicherlich auch gegen ihn verwenden." Er erkannte, daß letztlich sein Vertrauen in sich selbst und seine Liebe zu ihr seine stärksten Waffen waren.

Sie legte ihre Hände auf die seinen und sah ihn sorgenvoll und mitfühlend an.

Dann verließen sie das Apartment und gingen zum Auto.

Bevor H. G. in das Automobil einstieg, blickte er über das Dach zu Amy hinüber, die ihn anlächelte. Ihre Augen waren voller Liebe. Er wurde rot und sah auf den Boden. Sicherlich würde er ihr seine Gefühle für sie mitteilen, aber damit wollte er warten, bis das Schicksal besiegt war. Es geziemte sich nicht, am Vorabend einer großen Schlacht Versprechen und Schwüre abzugeben, da diese unabdingbar Unglück heraufbeschworen. Es war besser, überhaupt nichts zu sagen, als ein Versprechen zu geben, das dann nicht erfüllt werden konnte.

Er kletterte in den Wagen und machte es sich auf dem Vordersitz bequem. Wieder warf er ihr einen verstohlenen Blick zu, sah aber gleich wieder weg, denn sie hatte ihre Augen noch immer auf ihn gerichtet.

„Ich weiß", sagte sie ganz ruhig.

Sie fuhren los. In der Bucht draußen ertönte ein Nebelhorn. Unten in der Stadt heulte eine Sirene. Ein Hund bellte.

LESLIE JOHN STEPHENSON saß mit Dolores Clark am kleinen Tisch in der Mitte. Sie tranken. Sein linkes Bein und ihr rechtes waren fest aneinandergedrückt. Ihre Köpfe berührten sich fast, so daß sie leise reden und sich dennoch verstehen konnten, denn die Musik war sehr laut. Sie rauchte lange dunkelbraune Zigaretten und blies den Rauch in die Luft. Gelegentlich umhüllte der Rauch ihr Gesicht mit einem feinen Schleier. Das genoß er sehr.

„Ach, Dolores", sagte er mit seiner melodiösen Stimme. „Es ist wunderbar, dich kennenzulernen."

Sie lachte. „Ganz meinerseits."

„Nun denn." Er leerte sein Glas und schnalzte mit der Zunge. „Sollen wir?"

„Sollen wir was?"

„Sollen wir nicht den Rest des Abends als eine Gelegenheit betrachten, unsere Beziehung zu vertiefen? Oder als eine Gelegenheit, das Spannende, das Neue und Unbekannte zu zelebrieren?" Er gab ihr einen flüchtigen Kuß.

Sie kuschelte sich an ihn und lachte ein wenig. „Du sprichst so ausgefallen, wie du tanzt."

Sie verließen den Klub, und er ließ sich zu ihrem Wagen führen. Es stellte sich heraus, daß ihr Fahrzeug ebenso schwarz und schlank wie sie war – und ebenso elegant. Am Heck des Fahrzeugs glänzte der Name „Porsche 944".

Er genoß es, als er sich in den feinen Polstern niederließ und das satte Aroma von Leder in seine Nase stieg. Jetzt würde er sich von dieser farbigen Dame irgendwo hinfahren lassen, um sich dann ausführlich an ihr zu ergötzen. Und am kommenden Tag würde er Amy Robbins überfallen und das Licht ihres jungen Lebens löschen. Sie würde ihn zu dem unverbesserlichen kleinen Wissenschaftler führen.

Aber das kam später. Jetzt wollte er sich um Dolores kümmern. Er lehnte sich in den weichen Sitz zurück und lachte, als Dolores kräftig aufs Gaspedal trat und das Dröhnen des starken Motors die Stille der Pacific Avenue zerriß.

Er legte seine linke Hand auf ihre Schenkel und begann, sie zu liebkosen. Mit seiner rechten holte er seine Taschenuhr hervor und spielte damit.

Amy und H. G. fuhren über die Schnellstraße zum Park. Amy war tief in Gedanken versunken. Sie hatte Angst, denn es ging nicht nur darum, der Welt berüchtigtsten Mörder zu fangen, sondern ihr eigenes Leben zu retten. Gleichzeitig setzte sie großes Vertrauen in H. G. Wells, den sie liebte. Wenn er die Genialität besaß, eine Zeitmaschine zu bauen, dann würde er es auch schaffen, zwei Morde zu unterbinden.

Je näher sie an den McLaren-Park kamen, desto zuversichtlicher wurde sie. Solange sie Vertrauen in H. G. haben konnte, solange konnte sie sogar mit Jack the Ripper fertig werden.

Plötzlich ertönte ein lauter Knall.

Zuerst glaubte Amy, jemand hätte einen Schuß abgefeuert oder – was wahrscheinlicher war – einen Feuerwerkskörper von einer der Brücken geworfen. Dann merkte sie, wie der Wagen ins Schleudern kam und nach links ausbrach. Jetzt wußte sie, was geschehen war. Das Lenkrad zuckte wie wild hin und her. Mit aller Kraft versuchte sie, die Kontrolle über den Wagen zu behalten. Zugleich mußte sie das flaue Gefühl unterdrücken, das sich in ihrem Magen breitmachte.

„Was zum Teufel ist los?" rief H. G.

Der geplatzte Reifen flatterte wie wild, da die Räder sich immer noch mit großer Geschwindigkeit drehten. Schon bald wurde der Gummi von der rauhen Oberfläche der Straße in viele kleine Fetzen zerrissen. Der Wagen rutschte weiter nach links ab und streifte die Betonmauer, die die Straße säumte. Amy zog das Steuer ruckartig nach rechts und trat auf die Bremse. Wie ein Fisch schwänzelnd, kam der Wagen mit quietschenden Reifen an der linken Straßenseite zum Stehen.

Amy war zu keiner Bewegung fähig. Ihr Herz klopfte, und ihre Hände zitterten.

„Was ist passiert?" Er war kreidebleich.

„Wir haben einen Platten!"

„Einen Platten? Kann man den reparieren?"

„Das müssen wir!" Sie sprang aus dem Auto, lief zum Kofferraum und öffnete ihn. Sie holte den Wagenheber und Werkzeug hervor und mühte sich dann ab, den Ersatzreifen ins Freie zu befördern. H. G. mußte ihr helfen. Schließlich machte sich Amy an die mühsame Arbeit, das Auto mit dem Wagenheber aufzubocken.

„Was kann ich tun?" fragte er.

„Nichts!"

Er blickte sich entsetzt um. „Wenn es doch hier nur eine Telefonzelle gäbe, dann könnte ich wenigstens die Polizei zum Park schicken. Wenn ich doch nur etwas tun könnte!"

„Wenn du an der Straße entlanggehst, kommst du zu einer Notrufsäule", sagte sie schwer atmend.

„Gut." Er blickte sie noch kurz an, dann drehte er sich um und eilte davon.

H. G. LIEF auf dem Haltestreifen die Straße entlang. Die vorbeifahrenden Automobile richteten ihre Scheinwerfer auf ihn, und H. G. fühlte sich in einer fremden Welt, von mechanischen Ungeheuern verfolgt. Eine große Schwäche war über ihn gekommen, aber er kämpfte sich unbeirrt weiter.

Eine einfache Wendung des Schicksals. Gab es keine andere Erklärung als die, daß die Vorsehung tatsächlich zugeschlagen hatte? Nein, nein, sagte er sich. Sicherlich gab es für den Vorfall eine logische Erklärung. Der Reifen könnte unsachgemäß fabriziert worden sein. Die Belastung könnte falsch gemessen worden sein. Der Reifen könnte über einen spitzen Gegenstand auf der Straße, einen Stein vielleicht, gefahren sein. Es gab unzählige Erklärungen.

Endlich erreichte er die Notrufsäule. Er bekam einen Sergeanten in der Mordkommission an die Leitung. Er erklärte, wer er war (nämlich Mr. Wells aus London), daß es sich um einen Notruf handelte und was los war.

„Würden Sie das bitte wiederholen?"

„Sagen Sie Leutnant Mitchell, daß jeden Augenblick ein Mädchen am See vom McLaren-Park ermordet wird! Sagen Sie ihm, er solle so schnell wie möglich zum See kommen!"

„Und wie war Ihr Name, Sir?"

„Wells! W-e-l-l-s."

H. G. SAH auf die Uhr, als ihr Wagen in Richtung Park weiterbrauste. Es war 2.35 Uhr.

„Wir können es noch schaffen!" rief er.

Der Wagen raste über eine Anhöhe, und plötzlich waren sie im Park und fuhren mit Höchstgeschwindigkeit durch den Wald. H. G. bewunderte den Mut und die Stärke von Amy. Er konnte nur hoffen, daß er ebenso stark war, wenn die Zeit gekommen war . . .

Amy steuerte den Wagen in eine Seitenstraße und verminderte die Geschwindigkeit.

„Schalt die Lichter ab!" befahl er.

Sie tat es.

„Wenn du den Parkplatz am See erreicht hast, dann halt an und laß mich aussteigen. Dann fahr langsam auf einen schwarzen Wagen zu. Wenn du nahe genug bist, dann verwende deine Lichter, wie du eine Kanone gebrauchen würdest!"

Sie schluckte, dann nickte sie.

Sie fuhren um eine Straßenbiegung. Amy stieß plötzlich einen verzweifelten Schrei aus.

Neben einem Automobil stand ein schwarzweißes Polizeiauto am anderen Ende des Parkplatzes. Rote, blaue und orangefarbene Lichter flammten auf. Ein weißes Suchlicht war in den Himmel gerichtet und diente als Signal für einen Hubschrauber. Ein Polizist rief erregt in ein Mikrofon des Patrouillenwagens. Der andere kauerte auf allen vieren auf dem Boden und krümmte sich wie ein tollwütiger Hund. Aus der Ferne hörte H. G. Sirenen.

Jetzt wußte er, daß sie zu spät gekommen waren.

11

IRGENDWIE gelang es Amy, nach Russian Hill zurückzufahren. Aber sobald sie auf dem Parkplatz vor ihrem Haus standen, wurde sie von ihren Gefühlen übermannt. Sie klammerte sich an das Lenkrad und schluchzte. Ihre Hände zitterten so sehr, daß sie nicht in der Lage war, den Zündschlüssel abzuziehen.

„Amy, es wird alles in Ordnung gehen! Wir werden nicht hier sein!"

„Versprichst du mir das?" flüsterte sie weinend.

„Ja, ich verspreche es. Wir verschwinden einfach wie ursprünglich geplant."

Aber das war ihr nur ein schwacher Trost. „Ich will nicht sterben!" jammerte sie immer wieder. „Ich will nicht sterben!"

H. G. nahm für sie den Schlüssel aus der Zündung und steckte ihn in die Tasche. Dann half er ihr aus dem Wagen zu steigen und in die Wohnung zu gehen. Dort ließ er sie auf dem Sofa Platz nehmen.

Er ging im Zimmer auf und ab und versuchte, sich auf die Schicksalswendung zu konzentrieren. Was mochte das zu bedeuten haben? Er mußte sich bemühen, nicht die Ruhe zu verlieren. Sie hatten darin versagt, den Verlauf der Geschichte zu verändern. Aber dafür mußte es andere Gründe geben als die Vorstellung von der Vorsehung! Es mußte einfach andere geben! Aber die Gelegenheit, bei Dolores Clark seine Theorie zu testen, war endgültig verstrichen. Es gab keinen Spielraum für weitere Fehler; es blieben nur noch fünfzehn Stunden.

Und dann ging er zu ihr und hielt sie fest. Er spürte ihren Schmerz. Alle von uns wissen, daß wir sterben werden, dachte er, aber wir können mit dieser absurden Tatsache leben, denn keiner von uns weiß, wann seine Stunde kommt. Sogar Todkranke können sich damit abfinden, daß sie nicht mehr lange leben werden; aber den *exakten* Zeitpunkt seines Hinscheidens zu wissen!

Plötzlich nahm eine Idee in seinem Kopf Gestalt an. Was wäre, wenn sie die *Utopia* dazu verwendeten, weiter in die Zukunft vorzudringen, um eine Lösung für ihr Dilemma zu finden? Nein, das würde nicht helfen, denn sie könnten tausend Jahre in die Zukunft reisen, nur um dann festzustellen, daß sie die Zukunft nicht verändert hatten. Nein, ihre einzige Chance bestand darin, in der Gegenwart zu bleiben und mit ganzer Kraft gegen ihr Schicksal anzukämpfen.

Und wie stand es mit der jüngsten Vergangenheit? Wenn er die Geschichte schon nicht abändern konnte, dann gab es immer noch die Möglichkeit, die vergangenen Tage mit der *Utopia* immer wieder zu durchleben; ein utopisches Liebesleben zu führen. Nein, das war auch keine annehmbare Alternative. In seinem tiefsten Inneren würde er wissen, daß er vor Stephenson und den Schicksalsgöttern davongelaufen wäre. Das wäre reine Feigheit! Die einzig annehmbare Lösung war, weiterhin auf Kollisionskurs mit dem Schicksal zu bleiben.

Plötzlich sagte Amy: „Das ist alles so wahnsinnig, H. G." Ihre Stimme zitterte. „Ich habe keinen Bezug zur Wirklichkeit mehr. Ich fühle mich wie geisteskrank. Du bist das einzige, das mir nicht verrückt vorkommt."

Er sah auf und merkte, daß der neue Tag angebrochen war, ein grauer Nebel lag vor den Fenstern. „Es dämmert. Du solltest dich jetzt etwas ausruhen."

„Du hast recht, aber ich glaube nicht, daß ich schlafen kann."

„Ich bringe dir etwas zu trinken."

„Nein, im Badeschrank ist ein Beruhigungsmittel. Das wird mir helfen. Ich hole es."

ER HATTE ihr ein Glas Wasser gebracht und beobachtete, wie sie zwei bläulich schimmernde Tabletten schluckte. Er blickte aus ihrem Schlafzimmerfenster. Ihre Züge waren jetzt wieder schön und gefaßt, und er schrieb das ihrer inneren Stärke und Entschlossenheit zu.

Er wußte, daß sie ihn ansah, aber er erwiderte ihre Blicke nicht. Es war ihm zuwider, in Selbstmitleid zu verfallen, aber die Lage war momentan so aussichtslos! Auch er war sehr erschöpft und konnte nicht mehr klar denken.

Sie nahm seine herabhängende Hand. „Hey, warum läßt du denn den Kopf so hängen?"

„Was kann man sonst tun?"

Sie runzelte erstaunt und verwirrt die Stirn und schloß kurz die Augen.

„Wer bin ich, zu glauben, die Geschichte verändern zu können? Eine Dreistigkeit! Ein Sterblicher, der zufällig auf eine kristalline Energiequelle stieß, mit deren Hilfe andere Sterbliche auf der vierten Dimension umherhüpfen können. Ich hatte Glück. Na und?"

„Na und? Du bist der erste seit dem Anbeginn der Zeiten, der das geschafft hat!"

„Aber ich habe den Lauf der Dinge nicht verändert, Amy! Ich

habe es nicht geschafft, das Schicksal abzuändern, wie wir es versucht haben!“

„Das stimmt nicht! Wir werden uns doch aus dem Staub machen, nicht wahr? Ändern wir dadurch nicht die Geschichte?“

„Wir machen uns nicht aus dem Staub, wir laufen weg und werfen die Flinte ins Korn!“

„Was bleibt uns anderes übrig?“

„Das ist es ja! Nichts!“ Er ging wieder auf und ab. „Der ganze Plan war von Anfang an lächerlich!“

„Wirklich?“

„Natürlich. Ich bin kein Gott!“

„Ich wußte gar nicht, daß du an das Übernatürliche glaubst“, erwiderte sie kühl.

„Dann bin ich eben kein Übermensch! Ist das besser?“

Sie pfiff durch die Zähne. „Kannst du dir vorstellen, wie unerträglich du wärst, würde das der Fall sein?“

„Ich bitte dich, Amy. Mir ist nicht zum Scherzen zumute.“

„Jetzt wirst du sentimental, und das langweilt mich.“

„Wir ergreifen die Flucht! Wir lassen einem scheußlichen Ungeheuer freie Hand für 1979!“

„Sag mir“, fauchte sie ihn zornig an. „Was hat Stephenson überhaupt mit dem Verlauf der Geschichte zu tun? Hier geht es um mein Leben. Das versuchen wir zu retten!“

Überrascht drehte er sich um. „Wieso zum Teufel wirst du jetzt zornig?“

„Weil ich nicht erwartet habe, daß du so etwas sagst. Ich bewunderte von Anfang an deinen unerschütterlichen Optimismus, deinen Glauben und deine Hingabe an den menschlichen Geist! Und ich hätte nie gedacht, daß H. G. Wells sich über seine eigenen Bücher lustig macht!“

„Was haben die damit zu tun?“

„Sie verfechten den freien Willen!“

Er wandte sich dem Fenster zu und starrte hinaus. Seine Werke, die er noch gar nicht geschrieben hatte, jagten ihm Angst ein. „Was haben Bücher und Schriften schon je genützt?“

„Du machst dich selbst zum Narren“, bemerkte sie mürrisch.

„Was?“ Er drehte sich wieder um. „Wie kannst du so etwas sagen? Das Jahr ist 1979! Die Menschen begehen noch immer Greueltaten! Die Menschen betrügen sich immer noch gegenseitig! Lügen! Stehlen! Verletzen! Die Kriminalität blüht! Rassen und

Nationen unterdrücken und unterwerfen sich immer noch gegenseitig! Die Erde rast unverändert durch den Weltraum, und alle Menschen darauf denken nur an sich selbst!"

„Ohne deine Bücher wären die Zustände vielleicht noch schlimmer", antwortete sie und übersah seinen Schmerz.

Er wandte sein Gesicht ab und blickte wieder aus dem Fenster. Er war ärgerlich darüber, daß sich die Menschen trotz der fortschrittlichen Technik nicht gebessert hatten. Wenn er für die technischen Neuentwicklungen verantwortlich gewesen wäre, dann hätte er auch ein neues Moralsystem eingeführt. Oder war das gar nicht so einfach?

„Du hast die Hoffnung aufgegeben, H. G. Du hast den Mut verloren!"

„Was hast du erwartet?"

„Genau das Gegenteil! Besonders, da die Stunde der Abrechnung naht!"

Nach einer Verlegenheitspause verteidigte er sich: „Die Vorsehung zu bekämpfen ist nicht gerade ein Kinderspiel, nicht wahr?"

Sie wurde blaß, dann weinte sie wieder. Aber ihre Tränen waren ehrlich und taten der Würde keinen Abbruch. Sie hob das Kinn und sah ihn unentwegt an. „Es ist vielleicht kein Kinderspiel", flüsterte sie. „Aber damit solltest du dich allmählich abfinden. Ich erwarte und akzeptiere nichts Geringeres von dir."

Er machte ein erstauntes Gesicht, setzte zur Antwort an, war aber sprachlos. Ihre Forderung war eine Richtlinie und eine Herausforderung zugleich und erhob dadurch den Anspruch der Zeitlosigkeit. Sie hatte ihm ihre Liebe bereits gestanden, aber sie hatten sich beide noch nicht mit dem Problem auseinandergesetzt, daß sie aus verschiedenen Jahrhunderten stammten. Offensichtlich – wenn er die Überzeugung in ihrer Stimme richtig gedeutet hatte – stand das nicht länger zur Debatte.

„Du meinst . . . "

Sie nickte.

„Mein Gott", sagte er verblüfft. Er nahm ihre Hand. „Oh, welch ein herrliches Ideal das dem Leben gibt."

Plötzlich war die Welt kein so hoffnungsloser und bitterer Ort mehr, da sie Zeuge der Vereinigung zweier Seelen aus verschiedenen Zeitsphären geworden war. Vielleicht konnte er das Schicksal nicht seinen Wünschen unterordnen. Aber in einem Punkt hatte sie recht: Er konnte nicht einfach die Flinte ins Korn werfen und den Kopf in den Sand stecken. Man konnte seine Naivität abwerfen, man konnte seine Begeisterung zähmen, man konnte den impulsiven Idealismus unter Kontrolle bringen. Das war der Weg, um ein reifer Mensch zu werden. Man sollte jedoch nicht den Fehler machen, seine Entschlossenheit und Zielstrebigkeit vor sich herzuschieben. Er erinnerte sich an Huxley, der bei einem seiner letzten Vorträge mit strahlenden Augen verkündet hatte: *Verliere deine Träume, und du wirst deinen Verstand und dein Leben verlieren.*

„Ich möchte mich entschuldigen, daß ich weniger als ich selbst war. In deinen Augen."

Er sah sie an, als sähe er sie zum erstenmal. Ihre Augen strahlten Offenheit, Wärme, Unschuld und Vertrauen aus. Er berührte ihr Gesicht und strich mit der Hand über ihre Wange, als wollte er sich dieses Bild für immer in sein Herz prägen. Er lachte froh und glücklich. Zeit? Wieso hatte er sich so darüber gesorgt? Was hatte die Zeit überhaupt mit Liebe zu tun? Rein gar nichts. In ihrem Fall jedenfalls nicht. Sie würden sich die vierte Dimension unterwerfen, sie dazu benutzen, ihre Liebe mit neuen Reizen und neuen Eindrücken zu bereichern. Er nahm ihre Hand und drückte sie fest.

„Worüber denkst du nach?" fragte sie.

„Daß ich ewig dein bin."

Sie lächelte. „Das gefällt mir."

Er blickte in den Raum. Als der Gedanke vollständig war, wandte er sich wieder ihr zu. „Wie war der Ausdruck, den der Barde einst prägte, Liebling? Sternenumspannende Liebe?"

Ein Strahlen trat in ihr Gesicht, obwohl sie etwas müde zu sein schien.

Er schmunzelte. „Vielleicht schreibe ich eines Tages ein Buch über zeitenumspannende Liebe."

„Das gefällt mir noch besser."

LEUTNANT J. WILLARD MITCHELL ging über den Parkplatz, stieg in seinen Wagen und zündete sich seine zehnte Zigarette an diesem Tag an. Es war erst kurz vor neun. Er gab seinem Kollegen, Sergeant Ray, ein Zeichen. Dieser ließ den Motor an, und sie verließen den McLaren-Park.

Mitchell rieb sich mit seinen großen Händen sein zerfurchtes Gesicht, als könnte das seine Besorgnis und Erschöpfung lindern, die ihm schwer auf dem Magen lagen. Er war die ganze Nacht auf den Beinen gewesen, und er hatte das Gefühl, daß noch einige Zeit verstreichen würde, bevor er sich wieder ordentlich aufs Ohr legen konnte. Die Presse ließ sich nicht länger hinhalten, und er hatte noch nicht einmal einen Verdächtigen. Er tappte vollkommen im dunkeln.

Zuerst war da ein chinesisches Freudenmädchen, Jade Chang. Dann – erst vor wenigen Stunden – die hübsche Marsha McGee, die von Nachbarn gefunden wurde, als sie sich über die laute Musik beschweren wollten. Und jetzt das hier. Die Tochter eines wohlhabenden Rechtsanwalts. In ihrem eigenen Auto ermordet und dann geschlachtet. Alles war blutverschmiert. Mitchell schauderte. Noch nie zuvor hatte er so etwas Niederträchtiges und Brutales gesehen, und dennoch deutete alles darauf hin, daß die Opfer sich freiwillig in eine geschlechtliche Vereinigung eingelassen hatten. Der Mörder konnte also kein auffälliger, unkontrollierter Psychopath sein, überlegte Mitchell. Nein, dieses Schwein war clever und gefährlich, denn es besaß die Fähigkeit, als normaler leidenschaftlicher Mann aufzutreten. Mitchell kannte nur einen Menschen, dem dieser Mörder ähnelte, wenn es um das Zerstückeln von Leichen ging – Charles Manson, der im Kittchen saß. Er fluchte. Das hatte ihm gerade noch gefehlt, fünf Wochen vor Weihnachten! Er überlegte sich einen passenden Namen für diese Bestie. Der amerikanische Jack the Ripper?

Sergeant Ray bog nach links ab und beschleunigte das Tempo wieder. Schließlich fuhren sie in den Hof des Hauptquartiers ein.

„Schauen Sie!" rief er und machte große Augen.

Ungefähr fünfzehn Mitglieder der Presse warteten vor dem Gebäude. Als sie den Wagen erblickten, liefen sie alle zusammen auf ihn zu. Zwei Kameramänner der örtlichen Fernsehgesellschaften kämpften um den besseren Platz, und der Aggressivere drängte den anderen zur Seite. Der Kameramann von der Konkurrenz verlor dadurch das Gleichgewicht, und seine sechzigtausend Dollar teure Kamera donnerte auf den harten Betonboden. Zersplitterte Transistoren rollten aus dem Gehäuse und blieben neben dem Objektiv auf dem Boden liegen. Der Kameramann starrte entsetzt auf die Trümmer, ebenso der Rest der Reporter, die alle sehr betroffen schienen.

„Fahren Sie uns zum Hintereingang!"

Sie parkten den Wagen und gingen zum Morddezernat hoch. Als Mitchell wieder in seinem mahagonigetäfelten Heiligtum war, entledigte er sich seines Mantels und seiner Krawatte und steckte sich eine neue Zigarette an. Bevor Mitchell Gelegenheit hatte, seine Gedanken zu ordnen, kam Ray in den Raum. Er legte wieder einen Bogen Papier aus dem Computer auf den Tisch.

„Die Fingerabdrücke aus dem Porsche von Dolores Clark sind mit denjenigen aus der Noe Street identisch", berichtete er gewissenhaft.

„Großartig", erwiderte Mitchell sarkastisch. „Wie die Abdrücke im Massagesalon."

Ebenso wie die Fußabdrücke, die Blutspuren, die Bakterien- und Spermatests und so weiter. Mitchell verzog das Gesicht und ließ den Bogen Papier in den Abfalleimer segeln. Es gab keine Spuren; er hatte keinen echten Beweis. Wenn alle Daten, die sie hatten – einschließlich der Fingerabdrücke – in den Computer der Abteilung gefüttert wurden (er trug den Spitznamen „Sherlock"), dann spuckte er nur viele „X" und „O" aus. Schließlich schaltete er ganz ab, wie um seine Schaltkreise nicht zu überhitzen.

Wer hatte schon je von einem Fingerabdruck, einem Spermatest gehört, die zu keinem Menschen gehörten? Mitchell überlegte. Es war, als ob der Computer die Behauptung aufstellte, daß der perverse Triebtäter, der ganz San Francisco in Panik versetzte, überhaupt nicht existierte! Und ob!

Er war am Ende seiner Weisheit. Vielleicht wurde er alt. Vielleicht sollte er sich in den Ruhestand begeben und einen Jüngeren, zum Beispiel Sergeant Ray, das Rätsel lösen lassen. Vielleicht gab es Dinge, die er einfach übersah und die ein junger, aufgeweckter Kerl sofort entdecken würde. Nein, er war noch nicht zu alt für diesen Job. Abgesehen davon hätten sein Stolz und Ehrgeiz das nie zugelassen.

Es klopfte, und seine Sekretärin schaute herein. „Haben Sie kurz Zeit, Sir?"

„Das wäre schön." Er schmunzelte kläglich. „Kommen Sie schon rein."

„Die Anrufe."

Er nahm die Aufzeichnungen entgegen. Am linken Rand standen die Anrufzeiten, am anderen die Anrufer und eventuelle Mitteilungen.

„Etwas Interessantes dabei?" fragte Sergeant Ray.

Plötzlich sprang Mitchell auf und überflog den Text. „Erinnern

Sie sich an diesen Mr. Wells aus London? Dieser kleine komische Kauz?"

„Ja, warum?"

„Er hat angerufen und uns über den Dolores-Clark-Mord informiert." Mitchell nahm wieder Platz, zog an seiner Zigarette, blies einen Rauchring in die Luft und gestattete sich dann ein breites Lächeln.

Ray nahm das Verzeichnis und überflog es ebenfalls. Verblüfft machte er den Mund auf. „Um 2.35 Uhr? Das war noch vor der Tatzeit!"

Mitchell nickte zustimmend. „Stimmt."

„Mein Gott, Herr Leutnant! Vielleicht hatte er in bezug auf diesen rätselhaften Stephenson recht! Vielleicht ist Wells wirklich ein Hellseher."

„Das ist er gewiß nicht."

„He, gemäß dem Computer gibt es diesen Stephenson gar nicht. Ebensowenig wie die Fingerabdrücke!"

„Also gibt es ihn."

„Wen?" fragte der verwirrte Sergeant Ray. „Wells oder Stephenson?"

„Sie sind beide eine Person."

„Wie bitte?"

„Ein Psychopath mit gespaltener Persönlichkeit."

„Uff!"

„Die vernünftige Seite kommt in mein Büro und sagt uns, wer der Mörder ist, weil er will, daß wir ihn davon abhalten. Und dann schneidet seine kranke Seite den Frauen den Hals durch. Ich glaube, daß dieser Wells in Wirklichkeit um Hilfe bittet. Er ist ein klassischer Fall."

„Vielleicht ist er doch ein Hellseher."

„Glauben Sie mir, Sergeant, er ist kein Hellseher." Mitchell drückte seine Zigarette aus. „Er rief an, bevor der Mord geschah, weil er wußte, daß er es wieder tun würde. Er ist unser Hauptverdächtiger."

AMY war eingeschlafen. Das Valium tat seine Wirkung.

Lange Zeit hatte H. G. an ihrem Bett gesessen, ihr gleichmäßiges Atmen beobachtet und ihr ruhiges, entspanntes Gesicht betrachtet. Wie groß war doch die Zärtlichkeit, die sie füreinander verspürten. Er war sich jetzt ganz sicher, daß er dieses Mädchen mehr liebte als je einen anderen Menschen oder irgend etwas anderes zuvor. Er schwor sich, ihr Leben gegen alle finsteren Mächte der Hölle zu verteidigen. Verlöre er sie, dann verlöre er alles, einschließlich des Willens, sein eigenes Leben weiterzuleben.

Er ging zum Schrank und holte eine Steppdecke heraus, die ihre Großmutter genäht hatte. Sachte deckte er sie mit der Decke zu.

Dann verließ er das Schlafzimmer und die Wohnung. Es war jetzt halb zwölf, und das, was er vorhatte, würde nur wenige Stunden dauern. Warum er es tat? Er konnte es nicht ertragen, untätig zu warten. Oder war das wieder die Vorsehung, die ihn umherschob? Er konnte es nicht wissen.

Er hielt das erste Taxi an, das er sah.

„Wohin, Sir?"

„Zur Stadtbibliothek von San Francisco."

Sein Vorhaben schien ihm sehr vernünftig; vielleicht sogar eine Lösung für ihre mißliche Lage. Er fuhr zur Bibliothek, um sich zu informieren, ob der legendäre Jack the Ripper je gefaßt wurde. Wenn dem so wäre, dann bedeutete das, daß H. G. Wells den Bösewicht erfolgreich nach London zurückgebracht und der Justiz übergeben hatte. Und dieses Wissen, so folgerte H. G., hätte große Bedeutung auf die noch festzulegende Vorgehensweise heute abend.

Er stieg an der Ecke Hyde Street und McAllister Street aus, bezahlte den Chauffeur und freute sich, wieder in der Nähe einer Bibliothek zu sein. Auch die Größe des Gebäudes beeindruckte ihn sehr.

Schnell ging er hinein und verlangte alle Bücher, die es über den berüchtigten Jack the Ripper gab. Nach schier endlosen zwanzig Minuten kam ein Angestellter mit etwa fünfzehn dicken Bänden auf dem Arm zurück. H. G. nahm die Bücher und eilte in die hinterste Ecke des großen Saales. Er breitete die Bücher auf dem großen Holztisch aus und machte sich an die Arbeit.

Eine Stunde später ließ er verzweifelt den Kopf hängen und starrte auf den blanken Tisch. „Fehlschlag", sagte er laut.

Er sah sich das letzte Buch noch einmal an und las wieder den Schlußsatz: „Jack the Ripper wurde nie gefunden, verhaftet oder identifiziert. Er ist bis heute eines der großen, mysteriösen Geheimnisse der Geschichte der Kriminalistik."

Es würde so kommen, wie es kommen mußte. Die Vorsehung

würde den Sieg davontragen. Amy und H. G. waren geflohen, und Stephenson konnte weiter auf Streifzug gehen. Oder H. G. war geblieben und hatte gegen Stephenson verloren. In diesem Fall würde Amy, wie es die Zeitung berichtete, ihr Leben verloren haben. Er seufzte. Das Schicksal war unbarmherzig und grausam, ein kosmischer Feind, der hinter den bösen Mächten stand.

Er spitzte den Mund. Es gab eine dritte Möglichkeit. Er könnte auf Stephenson warten, während Amy fort ist. Natürlich! Er würde Amy fortschicken, selbst aber bleiben! Warum war ihm das nicht schon eher eingefallen? Doch dann runzelte er die Stirn und sah wieder auf das Buch. „... eines der großen, mysteriösen Geheimnisse in der Geschichte der Kriminalistik." Er, H. G. Wells, hatte Jack the Ripper nicht ins neunzehnte Jahrhundert zurückgebracht. Sollte er das Schicksal also besiegen, dann mußte Stephenson 1979 unschädlich gemacht werden.

Aber wie? Er konnte diesen Kerl körperlich nicht bezwingen! Das wußte er bereits! Und er besaß keine Waffe! Hatte noch nie eine Waffe besessen! Er verabscheute Gewaltanwendung.

Plötzlich sperrte er den Mund auf, denn er hatte soeben beschlossen, was er als nächstes tun würde. Seine Hände zitterten, und sein Gesicht war totenblaß geworden. Er erhob sich langsam und ging zu den großen Eichentüren. Er hatte sich für die einzige Möglichkeit entschlossen, die ihm noch offenstand.

Er machte sich auf den Weg, eine Pistole zu kaufen.

Amy streckte sich. Obwohl sie noch schlief, erhob sie sich halb aus dem Bett. Sobald die kalte Luft an ihren Körper kam, sank sie zurück, rollte sich zusammen und kuschelte sich unter die Decke. Wie nett. H. G. hatte sie zugedeckt. Es war schön warm und angenehm. Und die Wärme tat ihr gut. Es war gut zu schlafen. Alles war gut. Und nachdem sie ausgeschlafen hatte, würde H. G. sie mit sich nehmen, und sie würden danach ein glückliches Leben führen. Aber zuerst mußte sie einschlafen. Es tat ihr gut zu schlafen. Sie träumte.

Es war ein schönes Erlebnis, einer der friedlichen Augenblicke ihrer Kindheit. Sie befand sich im Boot auf dem See. Es war Sommer. Ihr Arm baumelte über den Bootsrand, und das Wasser liebkoste ihre Fingerspitzen. Die Sonne stand hinter einer Birke am Ufer und verwandelte das Wasser in eine goldglänzende Fläche.

Eine warme Brise wehte. Das Wasser schlug sachte plätschernd gegen das Boot. Die kleinen Wellen wiegten es hin und her, und sie fühlte sich für einen Augenblick im Arm ihrer Mutter, dann in den Armen eines Liebhabers. Die Welt war in Ordnung. Sie seufzte und fühlte sich geborgen. Sie war immer ein starkes, belastbares Kind gewesen. Und solche Augenblicke waren der Grund dafür. Ihr Leben kam ihr wie ein sanftes Treiben durch den goldenen Kosmos vor.

Jemand rief ihr vom Ufer aus zu. Das Boot drehte sich, und sie schlug die Augen auf. H. G. stand am Ufer und winkte ihr zu. Er lächelte. Sie spürte große Herzensfreude, denn sie hatte ihn nicht erwartet. Offensichtlich hatte sich ihr Liebhaber die Zeit genommen, ihr zum See zu folgen, und seine Suche nach der Wahrheit und dem Guten so lange in den Hintergrund gestellt. Ja, da war er, und er wollte bei ihr sein. Zusammen würden sie durch das Universum segeln, und der Glückseligkeit wäre kein Ende.

Sie sollte jetzt aufstehen, das Segel hissen und das Boot zurück ans Ufer führen, damit er an Bord kommen konnte. Ja, das sollte sie jetzt tun, obwohl es ihre eigene friedliche Stimmung stören würde. Sie sah nach oben. Das Boot hatte kein Segel mehr. Es war verschwunden. Sie zuckte mit den Achseln. Dann würde sie eben rudern. Sie streckte die Hände aus, aber sie griff ins Leere. Auch die Ruder waren verschwunden. Sie seufzte. Was konnte sie tun? Nichts. Und sie sehnte sich so nach ihrem Geliebten.

Die Brise wurde stärker, und das Boot trieb weiter vom Ufer ab. H. G. wurde immer kleiner; er verwandelte sich in einen winzigen Punkt. Sie überlegte, ob sie das Boot verlassen sollte; einfach ins Wasser hechten und an Land schwimmen? Aber war es nicht schon zu weit zum schwimmen? Und das Boot trieb unaufhaltsam weiter. Konnte sie überhaupt Schwimmen? Oder hatte sie es verlernt? Sie beschloß schließlich, doch zum Ufer zu schwimmen. Aber da entdeckte sie, daß sie sich nicht mehr bewegen konnte. Sie lachte innerlich. Es spielte keine Rolle mehr.

Plötzlich kam ein starker Sturm auf. Wellen donnerten gegen ihr Boot. Sie wünschte sich so sehr, daß er aufhören sollte, denn der Nachmittag war so schön gewesen. Sie wünschte sich, er würde nie mehr enden.

Immer noch fest schlafend, zog sie sich das Kopfkissen übers Gesicht.

H. G. GING durch die Mission Street. In seinem Mantel drückte das schwere Gewicht der Pistole und der Munition, die er soeben gekauft hatte. Er ging weiter, dann sah er ein, daß er in diesem Teil der Stadt nie ein Taxi finden würde. An der Fifth Street bog er nach Westen ab und ging in Richtung Stadtmitte. Als er über das Pflaster tappte, fühlte er sich sehr niedergeschlagen. Der modrige Geruch und das düstere Bild der alten Siedlung trugen zu seiner Trübsal bei. Jetzt war ihm endgültig klargeworden, daß einhundert Jahre technischen Fortschritts und wissenschaftlicher Weiterentwicklung das Leben der Menschen nicht erträglicher gestaltet hatten. Und, wie er Amy erst vor wenigen Stunden klargemacht hatte, die dunkle Seite der Menschen war auf dem Vormarsch. (Er selbst hatte sich soeben mit einer Pistole bestückt!) Bedeutete das, daß Stephenson, der Meister der Perversion und des Zynismus, sogar über seinen Tod hinaus als Sieger hervorgehen würde?

Er schauderte und wies ärgerlich diese Gedanken zurück. Immer wieder erinnerte er sich daran, daß er aus Liebe zum Leben das tun würde, was er zu tun hatte.

Er müßte allerdings nach seiner Rückkehr seine optimistische Auffassung vollkommen neu überdenken. Denn er mußte zugeben, daß das allmächtige Elektron den Menschen nicht aus seiner verzweifelten Lage befreit hatte.

Er warf einen Blick auf seine Uhr. Es war 14.30 Uhr, er hatte also noch viel Zeit. Er beschloß allerdings, schnell ein Taxi zu nehmen und nach Russian Hill zu Amy Robbins zu fahren. Sie wollte bestimmt noch einige Dinge einpacken, bevor er sie wegschickte, und würde ärgerlich sein, wenn er sie verschlafen ließe. Auch würde es vermutlich einige Zeit dauern, bis er sie davon überzeugt haben würde, daß sie ohne ihn gehen sollte. Er lächelte. Dieses Mal war sein Plan wirklich sicher. Er würde Amy in ihrem Wagen vor Sonnenuntergang – Stunden vor ihrem Tod – wegschicken. Dadurch würde sie zu keiner Zeit in Gefahr sein. Dann würde er sich in dem Schaukelstuhl niederlassen, das Gesicht zur Tür gewandt und die Pistole schußbereit in der Hand. Wenn Stephenson dann durch die Tür kommen würde, würde er den Abzug ziehen und das nichtswürdige Leben dieses Mannes beenden.

Und was wäre, wenn etwas Unerwartetes geschähe? Was, wenn er eine weitere Überraschung übersähe? Einen Donnerschlag? Eine weitere Schicksalswendung?

Schließlich tat er selbst in diesem Augenblick etwas, wovon sie keine Ahnung hatte. Er bekam ein schlechtes Gewissen. Er hatte Amy kein Wort gesagt, daß er gehen würde. Immerhin hatte er dazu keine Möglichkeit gehabt, da sie ja eingeschlafen war, aber es war trotzdem ein Vertrauensbruch. Würde sie jetzt aufwachen und feststellen, daß er nicht da war, dann hätte sie allen Grund, wütend zu sein. Vielleicht würde sie auch in eine Panik geraten?

Er erinnerte sich daran, daß er ein Mann der Tat war. Also rief er entschlossen ein Taxi. Als endlich eins anhielt, stieg er schnell ein und nannte dem Fahrer die Adresse.

H. G. seufzte und lehnte sich in den Sitz zurück. Dabei entdeckte er zufällig, daß er mit seiner Hand den Revolvergriff umschlossen hatte. Er zog seine Hand weg und machte ein finsteres Gesicht. Es kam ihm vor, als würde er sich immer weiter von jenem Teil seines Ichs entfernen, den er nicht verlieren wollte: seinen Optimismus, was die menschlichen Zustände betraf. Wie konnte er länger für die Vernunft eintreten, wenn er in seiner Tasche eine Pistole trug?

Er war gezwungen worden, seine Prinzipien aufzugeben und den Sinn seines Lebens zu verraten. Nietzsche sagte einst, daß der Mensch das grausamste Tier sei. Sich selbst gegenüber, fügte H. G. hinzu.

Jetzt hatte er nur noch Amy. Er mußte so schnell wie möglich wieder bei ihr sein. Besonders jetzt. Er wurde plötzlich von einer Sehnsucht gepackt, die unerträglich war. Er richtete sich auf und hielt sich an der Rückenlehne des Fahrersitzes fest.

„Können Sie denn nicht schneller fahren, verdammt noch mal?"

Sein Ausbruch setzte den Fahrer in Erstaunen. Er nickte und trat fester aufs Gaspedal.

Sie kamen an die Kreuzung von Jones Street und Green Street. „Danke, vielen Dank." H. G. bezahlte für die Fahrt, sprang aus dem Wagen und ging schnell zu Fuß weiter. Als er in die kleine Sackgasse eintrat, lächelte er. Wie grausam doch die Gefühle eines Mannes sind, der verliebt ist, dachte er im stillen. In wenigen Sekunden würde er bei seiner geliebten Amy sein. Man konnte sie beide nicht unterkriegen! Sie wären die ersten zwei Menschen im ganzen Universum, die die Vorsehung überwänden.

Dem fremden Auto, das vor ihrem Haus geparkt war, schrieb er zu diesem Zeitpunkt keine Bedeutung zu und ging in das Haus hinein. Amy wartete auf ihn! Er mußte sie festhalten und ihr Geborgenheit geben.

Er wollte soeben über die Treppen nach oben eilen, als vier große stählerne Hände ihn packten. Er wurde heftig durch den Flur geschleudert, taumelte durch die Eingangstür und landete auf dem harten Beton des Gehsteigs. Benommen wollte er sich wieder auf die Füße kämpfen, bekam aber keine Gelegenheit dazu. Ein harter polierter Stiefel schlug in seinen Bauch, und er sackte stöhnend zusammen. Er riß den Mund auf, um Amys Namen zu rufen, aber in diesem Augenblick ging etwas Hartes, Flexibles auf seinen Nacken nieder. Es wurde Nacht vor seinen Augen, und seine Glieder wurden leblos. Er spürte, wie er grob aufgehoben und in den Rücksitz des fremden Wagens gezogen wurde, der ihm vor wenigen Sekunden aufgefallen war.

Dann wendete das Fahrzeug und fuhr mit großer Schnelligkeit durch die Straßen. Große Übelkeit befiel ihn, denn er war vollkommen hilflos. Er wurde gewaltsam von Amy entfernt, obwohl sie ihn zu dieser Stunde brauchte wie nie.

12

Leslie John Stephenson räkelte sich in den dunkelbraunen Laken seines überdimensionalen Bettes. Er streckte seinen schlanken, kräftigen Körper; er dehnte seine muskulösen Glieder, dann gähnte er laut und schlug die Augen auf. In seinem Gesicht war ein Lächeln. Er hob den Kopf. Es war 15.15 Uhr. Mein Gott! dachte er. Ist das schön, am hellichten Tag im Bett zu liegen! Besonders, da heute abend seine Abrechnung mit Wells bevorstand. Schließlich war es für einen Mann seines Alters recht anstrengend, zwei Frauen in einer Nacht zu genießen. Und die Polizei war überraschend schnell in den McLaren-Park gekommen. Er mußte sich eilig in den Wald schleichen. Erschöpft war er schließlich um sieben Uhr nach Hause gekommen.

„Auch die Engel des Satans müssen einmal schlafen“, sagte er halblaut und lachte vergnügt. Pfeifend stand er auf, ging ins Bad und nahm eine heiße Dusche.

Aber er bereute es nicht, sich so angestrengt zu haben. Die Verführung und Ermordung von Dolores Clark war eine vollkommene Befriedigung gewesen.

Er setzte sich an den Gasofen und trank wie gewöhnlich seinen Tee. Er dachte an H. G. Wells und lachte. Der kleine Wissenschaftler wird bestimmt den Verstand verlieren, wenn er in der Zeitung von meiner Tat liest. Denn immerhin fühlt dieser Wells sich für meine Greueltaten verantwortlich! Ja, mein Guter, du wirst mich bald finden, aber auf ganz andere Weise, als du dir das vorgestellt hast.

Er zog sich schnell an und ging auf die Straße. Er wollte ein exotisches Messer kaufen, bevor die Nacht hereinbrach. Er fühlte sich pudelwohl und gut ausgeruht. Vielleicht – falls noch Zeit war – würde er ein kleines Mahl zu sich nehmen, bevor er nach Russian Hill fahren würde. Amy Robbins. Er lächelte. Sicherlich würde Satan ihm seinen Segen geben.

Plötzlich brach er in lautes Lachen aus. Vielleicht war er, Leslie John Stephenson, die Personifizierung von Luzifer! Vielleicht hatte sich die Prophezeiung erfüllt. *Böses um des Bösen willen!*

Da er kein Taxi sehen konnte, tat er etwas, was er 1979 schon oft beobachtet hatte: Er trat an die Bordsteinkante, streckte die Hand aus und zeigte mit dem Daumen in die Luft. Er hoffte, daß ihn jemand mitnehmen würde, und zwar jemand, den er ausbeuten könnte.

„Sie machen einen Fehler!" rief H. G. Wells. „Einen schrecklichen, fürchterlichen Fehler!" Die Handschellen schnitten in die Haut seiner Handgelenke. „In der Wohnung wird ein Mädchen ermordet werden, hören Sie?"

„Ein schönes Stück", sagte der größere der beiden Männer. „Wo haben Sie die Kanone her?"

„Wollen Sie mir bitte zuhören!" H. G. schluchzte hysterisch.

„Es steht Ihnen frei, sich zur Tat zu äußern oder nicht. Sie haben das Recht auf einen Anwalt Ihrer Wahl. Ich warne Sie hiermit, daß alles, was Sie sagen, gegen Sie verwendet werden kann."

„Jetzt hören Sie mir doch endlich zu!" schrie H. G.

„Einen Moment, Kerlchen! Wenn hier jemand schreit, dann bin ich das! Ist das klar?"

H. G. starrte aus dem Fenster, während seine Gedanken sich überschlugen. Er mußte jetzt ganz ruhig bleiben, obwohl es um Leben oder Tod ging. Sonst wäre alles verloren.

Sie erreichten schließlich das Polizeipräsidium und fuhren zu einem Hintereingang, wo mehrere uniformierte Beamte wartend umherstanden, Zigaretten rauchten und sich Witze erzählten. Auf einem Schild über der Tür stand GEFÄNGNIS. Sie zogen ihn aus dem

Wagen und führten ihn in das Gebäude. Niemand kümmerte sich sonderlich um ihn. Der kleine Erfinder war nur ein Routinefall.

Als H. G. durch die Tür geschoben wurde, konnte er gerade noch erkennen, daß die Schatten schon lang geworden waren. Verzweifelt wünschte er sich, auf seine Uhr sehen zu können, aber seine Hände waren mit den Handschellen auf den Rücken gefesselt.

„Ich bin kein Verbrecher!" rief er aus, aber niemand kümmerte sich darum. Er verfiel in einen Schockzustand, als man ihn in einen grünen Aufzug führte, der sich nach unten in Bewegung setzte. Seine einzige Hoffnung war, daß die Polizei die Verwechslung bald erkennen und ihn auf freien Fuß setzen würde. Und daß Amy soviel Verständnis hätte, nicht auf ihn zu warten, sondern so schnell wie möglich die Wohnung verließ. Denn sonst würde sie Dr. Stephenson und nicht ihn durch die Tür treten sehen.

Bei diesem Gedanken richtete er sich auf, schrie verzweifelt und warf sich gegen die Aufzugtüren. Der größere Polizist packte ihn an der Schulter und schleuderte ihn an die gegenüberliegende Aufzugwand. Mit Rücken und Hinterkopf prallte er gegen die harte Metallwand und rutschte an der Wand entlang zu Boden. Der Beamte zog ihn wieder auf die Füße und hielt ihn aufrecht.

Dann gingen die Türen des Aufzugs auf. H. G. wurde an einen Schreibtisch an einem vergitterten Fenster geführt. Er erkannte sofort, daß der Beamte am Tisch von höherem Rang war.

„Ich verlange, sofort mit Leutnant Mitchell zu sprechen!"

„Er wird schon kommen."

Man nahm ihm die Handschellen ab. Dann gab man dem Sergeant Wells' Pistole, seine Zeitung, seine Reiseschecks, seine kostbare Digitaluhr und alles andere aus seinen Taschen. Schließlich nahmen sie ihm sogar seinen Gürtel ab, und H. G. errötete bei dem Gedanken, seine Hose könnte herunterrutschen.

„Was soll denn das?" protestierte er empört.

„Wir mögen hier keine Selbstmorde."

Dann wurden seine Fingerabdrücke genommen und sein Gesicht fotografiert, und es dauerte eine Ewigkeit. Alle waren so gelassen und gelangweilt, und H. G. fragte sich, ob diese modernen Polizisten je etwas anderes taten, als über ihre geschmacklosen Witze zu lachen und Zigaretten zu rauchen.

Er wurde zu einer Zelle geführt. Mit Entsetzen erkannte er, daß er nicht sofort Gelegenheit bekommen würde, die Umstände zu erklären. Daß er nicht in der Lage sein würde, Amys Leben zu retten! „Bitte, die Zeit drängt! Ich muß unbedingt mit Leutnant Mitchell sprechen!"

„Kannst du es nicht mehr erwarten, dein Geständnis abzulegen, oder was?"

H. G. riß sich von seinem Bewacher los und machte einen hoffnungslosen Fluchtversuch in Richtung Tür. Aber er wurde gleich wieder gefangen, noch bevor er die Tür erreichen konnte. Man bog ihm den Arm herum, so daß er fast gebrochen wäre, schob ihn durch die Zellentür, die dann krachend ins Schloß fiel.

H. G. war allein. Er erhob sich vom Boden und sah sich um. Er nahm einen schwachen Urin- und Gallegeruch wahr. Er vergrub sein Gesicht in den Händen.

„Nein", stöhnte er. „O mein Gott, nein! Bitte!"

LEUTNANT MITCHELL tat das, was er immer tat, wenn ein Mordfall ihn nervös machte. Er leistete sich ein gemütliches und ausführliches Dinner bei Rocca's. Etwas Handfestes im Magen vertrieb seine Übelkeit, wenn er überarbeitet war. Vorausgesetzt, er aß langsam, und das hatte er getan.

Er aß sein Vanilleeis auf und trank die dritte Tasse Kaffee. Dann steckte er sich eine Zigarette an und überlegte. Das einzige, was er im Moment tun konnte, war zu warten. Sicher ließ sich die Presse nicht länger hinhalten, aber das war ja immer so. Seine Vorgesetzten waren nie erreichbar, wenn die Reporter Auskünfte haben wollten. Nein, das mußten er und Ray ausbaden.

Das Mahl hatte ihm wieder Kraft gegeben. Er sah auf die Uhr, gab ein großes Trinkgeld für die gute Bedienung und fuhr zum Hauptquartier zurück.

Als er sein Büro betrat, läutete das Telefon.

„Wo sind Sie gewesen?" fragte Sergeant Ray. „Ich versuche schon seit einer Stunde, Sie zu erreichen."

„Was gibt es denn?"

„Wir haben ihn. Der Verdächtige wurde beim Betreten des Gebäudes Green Street 92 verhaftet."

Mitchell fiel ein großer Stein vom Herzen. Solche Augenblicke machen den Beruf eines Bullen so schön, dachte er freudig erregt. „Jetzt können Sie die Beobachtungsposten an dem Haus abziehen. Habe ich Ihnen nicht gesagt, daß ich die Sache durchschaut habe?"

„Klar, Leutnant. Er wollte gefaßt werden."
„Er hat ihr nichts getan, nicht wahr?"
„Wem?"
„Amy Robbins, dem Mädchen, das dort wohnt."
„Sie war nicht zu Hause."
Mitchell seufzte erleichtert. „Wo ist Wells jetzt?"
„Unten in den Zellen."
„Ich möchte mich mit ihm unterhalten."
„Ich lasse ihn sofort hochbringen, Leutnant."
Mitchell schmunzelte. „Oh, noch etwas, Sergeant."
„Ja?"
„Glauben Sie immer noch, daß er ein Hellseher ist?"

Die Dämmerung war hereingebrochen, und in Amys Apartment war es dunkel und still. Sie schlief immer noch, obwohl die Wirkung des Beruhigungsmittels nachließ. Ihr Verstand war in Träume und Erinnerungen verstrickt, aber sie fühlte sich geborgen unter der warmen Decke, die H. G. über sie gebreitet hatte.

Plötzlich erwachte sie und setzte sich auf. Zuerst wußte sie gar nicht, wo sie war. Sie sperrte den Mund auf. Es war ja schon dunkel! Sie schwang sich aus dem Bett und sah auf die Uhr. Sechs! Das kann nicht sein! Warum war sie denn noch in ihrer Wohnung? Sie spürte, wie ihr Herz schneller schlug.

Sie lief zur Tür und schaltete das Licht an der Decke ein. Die Helligkeit ließ sie wieder ruhiger werden, und sie betastete ihren Körper, um sich zu überzeugen, daß ihr nichts fehlte.

„H. G.?" rief sie fragend. „Sollten wir jetzt nicht besser gehen?" Sie ging zur Badezimmertür und klopfte. „H. G.? Es ist schon sehr spät!" Sie flüsterte, um ihn nicht unnötig zu beunruhigen. „H. G.?"

Er war nicht im Badezimmer. Sie runzelte die Stirn und erinnerte sich, daß sie einen starken Charakter und viel Selbstbeherrschung besaß. Sie warf einen Blick in den Flur und sah, daß auch der Rest der Wohnung dunkel war. Ein eiskalter Schauer lief ihr über den Rücken. Sie lauschte, hörte aber nur entfernt Musik aus einer anderen Wohnung. Ihre Muskeln waren verkrampft, ihre Nerven zum Bersten gespannt. Sie zwang sich zur Ruhe und fühlte sich sofort besser.

Natürlich, H. G. war auch eingeschlafen. Er lag bestimmt auf dem Sofa im Wohnzimmer, weil er sie nicht stören wollte. Natürlich, so mußte es sein. Nun müßten sie sich aber wirklich beeilen, denn die Stunde nahte.

Auf Zehenspitzen schlich sie, so schnell sie konnte, zur Wohnzimmertür. Dann spähte sie in den finsteren Raum, konnte aber nur undeutliche Umrisse erkennen.

„H. G.?" flüsterte sie. „H. G.?"

Sie wartete einige Minuten. Sie zögerte und hatte große Angst, das Zimmer zu betreten, dennoch wußte sie, daß ihr keine andere Wahl blieb. Schließlich konnte sie es nicht mehr ertragen, nur ihren eigenen Atem zu hören. Sie stürzte zur Couch.

„H. G.! Wach auf! H. G.!" Sie hatte sich über das Sofa gebeugt und tastete nach ihm, aber er war nicht da. Er war nicht da! Mit einem angsterfüllten Wimmern wich sie zurück, dann wirbelte sie herum, weil sie glaubte zu spüren, wie jemand sie von hinten packte. Schon spürte sie eine behandschuhte Hand an ihrem Hals. Sie tastete nach dem Lichtschalter; sie knipste das Licht an. Langsam drehte sie sich um. Ihr Brustkorb hob und senkte sich. Sie suchte mit den Augen den Raum ab. Ihre Unterlippe zuckte. Dann schüttelte sie den Kopf. Nein, sie würde nicht die Fassung verlieren. Dazu war jetzt keine Zeit.

Sie richtete sich wieder auf. Wohin war H. G. gegangen, und warum war er weg? Wenn sie nicht fest davon überzeugt gewesen wäre, daß sie sich auf ihn verlassen konnte, hätte sie nie im Leben das Mittel genommen! Sie runzelte die Stirn. Er selbst hatte auf totale Ehrlichkeit zwischen ihnen bestanden. Jetzt erkannte sie, daß er nicht ehrlich zu ihr gewesen war. Er hatte die Wohnung verlassen, ohne ihr davon etwas zu sagen, und jetzt war ihr Leben in Gefahr.

Sie zog schnell ihren Mantel an und schaltete das Licht aus. Sie konnte es nicht fassen, daß er sie betrogen hatte.

Wie sehr sehnte sie sich danach, an seiner Seite zu sein. Plötzlich stockte ihr der Atem. Was wäre, wenn ihm doch etwas passiert war? Wenn er ihr keine Erklärung mehr geben konnte und gezwungen wurde, die Wohnung zu verlassen?

Die alte Standuhr schlug einmal. Es war also jetzt 18.15 Uhr. Das ihr sonst so vertraute Schlagen der Uhr erschütterte ihre vorgegebene Ruhe und ließ ihr Herz schneller schlagen. Sie rannte zum Fenster und sah auf die Straße. Aber H. G. kam nicht. Die Straße war leer. Ihre Hände zitterten.

Sie mußte raus hier. Sofort. Sie riß ihre Tasche an sich und lief zur Tür. Im Treppenhaus fiel ihr ein, daß sie ihre Autoschlüssel nicht bei sich hatte; sie machte kehrt. Lagen die Schlüssel noch auf dem Sofa? Oder hatte sie sie auf den Tisch gelegt?

DER Raum war spärlich beleuchtet und hatte kahle Wände. An der hinteren Wand hing eine Uhr. H. G. saß auf einem Stuhl. Dreimal hatte er geduldig erklärt, wer er war, woher er war, wie er ins Jahr 1979 kam und in welcher Gefahr die Liebe seines Lebens, Amy Robbins, schwebte. Dreimal hatte Leutnant Mitchell – über das vernünftige Auftreten und die Aufrichtigkeit von Wells erstaunt – ungläubig den Kopf geschüttelt und H. G. aufgefordert, von vorn zu beginnen. Dreimal hatte ein Polizeischreiber am anderen Ende des Tisches leise und unauffällig die Tastatur eines kleinen Gerätes bedient und die bizarre Geschichte festgehalten.

Mitchell rauchte eine Zigarette nach der anderen und ging ständig auf und ab, dennoch blieb er ruhig und sachlich. Er hatte in seiner Laufbahn schon Abertausende von Verdächtigen verhört, und immer war es bisher zu einem Geständnis gekommen, wenn der Verdächtige schuldig war. Er war ein gründlicher Mensch und hatte viel Geduld. Er wandte sich um. „Sie heißen H. G. Wells und kamen in einer Zeitmaschine namens *Utopia* nach San Francisco. Sie sind hinter einem Dr. Leslie John Stephenson her, besser bekannt unter dem Namen Jack the Ripper."

„Richtig, Leutnant." H. G. nickte eifrig. „Vollkommen richtig. Ich hätte es nicht exakter formulieren können."

„Sind Sie sich klar, wie lächerlich das klingt?"

H. G. sah seinen Peiniger an. Er hatte schon geglaubt, Leutnant Mitchell hätte endlich seine Erklärung akzeptiert und wäre zur Zusammenarbeit bereit. Aber das war wohl doch nicht der Fall. Das flaue Gefühl in seinem Magen kam zurück.

Der schwarze Zeiger der Wanduhr sprang eine Minute weiter. Mit zitternder Hand wischte sich H. G. den Schweiß aus dem kreidebleichen Gesicht.

Es war 18.17 Uhr.

Er sah den Leutnant eindringlich an. „Um Gottes willen, Leutnant! Es bleibt nicht mehr viel Zeit! So retten Sie doch das Mädchen!"

„Das tat ich bereits, Wells", entgegnete Mitchell ungerührt. „Sie und viele andere Frauen dieser Stadt."

„In dreiundvierzig Minuten wird Leslie John Stephenson die Wohnung betreten und sie umbringen!"

„Leslie John Stephenson gibt es nicht und hat es auch nie gegeben."

„Was sagen Sie da?"

„Sie sind Stephenson. Die eine Hälfte von Ihnen möchte Frauen töten und aufschlitzen. Die andere Hälfte wehrt sich dagegen und möchte das unterbinden, indem sie sich fangen läßt." Er grinste. „Gratuliere, Wells. Diese Hälfte konnte sich durchsetzen."

H. G. machte große Augen. „Nein! Sie irren sich total! Sie müssen mir glauben! Bitte! Die Zeit drängt!"

Der Leutnant stieß ein kurzes, heiseres Lachen aus. „Mein lieber Wells, ich habe die ganze Nacht Zeit. Also, noch einmal das Ganze. Am besten von ganz vorn."

H. G. rutschte auf dem Stuhl hin und her und wollte am liebsten auf die Tür zustürmen, wußte aber, daß jeder Fluchtversuch aussichtslos war. Er versuchte, sich zu beruhigen, so daß er das Ganze zum vierten Mal erzählen konnte, was ihm aber nicht gelang. Er zitterte am ganzen Körper. Wenn er zum Sprechen ansetzte, dann bekam er keinen Ton heraus. Seine Kehle war wie zugeschnürt.

Mitchell beobachtete seinen Gefangenen, dann verließ er wortlos den Raum. Kurz danach kam er mit einem Glas Wasser zurück. Er gab es Wells.

H. G. trank, räusperte sich und bedankte sich bei Mitchell.

„Nun, möchten Sie eine Zigarette, damit es leichter geht?" Er reichte ihm eine Zigarettenpackung.

„Nein", antwortete H. G. mit hohler Stimme. „Ich habe Ihnen die Wahrheit gesagt, so wahr mir Gott helfe."

Mitchell seufzte, dann zündete er sich selbst eine Zigarette an und ließ sich auf einem Stuhl nieder. Er musterte H. G. vom Scheitel bis zur Sohle. Dann klopfte es an der Tür. „Herein." Mitchell ließ H. G. nicht aus den Augen.

Sergeant Ray betrat das Zimmer. Er trug ein schweres Kuvert in der Hand, das er vorsichtig auf den Tisch legte. „Das sind die Dinge, die bei Mr. Wells gefunden wurden."

„Irgend etwas Interessantes?"

„Ja, eine kleinkalibrige Smith & Wesson Special und eine Schachtel Munition."

Der Leutnant stieß pfeifend den Atem durch die Zähne aus, sah sich die Waffe an und legte sie dann auf den Tisch zurück. Dann sah er Wells vorwurfsvoll an. „Eine solche Pistole hat man vor sechsundachtzig Jahren noch nicht hergestellt, Wells."

„Sie irren sich schon wieder, Leutnant. Ich habe die Waffe erst heute nachmittag gekauft, um Miß Robbins zu verteidigen. Falls nötig, hätte ich dieses Schwein Stephenson niedergeschossen."

„Ich glaube Ihnen Ihre Märchen nicht. Ich will die Wahrheit."

H. G. schloß die Augen und atmete tief ein. Er knirschte mit den Zähnen und klammerte sich an den Armlehnen seines Stuhls fest. Kalter Schweiß trat aus seinen Achselhöhlen und lief an den Seiten seines Oberkörpers hinab. Er mußte ruhig bleiben; er mußte sich zusammenreißen. Er mußte logisch denken und nach einem Ausweg suchen. Er fürchtete, man würde ihn in die Zelle zurückbringen, wenn er hysterisch würde. Und dann wäre es gänzlich aus. Er mußte den Leutnant überzeugen. „Bitte, Leutnant", sagte er ruhig, „das Mädchen, Amy Robbins . . . "

„Ich habe eine andere Theorie, Wells." Mitchell erhob sich und marschierte wieder auf und ab. „Keine der Frauen, die Sie ermordeten, leistete Widerstand, bevor sie starb. Warum? Sehr einfach, ihnen wurde eine Pistole an die Schläfe gehalten. Diese Pistole."

H. G. machte große Augen und war sprachlos. Mit Entsetzen erkannte er, daß dieser clevere Polizeileutnant meinte bereits genügend Beweise zu haben, um ihn ins Gefängnis zu stecken! Seine Argumente schienen stichhaltig. Aber es steckte kein Fetzen Wahrheit in seinen Äußerungen! Es mußte einen Weg geben, ihn vom Gegenteil zu überzeugen; es mußte einen Weg geben, Amys Leben in der kurzen Zeit, die noch blieb, zu retten.

„Mal sehen, welches andere Beweismaterial Sie noch mit sich herumschleppten." Er war zum Tisch gegangen und leerte den Inhalt des Kuverts auf den Tisch.

„Bitte, Herr Leutnant! Vergessen Sie alles, was ich gesagt habe. Aber retten Sie um Gottes willen Amys Leben!" Er rief: „Warum können Sie nicht wenigstens einen Mann zu ihrer Wohnung schicken? Wenn Sie das nicht tun, wird sie um sieben Uhr sterben!"

Aber Mitchell hörte nicht zu. Statt dessen betrachtete er eine Ausgabe des *San Francisco Chronicle,* die sich in dem Kuvert befunden hatte. Er starrte auf das Bild einer schönen jungen Frau namens Amy Robbins und las eine Schlagzeile über einen weiteren Mord.

„Gott im Himmel“, flüsterte er. Er traute seinen Augen nicht; er wußte nicht, was er davon halten sollte; noch nie in seinen siebenundzwanzig Dienstjahren war ihm so etwas Bizarres zu Gesicht gekommen. Die Zeitung trug das Datum vom 10. November 1979 – war also die Morgenausgabe des kommenden Tages, die erst in etwa acht Stunden gedruckt werden würde! Er fuhr sich übers Gesicht, sah Wells finster an und gab die Zeitung dann Sergeant Ray. „Was halten Sie davon, Sergeant?“

„Ja“, rief der kleine Engländer, „schauen Sie sich die Zeitung genau an! Das beweist meine Unschuld! Das bestätigt meine Aussage, meine Herren! Verstehen Sie jetzt, was ich Ihnen gesagt habe?“ Er sah auf die Uhr an der Wand. „Es ist zwanzig vor sieben, Leutnant! Sie haben noch genau zwanzig Minuten! Werden Sie jetzt jemanden zu Miß Amy Robbins senden?“

Mitchell kümmerte sich nicht um Wells. „Was glauben Sie, Sergeant?“

„Mann, o Mann, ich weiß es nicht.“ Sein Gesicht war aschfahl. „Vielleicht sollten wir doch jemanden zu ihr schicken. Die Zeitung könnte echt sein, Herr Leutnant.“

„Natürlich ist sie echt!“ rief H. G.

Mitchell entging nicht, daß sein Kollege sehr erschüttert war. Dann sagte er abschätzig: „Das ist kein Hellseher, Sergeant Ray. Sie haben es hier mit dem perversesten Mörder zu tun, den ich kenne.“

„Schon, Sir, aber das Datum. Was ist mit dem Datum?“

„Mein Gott, Sergeant, Ihr Kopf ist zum Denken da! Haben Sie noch nie etwas von Touristenläden gehört, wo man sich Scherzzeitungen drucken lassen kann?“ Er zeigte auf Wells. „Dieser Mann ist so krank, daß er einen Zeitungsbericht über sein nächstes Opfer ersonnen hat.“

„Ja.“ Ray nickte traurig mit dem Kopf.

H. G. preßte die Hände gegen die Schläfen, um nicht den Verstand zu verlieren. „Soll das . . . , soll das heißen, daß Sie nicht einmal das glauben? Einem Beispielexemplar der zukünftigen Geschichte?“ Er deutete unentwegt auf die Zeitung. „Ach, du meine Güte, was wollen Sie noch?“

„Die Wahrheit.“

Mitchell sah, wie sein Gefangener sich aufrichtete. Sein Körper bebte, als würde er jeden Augenblick explodieren.

„Wenn Sie jemanden in die Wohnung von Miß Amy Robbins

schicken und ihr Leben gerettet wird, dann gestehe ich alles, was Sie wollen."

„Das hilft uns auch nicht weiter. Ich will nur die Wahrheit, das ist alles."

„Zum Teufel, Herr Leutnant!" unterbrach ihn Sergeant Ray. „Was kann das schaden? Ich meine, wenn das alles ist, was er will, dann können wir doch einen Wagen losschicken!"

Mitchell seufzte, dann zuckte er die Achseln. „Ja, Sie haben recht. Vielleicht arbeitet er dann besser mit uns zusammen. Fahren Sie los!" Ray ging hinaus, und Mitchell wandte sich wieder an H. G. Er machte ein erwartungsvolles Gesicht. „Ich höre."

„Ich tötete sie alle", krächzte H. G. „Eine nach der anderen."

Amy hatte auf dem Tisch nachgesehen, sie hatte in der Küche, im Schlafzimmer und im Bad gesucht. Ein dutzendmal hatte sie ihre Manteltaschen durchsucht. Aber die Wagenschlüssel waren wie vom Erdboden verschwunden. Ein letztes Mal ging sie zum Schreibtisch, suchte jeden Zentimeter ab, aber die Schlüssel waren nicht da. In ihrer Verzweiflung kippte sie den Inhalt der Schubläden auf den Tisch und durchwühlte ihn. Nichts. Sie lief zurück ins Schlafzimmer und tat dasselbe mit den Schubläden der Kommode.

Es war 18.45 Uhr.

Sie hatte noch fünfzehn Minuten Zeit. Mehr nicht. Jetzt mußte sie die Wohnung auf der Stelle verlassen! Sie lief auf den Flur und wollte soeben den Türgriff betätigen, als sie plötzlich erstarrte. Sie hielt die Hand vor den Mund, denn sie hatte soeben ein klickendes Geräusch gehört.

Der Türknopf drehte sich langsam!

Sie taumelte zurück und unterdrückte einen Schrei. Ihre Gedanken wurden plötzlich ganz klar. Es gab keine Fluchtmöglichkeit. Im letzten Moment schlüpfte sie in den Garderobenschrank.

Langsam und vorsichtig atmete sie aus und hielt sich an der Kleiderstange fest, um nicht in Ohnmacht zu fallen. Als das Blut wieder in ihren Kopf zurückkehrte, schob sie ihren Körper behutsam hinter die Kleider und Mäntel. Sie kauerte sich auf den Schrankboden. Die Körperkraft verließ sie. Eisige Kälte lief ihr über den Rücken. Ihr Herz klopfte so laut, daß man das Pochen bestimmt bis ins Wohnzimmer hören mußte.

Dann hörte sie ihn – er bewegte sich langsam, leise, wie eine

Katze. Er kam zu früh! In der Zeitung hatte der Polizeiarzt berichtet, daß der Mord zwischen sieben und halb acht stattgefunden hätte. Nun, der Polizeiarzt hatte sich geirrt!

Sie kämpfte mit aller Kraft gegen das Zucken an, das über ihren Körper lief. Sie hatte das Gefühl, im Todeskampf zu liegen. Ihre Angst war unerträglich. Sie fürchtete, den Verstand zu verlieren, aus dem Schrank zu stürzen, sich ihm vor die Füße zu werfen und um einen schnellen Tod zu flehen.

Irgendwie fand sie die Kraft, die Augen zu schließen und voller Inbrunst zu einem übernatürlichen Wesen zu beten, an das sie früher nicht geglaubt hatte.

ER SCHLOSS leise die Tür, dann steckte er das chirurgische Messer, mit dem er das Schloß geöffnet hatte, zurück in das Etui in seinem polierten, halbhohen Stiefel. Er schlich schnell durch die Diele in das Wohnzimmer. Seine Haltung war gebückt, seine kräftigen Muskeln gespannt; er war auf das Unerwartete gefaßt. Er sah alle Räume durch und kam schließlich in das Schlafzimmer. Schon hoffte er, er würde dort H. G. und das Mädchen bei leidenschaftlichen Spielen im Bett überraschen. Aber diese Freude war ihm wohl nicht vergönnt. Statt dessen machte das Zimmer den Eindruck, als wäre es gerade von einem Einbrecher durchsucht worden.

Jedenfalls ging er noch einmal die ganze Wohnung ab und lächelte dann zufrieden. Er war allein.

Dieses Mal würde er auf sie warten, obwohl er nicht glaubte, lange warten zu müssen. Sie hatte das Licht brennen lassen und war vermutlich nur auf einen Sprung aus dem Haus gegangen. In der Küche fand er in einem Schränkchen eine Flasche Gin. Er grinste wieder. Wells war also hier gewesen! Dann war ja alles in bester Ordnung. Und das Mädchen würde sicher wissen, wo er sich aufhielt, wenn sie schon so intim miteinander waren, daß er sie besuchte. Vielleicht würden sie auch gemeinsam zurückkehren, und das wäre wirklich ein Geschenk des Himmels, denn es würde seine Aufgabe sehr erleichtern.

Er goß sich ein Glas Gin ein, ging ins Wohnzimmer und ließ sich auf einem Stuhl nieder. Er trank einen großen Schluck.

Er nahm das exotische spanische Messer aus der Scheide und bewunderte die scharfe Schneide. Sie war dreißig Zentimeter lang und aus hartem Toledostahl gemacht. Sicherlich erfüllten seine chirurgischen Messer denselben Zweck, aber sie waren nicht so eindrucksvoll. Und das war wichtig. Er mußte dafür Sorge tragen, daß er an diesem Abend in der stärkeren Position war. Schließlich hatte er es mit keinem Geringeren als H. G. Wells zu tun. Er lächelte wieder. Obschon – falls Wells bereits starke Gefühle für dieses Mädchen hatte, dann würde er sich höchstwahrscheinlich selbst zum Narren halten. Stephenson lachte. Das wäre wirklich herrlich.

Vielleicht wäre die Erlangung der unendlichen Freiheit, der grenzenlosen Herrschaft als Prinz der Finsternis gar nicht so schwer. Wenn er, Leslie John Stephenson, heute abend gewänne, dann wäre er für alle Ewigkeit frei. Nicht länger müßte er sich davor fürchten, bloßgestellt zu werden. Er könnte sich nach Lust und Laune seinen Greueltaten widmen, und die Zeitmaschine wäre für ihn das, was das Feuer für den Gott des Krieges war. Satan würde regieren. Niemand könnte ihm seine Herrschaft streitig machen. Er, Leslie John Stephenson, würde als erster Mensch der zeitlose Engel der Apokalypse werden. Und die Zeitmaschine wäre sein Schlachtroß, mit dem er auf der vierten Dimension umherritt. Er wäre der willkürliche König des Todes, des Schmerzes, der Qual und des Elends. Seinen Trieben und seiner Phantasie wären keine Grenzen gesetzt.

Genug der Schwärmerei, sagte er sich. Keine Frage, daß er sie bald verwirklichen würde. Aber zuerst mußte er sich auf Amy Robbins konzentrieren. Er leerte sein Glas und stöhnte vor Lust und Vorfreude. Dann erhob er sich, ging leise durch das Zimmer und um das Sofa herum in die Diele. Er schaltete das Licht aus.

Von der Straße hörte er Schritte. Das wird sie sein, dachte er und lächelte. Angespannt spielte er mit der Klinge des spanischen Messers; er atmete jetzt schneller.

Ein dumpfes Geräusch.

Er wirbelte herum und runzelte die Stirn. Kam dieses Geräusch von der Wohnungstür? Nein! Schon wieder hörte er es! War jemand hier? In der Wohnung? Er duckte sich, umklammerte den Griff des Messers; sein Herz schlug schnell, seine Muskeln spannten sich. Schweiß trat auf seine Stirn. Angestrengt hielt er nach der geringsten Bewegung Ausschau; er spitzte die Ohren; seine Nerven nahmen die Schwingungen der Luft wahr.

Plötzlich fiel sein Blick auf den Garderobenschrank. Hatte er in diesen Schrank gesehen? Versteckte sich jemand darin?

Er bewegte sich auf den Schrank zu. Ganz langsam. Er wollte keinen unnötigen Lärm machen. Immer näher arbeitete er sich an den Schrank heran, sein Atem ging kurz und stoßweise. Mit der linken Hand näherte er sich dem Türgriff, während er die rechte mit dem Messer hochhob.

„ICH habe sie alle umgebracht."

Nach diesen Worten war seine Selbstbeherrschung zusammengebrochen. H. G. war nach vorn gekippt, lag mit dem Kopf auf dem Tisch und weinte vor Erleichterung. Er wußte, daß sein Verhalten unwürdig, unehrenhaft und ungeziemend war und fehlende Charakterstärke verriet, aber er konnte sich nicht länger zurückhalten. Wenn Amy noch in ihrer Wohnung war, dann konnte der Befehl, den Mitchell gegeben hatte, sehr wohl ihr Leben retten. Und nur das spielte im Moment eine Rolle. Deshalb war es ihm egal, seine Gefühle offen zu zeigen. Denn was hatte das schon für eine Bedeutung, verglichen mit der Liebe, für die er sich opferte? Was war er ohne sie?

Genug, sagte er sich; zur jüngsten Wendung seines Schicksals würde es ein Nachspiel geben. Durch sein Geständnis hatte er sich in eine hoffnungslos verstrickte Lage gebracht. Er seufzte. Er würde sich sehr bald im Gefängnis wiederfinden und nicht mit Amy zusammensein können. Auch wäre er nicht in der Lage, sich der *Utopia* zu bedienen, um dieser Welt voller Widersprüche und Unbill zu entfliehen. Dennoch gab er die Hoffnung nicht auf. Amy würde draußen um ihn kämpfen. Sie würde Beweise für seine Unschuld liefern und ihn freibekommen.

Trotz seiner Tränen lächelte er zuversichtlich. Ja, bald würde er mit Mitchell und der Polizei abrechnen. Irgendwie. Sein Opfer würde nicht vergebens sein. Hatte er inzwischen, falls es noch nicht zu spät war, nicht einen weiteren Sieg gegen die Mächte der Vorsehung erkämpft?

Mitchell, der kurz den Raum verlassen hatte, kam mit einer Tasse heißem Kaffee zurück. Er nahm Platz, zündete eine Zigarette an und setzte das Verhör fort, indem er spezifische Fragen stellte. H. G. fiel es nicht leicht, sie zu beantworten, denn er war kein guter Lügner.

Schließlich seufzte Mitchell, rieb sich über sein rauhes Gesicht und sagte zum wiederholten Mal: „Sie haben sie also alle umgebracht, hm?"

„Wie oft muß ich das noch sagen?"

„Wieso wissen Sie dann nicht, wieviel Jade Chang von ihren Kunden verlangte, als sie noch lebte?"

„Geld hat für mich keine Bedeutung."

„Welches Auto hatte Dolores Clark?"

„Ein . . . , ein schwarzes."

„Welche Marke?"

„Ich interessiere mich nicht für Automobile."

„Welche Farbe hatten die Polster?"

„Rot", antwortete er grinsend. „Nachdem ich mit ihr fertig war."

Mitchell machte ein finsteres Gesicht. „Was wurde Ihnen in der Wohnung von Marsha McGee zum Trinken vorgesetzt?"

„Das weiß ich nicht mehr."

„Das wissen Sie nicht mehr?"

Erbost richtete H. G. sich auf. „Ich habe bereits gestanden, Herr Leutnant! Was wollen Sie denn mehr?"

„Die Wahrheit."

Bevor er sein Verhör fortsetzen konnte, ging die Tür auf. Sergeant Ray betrat das Zimmer. Sein rundes Gesicht war totenblaß. Er machte einen entsetzten, verängstigten Eindruck.

„Ich muß Sie sprechen, Sir", verkündete er mit trauriger Stimme. Er sprach sehr leise. Dann warf er H. G. einen verstohlenen Blick zu, der Mitgefühl und Erstaunen verriet.

H. G. stand auf. „Geht es ihr gut?" fragte er zitternd. „So sagen Sie es mir doch! Geht es ihr gut?"

Mitchell ging mit Ray hinaus, ohne H. G. ins Gesicht zu sehen. Keiner beantwortete die Frage.

H. G. wußte jetzt, daß seine geliebte Amy tot war.

13

LEUTNANT MITCHELL blickte, auf einen Stuhl gestützt, aus dem Fenster auf die Bäume in der Straße, deren zarte Blätter gespenstisch im Schein der aufblitzenden roten und blauen Lichter der sechs Fahrzeuge vor dem Haus aufleuchteten. Nur einmal war ihm bei einer Morduntersuchung speiübel geworden. Das war vor siebzehn Jahren gewesen, als er gesehen hatte, was ein blindwütiger Ehemann seiner Gattin mit einer Flinte aus nächster Nähe zufügen konnte.

Das hier war schlimmer. Das war der Gipfel menschlicher Grausamkeit, war sein erster Gedanke gewesen, bevor er von großer Übelkeit übermannt wurde. Auch die ständige Tabakwolke um seinen Kopf konnte nicht verhindern, daß der Gestank geronnenen Bluts seine Schleimhäute reizte. Wie konnte ein Mensch etwas so Scheußliches tun? Er verzog angewidert sein Gesicht.

„Herr Leutnant", flüsterte ein uniformierter Beamter. „Ist mit Ihnen alles in Ordnung?"

„Stellen Sie keine blöden Fragen", erwiderte er leise. Er raffte sich auf und ging ins Wohnzimmer zurück, wo seine alte, zuverlässige Truppe in der Routine einer gründlichen Ermittlung begriffen war. Auch seine Leute waren entsetzt, ihre Mienen waren wie versteinert. Das gesamte Zimmer war mit Blut bespritzt und beschmiert. Umgekehrt gab es keinen Körperteil des Leichnams, der nicht in irgendeiner Weise geschändet und verstümmelt war.

Die Fotografen hatten ihre Arbeit getan und warfen Mitchell fragende Blicke zu. Er gab ihnen ein Zeichen zu gehen. Die Techniker schlossen das Einsammeln von Blutproben und die systematische Registrierung aller Spuren und Beweise ab. Und endlich – Gott sei Dank – hatten die Assistenten des Polizeiarztes, die normalerweise am schnellsten fertig waren, ihr Werk beendet und die verschiedenen Körperteile in Plastiktüten gesammelt.

Mitchell blieb noch in der Wohnung, nachdem schon alle gegangen waren. Er wollte sich dieses Schreckensbild für immer in sein Gedächtnis prägen, denn in diesem Fall hatte er in bezug auf den Tatverdächtigen einen fatalen Fehler gemacht. Das mußte er wiedergutmachen. Er erinnerte sich an die anderen Opfer – das chinesische Freudenmädchen, die Verkäuferin und die Anwaltstochter. Jeder dieser Morde war fast zelebriert worden. Aber hier war es anders. Der Mörder war blindwütig vorgegangen. Die ersten Ermittlungen ergaben, daß vor der Tat kein sexueller Kontakt stattgefunden hatte. Folglich mußte der Mörder irgendwie überrascht worden sein, folgerte Mitchell. Etwas mußte schiefgelaufen sein.

Er verließ die Wohnung und ging ins Treppenhaus. Vielleicht hatte ein Hund gebellt. Oder ein Nachbar war unerwartet gekommen. Das änderte nichts an der Tatsache, daß er vollkommen im dunkeln tappte. Niedergeschlagen stellte er fest, daß seine Theorie über Wells zwar logisch, aber trotzdem unrichtig war. Nichtsdestoweniger kaufte er ihm aber auch nicht die Geschichte mit der

Zeitmaschine ab. Das konnte einfach nicht sein! Er konnte sich also nur der Meinung von Sergeant Ray anschließen, daß Wells ein Hellseher war. Ohne übersinnliche Kräfte wäre es ihm niemals möglich gewesen, zwei Morde vorherzusagen.

Er trat durch die Tür auf den Gehsteig und sah, daß eine ganze Schar von Reportern die Polizisten bestürmte, die das Haus abschirmten. Als man ihn sah, begann eine wilde Fragerei.

„Gab es in diesem Haus einen weiteren Mord, Herr Leutnant?"

„Ja."

„War es ein ähnlicher Fall wie bei Dolores Clark?"

„Ja, es gibt Ähnlichkeiten."

„Haben Sie schon einen Verdächtigen?"

„Kein Kommentar, meine Herren."

„War das Opfer eine Prostituierte?"

„Nein, sie war keine Prostituierte. Wenn Sie mehr erfahren wollen, dann müssen Sie sich gedulden, bis die Angehörigen verständigt sind. Und jetzt entschuldigen Sie mich bitte."

„Die Nachbarn sagen, daß eine Miß Amy Robbins dort oben wohnt! War sie es, Herr Leutnant?"

„Ich weiß es nicht, meine Herren." Er drehte sich um und sah sie an. Seine Stimme wurde stockend. „Es ist unmöglich, die Leiche zu identifizieren! Sie ist nicht identifizierbar, verstehen Sie, meine Herren?"

Amy ist tot. Gott stehe mir bei!

H. G. wischte sich mit seinem Taschentuch das Gesicht trocken. Seine Augen waren blutunterlaufen, sein Hals trocken.

Leutnant Mitchell war ins Zimmer gekommen. Er stand einfach da und sah H. G. an. „Sie sind ein freier Mann und können gehen."

H. G. nickte nur.

„Es tut mir sehr leid. Glauben Sie mir, es tut mir wirklich sehr leid."

H. G. stand auf und nahm seine Sachen – außer der Pistole, die beschlagnahmt worden war. Die Zeitung aus der Zukunft warf er in den Papierkorb. Dann ging er hinaus.

„Kann ich Sie irgendwohin mitnehmen?" rief Mitchell ihm nach.

Der frühere Verfechter idealistischer Ideen antwortete über die Schulter, ohne sich umzudrehen: „Sie verfügen kaum über Mittel, mich weit genug von diesem Ort wegzubringen, Herr Leutnant."

H. G. entfernte sich vom Hauptquartier der Polizei und wurde bald vom Nebel verschluckt. An einer Straßenkreuzung blieb er kurz stehen. Seine Körperhaltung hatte sich geändert. Er stand nicht mehr vollkommen aufrecht, sondern gebückt, instinktiv war er auf das Unerwartete vorbereitet. Seine zusammengekniffenen Augen spiegelten den Wandel seiner Stimmungen und Anschauungen wider.

Ein leichter Windstoß wirbelte den Abfall unter den Autos am Straßenrand in die Luft. H. G. nickte, als ob das seine neue Einstellung bestätigt hätte. Der Abfall würde sich schließlich in einem Slum sammeln. Der Sanftmütige sollte nicht die Erde erben. Nur ihren Müll.

Er winkte ein Taxi heran, obwohl er nicht wußte, wohin er fahren wollte. Dann seufzte er und zuckte die Achseln. Für wen hielt er sich eigentlich, zu glauben, daß er den schlimmsten aller Verbrecher, Leslie John Stephenson, überlisten könnte? Aber was spielte das noch für eine Rolle? Amy war tot, und er hatte nicht mehr die Kraft, das so unvollkommene zwanzigste Jahrhundert zu ertragen. Er hatte 1979 gründlich satt.

Er bat den Taxifahrer, ihn zum Naturwissenschaftlichen Museum am Golden-Gate-Park zu fahren. Ja, zum Teufel mit 1979! Er würde sich geschlagen geben, an Bord seiner Zeitmaschine klettern und sich in seine eigene, feinere Zeit bringen lassen. Nach seiner Ankunft würde er das Schild *Utopia* oberhalb der Kabinentür entfernen. Er würde das Wort (und hoffentlich das Gedankengut, das es repräsentierte) auslöschen, indem er die Messingplatte einschmelzen und in die Themse werfen würde. Dann würde er sein Leben dort, wo er es unterbrochen hatte, wiederaufnehmen und sich den grausamen Banalitäten des Alltags widmen.

Sie fuhren über die Market Street und bogen nach Westen in die Geary Street ab. Plötzlich kam ein unerklärliches Gefühl über ihn. Er beschloß, für ein letztes Mal nach Russian Hill zurückzukehren. Es überkam ihn wie ein Zwang. Ja, sie war jetzt tot, aber er könnte sich zumindest von ihr verabschieden.

Er stieg an der Ecke Green Street aus. Er bewegte sich langsam auf Amys Haus zu. Seine Gedanken drehten sich nicht mehr um freien Willen, Vorsehung und Wissen um die Zukunft. Seine Miene war wie versteinert. Es war kalt.

Leslie John Stephenson stand im Schatten der dichten Hecken zwischen zwei Häusern am oberen Ende der Sackgasse. Sein Versteck war gut abgeschirmt, dennoch hatte er freie Sicht auf die Green Street. Er hatte auch Amy Robbins bei sich, die lebte. Er hielt sie mit einer Hand an den Haaren fest, während er mit der anderen sein spanisches Messer an ihre Kehle hielt. Sie zitterte wie ein Vogel in den Klauen eines Raubtiers und gab keinen Ton von sich.

Stephenson beobachtete die Straße und wartete. Er sagte nichts, denn es gab nichts zu sagen. Vielmehr war er in Gedanken versunken. Der Abend war nicht wunschgemäß verlaufen. Er hatte Amy Robbins im Schrank in der Diele gefunden. Sobald sie sein Messer erblickt hatte, hatte sie keinen Widerstand mehr geleistet. Aber dann war diese andere Frau, ohne anzuklopfen, in die Wohnung gekommen und hatte sich entschuldigt, daß sie sich etwas verspätet hatte. Die Frau hatte das Messer an Amys Kehle gesehen und geschrien. Geistesgegenwärtig hatte er Amy Robbins mit einem kräftigen Schlag bewußtlos geschlagen, war zu der anderen Frau gestürmt und hatte ihr kurz und bündig die Kehle durchgeschnitten. Dann war er Amok gelaufen.

Er runzelte die Stirn und verfluchte sich. Dieses Mal hatte es so viel Blut gegeben. Wenn er doch nur nicht seiner Wut nachgegeben und darin geschwelgt hätte! Hätte er das andere Mädchen doch nur getötet und es dabei belassen. Dann hätte er immer noch in der Wohnung bleiben und wie geplant fortfahren können. Aber nachdem er sich am toten Körper der Frau ausgelassen hatte, war Amy Robbins wieder zu Bewußtsein gelangt und hatte einen markerschütternden Schrei ausgestoßen. Mit der scharfen Schneide an ihrem Hals hatte er sie zum Schweigen gebracht, aber es war bereits zu spät. Jemand hatte die Hilferufe bestimmt gehört; folglich war er gezwungen gewesen, mit ihr zu fliehen.

Sobald sie in Sicherheit waren, hatte er Amy Robbins unter Androhung des Todes zum Reden gebracht. Er hatte erfahren, daß sie Wells tatsächlich in ihrer Wohnung erwartet hatte. Deshalb waren sie zu diesem Versteck in der Nähe des Hauses gegangen. Stephenson hoffte nur, daß Wells auf seine Forderungen eingehen würde. Aber was immer auch geschehen mochte, er durfte nicht mehr die Selbstbeherrschung verlieren. Unwillkürlich hielt er sein Opfer fester. Sie stöhnte vor Schmerzen.

Und dann sah er den kleinen Wissenschaftler, der die Green Street entlangschlurfte. Der Mann machte einen niedergeschlagenen Eindruck. In Höhe des Hauses des Mädchens blieb er stehen und sah zu den dunklen Fenstern der Wohnung hoch. Dann verbarg er sein Gesicht in den Händen.

Stephenson grinste wieder. Wahrscheinlich ließ sich die Sache doch leichter an, als er ursprünglich angenommen hatte. Vielleicht hatte er die Intelligenz von H. G. Wells überschätzt.

Er drückte die Spitze des Messers fester an den Hals des Mädchens. Sie gingen gemeinsam über die Anhöhe hinunter und bezogen neben einem alten viktorianischen Haus in der Sackgasse Stellung. Stephenson wollte noch nicht aus dem Schatten treten, um nicht entdeckt zu werden. Er konnte sich auch nicht durch Rufe bemerkbar machen. Er überlegte kurz, dann holte er seine Uhr aus der Tasche und klappte den Deckel auf.

Das französische Wiegenlied ertönte; die süßliche Melodie wurde durch den Nebel etwas gedämpft, war aber dennoch gut vernehmbar.

Stephenson beobachtete, wie Wells den Kopf hob, einen Augenblick lauschte und sich dann neugierig, aber vorsichtig näherte.

ZUERST glaubte H. G., die Musik käme aus einer der Wohnungen, aber angesichts der späten Stunde war das unwahrscheinlich. Vielleicht hatte jemand vergessen, das Radio in seinem Auto abzuschalten. Er spähte in das offene Fenster eines unförmigen Fahrzeuges am Straßenrand.

„H. G.!"

Er wirbelte herum und riß den Mund auf. Jemand hatte seinen Namen gerufen, und die Stimme war ihm sehr vertraut! Wurde er von seinen Sinnen zum Narren gehalten?

„H. G., ich bin hier drüben!"

Amy lebte! Mit einem heiseren Aufschrei rannte er zur Hausmauer und glaubte schon, ihren warmen schönen Körper an seiner Brust zu spüren.

„Amy! O mein Gott, Amy! Geht es dir gut? Fehlt dir etwas?" Und dann blieb er plötzlich stehen. Sie waren aus dem Schatten des Hauses getreten. H. G. sah das Messer, das Stephenson an ihren Hals hielt.

„Amy, mein Gott!" Er traute seinen Augen nicht. „Aber wer . . . ?"

„Er hat Carole ermordet", krächzte sie. „Carole Thomas, meine Arbeitskollegin. Ich hatte sie zum Dinner eingeladen." Ihre Stimme versagte fast, als sie weitersprach: „Du hattest recht. Die Zeitung hatte unrecht."

H. G. sah Stephenson an. „Was zum Teufel willst du?"

Stephenson kicherte. „Das kannst du dir doch denken. Den Spezialschlüssel zur Abschaltung der Rückkehrautomatik. Gib ihn mir, und wir sind quitt."

H. G. machte große Augen. „Woher weißt du davon?"

„Na, woher schon? Aus den Unterlagen in deinem trübseligen Laboratorium in Mornington-Crescent. Da mir die besten Beamten von Scotland Yard dicht auf den Fersen waren, hatte ich allerdings keine Gelegenheit mehr, mir den Schlüssel schon damals zu beschaffen."

„Glaubst du wirklich, ich würde dir den Schlüssel geben?" fragte er.

„Möchtest du Miß Robbins sterben sehen?"

H. G. fing an zu zittern. „Sie hat damit nichts zu tun! Das ist eine Sache zwischen dir und mir!"

„Die Heldenrolle steht dir nicht, Wells", entgegnete Stephenson verächtlich. „Dazu fehlt dir die Statur und das Überzeugungsvermögen."

„Bei Gott, Mann, sei doch vernünftig!"

„Ich bin vernünftig. Aber ich kann doch nicht zulassen, daß du mich wie der Fliegende Holländer durch alle Zeiten hindurch verfolgst, wie?"

H. G. antwortete nicht, denn seine Blicke ruhten auf Amy. Sie sahen sich in die Augen, und er erkannte das Entsetzen und die Todesangst, die in ihren Zügen geschrieben standen.

„Ein herrliches Geschöpf, nicht wahr?" Stephenson ließ die flache Seite der Klinge langsam über ihren Hals gleiten, als wollte er sie liebkosen. „Es wäre schade, wenn ich ihr ein Haar krümmen müßte, weil du so engstirnig bist."

H. G. sah seinen Gegenspieler mit glasigen Augen an. Er brachte kein Wort über die Lippen. Er wartete auf einen Geistesblitz, um den Spieß umdrehen zu können. Aber vergebens.

„Wir verschwenden Zeit", bemerkte Stephenson ganz beiläufig. „Gib mir den Schlüssel, oder ich töte sie."

H. G. gab sich geschlagen. Er hatte wirklich keine andere Wahl. „Läßt du sie dann frei?"

Stephenson brach in lautes Lachen aus. „Natürlich, Wells. Hast du noch nicht begriffen, daß ich nur den Schlüssel will? Wir machen nur einen kleinen Tausch, der uns beiden einen Vorteil bringt."

„Versprichst du es?"

„Du hast mein Ehrenwort."

„Gut. Ich gebe nach." Er seufzte erleichtert. „Laß sie los, und ich werfe dir den Schlüssel zu."

Stephenson kicherte. „Nein, mein Lieber. Vorsicht ist die Mutter der Porzellankiste." Er machte eine kleine Pause. „Du wirfst mir den Schlüssel zu. Dann lasse ich das Mädchen los."

„Bei deiner Ehre?"

„Als Gentleman."

H. G. griff in die Tasche und förderte den kleinen Schlüssel zutage, mit dem sich die RRL abschalten ließ. Er blickte den Schlüssel sehnsuchtsvoll an. Er erinnerte sich daran, wie er ihn mit seinen eigenen Händen angefertigt hatte. Dann warf er Stephenson den Schlüssel zu. Klirrend schlug er vor den Füßen Amys auf dem Boden auf. Stephenson schnappte sich den Schlüssel und verfestigte dann seinen Griff in Amys Haar. Das Messer legte er wieder an ihren Hals. Er lächelte H. G. verschmitzt an und ging dann über den Gehsteig zur Straße.

„Die Sache hat nur einen Haken, mein Lieber. Eigentlich hättest du wissen sollen, daß ich kein Gentleman bin."

H. G. taumelte. War das das Resultat seiner moralischen Haltung, seiner Ehrlichkeit und Vertrauensseligkeit? Die Folge seines strikten Glaubens an das Wort eines Gentlemans? Das konnte nicht sein! Oder waren die Schicksalsmächte darauf aus, ihm eine Lektion zu erteilen, jetzt, wo sie ihn ganz unten hatten? „Bitte, laß sie frei! Sie hat mit dieser Sache nichts zu tun!" flehte er.

Stephenson kicherte. „Natürlich, mein Lieber, das hat sie. Soweit ich sehe, bist du in sie verliebt, nicht wahr?"

„Ja, aber was macht das für einen Unterschied?"

„So soll ihr das Leben genommen werden, damit du um sie trauern kannst."

„Nein, warte!"

Der Arzt lachte. „Nimm es nicht so tragisch, mein Freund. Beruhige dich. Ich werde sie nicht vor deinen Augen ins Jenseits befördern. Zwar bin ich kein Gentleman, aber ich bin nicht geschmacklos. Also reg dich nicht unnötig auf. Sie wird ihrem Schöpfer irgendwo auf der vierten Dimension entgegentreten, nachdem wir Gelegenheit hatten, uns gegenseitig zu genießen."

Mit wutverzerrtem Gesicht schrie H. G. ihn an: „Du wirst nicht weit kommen! Ich werde die Polizei rufen!"

„Mach, was du willst, du kleiner Narr." Stephenson lachte, dann öffnete er die Tür des unförmigen Wagens mit dem Schiebedach.

„H. G.!" Amy rief in größter Verzweiflung. „Er hat ihr auch die Wagenschlüssel genommen! Das ist Caroles Auto!"

Dann zwang Stephenson sie, sich auf den Fahrersitz zu setzen und den Motor anzulassen.

H. G. lief verzweifelt zu dem Fahrzeug, das sich bereits in Bewegung setzte. Er konnte es nicht mehr erreichen. Schließlich sah er nur noch die roten Schlußlichter, die an der Kreuzung verschwanden.

H. G. rannte zu ihrem Haus und ging hinein. Die Polizei alarmieren! Sie war zwar bereits zweimal zu spät gekommen, dennoch mußte er es versuchen. Er stürmte über das Treppenhaus zu ihrer Wohnungstür.

Die Tür war verschlossen.

Er sank auf den Fußboden und vergrub das Gesicht in seinen Händen. Natürlich! In der Wohnung war ein Mord passiert, und die Polizei hatte sie zur Spurensicherung selbstverständlich abgeschlossen. Er verfluchte sich viele Dutzende Male. Wie konnte es nur geschehen, daß er so einer niederträchtigen Bestie vertrauen konnte? Wie konnte er sich nur auf das Ehrenwort eines solchen Schurken verlassen? Er war ein Narr, ein verdammter Idiot! Dann begann er zu schluchzen. Er hatte die größte Liebe seines Lebens verloren. Er hatte seine Maschine, die *Utopia,* verloren. Er war hoffnungslos in einer Zeit gestrandet, die er am liebsten für immer aus seinem Gedächtnis streichen wollte. Wie konnte er nur den Schlüssel hergeben?

Plötzlich stand er auf und keuchte. Schlüssel? Er griff in die Tasche und zog einen Schlüsselring mit Schlüsseln heraus. Amy hatte mit einem dieser Schlüssel ihren Wagen angelassen. Seine Gedanken überschlugen sich. Natürlich! Er konnte ihnen folgen! Es spielte keine Rolle, daß er vorher noch nie ein Kraftfahrzeug gelenkt hatte. Die grundlegenden Abläufe waren ihm klar, die Funktionen hatte er sich mehr als einmal erklären lassen. Wenn alle Durchschnittsmenschen des zwanzigsten Jahrhunderts es vermochten, dann gab es keinen Grund, wieso ein logischer und vernünftiger Zeitgenosse des neunzehnten Jahrhunderts es nicht auch zuwege bringen sollte. Zudem schloß in diesem Fall die Dringlichkeit der Situation ein weiteres Zögern aus.

H. G. rannte auf die Straße und stieg in Amys Wagen. Er warf einen kurzen Blick auf die Schalter und das Armaturenbrett, dann nickte er. Er steckte den Zündschlüssel ein, drehte ihn, und der Motor erwachte zum Leben. Er lächelte und drehte das Steuerrad nach links und rechts, um ein Gefühl dafür zu bekommen. Er drückte leicht auf das Gaspedal. Der Wagen machte einen Sprung nach vorne und donnerte gegen das Fahrzeug davor. Glas splitterte. Nach kurzer Überlegung legte er den Schalthebel auf „R" um. Das Auto sauste nach hinten und knallte gegen den Wagen hinter ihm. Mehr Glas splitterte.

„Verflixt", murmelte er.

Fenster öffneten sich, und Lichter gingen an. Erboste Menschen begannen zu schimpfen. Endlich schlug H. G. das Lenkrad stark ein und betätigte gleichzeitig den Schalthebel. Mit einem Satz bewegte sich der Wagen aus der Parklücke auf die Fahrbahn. Er wendete in einem großen Halbkreis und streifte dabei weitere drei parkende Autos auf der gegenüberliegenden Straßenseite. Er drehte das Steuerrad nach links und rechts und trat das Gaspedal ganz durch. Wie beim Beschleuniger in meiner Zeitmaschine muß man entschlossen vorgehen, dachte er. Der Wagen jagte auf die Kreuzung zu und brauste über die Jones Street.

Glücklicherweise gab es zu dieser späten Stunde so gut wie keinen Verkehr, denn als H. G. die Van Ness Avenue erreichte, hatte er bereits sechs rote Ampeln überfahren und ein Dutzend parkender Autos gestreift, da er in Schlangenlinien fuhr. Amys Wagen sah aus, als wäre er durch einen Meteoritenhagel gefahren.

Er bog nach Süden ab, zog das Lenkrad aber zu fest herum und fuhr quer zur Fahrbahn auf den Gehsteig zu. Er fluchte und lenkte wieder nach rechts, aber schon schoß das Auto durch eine Reihe von Mülltonnen am Straßenrand. Er fluchte wieder und manövrierte das Kraftfahrzeug vorsichtig auf die Fahrbahn zurück. Er erkannte, daß er behutsamer vorgehen mußte, um zum Museum zu gelangen. Er fuhr langsam und auf einer geraden Linie über die verbleibende Strecke der Van Ness Avenue. Es gab keine weiteren Zwischenfälle.

Als er an die Schnellstraße kam, gelang ihm eine holprige

Rechtskurve, aber er übersteuerte das Fahrzeug schließlich und streifte ein Vorfahrtsschild. Der Motor fing an zu ticken, und er befürchtete, daß er ihn irgendwie beschädigt hatte. Er befürchtete auch, zu langsam zu sein, also drückte er das Gaspedal stärker. Er lenkte jetzt wieder in Zickzacklinien, und der mitgenommene Wagen schwankte wie ein Schiff im Sturm. Da die Straße kurvenlos war, kam H. G. gut voran. Aber schließlich senkte sich die Straße und führte durch einen Tunnel. Er wurde wieder nervös, hielt sich verkrampft am Lenkrad fest und schrammte mit dem Fahrzeug an einer Betonmauer entlang.

Er zog das Steuer nach links und wiederholte den Vorgang an der gegenüberliegenden Betonwand.

„Mein Gott!" rief er und drückte unwillkürlich auf das Gaspedal. Der Motor sprach sofort an, und das Fahrzeug schoß aus dem anderen Ende des Tunnels. H. G. hatte Todesangst; sein Gesicht war aschfahl; sein Herz hämmerte; seine Augen hatte er starr auf die Fahrbahn vor sich gerichtet. Das Auto, dessen tragende Teile gestaucht waren, entwickelte plötzlich einen starken Drang nach rechts. H. G. versuchte mit aller Kraft, es wieder nach links zu bringen. Aber es ging nicht. Mit Entsetzen sah er, daß er direkt auf eine Telefonzelle zusteuerte. Er wich dem Hindernis aus, indem er weiter nach rechts lenkte, donnerte über den Bordstein und durch eine Ziegelmauer. Mehrere Mülltonnen fielen ihm zum Opfer, bevor er schließlich wieder auf die Straße kam.

Trotz des beschädigten Fahrzeuges schaffte H. G. es bis zum Park Presidio Boulevard. Er fuhr auf der breiten Straße nach links, sah jedoch nicht, daß diese Straße – im Gegensatz zu den anderen – in der Mitte einen Grünstreifen hatte.

„Zum Teufel!" stieß er aus.

Der Wagen machte einen Satz über die Bordsteinkante, durchbrach eine Hecke und riß die Grasdecke auf. Das Fahrzeug wackelte und quietschte auf dem Mittelstreifen, als wollte es jeden Augenblick in die Luft gehen. In panischer Angst riß H. G. das Steuer herum und landete wieder auf der Fahrbahn. Er fuhr jedoch auf der Einbahnstraße in die falsche Richtung, was er natürlich nicht wissen konnte. Endlich kam er in den Golden Gate Park. Doch da kam ihm hupend ein anderes Fahrzeug entgegen. H. G. erstarrte vor Schreck, zwang sich aber sofort zu handeln. Nach einem wilden Ausweichmanöver nach links entwischte er dem entgegenkommenden Gefährt nur um Haaresbreite. Mit einem wilden Satz sprang sein Wagen über die Bordsteinkante, drehte sich zweimal um die eigene Achse, rollte den flachen Hügel hinunter und kam schließlich inmitten eines Tümpels der Japanischen Teegärten zum Stehen.

Benommen, aber unverletzt, kletterte H. G. aus dem Wrack. Er watete durch das schlammige Wasser zum Ufer. Sobald er sich wieder einigermaßen erholt hatte, sah er durch den dunklen Nebel die schwachen Umrisse des Museums. Er lächelte triumphierend und lief auf das Gebäude zu.

Er betrat das Museum durch dieselbe Hintertür, aus der er vor fünf Tagen so unschuldig ins zwanzigste Jahrhundert getreten war. Er lief über den Hauptkorridor in den Ausstellungssaal. Die Wächter waren tot. Einer war in der großen Halle niedergestochen worden, der andere lag in einer Blutlache im Rundbau. Keiner hatte eine Chance gehabt, sich zu verteidigen.

Endlich kam er in den Ausstellungssaal, wo Stephenson soeben dabei war, Amy in die Kabine zu befördern. Er drehte sich um, winkte H. G. zu, dann stieg er selbst hinein. Mit einem wütenden Aufschrei lief H. G. zur *Utopia.* Aber schon hatte Stephenson die Kabinentür zugeschlagen und abgesperrt. H. G. hämmerte hilflos dagegen. Er versuchte, mit seiner Hand unter die Tür oder eine der Platten zu gelangen, aber die glatte Metalloberfläche war so sorgfältig zusammengefügt, daß er nicht einmal seine Fingernägel in die Ritze schieben konnte.

Der Antrieb! Er konnte ihn sabotieren!

Er lief um die Zeitmaschine herum, zog am Griff an der Haube, aber es tat sich nichts. Dann fiel ihm ein, daß er aus Sicherheitsgründen eine Zentralverriegelung angebracht hatte, die sofort in Aktion trat, sobald die Kabinentür abgeschlossen war. Er kniete sich auf den Boden und vergrub das Gesicht in den Händen. In diesem Augenblick verfluchte er seinen genialen, gewissenhaften Verstand, denn niemand konnte den Flug jetzt noch verhindern.

SOBALD er mit Amy sicher in der Kabine eingeschlossen war, ließ Stephenson sein Opfer los und machte sich wieder mit den Schaltern und Vorrichtungen vertraut. Amy warf sich auf den Boden und streckte ihre Hände nach dem Türgriff und dem Schloß aus. Sie spürte seine Hand an ihrer Schulter. Er wirbelte sie herum und umfaßte ihr Kinn. Wütend biß sie durch sein Fleisch bis auf den Kochen. Er brüllte vor Schmerz, hob seine Hand und wollte sie niederstechen. Sie hemmte durch einen Schlag die Bewegung der stechenden Hand, machte schnell einen Schritt nach vorn und stieß mit ihrem Knie in seine Leistengegend. Er schrie auf, ließ das Messer fallen und faßte sich mit beiden Händen an den Unterleib. Wimmernd vor Schmerz drehte er sich halb um. Sie ließ nicht von ihm ab und wollte ihm die Augen auskratzen, aber er schleuderte sie mit einem kräftigen Schlag gegen die Kabinenwand. Mit dem Hinterkopf schlug sie auf den harten Stahlplatten auf.

Benommen unternahm sie einen erneuten Versuch, die Tür zu erreichen. Mit voller Kraft landete seine Faust in ihrer Magengrube. Sie ging bewußtlos zu Boden.

Als sie wieder zu sich kam, fror sie sehr. Sie hörte sein angestrengtes Atmen. Er bewegte sich in der Kabine und betätigte Schalter und Knöpfe. Ihre Gedanken wurden immer klarer. Sie lag auf dem Boden. Ihr Bauch war von der ungeheuren Kraft seines Faustschlages geschwollen. Sie wollte aufstehen, es ging aber nicht. Er hatte ihr mit ihrer Bluse die Hände auf den Rücken gefesselt. Sie stöhnte leise. Er drehte sich zu ihr und kam näher. Obwohl er leicht gebückt ging, schien er sich doch wieder gut von ihrem Schlag erholt zu haben.

Grinsend kniete er sich neben sie, untersuchte ihr Gesicht und tastete dann mit seinen Doktorhänden ihre intimen Körperteile ab. Jetzt ist es aus, sagte sie sich, bald würde sie sterben. Aber zuerst würde er sie mißbrauchen; wahrscheinlich auf vielfältige Art. Hoffentlich würde er sein grausames Ritual nicht zu lange ausdehnen. Mehr konnte sie nicht mehr hoffen. Dann lenkte sie ihre Gedanken auf H. G. Er war in Sicherheit. Gott sei Dank!

Er drehte ihr Gesicht im Licht, und dann mußte sie in seine kleinen, tiefsitzenden Augen blicken. Sie waren wie die Augen des Teufels. Zusammengekniffen und abstoßend. Verrückt.

„Dein Haar ist nicht so schwarz wie ihres“, sagte er. „Und deine Haut ist nicht so weich.“ Dann lächelte und nickte er. „Aber all die anderen können dir nicht das Wasser reichen.“

Er richtete sich auf und griff nach ihr. Ohne Anstrengung hob er sie hoch und setzte sie auf den Drehstuhl. Er nahm neben ihr Platz und befestigte das Gurtwerk um sie. Amy zitterte. Die Zeitbestimmungsanzeige war auf das Jahr 2000 eingestellt! Er drückte mit beiden Händen den Beschleunigungshebel durch. Dabei stieß er einen Freudenschrei des Triumphes aus.

Aber nichts geschah.

Plötzlich hob H. G. den Kopf. Er runzelte die Stirn und lauschte. Seltsam, dachte er, der Antrieb gab keinen Laut von sich. Deshalb war Stephenson noch da. Aber wieso? Er sprang schnell auf, und da fiel ihm der Grund ein: Er hatte das Schloß wieder am Zentralantrieb befestigt. Damit war es ausgeschlossen, daß der Generator dem Antrieb Strom liefern konnte!

Als sie vom Ausflug nach dem Samstag zurückgekehrt waren, hatte er sich darüber geärgert, das Schloß mit der Feile durchgesägt zu haben. Dennoch hatte er das kleine Gerät wieder eingelegt. So hatte er sichergestellt, daß die Maschine nicht funktionieren würde, weil das verstümmelte Schloß immer noch den freien Lauf des Getriebes blockierte.

Er hörte, wie mit großem Getöse die Kabinentür entsichert und geöffnet wurde. Dann schob Stephenson Amy aus der Öffnung und folgte selbst nach. Das Messer war an ihrem Hals.

„Wie du siehst", stellte Stephenson kühl fest, „lebt sie noch."

H. G. war dankbar und erleichtert zugleich, zeigte seine Gefühle aber nicht.

„Die Frage ist nur, wie lange das noch der Fall sein wird, Wells! Entweder du reparierst dieses verdammte Ding, oder ich töte sie an Ort und Stelle."

„Wenn ich die Störung beseitige, dann wirst du sie trotzdem umbringen." H. G. war ganz ruhig. Seine Stimme verriet sein Herzklopfen und seine Spannung nicht.

Der Doktor grinste. „Vielleicht, vielleicht aber auch nicht." Er lehnte sich gegen die Seitenwand der Zeitmaschine, Amy immer noch fest im Griff. „Du hast also gar keine Wahl, nicht wahr?"

„H. G., nein!" schrie Amy. „Tu es nicht!"

Stephenson lachte. „Er muß die Maschine reparieren, meine Liebe, weil er hoffnungslos in dich verliebt ist. Ist es nicht erstaunlich, wie schwach das menschliche Herz ist?" Er wandte sich an H. G. „Los! Bring das verdammte Ding in Ordnung!"

H. G. zuckte hilflos mit den Achseln. „Aber ich habe kein Werkzeug."

Stephenson bückte sich und holte das chirurgische Messer aus seinem Stiefelschaft. Er warf es H. G. vor die Füße.

„H. G., bitte!" schrie sie. „Lieber sterbe ich!"

H. G. hob das Messer auf und ging zum Antrieb. Er öffnete die Haube und zwängte sich in das Gehäuse. Er benötigte das Messer – und andere Werkzeuge – gar nicht, um das Schloß aus dem

Antrieb zu entfernen. Er mußte nur in das Getriebe greifen, sein Handgelenk drehen, die Finger ausstrecken, und schon hatte er das kleine Ding in der Hand. Jetzt war der Antrieb funktionstüchtig. Dann atmete er tief und studierte die komplexen Drahtleitungen. Er kniff die Augen zusammen. Entschlossen biß er die Zähne zusammen. Ja, die Zeitmaschine würde schon funktionieren, aber nicht auf die Art und Weise, die Stephenson erwartete. H. G. hob das Messer des Verbrechers.

„Warum, zum Teufel, brauchst du denn so lange?" wollte Stephenson wissen.

H. G. glitt aus dem Gehäuse, richtete sich auf und verschloß die Haube.

„Nun?"

„Fertig!"

Der Doktor grinste. „Danke, Wells. Du bist kein Spielverderber." Er nahm eine Goldmünze aus seiner Tasche und warf sie H. G. zu. „Behalt das Wechselgeld, alter Knabe!"

Er drehte sich um und begann Amy in die Kabine zu drängen.

Sie stöhnte verängstigt und leistete Widerstand. „Warum hast du das getan, H. G.?" schrie sie. „Warum?"

„Weil er ein Narr ist, der an das Gute im Menschen glaubt!" Mit einem energischen Stoß beförderte Stephenson Amy halb in die Kabine. Trotz des Messers an ihrer Kehle leistete sie immer noch Widerstand. Schließlich hatte er sie ganz drinnen, verlor aber dabei etwas das Gleichgewicht. Er strauchelte, und seine Uhrkette verfing sich im Türgriff. Unwillkürlich drehte er sich um, um die Kette zu lösen, und ließ seine Geisel los.

Mit einem gewaltigen Sprung floh Amy aus der Zeitmaschine.

H. G. stürzte blitzschnell auf Stephenson zu. Dieser sah ihn kommen, stieß einen Fluch aus, schlug die Tür zu und sperrte sie ab. Seine Taschenuhr hing am äußeren Türgriff und baumelte an der Kette; der Deckel hatte sich geöffnet, und das französische Wiegenlied ertönte.

H. G. hämmerte gegen die Tür und erkannte wieder, daß seine Bemühungen vergeblich waren. Er konnte nichts tun. Ein leises Summen ging von der *Utopia* aus. Stephenson bereitete sich im Innern zweifellos auf den Abflug vor. Da entdeckte H. G. unter der Tür den ringförmigen Griff des Neigungsmessers. Er zog das prismenförmige Deklinometer aus der Maschine, legte es auf den Fußboden und entfernte sich dann von der *Utopia*.

Jetzt löste er schnell Amys Fesseln, dann fielen sie einander in die Arme. Ihr geschmeidiger Körper zitterte, als der Schock aus ihren Gliedern wich.

Sie begann zu schluchzen. Aber ihr Weinen verwandelte sich allmählich in Freudentränen.

Auch er weinte. Amy war endlich in Sicherheit!

Sie entfernten sich von der *Utopia* und hielten einander ganz fest, während ihre Gestalten in das tiefe Blau der sich aufbauenden Energiefelder getaucht wurden. Er hielt sie noch fester und bedeckte ihr Gesicht und Haar mit zärtlichen Küssen. Sie schluchzte nicht mehr, sondern beobachtete – wie er – gebannt das Geschehen um die Zeitmaschine. Das Summen verwandelte sich in das vertraute Brausen. Die Maschine war also unmittelbar vor dem Start. Hinter den kleinen Kabinenfenstern blinkte ein rotscheinendes Licht. Stephensons Sprung auf die vierte Dimension stand unmittelbar bevor. Die Aura um die Maschine wurde weißlich und verwandelte sich in ein Inferno rotierender, gleißender Farben. H. G. hielt gespannt den Atem an. Würde die *Utopia* explodieren? Er wußte wirklich nicht, was geschehen würde.

Plötzlich knurrte und brummte die Maschine, als würde sie sich selbst in Stücke zerreißen. Ein lauter Knall dröhnte in ihren Ohren, gefolgt von einem noch mächtigeren Brausen. Dann wurden ihre Augen von einer grellen Lichtexplosion geblendet.

Ein langer, qualvoller Schrei drang durch die Kabine an ihre Ohren, obwohl die Verkleidung schalldicht war. Ein fürchterliches, unaufhörliches Klagen, das durch das Universum schallte. Und dann war es still. Von der Spitze der Kabine stieg eine kleine Rauchwolke auf und verschwand dann zusammen mit dem bläulichen Schimmer um die *Utopia*.

NACHDEM H. G. und Amy das Museum verlassen hatten, zogen sie sich in eine kleine Bar zurück. Zuerst wollte Amy wissen, was H. G. unternommen hatte, nachdem sie endgültig vor ihrem Peiniger fliehen konnte. H. G. erklärte seiner Geliebten, daß er das prismenförmige Deklinometer aus der Maschine reißen konnte, nachdem Amy nicht mehr gefährdet war. Im Innern der Maschine bewirkte das keine Veränderung; folglich konnte Stephenson auch nicht ahnen, daß er sich auf eine Reise begab, die niemals enden würde.

„Oh!" sagte Amy erstaunt. „Dann schicktest du ihn in die Ewigkeit."

„Genau." Er lächelte und nickte.

„Heißt das, daß er tot ist?"

„Das weiß ich nicht." Er trank seinen Gin. „Und ich möchte darüber auch keine Spekulationen anstellen. Nur eines ist sicher: Dr. Stephenson ist für immer aus der Zeit verbannt. Du erinnerst dich doch. Sobald man die Ewigkeit erreicht, gibt es kein Zurück, da es nichts gibt, von dem man zurückkehren könnte."

„Und was ist mit der Zeitmaschine? Sie ist immer noch im Jahr 1979."

Er lächelte. „Ganz richtig. Als Stephenson mich aufforderte, die *Utopia* zu reparieren, erkannte ich, daß noch nicht alles verloren war."

„Das verstehe ich nicht."

„Ich mußte gar nichts reparieren. Ich mußte nur das Schloß herausnehmen, das ich vorher angebracht hatte. Aber gleichzeitig habe ich mit seinem Messer einen Teil der RRL-Schaltkreise durchtrennt. Als ich das Deklinometer entfernte, fuhr er ohne die Maschine in die Ewigkeit. Wenn nicht schon ein Teil der RRL-Schaltkreise durchgetrennt gewesen wäre, dann wäre die Maschine mit ihm gegangen. Ich hatte Glück."

Sie schüttelte erstaunt den Kopf. „Du bist großartig."

„Danke." Mit einem lausbübischen Grinsen griff er in die Tasche und nahm das kleine Schloß heraus, das das Getriebe der *Utopia* blockiert hatte. Jetzt wußte er auch, warum er das Schloß ursprünglich im Getriebe angebracht hatte, nachdem er ins neunzehnte Jahrhundert zurückgekehrt war: Damit nie wieder jemand seine Zeitmaschine benutzen sollte.

„Was sagen wir nun über Stephenson?" fragte sie mit großen Augen.

Er nahm auf seinem Stuhl eine bequemere Stellung ein. „Gemäß der Geschichtsschreibung ist nie bekanntgeworden, was aus Jack the Ripper wurde." Er hob sein Glas und sah gen Himmel. „Und man wird es auch nie herausfinden, meine Liebe."

„Weißt du, was?" sagte sie erstaunt. „Mir ist soeben aufgefallen . . ."

„Ja, was?"

„Daß ich einen deutlich älteren Mann liebe."

EPILOG

Im Gegensatz zu Leslie John Stephenson wurde das Schicksal von H. G. Wells und Amy Robbins allgemein bekannt. Bekannter vielleicht, als jedem von ihnen lieb war, obschon von ihnen nie Klagen über den zweifelhaften Charakter von Ruhm und Wohlstand gehört wurden. Was geschah – in wenigen Worten –, war folgendes:

Als H. G. schließlich ins Jahr 1893 zurückkehrte, brachte er Amy mit. Da sie innerhalb weniger Minuten seit seiner Abfahrt ankamen, war Mrs. Nelson nicht über seine schnelle Rückkunft erstaunt. Ja, eigentlich war sie sich überhaupt nicht sicher, ob er das Haus je verlassen hatte, denn sie hatte nie das Kuvert mit den fünfzig Pfund und der Erklärung zu Gesicht bekommen. Auch über die Digitaluhr, die er am Handgelenk trug, wunderte sie sich nicht sonderlich; sie mutmaßte, daß er sie in seinem Laboratorium gebaut hatte. Die Gegenwart von Miß Amy Robbins setzte sie allerdings sehr in Erstaunen; insbesondere regte sie sich darüber auf, wie eine junge Dame sich so merkwürdig kleiden konnte. Aber als wohlerzogene englische Dame fand sie sich gelassen damit ab, daß seine weibliche Begleitung, kürzlich aus Amerika eingetroffen, für unbestimmte Zeit bei ihnen einzöge. Zudem wurden Mrs. Nelson und Amy bald gute Freundinnen und tauschten gelegentlich Beschwerden über die rücksichtslose Natur der erwachsenen männlichen Vertreter der menschlichen Rasse aus.

Es erübrigt sich zu sagen, daß die Gesellschaft Londons empört darüber war, daß H. G. Wells mit einer Frau aus der verrufenen Stadt San Francisco unter einem Dach lebte. Das führte dazu, daß die Artikel, die er für die *Pall Mall Gazette* schreiben mußte, noch populärer wurden. Seine Leserschaft erhoffte sich von ihm – der in Sünde lebte und es dazu noch genoß – erotische Kitzel. Seine Zeit war bald sehr beansprucht, denn er hatte mit seinem ersten Roman begonnen. Auf seine Fahrradausflüge in die Stadt verzichtete er nie, allerdings wurde er jetzt von Amy begleitet. Und wenn das Wetter schön war, dann ruderten sie am Sonntagnachmittag über den See von Regent's Park.

H. G. kehrte von seinem Ausflug in die Fremde als weiser Mann zurück. Seine Sicht der Zukunft war skeptischer, also realistischer. Nicht länger vertraute er blind auf Wissenschaft und Technik. Er hatte erkannt, daß auch diese mißbraucht werden konnten. Überdies hatte er erfahren, daß während seines sechsundachtzigjährigen Zeitsprungs viele ihrer bezaubernden Entwicklungen zur Verödung der Gesellschaft und Vernichtung des Menschen eingesetzt worden waren. Ferner hatte er erlebt, daß die Technik die Menschen tatsächlich zunichte machen konnte, wenn sie selber das zuließen.

Was hatte Huxley einst gesagt? „Der Mensch muß über die Wissenschaft gebieten und gelegentlich den unumgänglichen Fortschritt der Technik zügeln. Viel wichtiger jedoch ist, daß er sich selbst, entsprechend den Maßregeln der Vernunft, beherrscht, will er eine Endlösung ohne Pardon vermeiden."

Mit großer Hingabe unterstützte ihn Amy bei der Beendung seines Buches, und kurz danach wurde *Die Zeitmaschine* veröffentlicht. Sein Werk erregte in literarischen Kreisen großes Aufsehen und wurde sofort ein Bestseller. Ein Kritiker wußte darüber zu schreiben, daß es sehr beachtenswert sei, weil es „erfundene", aber scharfsinnige Einsichten in die Zukunft der Menschheit böte.

Es bleibt noch nachzutragen, daß Herbert George Wells und Amy Robbins im Jahre 1895 heirateten und danach ein langes, glückliches Leben führten.

Karl Alexander

„Der unterhaltsamste Abenteuerroman des Jahres", schrieb ein Kritiker über „Flucht ins Heute", ein Buch, das sowohl in Science-fiction-Fachkreisen wie auch beim Publikum einhellig positiv aufgenommen wurde. Es erschien im Jahr 1979 und war das Romandebüt des Amerikaners Karl Alexander, der zuvor als Lehrer und als Bühnenautor tätig gewesen war. Seinen Studienabschluß in amerikanischer Literatur hatte Karl Alexander, der mit seiner Familie heute im sonnigen Süden Kaliforniens lebt, an der Universität von Iowa gemacht, wo er auch Schriftstellerkurse besuchte.

Aufsehen erregte der Film, der nach Karl Alexanders Roman gedreht wurde und unter dem Titel „Flucht in die Zukunft" im Erscheinungsjahr des Buches in den Kinos anlief. Am Drehbuch des Streifens, bei dem Nicholas Meyer Regie führte, hatte der Autor mitgearbeitet. Ebenso wie der Roman erntete der Film hervorragende Kritiken. „Ein kraftvolles, prachtvoll kurzweiliges Vergnügen", schrieb etwa die französische Fachzeitschrift *Cinéfantastique*, „das aufgrund seiner großartigen Machart das oft versuchte, jedoch selten erreichte Kunststück fertigbringt, Liebesgeschichte, Komödie und Entsetzen zu kombinieren."

DER Stich
VON ERIC FRANK RUSSELL
TITELILLUSTRATION: M. HARRISON

DER Wespe

INS DEUTSCHE ÜBERTRAGEN VON UTE SEESSLEN

Eins

Er betrat gemächlichen Schritts das Zimmer, setzte sich auf den ihm zugewiesenen Stuhl und schwieg. Der verwirrte Ausdruck, der nun schon seit einiger Zeit auf seinem Gesicht stand, wurde ihm allmählich leid.

Sein kräftiger Begleiter, der ihn von Alaska hierhergebracht hatte, zog sich zurück, schloß leise hinter sich die Tür und ließ ihn allein mit dem Mann, der ihn von seinem Schreibtisch aus beobachtete. Auf einem kleinen Schild war zu lesen, daß er William Wolf hieß. Der Name war nicht sehr bezeichnend; er sah eher aus wie ein Elchbulle.

Wolf sagte in sachlichem Ton: „Mr. Mowry, Sie haben Anspruch auf eine Erklärung." Es folgte eine kleine Pause, und dann: „Sie werden sie bekommen." Er starrte sein Gegenüber an.

James Mowry hielt diesem forschenden Blick eine Zeitlang stand und fragte dann: „Wann?"

„Bald."

Wolf fuhr damit fort, ihn anzustarren. Sein Blick war unangenehm durchdringend und analysierend, und sein Gesicht war so kalt und ausdruckslos wie ein Stück Felsgestein.

„Würden Sie bitte aufstehen?"

Mowry stand auf.

„Drehen Sie sich um."

Er drehte sich mit gelangweiltem Gesicht um seine eigene Achse.

„Gehen Sie im Zimmer auf und ab."

Er ging.

„Ts-ts", machte Wolf, ohne daß man daraus Freude oder Mißfallen hätte entnehmen können. „Ich versichere Ihnen, Mr. Mowry, daß ich es vollkommen ernst meine, wenn ich Sie jetzt bitte, O-beinig zu gehen."

Mowry drückte die Knie so weit wie möglich auseinander und stapfte im Zimmer herum, so als habe er ein unsichtbares Pferd unter sich. Dann setzte er sich wieder auf seinen Stuhl und sagte scharf: „Ich hoffe, die Sache bringt wenigstens Geld ein. Für nichts und wieder nichts reise ich keine fünftausend Kilometer weit und spiele dann den Clown."

„Sie bringt überhaupt nichts ein, nicht einen Cent", erklärte Wolf. „Wenn Sie Glück haben, behalten Sie Ihr Leben."

„Und wenn nicht?"

„Dann verlieren Sie es."

„Sie sind verdammt offen", bemerkte Mowry.

„Bei der Sache muß ich es sein." Wolf starrte ihn wieder lange und durchdringend an. „Sie sind geeignet. Ja, Sie sind bestimmt geeignet."

„Wofür?"

„Ich werde es Ihnen gleich sagen." Er zog eine Schublade auf, nahm einige Papiere heraus und schob sie über den Tisch. „Das hier wird es Ihnen erleichtern, die Sachlage zu verstehen. Lesen Sie es durch – es ist die Voraussetzung für das Folgende."

Mowry warf einen Blick auf die Papiere. Es waren Schreibmaschinenabschriften von Presseberichten. Er lehnte sich auf seinem Stuhl zurück und las sie langsam und sorgfältig durch.

Der erste Bericht handelte von einem Spaßvogel in Rumänien, der nichts weiter getan hatte, als auf der Straße zu stehen und zum Himmel hinaufzustarren, wobei er ab und zu Ausrufe des Erstaunens ausgestoßen hatte und Wörter wie: „Blaue Flammen!" Neugierige waren stehengeblieben und hatten ebenfalls zum Himmel aufgeblickt. Aus den wenigen wurde eine Gruppe, aus der Gruppe eine Menschenansammlung, die sich immer rascher vergrößerte.

Bald hatte die Menge die ganze Straße blockiert und begann die Seitenstraßen zu füllen. Polizisten versuchten die Menschen auseinanderzutreiben und machten damit alles nur noch schlimmer. Irgendein Dummkopf alarmierte die Feuerwehr. Einige Hysteriker schworen, sie hätten etwas Seltsames über den Wolken gesehen. Reporter und Fotografen stürzten herbei. Flugzeuge der Luftwaffe wurden zur Aufklärung losgeschickt. Panikstimmung breitete sich aus, während der Urheber der ganzen Aufregung sich klugerweise aus dem Staub gemacht hatte.

„Ganz amüsant", bemerkte Mowry.

„Lesen Sie weiter."

Der zweite Bericht meldete den waghalsigen Ausbruch zweier berüchtigter Mörder aus dem Gefängnis. Sie hatten ein Auto gestohlen und waren damit tausend Kilometer weit gekommen, bevor sie wieder geschnappt wurden. Sie waren genau vierzehn Stunden lang in Freiheit gewesen.

Im dritten Bericht wurde ein Autounfall beschrieben. Drei Menschen waren dabei ums Leben gekommen, einer lebensgefährlich verletzt, das Auto war ein Trümmerhaufen. Der einzige Überlebende war neun Stunden später ebenfalls gestorben.

Mowry gab die Papiere zurück und sagte: „Was geht mich das an?"

„Betrachten wir die Berichte einmal in der Reihenfolge, in der Sie sie gelesen haben", begann Wolf. „Sie zeigen etwas, das uns seit langem bekannt, aber Ihnen möglicherweise noch nicht aufgefallen ist. Dieser Rumäne im ersten Bericht hat nichts weiter getan als zum Himmel hinaufgestarrt und vor sich hin gemurmelt. Dennoch hat er es fertiggebracht, ein ganzes Land in Aufruhr zu versetzen. Das beweist, daß unter bestimmten Bedingungen Ursache und Wirkung in keinem Verhältnis zueinander stehen. Und daß man, wenn man unter den richtigen Umständen wenige unbedeutende Dinge tut, damit eine unwahrscheinliche Wirkung erzielen kann."

„Damit mögen Sie wohl recht haben", gestand Mowry.

„Und jetzt nehmen wir mal die Ausbrecher. Sie haben eigentlich auch nicht besonders viel getan; sie kletterten über eine Mauer, schnappten sich ein Auto und fuhren wie die Wilden, bis ihnen das Benzin ausging und sie gefaßt wurden." Er beugte sich vor und fuhr mit Nachdruck fort: „Aber vierzehn Stunden lang haben sie sechs Flugzeuge, zehn Hubschrauber, hundertzwanzig Streifenwagen, achtzehn Telefonzentralen und unzählige Leitungen in Beschlag genommen, ganz zu schweigen von dem Aufgebot an Polizisten, freiwilligen Helfern, Verfolgern und Schutztruppen, das insgesamt siebenundzwanzigtausend Menschen in drei Staaten umfaßte."

„Donnerwetter!" Mowry zog anerkennend die Brauen hoch.

„Und zum Schluß lassen Sie uns diesen Autounfall etwas näher unter die Lupe nehmen. Wir kennen die Ursache; der einzige Überlebende hat sie uns vor seinem Tod mitgeteilt. Er sagte, der Fahrer habe bei hoher Geschwindigkeit die Kontrolle über den Wagen verloren, weil er eine Wespe, die durchs Fenster hereingekommen war und vor seinem Gesicht herumflog, wegscheuchen wollte."

„So etwas Ähnliches wäre mir beinahe auch schon mal passiert."

Ohne darauf einzugehen, fuhr Wolf fort: „Die Wespe wiegt nur wenige Gramm. Verglichen mit einem Menschen, ist die Größe der Wespe unbedeutend, ihre Stärke nicht erwähnenswert. Ihre einzige Bewaffnung bildet eine winzige Nadel, die einen fast mikroskopisch kleinen Tropfen Ameisensäure enthält, und in dem Fall wurde er noch nicht einmal benutzt. Dennoch hat die Wespe vier Menschen getötet und einen schweren, PS-starken Wagen in einen Schrotthaufen verwandelt."

„Ich verstehe", antwortete Mowry, „aber was habe ich damit zu tun?"

„Sehr viel", sagte Wolf. „Wir wollen, daß Sie die Wespe sind."

Mowry lehnte sich zurück, sah den anderen nachdenklich an und meinte schließlich: „Der Muskelprotz, der mich herbrachte, hat sich mir gegenüber als Geheimagent ausgewiesen. Das hier ist ein Ministerium. Und Sie sind ein hoher Regierungsbeamter. Wenn ich das alles nicht wüßte, würde ich Sie für verrückt halten."

„Vielleicht bin ich es", erwiderte Wolf mit ausdruckslosem Gesicht, „aber ich glaube es eigentlich nicht."

„Sie wollen, daß ich einen Auftrag übernehme?"

„Ja."

„Einen Spezialauftrag?"

„Ja."

„Bei dem ich mein Leben riskiere?"

„Ich fürchte, ja."

„Und bei dem nichts rausspringt?"

„Ganz richtig."

Mowry stand auf und griff nach seinem Hut. „Ich bin auch nicht verrückt."

„Aber Sie werden verrückt werden, wenn Sie tatenlos zusehen müssen, wie die Sirianer uns vernichten."

Mowry legte den Hut wieder hin und setzte sich. „Wie meinen Sie das?"

„Es ist Krieg."

„Ich weiß. Das ist bekannt." Er machte eine verächtliche Handbewegung. „Wir kämpfen seit zehn Monaten gegen das Sirianische Kombinat. Das verkünden die Zeitungen, der Rundfunk, das Fernsehen und die Regierung. Und ich bin leichtgläubig genug, ihnen das abzunehmen."

„Vielleicht dehnen Sie Ihre Leichtgläubigkeit auf einige weitere Fakten aus", schlug Wolf vor.

„Und zwar?"

„Die terranische Öffentlichkeit ist ruhig, weil auf diesem Gebiet vom Krieg bisher noch nichts zu merken war. Man weiß, daß der Feind bereits zwei gezielte Angriffe auf unser Sonnensystem gestartet hat und beide Male erfolgreich zurückgeschlagen wurde. Die Öffentlichkeit hat großes Vertrauen in die terranische Abwehr. Und dieses Vertrauen ist auch gerechtfertigt; kein sirianischer Kampfverband wird jemals bis hierher vordringen."

„Dann brauchen wir uns ja keine Sorgen zu machen."

„Einen Krieg kann man entweder gewinnen oder verlieren; eine dritte Möglichkeit gibt es nicht. Wir können den Krieg aber nicht gewinnen, indem wir den Feind auf Abstand halten und die Niederlage hinauszögern." Er schlug plötzlich mit der Faust auf den Tisch, so daß ein Stift einige Zentimeter hoch in die Luft sprang. „Wir müssen mehr tun. Wir müssen die Initiative ergreifen, einen Angriff starten und den Feind mit einem Streich restlos niederstrecken."

„Aber darauf läuft es doch sowieso hinaus, oder nicht?"

„Vielleicht", sagte Wolf. „Aber vielleicht auch nicht. Das kommt ganz darauf an."

„Worauf?"

„Wie geschickt wir unsere Mittel einsetzen, vor allem unsere Leute – Leute wie Sie zum Beispiel."

„Könnten Sie nicht etwas deutlicher werden?" meinte Mowry.

„Sehen Sie, in technischen Dingen sind wir dem Sirianischen Kombinat überlegen, und zwar in einigen Bereichen weit überlegen und in anderen etwas weniger weit. Dadurch haben wir, was Bewaffnung und Kriegsausrüstung betrifft, einen Vorsprung vor ihnen. Aber was die Öffentlichkeit nicht weiß – weil es ihr vorenthalten wird –, ist, daß die Sirianer uns in anderer Hinsicht überlegen sind. Sie sind zahlenmäßig zwölfmal stärker als wir und besitzen in etwa gleichem Maße mehr Kriegsmaterial."

„Ist das eine Tatsache?"

„Leider ja, obwohl es öffentlich nicht bekanntgegeben wird. Unser Kriegspotential ist dem der Sirianer qualitativ überlegen, das ihre dem unseren quantitativ. Das bedeutet für uns eine ernsthafte Bedrohung, der wir auf die bestmögliche Art begegnen müssen. Es genügt nicht, wenn wir Zeit zu gewinnen versuchen und uns inzwischen wie die Karnickel vermehren."

„Ich verstehe." Mowry nagte an der Unterlippe und machte ein sorgenvolles Gesicht.

„Die Sache sieht allerdings nicht mehr so schlimm aus", fuhr Wolf fort, „wenn man bedenkt, daß ein einzelner Mann ein ganzes Land in Aufruhr versetzen kann oder zwei Männer zeitweilig eine siebenundzwanzigtausendköpfige Armee beschäftigen können, oder daß eine kleine Wespe vier Männern, die im Vergleich zu ihr Riesen sind, den Tod bringen und noch dazu ihre Maschine zerstören kann." Er wartete auf den Eindruck, den seine Worte hervorriefen, und fuhr fort: „Das heißt, wenn der richtige Mann zur richtigen Zeit am richtigen Ort die passenden Worte an eine Wand kritzelt, könnte er mit nichts weiter als einem kleinen Stück Kreide eine ganze Division lahmlegen."

„Sie sprechen von einer ziemlich ungewöhnlichen Form der Kriegführung."

„Je ungewöhnlicher, desto besser."

„Ich bin so verrückt, daß mich das interessiert."

„Das wissen wir", sagte Wolf. Er nahm eine Akte vom Schreibtisch und blätterte darin herum. „An Ihrem vierzehnten Geburtstag wurden Sie zu einer Strafe von hundert sirianischen Gulden verurteilt, weil Sie Ihre Meinung über einen Funktionär in fünfzig Zentimeter hohen Lettern an eine Wand geschrieben haben. Ihr Vater entschuldigte sich in Ihrem Namen und verwies auf Ihre Jugend, die Sie zu einer so ungestümen Handlung verleitet habe. Die Sirianer waren verärgert, aber sie ließen die Sache dann auf sich beruhen."

„Razaduth war ein verlogener, dickbäuchiger Intrigant. Das würde ich heute noch genauso sagen." Mowry warf einen Blick auf die Akte. „Ist das dort meine Lebensgeschichte?"

„Ja."

„Bei Ihnen scheint man ganz schön neugierig zu sein."

„Das müssen wir sein. Betrachten Sie es als einen Teil des Preises, den wir fürs Überleben zahlen müssen." Wolf schob die Akte beiseite und fuhr fort: „Wir besitzen von jedem Terraner eine Lochkarte mit allen möglichen Daten. Wenn wir wollen, können wir blitzschnell alle die herausfinden, die ein Gebiß tragen oder Schuhgröße vierzig haben, deren Mütter rothaarig waren oder von denen man annehmen kann, daß sie versuchen werden, sich vor dem Wehrdienst zu drücken. Ohne große Umstände können wir jede besondere Art von Schafen aus der großen Herde aussondern."

„Und ich bin so ein besonderes Schaf?"

„Metaphorisch gesprochen, ja. Ich wollte Sie nicht beleidigen."

Über sein Gesicht lief ein Zucken, das wohl ein Lächeln andeuten sollte. „Zuerst haben wir an die sechzehntausend Personen herausgefunden, die fließend einen von den verschiedenen sirianischen Dialekten sprechen. Nachdem wir die Frauen und Kinder aussortiert hatten, blieben noch neuntausend übrig. Davon wurden wieder die Alten, die Kranken, die Schwachen, die Unzuverlässigen, die zu Kleinen, die zu Großen, die zu Dicken, die zu Dünnen, die zu Dummen, die Unvorsichtigen, die Überängstlichen und so weiter aussortiert. Es blieben nicht viele übrig, unter denen wir nach Wespen suchen konnten."

„Was zeichnet eine Wespe aus?"

„Verschiedene Dinge – das wichtigste ist, daß es ein ziemlich kleiner Mann sein muß, der leicht O-beinig mit schräg anliegenden Ohren und purpurrot gefärbtem Gesicht herumlaufen kann. Mit anderen Worten, er muß die Rolle eines gebürtigen Sirianers so gut spielen können, daß die Sirianer sich davon täuschen lassen."

„Niemals!" rief Mowry aus. „Meine Haut ist rosa, ich habe Weisheitszähne, und meine Ohren liegen nicht schräg an."

„Die überflüssigen Zähne werden Ihnen einfach gezogen. Durch einen kleinen Eingriff wird ein Stück Knorpel aus dem Ohr entfernt, und Ihre Ohren werden hinterher schön fest anliegen. Die Operation ist vollkommen schmerzlos, und die kleine Wunde heilt in vierzehn Tagen und ist später nicht mehr zu sehen. Das ist ärztlich bezeugt, Sie brauchen es gar nicht erst anzuzweifeln." Wieder zuckte es in seinem Gesicht. „Und was die purpurrote Hautfarbe betrifft, das ist nicht weiter schlimm. Es gibt eine Menge Terraner, die röter im Gesicht sind als jeder Sirianer, weil sie soviel Alkohol in sich hineingeschüttet haben. Wir werden Sie mit einem Mittel einfärben, das garantiert vier Monate hält; wir geben Ihnen das Zeug mit, und Sie können die Prozedur dann wiederholen, sooft Sie wollen."

„Aber –"

„Hören Sie. Sie sind in Masham geboren, der Hauptstadt des sirianischen Heimatplaneten. Ihr Vater war zu der Zeit als Händler dort. Sie lebten bis zu Ihrem siebzehnten Lebensjahr auf Diracta und kehrten dann mit Ihren Eltern nach Terra zurück. Zum Glück sind Sie nur wenig größer und schwerer als die sirianischen Männer im Durchschnitt. Sie sind jetzt sechsundzwanzig Jahre alt und sprechen noch immer perfekt Sirianisch mit einem ausgesprochenen mashambischen Akzent, was nur von Vorteil sein kann. Etwa fünfzig Millionen Sirianer sprechen ebenfalls mit einem mashambischen Akzent. Sie sind wie geschaffen für den Job, den wir Ihnen zugedacht haben."

„Und wenn ich Ihnen nun sage, daß Sie Ihren Job behalten können?" fragte Mowry gespannt.

„Das würde mir leid tun", sagte Wolf kühl. „Einer alten Kriegsweisheit zufolge ist ein Freiwilliger mehr wert als tausend Eingezogene."

„Soll das heißen, daß Sie mir einen Einberufungsbefehl schicken würden?" Mowry machte ein gereiztes Gesicht. „Verdammt – bevor ich mich zu etwas zwingen lasse, mache ich doch lieber freiwillig mit."

„So steht es auch da drin", erklärte Wolf und deutete mit dem Kopf auf die Akte. „James Mowry, sechsundzwanzig Jahre alt, rastlos und starrköpfig. Würde jede Aufgabe übernehmen und zuverlässig ausführen – vorausgesetzt, es bietet sich ihm keine bessere Alternative."

„Das klingt nach meinem Vater. Hat er Ihnen das verraten?"

„Wir dürfen unsere Informationsquelle nicht angeben."

„Hm." Mowry überlegte eine Weile und fragte dann: „Und wenn ich mich freiwillig melde, was geschieht dann?"

„Wir schicken Sie auf eine Schule. Dort wird Ihnen in einem Sonderkurs, der sechs bis acht Wochen dauert, alles beigebracht, was Ihnen von Nutzen sein könnte: Waffenkunde, Schießübungen, Umgang mit Sprengstoff, Sabotagetechnik, Propaganda, psychologische Kriegführung, Kartenlesen, Kompaßlesen, Tarnung, Judo, Funktechnik und noch ein Dutzend anderer Dinge. Wenn Sie das hinter sich haben, werden Sie ein voll ausgebildeter, unerträglicher Plagegeist sein."

„Und was kommt dann?"

„Sie werden heimlich auf einem von Sirianern bewohnten Planeten ausgesetzt und können sich dann dort so seltsam aufführen, wie es Ihnen paßt."

Es folgte ein langes Schweigen, das Mowry mit der Bemerkung beendete: „Einmal, als mein Vater sehr böse auf mich war, sagte er: ‚Sohn, du bist als Trottel auf die Welt gekommen und wirst bis an dein Lebensende ein Trottel bleiben.'" Er stieß einen langen und tiefen Seufzer aus. „Der alte Herr hat wohl recht gehabt. Ich melde mich hiermit als Freiwilliger."

„Wir wußten, daß Sie das tun würden", sagte Wolf ungerührt.

Zwei Tage nachdem er den anstrengenden Kurs mit zufriedenstellenden Noten beendet hatte, sah er Wolf wieder. Er besuchte ihn in seinem Zimmer in der Schule.

„Na, wie war's?"

„Der reine Sadismus", sagte Mowry und verzog dabei das Gesicht. „Ich fühle mich geistig und körperlich wie verprügelt."

„Sie werden genug Zeit haben, sich davon wieder zu erholen. Die Reise dauert eine ganze Weile. Sie fliegen Donnerstag ab."

„Wohin?"

„Das darf ich Ihnen leider nicht sagen. Ihr Pilot hat versiegelte Anweisungen bei sich, die erst in der letzten Etappe der Reise geöffnet werden. Falls das Schiff verunglückt oder abgefangen wird, vernichtet er sie ungelesen."

„Wie groß ist denn die Gefahr, daß wir abgefangen werden?"

„Nicht sehr groß. Ihr Schiff wird erheblich schneller sein als alles, was der Feind aufbieten kann. Aber auch das beste Fahrzeug kann irgendwann einmal in Schwierigkeiten kommen. Wir wollen kein Risiko eingehen. Sie kennen ja den schlechten Ruf der Kaitempi, der sirianischen Geheimpolizei. Sie können einen Stein dazu bringen, daß er seine Sünden gesteht. Wenn sie Sie auf dem Weg dorthin schnappen und aus Ihnen das Ziel Ihrer Reise herauspressen, werden sie Gegenmaßnahmen ergreifen und versuchen, Ihren Nachfolger bei der Ankunft in eine Falle zu locken."

„Meinen Nachfolger? Dabei erhebt sich eine Frage, die mir hier anscheinend niemand beantworten will. Vielleicht tun Sie es?"

„Um was handelt es sich denn?" fragte Wolf.

„Werde ich ganz auf mich gestellt sein, oder werden noch andere Terraner auf demselben Planeten operieren? Und wenn, wie kann ich mit ihnen Verbindung aufnehmen?"

„Was Sie anbetrifft, so werden Sie der einzige Terraner im Umkreis von hundert Millionen Kilometer sein", antwortete Wolf. „Sie werden keine Verbindung mit anderen Terranern haben. Aus dem gleichen Grund können Sie aber auch niemanden an die Kaitempi verraten. Was auch immer sie mit Ihnen anstellen werden, sie können aus Ihnen nichts herauspressen, was Sie nicht wissen. Vielleicht werden Sie schwitzen und schreien und sich etwas ausdenken, um sie abzuwimmeln, aber es wird keine echte Information sein."

„Es wäre netter, wenn Sie bei dieser schaurigen Vorstellung nicht so genießerisch mit den Lippen schmatzen würden", sagte Mowry mißbilligend. „Na ja, jedenfalls wäre es tröstlich zu wissen, daß andere Wespen auf anderen Planeten vielleicht in der gleichen Weise aktiv sind."

„Sie waren nicht der einzige in diesem Kurs, oder? Glauben Sie vielleicht, die andern waren nur dazu da, um Ihnen Gesellschaft zu leisten?" Wolf streckte ihm die Hand hin. „Weidmannsheil, seien Sie dem Feind eine Plage – und *kommen Sie zurück."*

„Das werde ich", versprach Mowry, „und sei der Weg noch so steinig und lang."

Nachdem Wolf gegangen war, dachte er bei sich, daß das eher ein frommer Wunsch als ein einlösbares Versprechen war. Als einzelner auf einem feindlichen Planeten abgesetzt zu werden war so etwas wie ein Todeskommando. Daß man mit Verlusten rechnete, ging aus Wolfs Bemerkung über „seinen Nachfolger" hervor.

Dann dämmerte ihm die Möglichkeit, daß er auch nur der Nachfolger eines anderen war. In der Welt, in die er jetzt kommen würde, war vielleicht irgendein Unglückseliger in eine Falle geraten. Aber dann war diese Welt auf ihn vorbereitet. Die Kaitempi standen vielleicht schon da, beobachteten den Himmel und leckten sich die Lippen im Vorgeschmack auf ihr nächstes Opfer, einen Trottel namens James Mowry, sechsundzwanzig Jahre alt, rastlos und starrköpfig.

Ach, er konnte ja doch nicht mehr zurück. Es sah ganz so aus, als sei er aus bloßer Angst davor, ein Feigling zu sein, dazu bestimmt, ein Held zu werden. Er verfiel langsam in weise Resignation, die ihn noch immer beherrschte, als er Wochen später vom Korvettenkapitän in die mittlere Kabine gerufen wurde.

„Haben Sie gut geschlafen?"

„Nein, zuletzt nicht", gestand Mowry. „Die Düsen waren lauter als sonst, und das ganze Schiff hat vibriert. Ich habe in meiner Koje gelegen und mir neue Schimpfwörter ausgedacht."

Der Kapitän gab ein schiefes Lächeln von sich. „Wir sind von vier sirianischen Zerstörern verfolgt worden. Wir haben unsere Geschwindigkeit so erhöht, daß wir sie abschütteln konnten."

„Sind Sie sicher, daß sie uns nicht mehr folgen?"

„Unsere Detektoren erfassen sie nicht mehr, deshalb können ihre Detektoren uns auch nicht mehr erfassen."

„Gott sei Dank", sagte Mowry.

„Ich habe die Anweisungen geöffnet. Wir werden in achtundvierzig Erdenstunden landen."

„Wo?"

„Auf einem Planeten namens Jaimec. Schon mal davon gehört?"

„Ja, im sirianischen Fernsehen war ab und zu davon die Rede. Wenn ich mich recht erinnere, ist das einer von ihren Vorpostenplaneten, unterentwickelt und wenig bevölkert. Ich habe nie jemanden kennengelernt, der von dort kommt, deshalb weiß ich auch kaum etwas darüber." Er machte ein leicht verärgertes Gesicht. „Diese Verschwiegenheit ist ja schön und gut, aber für jemanden, der auf einem fremden Planeten ausgesetzt wird, wäre es ganz nützlich, vorher einige Informationen darüber einholen zu können. Unwissenheit kann verdammt gefährlich sein; sie könnte einen um Kopf und Kragen bringen. Und ich hänge an beiden."

„Sie werden bei der Landung im Besitz aller wichtigen Informationen sein", beruhigte ihn der Kapitän. „Ich habe zusammen mit den Anweisungen einen Haufen Informationsmaterial erhalten." Er legte einen Stoß Papiere auf den Tisch, einige Landkarten und eine Anzahl riesiger Fotos. Dann zeigte er auf einen Kasten, der an der Wand stand. „Das da ist ein Stereoskop. Benutzen Sie es, um sich auf diesen Fotos einen geeigneten Landeplatz auszusuchen. Sie haben vollkommen freie Wahl. Meine Aufgabe ist es, Sie an der von Ihnen gewählten Stelle sicher abzusetzen und unbemerkt wieder abzufliegen."

„Wie lange habe ich Zeit, um mich zu entscheiden?"

„In vierzig Stunden müssen Sie mir die Stelle gezeigt haben."

„Und wie lange wird das Manöver dauern, mich und meine Ausrüstung abzusetzen?"

„Höchstens zwanzig Minuten, auf keinen Fall mehr. Ich kann es leider nicht ändern. Wenn wir auf dem Boden landen, würden wir eine deutliche Spur hinterlassen, die von Luftpatrouillen entdeckt werden könnte, und dann hätten Sie den Schlamassel. Deshalb müssen wir mit den Antigraven arbeiten, die eine Unmenge von Treibstoff verbrauchen. Zwanzig Minuten ist das Äußerste."

„Na ja." Mowry zuckte resigniert die Schultern, nahm den Stoß Papiere an sich und begann darin zu lesen, nachdem der Kapitän den Raum verlassen hatte.

Jaimec, vierundneunzigster Planet des sirianischen Großreichs. Gesamtmasse ein Achtel weniger als die der Erde. Landmasse aber nur die Hälfte der Erde, der Rest Meere. Erste Besiedlung vor zweieinhalb Jahrhunderten. Gegenwärtige Bevölkerung schätzungsweise achtzig Millionen. Auf Jaimec gab es Großstädte, ein Eisenbahnnetz, Raumhäfen und alle anderen Errungenschaften einer fremden Zivilisation. Aber der Planet war zu einem großen Teil noch unerforscht und unterentwickelt.

Mowry verbrachte einige Stunden damit, die Oberfläche des Planeten durchs Stereoskop genau zu studieren. Er fragte sich dabei, wie man wohl zu diesen riesigen Fotos gekommen war. Jemand mußte einiges riskiert haben, um mit einer Luftbildkamera diese Aufnahmen zu machen. Auf jeden gepriesenen und medaillengeschmückten Kriegshelden kamen sicher hundert unbekannte Männer, die ihr Leben mindestens ebensooft aufs Spiel gesetzt hatten.

Nach vierzig Stunden hatte er seine Wahl getroffen. Es war nicht leicht gewesen. Jeder auf den ersten Blick geeignet erscheinende Landeplatz wies irgendeinen Nachteil auf. Der eine war strategisch wunderbar gelegen, bot aber zuwenig Deckung. Beim andern war es umgekehrt. Das ideale Versteck gibt es eben nicht.

Der Kapitän kam herein und sagte: „Hoffentlich haben Sie sich eine Stelle auf der Nachtseite ausgesucht. Sonst müssen wir so lange warten, bis es dunkel wird, und das ist schlecht. Am besten ist es, wenn man rein- und wieder herausfliegt, bevor sie Alarm schlagen und Gegenmaßnahmen ergreifen können."

„Hier ist es", sagte Mowry und wies auf einen Punkt auf einem der Fotos. „Es ist weiter entfernt von einer Straße, als ich es mir wünschen würde, etwa dreißig Kilometer, und noch dazu durch unberührten Wald. Immer, wenn ich etwas aus dem Versteck brauche, werde ich ein bis zwei Tage marschieren müssen, um dorthin zu gelangen. Aber aus dem gleichen Grund kann es auch nicht so leicht entdeckt werden, und das ist das Wichtigste."

Der Kapitän schob das Foto in den Kasten, schaltete die Innenbeleuchtung ein und hielt ein Auge an die Linse. Er runzelte vor Anstrengung die Stirn.

„Sie meinen die Stelle auf dem Berg dort?"

„Nein – am Fuß des Berges. Sehen Sie den Felsen? Was ist das, was man ein Stück nördlich davor sieht?"

Der Kapitän starrte angestrengt ins Stereoskop. „Mit Sicherheit kann man das schlecht sagen, aber es sieht mir sehr nach einer Höhlenformation aus." Er trat zurück und nahm den Hörer des Schiffstelefons auf. „Hame, kommen Sie bitte mal rüber."

Hamerton, der erste Nautiker, kam herein, sah sich das Foto an und fand die Stelle. Dann suchte er sie auf einer Weltkarte von Jaimec und stellte rasch einige Berechnungen an.

„Wir schaffen es noch bei Nacht, aber nur um Haaresbreite."

„Sind Sie sicher?“

„Wenn wir die Stelle direkt anfliegen würden, hätten wir genügend Zeit. Aber das geht nicht; sie könnten mit ihren Radarschirmen die Landestelle bis auf einen Kilometer genau feststellen. Deshalb müssen wir unter dem Bereich ihrer Radarschirme herumfliegen, und das nimmt natürlich einige Zeit in Anspruch, aber wenn wir Glück haben, können wir das Manöver eine halbe Stunde vor Sonnenaufgang abgeschlossen haben.“

„Lassen Sie uns direkt hinfliegen“, schlug Mowry vor. „Ihre Chancen, durchzukommen, werden dadurch besser, und ich muß das Risiko, geschnappt zu werden, ohnehin auf mich nehmen.“

„Unsinn“, erwiderte der Kapitän. „Wir sind schon so nahe dran, daß ihre Detektoren uns bereits aufgespürt haben. Wir erhalten Erkennungssignale, die wir nicht beantworten können, weil wir ihren Code nicht kennen. Es wird nicht mehr lange dauern, bis sie auf die Idee kommen, daß wir ein feindliches Schiff sind. Sie werden einen Hagel von Geschossen mit Annäherungszündern heraufschicken, aber wie gewöhnlich etwas zu spät. In dem Moment, wo wir unter den Horizont ihrer Radaranlagen tauchen, werden sie im Umkreis von achthundert Kilometern um den Punkt, an dem wir verschwunden sind, eine Luftsuchaktion starten. Und Sie würden sich genau im Mittelpunkt davon befinden“, sagte er zu Mowry und sah ihn dabei mit bedeutsamem Stirnrunzeln an.

„Das klingt ja so, als hätten Sie diesen Auftrag schon mehrmals ausgeführt“, meinte Mowry in der Hoffnung auf eine aufklärende Antwort.

Doch der Kapitän biß nicht an, sondern fuhr fort: „Sobald wir dicht über den Baumwipfeln fliegen, können sie uns mit ihren Radargeräten nicht mehr orten. Wir werden also ein paar tausend Kilometer von unserem Bestimmungsort hinabtauchen und uns ihm dann auf Umwegen nähern. Es ist meine Aufgabe, Sie an dem von Ihnen gewünschten Ort abzusetzen, ohne Sie an die ganze Welt dort zu verraten. Wenn ich das nicht schaffe, war die ganze Reise umsonst. Also überlassen Sie es mir, wie ich das mache, ja?“

„Ja, natürlich“, antwortete Mowry beschämt.

Sie verließen ihn, und er hing seinen Gedanken nach, bis plötzlich die Alarmglocke läutete. Er klammerte sich an die Haltegriffe und hielt sich daran fest, während das Raumschiff ein Dutzend Schwenkungen machte. Er sah nichts und hörte nichts außer dem dumpfen Dröhnen der Steuerungsdüsen, doch in seiner Vorstellung stiegen fünfzig bedrohliche Kondensstreifen vom Boden auf, fünfzig längliche, sprengstoffgeladene Zylinder, die nach fremdem Metall suchten.

Die Alarmglocke erklang noch elfmal, jedesmal gefolgt von akrobatischen Flugkünsten. Das Raumschiff war inzwischen in die Atmosphäre eingedrungen und erzeugte bei seinem Flug ein leises Pfeifen, das sich bis zu einem Heulton verstärkte, als die Atmosphäre dichter wurde.

Sie näherten sich ihrem Ziel.

Mowry starrte auf seine Finger. Sie zitterten nicht, aber sie waren naß vor Schweiß. Er hatte ein schwaches Gefühl in den Knien und ein noch schwächeres im Magen. Hoffentlich würde er sich bei der Landung nicht vor aller Augen übergeben müssen. Das wäre wirklich heldenhaft.

Jenseits des weiten leeren Raums gab es einen Planeten mit einem alles umfassenden Kartensystem, und deswegen mußte er jetzt seinen Kopf in den geöffneten Rachen des Löwen stecken. Im Geist verfluchte er alle Kartensysteme, die, die sie erfunden hatten, und die, die mit ihnen arbeiteten. Das Fluchen erleichterte ihn etwas, aber seine Knie wurden dadurch nicht stabiler.

So kurz vor der Ankunft verließ ihn die weise Resignation, die ihm bisher Kraft gegeben hatte. Er zappelte nervös herum, langte ab und zu nach den Handgriffen und wünschte die ganze Geschichte zum Teufel.

Als der Antrieb schließlich ausgeschaltet wurde und das Schiff mit Hilfe der Antigraven über der ausgewählten Stelle stehenblieb, hatte er die fatalistische Ungeduld eines Mannes entwickelt, der eine Sache zu erledigen hat, die sich unmöglich noch länger hinausschieben läßt. Halb laufend, halb schlitternd glitt er die Nylonleiter hinab. Ihm folgten ein Dutzend Mannschaftsmitglieder der Korvette, die es aus anderen Gründen ebenso eilig hatten wie er. Während sie sich wie verrückt abmühten, sahen sie immer wieder wachsam zum Himmel auf.

Zwei

Der Berg befand sich am Ende einer Hochebene, die sich etwa hundert Meter über den umgebenden Wald erhob. Am Fuß des Berges gab es zwei Höhlen, eine tiefe, schmale und eine weite, flache. Ein Kieselsteinstrand erstreckte sich von den Höhlen bis zu dem kleinen Fluß, dessen Wasser gurgelte und schäumte.

Dreißig zylindrische Duraluminbehälter wurden aus dem Raumschiff zum Strand hinabgelassen und von dort in die tiefe Höhle geschleppt, wo sie so übereinandergestapelt wurden, daß die Codezahlen auf ihren Deckeln dem Eingang zugewandt und bei Tageslicht zu erkennen waren. Nachdem das erledigt war, kletterten die zwölf Mannschaftsmitglieder die Leiter hinauf, die sogleich eingezogen wurde. Ein Offizier winkte ihm noch einmal aus der geöffneten Luke zu und rief zum Abschied: „Machen Sie ihnen die Hölle heiß!"

Das Heck der Korvette erdröhnte, und mit wachsender Geschwindigkeit flog das große Schiff davon, wendete in der Ferne und folgte dem Lauf des Tals nach Norden.

Mowry, der ihm nachblickte, bis es außer Sicht war, wußte, daß es nicht gleich auf Heimatkurs gehen würde. Zuerst würde die Mannschaft seinetwegen noch zusätzliche Gefahren auf sich nehmen und offen über eine Anzahl von Städten und Militärstationen hinwegfliegen. Wenn sie Glück hatten, würde der Feind daraus den Schluß ziehen, daß das Raumschiff auf Erkundungsflug war und nicht den Auftrag hatte, Personal abzusetzen.

Zu welchem Schluß sie gekommen waren, würde sich erst im Lauf des Tages herausstellen. Es begann bereits zu dämmern. Eine systematische Luftsuchaktion in der Nachbarschaft würde anzeigen, daß die Feinde trotz aller Täuschungsmanöver der Korvette Verdacht geschöpft hatten. Doch das Fehlen einer derartigen Aktivität würde nicht das Gegenteil beweisen; die Suche konnte in einer anderen Gegend stattfinden, so weit entfernt, daß er nichts davon merken würde.

Für seinen Marsch durch den dichten Wald brauchte er volles Tageslicht. Er setzte sich auf einen Felsen und blickte, während er auf den Sonnenaufgang wartete, in die Richtung, in der das Schiff verschwunden war. Er wollte nicht an der Stelle des Kapitäns sein, entschied er, auch nicht für einen ganzen Sack voll Diamanten. Umgekehrt würde der Kapitän seinen Job wahrscheinlich auch für zwei Säcke voll Diamanten nicht machen wollen.

Nach einer Stunde ging er in die Höhle, öffnete einen der Behälter und zog eine gebrauchte sirianische Ledertasche heraus. Auch das schärfste Auge würde an diesem Gepäckstück nichts Fremdartiges entdecken können; die Tasche war sein Eigentum und vor vielen Jahren in Masham auf Diracta erworben worden.

Er sprang über den Bach, betrat den Wald und hielt sich westwärts, wobei er seinen Taschenkompaß zu Rate zog. Das Vorwärtskommen war nicht sehr schwierig. Es war ein Wald aus hohen, eng zusammenstehenden Bäumen, deren Wipfel kaum einen Lichtstrahl durchließen. Zum Glück war das Unterholz nicht sehr dicht, so daß er rasch ausschreiten konnte und dabei nur auf herausragende Baumwurzeln achtgeben mußte. Außerdem stellte er bald fest, daß das Gehen auf Jaimec weniger anstrengend war, weil sein Körpergewicht um zwanzig Pfund geringer war.

Zwei Stunden vor Sonnenuntergang erreichte er die Straße, nachdem er mit nur einer Essenspause dreißig Kilometer weit marschiert war. Er stellte seine Tasche hinter einen Baum, setzte sich darauf und ruhte sich eine Viertelstunde lang aus. Er hatte bis jetzt noch keine Flugzeuge bemerkt, die wie wild nach einem terranischen Einmannsonderunternehmen die Gegend absuchten. Auch auf der Straße war keine besondere Aktivität festzustellen; um genau zu sein, hatte nicht ein einziges Fahrzeug während seiner Ruhepause die Straße passiert.

Erfrischt erhob er sich, streifte hängengebliebene Zweige und trockenes Laub von seinen Kleidern und knüpfte sein Halstuch neu, wie nur ein Sirianer es knüpfen kann. Dann betrachtete er sich prüfend in einem Stahlspiegel. Seine auf der Erde nach sirianischem Muster angefertigten Kleider würden niemandem auffallen, ebensowenig sein purpurrotes Gesicht, seine anliegenden Ohren und sein mashambischer Akzent. Aber worauf er am meisten vertraute, war, daß kein Sirianer auch nur an die Möglichkeit denken würde, daß ein Terraner sich als Sirianer verkleidet haben könnte; die Vorstellung würde ihnen als zu lächerlich erscheinen.

Überzeugt davon, daß er seiner Rolle hundertprozentig genügte, verließ er den Schutz der Bäume und ging kühn über die Straße, um sich von der anderen Seite her genau die Stelle einzuprägen, an der er aus dem Wald gekommen war. Es war wichtig, daß er sie im Notfall sofort wiederfinden konnte.

Fünfzig Meter weiter stand am Straßenrand ein besonders hoher Baum mit knorrigen Ästen und einem eigenartig geformten Stamm. Er prägte ihn sich genau ein und schleppte, um sicherzugehen, einen tafelförmigen Stein herbei, den er unter dem Baum hochkant aufstellte.

Er blickte darauf nieder und fand, daß es wie ein einsames Grab aussah. Ohne große Mühe konnte er sich auf dem Stein die Inschrift vorstellen: *James Mowry – Terraner. Erdrosselt von den Kaitempi.* Das konnte ein böses Omen sein – nur glaubte er zum Glück nicht an so etwas.

Er scheuchte alle Gedanken an die Kaitempi von sich und begann mit leicht O-beinigem Gang die Straße entlangzuwandern. Von jetzt an war er der Sirianer Shir Agavan, ein Forstaufseher, der als Angestellter des jaimecischen Ministeriums für Bodenschätze vom Wehrdienst befreit war.

Er schritt kräftig aus, während die Sonne sich langsam zum Horizont hinabsenkte. Er wollte einen Wagen anhalten, aber möglichst weit entfernt von der Stelle, an der er aus dem Wald gekommen war. Die Sirianer besaßen sowohl Zungen, mit denen sie reden, als auch Ohren, mit denen sie hören konnten. Und einige von ihnen hatten nichts anderes zu tun, als herumzuhorchen und zwei und zwei zusammenzuzählen, wobei sie ohne viel Kopfzerbrechen auf vier kommen würden. Er mußte sich vor übereifrigen Zungen und wachsamen Ohren mehr vorsehen als vor Gewehrläufen und Schlingen.

Er hatte fast zwei Kilometer zurückgelegt, als kurz nacheinander zwei Netzstromautos und ein Lastwagen vorbeikamen, die aber alle in die entgegengesetzte Richtung fuhren. Keiner der Insassen schenkte ihm mehr als einen kurzen Blick. Er mußte noch einen weiteren Kilometer marschieren, bevor ein Fahrzeug auftauchte, das in seine eigene Richtung fuhr. Es war wieder ein Lastwagen, ein großes, schmutziges Ungetüm mit Gasantrieb, das puffend und dröhnend heranrollte.

Er blieb am Straßenrand stehen und winkte mit herablassend-strenger Miene, die jeden Sirianer beeindruckte, der nicht selbst zu den Autoritätspersonen gehörte. Der Lastwagen hielt sofort an. Er war vollgeladen mit irgendwelchen eßbaren Wurzeln. Zwei Sirianer blickten aus dem Fahrerhäuschen auf ihn herunter. Sie trugen schmutzige, ausgebeulte Sachen und machten einen ungepflegten Eindruck.

„Ich bin von der Regierung", erklärte Mowry mit entsprechend wichtiger Miene. „Ich möchte, daß Sie mich mit in die Stadt nehmen."

Der außen Sitzende öffnete die Tür, rückte näher an den Fahrer heran und machte für Mowry Platz. Er kletterte hinauf und zwängte sich neben den Sirianer, wobei er seine Tasche auf die Knie legte. Sein Nebenmann betrachtete mit stumpfem Blick die Tasche, während sich der Lastwagen mit einem lauten Knall wieder in Bewegung setzte.

„Sie sind wohl aus Masham", eröffnete der Fahrer die Unterhaltung.

„Stimmt. Wir können anscheinend nicht den Mund aufmachen, ohne daß es jeder merkt."

„Ich war noch nie in Masham", fuhr der Fahrer in dem für Jaimec bezeichnenden singenden Tonfall fort. „Aber ich möchte gern mal hin. Es ist eine großartige Stadt." Er wandte sich zu seinem Kollegen. „Stimmt's, Snat?"

„Jar", antwortete Snat, wobei er weiter mit verträumtem Blick die Tasche anstarrte.

„Außerdem ist es in Masham oder überhaupt irgendwo auf Diracta bestimmt sicherer als hier. Vielleicht habe ich dort mehr Glück. Das war heute ein schlimmer Tag, ein ganz schlimmer Tag, stimmt's, Snat?"

„Jar", sagte Snat.

„Weshalb?" erkundigte sich Mowry.

„Dieser *soko* von einem Lastwagen hat heute drei Pannen gehabt. Und zweimal ist er im Dreck steckengeblieben. Beim letztenmal mußten wir alles abladen, um ihn herauszukriegen, und dann wieder alles aufladen. Das war eine harte Arbeit." Er spuckte aus dem Fenster. „Stimmt's, Snat?"

„Jar", sagte Snat, der von der Anstrengung noch ganz erschöpft war.

„Wie schrecklich", sagte Mowry verständnisvoll.

„Und den Rest kennen Sie ja", sagte der Fahrer zornig. „Es war ein schlimmer Tag."

„Was soll ich kennen?" fragte Mowry.

„Die Nachrichten."

„Ich war von morgens an in den Wäldern. Man hört dort keine Nachrichten."

„In den Zehnuhrnachrichten wurde angekündigt, daß die Kriegssteuern erhöht würden. Als ob wir nicht schon genug Steuern zahlen. Die Zwölfuhrnachrichten gaben dann bekannt, daß ein Spakumschiff gesichtet worden sei. Sie mußten das zugeben, weil das Schiff von verschiedenen Stellen aus beschossen worden ist. Wir sind nicht taub, wenn wir Kanonendonner hören, und auch nicht blind, wenn das Ziel vor unseren Augen herumkreist." Er stieß seinen Kollegen in die Seite. „Oder, Snat?"

„Jar", stimmte Snat ihm bei.

„Stellen Sie sich das mal vor – ein Spakumschiff, das über unsern Dächern herumkreist. Sie wissen, was das zu bedeuten hat: Sie suchen geeignete Ziele für eine Bombardierung. Wir können nur hoffen, daß keines durchkommt. Jedes Spakum, das sich hier blicken läßt, sollte ins Sperrfeuer geraten."

„Das meine ich auch", sagte Mowry mit patriotischer Miene. Er gab seinem Nachbarn einen Stoß in die Rippen. „Sie etwa nicht?"

„Jar", sagte Snat.

Der Fahrer verbrachte den ganzen Rest der Fahrt damit, sich über den schlimmen Tag, die Unfähigkeit von Lastwagenherstellern, die hohen Kriegssteuern und die Unverschämtheit eines feindlichen Raumschiffs, das am hellichten Tag über Jaimec herumgekreuzt war, zu beklagen. Snat starrte die ganze Zeit über mit glasigen Augen auf Mowrys Ledertasche und fand sich nur zu einsilbigen Antworten bereit, nachdem er einen Rippenstoß bekommen hatte.

„Das reicht", sagte Mowry, nachdem sie durch einige Vorstädte gefahren waren und eine breite Kreuzung erreicht hatten. Der Lastwagen hielt an, und er stieg aus. „Ein langes Leben!"

„Ein langes Leben!" rief der Fahrer zurück und kutschierte davon.

Er blieb auf dem Gehsteig stehen und sah dem Lastwagen nach, bis er außer Sichtweite war. Er hatte sich der ersten Prüfung unterzogen, ohne aufzufallen. Weder der Fahrer noch Snat hatten den geringsten Verdacht geschöpft, daß er, wie sie es nannten, ein Spakum sein könnte – wörtlich übersetzt, eine Bettwanze –, ein abschätziger Ausdruck für Terraner, den er sich ohne Groll angehört hatte. Und weshalb sollte er auch grollen; er war doch Shir Agavan, ein gebürtiger Sirianer.

Mit seiner Tasche in der Hand betrat er die Stadt.

DAS war also Pertane, die Hauptstadt von Jaimec, mit einer Einwohnerzahl von etwas über zwei Millionen, bei weitem die größte Stadt auf diesem Planeten. Sie war das Zentrum der zivilen und militärischen Verwaltung und damit sozusagen das Herz der feindlichen Macht auf diesem Planeten, zugleich aber auch das gefährlichste Pflaster für einen einzelnen Terraner.

Mowry erreichte die Innenstadt und wanderte bis zur Dämmerung durch die Straßen, wobei er sich verschiedene kleinere

Hotels auf ihre Lage und äußere Erscheinung hin ansah. Zuletzt entschied er sich für eins, das in einer ruhigen Seitenstraße lag und einen bescheidenen Eindruck machte. Er wollte dort so lange bleiben, bis er einen besseren Schlupfwinkel gefunden hatte. Doch er ging nicht sofort hinein.

Zuerst mußte er sich vergewissern, daß seine Papiere in Ordnung waren. Es waren mikroskopisch genaue Kopien von Ausweispapieren, die vor neun oder zehn Monaten im Sirianischen Reich gültig gewesen waren. Man konnte inzwischen das Format oder sonst etwas geändert haben. Wenn er sich mit Papieren auswies, die längst veraltet waren, riskierte er, daß man ihn auf der Stelle schnappte.

Lieber als in einem Hotel, wo er hinter geschlossenen Türen und umgeben von Sirianern kaum eine Fluchtmöglichkeit hatte, wollte er sich diesem Risiko auf offener Straße aussetzen, wo er im Notfall seine Tasche wegwerfen, seinen O-beinigen Gang ablegen und wie der Teufel davonlaufen konnte. Er schlenderte also an dem Hotel vorbei und erkundete die Straßen in der Nachbarschaft, bis er auf einen Polizisten stieß. Er blickte sich rasch um, merkte sich einen Fluchtweg und trat auf den Polizisten zu.

„Entschuldigung, ich bin hier fremd“, sagte er mit einem leicht dämlichen Gesichtsausdruck. „Ich bin erst vor ein paar Tagen aus Diracta angekommen.“

„Sie haben sich verirrt, *hi?*“

„Nein, ich bin aus einem anderen Grund verwirrt.“ Er langte in die Tasche, zog seine Ausweiskarte hervor und reichte sie dem Beamten. Seine Beinmuskeln spannten sich in Bereitschaft zu fliehen, während er fortfuhr: „Ein Freund aus Pertane hat mir gesagt, daß meine Karte nicht mehr gültig ist, weil sie jetzt eine Aufnahme von meinem nackten Körper zeigen muß. Dieser Freund hat nichts als Unsinn im Kopf. Und ich weiß jetzt nicht, ob ich ihm glauben soll oder nicht.“

Der Polizist sah sich mit gerunzelter Stirn die Karte an, drehte sie um und prüfte auch die Rückseite. Dann gab er sie Mowry zurück.

„Diese Karte ist ganz in Ordnung. Ihr Freund ist ein Lügner. Solch eine alberne Bestimmung gibt es nicht. Er täte besser daran, den Mund zu halten.“ Das Stirnrunzeln vertiefte sich. „Er könnte es eines Tages bereuen. Die Kaitempi kennen keine Gnade gegenüber Leuten, die falsche Gerüchte verbreiten.“

„Jawohl", sagte Mowry erleichtert, aber auch ein bißchen eingeschüchtert. „Ich werde ihm sagen, daß er sich vorsehen soll. Ein langes Leben!"

„Gleichfalls", erwiderte der Polizist kurz.

Hurra! Er ging zurück zum Hotel, betrat es mit einer Miene, als ob er der Besitzer sei, und sagte zu dem Mann am Empfang: „Ich möchte ein Zimmer mit Bad für zehn Tage."

„Ihre Ausweiskarte?"

Er reichte sie hinüber.

Der Mann trug die Kennzeichen in sein Register ein, gab ihm die Karte zurück und deutete auf eine Zeile im Register. „Unterschreiben Sie hier."

Bei der Ankunft auf seinem Zimmer gönnte er sich als erstes ein erfrischendes Bad. Dann überdachte er seine Lage. Obwohl er sich das Zimmer für zehn Tage hatte reservieren lassen, hatte er nicht die Absicht, so lange hierzubleiben. Wenn die Gepflogenheiten der Sirianer auf Jaimec die gleichen waren wie anderswo, konnte er damit rechnen, daß noch vor Ablauf der Woche irgendein Schnüffler sich das Hotelregister ansehen und ihm komische Fragen stellen würde. Er hatte zwar die Antworten parat – aber die Taktik einer Wespe bestand darin, neugierigen Fragen aus dem Weg zu gehen, solange es möglich war.

Heute abend war es schon zu spät, um nach einem besseren Unterschlupf zu suchen. Morgen wollte er sich in einer Gegend, in der die Bewohner sich möglichst wenig um anderer Leute Angelegenheiten kümmerten, nach einem Zimmer umsehen. Inzwischen konnte er vor dem Schlafengehen noch ein paar Stunden in Pertane herumbummeln, um die Stadt kennenzulernen.

Bevor er sich auf den Weg machte, bestellte er sich ein kräftiges Mahl. Einem gebürtigen Terraner wäre das Essen wahrscheinlich seltsam, wenn nicht widerwärtig vorgekommen, aber er verzehrte es mit Genuß und fühlte sich dabei an seine Kindheit erinnert. Erst als er fertig war, kam ihm der Gedanke, daß eine andere, weniger glückliche Wespe sich vielleicht schon einmal dadurch verraten haben könnte, daß ihr bei einer sirianischen Mahlzeit schlecht geworden war.

Den Rest des Abends streifte er anscheinend ziellos in Pertane umher und prägte sich dabei die Lage von Straßen und Gebäuden ein, die für ihn vielleicht einmal von Wichtigkeit sein konnten. Aber sein Hauptanliegen war es, die öffentliche Meinung zu erkunden.

In jedem Krieg gab es eine Opposition. Mochte die jeweilige Regierung auch noch so mächtig sein, überall gab es Minderheiten, die aus den verschiedensten Gründen gegen einen Krieg eingestellt waren, sei es, daß sie die notwendigen Opfer scheuten oder um ihr Leben bangten, sei es, daß sie die kriegerische Auseinandersetzung als Mittel, einen Streit beizulegen, aus moralischen oder philosophischen Gründen ablehnten, oder sei es, daß sie kein Vertrauen in die Führung hatten und mit einer Niederlage rechneten. Selbst unter einer Diktatur war es nicht möglich, alle diese Leute ausfindig zu machen und einzusperren. Auf Jaimec mußte es eine ganze Menge davon geben.

Als Wespe konnte er sich diese Tatsache zunutze machen, selbst wenn es ihm nicht möglich sein sollte, einige von ihnen persönlich kennenzulernen und für seine Zwecke zu gewinnen. Er mußte sich nur erst davon überzeugen, daß es eine solche Minderheit auf Jaimec tatsächlich gab.

Gegen Mitternacht kehrte er zufrieden mit dem Ergebnis seiner Nachforschungen auf sein Hotelzimmer zurück. In Bussen und Bars hatte er sich mit etwa vierzig Leuten unterhalten und vielen Gesprächen gelauscht. Nicht einer von ihnen hatte es gewagt, offen etwas gegen die Regierung oder das System zu sagen – das verbot ihnen schon die Furcht vor den Kaitempi. Aber vielen war deutlich anzumerken gewesen, daß sie nicht alles aussprachen, was sie dachten. Für seine Zwecke war es gleich, ob sie aus moralischen oder selbstsüchtigen Gründen gegen den Krieg eingestellt waren. Wenn es nicht ratsam ist, die eigene Stärke zu gebrauchen, muß man eben die Schwächen des Gegners ausnutzen.

Während Mowry im Bett lag und auf den Schlaf wartete, faßte er diese heimliche Opposition auf dem Planeten im Geiste zu einer mächtigen Organisation zusammen, die sich *Dirac Angestun Gesept* nannte, was soviel bedeutet wie Sirianische Freiheitspartei. Und sich selbst ernannte er zum Vorsitzenden, Schriftführer und Schatzmeister dieser Organisation. Daß ihre Mitglieder ihn weder gewählt hatten noch überhaupt etwas von ihrer Rolle wußten, war dabei vollkommen unwichtig. Die erbosten Kaitempi würden schon dafür sorgen, daß die Mitglieder ihre Beiträge zahlten, und sei es in Form von rollenden Köpfen und in Schlingen gelegten Hälsen. Und wenn sie sich weigerten, ihre Beiträge zu zahlen, um so besser. Wenn die Sirianer erst damit beschäftigt waren, sich gegenseitig nach dem Leben zu trachten, würden den

Bewohnern eines entfernten Planeten dafür einige Unannehmlichkeiten erspart bleiben.

Bei diesem freudigen Gedanken schlief James Mowry alias Shir Agavan endlich ein. Seine Atemzüge waren für die Lebensform, der anzugehören er vorgab, verdächtig langsam und regelmäßig, sein Schnarchen auffällig leise, und außerdem lag er auf dem Rücken statt auf dem Bauch. Aber in der Abgeschiedenheit seines Zimmers gab es niemanden, der ihn dabei hätte überraschen können.

WENN ein Mann die Rolle einer Invasionsarmee übernimmt, dann muß er schnell handeln, jede Gelegenheit voll ausnutzen und darf keine Kraft verschwenden. Mowry mußte sich in der Stadt nach einem besseren Quartier umsehen. Außerdem wurde es Zeit, daß er den ersten Zug in seinem Schachspiel machte. Und so verband er beides miteinander.

Er öffnete seine Tasche vorsichtig mit einem nichtleitenden Spezialschlüssel aus Plastik. Obwohl er genau wußte, was er tat, geriet er dabei ins Schwitzen. Das Schloß der Tasche war bei weitem nicht so harmlos, wie es aussah – es war eine richtige Todesfalle. Mowry wurde die Vorstellung nicht los, daß es eines Tages auf einen Plastikschlüssel ebenso reagieren könnte wie auf einen Metallschlüssel, und dann würde es eine Explosion geben, die alles im Umkreis von hundert Metern vernichtete.

Die Tasche enthielt außer der gefährlichen Ladung, die mit dem Schloß durch einen Draht verbunden war, ein Dutzend kleine Päckchen und eine Unmenge bedruckten Papiers: Plakate und Geldnoten in sirianischer Währung. Von letzterem war so viel vorhanden, daß er sich mit gutem Gewissen als Millionär bezeichnen konnte, ja sogar als Multimillionär, wenn er den Vorrat in seinem Versteck im Wald dazurechnete.

Er entnahm der Tasche einen nicht allzu dicken Stoß Plakate. Sie reichten gerade aus, um ihn für einen Tag zu beschäftigen, konnten jedoch bei Bedarf leicht irgendwo unauffällig abgelegt werden. Dann schloß er die Tasche wieder mit der gleichen Vorsicht, mit der er sie geöffnet hatte, und unter den gleichen Angstgefühlen.

Dieses ständige Spiel mit einer möglichen Explosion war nicht gerade angenehm, aber es hatte einen großen Vorteil. Wenn ein bestallter Schnüffler einmal auf den Gedanken kommen sollte, Mowrys Zimmer und Gepäck zu durchsuchen, würde er sich und sämtliche Beweise dabei in die Luft jagen. Außerdem würde

Mowry bei seiner Rückkehr schon von weitem gewarnt werden; er würde in die Straße einbiegen, die Zerstörung sehen und sich diskret entfernen.

Er verließ das Hotel, setzte sich in einen Bus und klebte das erste Plakat an ein Fenster, als er eine Zeitlang der einzige Fahrgast war. Bei der nächsten Haltestelle stieg er aus und stellte mit einem Seitenblick fest, daß ein Dutzend neue Passagiere einstiegen.

Auf dem Plakat, das sie erwartete, stand in großen, gut leserlichen Buchstaben: *Der Krieg bringt einigen wenigen Wohlstand, aber allen anderen nur Elend. Dirac Angestun Gesept wird die ersteren beizeiten bestrafen und den letzteren zu ihrem Recht verhelfen.*

Die Leser würden sich davon mehr betroffen fühlen als vielleicht noch vor einem Monat. Es war reiner Zufall, daß er gerade in dem Moment auf Jaimec gelandet war, als man eine drastische Erhöhung der Kriegssteuern beschlossen hatte. Die Leser würden darüber noch so ergrimmt sein, daß sie das Plakat nicht gleich abreißen würden. Sie würden vielmehr die Neuigkeit von dieser geheimnisvollen Bewegung gegen die Regierung, den Militärklüngel und die Kaitempi weiterverbreiten, und das Gerücht würde durch Weitererzählen nicht an Wirkung verlieren, sondern nur immer neue Nahrung bekommen.

Im Verlauf der nächsten fünf Stunden brachte er noch achtzig Plakate an, ohne dabei erwischt zu werden. Ein paarmal entging er der Gefahr nur mit knapper Not, aber niemand beobachtete ihn direkt. Besonderes Vergnügen bereitete ihm das Ankleben des sechsundfünfzigsten Plakats und dessen Folgen.

Nach einem kleinen Zusammenstoß zweier Wagen beschimpften sich die beiden Fahrer, und sofort liefen die Leute zusammen. Mowry wurde von der Menge gegen ein Schaufenster gedrückt und ließ sich die Gelegenheit nicht entgehen, ein Plakat mitten auf die Scheibe zu kleben, während alle auf die Straße sahen. Dann schob er sich nach vorn in die Menge, bevor jemand die Verzierung auf der Fensterscheibe bemerkte und die Leute darauf aufmerksam machte.

Der Entdecker des Plakats war ein hagerer Sirianer mit Fischaugen. Er zeigte mit dem Finger auf das Plakat und stotterte: „Seht euch d-d-das an! D-d-die müssen verrückt geworden sein in d-d-dem Geschäft. D-d-die Kaitempi werden sie alle einsperren.“

Mowry drängte sich vor, um die Schrift besser sehen zu können, und las den Text laut vor. *„Alle, die jetzt für den Krieg eintreten, werden bald auf dem Schafott stehen und das bitter bereuen. Dirac Angestun Gesept."* Er runzelte die Stirn. „Die Leute im Geschäft können es nicht gewesen sein – das würden sie nicht wagen."

„Aber irgend jemand hat es g-g-gewagt", bemerkte Fischauge.

„Jar." Mowry musterte ihn kühl. „Sie haben es zuerst entdeckt. Vielleicht waren Sie es, *hi?"*

„Ich?" Fischauge wurde fahl im Gesicht. „Ich habe es nicht d-d-dort angeklebt. Ich bin d-d-doch nicht verrückt."

„Irgend jemand muß es aber getan haben, wie Sie ganz richtig bemerkten."

„Aber ich nicht", beteuerte Fischauge. „D-d-das muß ein Verrückter gewesen sein."

„Das ist nicht das Werk eines Verrückten", mischte sich ein jüngerer Sirianer ein. „Da steckt mehr dahinter."

„Warum?" fragte Fischauge.

„Ein Verrückter würde so etwas mit der Hand kritzeln und dabei Fehler machen und ungereimtes Zeug schreiben." Er wies mit dem Kopf auf den Gegenstand der Diskussion. „Aber das da ist richtig gedruckt. Und es ist eine offene Drohung. Jemand hat sein Leben riskiert, um das Plakat dort anzubringen. Ich wette, daß eine illegale Organisation dahintersteckt."

„Es steht ja auch drauf", rief eine Stimme aus dem Hintergrund dazwischen. „Die Sirianische Freiheitspartei."

„Nie davon gehört", meinte ein anderer.

„Dann haben Sie jetzt davon gehört", sagte Mowry.

„Jemand sollte etwas d-d-dagegen unternehmen", erklärte Fischauge und fuchtelte dabei aufgeregt mit beiden Armen herum.

Jemand unternahm etwas d-d-dagegen, und zwar ein Polizist. Er bahnte sich einen Weg durch die Menge, suchte auf dem Boden nach dem Opfer, bückte sich dann und tastete umher, falls es womöglich unsichtbar war. Als er nichts finden konnte, richtete er sich auf, sah sich finsteren Blicks im Kreis um und dröhnte: „Was ist hier los?"

Fischauge wies mit der stolzen Miene des Erstentdeckers auf das Plakat. „Sehen Sie mal, was d-d-da geschrieben steht."

Der Polizist sah hin. Er las die Aufschrift zweimal durch, wurde um einige Schattierungen dunkler in seinem purpurroten Gesicht und wandte sich dann wieder der Menge zu.

„Wer war das?"

Niemand wußte es.

„Einer muß es doch gesehen haben – oder habt ihr keine Augen im Kopf?"

Offenbar nicht.

„Wer hat das Plakat zuerst entdeckt?"

„Ich", meldete sich Fischauge stolz.

„Aber wer es angeklebt hat, das haben Sie nicht gesehen, was?"

„Nein."

Der Polizist schob das Kinn vor. „Sind Sie sicher?"

„B-b-bestimmt", versicherte Fischauge, der langsam nervös wurde. „Auf d-d-der Straße war ein Zusammenstoß. Wir beobachteten d-d-die beiden Netzst-rzst –" Er verhedderte sich bei dem schwierigen Wort und verstummte.

Der Polizist winkte ab und wandte sich mit drohender Stimme an die anderen. „Jemand, der die Person des Täters kennt und sein Wissen verschweigt, kann ebenso hart bestraft werden wie der Täter selbst."

Daraufhin wichen diejenigen, die in seiner Nähe standen, ein paar Schritte zurück, und im Hintergrund fiel einigen plötzlich ein, daß sie wichtige Geschäfte zu erledigen hatten. Ein harter Kern von etwa dreißig Neugierigen blieb zurück, unter ihnen Mowry.

Er sagte freundlich zu dem Polizisten: „Vielleicht können Sie im Geschäft Näheres erfahren."

Der Bulle sah ihn finster an. „Ich weiß selbst, was ich zu tun habe."

Verächtlich schnaubend drehte er sich um und marschierte stracks in den Laden, wo er nach dem Geschäftsführer rief. Dieser eilte sofort herbei, besah sich entsetzt seine Scheibe und schien einem Nervenzusammenbruch nahe zu sein.

„Ich versichere Ihnen, wir haben nichts damit zu tun. Das Plakat klebt ja auch nicht innen, wie Sie sehen können, sondern außen. Jemand muß es im Vorbeigehen angebracht haben. Ich kann mir nicht erklären, weshalb er es ausgerechnet bei *uns* angeklebt hat. Unsere patriotische Einstellung ist überall bekannt und –"

„Die Kaitempi werden nicht lange brauchen, um das anzuzweifeln", meinte der Polizist mit zynischem Grinsen.

„Aber ich bin Reserveoffizier im –"

„Halten Sie den Mund!" Er wies mit dem Daumen auf das anstößige Plakat. „Machen Sie das lieber ab."

„Jawohl, sehr wohl. Ich werde es sofort entfernen."

Der Geschäftsführer versuchte mit den Fingernägeln die Ecken des Plakats anzuheben, aber es gelang ihm nicht. Die terranische Überlegenheit auf technischem Gebiet machte sich selbst bei einfachen Klebstoffen bemerkbar. Nach einigen vergeblichen Versuchen warf er dem Polizisten einen um Verzeihung bittenden Blick zu, lief in seinen Laden und kam mit einem Messer zurück. Diesmal gelang es ihm wenigstens, ein Stück von jeder Ecke abzukratzen, doch die Aufschrift blieb unbeschädigt.

„Holen Sie heißes Wasser!" brüllte der Polizist, der die Geduld zu verlieren begann. Er drehte sich zu den Gaffenden um und rief: „Los, weitergehen! Hier gibt's nichts zu sehen."

Die Menge löste sich allmählich auf. Mowry blieb an der nächsten Ecke stehen und sah zurück. Der Geschäftsführer kam gerade mit einem Eimer dampfend heißen Wassers heraus und begann damit das Plakat einzuweichen. Mowry grinste. Heißes Wasser war genau das Richtige, um die hydrofluorische Base in der Druckerschwärze herauszulösen und zu aktivieren.

Er ging weiter und klebte noch zwei Plakate an möglichst ärgerniserregenden Stellen an. Etwa zwanzig Minuten würde es dauern, bis Plakat Nummer sechsundfünfzig aufgeweicht war. Als die Zeit verstrichen war, konnte Mowry der Versuchung, zum Tatort zurückzukehren, nicht mehr widerstehen. Er schlenderte an dem Geschäft vorbei.

Das Plakat war inzwischen tatsächlich entfernt worden, aber dafür hatte sich die Inschrift deutlich sichtbar in das Glas eingefressen. Der Polizist und der Geschäftsführer standen in eine heftige Diskussion verwickelt auf dem Gehsteig, während sich um sie herum erneut eine Menschenansammlung bildete, die abwechselnd zuhörte und die Inschrift anstarrte.

Als Mowry vorbeiging, hörte er, wie der Polizist brüllte: „Das ist mir egal, ob die Scheibe zweitausend Gulden kostet! Sie müssen sie abdecken oder durch eine neue ersetzen. Etwas anderes kommt nicht in Frage –"

„Aber ich –"

„Tun Sie das, was ich Ihnen befohlen habe! Aufrührerische Propaganda ist ein Kriegsverbrechen, ob sie nun beabsichtigt war oder nicht."

Mowry schlenderte unbemerkt vorbei. Er hatte noch achtzehn

Plakate bei sich, die er irgendwo anbringen mußte. Als es schließlich dämmerte, war er alle losgeworden und hatte außerdem ein geeignetes Quartier gefunden.

Drei

IM HOTEL blieb er am Empfang stehen und sagte zu dem Angestellten: „Dieser Krieg schmeißt einem ständig alle Pläne um." Er spreizte die Hände, was bei den Sirianern gleichbedeutend war mit einem Schulterzucken. „Ich muß morgen verreisen und werde vielleicht erst in sieben Tagen zurückkehren. Das ist zu dumm."

„Sie wollen Ihr Zimmer aufgeben, Mr. Agavan?"

„Nein, nein, ich habe es für zehn Tage reservieren lassen, und ich werde auch für zehn Tage zahlen." Er zog ein Bündel sirianische Gulden aus der Tasche. „Wenn ich zeitig genug zurückkomme, habe ich wenigstens eine sichere Bleibe. Wenn nicht, dann ist das eben mein Pech."

„Wie Sie wünschen, Mr. Agavan." Ungerührt ob dieser Verschwendung, händigte ihm der Angestellte eine Quittung aus.

„Danke", sagte Mowry. „Ein langes Leben!"

„Ein langes Leben", gab der Mann am Empfang zurück. Es war ihm gleich, ob der Gast in den nächsten zehn Minuten verendete oder nicht.

Mowry ging auf sein Zimmer, legte sich aufs Bett und ruhte seine überanstrengten Beine aus. Als es draußen vollkommen dunkel geworden war, entnahm er seiner Tasche noch einen Stoß Plakate und dazu ein Stück Kreide, um sich dann erneut an die Arbeit zu machen.

Diesmal war alles viel leichter. Er kannte die Plätze, an denen seine Plakate am wirksamsten waren, und die Dunkelheit erleichterte ihm seine Arbeit. Zwischen sieben Uhr dreißig und Mitternacht klebte er genau hundert Plakate an Fensterscheiben, Bürotüren und öffentliche Verkehrsmittel und schrieb außerdem die Buchstaben DAG deutlich lesbar an vierundzwanzig Wände.

Die Kreide, die er dabei benutzte, war ebenfalls eine teuflische terranische Erfindung. Je mehr man versuchen würde, sie mit Wasser abzuwaschen, desto tiefer würde sie sich in die Mauer eingraben. Es gab nur eine Möglichkeit, die anstößige Inschrift zu entfernen, nämlich die Mauer abzureißen und neu aufzubauen.

Am Morgen frühstückte er ausgiebig und verließ dann mit seiner Tasche das Hotel. Draußen stand eine Reihe wartender Netzstromtaxis, doch er fuhr mit dem Bus. Neunmal wechselte er die Richtung, und fünfmal davon reiste er ohne seine Tasche, die inzwischen in einem Aufbewahrungsdepot auf ihn wartete. Diese Vorsichtsmaßnahmen mochten vielleicht unnötig sein, aber man konnte nie wissen.

In einem entfernten Hotel fand möglicherweise gerade folgende Unterhaltung statt: „Kaitempiüberprüfung. Geben Sie mir das Hotelregister. Hm – genau dasselbe wie letztes Mal. Bis auf diesen Shir Agavan. Wer ist das denn?"

„Ein Forstaufseher."

„Haben Sie das aus seiner Ausweiskarte?"

„*Jar.* Sie war vollkommen in Ordnung."

„Wo ist er beschäftigt?"

„Beim Ministerium für Bodenschätze."

„Trug seine Karte den Stempel des Ministeriums?"

„Das weiß ich nicht mehr genau. Ich kann mich nicht an alles erinnern."

„Das sollten Sie aber. Nun, wahrscheinlich hat alles seine Richtigkeit. Aber ich will sicherheitshalber noch mal beim Ministerium anrufen. Geben Sie mir Ihr Telefon." Ein Anruf, ein paar Fragen, dann wurde der Hörer niedergeknallt, und es folgte der empörte Ausruf: „Beim Ministerium gibt es keinen Shir Agavan! Dieser Kerl benutzt eine falsche Ausweiskarte. Wann hat er das Hotel verlassen? Hat er gesagt, wohin er gehen wollte? Wachen Sie auf, und antworten Sie endlich! Geben Sie mir den Schlüssel zu seinem Zimmer – es muß sofort durchsucht werden. Ist er mit einem Taxi weggefahren? Beschreiben Sie ihn mir, so gut Sie können. Er hatte also eine Tasche bei sich, *hi?* Was war das für eine Tasche?"

Das Risiko mußte man kennen, wenn man in einem normalen, von der Behörde überprüften Hotel abstieg. Doch Mowry war jetzt sicher, daß selbst der hartnäckigste Schnüffler seine Spur, die kreuz und quer durch die Stadt führte, nicht würde finden können. Er holte seine Tasche ab und schleppte sie in den dritten Stock eines alten Mietshauses hinauf, wo er zwei Zimmer gemietet hatte. Den Rest des Tages verbrachte er damit, die Zimmer zu reinigen und einigermaßen wohnlich zu machen.

Hier würde man ihn nicht so leicht finden. Der Hausbesitzer hatte nicht einmal seinen Ausweis verlangt und ihm ohne weiteres abgenommen, daß er Gast Hurkin war, ein kleiner Bahnbeamter, der sich mit ehrlicher Arbeit sein Geld verdiente und dumm genug war, seine Miete immer pünktlich und regelmäßig zu zahlen.

Nachdem er mit der Hausarbeit fertig war, kaufte Mowry sich eine Zeitung und suchte darin nach einem Bericht über seine gestrige Tätigkeit. Aber sie wurde nicht mit einem Wort erwähnt. Zuerst war er darüber enttäuscht, doch nach einigem Nachdenken heiterte sich sein Gemüt auf.

Offene Opposition gegenüber der Regierung und dem Krieg, den sie führte, war etwas so Aufsehenerregendes, daß kein Reporter oder Zeitungsherausgeber es sich hätte nehmen lassen, eine Schlagzeile daraus zu machen, wenn er freie Hand gehabt hätte. Daß kein Wort davon in den Zeitungen stand, war ein Beweis dafür, daß man von oben Zensur ausgeübt hatte. Irgend jemand, der in einer Machtposition saß, war zu einem Gegenzug veranlaßt worden.

Das war immerhin ein Anfang. Seine ersten Versuche, sich als Wespe zu betätigen, hatten die Regierung gezwungen, die Pressefreiheit einzuschränken. Und was noch wichtiger war: ihr Gegenzug war schwach und im Grunde nur ein Aufschub. Die erhoffte Wirkung konnte sich leicht in ihr Gegenteil verkehren.

Je hartnäckiger Regierung und Presse derartige Vorfälle zu verschweigen suchen, desto mehr wird in der Öffentlichkeit darüber geredet und nachgedacht. Und je länger die Regierung schweigt, desto schuldbewußter muß sie erscheinen. Wenn das Volk sich fragt: „Was verbergen sie jetzt wieder vor uns?“, ist es um die Kriegsmoral schlecht bestellt.

Einige hundert Bürger würden sich diese Frage morgen und übermorgen oder in der nächsten Woche stellen. Die magische Formel *Dirac Angestun Gesept* würde von Mund zu Mund gehen und in vielen Köpfen spuken, allein schon deswegen, weil die Regierung Angst hatte, dazu Stellung zu nehmen.

Und wenn eine Regierung sich davor scheut, selbst die kleinsten Zwischenfälle in einem Krieg zuzugeben, wieviel Vertrauen kann der kleine Mann dann noch in die Versicherung haben, daß er vor nichts Angst zu haben brauche? *Hi?*

EINE Krankheit wirkt um so bedrohlicher, wenn sie an weit auseinanderliegenden Orten gleichzeitig auftritt und damit die Anzeichen einer Epidemie zeigt. Aus diesem Grund bestand Mowrys erster Ausflug aus seinem neuen Asyl in einem Besuch der Nachbarstadt Radine. Sie lag sechzig Kilometer südlich von Pertane, hatte dreihunderttausend Einwohner und besaß Elektrizitätswerke, Bauxitminen und Aluminiumwerke.

Er nahm den Frühzug, der gefüllt war mit verdrossenen Arbeitern, gelangweilten Soldaten, selbstzufriedenen Beamten und farblosen Durchschnittsbürgern. Auf dem Sitz ihm gegenüber saß ein dickbäuchiger Sirianer mit einem fetten Schweinskopf. So ähnlich würde sich ein Karikaturist vielleicht den jaimecischen Ernährungsminister vorstellen.

Der Zug setzte sich in Bewegung und erlangte bald eine ansehnliche Geschwindigkeit. Ab und zu hielt er an kleineren Bahnhöfen, um Leute ein- und aussteigen zu lassen. Schweinsgesicht würdigte Mowry nicht eines Blick, sondern betrachtete gelangweilt die vorbeiziehende Landschaft, bis er schließlich mit geöffnetem Mund einschlief. Im Schlaf glich er mehr denn je einem Schwein, es fehlte nur noch die Zitrone zwischen den Zähnen.

Fünfundvierzig Kilometer vor Radine wurde die Tür zum Nachbarwagen aufgerissen, und ein Polizist trat ein. Er wurde von zwei grobschlächtigen Männern in Zivil begleitet. Das Trio blieb bei dem ersten Fahrgast stehen.

„Ihren Fahrschein!" sagte der Polizist.

Der Passagier reichte ihn mit ängstlichem Gesicht hinüber. Nachdem der Polizist sich die Vorder- und Rückseite angesehen hatte, gab er den Fahrschein an seine Begleiter weiter, die ihn ebenfalls musterten.

„Ihre Ausweiskarte!"

Damit wurde die gleiche Prozedur vorgenommen. Der Polizist sah sie sich mehr routinemäßig, die beiden Zivilisten mit kaum verhülltem Argwohn an.

„Ihre Reiseerlaubnis!"

Auch sie hielt der dreifachen Prüfung stand und wurde ihrem Besitzer zusammen mit den anderen Papieren zurückgegeben. Er atmete erleichtert auf. Der Polizist wandte sich seinem Nachbarn zu.

„Ihren Fahrschein!"

Mowry, der weit hinten im Wagen saß, sah den Vorgängen neugierig und ein wenig besorgt zu. Seine Besorgnis verwandelte sich in Angst, als die drei Männer sich den siebten Fahrgast vornahmen.

Aus Gründen, die den beiden Männern in Zivil allein bekannt waren, musterten sie die Papiere dieses Passagiers länger und eindringlicher. Der Mann wurde sichtlich nervös. Wie Raubtiere, die sich im nächsten Moment auf ihr Opfer stürzen würden, blickten sie in sein verängstigtes Gesicht.

„Aufstehen!" bellte einer von ihnen.

Der Mann sprang auf. Er zitterte und schwankte leicht hin und her, und das kam nicht vom Rütteln des Zuges. Während der Polizist zusah, durchsuchten die beiden Männer in Zivil den Fahrgast mit berufsmäßiger Schnelligkeit und Gründlichkeit. Sie entnahmen seinen Taschen ein paar Gegenstände, musterten sie und steckten sie wieder zurück. Als sie nichts Verdächtiges finden konnten, stieß der eine von ihnen einen Fluch aus und brüllte sein Opfer an: „Warum zittern Sie so?"

„Ich fühle mich nicht gut", antwortete der Passagier verängstigt.

„Ach, tatsächlich? Was fehlt Ihnen denn?"

„Ich werd' immer reisekrank, wenn ich längere Zeit Zug fahre."

„Soso." Der Zivilist sah ihn an und sagte dann mit einer nachlässigen Handbewegung: „Sie können sich setzen."

Daraufhin sank der Passagier schwer atmend auf seinem Sitz nieder. Sein Gesicht war vor Aufregung ganz fleckig. Der Polizist musterte ihn noch einen Augenblick und wandte sich dann mit verächtlichem Schnauben dem nächsten zu.

„Ihren Fahrschein!"

Noch zehn Passagiere mußten kontrolliert werden, bevor die Reihe an Mowry kam. Wegen seiner Papiere machte er sich keine Sorgen, die konnten sie sich gern ansehen, aber nicht seine Taschen. Der Uniformierte war nur ein ganz gewöhnlicher Polizist, aber die beiden Männer in Zivil waren Kaitempi, Beamte der allmächtigen und gefürchteten Geheimpolizei. Wenn *sie* seine Taschen durchsuchten, dann war er ein für allemal erledigt. Man würde auf Terra nach einiger Zeit merken, daß sein Schweigen das Schweigen des Grabes war, und ein kaltblütiger Bursche namens Wolf würde zu dem nächsten armen Auserwählten sagen: „Drehen Sie sich um. Und jetzt gehen Sie bitte O-beinig. Wir möchten, daß Sie eine Wespe werden."

Inzwischen verfolgten die meisten Passagiere aufmerksam den Fortgang der Kontrolle und bemühten sich dabei, so patriotisch wie möglich dreinzuschauen. Mowry warf einen vorsichtigen Blick auf sein Gegenüber. Schweinsgesicht lehnte noch immer mit herabgesunkenem Kopf und geöffnetem Mund auf seinem Sitz. Aber waren seine fetten, kleinen Augen wirklich geschlossen, oder beobachtete er ihn heimlich aus halbgeschlossenen Lidern?

Er hätte sein Gesicht dicht vor die unangenehme Visage des andern schieben müssen, um das zu entscheiden. Doch ihm blieb sowieso keine andere Wahl, das Trio kam immer näher, und er mußte das Risiko eingehen. Verstohlen fühlte er hinter sich den Sitz ab und entdeckte zwischen Sitz und Rückenlehne eine tiefe Spalte in der Polsterung. Dann zog er, ohne Schweinsgesicht aus dem Auge zu lassen, einen Packen Plakate und zwei Stück Kreide aus der Tasche und schob sie tief in die Spalte. Sein Gegenüber rührte sich nicht und blinzelte auch nicht.

Zwei Minuten später stieß der Polizist Schweinsgesicht unsanft an, und dieser erwachte mit einem lauten Schnarcher. Er starrte zuerst den Polizisten an und dann die beiden Männer in Zivil.

„Was ist denn los?"

„Ihren Fahrschein", sagte der Polizist.

„Eine Kontrolle, *hi?*" erwiderte Schweinsgesicht mit plötzlichem Verständnis. „Na schön –" Er schob seine dicken Finger in die Brusttasche und zog eine verzierte Karte hervor, die in einer durchsichtigen Plastikhülle steckte. Er reichte sie dem Polizisten mit einer Miene, als handele es sich um den Schlüssel zum Paradies. Der Polizist warf einen Blick darauf und nahm sofort eine servile Haltung ein. Die beiden Schlägertypen schlugen die Hacken zusammen und richteten sich steif auf.

„Verzeihung, Major", entschuldigte sich der Polizist.

„Schon gut", versicherte Schweinsgesicht in einer wohlgelungenen Mischung aus Arroganz und Herablassung. „Sie tun ja nur Ihre Pflicht." Er sah sich triumphierend im Wagen um, damit auch jeder merkte, daß er einige Stufen über dem Durchschnitt stand.

Mowry, der ihn mit verhüllter Abneigung musterte, spürte den heftigen Drang, ihn in den Hintern zu treten. Doch er hielt seinen rechten Fuß, der bei der Vorstellung schon zu zucken begann, fest auf den Boden gepreßt.

Immer noch verwirrt, wandte sich der Polizist an Mowry und sagte: „Fahrschein."

Mowry reichte ihn hinüber und versuchte dabei so unbekümmert wie möglich auszusehen. Das war nicht ganz einfach, denn alle Augen waren jetzt auf ihn gerichtet. Schweinsgesicht musterte ihn forschend, und die beiden Kaitempibeamten durchbohrten ihn mit ihrem steinharten Blick.

„Ausweiskarte."

Sie wurde ebenfalls hinübergereicht.

„Reiseerlaubnis."

Er lieferte sie ab und machte sich innerlich auf das Kommando „Aufstehen!" gefaßt.

Aber es kam nicht. Die drei waren offensichtlich bestrebt, so rasch wie möglich aus der Nähe des dicken Majors zu kommen, musterten die Papiere und gaben sie ohne Kommentar zurück. Mowry schob sie wieder in die Tasche und fragte sein Gegenüber so beiläufig wie möglich: „Wonach mögen sie wohl suchen?"

„Das geht Sie gar nichts an", erwiderte Schweinsgesicht in beleidigendem Ton.

„Natürlich nicht", pflichtete Mowry bei.

Beide schwiegen. Schweinsgesicht schaute gelangweilt aus dem Fenster, schien aber nicht geneigt, sein unterbrochenes Schlümmerchen wiederaufnehmen zu wollen. Verdammt, dachte Mowry, es würde nicht einfach sein, die Plakate unter den Augen des fetten Kerls wieder aus dem Versteck zu holen.

Die Wagentür schlug zu, als die beiden Kaitempibeamten und der Polizist in den nächsten Wagen gingen, um dort die Kontrolle fortzusetzen. Einen Augenblick später hielt der Zug so plötzlich an, daß einige Passagiere von ihren Sitzen geworfen wurden. Von draußen und vom hinteren Ende des Zuges erklangen erregte Stimmen.

Schweinsgesicht erhob sich schwerfällig, zog das Fenster herunter und steckte den Kopf hinaus, um zu sehen, was los war. Dann zog er mit einer Geschwindigkeit, die man ihm gar nicht zugetraut hätte, eine Pistole aus der Tasche, rannte durch den Wagen und sprang zur hinteren Tür hinaus. Der Lärm draußen wurde lauter.

Mowry stand ebenfalls auf und sah aus dem Fenster. Am Ende des Zuges lief eine Gruppe von Personen neben den Gleisen her, angeführt von dem Polizisten und den beiden Kaitempimännern. Sie hoben den rechten Arm und feuerten Schüsse ab, aber man konnte nicht sehen, auf wen sie schossen.

Der dicke Major lief mit der Pistole in der Hand hinter ihnen her. Überall beugten sich Neugierige aus den Wagenfenstern. Mowry rief seinem Fensternachbarn vom nächsten Wagen zu: „Was ist denn passiert?"

„Die drei da kamen herein, um unsere Papiere zu überprüfen. Daraufhin rannte ein Mann zur nächsten Tür und sprang aus dem fahrenden Zug. Sie hielten den Zug an und liefen ihm nach."

„Hat sich der Mann nicht verletzt?"

„Es sah nicht danach aus, so wie er gelaufen ist. Er hat einen ziemlichen Vorsprung. Sie müssen schon viel Glück haben, wenn sie ihn erwischen wollen."

„Wer war es denn?"

„Keine Ahnung. Wahrscheinlich ein Verbrecher."

„Na ja", meinte Mowry, „wenn die Kaitempi hinter mir her wären, würde ich auch die Beine in die Hand nehmen wie ein verschrecktes Spakum."

„Wer würde das nicht?" sagte der andere.

Mowry zog den Kopf zurück und setzte sich wieder. Alle anderen Mitreisenden standen an den Fenstern und blickten hinaus. Das war eine günstige Gelegenheit für ihn. Er bohrte die Hand in die Spalte zwischen Sitz und Rückenlehne, zog die Plakate und die beiden Stückchen Kreide heraus und steckte sie rasch ein.

Der Zug blieb eine halbe Stunde stehen, ohne daß man noch etwas von der Verfolgung hörte, dann setzte er sich ruckartig wieder in Bewegung. Gleichzeitig kehrte auch Schweinsgesicht zurück und ließ sich mit finsterer Miene auf seinen Sitz fallen.

„Haben Sie ihn gefangen?" fragte Mowry respektvoll.

Schweinsgesicht warf ihm einen bösen Blick zu. „Das geht Sie gar nichts an!"

„Natürlich nicht", versicherte Mowry zum zweitenmal.

Wieder schwiegen beide, und das blieb so, bis der Zug in den Bahnhof von Radine einrollte. Alle Mitreisenden stiegen aus, da es die Endstation war. Mowry schob sich mit der Menge durch die Sperre. Doch anstatt nun nach geeigneten Fensterscheiben und Mauern Ausschau zu halten, folgte er Schweinsgesicht.

SCHWEINSGESICHT unauffällig zu folgen war nicht weiter schwer. Er benahm sich so, als sei es das Letzte auf der Welt, daß jemand ihn beschatten könnte. Schließlich war er das Gesetz in Person. Aber in diesem Fall war seine Stärke zugleich seine größte Schwäche, wie er noch erfahren sollte.

Draußen hinter dem gewölbten Bahnhofseingang wandte sich Schweinsgesicht nach rechts und ging auf einen hundert Meter weit entfernten Parkplatz zu. Er blieb neben einem langen grünen Netzstromauto stehen und suchte in seinen Taschen nach den Wagenschlüsseln.

Mowry wartete hinter einem Pfeiler, bis er die Tür geöffnet und sich hinter das Steuerrad gequetscht hatte. Dann lief er über die

Straße zu einem Taxistand und setzte sich in den ersten Wagen. Er hatte genau den richtigen Moment abgepaßt; der grüne Wagen rollte vorbei, während er auf den Sitz sank.

„Wohin?" fragte der Taxifahrer.

„Das kann ich Ihnen nicht genau sagen", antwortete Mowry ausweichend. „Ich war erst einmal hier in Radine, und das ist Jahre her. Aber ich kenne den Weg. Sie brauchen nur meinen Angaben zu folgen."

Das Taxi fuhr an und glitt durch die Straßen, während der Fahrgast die Augen auf den vor ihnen fahrenden Wagen gerichtet hielt und ab und zu eine kurze Anweisung gab. Es wäre natürlich viel einfacher gewesen, wenn er auf den Wagen gezeigt und gesagt hätte: „Folgen Sie diesem grünen Wagen." Aber dann hätte sich der Fahrer vielleicht an ihn und an Schweinsgesicht oder zumindest an Schweinsgesichts grünes Auto erinnert. Und die Kaitempi waren bekannt dafür, daß sie solche Erinnerungen aufzuspüren verstanden und ihnen bis zum bitteren Ende nachgingen. So aber hatte der Taxifahrer keine Ahnung davon, daß er jemandem folgte.

Schnell glitten Verfolger und Verfolgter durch die Innenstadt von Radine, bis letzterer plötzlich links abbog und in die Tiefgarage eines riesigen Apartmenthauses hinabrollte. Mowry ließ das Taxi noch ein paar hundert Meter weiterfahren und sagte dann: „So, das reicht." Er stieg aus und zog einige Geldscheine aus der Tasche. „Fein, wenn man ein so gutes Gedächtnis hat, nicht wahr?"

„Jar", meinte der Fahrer. „Ein Gulden sechzig."

Mowry gab ihm zwei Gulden und wartete, bis das Taxi verschwunden war. Dann ging er rasch zurück zu dem Apartmenthaus, betrat die riesige Vorhalle und setzte sich in einen der dort aufgestellten Sessel. Er lehnte sich zurück und tat so, als warte er auf jemanden. Neben ihm saßen noch andere Leute, aber niemand beachtete ihn.

Er hatte vielleicht eine halbe Minute dort gesessen, als Schweinsgesicht durch eine andere Tür, die zu den Garagen führte, hereinkam. Er ging schnurstracks auf einen der Aufzüge zu und verschwand darin. Über dem Aufzug leuchteten die Nummern der Stockwerke auf. Bei Nummer sieben blieb es längere Zeit hell, dann kehrte sich die Reihenfolge um, bis wieder die Null stehenblieb. Die Schiebetür glitt auf, der Aufzug war leer.

Mowry blieb noch fünf Minuten sitzen, gähnte und reckte sich dann, warf einen Blick auf seine Uhr und ging hinaus. Er wanderte die Straße entlang, bis er eine Telefonzelle fand. Von hier aus rief er das Apartmenthaus an. Am anderen Ende meldete sich die Vermittlung.

„Ich war vor einer Stunde mit jemandem in der Vorhalle Ihres Hauses verabredet", erklärte er. „Leider bin ich aufgehalten worden. Falls er immer noch wartet, könnten Sie ihm dann bitte ausrichten, daß ich nicht mehr kommen kann?"

„Wer ist es denn?" fragte das Fräulein von der Vermittlung. „Wohnt er hier?"

„Ja – aber ich habe doch glatt seinen Namen vergessen. Niemand hat so ein schlechtes Namensgedächtnis wie ich. Er ist sehr dick und wohnt im siebten Stock. Major . . . Major . . . oh, ich habe ein Gedächtnis wie ein *soko!*"

„Das wird Major Sallana sein", sagte das Fräulein.

„Ja, richtig, Major Sallana – es lag mir die ganze Zeit auf der Zunge."

„Warten Sie, ich ruf mal eben an, ob er da ist." Einen Augenblick später kam die Stimme wieder. „Nein, er meldet sich nicht. Soll ich ihm etwas ausrichten?"

„Nein, danke – das erübrigt sich dann wohl. Ein langes Leben."

„Ein langes Leben", sagte das Fräulein von der Vermittlung.

Schweinsgesicht hatte sich also nicht gemeldet. Es sah ganz so aus, als habe er seine Wohnung nur betreten, um sie sogleich wieder zu verlassen. Falls er nicht in der Badewanne lag und sich den Teufel um das Telefon scherte. Aber das war ziemlich unwahrscheinlich; er hatte kaum die Zeit gehabt, eine Wanne vollaufen zu lassen, sich auszuziehen und hineinzusteigen. Wenn er aber tatsächlich nicht in seiner Wohnung war, mußte Mowry die Gelegenheit beim Schopf packen.

Obwohl eine innere Stimme ihm sagte, daß die Zeit drängte, erledigte er noch rasch eine andere Aufgabe. Er blickte aus dem Fenster der Telefonzelle, sah, daß er unbeobachtet war, und klebte eins seiner Plakate an die Wand, damit unermüdliche Telefonbenutzer etwas zum Nachdenken hatten, während sie den Hörer in der Hand hielten.

Auf dem Plakat stand: *Machthungrige haben diesen Krieg angezettelt. Dirac Angestun Gesept wird ihm und ihnen ein Ende machen!*

Er kehrte in das Apartmenthaus zurück, ging mit gespielter Sicherheit durch die Vorhalle und betrat einen leeren Aufzug. Er drehte sich um und bemerkte, daß noch jemand auf den Aufzug zueilte. Er blickte genauer hin: es war Schweinsgesicht.

Er sah nachdenklich vor sich hin und hatte ihn noch nicht entdeckt, konnte es aber jeden Augenblick tun, wenn Mowry sich nicht beeilte. Er ließ rasch die Tür zugleiten und drückte auf den dritten Knopf. Der Aufzug fuhr in den dritten Stock hinauf und blieb dort stehen. Mowry ließ die Tür geschlossen und wartete, bis er einen angrenzenden Aufzug vorbeigleiten hörte, der weiter oben anhielt. Dann fuhr er wieder ins Erdgeschoß hinab und verließ innerlich fluchend das Gebäude.

Er reagierte seine Wut ab, indem er Radine bis zum Abend mit hundertzwanzig Plakaten und vierzehn bemalten Wänden verschönerte. Er wurde von niemandem dabei entdeckt, obwohl es ein paarmal sehr gefährlich wurde. Zum Schluß warf er den übriggebliebenen Stummel Kreide in einen Gully und vergrößerte damit seine Sicherheit. Wenn man ihn jetzt anhielt und durchsuchte, würde man nichts Verräterisches bei ihm finden können.

Gegen zehn Uhr nahm er eine Mahlzeit zu sich, die erste seit dem Frühstück. Dann ging er in eine Telefonzelle, schlug Sallanas Nummer nach und rief in seiner Wohnung an. Niemand meldete sich. Jetzt war die Zeit gekommen. Er kehrte wieder in das Apartmenthaus zurück, betrat einen Aufzug und fuhr diesmal ohne Unterbrechung bis zum siebten Stock hinauf. Ein schwerer Teppich dämpfte seine Schritte, als er den Korridor entlangging und die Türschilder las, bis er die richtige Tür gefunden hatte.

Er klopfte.

Nichts rührte sich.

Er klopfte wieder, diesmal etwas lauter, aber nicht so laut, daß es die Nachbarn alarmiert hätte.

Wieder Stille.

Jetzt kam der Augenblick, in dem er beweisen mußte, was er in dem Schnellkursus gelernt hatte. Er zog einen Schlüsselbund aus der Tasche, der auf den ersten Blick ganz normal aussah, in Wirklichkeit aber aus Spezialschlüsseln bestand, und machte sich am Schloß zu schaffen. Innerhalb von fünfunddreißig Sekunden hatte er die Tür geöffnet. Geschwindigkeit war das wichtigste bei solchen Sachen – wenn jemand unterdessen den Korridor betreten hätte, dann hätte er ihn auf frischer Tat ertappt. Aber es erschien niemand. Mowry schlüpfte zur Tür hinein und machte sie vorsichtig hinter sich zu.

Als erstes vergewisserte er sich, daß die Wohnung tatsächlich leer war und niemand in einem der vier Zimmer schlafend oder betrunken lag. Dann kehrte er in das erste Zimmer zurück und sah sich darin um. Auf einem Schränkchen entdeckte er eine Pistole. Er untersuchte sie, fand sie geladen und steckte sie in die Tasche.

Als nächstes brach er mit der Geschicklichkeit eines professionellen Einbrechers, die er jedoch allein seinen Lehrmeistern in dem Kursus zu verdanken hatte, einen schweren Schreibtisch auf und durchsuchte die Schubladen. Der Inhalt der vierten Schublade ließ ihm die Haare zu Berge stehen. Vor ihm lag ein Stoß Schreibpapier mit einem offiziellen Briefkopf.

Das war mehr, als er bei allem Optimismus zu hoffen gewagt hatte. Es war ihm ein Beweis dafür, daß es sich trotz aller Warnungen, die man ihm gegeben hatte, vorsichtig und wieder vorsichtig zu sein, lohnte, ein Risiko einzugehen Auf dem Briefkopf stand:

DIRAC KAIMINA TEMPITI
Leshun Radine.

Mit anderen Worten: Sirianische Geheimpolizei – Distrikt Radine. Kein Wunder, daß die drei Beamten im Zug vor Schweinsgesicht gekrochen waren. Major Sallana war ein hoher Offizier der Kaitempi und damit höher gestellt als ein Brigadekommandeur oder ein Raumflottenführer.

Auf diese Entdeckung hin beschleunigte Mowry seine Tätigkeit. Von einem Stoß Gepäckstücke im letzten Zimmer nahm er einen kleinen Koffer, brach ihn auf und leerte seinen Inhalt an Kleidungsstücken auf den Boden. Dann verstaute er den gesamten Vorrat an Schreibpapier in dem Koffer. Kurz darauf fand er eine kleine Stempelmaschine, mit der man das Siegel der Kaitempi – die Buchstaben DKT, gekrönt von einem gebogenen Schwert – drucken konnte. Sie wanderte ebenfalls in den Koffer.

Nach dem Schreibtisch kam der angrenzende Schrank an die Reihe. Mit vor Aufregung bebenden Nasenflügeln zog Mowry die oberste Schublade auf, als er ein leises Geräusch vernahm und innehielt. Im Türschloß drehte sich ein Schlüssel.

Mowry sprang mit einem Satz hinter die Tür und drückte sich gegen die Wand, so daß Schweinsgesicht ihn beim Eintreten nicht gleich entdecken konnte. Die Tür ging auf.

Schweinsgesicht machte vier Schritte ins Zimmer, bevor sein Gehirn registrierte, was seine Augen sahen. Er blieb stehen und starrte fassungslos und mit aufsteigender Wut auf seinen aufgebrochenen Schreibtisch, während hinter ihm die Tür zufiel. Er kam zu einem Entschluß, drehte sich um und wollte wieder hinausgehen, da entdeckte er den Eindringling.

„GUTEN Abend", sagte Mowry.

„Sie?" Schweinsgesicht starrte ihn entrüstet an. „Was machen Sie hier? Was soll das bedeuten?"

„Ich bin als Dieb hier, und das bedeutet, daß Sie beraubt worden sind."

„Ich werde Ihnen –"

„Bei einem Diebstahl", fuhr Mowry fort, „muß immer jemand das Opfer sein. Diesmal sind Sie an der Reihe. Es geht ja nicht, daß Sie immer der Glückliche sind, nicht wahr?"

Schweinsgesicht trat einen Schritt auf ihn zu.

„Setzen Sie sich!" befahl Mowry.

Der andere blieb stehen, setzte sich aber nicht. Seine listigen kleinen Augen begannen gefährlich zu funkeln. Er wurde dunkelviolett im Gesicht, während er schnaubte: „Nehmen Sie die Pistole weg!"

„Wer – ich?" fragte Mowry.

„Sie wissen wohl nicht, wen Sie vor sich haben", sagte Schweinsgesicht mit geübter Autorität. „Sonst würden Sie –"

„Ich weiß zufällig genau, wen ich vor mir habe", unterbrach ihn Mowry. „Sie sind ein Kaitempi-Mann, ein berufsmäßiger Folterknecht, ein gedungener Mörder, ein gewissenloser *soko,* der aus sadistischem Vergnügen und für Geld andere quält und umbringt. Setzen Sie sich, wenn ich es Ihnen befehle."

Schweinsgesicht kam der Aufforderung noch immer nicht nach. Er strafte die volkstümliche Auffassung, daß ein Großmaul gleichzeitig auch ein Feigling ist, Lügen. In seinen Augen flammte tödlicher Haß auf, er trat einen Schritt zur Seite und griff dabei in die Tasche.

Doch seine Augen, die so oft dem Todeskampf anderer gelassen zugesehen hatten, verrieten ihn. Bevor er die Hand wieder aus der Tasche ziehen konnte, ging Mowrys Pistole mit gedämpftem Knall los. Schweinsgesicht blieb fünf oder sechs Sekunden mit verblüfftem Gesicht stehen, begann dann zu schwanken und schlug auf den Boden auf.

Mowry lief zur Tür, öffnete sie einen Spalt und lauschte. Niemand kam über den Korridor herbeigelaufen oder rief um Hilfe.

Die Schüsse mußten im Straßenlärm, der von unten heraufdrang, untergegangen sein.

Mowry schloß die Tür wieder und beugte sich über den am Boden ausgestreckten Körper. Schweinsgesicht war tot. Die Pistole hatte sieben Löcher in seinen fetten Leib geschlagen.

Das war zum Teil bedauerlich, denn Mowry hätte gern einige Informationen aus ihm herausgequetscht. Dinge, die die Organisation der Kaitempi betrafen, ihre gegenwärtigen Opfer, deren Gesundheitszustand und wo sie versteckt gehalten wurden. Für eine Wespe gab es keine treueren und überzeugteren Bundesgenossen als gebürtige Jaimecaner, die aus den Schlingen des Henkers befreit worden waren.

Aber ein Toter spricht nicht mehr. Das war das einzig Bedauerliche. Ansonsten hatte Mowry allen Grund, zufrieden zu sein. Die Kaitempi waren so grausam in ihren Methoden, daß schon die Ausschaltung eines einzelnen Mannes für Sirianer wie für Terraner eine Erleichterung bedeutete. Zum andern verlieh diese Tat den Parolen auf Plakaten und Wänden tödlich ernsten Nachdruck. Es war ein Hinweis für die Mächtigen, daß der Feind nicht nur redete, sondern auch handeln konnte. Die Wespe hatte sich lange genug damit begnügt, nur herumzusummen. Nun hatte sie bewiesen, daß sie auch einen Stachel besaß.

Mowry durchsuchte die Taschen des Toten und fand, wonach er getrachtet hatte, seit Schweinsgesicht sich im Zug an der Unterwürfigkeit anderer gelabt hatte: die verzierte Ausweiskarte in der Plastikhülle. Sie bestätigte mit Siegeln und Unterschriften, daß ihr Inhaber Major der Geheimpolizei war. Und was das Beste daran war: es war weder der Name noch eine Personenbeschreibung beigefügt, sondern alles war in Codezahlen angegeben. Bei der Geheimpolizei war es anscheinend üblich, daß auch Mitglieder voreinander geheim blieben, ein Umstand, der von anderen weidlich ausgenutzt werden konnte.

Mowry setzte jetzt in Ruhe die unterbrochene Durchsuchung des Schrankes fort. Das meiste, was er darin fand, war wertlos insofern, als es dem terranischen Geheimdienst längst bekannt war. Doch er fand drei Akten mit Lebensgeschichten von Personen, die ebenfalls nur mit Codenummern bezeichnet waren. Wahrscheinlich hatte Schweinsgesicht sie aus dem Büro mit heimgenommen, um sie in Ruhe studieren zu können.

Mowry blätterte in den Papieren und fand bald heraus, daß

diese drei Unbekannten sich die Feindschaft der Regierung zugezogen hatten, weil sie selbst politischen Ehrgeiz entwickelt hatten und so eine Gefahr bildeten für die, die die Macht innehatten. Aus den Akten ging aber nicht hervor, ob sie noch lebten oder bereits tot waren. Mowry nahm jedoch an, daß sie noch lebten und daß über ihr Schicksal erst entschieden werden sollte, sonst hätte Schweinsgesicht kaum seine Zeit damit vergeudet, diese Papiere zu studieren. Aber wie dem auch war, das Verschwinden der Akten würde gewiß einige Leute beunruhigen.

Mowry schob sie also zu den übrigen Beutestücken in den Koffer und suchte noch einmal in der Wohnung herum, falls er beim erstenmal etwas übersehen hatte, aber er fand nichts mehr, was mitzunehmen sich gelohnt hätte. Dann verwischte er gewissenhaft alle Spuren, die auf ihn hätten deuten können.

Mit dem Koffer in der Hand und der Pistole in der Tasche blieb er an der Tür stehen, drehte sich noch einmal um und sagte: „Ein langes Leben."

Schweinsgesicht gab keine Antwort. Er lag reglos auf dem Fußboden und hielt ein Stück Papier in seiner fetten Hand, auf dem stand: *Hingerichtet durch Dirac Angestun Gesept.*

Derjenige, der die Leiche entdeckte, würde die Botschaft bestimmt weitergeben. Mit gleicher Wahrscheinlichkeit würden auch die, denen er von seinem Fund berichtete, wieder darüber reden, bis die Neuigkeit sich schließlich durch alle Stufen der sozialen Rangordnung verbreitet hatte. Und einigen würde sie gewiß einen unheiligen Schrecken einjagen.

Vier

Das Glück war Mowry weiter hold. Er brauchte nicht lange auf einen Zug nach Pertane zu warten. Das war ihm mehr als lieb, denn die Bahnpolizei sah es nicht gern, wenn Reisende allzu lange herumsaßen, und schöpfte leicht Verdacht. Mowry hatte natürlich seine Papiere, und im Notfall hätte er auch den gestohlenen Kaitempiausweis vorzeigen können, aber es war in jedem Fall besser, wenn er gar nicht erst auffiel.

Der Zug rollte ein, und Mowry stieg in einen halbleeren Wagen. Er suchte sich einen Platz, an dem ihn weder ein geschwätziger Nachbar stören noch ein scharfäugiges Gegenüber mustern und in sein Gedächtnis einprägen konnte. Während der Zug in die schwarze Nacht hinausrollte, lehnte Mowry sich müde zurück und hoffte innerlich, daß ihm bei einer erneuten Kontrolle seine Papiere oder der Kaitempiausweis oder die Pistole aus der Klemme helfen würden.

Denn eins war sicher: Wenn Sallanas Leiche innerhalb der nächsten drei Stunden entdeckt wurde, dann würde es eine große Aufregung geben, und man würde den Zug von einem Ende zum anderen durchsuchen. Man besaß zwar keine Personenbeschreibung des Täters, aber ein Blick in Mowrys Koffer würde genügen, um ihn zu identifizieren.

Das hypnotische Ratatam des Zuges schläferte ihn ein. Doch jedesmal, wenn eine Tür zugeschlagen wurde oder ein Fenster klapperte, schreckte er nervös auf. Und immer wieder stellte er sich vor, daß vielleicht gerade eine wichtige Radiomeldung durchgegeben wurde: „Den Elfuhrzwanzigzug von Radine sofort anhalten und alle Reisenden durchsuchen."

Aber nichts geschah. Der Zug verlangsamte seine Fahrt, rumpelte über die Weichen eines riesigen Schienennetzes und lief in den Bahnhof von Pertane ein. Die Passagiere stiegen aus und schleppten sich müde zum Ausgang. Mowry hielt sich mit seinem Koffer am Schluß und blickte ängstlich zur Sperre hinüber, ob dort nicht schon ein Haufen Männer mit erbarmungslosen Gesichtern warteten.

Wenn, dann gab es für ihn nur zwei Möglichkeiten: Er konnte seinen Koffer mit der wertvollen Beute fallen lassen, sich den Weg freischießen und machen, daß er so schnell wie möglich davonkam. Das hatte den Vorteil, daß er sie überraschen würde, aber den Nachteil, daß er bei einem Mißerfolg mit einigen Kugeln im Leib daliegen würde.

Die andere Möglichkeit war der Versuch zu einem Bluff: Er konnte schnurstracks auf den größten und häßlichsten der Kerle zugehen, ihm den Koffer in die Hand drücken und mit dümmlicher Beflissenheit sagen: „Entschuldigen Sie, der Mann, der gerade durch die Sperre gegangen ist, hat diesen Koffer abgesetzt. Ich kann mir nicht erklären, weshalb er sein Gepäck liegenläßt." In dem darauffolgenden Durcheinander würde er vielleicht eine Gelegenheit finden, sich um eine Ecke zu drücken und davonzulaufen.

Er war vor Aufregung schon ganz verschwitzt, als er merkte, daß seine Angst unbegründet war. Hinter der Sperre standen nur zwei Bahnpolizisten, die den Strom der Ankömmlinge gelangweilt passieren ließen und dabei von Zeit zu Zeit gähnten. Mowry ging dicht an ihnen vorbei, aber sie beachteten ihn nicht.

Damit war er jedoch noch lange nicht in Sicherheit. Bahnpolizisten waren es gewöhnt, zu jeder Tages- und Nachtzeit Leute mit Gepäck zu sehen. Aber nicht so Streifenpolizisten. Die wurden mißtrauisch, wenn sie zu so später Stunde jemanden trafen, der etwas mit sich herumschleppte.

Dieses Problem war leicht zu lösen, wenn man ein Taxi nahm – nur stellte sich damit sogleich ein neues Problem. Ein Taxi wird von einem Fahrer gefahren, der Augen und meistens auch ein gutes Gedächtnis hat. Vor allem dann, wenn er von Kaitempimännern ausgefragt wird.

„Hatten Sie einen Fahrgast, der mit dem Elfuhrzwanzigzug aus Radine gekommen ist?"

„*Jar.* Ein junger Mann mit einem Koffer."

„Ist Ihnen an ihm irgend etwas aufgefallen? Hat er sich vielleicht seltsam benommen?"

„Nicht daß ich wüßte. Aber er war kein gebürtiger Jaimecaner. Er hat mit einem mashambischen Akzent gesprochen."

„Wissen Sie noch, wohin Sie ihn gefahren haben, *hi?*"

„*Jar.* Ich kann es Ihnen zeigen."

Um dem zu entgehen, deponierte Mowry seinen Koffer in einem Schließfach im Bahnhof und machte sich dann zu Fuß auf den Heimweg. Theoretisch war der Koffer jetzt für einen ganzen Tag in Sicherheit, aber unter unglücklichen Umständen konnte er bei einer Kontrolle von den Kaitempi entdeckt und als Köder benutzt werden. Wenn Mowry ihn am Tag abholte, mußte er aufpassen, daß nicht irgendwo in der Nähe der Schließfächer eine Gruppe von übel aussehenden Typen auf ihn lauerte.

Er schritt rasch aus und war vielleicht noch einen Kilometer von seiner Wohnung entfernt, als plötzlich aus einer Toreinfahrt auf der anderen Straßenseite zwei Polizisten heraustraten.

„He, Sie da!"

Mowry blieb stehen. Sie kamen herüber und musterten ihn grimmig. Der eine von ihnen wies zum sternenbedeckten Himmel auf und dann auf die verlassene Straße.

„Sie sind ziemlich spät noch unterwegs, nicht wahr?"

„Ist das verboten?" fragte Mowry.

„*Wir* stellen hier die Fragen", belehrte ihn der Polizist. „Wo kommen Sie so spät her?"

„Vom Bahnhof."

„Woher ist Ihr Zug gekommen?"

„Von Khamasta."

„Und wo wollen Sie jetzt hin?"

„Nach Hause."

„Hätten Sie nicht besser ein Taxi genommen?"

„Das schon", gab Mowry zu. „Aber unglücklicherweise bin ich als letzter aus dem Bahnhof gekommen, und da waren schon alle Taxis besetzt."

„Das ist eine Geschichte, die wir glauben können oder nicht."

Jetzt mischte sich der andere Polizist ein, indem er die Augen zusammenkniff, das Kinn drohend vorschob und mit einschüchternder Stimme fragte: „Vielleicht waren Sie gar nicht in Khamasta, *hi?* Wäre es nicht möglich, daß Sie heute nacht zufällig durch Pertane gewandert sind und dabei ganz in Gedanken Hauswände und Fensterscheiben verziert haben?"

„Nein", sagte Mowry, „das ist nicht möglich, und zwar aus dem einfachen Grund, weil mir dafür niemand auch nur einen Gulden gegeben hätte. Sehe ich vielleicht so aus, als ob ich verrückt wäre?"

„Nein, das kann man eigentlich nicht sagen", gab der Polizist zu. „Aber irgend jemand macht das, ob er nun verrückt ist oder nicht."

„Ich kann verstehen, daß Sie scharf darauf sind, ihn zu schnappen. Ich hab für Verrückte auch nichts übrig. Sie sind mir unheimlich." Er machte eine ungeduldige Geste. „Wenn Sie mich durchsuchen wollen, dann fangen Sie schon an. Ich hab einen langen Tag hinter mir. Ich bin hundemüde und möchte nach Hause."

„Das wird wohl nicht nötig sein", meinte der Polizist. „Aber zeigen Sie uns wenigstens Ihre Ausweiskarte."

Mowry reichte sie ihm. Der Polizist warf nur einen flüchtigen Blick darauf, während sein Kollege überhaupt nicht hinsah.

„In Ordnung, Sie können weitergehen. Wenn Sie zu so später Stunde herumlaufen, müssen Sie einfach damit rechnen, daß man Sie anhält und ausfragt. Wir haben schließlich Krieg."

„Ja, natürlich", murmelte Mowry.

Er ging eilig davon und dankte dem Himmel dafür, daß er seinen Koffer nicht bei sich hatte. Das Gepäckstück hätte bestimmt den Verdacht der Polizisten erregt, und um sie davon abzuhalten, es zu öffnen und seinen Inhalt zu untersuchen, hätte er ihnen schon die Kaitempikarte unter die Nase halten müssen. Davon wollte er aber möglichst erst Gebrauch machen, wenn Major

Sallanas Ermordung entdeckt und schon wieder etwas Gras darüber gewachsen war, vielleicht in einem Monat oder so.

In seiner Wohnung angekommen, legte Mowry sich sofort ins Bett, schlief aber noch nicht gleich ein, sondern betrachtete immer wieder die wertvolle Karte. Jetzt, da er endlich Zeit hatte, über das ganze Ausmaß der Möglichkeiten, die sich durch ihren Besitz eröffneten, nachzudenken, sah er sich vor die Entscheidung gestellt, ob er sie behalten sollte oder nicht.

In der soziopolitischen Hierarchie des Sirianischen Reichs stellte ein Kaitempiausweis sozusagen einen Freipaß für alle möglichen Gelegenheiten dar. Beim bloßen Anblick dieser gefürchteten Karte würden neunundneunzig Prozent aller Zivilisten auf die Knie fallen und alles tun, was man ihnen befahl. Für eine Wespe war ein solcher Ausweis deshalb von unschätzbarem Wert. Doch der terranische Geheimdienst hatte ihn nicht mit einer solchen Waffe ausgerüstet. Er hatte sie sich selbst besorgen müssen. Das ließ darauf schließen, daß der terranische Geheimdienst noch kein Original eines solchen Ausweises besaß.

Da draußen im Weltraum auf einem weit entfernten grünblauen Planeten namens Erde konnte man alles, was es gab, genau nachbilden – nur keinen lebendigen Menschen. Vielleicht brauchte man dort diese Karte. Vielleicht würde man dann in Zukunft jede Wespe mit einem gefälschten Kaitempiausweis ausrüsten und sie damit vor einem unseligen Schicksal bewahren.

Für Mowry selbst bedeutete allerdings die Auslieferung der Karte an den terranischen Geheimdienst soviel wie der freiwillige Verzicht auf die Figur der Königin in einem mit tödlichem Ernst ausgetragenen Schachspiel. Dennoch faßte er, bevor er in Schlaf fiel, den Entschluß, bei seiner ersten Rückkehr in die Höhle einen ausführlichen Bericht über alles abzusenden. Auf Terra konnte man dann entscheiden, ob es im Interesse aller nötig war, daß Mowry seine Karte ablieferte.

Die Wespe summte zwar allein herum, doch sie blieb dabei dem Schwarm treu.

Gegen Mittag kehrte Mowry zum Bahnhof zurück und hielt sich etwa zwanzig Minuten untätig dort auf, so als warte er auf die Ankunft eines Reisenden. Während er sorgfältig seine Umgebung prüfte, trug er eine gelangweilte Miene zur Schau und zeigte nur Interesse, wenn ein Strom von Reisenden durch die Sperre kam. Das gleiche taten noch etwa fünfzig bis sechzig andere Personen, die wie er warteten. Unter ihnen konnte er niemanden entdecken, der heimlich die Schließfächer beobachtete. Allerdings bemerkte er ein Dutzend Muskelprotze, die mit scharfen Augen jeden musterten, der durch die Sperre kam.

Schließlich wagte sich Mowry zu den Schließfächern vor, steckte den Schlüssel in die Tür und wünschte sich dabei, daß er noch ein drittes Auge im Hinterkopf hätte. Er öffnete die Tür, zog den Koffer heraus und stand einen quälenden Augenblick lang mit dem Beweisstück in der Hand da. Er erwartete, hinter sich einen Triumphschrei zu hören, an der Schulter gepackt zu werden und gleich darauf von rohen Gesichtern umringt zu sein.

Aber nichts geschah. Er schlenderte mit unschuldiger Miene davon, innerlich so wachsam wie ein Fuchs, der in der Ferne schon die Hunde bellen hört. Vor dem Bahnhof stieg er in einen Bus und sah sich vorsichtig nach eventuellen Verfolgern um.

Es war gut möglich, daß niemand ihn bemerkt hatte und niemand sich für ihn interessierte, weil die Kaitempi in Radine noch immer im Kreis herumirrten und nicht wußten, wo sie mit ihren Nachforschungen anfangen sollten. Aber darauf konnte er sich nicht verlassen, er durfte ihre Beweglichkeit nicht unterschätzen. Es bestand immer noch die, wenn auch sehr geringfügige Möglichkeit, daß er irgend etwas nicht beachtet oder übersehen und damit eine Spur hinterlassen hatte, die direkt zu den Schließfächern führte. Vielleicht hatten sie es für ratsamer gehalten, ihn nicht gleich auf der Stelle festzunehmen, sondern noch ein wenig frei herumlaufen zu lassen, damit er sie zu seinen Komplizen führte, die sie dann gleich alle miteinander hochnehmen konnten.

Mowry blickte deshalb während der Fahrt immer wieder zurück, ob nicht ein verdächtig aussehendes Netzstromauto dem Bus folgte, und achtete auf die Passagiere, die ein- und ausstiegen. Er wechselte fünfmal den Bus, schleppte den Koffer durch zwei finstere Gassen und betrat mit seiner Fracht drei Warenhäuser, die er durch den Hintereingang wieder verließ.

Endlich war er davon überzeugt, daß ihm niemand gefolgt war, und begab sich in seine Wohnung, wo er den Koffer unter das Bett schob und einen tiefen Seufzer ausstieß. Man hatte ihm prophezeit, daß sein Leben auf diesem Planeten eine ständige Nervenanspannung sein würde. Wie recht man damit gehabt hatte!

Später verließ er seine Wohnung wieder und kaufte in einem

Warenhaus einen Stoß Briefumschläge und eine billige Schreibmaschine. Den Rest dieses Tages und einen Teil des nächsten verbrachte er damit, auf das offizielle Briefpapier der Kaitempi kurze Botschaften zu tippen. Es kümmerte ihn nicht, daß er überall auf dem Papier Fingerabdrücke hinterließ; der terranische Geheimdienst hatte Mowrys Fingerkuppen speziell behandelt, so daß sie nur undeutliche, nicht identifizierbare Flecken bildeten.

Am nächsten Tag ging Mowry, nachdem er mit dem Tippen fertig war, in die Stadtbibliothek von Pertane, schlug dort in einer Reihe von Büchern nach und machte sich eifrig Notizen. Dann ging er heim, adressierte die Briefumschläge und versah sie mit dem Kaitempistempel.

Am frühen Abend gab er mehr als zweihundert Briefe auf, die an Zeitungsherausgeber, Nachrichtensprecher, hohe Militärpersonen, Verwaltungsbeamte, Polizeichefs, prominente Politiker und führende Regierungsmitglieder gerichtet waren. Die Botschaft unter dem Briefkopf der Kaitempi war kurz, aber vielsagend:

Sallana war der erste.
Ihm werden noch viele folgen.
Die Liste ist lang.
Dirac Angestun Gesept.

Danach verbrannte er die Verpackung, in der die Briefumschläge eingewickelt gewesen waren, und warf die Schreibmaschine in den Fluß, der durch Pertane floß. Wenn er wieder einmal Briefe zu schreiben hatte, würde er sich eine neue Schreibmaschine kaufen und sich ihrer hinterher auf dieselbe Weise entledigen. Hundert Schreibmaschinen würde er kaufen und dann verschwinden lassen, wenn es nötig war. Je mehr, desto besser. Wenn nämlich die Kaitempi die Drohbriefe analysierten und herausfanden, daß sie auf einer ganzen Reihe unauffindbarer Schreibmaschinen getippt worden waren, würden sie daraus schließen, daß es eine riesige, weitverzweigte Organisation war, die hier am Werk war. Außerdem trug jeder Kauf, den Mowry mit seinen gefälschten Banknoten tätigte, dazu bei, den Geldwert der jaimecischen Währung zu verringern und damit die Wirtschaft zu schwächen.

Mowrys nächster Schritt bestand darin, daß er eine Autovermietung aufsuchte und sich für eine Woche ein Netzstromauto lieh. Er gab den Namen Shir Agavan und als Adresse das Hotel an, in dem er zuerst gewohnt hatte. Mit Hilfe dieses Autos brachte er weitere fünfhundert Plakate in sechs kleineren Städten und dreißig umliegenden Dörfern an. Hier war die Arbeit weit gefährlicher als in Radine oder Pertane.

In den Dörfern war es am schlimmsten, je kleiner sie waren, desto schwieriger wurde es für Mowry, seine Plakate loszuwerden. In einer Millionenstadt fällt ein Fremder nicht weiter auf; doch in einem Nest mit weniger als tausend Einwohnern ist er eine Sensation, und jede seiner Bewegungen wird genau registriert.

Mehrmals nutzte Mowry die Tatsache, daß sein Auto im Mittelpunkt des Interesses stand, dazu, rasch irgendwo ein Plakat anzubringen. Zweimal schrieb sich jemand aus purem Vergnügen seine Autonummer auf. Mowry war froh, daß er bei der Autovermietung eine falsche Adresse angegeben hatte, denn wenn die Polizei erst Nachforschungen anstellte nach der Person, die überall in der Umgebung die aufrührerischen Plakate angeklebt hatte, würde man sich natürlich sofort an den schweigsamen Fremden erinnern, der das Netzstromauto XC17978 gefahren hatte.

Mowry war genau vier Wochen auf Jaimec, als er die letzten Plakate aus seiner Tasche verbraucht hatte. Damit war der erste Teil seiner Aufgabe beendet, und Mowry fühlte sich zum erstenmal ein wenig verzagt.

Weder in den Zeitungen noch im Rundfunk war bisher über seine Tätigkeit berichtet worden. Der Mord an Major Sallana wurde totgeschwiegen. Es hatte den Anschein, als kümmere sich die Regierung weder um das Summen der Wespe noch um die Existenz einer fiktiven Organisation, die sich *Dirac Angestun Gesept* nannte.

Da die äußeren Reaktionen fehlten, konnte Mowry also nicht feststellen, welchen Erfolg seine bisherige Tätigkeit eingebracht hatte. Im Rückblick schien ihm dieser Papierkrieg, den er geführt hatte, ziemlich sinnlos zu sein, auch wenn Wolf so zuversichtlich gemeint hatte, ein Mann könne mit ein paar Handbewegungen eine ganze Armee beschäftigt halten. Mowry hatte zugeschlagen, aber sein Gegner machte sich nicht einmal die Mühe, den Schlag zu erwidern. Wenn er wenigstens ein Wutgebrüll ausgestoßen oder Drohungen von sich gegeben hätte, dann hätte Mowry sich zufrieden sagen können, daß er einen Treffer gelandet hatte. Aber nicht einmal diese kleine Genugtuung war ihm vergönnt, und so war es kein Wunder, daß seine erste Begeisterung nachließ.

Er geriet in die psychologische Notlage eines Mannes, der ganz auf sich gestellt ist. Er hatte keinen Kameraden, mit dem er über die unbekannten Gegenmaßnahmen des Feindes hätte Vermutungen anstellen können. Niemanden, der ihn ermutigte oder den er ermutigen konnte. Niemanden, der mit ihm die Gefahr teilte. In seiner Rolle als Wespe war er ganz auf seine eigene moralische Kraft angewiesen, die durch sichtbare Erfolge genährt werden mußte, von denen bis jetzt noch nichts zu merken war.

Seine Mutlosigkeit steigerte sich so sehr, daß er zwei Tage lang nur in der Wohnung herumsaß und den Kopf hängen ließ. Am dritten Tag verflüchtigte sich seine depressive Stimmung und machte einem Gefühl drohender Gefahr Platz. In dem absolvierten Kursus war ihm immer wieder eingeschärft worden, daß er auf solche unbestimmten Gefühle achtgeben müsse, daher wurde er aufmerksam.

„Wenn jemand in Todesgefahr ist, kann sich seine Wahrnehmungsfähigkeit dermaßen schärfen, daß er fast so etwas wie einen sechsten Sinn entwickelt. Deshalb ist es oft so schwer, Verbrecher zu fassen. Sie haben Vorahnungen und handeln danach. Wie oft kommt es vor, daß ein gesuchter Gauner der Polizei im letzten Moment entwischt, so als habe ihn jemand gewarnt. In Wirklichkeit hat ihm aber nur eine innere Stimme gesagt, daß es besser sei, sich davonzumachen, und er ist ihr gefolgt. Wenn Ihnen so etwas passiert, dann machen Sie es ebenso. Wenn Sie eine drohende Gefahr spüren, dann denken Sie nicht weiter darüber nach – suchen Sie das Weite!"

So hatten sie zu ihm gesagt. Und er hatte sich damals überlegt, ob diese Fähigkeit, eine Gefahr riechen zu können, möglicherweise etwas mit Telepathie zu tun hatte. Die Polizei pflegte kaum eine Razzia zu machen, ohne vorher Beobachtungsposten aufzustellen. Diese Leute beschäftigten sich natürlich in Gedanken mit ihrer Aufgabe, und derjenige, der eingekreist wurde, fing diese Gedanken vielleicht unbewußt auf und erlebte sie als innere Stimme, die ihn warnte.

Mowry zögerte nicht länger, sondern packte seine Sachen und verschwand damit durch den Hinterausgang. Niemand beobachtete das Haus, niemand sah ihn gehen, und es folgte ihm auch niemand.

Doch kurz vor Mitternacht stellten sich vier kräftige Gestalten in der Nähe des Hintereingangs auf, während vor dem Haus zwei Wagen mit ebensolchen Typen hielten, die gewaltsam die Tür öffneten und die Treppe hinaufstürmten. Sie blieben drei Stunden lang dort und verhörten den Hausbesitzer, bevor sie ihm abnahmen, daß er unschuldig war.

Mowry bekam von alldem nichts mit. Glücklicherweise verpaßte er die so sehnlich erwartete Reaktion des Gegners.

Sein neues Asyl war ein schmales Zimmer unter dem Dach eines halbzerfallenen Hauses in Pertanes Slumviertel, zweieinhalb Kilometer von seiner bisherigen Wohnung entfernt. Hier hatte ihn niemand nach seinem Namen oder Ausweis gefragt, es hatte genügt, einen Fünfzigguldenschein vorzuweisen. Das Geld war ihm förmlich aus der Hand gerissen worden, und dafür hatte man ihm einen abgenutzten Schlüssel gegeben.

Da das zu dem Schlüssel gehörige Schloß nicht viel taugte, kaufte Mowry ein Sicherheitsschloß und brachte es an der Tür an. Das Fenster seines Zimmers befestigte er durch Riegel, obwohl es zwölf Meter über dem Boden lag und kaum zu erklettern war. Schließlich brachte er in der Decke seines Zimmers eine getarnte Klappe an, die aufs Dach führte und ihm den Rückzug sichern sollte, falls die Treppe einmal blockiert war.

Damit waren seine Sicherheitsvorkehrungen beendet. Die Hauptgefahr bildeten für ihn im Augenblick die kleinen Diebe in der Umgebung, und für sie genügten das neue Schloß und die Riegel. Er traute seinen Nachbarn nicht.

Wieder mußte er einige Zeit dafür opfern, sein Zimmer zu säubern und seinen Bedürfnissen anzupassen. Sollte er einmal von den Kaitempi gefaßt und in eine schmutzige, stinkende Zelle geworfen werden, dann würde er sich mit dem Dreck abfinden müssen, weil ihm nichts anderes übrigblieb. Aber solange er frei war, wollte er sich das Recht auf Sauberkeit nicht nehmen lassen. Als er mit der Hausarbeit fertig war, sah das Zimmer heller und freundlicher aus, als es jemals gewesen war.

Inzwischen hatte sich seine trübe Stimmung gelegt. Unternehmungslustig verließ er das Haus und ging die Straße entlang, bis er zu einem unbebauten Grundstück kam, das als Schuttabladeplatz benutzt wurde. Dicht neben dem Bürgersteig ließ er unbemerkt Sallanas Pistole zu Boden fallen, so daß ein Vorübergehender sie leicht entdecken konnte.

Dann steckte er die Hände in die Hosentaschen und schlenderte krummbeinig weiter, bis er zu einer Toreinfahrt kam. Er lehnte sich mit dem Rücken gegen die Mauer und tat so, als gehöre er zu den Tagedieben, die in dieser Gegend nicht selten anzutreffen waren. Während er anscheinend gelangweilt dem Treiben auf der Straße zusah, warf er immer wieder einen verstohlenen Blick zu der Stelle hinüber, an der die Pistole lag.

Was nun folgte, war wieder einmal ein Beweis dafür, daß von zehn Leuten nicht einer die Augen aufmacht. Innerhalb kurzer Zeit waren mindestens dreißig Personen dicht an der Pistole vorbeigegangen, ohne sie zu bemerken. Einer war sogar darüber gestolpert und hatte es nicht für nötig gehalten, sich nach dem Hindernis umzusehen.

Schließlich wurde sie aber doch von jemandem entdeckt. Ein spindeldürrer Jüngling mit dunklen Flecken im Gesicht blieb stehen, starrte auf den Boden und bückte sich, um den entdeckten Gegenstand näher ins Auge zu fassen. Dann blickte er sich rasch um, ohne Mowry zu bemerken, der in die Einfahrt zurückgetreten war. Er bückte sich wieder und streckte die Hand aus, doch im letzten Moment zog er sie zurück und ging eilig weiter. Als er an Mowry vorbeikam, zeigte sein Gesicht eine Mischung aus Furcht und Begierde.

Er möchte sie gern, aber er ist zu feige, sagte sich Mowry.

Zwanzig weitere Fußgänger kamen an der Pistole vorbei. Zwei von ihnen bemerkten sie zwar, taten aber so, als hätten sie nichts gesehen. Sie kamen auch nicht zurück, um sie in einem günstigeren Moment aufzuheben, wenn niemand in der Nähe war. Wahrscheinlich fürchteten sie, daß die Waffe ein Beweisstück war, das jemand weggeworfen hatte, und sie hatten keine Lust, sich damit zu belasten. Derjenige, der die Pistole schließlich aufhob, war ein Könner auf diesem Gebiet.

Es war ein stämmiger Mann mit einem Seemannsgang, der an der Pistole vorbeischritt und sie bemerkte, ohne das durch ein Lidzucken oder eine veränderte Gangart zu verraten. Er ging weiter bis zur nächsten Ecke, blieb dort stehen und sah sich um wie jemand, der sich nicht auskannte. Er zog ein Notizbuch aus der Tasche und tat so, als müsse er darin etwas nachlesen. Dabei schossen seine scharfen kleinen Augen flink hin und her, ohne jedoch Mowry in seiner Toreinfahrt zu bemerken.

Nach einer Weile ging er zurück und ließ, als er an dem leeren Grundstück vorbeikam, sein Notizbuch auf die Pistole fallen. Rasch bückte er sich, hob beides auf und schlenderte weiter. Im nächsten Moment hatte er nur noch das Notizbuch in der Hand, während die Pistole wie durch einen Zaubertrick verschwunden war.

Mowry ließ den Burschen ein großes Stück vorausgehen, bevor er aus der Einfahrt trat und ihm folgte. Er hoffte, daß der andere keinen allzulangen Weg hatte, denn es würde nicht leicht sein, einem so gewitzten Burschen unbemerkt zu folgen, und wenn er ihn verlor, hatte er sich die ganze Mühe umsonst gemacht.

Der Kerl bog nach einiger Zeit in eine enge, schmutzige Seitenstraße ein, überquerte eine Kreuzung und wandte sich dann nach links. Nichts wies darauf hin, daß er sich beschattet fühlte.

Am Ende der Straße trat er in ein schäbiges Restaurant mit schmutzigen Fensterscheiben und einem unleserlichen Schild über der Tür. Wenig später schlenderte Mowry vorbei und besah sich den Laden von außen. Es war eine typische Verbrecherkneipe, in der sich lichtscheues Gesindel tagsüber aufhielt und auf den Anbruch der Nacht wartete. Doch wer nichts wagt, der gewinnt auch nichts. Mowry stieß kurz entschlossen die Tür auf und trat ein.

Drinnen stank es nach ungewaschenen Körpern, ranzigem Fett und verschüttetem *zith,* dem auf diesem Planeten meistgetrunkenen Schnaps. Hinter der Theke stand ein Kellner mit ungesunder Gesichtsfarbe, der Mowry feindselig anstarrte, weil er ein Fremder war. Ein Dutzend Gäste saßen entlang der fleckigen Wand und drehten sich mißtrauisch um. Es waren finstere Gesellen.

Mowry lehnte sich an die Theke und sagte forsch zu dem Kellner: „Ich bekomme eine Tasse Kaffee."

„Kaffee?" fuhr der andere auf. „Beim Blut Jaimes, das ist doch ein *Spakum*getränk."

„Jar", erwiderte Mowry, „ich will es auf den Boden spucken." Er lachte laut und dröhnend. „Wachen Sie schon auf, und geben Sie mir einen *zith."*

Der Kellner sah ihn finster an, nahm ein nicht sehr sauber aussehendes Glas vom Bord, goß es voll mit der billigsten Sorte *zith* und schob es über die Theke. „Ein Sechser."

Mowry zahlte, nahm sein Glas und ging damit zu einem Tisch in der dunkelsten Ecke. Alle Augen folgten ihm. Er setzte sich unbekümmert, so als sei er in solchen Kneipen zu Hause, und ließ sich durch das grimmige Schweigen nicht beirren. Als er aufblickte, bemerkte er den Kerl, der die Pistole eingesteckt hatte. Er erhob sich gerade und kam mit seinem Glas in der Hand auf Mowrys Tisch zu.

Die anderen nahmen an, daß er Mowry kannte, und verloren das Interesse an ihm. Sie begannen sich wieder zu unterhalten, und der Kellner lümmelte sich auf einen Stuhl hinter der Theke. Der Kerl mit der Pistole war hier anscheinend so zu Hause, daß man jemandem, den er kannte, nicht mehr mißtraute.

Er hatte sich mittlerweile gegenüber von Mowry niedergesetzt und stellte sich vor. „Ich heiße Arhava, Butin Arhava." Er hielt inne, wartete auf eine Erwiderung, die nicht kam, und fuhr schließlich fort: „Sie sind fremd hier. Sie kommen von Diracta, genauer gesagt aus Masham. Das verrät mir Ihr Akzent."

„Sehr klug von Ihnen", bestätigte Mowry.

„Man muß klug sein, wenn man durchkommen will. Die Dummen enden am Strang." Er nahm einen Schluck *zith*. „Sie wären niemals hier hereingekommen, wenn Sie nicht ein Fremder wären – oder einer von den Kaitempi."

„Nein?"

„Nein, bestimmt nicht. Und die Kaitempi würden es nicht wagen, einen einzelnen Mann hierherzuschicken. Sie würden mindestens zu sechst kommen, weil sie wissen, daß sie im Café Sunsun Ärger bekommen würden."

„Das gefällt mir", sagte Mowry.

„Mir noch mehr." Butin Arhava schob den Lauf von Sallanas Pistole über die Tischkante und richtete ihn direkt auf Mowrys Bauch. „Ich hab es nicht gern, wenn man mir folgt. Wenn die Pistole losgeht, würde sich hier niemand darüber aufregen. Und Sie würden sich auch nicht mehr lange Gedanken darüber machen. Also ist es besser, Sie reden. Warum sind Sie mir gefolgt, *hi?*"

„Sie haben gewußt, daß ich die ganze Zeit hinter Ihnen war?"

„Ja, sicher. Was haben Sie also vor?"

„Sie werden es mir kaum glauben." Mowry lehnte sich über den Tisch und grinste dem anderen ins Gesicht. „Ich will Ihnen tausend Gulden geben."

„Wie nett von Ihnen", erwiderte Arhava unbeeindruckt. „Wirklich sehr nett." Er kniff die Augen zusammen. „Sie wollen jetzt also in die Tasche langen und mir das Geld geben, *hi?*"

Mowry nickte grinsend. „Ja – aber falls Sie mir nicht trauen, können Sie es sich auch selber holen."

„So leicht bin ich nicht hereinzulegen", erwiderte Arhava. „Ich habe schließlich die Situation in der Hand. Also greifen Sie schon in Ihre Tasche – aber wenn Sie statt des Geldes eine Pistole herausziehen sollten, dann sind Sie es, der zuletzt abdrückt. Also los – ich bin gespannt."

Bedroht von dem Lauf der Waffe, langte Mowry in seine rechte Tasche und zog ein Bündel Zwanzigguldenscheine hervor. „Da – das gehört Ihnen."

Arhava starrte ihn einen Augenblick ungläubig an, dann machte er eine rasche Bewegung, und das Geld war verschwunden. Der Lauf der Pistole verschwand ebenfalls unter der Tischkante. Dann lehnte Arhava sich zurück und betrachtete Mowry mit einer Mischung aus Mißtrauen und Verwunderung. „Und jetzt nennen Sie die Bedingungen."

„Es gibt keine Bedingungen", antwortete Mowry. „Das ist ein Geschenk von einem Bewunderer."

„Und wem gilt die Bewunderung?"

„Ihnen."

„Sie können mich ja nicht einmal von der Statue Jaimes unterscheiden."

„Ich glaube, doch", sagte Mowry. „Ich kenne Sie gut genug, um Sie von einer sehr wichtigen Sache überzeugen zu können."

„Und zwar?"

„Dort, wo dieses Geld herkommt, gibt es noch eine ganze Menge mehr."

„Tatsächlich?" Arhava schenkte ihm ein Lächeln des Einverständnisses. „Und wo kommt es nun her?"

„Ich sagte es bereits – von einem Bewunderer."

„Das brauchen Sie mir nicht zu erzählen."

„Na gut, dann eben nicht. Damit wäre unsere Unterhaltung wohl beendet. Es hat mich gefreut, Sie kennenzulernen. Ein langes Leben."

„Ach, hören Sie doch auf damit." Arhava fuhr sich mit der Zunge über die Lippen, blickte sich vorsichtig um und fragte dann im Flüsterton: „Wieviel?"

„Zwanzigtausend Gulden."

Der andere winkte mit der Hand, als wollte er eine Fliege verscheuchen. „Pst – nicht so laut!" Er sah sich wieder lauernd um. „Sagten Sie tatsächlich *zwanzigtausend?"*

„Jar."

Arhava holte tief Luft. „Wen soll ich umbringen?"

„Erst mal einen."

„Machen Sie auch keine Witze?"

„Ich habe Ihnen eben tausend Gulden gegeben – das war doch auch kein Witz. Außerdem können Sie die Sache leicht nachprüfen. Schneiden Sie jemandem die Kehle durch, und holen Sie sich dann das Geld ab – ganz einfach."

„Sie sagten doch: ‚erst mal'."

„Ganz richtig. Damit habe ich gemeint, daß ich Sie auch weiterhin beschäftigen kann, wenn mir Ihre Arbeit zusagt. Ich habe eine ganze Liste von Namen, und ich zahle pro Kopf zwanzigtausend Gulden." Mowry legte eine Kunstpause ein und fuhr dann mit warnender Stimme fort: „Die Kaitempi werden Ihnen zehntausend dafür geben, daß Sie mich ihnen ausliefern. Das wäre leicht verdientes Geld. Aber damit würden Sie sich um die Möglichkeit bringen, viel, viel mehr zu verdienen, eine ganze Million oder noch mehr." Er wartete und schloß mit der ironischen Bemerkung: „Schließlich sprengt man ja nicht seine eigene Goldgrube in die Luft."

„*Nar,* um das zu tun, müßte man schon verrückt sein." Arhava war bei diesen Aussichten unruhig geworden. „Wie kommen Sie eigentlich auf den Gedanken, daß ich ein berufsmäßiger Mörder bin?"

„Das denke ich doch gar nicht. Aber mir ist klar, daß Sie einiges auf dem Gewissen haben müssen und vermutlich auch schon in einem Strafregister verzeichnet sind, sonst hätten Sie wohl die Pistole nicht aufgehoben und sich auch nicht auf solche krummen Touren eingelassen. Mit anderen Worten, Sie scheinen mir genau der Typ zu sein, der mir ein bißchen schmutzige Arbeit abnimmt oder mich zumindest mit jemandem bekannt machen kann, der das tut. Mir persönlich ist es vollkommen gleich, wer das macht. Ich habe genug Geld. Und Sie scheinen daran interessiert zu sein. Aber Sie müssen schon etwas dafür tun, wenn Sie es erwerben wollen."

Arhava nickte langsam, steckte eine Hand in die Tasche und befühlte die tausend Gulden. In seinen Augen glitzerte es. „Dieses Gebiet liegt mir an sich nicht so sehr. Außerdem ist dafür einer zu wenig. Aber –"

„Aber?"

„Darüber muß ich noch nachdenken. Ich möchte mit ein paar Freunden darüber sprechen."

Mowry stand auf. „Ich gebe Ihnen vier Tage Zeit, um das zu klären. Bis dahin müssen Sie sich aber entschlossen haben. Ich werde in vier Tagen um dieselbe Zeit hier sein." Damit gab er dem anderen einen Schlag auf die Schulter. „Ich hab es übrigens auch nicht gern, wenn man mir folgt. Wenn Sie alt und reich werden wollen, lassen Sie das lieber bleiben."

Damit ging er davon. Arhava blieb gehorsam sitzen und starrte verträumt auf die Tür. Nach einer Weile bestellte er sich mit rauher Stimme noch einen *zith*.

Der Kellner stellte das Glas vor ihn auf den Tisch und fragte gleichgültig: „Ein Freund von dir, Butin?"

„*Jar* – Datham Hain."

Datham Hain war die sirianische Entsprechung vom Weihnachtsmann.

Fünf

FRÜH am Morgen des folgenden Tages ging Mowry zu einer anderen Autovermietung und lieh sich unter dem Namen Morfid Payth und einer Adresse in Radine einen Wagen. Bei der ersten Firma durfte er sich nicht wieder sehen lassen, denn vermutlich hatte sich die Polizei dort schon nach ihm erkundigt. Man würde ihn erkennen und ihn unter irgendeinem Vorwand festzuhalten versuchen, während man die Polizei benachrichtigte.

Er verließ die Stadt und achtete dabei darauf, daß er nicht durch unachtsames Fahren womöglich die Aufmerksamkeit eines Streifenwagens auf sich lenkte. Schließlich kam er bei dem seltsam geformten Baum mit dem Stein darunter an. Er hielt ein paar Meter weiter an und tat so, als müsse er etwas richten, bis die Straße auf beiden Seiten frei war. Dann fuhr er den Wagen seitlich über den Grasrand und so weit wie möglich in den Wald hinein.

Er ging zu Fuß zurück und überzeugte sich davon, daß man den Wagen von der Straße aus nicht sehen konnte. Dann verwischte er die Reifenspuren, die in den Wald hineinführten, und machte sich auf den Weg zu seiner entfernten Höhle.

Am späten Nachmittag näherte er sich ihr. Er war noch tief im Wald und etwa achthundert Meter von seinem Ziel entfernt, als der Ring am Mittelfinger seiner linken Hand zu vibrieren begann. Daraufhin schritt Mowry geradewegs auf die Höhle zu, ohne die Umgebung noch lange zu prüfen. Der Ring würde nicht vibrieren, wenn Behälter Nummer zweiundzwanzig aufgehört hätte,

Strahlen auszusenden, und das wäre eingetreten, wenn in der Zwischenzeit jemand in die Höhle eingedrungen wäre.

Wenn die Gegner das versteckte Lager einmal zufällig entdeckten und versuchen würden, es als Falle zu benutzen, dann konnten sie auf ihr Opfer lange warten, das durch den Ring gewarnt sofort das Weite suchen würde.

Aber in der Höhle befand sich noch etwas viel Wirkungsvolleres als eine unsichtbare Warnanlage. Eindringlinge würden wahrscheinlich neugierig genug sein, um die Duraluminbehälter zu öffnen und zu untersuchen, unter anderem auch Behälter Nummer dreißig. Doch wenn sich jemand daran zu schaffen machte, würde es eine Explosion geben, die man bis nach Pertane würde hören und spüren können.

In der Höhle angekommen, öffnete Mowry Behälter Nummer zwei und bereitete sich, solange es draußen noch hell war, eine echte terranische Mahlzeit. Er war eigentlich kein ausgesprochener Gourmet, aber das heimatliche Essen entzückte ihn. Vor allem eine kleine Dose Ananas, die er sich als Nachtisch gönnte, erschien ihm als die reinste Delikatesse. Er ließ sich zwanzig Minuten Zeit, sie zu verzehren, und genoß den Fruchtsaft bis zum letzten Tropfen. Das Essen gab ihm wieder Zuversicht, und die terranischen Streitkräfte dort oben zwischen den Sternen schienen auf einmal gar nicht mehr so weit entfernt zu sein.

Als die Dunkelheit hereinbrach, rollte er Behälter Nummer fünf aus der Höhle und stellte ihn auf dem Sandstrand aufrecht hin, so daß die eine Seite des langen silbergrauen Zylinders zum Himmel zeigte. An der Außenwand des Zylinders war ein Kurbelgriff befestigt, den er in das kleine Loch am unteren Ende steckte und heftig zu drehen begann. Im Innern fing es an zu summen.

Mowry klappte nun den oberen Deckel des Zylinders auf. Dann setzte er sich auf einen Stein und wartete. Nachdem der Apparat warmgelaufen war, wurde das Summen tiefer. Mowry wußte, daß er nun Signale in den Weltraum sandte: „Hier ist Jaimec. Hier ist Jaimec!“

Mowry blieb jetzt nichts weiter zu tun, als geduldig zu warten. Die Signale waren nicht an die Erde gerichtet, die viel zu weit entfernt war, als daß man eine direkte Verbindung hätte aufnehmen können. Sie riefen einen Weltraumposten am Rande oder auch schon innerhalb des sirianischen Hoheitsgebiets. Die genaue

Position kannte Mowry nicht und konnte sie deshalb, wie Wolf ganz richtig bemerkt hatte, auch nicht verraten.

Mit einer sofortigen Antwort war nicht zu rechnen. Dort draußen im Weltraum kamen wahrscheinlich gleichzeitig hundert Signale auf hundert verschiedenen Frequenzen an, und einige Sender würden längere Zeit besetzt sein, während Nachrichten ausgetauscht wurden. Mowry machte es sich bequem.

Es vergingen fast drei Stunden, in denen nichts zu sehen und zu hören war außer dem leisen Summen im Innern des Zylinders. Doch dann leuchtete plötzlich am oberen Ende eine kleine rote Lampe auf.

Mowry stand auf, langte in die obere Öffnung und nahm einen Gegenstand heraus, der wie ein normaler Telefonhörer aussah. Er hielt ihn ans Ohr und sagte in die Sprechmuschel: „Hier JM auf Jaimec."

Es dauerte ein paar Minuten, bis eine Stimme antwortete, die so klang, als spreche sie durch eine Ladung Kies. Aber für Mowrys Ohr gab es nichts Lieblicheres und Vertrauteres als diese Stimme, denn sie sprach Terranisch. „Geben Sie Ihre Meldung durch. Das Tonband läuft."

Mowry versuchte sich hinzusetzen, während er seinen Bericht abgab, aber die Strippe war zu kurz, und so erzählte er im Stehen mit allen Details die „Geschichte einer Wespe, die eigentlich keine sein wollte". Nachdem er geendet hatte, mußte er wieder eine Weile warten, bis die Antwort durchkam.

Dann sagte die rauhe Stimme: „Gut! Sie machen Ihre Sache ausgezeichnet!"

„Wirklich?" fragte Mowry. „Bis jetzt habe ich davon noch nichts bemerkt. Ich habe den halben Planeten mit Plakaten beklebt, aber es geschieht nichts."

„Oh, es geschieht eine ganze Menge", widersprach ihm sein Gesprächspartner. „Das können Sie von Ihrem Standpunkt aus nur nicht so genau sehen."

„Wie wär's, wenn Sie mir ein bißchen mehr Überblick verschaffen würden?"

„Die Sache kommt langsam, aber sicher ins Rollen. Ihre Flotte ist weit auseinandergezogen, ständig finden Truppenverschiebungen von ihrem Heimatsystem zu den äußeren Planeten statt. Wir drängen sie langsam in die Enge. Sie können ihr Gebiet nur halten, indem sie sich überallhin verteilen. Und je mehr sie sich verteilen, desto schwächer werden sie, je schwächer sie aber werden, desto leichter kann man ihnen etwas abnehmen. Warten Sie einen Augenblick, ich sehe eben mal nach, wie es auf Ihrem Planeten bestellt ist." Nach einer Weile kam die Stimme wieder. „Sie wagen es nicht, Truppen von Jaimec abzuziehen, obwohl sie an anderer Stelle dringend benötigt werden. Vielleicht werden sie die Truppen auf Jaimec sogar verstärken, das geht dann natürlich auf Kosten von Diracta. Und das ist ganz allein Ihr Werk."

„Nett, daß Sie das sagen", meinte Mowry. Dann fiel ihm etwas ein, und er fragte hastig: „Woher wissen Sie das eigentlich?"

„Das sind Angaben vom Abhör- und Entzifferungsdienst. Wenn man es versteht, kann man von Feindsendern eine Menge Informationen bekommen."

„Ach so, ja." Mowry war enttäuscht, denn er hatte gehofft, etwas über einen terranischen Agenten zu hören, der sich irgendwo auf Jaimec aufhielt. Aber darüber würde ihm natürlich niemand etwas verraten. Solche Informationen durften niemals in die Hände der Kaitempi fallen. „Noch eine Frage: Was soll ich mit der Ausweiskarte und der Stempelmaschine der Kaitempi machen? Soll ich sie hier deponieren, damit sie abgeholt werden können, oder kann ich sie benutzen?"

„Bleiben Sie dran, ich werde mich erkundigen." Mowry wartete über eine Stunde, dann meldete sich die Stimme wieder. „Tut mir leid, daß es so lange gedauert hat. Entfernung kostet eben Zeit. Sie können den Ausweis und den Stempel behalten. Der Geheimdienst hat vor kurzem einen solchen Ausweis erworben."

„Erworben?" Mowry zog erstaunt die Brauen hoch.

„Ja – ein Agent hat dafür mit seinem Leben bezahlt. Was hat Ihrer denn gekostet?"

„Das Leben seines Besitzers, Major Sallana."

„Ts, – ts, diese Karten sind verdammt teuer." Die Stimme schwieg einen Augenblick und sagte dann: „Falls Sie keine Fragen mehr haben, beenden wir jetzt unser Gespräch. Viel Glück!"

„Danke."

Widerstrebend hängte Mowry den Hörer ein, zog die Kurbel aus der Öffnung und beendete damit das Summen, klappte den Deckel zu und rollte den zylindrischen Behälter zurück in die Höhle. Er hätte am liebsten noch bis zum Morgengrauen der Stimme gelauscht, die ihm das Gefühl gab, daß er nicht ganz allein auf der Welt war. Der Funker ahnte ja nicht, was sein

Wunsch „Viel Glück!" für Mowry bedeutete, der sonst immer nur „Ein langes Leben!" zu hören bekam von Leuten, die ihm den Tod wünschen würden, wenn sie wüßten, wer er war.

Aus einem anderen Behälter entnahm Mowry mehrere Päckchen, die er in seine Taschen steckte und einige davon in eine Schultertasche, wie sie von sirianischen Bauern getragen wurde. Dann trat er den Rückweg an, obwohl es noch Nacht war. Er kannte sich im Wald jetzt schon so gut aus, daß er den Weg auch im Dunkeln finden würde. Es würde zwar länger dauern, und das Gehen würde beschwerlicher sein, aber er wollte so schnell wie möglich zu dem Wagen zurück. Bevor er die Höhle verließ, drückte er noch auf einen verborgenen Knopf an Behälter zweiundzwanzig, der seit dem Augenblick, da er die Höhle betreten hatte, keine Strahlen mehr ausgesandt hatte. Nach einer Minute würde wieder die unsichtbare Barriere hergestellt sein, die niemand durchschreiten konnte, ohne sich zu verraten.

Er entfernte sich raschen Schrittes von der Höhle und war vielleicht dreißig Meter tief in den Wald eingedrungen, als der Ring an seinem Finger wieder zu vibrieren begann. Langsam tastete er sich weiter voran. Je weiter er sich von der Höhle entfernte, desto schwächer wurde das Vibrieren, bis es nach achthundert Metern ganz aufhörte.

Auf seinem Marsch blickte er mindestens hundertmal auf seinen Leuchtkompaß, der ihm die Richtung zurück zur Straße wies. Er erreichte sie allerdings an einer Stelle, die einen Kilometer von dem wartenden Auto entfernt war, aber das war ein verzeihlicher Irrtum bei einer Strecke von dreißig Kilometern, die er zum größten Teil bei völliger Dunkelheit zurückgelegt hatte. Zwei Stunden nach Tagesanbruch kletterte er mit müden Augen und schmerzenden Füßen in den Wagen, lenkte ihn unbemerkt auf die Straße und fuhr zurück in das Rattenloch, das sein Zuhause war.

DER Tag, an dem Mowry seine Verabredung mit Arhava hatte, begann mit einem bedeutsamen Ereignis. Die Regierung ließ durch Funk, Fernsehen und Presse eine wichtige Nachricht verbreiten. Mowry hörte die schrillen Ausrufe der Zeitungsverkäufer und das unverständliche Bellen eines Lautsprechers, das von weitem herüberdrang. Er kaufte sich eine Zeitung und las die Neuigkeit beim Frühstück durch.

„Das jaimecische Verteidigungsministerium ordnet unter Bezugnahme auf die Notstandsgesetze folgendes an: Alle Organisationen, Gesellschaften, Parteien und sonstigen Vereine müssen sich bis zum Zwanzigsten dieses Monats bei der Zentralen Registraturbehörde in Pertane eingetragen haben. Die Vertreter dieser Organisationen, Gesellschaften, Parteien und sonstigen Vereine müssen dabei Ziele und Absichten der jeweiligen Verbindung darlegen, die Anschrift des Versammlungsortes angeben und eine vollständige Liste aller Mitglieder vorlegen. Jede Organisation, Gesellschaft, Partei oder jeder sonstige Verein, der nach dem Zwanzigsten des Monats nicht in der oben angegebenen Weise registriert worden ist, gilt als illegale Bewegung. Mitgliedschaft in einer illegalen Bewegung oder Hilfeleistung gegenüber Mitgliedern einer solchen wird als Landesverrat mit dem Tode bestraft."

Das war also endlich der lang erwartete Gegenschlag. Die Dirac Angestun Gesept sollte zu Kreuze kriechen, oder es war ihr Ende. Mit einem simplen, aber psychologisch wohldurchdachten Trick wollte man alle schwächlichen und nicht hundertprozentig überzeugten Mitglieder aus den Reihen der DAG vertreiben. Solche Mitglieder konnte man leicht zum Reden bringen. Sie würden ihre früheren Freunde einen nach dem andern verraten, durch alle Schichten hindurch bis hinauf zur Führungsspitze. Sie bildeten die Fäulnis, die ein ganzes System zerfressen und schließlich zu Fall bringen kann. Theoretisch jedenfalls.

Mowry las die Ankündigung noch einmal durch, grinste dabei vor sich hin und labte sich an jedem Wort. Die Regierung würde es nicht leicht haben, geständniswillige Mitglieder der DAG aufzuspüren. Jemand, der von seiner Mitgliedschaft überhaupt nichts weiß, kann auch nicht viel erzählen. In einer nur eingebildeten Organisation gibt es keine Verräter.

Butin Arhava zum Beispiel war ein hochbezahltes, wichtiges Mitglied der Organisation – nur wußte er es nicht. Wenn die Kaitempi ihn faßten, konnten sie ihn foltern, solange sie wollten, sie würden aus ihm nicht eine einzige brauchbare Information über die Sirianische Freiheitspartei herauspressen.

Gegen Mittag begab sich Mowry in die Zentrale Registraturbehörde, wo bereits eine lange Schlange von Leuten vor dem Schalter stand, an dem zwei Beamte mit herablassender Miene Formulare ausgaben. In der Reihe standen Vertreter aller möglichen Vereinigungen – Handwerksgilden, Gesellschaften zur Förderung des *zith*-Konsums, Fanklubs und was es sonst noch gab. Das Ende der Schlange bildete ein dürrer Greis, der Bezirksvorsitzender des Verbandes sirianischer Eidechsenbeobachter war. Der Dicke vor ihm vertrat den Modellraketenbauerklub von Pertane. Nicht einer von ihnen sah so aus, als ob er dazu fähig wäre, einem Spakum ins Gesicht zu spucken, geschweige denn die Regierung seines eigenen Landes zu stürzen.

Mowry stellte sich ganz hinten an und sagte beiläufig zu seinem Vordermann: „So ein Unsinn."

„*Jar.* Wozu das wieder gut sein soll, weiß allein die Statue Jaimes."

„Vielleicht will die Regierung auf diese Weise Spezialisten ausfindig machen, Funker, Fotografen und so", meinte Mowry. „Im Krieg kann man alles mögliche gebrauchen."

„Das hätten sie doch auch offen sagen können", ereiferte sich der dürre Greis. „Sie hätten nur eine Liste zu veröffentlichen brauchen, und dann hätten sich die entsprechenden Leute schon gemeldet."

„*Jar,* da haben Sie recht."

„Mein Verband widmet sich zum Beispiel der Beobachtung von Eidechsen. Können Sie mir vielleicht verraten, wozu die Regierung einen Eidechsenspezialisten brauchen sollte, *hi?*"

„Nein, wirklich nicht. Aber wie sind Sie eigentlich ausgerechnet auf Eidechsen gekommen?"

„Haben Sie schon mal welche beobachtet?"

„Ehrlich gesagt, nein", gestand Mowry, ohne zu erröten, ein.

„Dann können Sie sich auch nicht vorstellen, wie faszinierend das ist."

Der Dicke vor ihm wandte sich um und sagte von oben herab: „Wir bauen Modellraketen."

„Kinderkram", bemerkte der Greis.

„Ja, das glauben Sie. Aber lassen Sie sich sagen: Jeder von uns ist ein potentieller Raketeningenieur, und in Kriegszeiten kann ein Raketeningenieur von größter –"

„Gehen Sie weiter", sagte der Greis und stieß den Dicken dabei in die Seite. Sie gingen ein paar Schritte vor und blieben wieder stehen. Der Greis drehte sich zu Mowry um und fragte: „Womit beschäftigt sich Ihr Verein denn?"

„Glasradierung."

„Oh, eine schwere Kunst. Ich habe selbst einige Beispiele

bewundern können. Es waren allerdings Luxusgegenstände, die für einen normalen Geldbeutel nicht zu erschwingen waren." Er schnaubte laut durch die Nase. „Inwiefern sollte ein Glasradierer im Krieg von besonderer Nützlichkeit sein?"

„Raten Sie mal", sagte Mowry.

„Aber die Raketen", warf der Dicke ein. „In einem Raumkrieg ist eine Rakete von ganz besonderer –"

„Gehen Sie weiter!" befahl wieder der Greis.

Sie erreichten den Schalter, wo jedem von ihnen ein Formular ausgehändigt wurde. Sie eilten in verschiedene Richtungen davon, während sich hinter ihnen schon wieder eine lange Schlange gebildet hatte, die sich langsam vorschob.

Mowry ging in die Hauptpost, setzte sich an einen leeren Tisch und füllte das Formular säuberlich aus. Es war ihm eine Genugtuung, dabei Federhalter und Tinte zu benutzen, die Eigentum der Regierung waren.

Die Fragen, die er auszufüllen hatte, lauteten:

> Name der Organisation: *Dirac Angestun Gesept.*
>
> Zweck und Ziele: *Sturz der gegenwärtigen Regierung und Beendigung des Krieges mit Terra.*
>
> Versammlungsort: *Überall dort, wo die Kaitempi uns nicht finden können.*
>
> Name und Adresse der Vorsitzenden: *Die werden Sie kennenlernen, wenn es zu spät ist.*
>
> Fügen Sie eine vollständige Liste mit den Namen der Mitglieder bei: *Nar.*
>
> Unterschrift: *James Shallapurta.*

Die letzte Antwort würde bestimmt irgend jemanden vom Stuhl werfen. Es war eine wohlüberlegte Anspielung auf die verehrte Statue Jaimes und bedeutete soviel wie James Steinarsch.

Mowry kaufte einen Briefumschlag und wollte das Formular gerade an die Registraturbehörde zurückschicken, als ihm einfiel, daß er seinen Spaß noch nicht bis zur Neige ausgekostet hatte. Er ging sofort in seine Wohnung, schob den Umschlag in die Stempelmaschine und versah ihn mit dem Kaitempisiegel. Dann warf er ihn in den nächsten Briefkasten.

Nachdem das erledigt war, fühlte er sich ungeheuer befriedigt. Noch vor einem Monat wäre ihm das Ganze lächerlich vorgekommen, und die Empfänger hätten es sicherlich als das Werk eines Schwachsinnigen abgetan. Aber heute sah alles anders aus.

Die Mächtigen hatten gezeigt, daß sie verärgert, wenn nicht gar verängstigt waren. Mit etwas Glück würde Mowrys Formular ihre Wut erregen – und das war ihm gerade recht. Denn jemand, der wütend ist, kann nicht mehr kühl und sachlich überlegen.

Wenn man einen Papierkrieg führt, muß man auch Papierkriegtaktiken anwenden, die auf die Dauer ebenso tödliche Folgen haben können wie ein Krieg mit Bomben. Ein solcher Krieg kann die verschiedensten Formen annehmen: persönliche und öffentliche Drohungen, geheime Verführung, offene Herausforderung durch Wandbemalungen, Plakate oder Flugblätter, die zu Tausenden von den Dächern herabflattern, bedruckte Karten, die auf Sitzen liegenbleiben oder in Taschen geschoben werden, und nicht zuletzt Geld.

Ja, mit Papiergeld konnte er die Taten kaufen, die nötig waren, um den Drohungen Nachdruck zu verleihen. Wenn Sirianer untereinander abrechneten, blieb den Terranern eine Menge Arbeit erspart.

Zur verabredeten Stunde machte Mowry sich auf zum Café Sunsun.

DA DIE Behörden das freche Formular, in dem Mowry die Organisation DAG eingetragen hatte, noch nicht erhalten hatten, waren sie noch in der Lage, überlegt zu handeln. Außer dem neuen Erlaß, der am Morgen bekanntgegeben worden war, hatten sie sich noch andere Gegenmaßnahmen ausgedacht, und zwar griffen sie jetzt zu dem Mittel überraschender Straßenkontrollen.

Mowry wäre beinahe gleich bei einer der ersten geschnappt worden. Auf dem Weg zum Café Sunsun bemerkte er plötzlich eine Reihe von Polizisten, die die Straße absperrten. Etwa hundert Meter weiter stand eine zweite Kette von Polizisten. Die ahnungslosen Passanten, die zwischen den beiden Linien festgehalten waren, wurden von Kaitempibeamten in Zivil einzeln durchsucht und kontrolliert. Die Polizisten achteten unterdessen darauf, daß niemand in einem Hauseingang verschwand.

Mowry dankte dem Himmel dafür, daß er sich außerhalb der Absperrung befand. Er zog sich unauffällig zurück und eilte rasch nach Hause. Dort verbrannte er alle Papiere, die einem gewissen Shir Agavan gehört hatten, und zerrieb dann die Asche zu feinem Staub. Einen Shir Agavan gab es von nun an nicht mehr. Er war für immer dahingegangen.

Einem der aus der Höhle mitgebrachten Päckchen entnahm Mowry neue Ausweispapiere, die bescheinigten, daß er Krag Wulkin war, Sonderreporter einer Nachrichtenagentur auf Diracta. In gewisser Weise bot diese neue Rolle Mowry mehr Sicherheit; sie erklärte zum einen seinen Mashambischen Akzent, und zum andern würde es mindestens einen Monat dauern, bis man auf dem sirianischen Heimatplaneten über ihn Auskunft eingeholt hatte, falls er einmal mit den Hütern des Gesetzes in Konflikt geraten sollte.

So ausgerüstet machte er sich zum zweitenmal auf den Weg. Obwohl er sich vor neugierigen Fragen jetzt weniger zu fürchten brauchte, würde es nicht ganz ungefährlich sein, wenn er in eine dieser Straßensperren hineingeriet. Er hatte das Gefühl, daß seine Gegner irgendwie Lunte gerochen hatten.

Was genau die Kaitempi sich von diesen Straßenkontrollen erhofften, war nicht klar zu ersehen. Vielleicht suchten sie nach Leuten, die subjektive Propaganda bei sich trugen oder eine Mitgliedskarte der DAG. Vielleicht fahndeten sie auch nach einem gewissen Shir Agavan, der vor kurzem ein Netzstromauto gemietet hatte. Jedenfalls bewiesen die Aktionen, daß einige der führenden Männer auf Jaimec unruhig geworden waren.

Mowry erreichte glücklich das Café Sunsun, ohne in eine weitere Straßenkontrolle geraten zu sein. Er trat ein und entdeckte Arhava und noch zwei Männer an dem Tisch in der dunklen Ecke.

„Sie kommen spät", begrüßte ihn Arhava. „Wir dachten schon, Sie würden gar nicht mehr kommen."

„Ich bin durch eine Straßenkontrolle aufgehalten worden. Die Bullen schienen ziemlich verärgert zu sein. Habt ihr vielleicht gerade eine Bank ausgeraubt?"

„Nicht, daß ich wüßte." Arhava zeigte auf seine beiden Begleiter. „Das sind Gurd und Skriva."

Mowry nickte ihnen zu und musterte sie prüfend. Sie hatten breite Gesichter, stechende Augen und spitz zulaufende Ohren und waren, der Ähnlichkeit nach zu urteilen, offenbar Brüder. Doch bestimmt würde es keinem von beiden etwas ausmachen, den anderen in die Sklaverei zu verkaufen, wenn er nur sicher sein konnte, daß dieser nicht mit einem Messer zurückkehrte.

„Wir haben *Ihren* Namen noch nicht gehört", stieß Gurd zwischen langen, eng beieinanderstehenden Zähnen hervor.

„Das werden Sie auch nicht", erwiderte Mowry.

„Und warum nicht?" erkundigte sich Gurd aufgebracht.

„Weil es Ihnen gleich sein kann, von *wem* die Gulden kommen, die Sie sich verdienen wollen. Hauptsache, die Kasse stimmt."

„Jar, da haben Sie ganz recht", schaltete sich Skriva mit glitzernden Augen ein. „Geld ist Geld, gleichgültig, woher es kommt. Halt gefälligst den Mund, Gurd!"

„Man kann doch noch fragen", murmelte Gurd kleinlaut.

Jetzt mischte sich Arhava ein, der schließlich die Verbindung hergestellt hatte und fürchtete, man könnte sich ohne ihn einigen. „Ich habe den beiden Ihren Vorschlag unterbreitet. Sie sind daran interessiert." Er wandte sich zu den beiden. „Das stimmt doch, oder?"

„Jar", sagte Skriva. Er blickte Mowry forschend an. „Sie wollen also, daß jemand unter die Erde gebracht wird. Richtig?"

„Ich will, daß jemand mausetot ist, ob er nun unter die Erde gebracht wird oder nicht, das ist mir gleich."

„Das läßt sich machen", sagte Skriva bereitwillig und fügte mit entschlossener Miene hinzu: „Für fünfzigtausend."

Mowry stand mit einem Seufzer auf und schlenderte zur Tür. „Ein langes Leben!"

„Kommen Sie zurück!" rief Skriva erregt. Arhava machte ein Gesicht wie jemand, dem plötzlich alle Felle davongeschwommen waren. Gurd nagte ratlos an seiner Unterlippe.

Mowry blieb zwischen Tür und Angel stehen und fragte: „Können wir vernünftig miteinander reden oder nicht?"

„Natürlich, das war doch nur ein Scherz", sagte Skriva. „Kommen Sie zurück, und setzen Sie sich."

„Bringen Sie uns vier Gläser *zith",* sagte Mowry zu dem Kellner, der hinter der Theke stand und dumm guckte. Er kehrte zu seinem Platz zurück. „Ich liebe solche Scherze nicht. Also richten Sie sich danach."

„Vergessen Sie es", sagte Skriva. „Wir möchten Ihnen noch ein paar Fragen stellen."

„Bitte", sagte Mowry herablassend. Der Kellner brachte die Getränke, Mowry zahlte und nahm dann einen Schluck aus seinem Glas.

„Wer ist das Opfer?" fragte Skriva. „Und welche Garantie haben wir, daß wir unser Geld auch bekommen?"

„Das Opfer ist ein Oberst namens Hage-Ridarta." Mowry schrieb etwas auf einen Zettel und schob ihn hinüber. „Das ist seine Adresse."

„Aha." Skriva blickte auf den Zettel und fuhr dann fort: „Und wie ist das mit dem Geld?"

„Ich gebe euch jetzt sozusagen als Anzahlung fünftausend Gulden, die restlichen fünfzehntausend könnt ihr euch dann nach getaner Arbeit abholen." Er sah jeden einzelnen von ihnen scharf an. „Euer Wort allein genügt mir nicht. Die Meldung muß in der Zeitung stehen, bevor ich auch nur einen einzigen Gulden mehr herausrücke."

„Sie scheinen wenig Vertrauen zu uns zu haben", meinte Skriva.

„Nicht mehr, als gut ist."

„Auf unserer Seite ist es damit auch nicht besser bestellt."

„Dann stehen unsere Chancen ja gleich", sagte Mowry. „Jeder von uns hat ebensoviel zu gewinnen wie zu verlieren. Ich habe zum Beispiel noch eine ganze Liste mit Namen. Wenn ihr den ersten Auftrag nun erledigt und ich zahle nicht, dann werdet ihr wahrscheinlich nichts mehr für mich tun."

„Richtig."

„Ihr würdet mich sogar fertigmachen, wenn ihr mich erwischt, stimmt's?"

„Darauf können Sie sich verlassen", versicherte Gurd.

„Auf der anderen Seite könntet ihr mich hereinlegen, aber dann würdet ihr euch um das ganze Geld bringen, das ich ausgeben kann. Viel, viel mehr, als die Kaitempi dafür zahlen würden, wenn ihr mich und ein Dutzend andere verratet. Ihr wollt doch reich werden, oder nicht?"

„Wir haben nichts dagegen", sagte Skriva. „Wo sind die fünftausend?"

Mowry schob ihm das Päckchen unter dem Tisch zu. Alle drei zählten nacheinander im Schoß die Scheine nach. Dann sah Skriva auf.

„Gut, dann sind wir uns also einig. Wer ist dieser Hage-Ridarta eigentlich?"

„Ach, so ein alter Militär, der schon viel zu lange gelebt hat."

Das stimmte nur zur Hälfte. Hage-Ridarta bekleidete offiziell den Posten eines Flottenkapitäns. Doch in den Akten, die Mowry aus Sallanas Wohnung mitgenommen hatte, stand sein Name unter einem Brief an Sallana, dessen Tonfall verriet, daß Hage-Ridarta ein Vorgesetzter Sallanas war. Er mußte einen hohen Posten bei den Kaitempi innehaben und war auf jeden Fall ein lohnenswertes Opfer.

„Und weswegen wollen Sie, daß er stirbt?" fragte Gurd mißtrauisch.

Bevor Mowry antworten konnte, fuhr Skriva ihn wütend an: „Ich hab dir vorhin schon gesagt, du sollst deinen Mund halten. Diese Sache erledige ich. Kannst du nicht mal für zwanzigtausend Gulden die Klappe halten?"

„Wir haben das Geld noch nicht."

„Ihr werdet es erhalten", versicherte Mowry. „Und noch viel mehr. An dem Tag, an dem in den Zeitungen oder im Rundfunk Hage-Ridartas Tod bekanntgegeben wird, komme ich abends mit fünfzehntausend Gulden und dem Namen des nächsten Opfers hierher. Sollte ich durch irgendeinen Umstand verhindert sein, dann bin ich am Abend darauf hier."

„Das möchte ich Ihnen auch raten", murmelte Gurd finster.

Arhava hatte auch noch eine Frage. „Wieviel bekomme ich dafür, daß ich Sie mit den beiden bekannt gemacht habe?"

„Keine Ahnung." Mowry wandte sich an Skriva. „Was wollen Sie ihm dafür geben?"

„Wer – ich?" fragte Skriva verblüfft.

„Wer denn sonst? Der Herr möchte seinen Anteil. Sie erwarten doch nicht etwa, daß ich ihn zahle, oder?"

„Einer muß sich schon dazu entschließen", erklärte Arhava drohend. „Oder –"

Skriva schob sein Gesicht ganz nahe vor das Arhavas und fragte lauernd: „Oder?"

„Nichts", antwortete Arhava und lehnte sich nervös zurück. „Gar nichts."

„Das ist schon besser", meinte Skriva, ohne daß seine Stimme besänftigt klang. „Viel besser. Wenn du schön brav und ruhig bist, Butin, dann bekommst du auch dein Häppchen ab. Aber wenn du uns Ärger machst, dann könnte es passieren, daß du gar nicht mehr dazu kommst, es zu schlucken. Das wäre doch traurig, nicht wahr?"

Arhava antwortete nicht. Sein Gesicht war ganz fleckig geworden.

Skriva schob sich wieder an ihn heran und brüllte: „Ich hab dich gerade etwas gefragt! Ich sagte, das wäre doch traurig, nicht wahr?"

„Ja", antwortete Arhava und rückte dabei mit dem Stuhl zurück, um aus der Nähe von Skrivas Gesicht zu kommen.

Mowry hielt den Zeitpunkt für gekommen, die drei allein zu lassen. Er stand auf und sagte zu Skriva: „Und versucht ja nicht mit *mir* ein falsches Spiel zu spielen, wenn euch daran liegt, ein Geschäft zu machen."

Damit ging er hinaus. Er machte sich keine Sorgen, daß einer von ihnen versuchen könnte, ihm zu folgen. Sie würden es nicht wagen, ihn zu verärgern. Schließlich war er der beste Kunde, den sie je gehabt hatten.

Während er rasch ausschritt, überdachte er noch einmal das soeben geführte Gespräch und fand, daß er gut daran getan hatte, ihnen zu zeigen, daß er sein Geld nicht verschleuderte. Sie hätten sonst keinen Respekt mehr vor ihm gehabt und immer wieder versucht, mehr aus ihm herauszupressen, mit dem Ergebnis, daß sie kaum noch etwas für ihn getan hätten.

Gut war es auch gewesen, daß nicht er Arhava einen Anteil gezahlt hatte, sondern es ihnen überlassen hatte, die Sache unter sich auszumachen. Das war sehr aufschlußreich gewesen. Eine Bande ist nur so stark wie ihr schwächstes Mitglied. Jemand, der dazu fähig war, den Kaitempi einen Tip zu geben, konnte alles auffliegen lassen. Es war wichtig, einen möglichen Verräter schon im voraus zu erkennen, bevor es zu spät war. In dieser Hinsicht hatte Butin Arhava nicht gerade den besten Eindruck gemacht.

„Einer muß sich schon dazu entschließen, oder –"

Die Prüfung würde dann kommen, wenn Mowry für geleistete Arbeit fünfzehntausend Gulden auf den Tisch legte und die Beute geteilt werden mußte. Wenn die Situation es erforderte, würde er den Brüdern Gurd und Skriva dann als nächsten Namen den Butin Arhavas angeben. Er hatte bei dieser Vorstellung keinerlei Gewissensbisse.

Ohne auf seine Umgebung zu achten, schritt er voran und überlegte dabei, was zu tun war. Er war gerade zu dem Schluß gekommen, daß Arhava früher oder später doch ausgeschaltet werden mußte, als sich plötzlich eine schwere Hand auf seine Schulter legte und eine Stimme schnarrte: „Hände hoch, Schussel! Wir wollen doch einmal sehen, was Sie in Ihren Taschen haben. Nehmen Sie schon die Hände hoch, oder sind Sie taub?"

Mowry hob erschrocken die Hände hoch, während seine Taschen abgefühlt wurden. Um ihn herum standen etwa vierzig bis fünfzig ebenso überraschte Passanten in der gleichen Haltung, während weiter vorn eine Kette von Polizisten die Straße absperrte. Mowry wandte den Kopf. Hinter ihm das gleiche Bild. Die Falle war zugeschnappt.

Sechs

Während Mowry mit erhobenen Händen dastand, schoß ihm eine Flut von Gedanken durch den Kopf. Zum Glück hatte er das Geld nicht mehr bei sich; sie hätten sich bestimmt darüber gewundert, daß jemand eine so große Summe mit sich herumtrug. Wenn sie es aber auf Shir Agavan abgesehen hatten, dann würden sie ohnehin Pech haben. Mowry wollte es auf keinen Fall dazu kommen lassen, daß sie ihn mitnahmen – und sei es auch nur zu einer Befragung. Von den Leuten, die eine Befragung durch die Kaitempi überlebt hatten, waren die meisten hinterher körperliche Wracks gewesen. Wenn es darauf ankam, würde er den Kaitempimann, der ihn durchsuchte, niederschlagen und versuchen davonzulaufen.

Wenn die Bullen mich niederschießen, dann hab ich wenigstens ein rasches Ende. Sobald man auf Terra nichts mehr von mir hört, wird Wolf meinen Nachfolger auswählen und dem armen Kerl –

„*Hi?*" Mowry wurde in seinen Gedanken durch den Kaitempibeamten unterbrochen, der seine Brieftasche aufgemacht hatte und überrascht auf Sallanas Ausweiskarte starrte. Sein Gesichtsausdruck wurde sofort unterwürfig. „Einer von uns? Ein Offizier?" Er faßte Mowry genauer ins Auge. „Aber ich habe Sie noch nie gesehen."

„Wie sollten Sie auch", erwiderte Mowry von oben herab. „Ich bin erst heute aus dem Hauptquartier auf Diracta hier angekommen. Und das ist der Empfang, den man mir bereitet."

„Es tut mir leid", entschuldigte sich der Beamte. „Aber das muß sein. Wir müssen die revolutionäre Bewegung mit allen Mitteln zu unterdrücken versuchen. Sie ist eine große Gefahr. Sie wissen ja, wie es auf Diracta aussieht – und hier bei uns ist es keinen Deut besser."

„Das wird nicht mehr lange dauern", antwortete Mowry mit der Miene eines Mannes, der es wissen muß. „Auf Diracta werden wir in nächster Zeit eine große Säuberung vornehmen. Dann werden Sie hier auch nicht mehr soviel Ärger haben. Wenn man den Kopf einer solchen Bewegung abschlägt, stirbt der Körper von selbst ab."

„Hoffentlich haben Sie recht. Der Spakumkrieg macht uns schon genug zu schaffen. Wir können auf die Dauer nicht gegen zwei Fronten kämpfen.“ Er klappte die Brieftasche zu und gab sie Mowry zurück. In der anderen Hand hielt er noch die Papiere, die auf den Namen Krag Wulkin ausgestellt waren und die er sich noch gar nicht angesehen hatte. Er gab sie ebenfalls zurück und sagte dabei scherzhaft: „Und hier sind Ihre falschen Papiere.“

Mowry zog die Brauen hoch und meinte tadelnd: „Was von einer Behörde offiziell bescheinigt worden ist, kann nicht falsch sein.“

„Da haben Sie recht. Unter dem Gesichtspunkt hatte ich es noch gar nicht betrachtet.“ Dem Beamten war plötzlich daran gelegen, das Gespräch möglichst rasch zu beenden. „Es tut mir leid, daß ich Sie aufgehalten habe. Sie sollten sich gleich beim hiesigen Hauptquartier melden, damit Ihr Foto bekanntgemacht wird. Sonst passiert es Ihnen noch öfter, daß Sie angehalten werden.“

„Das werd ich tun“, versprach Mowry, der das nun wirklich nicht vorhatte.

„Und jetzt entschuldigen Sie mich – ich muß mich um die andern kümmern.“ Der Beamte machte der Postenkette ein Zeichen, wies auf Mowry und trat dann auf einen in der Nähe stehenden Zivilisten zu, der widerstrebend die Arme hob und den Kaitempimann in seine Taschen greifen ließ.

Mowry marschierte auf die Polizisten zu, die ihn ungehindert durchließen. In solchen Augenblicken, dachte er, muß man ganz kühl und ruhig sein und nach allen Richtungen Selbstvertrauen ausstrahlen. Er aber war weit davon entfernt. Seine Knie zitterten, und er hatte ein schwaches Gefühl im Magen. Er mußte sich dazu zwingen, ruhig und gelassen weiterzugehen.

Er brachte etwa sechshundert Meter zwischen sich und die Polizisten und hatte fast die nächste Straßenecke erreicht, als ihm eine innere Stimme riet, sich umzudrehen. Die Polizisten bildeten noch unverändert eine Kette, aber dahinter standen vier Kaitempimänner in einer Gruppe und unterhielten sich. Einer von ihnen zeigte in seine Richtung. Die drei anderen sahen sich um und setzten ihre Unterhaltung mit erregten Gesten fort. Dann brüllte einer: „Haltet ihn!“

Die Polizisten fuhren herum und suchten nach jemandem, der sich verfolgt fühlte und davonlief. Mowrys Beine wollten sich selbständig machen, doch er zwang sich dazu, ruhig weiterzugehen.

Außer ihm waren noch eine Menge Leute auf der Straße. Einige von ihnen standen herum und beobachteten, was sich innerhalb der Absperrung abspielte, andere wollten nichts damit zu tun haben und gingen in der gleichen Richtung wie er. Mowry hielt gleichmäßig mit ihnen Schritt. Das verwirrte die Polizisten, die vergeblich nach sichtbaren Zeichen eines schlechten Gewissens suchten, und so verloren sie kostbare Sekunden.

Mowry schlenderte derweilen gemächlich um die Ecke und war damit außer Sichtweite. Als die Kaitempi merkten, daß die Polizisten sich hatten an der Nase herumführen lassen, riß ihnen die Geduld, und sie rannten fluchend hinter dem verschwundenen Verdächtigen her. Sogleich nahm auch ein halbes Dutzend Polizisten die Verfolgung auf, obwohl sie noch immer nicht wußten, worum es eigentlich ging und wen sie suchen sollten.

Mowry überholte einen jungen Mann, der mit gesenktem Kopf vor sich hin ging, und stieß ihn von hinten an. „Laufen Sie – die Kaitempi sind hinter Ihnen her!"

„Aber ich hab doch gar nichts getan –"

„Wie lange wird es dauern, bis Sie sie davon überzeugt haben, *hi?* Laufen Sie lieber, aber schnell!"

Der andere starrte ihn einen Augenblick unentschlossen an, aber dann hörte er die Rufe und heraneilenden Schritte der Verfolger. Sein Gesicht verlor an Farbe, und er drehte sich um und raste mit einer unwahrscheinlichen Geschwindigkeit davon.

Mowry betrat geruhsam den nächsten Laden, warf einen Blick auf die Auslagen, um festzustellen, was es hier gab, und sagte dann: „Ich möchte zehn von diesen kleinen Kuchen mit den Nüssen obendrauf –"

Die Hüter des Gesetzes kamen um die Ecke gerannt. Die wilde Meute jagte an dem Laden vorbei, und ihre Anführer stießen ein Triumphgebrüll aus, als sie in der Ferne die Gestalt des unschuldigen jungen Mannes erblickten. Mowry sah erstaunt aus dem Fenster.

„Was mag da los sein?" fragte er.

„Sie jagen sicher wieder irgend jemanden", antwortete der dicke Sirianer hinter dem Ladentisch. Er seufzte resigniert und strich dabei über seinen fetten Bauch. „Immer jagen sie irgend jemanden. Was für eine Welt! Was für ein Krieg!"

„Sie sind ihn wohl auch schon leid, *hi?*"

„*Jar.* Ständig ist etwas los. Gestern wurde zum zehntenmal in den Nachrichten bekanntgegeben, daß unsere Leute die Spakumflotte vernichtet hätten. Heute verfolgen sie die kläglichen Überreste der angeblich vernichteten Flotte. Seit Monaten ziehen wir uns jetzt schon siegreich zurück vor einem Feind, der in völliger Auflösung vordringt." Er machte eine geringschätzige Geste mit der Hand. „Ich bin fett, wie Sie sehen. Aber manchmal fürchte ich auch um meinen Verstand. Was wünschten Sie noch mal?"

„Zehn von diesen kleinen Kuchen mit den Nüssen obendrauf –"

Ein einzelner Polizist lief am Fenster vorbei. Er war etwa zweihundert Meter hinter den anderen und schoß, während er hinterherkeuchte, mehrmals nur so zum Vergnügen mit seiner Pistole in die Luft.

„Verstehen Sie, was ich meine?" sagte der Dicke. „Was wollten Sie noch mal?"

„Zehn von diesen kleinen Kuchen mit den Nüssen obendrauf. Und dann möchte ich für einen festlichen Anlaß eine Torte bei Ihnen bestellen. Ich werde sie in fünf Tagen abholen. Können Sie mir vielleicht ein paar Muster zeigen oder einige Vorschläge machen?"

Er hielt sich zwanzig Minuten in dem Laden auf, und für die paar Gulden, die er schließlich zahlen mußte, hatte er bestimmt einen guten Kauf gemacht. Er hätte auch noch länger bleiben können, aber zwanzig Minuten waren seiner Schätzung nach genau richtig. In diesem Viertel würde sich die Aufregung gelegt haben, während die Jagd anderswo fortgesetzt wurde. Doch je länger er die Zeit ausdehnte, desto größer würde das Risiko werden, daß er zurückkehrenden Verfolgern in die Hände fiel, die noch einmal systematisch das Viertel durchkämmen wollten.

Auf halbem Weg nach Hause war er der Versuchung ausgesetzt, seine Kuchen einem niedergeschlagen dreinblickenden Polizisten zu schenken, und er widerstand ihr nur mit Mühe. Aber die Zeit für Späße war vorbei, er mußte sich zusammennehmen.

In seinem Zimmer angekommen, warf er sich angezogen aufs Bett und dachte über die Ereignisse des Tages nach. Er war in eine Falle geraten, der er sich gerade noch hatte entziehen können. Was sie dazu veranlaßt hatte, die Verfolgung aufzunehmen, wußte er nicht, konnte es sich aber denken. Wahrscheinlich hatte ein höhergestellter Beamter gesehen, wie er durch die Sperre ging.

„Wer war das, den Sie eben haben gehen lassen?"

„Ein Offizier, Captain."

„Was für ein Offizier?"

„Ein Offizier der Kaitempi. Ich kenne ihn nicht, aber er besaß eine Ausweiskarte. Er sagte, er sei gerade von Diracta herübergekommen."

„Eine Karte, *hi?* Haben Sie sich die Nummer gemerkt?"

„Ich hatte doch keinen Anlaß dazu, Captain. Die Karte sah echt aus. Aber warten Sie mal . . . *jar* . . . es muß die Nummer SXB 80313 gewesen sein, oder vielleicht auch SXB 80131, ich bin nicht ganz sicher."

„Major Sallanas Karte hatte die Nummer SXB 80131. Sie vertrottelter *soko!* Sie haben vielleicht seinen Mörder laufenlassen."

„Haltet ihn!"

Nachdem er ihnen bei der Verfolgung entwischt war und sich auch nicht offiziell als Kaitempioffizier im Hauptquartier gemeldet hatte, würde ihnen jetzt klar sein, daß sie tatsächlich Sallanas Mörder in der Falle gehabt hatten. Bisher hatten sie nicht so recht gewußt, wo sie nach ihm suchen sollten, außer in den Reihen der geheimnisvollen unauffindbaren DAG. Doch jetzt waren sie ein ganzes Stück weitergekommen. Sie wußten jetzt, daß der Mörder sich in Pertane aufhielt, sie besaßen eine Beschreibung von ihm, und ein Kaitempibeamter würde ihn mit Sicherheit wiedererkennen können.

Das hieß mit anderen Worten, daß der Boden unter seinen Füßen verdammt heiß wurde. Unzählige Augen würden nach jemandem, der ihm ähnlich sah, Ausschau halten. Immer häufiger würden Straßenkontrollen durchgeführt werden. Und unter diesen Umständen würde er mit Gegenständen in der Tasche durch die Straße gehen müssen, die den Kaitempi jetzt schon das Wasser im Mund zusammenlaufen ließen. Und eines Abends würde er mit einer Summe in der Tasche das Café Sunsun aufsuchen, die niemand, der einigermaßen zählen konnte, für einen Pappenstiel halten würde.

Doch so traurig diese Aussichten auch waren, etwas, das Mowry heute gehört hatte, machte ihm noch Mut:

„Wir müssen die revolutionäre Bewegung mit allen Mitteln zu unterdrücken versuchen", hatte der Beamte gesagt. „Sie ist eine große Gefahr. Sie wissen ja, wie es auf Diracta aussieht – und hier bei uns ist es keinen Deut besser."

Daraus wurde deutlich, daß die *Dirac Angestun Gesept* von Wolf nicht nur zu dem Zweck erfunden worden war, um ein paar Politikern auf Jaimec schlaflose Nächte zu bereiten. Diese Organisation, oder besser gesagt, Pseudoorganisation war im ganzen Sirianischen Reich auf mehr als hundert Planeten am Werk, wobei die Hauptarbeit auf dem Heimatplaneten Diracta geleistet wurde. Das Unternehmen war viel größer und mächtiger, als Mowry geahnt hatte, und was für ihn persönlich das Erfreulichste daran war, das war die Tatsache, daß außer ihm noch viele andere Wespen herumsummten. Und obwohl er zu keiner von ihnen Verbindung hatte, fühlte er sich nicht mehr so allein.

IRGENDEIN kluger Kopf im sirianischen Hauptquartier hatte anscheinend herausgefunden, daß die moralische Verfassung der Zivilbevölkerung sank, je mehr sie schikaniert wurde. Der gleichmäßige Strom neuer Verordnungen, Einschränkungsmaßnahmen und Steuererhöhungen, die ständigen Aktivitäten der Kaitempi und der Polizei, Straßenkontrollen, Durchsuchungen und Verhöre, trugen dazu bei, daß sich unter der Bevölkerung allmählich eine dumpfe Resignation ausbreitete, wie sie etwa der dicke Konditor gezeigt hatte. Ein Gegenmittel mußte gefunden werden. Was den Leuten fehlte, war nicht Brot, sondern Begeisterung.

Und so entschloß man sich zu einer massiven Werbekampagne über Funk, Fernsehen und Presse.

Unter der fettgedruckten Überschrift „GROSSER SIEG IM SEKTOR CENTAURI“ las Mowry folgendes: *Gestern gelang es unserer Flotte, starke terranische Verbände im Bereich Alpha Centauri einzukreisen und nach heftigem Kampf zu vernichten. Der feindlichen Flotte wurde dadurch erheblicher Schaden zugefügt. Genaue Zahlen sind noch nicht bekannt, aber nach letzten Meldungen aus dem Kampfgebiet haben wir vier Schlachtschiffe und einen Kreuzer verloren, deren Mannschaften gerettet werden konnten, während mehr als siebzig terranische Kriegsschiffe vernichtet wurden . . .*

In diesem Ton ging es noch seitenlang weiter. Fotos waren beigefügt, die das Schlachtschiff *Hashim* und den Kreuzer *Jaimec* zeigten, einige ihrer Mannschaftsmitglieder in Aufnahmen, die bei ihrem letzten Urlaub vor einem Jahr gemacht worden waren, die Statue Jaimes, die ihren Schatten über eine terranische Flagge warf, und das lustigste von allen: eine fünfhundert Jahre alte Aufnahme von einer abgerissenen Mongolenbande, deren Unterschrift lautete: *Eine terranische Kampftruppe, die wir vor dem sicheren Tod retteten, als ihr beschädigtes Schiff auf die Sonne zuraste.*

Mowry quälte sich durch alle diese Meldungen hindurch, ohne entscheiden zu können, ob man die Verlustzahlen einfach umgedreht hatte oder ob eine Schlacht überhaupt nicht stattgefunden hatte. Gelangweilt blätterte er die Zeitung bis zur letzten Seite durch, wo er unerwartet auf eine winzige, aber äußerst interessante Notiz stieß: *Oberst Hage-Ridarta, Kommandeur der 77. Kompanie, wurde gegen Mitternacht des gestrigen Tages tot in seinem Wagen aufgefunden. Er wies am Kopf eine tödliche Schußwunde auf. Ganz in der Nähe wurde eine Pistole entdeckt. Selbstmord scheint ausgeschlossen. Die Ermittlungen der Polizei dauern an.*

Eins mußte man den Brüdern Gurd und Skriva lassen: Sie handelten rasch. Wenige Stunden nachdem sie ihren Auftrag erhalten hatten, war er schon ausgeführt. So froh Mowry auch über die Zuverlässigkeit der beiden war, stellte sie ihn doch vor ein Problem. Wollte er, daß sie noch mehr solche Arbeiten für ihn erledigten, dann mußte er sie auszahlen und dabei riskieren, auf seinem Weg zum verabredeten Treffpunkt erneut in eine Straßenkontrolle zu geraten. Diesmal konnte er es nicht wagen, Sallanas Karte vorzuweisen, und die Papiere des Sonderreporters Krag Wulkin würden ihm nur dann aus der Klemme helfen, wenn die Polizisten darauf verzichteten, seine Taschen zu durchsuchen, wo sie seine dicke Geldbörse entdecken und darüber recht erstaunt sein würden.

Dieses Problem löste innerhalb der nächsten Stunde für ihn die Regierung. Im Zuge der Maßnahmen zur Förderung der Begeisterung im Volk wurde eine Siegesparade abgehalten. Ein riesiger Zug von Panzereinheiten, Kanonen, beweglichen Radaranlagen, Flammenwerfern, Raketenbatterien, Gasprojektoren, Bergungsfahrzeugen und den dazugehörigen Mannschaften wälzte sich unter dem Scheppern und Dröhnen von zwölf Militärkapellen von Westen nach Osten quer durch Pertane. Tausende von Bürgern säumten die Straßen und jubelten dem Zug mehr aus Gewohnheit, denn aus echter Begeisterung zu, während über ihren Köpfen Hubschrauber und Düsenjäger kreisten.

Das war eine Gelegenheit, die sich Mowry nicht zweimal bieten würde. Solange die Militärparade andauerte, war es, zumindest auf der Ost-West-Route, unmöglich, Straßenkontrollen durchzuführen. Auf diesem Weg konnte Mowry unbemerkt aus Pertane verschwinden und sich eine Zeitlang anderswo umtun, bis der Augenblick gekommen war, wo er seine Aufmerksamkeit wieder der Hauptstadt zuwenden würde.

Er zahlte dem Hausbesitzer für zwei Monate im voraus die Miete und erntete dafür nichts als freudige Überraschung. Dann überprüfte er seine Papiere, packte einen Stoß Plakate, ein Bündel Banknoten und ein paar kleinere Päckchen in seine Tasche und verließ das Haus.

Er erreichte die Hauptstraße, ohne von Polizeistreifen aufgehalten zu werden, und dort kam er mit seiner Tasche zwar nur noch langsam vorwärts, aber dafür war er ein winziges Sandkorn im Meer der Zuschauer. Oft mußte er sich hinter den Rücken der Neugierigen dicht an den Häuserwänden vorbeidrücken.

Er kam dabei an vielen Schaufenstern vorbei, die infolge seiner Propagandatätigkeit abgedichtet waren. Bei anderen war das Glas ersetzt worden, und es bereitete Mowry einiges Vergnügen, siebenundzwanzig davon mit frischen Plakaten zu bekleben, während die potentiellen Zeugen sich den Hals verrenkten, um einen Blick auf die Militärparade zu erhaschen. Ein Plakat konnte er sogar auf dem einladend breiten Rücken eines Polizisten anbringen, der wie alle anderen auf die Straße gaffte und gar nicht bemerkte, wie etwas gegen seinen Rücken gepreßt wurde. Schließlich zeigte seine Rückseite die Aufschrift:

Wer wird für diesen Krieg zahlen?
Diejenigen, die ihn begonnen haben.
Mit ihrem Geld – und mit ihrem Leben.
Dirac Angestun Gesept.

Mowry benötigte drei Stunden, bis er im Gefolge der Parade die Außenbezirke von Pertane erreichte. Der Zug folgte ein Stück der Straße nach Radine und bog dann nach links zum Militärstützpunkt Khamasta ab. Hier blieben die Zivilisten, die mitmarschiert waren, stehen, sahen dem Zug noch eine Weile nach und kehrten dann nach Pertane zurück. Mit seiner Tasche in der Hand stapfte Mowry weiter auf der Straße nach Radine.

Unterwegs überfiel ihn ein Gefühl des Mißmuts, weil er sich aus der Stadt hatte vertreiben lassen. Jeder Schritt, den er tat, schien ihm ein weiterer Triumph für seine Gegner zu sein. Wenn er frei hätte entscheiden können, dann hätte er es trotz wachsender Gefahren vorgezogen, in der Stadt zu bleiben und seinen Gegnern die Stirn zu bieten. Aber er hatte keine freie Wahl gehabt, auch wenn es nach außen hin vielleicht so aussah.

In dem Kursus war ihm immer wieder eingetrichtert worden, wie sinnlos es war, falschen Heroismus an den Tag zu legen. „Lassen Sie niemals Ihre Vorsicht fallen, auch wenn sie Ihnen wie Feigheit erscheint. Es erfordert sehr viel Mut, seine persönlichen Regungen hinter dem Interesse der Sache zurückzustellen. Aber diese Art von Mut ist es, die wir brauchen. Ein toter Held kann uns nicht mehr nützen!"

Ja, sie hatten gut reden gehabt, aber es war gar nicht so einfach, ihre Ratschläge zu befolgen. Mowry war noch immer verstimmt, als er Kilometerstein 33 erreichte. Er sah sich nach beiden Seiten um und überzeugte sich davon, daß die Straße frei war. Dann nahm er ein Päckchen aus der Tasche und vergrub es rasch dicht unter dem Kilometerstein.

Am Abend deselben Tages nahm sich Mowry ein Zimmer im teuersten Hotel von Radine. Er ging dabei von folgender Überlegung aus: Wenn es den jaimecischen Behörden inzwischen gelungen war, seine Spur in Pertane aufzunehmen, mußten sie zu der Annahme gelangen, daß er sich stets in übervölkerten Slumvierteln versteckte. Ein teures Hotel war der letzte Ort, an dem sie nach ihm suchen würden. Trotzdem mußte er natürlich darauf gefaßt sein, daß die Kaitempi bei einer ihrer routinemäßigen Nachforschungen in den Hotelregistern auf ihn stoßen konnten.

In seinem Zimmer angekommen, legte er seine Tasche ab und ging sofort wieder hinaus. Die Zeit drängte. Er wanderte die Straße entlang und entdeckte gut einen Kilometer von dem Hotel entfernt eine Reihe von öffentlichen Telefonzellen. Er betrat eine davon und wählte eine Nummer in Pertane. Am anderen Ende meldete sich eine mürrische Stimme: „Café Sunsun." Der kleine Bildschirm in der Telefonzelle blieb dunkel.

„Ist Skriva dort?"

„Wer will ihn denn sprechen?"

„Ich."

„Das sagt alles. Warum haben Sie Ihren Schirm nicht eingeschaltet?"

„Hören Sie zu: Holen Sie jetzt Skriva, und überlassen Sie alles übrige ihm. Oder sind Sie vielleicht sein Privatsekretär?"

Am andern Ende ertönte ein verächtliches Schnauben, dann blieb es einige Zeit still, und schließlich meldete sich Skrivas Stimme: „Wer ist da?"

„Schalten Sie Ihren Schirm ein, dann schalte ich meinen auch ein."

„Ich habe Ihre Stimme schon erkannt." Er drückte auf die Sichttaste, und seine unerfreuliche Visage erschien auf Mowrys Schirm. Mowry drückte ebenfalls auf die Sichttaste. Skriva runzelte mißtrauisch die Stirn. „Ich dachte, Sie wollten uns hier treffen. Warum rufen Sie an?"

„Ich mußte verreisen und kann auch für einige Zeit nicht zurückkommen."

„Ach, tatsächlich?"

„Ja, tatsächlich", gab Mowry wütend zurück. „Fangen Sie bloß nicht auf die Tour an, da mache ich nämlich nicht mit, verstanden?" Er wartete einen Augenblick die Wirkung seiner Worte ab und fuhr dann fort: „Haben Sie ein Auto?"

„Kann sein", sagte Skriva vorsichtig.

„Können Sie gleich losfahren?"

„Vielleicht."

„Was soll das heißen: vielleicht? Entweder Ihnen liegt daran, zu Ihrem Geld zu kommen, oder nicht. Also: Fahren Sie auf der Straße nach Radine bis zum Kilometerstein dreiunddreißig und schauen Sie darunter nach. Aber nehmen Sie Arhava nicht mit."

„Und wann werden wir –"

Mowry legte auf und verließ die Telefonzelle. Als nächstes begab er sich zum Hauptquartier der Kaitempi, dessen Adresse er aus Major Sallanas Korrespondenz entnommen hatte. Von der gegenüberliegenden Straßenseite aus sah er sich genau das Dach des Gebäudes an. Dann ging er zum Rathaus und wiederholte die Prozedur. Und so streifte er noch eine ganze Stunde lang anscheinend ziellos durch Radine und bewunderte den Sternenhimmel, während er sich in Wirklichkeit die Hausdächer ansah. Schließlich kehrte er in sein Hotelzimmer zurück.

Am nächsten Morgen nahm er ein kleineres Päckchen aus seiner Tasche, steckte es ein und machte sich auf den Weg zu einem großen Geschäftshaus, das er sich am vorangegangenen Abend vorgemerkt hatte.

Mit selbstbewußter Miene ging er hinein und fuhr mit dem Aufzug bis in den obersten Stock. Er stieg auf einem verstaubten, selten benutzten Korridor aus, an dessen Ende oben in der Decke eine Klappleiter angebracht war.

Er sah sich um, horchte, ob auch niemand kam, zog die Leiter herunter und kletterte rasch durch die Luke aufs Dach. Er zog das Päckchen aus der Tasche und entnahm ihm eine kleine Drosselspule mit Befestigungsklammern, die mit einem langen, haarfeinen Kabel verbunden war, dessen Ende ein Steckkontakt bildete.

Nun kletterte Mowry auf den kurzen Mast, an dessen Spitze die Telefonleitungen befestigt waren, und überprüfte noch einmal die Richtung, in der die siebte Leitung lief, bevor er sorgfältig die Spule daran festklammerte. Er rutschte wieder hinab und ging mit dem Kabel zum Dachrand, wo er es vorsichtig auf die Straße hinunterließ, bis der Steckkontakt etwa einen Meter über dem Pflaster baumelte.

Während er hinunterblickte, gingen ein halbes Dutzend Passanten an dem Kabel vorbei, ohne sich weiter dafür zu interessieren. Zwei blickten zum Dach herauf, sahen dort einen Mann stehen und setzten gleichgültig ihren Weg fort. Niemand findet etwas dabei, wenn ein Mann über Dächer klettert oder in Gullys verschwindet, solange er es offen und mit ruhiger Selbstverständlichkeit tut.

Ungehindert verließ Mowry das Gebäude und brachte innerhalb der nächsten Stunde eine weitere Spule auf einem Hausdach an. Dann ging er in ein Kaufhaus und besorgte sich eine kleine Schreibmaschine, Briefpapier, Umschläge und einen kleinen Stempelkasten. Es war gerade Mittag, als er in sein Zimmer zurückkehrte und sich an die nächste Arbeit machte. Er verbrachte damit den Rest dieses Tages und ein Gutteil des folgenden. Zum Schluß versanken Schreibmaschine und Stempelkasten sang- und klanglos in einem See.

Das Ergebnis seiner Arbeit waren vierhundertvierzig fertig getippte und adressierte Briefe, von denen die eine Hälfte zur Aufbewahrung in seine Tasche wanderte, während er die andere Hälfte zur Post brachte. Die Empfänger waren dieselben wie bei seiner ersten großen Postsendung. Sie würden wenig erfreut sein, ein zweites Mal und später noch ein drittes Mal von ihm zu hören. Diesmal hatte er an sie geschrieben:

Hage-Ridarta war der zweite.
Unsere Liste ist lang.
Dirac Angestun Gesept.

Nach dem Essen kaufte er sich die Zeitungen vom heutigen und vom gestrigen Tag und sah sie sorgfältig durch, aber die gesuchte Meldung war nicht zu finden. Der kürzlich verstorbene Butin Arhava wurde nicht mit einer Zeile erwähnt. Mowry fragte sich, ob vielleicht irgend etwas schiefgelaufen war. Vielleicht waren die Brüder Gurd und Skriva vor seinem neuen Auftrag zurückgeschreckt, oder waren sie einfach noch nicht dazu gekommen, ihn auszuführen?

Die übrigen Nachrichten brachten das gleiche wie jeden Tag. Der Endsieg kam unaufhaltsam näher. Aber dann entdeckte Mowry auf einer der Innenseiten eine kleine Meldung, die man leicht übersehen konnte, in der es hieß, daß die sirianischen Streitkräfte die beiden Planeten Fedira und Fedora „aus taktischen Gründen" aufgegeben hätten. Außerdem wurde angedeutet, daß auch Gooma, der 62. Planet, demnächst wahrscheinlich geräumt würde, „um anderenorts unsere Stellung zu festigen".

Sie gaben also öffentlich zu, was sich nicht länger verbergen ließ, nämlich die Tatsache, daß sie bereits zwei Planeten verloren hatten, denen bald ein dritter folgen würde. Und obwohl es nicht ausdrücklich erwähnt wurde, bestand natürlich kein Zweifel daran, daß das, was sie aufgegeben hatten, von den Terranern besetzt worden war. Mowry grinste vor sich hin, als ihm wieder einfiel, was der dicke Konditor gesagt hatte:

„Seit Monaten ziehen wir uns jetzt schon siegreich zurück vor einem Feind, der in völliger Auflösung vordringt."

Mowry ging die Straße hinunter bis zu den Telefonzellen und rief das Café Sunsun an. „Hallo, Skriva, haben Sie sich das Päckchen abgeholt?"

„Das haben wir", antwortete Skriva. „Die nächste Zahlung ist längst fällig."

„Ich habe in der Zeitung aber nichts darüber gelesen."

„Das ist auch nicht möglich – es wurde nichts darüber gebracht."

„Ich kann aber erst zahlen, wenn ich die Bestätigung habe. Das war so abgemacht."

„Wir haben die Bestätigung bei uns. Wenn Sie wollen, können Sie einen Blick darauf werfen."

Mowry überlegte rasch. „Haben Sie Ihr Auto dabei?"

„*Jar.*"

„Dann kommen Sie um zehn zum Kilometerstein acht auf der gleichen Straße."

Das Auto rollte pünktlich herbei. Seine Scheinwerfer richteten sich auf die schmale Gestalt, die ganz allein auf weiter Flur in der Dunkelheit neben dem Kilometerstein stand. Skriva stieg aus, holte einen Sack aus dem Kofferraum und hielt ihn geöffnet vor den Scheinwerfer.

„Du lieber Himmel!" rief Mowry angeekelt aus.

„Das ging nicht anders", erklärte Skriva. „Das Messer war stumpf, und Gurd mußte schnell machen. Was ist denn los? Ist Ihnen schlecht?"

„Wäre es mit einer Kugel nicht sauberer gewesen?"

„Wenn Sie Wert darauf legen, daß es schmerzlos und sauber geschieht, dann müssen Sie extra dafür bezahlen."

„Ich beklag mich ja gar nicht."

„Das wäre auch noch schöner. Butin ist schließlich derjenige, der Grund hätte, sich zu beklagen." Er stieß den Sack mit dem Fuß an. „Nicht wahr, Butin?"

„Schaffen Sie das weg!" befahl Mowry. „Es verdirbt mir den Appetit."

Skriva lachte grimmig, warf den Sack in den Straßengraben und streckte die Hand aus. „Und jetzt das Geld."

Mowry gab ihm ein Bündel Banknoten und wartete schweigend, bis er es mit Gurds Hilfe im Innern des Wagens nachgezählt hatte. Die beiden leckten sich dabei die Lippen und strichen immer wieder zärtlich über die Geldscheine.

Als sie fertig waren, stieß Skriva wieder sein grimmiges Lachen aus und sagte: „Das war sozusagen geschenktes Geld."

„Wieso geschenkt?" fragte Mowry.

„Wir hätten Butin sowieso erledigt, ob nun in Ihrem Auftrag oder nicht. Dieser *soko* hätte bald gesungen, das konnte man in seinen Augen sehen. Was meinst du, Gurd?"

Gurd begnügte sich damit, die Geste des Halsumdrehens zu machen.

Mowry lehnte sich auf die Wagentür und sagte: „Ich hab eine andere Arbeit für euch. Habt ihr Lust?" Ohne eine Antwort abzuwarten, holte er ein Päckchen aus der Tasche. „Hier sind zehn Spulen mit Befestigungsklammern, und an jeder hängt ein langes Kabel. Ich möchte, daß ihr sie im Zentrum von Pertane an Telefonleitungen anbringt, und zwar so, daß man die Spulen von der Straße aus nicht sehen kann, nur die herunterhängenden Kabel."

„Aber wenn man die Kabel sieht, wird man doch auch bald die

Spulen entdecken“, wandte Skriva ein. „Welchen Sinn hat das, etwas zu verstecken, das leicht entdeckt werden kann?“

„Welchen Sinn hat das, daß ich euch einen Haufen Geld dafür zahle?“ erwiderte Mowry.

„Wieviel?“

„Fünftausend Gulden pro Spule. Das macht insgesamt fünfzigtausend.“

Skriva pfiff leise durch die Zähne.

„Ich kann leicht nachprüfen, ob ihr eure Arbeit auch richtig erledigt habt“, fuhr Mowry fort. „Also versucht nicht, mich anzuschmieren. Es wäre schade, wenn unsere gute Geschäftsbeziehung ein Ende nehmen müßte.“

Skriva riß ihm das Päckchen aus der Hand und sagte heiser: „Ich glaub, Sie sind verrückt – aber was geht mich das an.“

Die Scheinwerfer leuchteten auf, und das Auto jagte mit den Brüdern davon. Mowry wartete, bis es in der Ferne verschwunden war, dann drehte er sich um und ging ein Stück die Landstraße entlang, bis er einen Wagen fand, der ihn zurück nach Radine brachte. Dort angekommen, suchte er sogleich eine öffentliche Telefonzelle auf und rief das Hauptquartier der Kaitempi an. Er ließ den Sichtschirm ausgeschaltet und verstellte seine Stimme:

„Ich möchte melden, daß jemand den Kopf verloren hat.“

„Hi?“

„Auf der Straße nach Pertane liegt bei Kilometerstein acht ein Sack, in dem ein abgeschlagener Kopf steckt.“

„Wer ist dort? Mit wem –“

Mowry hängte ein. Er war überzeugt davon, daß man der Spur nachgehen würde. Es bereitete ihm eine gewisse Genugtuung, nun auch schon die Kaitempi für sich arbeiten zu lassen. Ihm war nämlich sehr daran gelegen, daß der Kopf gefunden und identifiziert wurde. Er ging zurück ins Hotel, holte die restlichen zweihundertzwanzig Briefe und warf sie in einen Briefkasten.

Der Inhalt dieser Briefe lautete:

Butin Arhava war der dritte.
Die Liste ist lang.
Dirac Angestun Gesept.

Danach schlenderte Mowry noch eine Stunde lang durch die nächtlichen Straßen und gab sich wie immer Rechenschaft über die geleistete Arbeit. Es würde nicht mehr lange dauern, bis die

Polizei auf die herabhängenden Kabel aufmerksam wurde und merkte, daß das gesamte Telefonnetz von Jaimec angezapft war.

Daraufhin würde man sich in den Behörden folgende drei unbeantwortbare Fragen stellen: Von wem sind wir abgehört worden? Wie lange sind wir abgehört worden? Wieviel haben sie erfahren?

Mowry wollte nicht in der Haut derer stecken, die sich solchem Verrat im Lande selbst ausgesetzt sahen, während gleichzeitig die feindlichen Truppen, die man schon als vernichtet hingestellt hatte, einen sirianischen Planeten nach dem anderen einnahmen. Unruhig ist der Schlaf der Mächtigen – vor allem dann, wenn eine Wespe sie stört.

Kurz vor Mitternacht kehrte Mowry in die Straße zurück, in der sein teures Hotel stand, und blieb plötzlich wie angenagelt stehen. Vor dem Eingang standen Polizeiwagen, Feuerwehr und Krankenwagen. Polizisten und Männer, die unschwer als Kaitempibeamte zu erkennen waren, füllten die Straße.

Von den letzteren traten zwei auf ihn zu und verlangten seinen Ausweis zu sehen.

Sieben

„WAS ist denn passiert?" fragte Mowry.

„Das geht Sie gar nichts an. Los, zeigen Sie Ihren Ausweis!"

Vorsichtig schob Mowry eine Hand in die Tasche. Die beiden beobachteten ihn scharf, bereit, schneller zu sein als er, falls er etwas anderes als seine Papiere herausziehen sollte. Er reichte ihnen seine Ausweiskarte und seine Reiseerlaubnis und hoffte, daß sie damit zufrieden sein würden.

Sie waren es nicht. Allem Anschein nach hatte sich etwas sehr Schwerwiegendes ereignet.

„Ach, ein Sonderreporter", sagte der eine von beiden verächtlich. „Was ist an einem Reporter denn so Besonderes, *hi?"*

„Man hat mich hierhergeschickt, um speziell vom jaimecischen Standpunkt aus über die Kriegsereignisse zu berichten."

„Ach so." Der andere beäugte ihn mit kalten, durchdringenden Reptilaugen. „Und woher erhalten Sie Ihre Informationen?"

„Hauptsächlich vom Kriegsinformationszentrum in Pertane."

„Und Sie haben keine weiteren Quellen?"

„O, doch, ich sperre die Ohren auf. Man hört so dies und jenes."

„Und was fangen Sie mit dem Zeug an?"

„Ich ziehe daraus meine Schlüsse, schreibe es auf und schicke es an die Zensurbehörde. Wenn ich Glück habe, genehmigen sie es, wenn nicht –" er spreizte in einer hilflosen Geste die Hände, „habe ich es eben umsonst geschrieben."

„Dann sind Sie also den Beamten beim Kriegsinformationszentrum und natürlich auch denen bei der Zensurbehörde bekannt?" fragte der Kaitempimann mit schlauer Miene. „Man würde dort gegebenenfalls für Sie bürgen, *hi?*"

„Aber sicher", antwortete Mowry selbstbewußt, während er innerlich verzweifelt nach einem Ausweg suchte.

„So! Dann sagen Sie uns mal, wen Sie dort am besten kennen. Wir prüfen Ihre Angaben sofort nach."

„Sie wollen zu dieser Zeit noch anrufen?"

„Ihnen sollte es doch nichts ausmachen, wie spät es ist. Schließlich geht es um Ihren Hals –"

Das gab den Ausschlag. Mowry versetzte ihm mit aller Kraft einen Kinnhaken. Er sackte zu Boden und blieb dort liegen. Sein Kollege zog blitzschnell die Pistole heraus und hielt sie Mowry vors Gesicht.

„Hände hoch, oder –"

Mit dem Mut der Verzweiflung duckte Mowry sich, griff nach dem ausgestreckten Arm seines Gegners und riß ihn an sich, so daß der andere mit einem gellenden Schrei über Mowrys Schulter zu Boden rollte. Dabei fiel ihm die Pistole aus der Hand. Mowry hob sie auf und rannte um sein Leben.

Er lief um die nächste Ecke, eine Straße entlang und bog dann in eine Allee ein. Sie führte an der Rückseite des Hotels vorbei. Während er daran vorbeilief, bemerkte er aus dem Augenwinkel ein großes, zackiges Loch in der Hauswand. Er sprang über heruntergefallene Steine und zersplittertes Holz, erreichte das Ende der Allee und bog in die nächste Straße ein.

Das war also der Grund für das Polizeiaufgebot vor dem Hotel. Sie waren ihm irgendwie auf die Spur gekommen, wahrscheinlich durch eine dieser Hotelregisterüberprüfungen. Dann waren sie in sein Zimmer eingedrungen und hatten versucht, seine Tasche mit einem Metallschlüssel zu öffnen. Das hatte den großen Knall verursacht. Wenn mehrere von ihnen in der Nähe gewesen waren, mußte die Explosion sie alle in Stücke gerissen haben. Das konnte Mowry teuer zu stehen kommen, falls sie ihn jemals faßten . . .

Mit der Pistole in der Hand rannte er, so schnell er konnte. Es würde nicht mehr lange dauern, dann würde die Stadt abgeriegelt sein. Er mußte unbedingt noch vorher hinauskommen. Er mied die Hauptstraßen, auf denen jetzt schon Streifenwagen hin- und herrasen würden, und stahl sich durch Seitenstraßen und Alleen. Die Dunkelheit war dabei sein einziger Bundesgenosse. Er hatte gerade wieder eine Allee durchquert und mußte, um in die nächste zu gelangen, über eine Straße laufen, als er ein Auto heranrasen hörte. Er duckte sich in den Schatten und sah einen Mannschaftswagen der Polizei vorbeifahren. Kopf an Kopf saßen sie darin und hielten nach ihrem Opfer Ausschau.

Mowry blieb einen Augenblick unbeweglich stehen. Sein Herz klopfte bis zum Hals, und der Schweiß lief ihm über den Rücken. Als die Gefahr vorbei war, hetzte er über die Straße und dann wieder weiter durch Alleen und Gassen. Fünfmal mußte er sich vor vorbeifahrenden Streifenwagen verstecken, wobei er innerlich über den Zeitverlust fluchte.

Beim sechstenmal ging die Sache anders aus. Er hatte wieder einmal das Ende einer Allee erreicht und drückte sich in den Schatten, als er Scheinwerfer auftauchen sah. Ein schmutzbedecktes Netzstromauto rollte heran und blieb zwanzig Meter von Mowry entfernt stehen. Im nächsten Augenblick stieg ein Zivilist aus, ging auf eine Tür zu und steckte einen Schlüssel ins Schloß. Mowry schlich sich wie eine Katze heran.

Der Mann hatte gerade die Tür geöffnet, als sein Wagen aufjaulte und davonschoß. Er starrte ihm eine halbe Minute entgeistert nach, bevor er mit einem Fluch ins Haus lief und zum Telefonhörer griff.

Man kann auch im Unglück noch Glück haben, sagte sich Mowry, während er auf eine hell erleuchtete Hauptstraße einbog und das Tempo verlangsamte. Zwei Streifenwagen kamen ihm entgegen, einer raste in der Richtung an ihm vorbei, aber sie interessierten sich nicht für ein schmutziges Netzstromauto, das zu später Stunde langsam heimwärts tuckerte; was sie suchten, war ein gehetzter Flüchtling, der sich auf zwei Beinen in Sicherheit zu bringen suchte. Mowry schätzte, daß es vielleicht noch zehn Minuten dauern würde, bevor eine Funkdurchsage sie eines anderen belehren würde.

Nach sieben Minuten hatte er den Stadtrand von Radine erreicht und fuhr auf eine ihm unbekannte Landstraße hinaus.

Sofort erhöhte er die Geschwindigkeit, bis der Kilometerzeiger die Höchstgrenze erreicht hatte.

Zwanzig Minuten später schoß er wie eine Rakete durch ein langgestrecktes schlafendes Dorf. Kurz dahinter erblickte Mowry, als er um eine Kurve raste, vor sich plötzlich einen weißen Schlagbaum und zu beiden Seiten blitzende Uniformknöpfe und Helme. Er biß die Zähne zusammen und hielt mit Höchstgeschwindigkeit genau auf die Mitte zu. Der Balken brach krachend durch, und das Auto jagte weiter, während von hinten Schüsse abgefeuert wurden. Im Rückfenster zeigten sich zwei saubere Einschußlöcher.

Dieser Zwischenfall bewies, daß man bereits Großalarm gegeben hatte. Und jetzt wußten sie auch noch, in welche Richtung er floh, und konnten sich darauf vorbereiten. Nur Mowry wußte es nicht; er hatte keine Ahnung, wo er sich befand. Die Straße war ihm unbekannt, und er besaß keine Karte, mit der er sich hätte orientieren können.

Nach kurzer Zeit erreichte er eine beschilderte Kreuzung. Er bremste, sprang aus dem Wagen und bemühte sich, in der Dunkelheit die Schilder zu entziffern. Das Schild, das in die Richtung zeigte, aus der er gekommen war, besagte, daß es bis Radine siebenundzwanzig Kilometer waren. In der entgegengesetzten Richtung waren es noch zweiundneunzig Kilometer bis Valapan. Valapan – das war also sein Ziel gewesen. Zweifellos erwartete ihn dort bereits ein großes Empfangskomitee.

Das Schild zur Linken trug die Aufschrift PERTANE, und darunter die Kilometerangabe einundfünfzig. Mowry kletterte wieder in den Wagen und bog nach links ab. Von seinen Verfolgern war noch immer nichts zu sehen oder zu hören, aber jemand mit einer großen Karte und einem Funkgerät würde schon die entsprechenden Maßnahmen treffen.

Bei Kilometerstein neun kam Mowry wieder an einer Kreuzung vorbei, die ihm diesmal bekannt war. Zu seiner Rechten bog die Straße ab, die zum Wald führte. Er nahm die Gefahr auf sich, noch ein paar Kilometer weiter an Pertane heranzufahren, bevor er ausstieg und den Wagen stehenließ. Wenn sie ihn fanden, würden sie sicher annehmen, daß er zu Fuß weitergegangen war und in der großen Stadt Zuflucht gesucht hatte. Recht so! Sollten sie nur Zeit und Energie darauf verschwenden, Pertane von einem Ende bis zum andern zu durchsuchen.

Mowry ging am Straßenrand entlang zurück. Es dauerte zwei

Stunden, bis er bei seinem Baum mit dem Gedenkstein angekommen war. Unterwegs mußte er elfmal im Wald untertauchen, während auf der Straße ganze Wagenladungen mit Verfolgern vorbeidonnerten. Es sah ganz so aus, als habe er mitten in der Nacht eine Armee auf die Beine gebracht, und das war, wenn man Wolf glauben wollte, ein achtbares Ergebnis.

Bei dem Baum bog er in den Wald ein und begab sich auf den Weg zu seiner Höhle.

ALS Mowry dort ankam, fand er alles unberührt vor. Er atmete erleichtert auf. Hier war der einzige Ort in einer feindlichen Welt, an dem er sich sicher fühlen konnte. Es würde seinen Verfolgern kaum gelingen, seine Spur durch dreißig Kilometer jungfräulichen Waldes ausfindig zu machen.

Er setzte sich auf einen Behälter und ruhte sich aus, während er im Geiste einen Kampf zwischen Pflicht und Neigung ausfocht. Er hatte nämlich an sich den Auftrag, bei jedem Aufenthalt in der Höhle einen genauen Bericht über seine Arbeit abzusenden. Doch er wußte nur allzu genau, was diesmal dabei herauskommen würde. Sie würden ihm den Befehl geben, seine Tätigkeit einzustellen und zu warten, bis er von einem Schiff abgeholt und auf einen anderen sirianischen Planeten gebracht wurde, wo er das Spiel von neuem beginnen konnte. Auf Jaimec aber würde man einen Nachfolger für ihn absetzen.

Diese Vorstellung paßte ihm ganz und gar nicht. Wie klug es auch immer sein mochte, einen bekannten Agenten durch einen unbekannten zu ersetzen, für den Mann, der abgelöst wurde, hatte diese Taktik unabdingbar einen Beigeschmack von persönlicher Unfähigkeit und Niederlage. Und das wollte Mowry sich keinesfalls eintrichtern lassen. Zum Teufel noch mal! Die Kaitempi wußten jetzt vielleicht, wie er aussah, aber damit war er noch lange nicht in ihren Fängen.

Außerdem hatte er bereits Phase eins seines Auftrags ausgeführt und mit Phase zwei begonnen. Phase drei stand noch aus und beinhaltete eine derartige Verstärkung des Drucks auf den Gegner, daß dieser vollauf damit beschäftigt sein würde, den Hintereingang seines Hauses zu verteidigen, und sich um den Vordereingang nicht mehr kümmern konnte.

Zu Phase drei gehörte unter anderem auch Bombenlegen, entweder durch Mowry selbst oder durch bezahlte Kräfte. Er besaß dafür sowohl genügend Material als auch Geld. Letzteres war in so großen Mengen vorhanden, daß er davon ein Dutzend Schlachtschiffe hätte erwerben können. Und in den Behältern lagerten vierzig verschiedene Arten von Höllenmaschinen, denen man von außen nicht ansehen konnte, was sie bargen, die aber, an den richtigen Stellen angebracht, eine ganze Stadt in die Luft sprengen konnten.

Er war nicht dazu ermächtigt, mit Phase drei zu beginnen, bevor er nicht ausdrücklich dazu beauftragt worden war, denn eigentlich war diese Phase der Startschuß für einen Großangriff der terranischen Raumflotte. Doch in der Zwischenzeit konnte Mowry noch eine Menge nützliche Arbeit leisten.

Nein, er wollte jetzt keinen Bericht absenden. Er hatte sich zwar aus Radine vertreiben lassen, aber das bedeutete noch lange nicht, daß er sich auch von Jaimec vertreiben ließ. Das ließ sich mit seiner Selbstachtung nicht vereinbaren.

Er öffnete verschiedene Behälter, legte seine Kleider ab und band sich einen breiten Bauchgurt um die Taille, der mit Banknoten gespickt war und seine Leibesfülle beträchtlich vergrößerte. Darüber zog er schlechtgeschnittene bäuerliche Kleider aus grobem Stoff an. Er verbreiterte sein Gesicht mit künstlichen Backen, bürstete seine Augenbrauen gegen den Strich und kämmte sein Haar so, wie es auf dem Lande Mode war. Zuletzt färbte er sein Gesicht dunkler und machte sich eine Injektion neben dem rechten Nasenflügel, die innerhalb von zwei Stunden an dieser Stelle eine leichte Orangefärbung bewirken würde, wie man sie ab und zu auf sirianischen Gesichtern findet.

Er war jetzt ein ältlicher, korpulenter sirianischer Bauer, und die entsprechenden Papiere wiesen ihn als den Getreidezüchter Rathan Gusulkin aus, der vor fünf Jahren von Diracta hier herübergekommen war. Das erklärte seinen mashambischen Akzent, der wohl das einzige war, was Mowry nicht gut verbergen konnte.

Bevor er sich in seiner neuen Verkleidung auf den Weg machte, labte er sich noch an einer echten terranischen Mahlzeit und gönnte sich vier Stunden Schlaf. Dann marschierte er los.

Drei Kilometer vor Pertane überschritt er eine Brücke, die über den Fluß führte, und am Fuß des letzten Brückenpfeilers auf der linken Seite von der Stadt aus gesehen vergrub er ein Päckchen mit fünfzigtausend Gulden. Nicht weit von dieser Stelle entfernt, lag auch eine Schreibmaschine auf dem Grund des Flusses.

In Pertane angelangt, rief er von der ersten Telefonzelle aus das Café Sunsun an. Sofort wurde abgehoben, und eine unbekannte, harte Stimme meldete sich. Der Bildschirm blieb dunkel.

„Ist dort das Café Sunsun?" fragte Mowry.

„Jar."

„Ist Skriva dort?"

Kurzes Schweigen, dann sagte die Stimme: „Er muß irgendwo in der Nähe sein. Vielleicht draußen vor der Tür. Wer will ihn denn sprechen?"

„Seine Mutter."

„Machen Sie mir nichts vor! Ich merke doch an Ihrer Stimme –"

„Na und? Was geht Sie das an!" brüllte Mowry. „Ist Skriva dort oder nicht?"

Die Stimme veränderte sich plötzlich und flötete sanft: „Bleiben Sie einen Augenblick am Apparat. Ich seh mal nach, ob ich ihn finden kann."

„Nein, nein, machen Sie sich keine Mühe. Ist Gurd da?"

„Nein, er hat sich heute noch nicht sehen lassen. Aber warten Sie einen Moment. Ich werde Skriva holen. Er muß irgendwo draußen sein –"

„Hören Sie mal zu!" befahl Mowry. Er schob seine Zunge zwischen die Lippen und machte ein unanständiges Geräusch.

Dann knallte er den Hörer auf die Gabel und verließ die Telefonzelle, so rasch es möglich war, ohne dadurch unnötiges Aufsehen zu erregen. Auf der Straße sah er sich unauffällig um. In der Nähe lehnte ein gelangweilter Kaufmann an seiner Ladentür und schaute zu ihm herüber. Ein Stück weiter standen vier Personen und unterhielten sich. Das bedeutete, daß es bereits fünf Zeugen gab, die den Mann gesehen hatten, der aus der Telefonzelle gekommen war.

„Bleiben Sie einen Augenblick am Apparat", hatte die Stimme geflötet, aber auch die Verstellung konnte den arroganten Tonfall in der Stimme eines Polizisten oder Kaitempibeamten nicht ausmerzen. Ja, bleib nur am Apparat, du Dummkopf, und inzwischen stellen wir fest, woher der Anruf kommt, und holen dich.

Dreihundert Meter von der Telefonzelle entfernt erwischte Mowry einen Bus, sprang auf und sah sich um, aber er konnte nicht entscheiden, ob der Ladenbesitzer und die vier Klatschmäuler bemerkt hatten, wohin er verschwunden war. Der Bus fuhr weiter. Von vorn kam ein Streifenwagen, schoß vorüber und hielt vor der Telefonzelle. Im selben Moment bog der Bus um eine Ecke. Das war aber knapp, sagte sich Mowry.

Die rasche Ankunft des Streifenwagens bewies, daß das Café Sunsun unter Polizeikontrolle stand. Aber was die Polizei dazu bewogen hatte, da plötzlich aufzuräumen, nachdem man jahrelang das Treiben dort geduldet hatte, war ein Rätsel. Möglicherweise hatten die Nachforschungen nach dem geheimnisvollen abgeschlagenen Kopf die Polizisten auf diese Spur geführt.

Oder Gurd und Skriva hatten sich beim Anbringen der Spulen auf den Dächern so ungeschickt angestellt, daß sie die Aufmerksamkeit von Passanten oder Polizeistreifen erregt hatten. Wenn sie aber geschnappt worden waren, dann hatten sie auch geplaudert. Selbst zwei so harte Burschen wie diese beiden würden den Methoden der Kaitempi nicht lange standhalten können.

Nun, mochten sie auch geplaudert haben – viel hatten sie nicht zu verraten. Es würde eine krause Geschichte von einem Verrückten abgeben, der mit mashambischem Akzent sprach und mit Gulden nur so um sich warf. Doch mit keinem Wort würde von der Organisation *Dirac Angestun Gesept,* geschweige denn von terranischer Untergrundtätigkeit auf Jaimec die Rede sein.

Aber es gab noch andere, die etwas auszusagen hatten, das für Mowry gefährlich werden konnte.

„Haben Sie eben jemanden gesehen, der aus der Telefonzelle dort kam?"

„*Jar,* ein dicker Bauer. Er schien es eilig zu haben."

„Wohin ist er gegangen?"

„Die Straße hinunter. Er stieg in den zweiundvierziger Bus."

„Wie sah er aus? Beschreiben Sie ihn so genau wie möglich, und beeilen Sie sich ein bißchen!"

„Er war mittelgroß, schon etwas älter, hatte ein rundes Gesicht, eine sehr dunkle Gesichtsfarbe und neben der Nase ein *falkin*-Mal. Er trug eine Pelzjacke, eine braune Hose und braune Stiefel. Er sah eben wie ein typischer Bauer aus, verstehen Sie?"

„Das reicht. Laß uns sofort hinter dem Bus herfahren, Jalek. Ich geb inzwischen die Beschreibung durch. Wenn wir uns beeilen, erwischen wir ihn noch."

„Der Kerl ist nicht auf den Kopf gefallen. Er hat sofort den Braten gerochen, als Lathin ans Telefon ging. Ich könnte wetten, daß er irgendwo ein Auto stehen hat und nur zur Tarnung in den Bus gestiegen ist."

„Spar dir das Nachdenken und versuch lieber, den Bus einzuholen. Zwei Anrufer sind uns schon entwischt. Wenn uns das bei dem dritten passiert, werden wir eine Menge zu erklären haben."

„*Jar,* ich weiß."

MOWRY stieg aus dem Bus, bevor ihn ein anderes Fahrzeug überholen konnte, und wechselte auf einen über, der in entgegengesetzter Richtung fuhr. Doch diesmal verzichtete er darauf, mit seinen Verfolgern in der ganzen Stadt Verstecken zu spielen. Sie besaßen sicherlich eine Beschreibung von ihm und würden Tod und Teufel in Bewegung setzen, um ihn zu ergreifen.

Als er wieder umstieg, nahm er einen Bus, der aus der Stadt hinausfuhr. Einen Kilometer hinter der Brücke, bei der er das Geld vergraben hatte, war eine Haltestelle. Mowry stieg aus und machte sich wieder einmal auf den Weg zu seiner Höhle.

Er schritt rasch aus und erreichte den Rand des Waldes, ohne angehalten zu werden. Eine Zeitlang ging er noch auf der Straße weiter und verbarg sich jedesmal zwischen den Bäumen, wenn ein Auto vorbeikam, aber der Verkehr wurde immer dichter, und schließlich gab Mowry die Hoffnung auf, vor Anbruch der Dunkelheit noch weiterzukommen. Er war außerdem auch sehr müde, und seine Füße schmerzten.

Er ging ein Stück weiter in den Wald hinein und streckte sich mit einem Seufzer der Erleichterung auf einem weichen Mooslager aus. Eine Weile lag er mit halbgeschlossenen Lidern da und überlegte, wieviel kostbare Zeit der Gegner im ganzen schon darauf verwendet haben mochte, ihn zu suchen. Wenn man es in Stunden pro Mann ausrechnete, waren es dann tausend, zehntausend oder gar schon Millionen Stunden? Und was hätte der Gegner mit diesem Potential anfangen können, wenn er es statt dessen im Krieg eingesetzt hätte? Wenn man auf diese müßige Frage eine Antwort bekäme, könnte man den Wert einer Wespe einschätzen. Über diesen Gedanken schlief Mowry langsam ein.

Als er wieder erfrischt und ausgeruht erwachte, war es Nacht. Er sah das Mißgeschick, das ihm gleich zu Anfang in seiner neuen Verkleidung passiert war, jetzt mit anderen Augen an. Eigentlich hatte er viel Glück gehabt. Die Sache hätte auch ganz anders ausgehen können. Wenn er zum Beispiel gleich ins Café Sunsun gegangen wäre, dann wäre er seinen Verfolgern mitten in die Arme gelaufen. Die Kaitempi hätten natürlich nicht ahnen können, welchen wertvollen Fang sie gemacht hatten, aber sie hätten ihn bestimmt festgenommen und verhört. Er zweifelte daran, daß er ihren Methoden lange hätte standhalten können. Die einzigen Gefangenen, aus denen die Kaitempi nichts herausgepreßt hatten, waren jene gewesen, die vorher noch Selbstmord begehen konnten.

Während er in der Finsternis durch den Wald stapfte, dankte er dem Himmel und seiner Eingebung dafür, daß er im Café Sunsun *nur* angerufen hatte. Dann wanderten seine Gedanken zu Gurd und Skriva. Wenn die beiden geschnappt worden waren, was ziemlich wahrscheinlich war, dann saß er wieder ohne Hilfskräfte da. Er würde sich neue Männer suchen müssen, was im Augenblick gar nicht so einfach war.

Wenn sie aber wieder der Falle entronnen waren, wo konnte er sie dann finden? Das heruntergekommene Café war der einzige Ort gewesen, über den sie miteinander in Kontakt getreten waren. Er wußte nicht, wo sie wohnten, und er würde nicht so dumm sein, herumzugehen und danach zu fragen. Sie kannten seine Adresse auch nicht. Doch wenn sie in Freiheit waren, würden sie ebensosehr nach ihm suchen wie er nach ihnen. Und in einer so großen Stadt wie Pertane konnte es Wochen und Monate dauern, bis man einander zufällig über den Weg laufen würde. Er mußte sich etwas einfallen lassen.

Als Mowry bei der Höhle anlangte, dämmerte schon der Morgen. Er setzte sich hin, zog die Schuhe aus und kühlte seine Füße in dem kleinen Fluß. In Gedanken war er noch immer bei dem Problem, wie er Gurd und Skriva finden konnte. Die Kaitempi würden das Café Sunsun nicht auf ewig bewachen. Eines Tages würde es sich für sie nicht mehr rentieren, dort ihre Posten aufzustellen und auf Gäste zu warten, die nicht erschienen. Aber wann? Das konnte unter Umständen noch ein ganzes Jahr dauern.

Blieb noch die Möglichkeit, daß Mowry in völlig neuer Verkleidung in der Umgebung des Cafés herumstrich, bis er auf einen der alten Kunden stieß, der ihn vielleicht zu Gurd und Skriva führen konnte. Aber das wäre ein sehr gefährliches Unternehmen. Es konnte gut sein, daß die Kaitempi dort im ganzen Viertel Männer in Zivil eingesetzt hatten, die argwöhnisch auf jedes fremde Gesicht achteten.

Nach einer Stunde angestrengten Nachdenkens fiel Mowry schließlich noch eine andere Möglichkeit ein. Ihr Erfolg hing davon ab, ob die Brüder genügend Verstand und Witz besaßen. Er konnte ihnen eine Botschaft hinterlassen, und zwar an derselben Stelle, an der er schon einmal etwas für sie versteckt hatte: unter Kilometerstein dreiunddreißig auf der Straße nach Radine. Wenn sie ihren letzten Auftrag erfolgreich ausgeführt hatten, dann schuldete er ihnen fünfzigtausend Gulden. Und wenn etwas ihren Verstand schärfen konnte, dann war es die Aussicht auf so viel Geld.

Die Sonne ging auf und wärmte mit ihren Strahlen den Strand und den Eingang zur Höhle. Es war ein Tag, der zum Faulenzen wie geschaffen schien. Mowry gab der Versuchung nach und genehmigte sich einen Ferientag. Seine Nerven waren durch das ständige Herumjagen, die Anspannung und Schlafmangel ziemlich erschöpft.

Den ganzen Tag hielt er sich bei der Höhle auf, genoß die Ruhe und den Frieden und bereitete sich üppige Mahlzeiten. Er wurde durch niemanden gestört und bemerkte auch keine Flugzeuge, die dicht über dem Boden kreisten. Anscheinend konnten sich die Kaitempi nicht vorstellen, daß eine so große und mächtige Organisation wie die *Dirac Angestun Gesept* in einer Höhle in der Wildnis Zuflucht suchte. Und es war ja auch etwas ungewöhnlich, daß all dieser Ärger auf einen einzelnen Menschen, besser noch, eine Wespe, zurückging.

In dieser Nacht schlief Mowry tief und sorglos wie ein Kind. Den Morgen verbrachte er mit Nichtstun, mittags badete er im Fluß, und erst gegen Abend begann er sich auf seine nächste Unternehmung vorzubereiten. Er schnitt sein Haar ganz kurz, wie es beim Militär üblich war, frischte die Purpurfärbung seines Körpers auf und machte sich noch eine Injektion, die das *falkin*-Mal neben dem Nasenflügel wieder verschwinden ließ. Dann schob er sich eine künstliche Platte über die Zähne, die seine Kinnpartie breiter und energischer erscheinen ließ.

Schließlich legte er eine vollkommen andere Garderobe an: militärisch aussehende Schuhe, einen Zivilanzug von erstklassigem Schnitt und ein Halstuch, das er nach Marineart knüpfte. Eine Taschenuhr aus Platin und ein Platinarmband mit einer verzierten Erkennungsmarke vollendeten das Kostüm.

Er sah nun aus wie jemand, der einige Stufen über der sirianischen Mittelschicht stand. Diesem Eindruck trugen seine Ausweispapiere Rechnung, die verbürgten, daß er Oberst Krasna Halopti vom militärischen Geheimdienst war und als solcher jederzeit die Unterstützung aller sirianischen Behörden beanspruchen konnte.

Zufrieden mit seiner Maskerade, hinter der bestimmt niemand denselben Mann vermuten würde, der früher in Pertane und Radine aufgefallen war, setzte Mowry sich auf einen Behälter und schrieb einen kurzen Brief:

> Ich habe versucht, im Café mit Euch Verbindung aufzunehmen, aber das Lokal war von *sokos* besetzt. Euer Geld habe ich am letzten Pfeiler der Asako-Brücke, von Pertane aus gesehen links, vergraben. Wenn Ihr Lust habt, mehr für mich zu tun, hinterlaßt an dieser Stelle eine Nachricht, wo ich Euch treffen kann.

Mowry ließ die Unterschrift weg und schob den Zettel in einen wasserdichten Cellophanumschlag. Zum Schluß steckte er noch eine Pistole sirianischer Machart ein, für die er auch einen gefälschten Waffenschein besaß.

Seine neue Rolle war gefährlicher als die früheren. Bei einer Kontrolle konnte man sehr schnell feststellen, ob es tatsächlich einen Oberst Krasna Halopti beim militärischen Geheimdienst gab. Aber dafür bot sie den großen Vorteil, daß Sirianer im allgemeinen so viel Respekt vor Autorität hatten, daß sich vielleicht sogar Kaitempibeamte einschüchtern lassen würden, wenn Mowry nur mit der entsprechenden Sicherheit und Arroganz auftrat.

Zwei Stunden nach Anbruch der Dunkelheit schaltete er Behälter zweiundzwanzig ein und machte sich auf den Weg. Er trug eine neue Tasche, die größer und schwerer war als seine erste, und er bedauerte wieder einmal, daß sein Versteck so weit entfernt von der Straße war. Aber die Sicherheit seines Verstecks war den Schweiß, den er bei seinem Marsch vergoß, wert.

Diesmal mußte er länger gehen, weil er in seiner neuen Verkleidung schlecht einen Wagen anhalten konnte. So marschierte er also, nachdem er auf die Straße hinausgekommen war, am Waldrand entlang, bis er zu einer Kreuzung gelangte, an der eine Bushaltestelle war. Hier wartete er am frühen Morgen zwischen Bäumen versteckt, bis in der Ferne ein Bus auftauchte. Dann trat er auf die Straße hinaus, stieg ein und fuhr bis ins Zentrum von Pertane.

Innerhalb von einer halben Stunde hatte er sich ein Auto beschafft. Er machte sich diesmal nicht die Mühe, eins zu mieten; das war viel zu umständlich in Anbetracht der kurzen Zeit, die er den Wagen benötigte. Er schlenderte umher, bis er ein geparktes Netzstromauto fand, das sich für seine Zwecke eignete, stieg ein und fuhr davon. Niemand rannte, Zeter und Mordio schreiend, hinter ihm her. Der Diebstahl war offenbar nicht bemerkt worden.

Er fuhr auf der Straße nach Radine bis zu dem bewußten Kilometerstein, wartete, bis die Straße auf beiden Seiten frei war, und schob dann rasch seinen Brief unter den Kilometerstein. Er kehrte nach Pertane zurück und stellte den Wagen wieder an derselben Stelle ab, an der er ihn entwendet hatte. Er war nur eine Stunde fort gewesen, und wahrscheinlich hatte der Besitzer seinen Wagen noch gar nicht vermißt und würde nie auf den Gedanken kommen, daß jemand sich ihn ausgeliehen haben könnte.

Als nächstes begab sich Mowry ins Postamt, zog ein halbes Dutzend kleiner, aber schwerer Päckchen aus seiner Tasche, adressierte sie und schickte sie ab. In jedem Päckchen befand sich eine luftdicht abgeschlossene Dose, in der ein einfaches Uhrwerk tickte, und ein Zettel. Der Zettel trug folgende Inschrift:

> Dieses Paket hätte Sie töten können.
>
> Zwei solcher Pakete mit unterschiedlichem Inhalt könnten, wenn sie zur rechten Zeit und am rechten Ort zusammengebracht werden, Hunderttausende töten.
>
> Macht Schluß mit dem Krieg, bevor wir mit euch Schluß machen!
>
> Dirac Angestun Gesept

Das war natürlich wieder nur leerer Papierkrieg, aber die Regierung würde sich dadurch soweit verwirren lassen, daß sie hinfort alle Postsendungen genau überprüfen lassen und jedem wichtigen Beamten eine Leibwache zuordnen würde. Das allein würde schon ein ganzes Regiment in Anspruch nehmen. Außerdem würde man in der ganzen Stadt mit Spezialgeräten nach den Teilen einer Spaltungsbombe suchen. Und die zivile Verteidigung würde ständig in Bereitschaft stehen und mit einer Mammutexplosion rechnen müssen, ob sie nun stattfand oder nicht.

Ja, nach den bisherigen Ereignissen konnte die Regierung Drohungen der DAG nicht mehr auf die leichte Schulter nehmen. Sie mußte damit rechnen, daß auf falsche Bomben echte folgen würden, und die entsprechenden Maßnahmen ergreifen.

Mowry war so damit beschäftigt, sich auszumalen, was man auf der Gegenseite alles unternehmen würde, daß er zuerst gar nicht merkte, daß die Sirenen über Pertane zu heulen angefangen hatten. Er blieb stehen, sah sich um, blickte zum Himmel auf, konnte aber nichts Außergewöhnliches bemerken. Die Straßen sahen verlassener aus als sonst, nur ein paar Passanten standen wie er da und sahen sich bestürzt an.

Acht

IM NÄCHSTEN Augenblick klopfte ihm ein Polizist auf die Schulter. „Na, machen Sie schon, daß Sie runterkommen, Sie Dummkopf!"

„Runter?" Mowry sah ihn verständnislos an. „Wo runter?"

„In einen Keller natürlich. Haben Sie den Luftalarm nicht gehört?" Der Polizist lief weiter und rief anderen zu: „Los, runter mit euch!"

Mowry drehte sich um und stieg hinter ein paar Leuten eine lange, steile Treppe hinab, die in den Keller eines Verwaltungsgebäudes führte. Zu seiner Überraschung waren hier bereits mehrere hundert Leute versammelt, die an den Wänden lehnten oder auf dem Boden hockten. Er stellte seine Tasche ab und setzte sich darauf.

Neben ihm saß ein alter Mann, der zornig sagte: „Ein Luftalarm. Wie finden Sie das?"

„Ich weiß nicht", antwortete Mowry. „Wir können ja doch nichts dagegen tun."

„Aber die Spakumflotten sind doch vernichtet worden!" schrie der Alte mit schriller Stimme. „Das haben sie hundertmal im Radio und in den Zeitungen berichtet! Es gibt keine Spakumflotte mehr. Wozu dann dieser Alarm, *hi?* Wer sollte uns mit Bomben bewerfen, *hi?* Na, sagen Sie schon!"

„Es ist vielleicht nur ein Probealarm", beruhigte ihn Mowry.

„Probealarm?" ereiferte sich der Alte. „Wozu brauchen wir einen Probealarm? Wenn die Spakumflotte vernichtet ist, dann brauchen wir uns doch nicht mehr zu verstecken. Wozu dann die Probe?"

„Warum fragen Sie mich?" antwortete Mowry, den das Gejammer des Alten langweilte. „Ich habe schließlich nicht den Alarm gegeben."

„Aber irgendein *soko* hat es getan", fuhr der Alte im gleichen Ton fort. „Jemand, der uns glauben machen will, daß der Krieg schon so gut wie beendet ist, obwohl das gar nicht stimmt." Er spuckte verächtlich aus. „Was ist eigentlich wahr an dem, was man uns erzählt? Großer Sieg im Sektor Centauri – und kurz darauf ein Luftalarm. Die glauben wohl, wir –"

Ein kräftiger, untersetzter Mann trat auf den Alten zu und befahl: „Aufhören!"

Doch der Alte war so in seinen Jammer vertieft, daß er die Stimme der Autorität nicht erkannte. „Ich will aber nicht aufhören. Ich wollte gerade nach Hause gehen, und da schiebt mich plötzlich jemand hier herunter, nur weil ein paar Sirenen heulen –"

Der untersetzte Mann schlug sein Jackett auf, dessen Innenseite ein Schildchen trug, und wiederholte: „Aufhören, habe ich gesagt!"

„Sie können mir gar nichts befehlen. In meinem Alter lasse ich mir nicht –"

Der untersetzte Mann zog blitzschnell einen Gummiknüppel hervor und schlug ihn dem Alten mit aller Kraft über den Kopf. Er sackte lautlos zusammen.

Eine Stimme aus dem Hintergrund rief: „So eine Gemeinheit!" Andere murmelten empört, aber niemand unternahm etwas.

Der untersetzte Mann grinste und zeigte, was er von dieser Empörung hielt, indem er dem Alten noch einmal aufs Gesicht und in den Bauch trat. Als er aufsah, begegnete er Mowrys Blick. „Nun?" fragte er herausfordernd.

„Sind Sie einer von den Kaitempi?" erkundigte sich Mowry ruhig.

„Jar, aber was geht Sie das an?"

„Nichts. Ich war nur neugierig."

„Dann lassen Sie das lieber bleiben, und kümmern Sie sich um Ihre eigenen Angelegenheiten."

In der Menge wurde wieder empörtes Murmeln laut. In dem Augenblick kamen zwei Polizisten die Treppe herunter. Sie setzten sich auf die unterste Stufe und wischten sich die Stirn. Der Kaitempimann gesellte sich zu ihnen, zog eine Pistole aus der Tasche und legte sie in seinen Schoß. Mowry lächelte ihm unbestimmt zu. Der Alte lag noch immer schwer atmend am Boden.

Im Keller wurde es langsam still. Alles lauschte gespannt auf Geräusche von außen. Nach einer halben Stunde hörte man von weitem lautes Zischen, das sich rasch himmelwärts entfernte.

Die Spannung steigerte sich, denn jeder wußte, daß Fernlenkgeschosse nicht einfach so ins Blaue hinein abgefeuert wurden.

Irgendwo dort oben mußte ein Spakumschiff herumfliegen, das vielleicht eine tödliche Ladung an Bord hatte, die jeden Augenblick auf die Stadt herunterfallen konnte.

Wieder ertönte das sich entfernende Zischen. Die beiden Polizisten und der Kaitempimann erhoben sich und kamen ein Stück weiter in den Keller herein. Man hörte in der Stille, wie einige Leute zu schnaufen begannen. Allen Gesichtern sah man die innere Anspannung an. Mowry hatte nur den einen Gedanken: wie absurd es sein würde, wenn er durch eine Bombe umkam, die von seinen eigenen Leuten abgeworfen worden war.

Zehn Minuten später bebte der Boden, und die Wände wurden erschüttert. Von der Straße her hörte man das Geräusch von zersplitternden Fensterscheiben. Aber die große Explosion blieb aus. Alles wartete, die Stille war unheimlich.

Erst nach drei Stunden ertönte wieder das Heulen der Sirenen, das die Entwarnung bekanntgab. Alles drängte sich erleichtert aus dem Luftschutzkeller. Der alte Mann blieb am Boden zurück. Auf der Straße wandten sich die beiden Polizisten nach rechts, während der Kaitempimann die andere Richtung einschlug.

Mowry holte ihn ein und bemerkte leutselig: „Wir haben zum Glück nur die Erschütterung abbekommen. Die Bombe muß ein ganzes Stück entfernt niedergegangen sein."

Der andere grunzte nur.

„Ich wollte mit Ihnen sprechen, aber das war vor allen diesen Leuten dort unten nicht gut möglich."

„So? Weshalb denn nicht?"

Statt einer Antwort zog Mowry seine Ausweiskarte hervor und reichte sie dem Agenten.

„Oberst Halopti, militärischer Geheimdienst." Der Kaitempibeamte gab ihm die Karte zurück und fragte in etwas freundlicherem Ton: „Weshalb wollten Sie denn mit mir sprechen – etwa wegen diesem streitsüchtigen Alten dort unten?"

„Nein, das war vollkommen richtig. Sie verdienen ein Extralob für Ihre Handlungsweise." Mowry bemerkte den dankbaren Blick des anderen und fuhr fort: „Der alte Narr hätte mit seinem Geschwätz noch alle hysterisch gemacht."

„*Jar,* das stimmt. Um einen Mob unter Kontrolle zu behalten, muß man sich den Aufrührer herausgreifen und ihn mundtot machen."

„Als der Alarm ertönte, war ich gerade auf dem Weg zum Kaitempihauptquartier, um einen zuverlässigen Mann zur Unterstützung anzufordern. Als ich Sie dann im Keller bei der Arbeit sah, da wußte ich, daß ich mir die Mühe ersparen konnte. Sie sind genau der Mann, den ich brauche: schnell bei der Hand, ohne viel Umstände zu machen. Wie heißen Sie?"

„Sagramatholou."

„Sie sind auf K17 zu Hause, nicht wahr? Dort haben alle zusammengesetzte Namen, *hi?"*

„*Jar.* Und Sie kommen von Diracta. Sie sprechen mit einem mashambischen Akzent."

Mowry lachte. „Wir können nicht viel voreinander verbergen, was?"

„*Nar."* Der Kaitempimann sah Mowry neugierig an. „Wozu brauchen Sie mich?"

„Ich hoffe, daß ich den Anführer einer DAG-Zelle schnappen kann. Das muß aber ganz schnell und überraschend geschehen. Wenn die Kaitempi mit fünfzig Mann anrücken, dann sind die übrigen gewarnt und lassen sich nicht mehr blicken. Immer einer nach dem andern, damit kommt man am besten voran."

„*Jar,* da haben Sie recht", sagte Sagramatholou zustimmend.

„Ich bin sicher, daß ich mit dem Burschen auch allein fertig werden würde. Es geht mir nur darum, daß er mir nicht durch den Hintereingang entwischt, während ich zur Vordertür hineingehe. Deshalb brauche ich Hilfe. Jemanden, der ihn aufhält, wenn er zu fliehen versucht. Wenn Sie ihn schnappen, ist das Ihr Verdienst."

Der andere kniff gierig die Augen zusammen. „Wenn das Hauptquartier damit einverstanden ist, mache ich gern mit. Ich rufe eben mal an und erkundige mich."

„Wie Sie meinen", sagte Mowry scheinbar gleichgültig. „Aber Ihnen ist hoffentlich klar, was dann passiert."

„Was denn?"

„Nun, man wird Sie zurückbeordern und mir einen gleichrangigen Offizier geben." Mowry machte eine geringschätzige Handbewegung. „Ich bin selbst Offizier und dürfte eigentlich nicht so reden, aber mir wäre ein zuverlässiger Mann mit Erfahrung lieber."

Der andere platzte fast vor Stolz. „Da ist schon was dran. Es gibt solche Offiziere und solche."

„Genau! Machen Sie nun mit oder nicht?"

„Übernehmen Sie die Verantwortung, wenn meine Vorgesetzten mir deswegen nachher Schwierigkeiten machen?"

„Selbstverständlich."

„Ihr Wort genügt. Wann geht es los?"

„Sofort."

„In Ordnung", sagte Sagramatholou. „Ich habe sowieso noch drei Stunden Dienst."

„Gut. Haben Sie einen Zivilwagen zur Verfügung?"

„Alle unsere Fahrzeuge sehen ganz normal aus – Sie wissen schon, warum."

„Mein Wagen hat ein Militärkennzeichen", log Mowry. „Wir nehmen wohl besser Ihren."

Der Kaitempimann war sogleich einverstanden. Seine Begierde, das Verdienst für eine so wichtige Festnahme zu tragen, löschte bei ihm alle Bedenken aus. Die Kaitempi hatten eine eigenartige Form von Raffgier entwickelt: Ihnen war es das Höchste, ein neues Opfer für den Strang herbeizuschleppen.

Sie erreichten den Parkplatz, und Sagramatholou setzte sich hinter das Steuer eines langen schwarzen Netzstromwagens. Mowry warf seine Tasche auf den Rücksitz und setzte sich neben ihn. Das Auto rollte auf die Straße hinaus.

„Und wohin?"

„Nach Süden, zur Rückseite der Rida-Maschinenfabrik. Von dort aus zeige ich Ihnen den Weg."

Der Kaitempimann machte eine Hackbewegung mit der Hand und bemerkte dazu: „Diese DAG-Geschichte macht einen langsam verrückt. Es wird höchste Zeit, daß wir endlich durchgreifen. Wie sind Sie auf ihre Spur gekommen?"

„Auf Diracta ist uns einer von ihnen in die Hände gefallen, der gesungen hat."

„Unter Schmerzen?" erkundigte sich Sagramatholou kichernd.

„Jar."

„So muß man sie behandeln." Er bog um eine Ecke und kicherte wieder in sich hinein. „Früher oder später reden sie alle. Aber sterben müssen sie trotzdem."

„Jar", wiederholte Mowry im Brustton der Überzeugung.

„Wir haben vor kurzem ein Dutzend von ihnen in einem Café im Laksinviertel festgenommen", berichtete Sagramatholou. „Sie haben auch gestanden, aber noch nicht das Richtige. Sie haben alle möglichen Verbrechen zugegeben, nur nicht ihre Mitgliedschaft in der DAG. Sie behaupten, daß sie über diese Organisation nicht das geringste wüßten."

„Wie seid ihr auf die Spur gekommen?"

„Einer von den Burschen, die dort regelmäßig verkehren, ist einen Kopf kürzer gemacht worden. Daraufhin haben wir alle seine guten Freunde und Bekannten festgenommen. Sechs von ihnen haben den Mord gestanden."

„Sechs?" fragte Mowry stirnrunzelnd.

„*Jar.* Jeder hat die Tat an einem anderen Ort und zu einer anderen Zeit und aus einem anderen Grund ausgeführt. Diese *sokos* lügen alle miteinander. Aber wir werden die Wahrheit schon noch aus ihnen herausbekommen."

„Das scheinen mir die reinsten Ganoven zu sein. Wieso nimmt man an, daß die Sache politisch ist?"

„Ich weiß nicht. Unsere Vorgesetzten behalten einiges für sich. Aber es gilt als sicher, daß es ein DAG-Mord war."

„Vielleicht hat ihnen jemand einen Tip gegeben."

„Vielleicht. Aber das könnte ebenfalls ein Lügner gewesen sein." Sagramatholou schnaubte verächtlich. „Der Krieg macht uns auch ohne all diese Verräter und Lügner genug zu schaffen. So kann es auf die Dauer nicht weitergehen."

„Haben die Straßenkontrollen wenigstens was eingebracht?"

„Am Anfang schon, aber dann waren alle gewarnt und sahen sich vor. Wir haben sie jetzt für zehn Tage eingestellt. Und wenn dieses Gesindel sich wieder sicher fühlt, dann schlagen wir zu."

„Das ist eine gute Methode. Man muß heutzutage seinen Verstand gebrauchen, *hi?*"

„*Jar.*"

„So, da sind wir. Biegen Sie links ein und dann gleich wieder rechts."

Der Wagen fuhr hinter der Fabrik entlang, bog in eine kleine Straße ein und dann in eine schmale Gasse. Rundherum standen halb verfallene, unbewohnte Häuser. Sie stiegen aus.

Der Kaitempimann blickte sich um und meinte: „Eine sehr suspekte Gegend. Vor ein paar Jahren haben wir hier in der Nähe in einem alten Lagerhaus eine Bande von Gottesanbetern ausgehoben."

Mowry machte ein angewidertes Gesicht. „Sie meinen Anhänger der terranischen Religion?"

„*Jar,* echte Gläubige. Sie haben bis zuletzt gebetet, aber ihr Gott hat sie auch nicht vor dem Tod retten können." Er grinste und fragte dann: „Wohin jetzt?"

„Hier entlang."

Mowry führte ihn einen schmalen Weg entlang, der vor einer vier Meter hohen Mauer endete. Weit und breit war niemand zu sehen.

Mowry deutete auf die kleine Tür, die in der Mauer eingelassen war. „Das ist der Hinterausgang. Ich benötige zwei bis drei Minuten, um herumzugehen und von vorn einzudringen. Dann müssen Sie auf alles gefaßt sein." Er probierte, ob sich die Tür öffnen ließ. „Scheint abgeschlossen zu sein."

„Es ist vielleicht besser, wenn wir sie öffnen", schlug Sagramatholou vor. „Wenn er merkt, daß er in der Falle sitzt, könnte er anfangen zu schießen, und ich wäre dann nicht in der Lage, Ihnen zu helfen. Diese *sokos* sind gefährlich, wenn man sie in die Enge treibt." Er langte in die Tasche und zog ein Bündel Nachschlüssel heraus. „Es wäre am einfachsten, wenn er mir direkt in die Arme rennt", fügte er grinsend hinzu.

Damit wandte er sich zur Tür und probierte am Schloß herum. Mowry sah sich nach allen Seiten um. Noch immer war niemand zu sehen.

Er zog seine Pistole heraus und sagte ruhig: „Sie haben den alten Mann getreten, als er wehrlos am Boden lag."

„Aber sicher", sagte der Kaitempimann stolz, während er weiter an dem Schloß herumhantierte. „Hoffentlich ist es ihm recht schlecht bekommen, diesem alten –" Er brach ab, als ihm dämmerte, daß Mowrys Bemerkung nicht ganz passend war. Er drehte sich um und starrte in die Mündung von Mowrys Pistole. „Was soll das? Was haben Sie –"

Mit einem gedämpften Knall ging die Pistole los. Auf Sagramatholous Stirn zeigte sich ein kleines Loch. Mit offenem Mund stand er einen Augenblick da, dann gaben seine Knie nach, und er fiel vornüber zu Boden.

Mowry steckte die Waffe wieder ein und bückte sich über den Toten. Er durchsuchte die Taschen, warf einen kurzen Blick in die Brieftasche, steckte sie wieder zurück und nahm nur das Ausweisschildchen an sich. Dann hastete er den Weg zurück bis zum Auto, stieg ein und fuhr wieder ins Zentrum, wo er in der Nähe eines Gebrauchtwagenhändlers hielt.

Er ging das letzte Stück zu Fuß und sah sich dabei die Ansammlung zerbeulter und verrosteter Netzstromwagen an. Der Besitzer, ein hagerer, schmalgesichtiger Sirianer, trat sogleich auf ihn zu und stellte mit einem Blick fest, daß Mowry einen teuren Anzug und ein Platinarmband trug. Hier war offenbar etwas zu holen.

„Sie haben Glück, daß Sie zu mir gekommen sind", sagte der Mann in schmierigem Ton. „Bei mir können Sie einen guten Handel abschließen. Die Wagen sind alle in erstklassigem Zustand. Sie wissen ja, es ist Krieg, und da steigen die Preise mächtig in die Höhe. Aber bei mir bekommen Sie noch etwas für Ihr Geld. Sehen Sie sich zum Beispiel diesen Prachtwagen hier an. Es ist ein –"

„Ich habe selbst Augen im Kopf."

„O ja, natürlich. Ich wollte nur darauf hinweisen –"

„Das kann ich auch selbst feststellen", fiel ihm Mowry ins Wort. „Ich würde mit keinem von diesen Karren fahren, es sei denn, ich wäre lebensmüde."

„Aber –"

„Auch mir ist bekannt, daß wir Krieg haben. Es wird bald schwierig werden, Ersatzteile zu bekommen. Ich suche nach einem Wagen, den ich auseinandernehmen kann." Er wies mit der Hand auf ein Auto. „Den da zum Beispiel. Wieviel würde er kosten?"

„Der läuft noch wie geschmiert", beteuerte der Händler. „Außerdem ist das Nummernschild noch gültig. Die Karosserie und alles ist tadellos in Ordnung. Ich schenke ihn sozusagen weg."

„Wieviel?"

„Neunhundertneunzig", sagte der Händler, nachdem er noch einmal einen Blick auf Mowrys Anzug geworfen hatte.

„Das ist Betrug", sagte Mowry.

Sie feilschten noch eine halbe Stunde, bis Mowry den Wagen schließlich für achthundertzwanzig Gulden nahm. Er zahlte und fuhr davon. Das Fahrzeug ächzte und klapperte, und Mowry merkte, daß er mindestens zweihundert Gulden zuviel dafür gezahlt hatte, aber das Geld war ihm egal.

Er fuhr etwa einen Kilometer weit bis zu einem verlassenen Grundstück, das als Schrott- und Schutthalde benutzt wurde. Hier zerschmetterte er die Scheinwerfer und die Fenster des Wagens, montierte die Räder und das Nummernschild ab und einige Teile des Motors, so daß das Auto am Schluß als Wrack dastand. Dann ging er fort und kehrte nach kurzer Zeit mit Sagramatholous Wagen wieder, in den er die losen Teile einlud.

Eine halbe Stunde später warf er alles in den Fluß. Nur mit dem Nummernschild hatte er vorher eine kleine Veränderung vorgenommen. Es hatte ihn achthundertzwanzig Gulden Falschgeld gekostet und war den Preis wert. Jeder Streifenwagen konnte jetzt stundenlang hinter ihm herfahren, ohne daß die Polizisten die Nummer entdecken würden, nach der sie zweifellos bald suchen würden.

Da Mowry im Augenblick vor Straßenkontrollen keine Angst zu haben brauchte, stellte er das Auto in einer Tiefgarage ab und schlenderte bis zum Anbruch der Dunkelheit durch die Straßen. Dann kaufte er sich eine Zeitung und setzte sich damit in ein Restaurant, wo er sich eine Mahlzeit bestellte.

Dem Zeitungsbericht zufolge war es einem terranischen Zerstörer gelungen, die Abwehrlinie zu durchbrechen und eine Bombe auf das Rüstungszentrum bei Shugruma zu werfen. Sie habe wenig Schaden angerichtet. Das feindliche Kriegsschiff sei kurz darauf vernichtet worden.

Der Bericht erweckte den Eindruck, als habe ein feiger Hund versucht zu beißen und sei dafür bestraft worden. Mowry fragte sich, wie viele Leser die Geschichte wohl glauben würden. Shugruma war fast fünfhundert Kilometer von Pertane entfernt, und doch hatte die Druckwelle der Explosion die ganze Stadt erschüttert. Danach zu urteilen, mußte sie einen Krater von mehreren Kilometern Durchmesser aufgerissen haben.

Auf der zweiten Seite fand sich die Nachricht, daß achtundvierzig Mitglieder der aufrührerischen Freiheitspartei durch die Ordnungsmächte festgenommen worden seien und die entsprechende Bestrafung zu erwarten hätten. Namen und Einzelheiten wurden nicht bekanntgegeben.

Diese Methoden waren normal in einem System, in dem es keine öffentliche Rechtsprechung gab. Jemand, der sich verdächtig gemacht hatte, konnte jederzeit von der Straße weg verhaftet werden und für immer verschwinden. Wenn er Glück hatte, ließ man ihn nach Verhören, die ihn physisch und psychisch zum Krüppel machten, ohne Entschuldigung wieder laufen. Wenn er vom Glück weniger begünstigt war, erhielten seine Angehörigen nicht einmal eine Urne, in der sich seine Asche befand.

Die achtundvierzig Festgenommenen waren verloren, wer immer sie auch sein mochten. Andererseits war es auch sehr gut möglich, daß die ganze Meldung erlogen war. Die Regierung ließ vielleicht ihren Zorn an sechs Gaunern aus, die sie für die Öffentlichkeit zu DAG-Mitgliedern stempelte und deren Zahl sie, ebenfalls zu propagandistischen Zwecken, auf achtundvierzig erhöht hatte.

Auf einer der letzten Seiten fand sich eine bescheidene, kleine Meldung, in der es hieß, daß die sirianischen Streitkräfte den Planeten Gooma geräumt hätten, „damit sie im Kampfgebiet eingesetzt werden könnten". So, als ob Gooma außerhalb des Kampfgebiets gelegen hätte! Welcher denkende Leser würde diesen Unsinn nicht sofort durchschauen? Aber leider waren neunzig Prozent der Leserschaft nicht in der Lage, über etwas nachzudenken, sondern sie schluckten alles, was man ihnen auftischte.

Das interessanteste an der ganzen Zeitung war jedoch der Leitartikel. In pompöser Weise wurde hier die Behauptung aufgestellt, daß ein totaler Krieg auch den totalen Sieg bringen müsse, dazu bedürfe es allerdings der Vereinigung aller Kräfte im Sirianischen Reich. Politische Streitigkeiten dürfe es in einem Augenblick wie diesem nicht geben. Alles müsse geschlossen hinter der Führung stehen, die fest bereit sei, den Endsieg zu erkämpfen. Zweifler, Miesmacher, Faulpelze und Drückeberger seien der guten Sache ebenso hinderlich wie Spione und Verräter. Man müsse deshalb ein für allemal mit ihnen Schluß machen.

Das war offenbar eine Reaktion auf die Tätigkeit der DAG, obwohl die Organisation mit keinem Wort erwähnt wurde. Zweifellos war dieser Artikel von der Regierung angeordnet worden, ein Zeichen dafür, daß die Stiche der Wespe den Verantwortlichen akute Schmerzen bereiteten. Vielleicht hatten einige von ihnen auch schon tickende Päckchen erhalten, die ihnen nicht sehr willkommen gewesen waren.

Es war inzwischen später Abend geworden, und Mowry näherte sich mit seiner Tasche vorsichtig dem Haus, in dem er ein Zimmer gemietet hatte. Er mußte sowohl vor Kaitempibeamten, die inzwischen vielleicht seine Spur gefunden hatten, als auch vor dem Hauswirt auf der Hut sein, der sich bestimmt darüber wundern würde, daß statt des alten Mieters plötzlich ein Wildfremder in seinem Haus aufkreuzte, der noch dazu auffallend gut gekleidet war. Er würde zwar nicht gleich zu den Kaitempi laufen, aber wenn sie zu ihm kamen, würde er natürlich den Mund aufmachen. Nein, auf den Wirt konnte sich Mowry nicht verlassen. Er konnte sich in dieser feindlichen Welt auf niemanden verlassen, außer auf sich selbst.

Das Haus wurde nicht bewacht. Es gelang ihm, sich unbemerkt

in sein Zimmer zu schleichen. Auch hier deutete nichts darauf hin, daß inzwischen jemand Grund gehabt haben könnte, darin herumzuschnüffeln. Mowry streckte sich dankbar auf seinem Bett aus und dachte über die Situation nach. Er war sich bewußt, daß er sein Zimmer in der nächsten Zeit nur bei Dunkelheit betreten und wieder verlassen konnte. Doch bevor er wertvolle Zeit damit verschwendete, nach einem neuen Quartier zu suchen, wollte er es erst mal dabei bewenden lassen.

Am folgenden Tag hatte er allen Grund, den Verlust seiner ersten Tasche zu beklagen, denn um seinen Plan zu verwirklichen, mußte er noch einmal in die Stadtbibliothek gehen und sich mühsam Adressen herausschreiben. Dann besorgte er sich Schreibpapier, Umschläge und einen kleinen Druckapparat und widmete die beiden nächsten Tage seiner Korrespondenz. Erleichtert gab er schließlich einen Stoß Briefe folgenden Inhalts auf:

Sagramatholou war der vierte.
Die Liste ist lang.
Dirac Angestun Gesept

Damit hatte er mehrere Fliegen mit einer Klappe geschlagen. Er hatte den alten Mann gerächt, was ihn innerlich befriedigte. Er hatte den Kaitempi eins ausgewischt. Er hatte sich einen Wagen beschafft, der ihn nicht verraten konnte. Und schließlich hatte er einen neuen Beweis dafür geliefert, daß die DAG mit allen Mitteln entschlossen war, die Macht zu ergreifen.

Um die Situation voll auszukosten, gab Mowry gleichzeitig sechs Päckchen auf, die den früher abgeschickten äußerlich in allem glichen. Auch in ihnen tickte eine Uhr. Aber mit dem Unterschied, daß sie nach mindestens sechs Stunden beziehungsweise in dem Augenblick, da jemand das Päckchen zu öffnen versuchte, eine Explosion auslöste, die den Umstehenden gefährlich werden konnte.

Am vierten Tag nach seiner Rückkehr schlüpfte Mowry unbemerkt aus dem Haus, holte seinen Wagen und fuhr damit auf der Straße nach Radine bis Kilometerstein dreiunddreißig. Unterwegs begegnete er einer Anzahl von Streifenwagen, die nicht das geringste Interesse an ihm hatten. Er stieg aus, grub in der Erde und fand nach kurzem Suchen seinen Cellophanumschlag, in dem jetzt eine kleine Karte steckte. Auf ihr stand nur *Asako 19-1713.*

Sein Versuch war geglückt.

MOWRY fuhr zurück, hielt bei der nächsten Telefonzelle und rief die Nummer an. Am anderen Ende meldete sich eine unbekannte Stimme. Der Bildschirm blieb dunkel.

„Kann ich Gurd oder Skriva sprechen?" fragte Mowry.

„Einen Augenblick", sagte die Stimme.

„Einen Augenblick, aber nicht länger", erwiderte Mowry.

Die Antwort war ein Grunzen. Mowry blieb am Apparat und beobachtete die Straße, um sofort davonzulaufen, wenn sein Gefühl ihn warnte. Er war nahe daran, den Hörer aufzulegen, als Skrivas Stimme am anderen Ende fragte: „Wer ist dort?"

„Ihr Wohltäter."

„Ach, Sie. Ich kann Ihr Bild nicht sehen."

„Ich Ihres auch nicht. Was ist los – haben Sie Angst?"

„Wir können uns hier schlecht unterhalten", sagte Skriva. „Können wir uns nicht irgendwo treffen? Wo sind Sie jetzt?"

Diese Frage machte Mowry mißtrauisch. War Skriva von den Kaitempi gefaßt worden, die ihn jetzt als Lockvogel benutzten? Mowry zweifelte keinen Augenblick daran, daß Skriva auf alle ihre Bedingungen eingehen würde, wenn es um sein Leben ging. Aber warum hatte er sich dann nach Mowrys Aufenthaltsort erkundigt? Die Kaitempi hätten längst festgestellt, von wo aus Mowry telefonierte, und Skriva hätte nur die Aufgabe gehabt, das Gespräch so lang wie möglich hinzuziehen. Er versuchte aber, es abzukürzen. Also war es wohl doch keine Falle.

„Haben Sie die Sprache verloren?" brüllte Skriva ungeduldig.

Damit war die Sache für Mowry entschieden. Er antwortete: „Ich habe nur nachgedacht. Wie wär's, wenn wir uns dort treffen, wo Sie Ihre Telefonnummer hinterlassen haben?"

„Warum nicht?"

„Aber Sie und Gurd kommen allein", sagte Mowry warnend.

„Haben Sie jetzt etwa Angst bekommen?" fragte Skriva. „Bis gleich."

Mowry fuhr zurück zu dem Kilometerstein, parkte am Straßenrand und wartete. Zwanzig Minuten später rollte Skrivas Auto heran und hielt hinter seinem. Skriva stieg aus, kam auf ihn zu und blieb plötzlich unschlüssig stehen. Er schob eine Hand in die Tasche und sah sich nach allen Seiten um. Andere Autos waren nicht zu sehen.

Mowry grinste ihn an. „Was ist los? Haben Sie ein schlechtes Gewissen oder was?"

Skriva kam näher heran, betrachtete ihn ungläubig und sagte

schließlich: „Sie sind es also tatsächlich. Was haben Sie bloß mit sich gemacht?“ Ohne eine Antwort abzuwarten, ging er um den Wagen herum und setzte sich auf den Sitz neben Mowry. „Sie sehen anders aus. Ich hätte Sie beinahe nicht wiedererkannt.“

„Das ist ja der Sinn der Sache. Ihnen würde eine kleine Veränderung auch nicht schaden. Die Polizei könnte Sie dann nicht so leicht fassen.“

„Mag sein.“ Skriva schwieg einen Augenblick und sagte dann: „Sie haben Gurd geschnappt.“

Mowry richtete sich auf. „Tatsächlich? Wie ist das passiert?“

„Dieser Dummkopf ist zwei Polizisten direkt in die Arme gelaufen, als er von einem Dach herunterkam. Und dazu hat er sich auch noch mit ihnen angelegt und die Pistole gezogen.“

„Er hätte sich doch leicht herausreden können.“

„Der und herausreden? Das ist nicht gerade seine Stärke“, meinte Skriva. „Was glauben Sie, wie oft ich Gurd schon aus der Klemme helfen mußte.“

„Und wieso sind Sie nicht gefaßt worden?“

„Ich war auf einem andern Dach, wo sie mich nicht sehen konnten. Als ich herunterkam, war es schon zu spät. Ich sah noch, wie sie ihm eins über den Schädel gaben und zum Wagen schleppten.“

„So ein Pech!“ sagte Mowry. Er dachte eine Weile nach und erkundigte sich dann: „Und was ist im Café Sunsun geschehen?“

„Genau weiß ich es auch nicht. Gurd und ich waren nicht da, als es passierte. Die Kaitempi haben mit zwanzig Mann den Laden umstellt und jeden festgenommen, der sich darin aufhielt. Ich habe mich seitdem dort nicht mehr sehen lassen. Irgendein *soko* muß zuviel geredet haben.“

„Butin Arhava zum Beispiel?“

„Das ist wohl nicht gut möglich“, höhnte Skriva. „Gurd hat ihm zum Glück rechtzeitig das Maul gestopft.“

„Vielleicht hat er hinterher doch noch etwas ausgeplaudert“, meinte Mowry.

Skriva kniff die Augen zusammen. „Wie meinen Sie das?“

„Ach, lassen wir das. Haben Sie sich das Geld bei der Brücke abgeholt?“

„*Jar.*“

„Wollen Sie noch mehr – oder sind Sie jetzt reich genug?“

Skriva sah ihm forschend ins Gesicht und fragte: „Wieviel Geld besitzen Sie eigentlich im ganzen?“

„Genügend, um alle Aufträge, die ich vergebe, zu bezahlen."
„Das sagt mir nichts."
„Soll es auch nicht", versicherte Mowry. „Woran denken Sie?"
„Ich liebe Geld."
„Wer tut das nicht?"
„*Jar,* wer tut das nicht? Eigentlich jeder." Skriva zögerte und fuhr dann fort: „Einer, dem an Geld nichts liegt, ist entweder verrückt oder tot."
„Nun sagen Sie schon, was Sie im Sinn haben", drängte Mowry. „Wir können hier nicht ewig sitzen."
„Ich kenne jemanden, der auch Geld liebt."
„Na und?"
„Es ist ein Gefängniswärter", warf Skriva betont gleichmütig hin.
Mowry sah ihn scharf von der Seite an. „Nun kommen Sie schon zur Sache. Was kann er tun, und was will er dafür haben?"
„Er sagt, Gurd sitzt mit zwei alten Bekannten von uns in einer Zelle. Bis jetzt ist noch keiner von ihnen verhört worden. Die Kaitempi lassen ihre Gefangenen meistens eine Zeitlang warten."
„Damit sie es nachher leichter haben", meinte Mowry. „Zuerst machen sie sie psychisch fertig, und dann körperlich."
„Diese stinkenden *sokos."* Skriva spuckte aus dem Fenster, bevor er fortfuhr: „Wenn ein Gefangener verhört werden soll, schicken die Kaitempi eine Abordnung ins Gefängnis, die einen offiziellen Befehl vorlegen muß, und dann bringen sie den Gefangenen in ihr Hauptquartier. Manchmal bringen sie ihn nach einigen Tagen als Wrack zurück, meistens aber nicht. Dann wird dem Gefängnis eine Todesurkunde zugestellt, damit auch alles seine Richtigkeit hat."
„Weiter."
„Dieser Wärter ist bereit, uns die Nummer von Gurds Zelle zu verraten und uns genau Auskunft zu geben, wann die Kaitempi die Gefangenen abzuholen pflegen und wie sie dabei vorgehen. Er kann uns außerdem eine Kopie des Formulars verschaffen, das man im Gefängnis vorlegen muß. Er verlangt dafür hunderttausend Gulden."
Mowry schürzte die Lippen. „Und Sie meinen, wir sollten es versuchen?"
„*Jar."*
„Ich wußte gar nicht, daß Sie so an Gurd hängen."
„Meinetwegen kann er dort verrotten", sagte Skriva. „Es war schließlich seine eigene Dummheit."

„Na gut, dann soll er dort verrotten. Wir sparen auf diese Weise hunderttausend Gulden."

„Jar", meinte Skriva zustimmend. „Nur –"

„Nur was?"

„Ich könnte ihn und die beiden andern noch gebrauchen. Und Sie auch, wenn Sie noch mehr Aufträge haben. Außerdem weiß er zuviel. Wenn die Kaitempi ihn erst in die Zange nehmen, wird er reden. Deshalb ist es besser, wenn er vorher befreit wird. Und was bedeuten Ihnen schon hunderttausend Gulden?"

„Ich schmeiße doch das Geld nicht zum Fenster hinaus", sagte Mowry. „Sie erzählen mir da eine schöne Geschichte, und –"

„Sie glauben mir wohl nicht, was?" fragte Skriva empört.

„Ich muß erst Beweise sehen", sagte Mowry ungerührt.

„Soll ich Ihnen vielleicht erst eine Führung durch das Gefängnis verschaffen?"

„Sie scheinen zu vergessen, daß Gurd *mich* nicht belasten kann, während er Ihnen mindestens fünfzig Kapitalverbrechen in die Schuhe schieben kann. Wenn ich also Geld ausgebe, dann gebe ich es für *meine* Zwecke aus und nicht für *Ihre."*

„Das heißt also, daß Sie für Gurd nichts herausrücken werden?"

„Das hab ich nicht gesagt. Ich möchte nur sicher sein, daß ich für mein Geld auch eine Gegenleistung bekomme."

„Und wie stellen Sie sich das vor?"

„Sagen Sie diesem habgierigen Wärter, daß er von uns zwanzigtausend Gulden bekommt, nachdem er das Kaitempiformular ausgehändigt hat. Die restlichen achtzigtausend bekommt er, wenn Gurd und die beiden anderen frei sind."

Skrivas grobschlächtiges Gesicht zeigte eine Mischung aus Erstaunen, Dankbarkeit und Zweifel. „Und wenn er mit diesen Bedingungen nicht einverstanden ist?"

„Dann bleibt er eben arm."

„Oder wenn er Zweifel daran hat, daß ich das Geld auftreiben kann? Wie soll ich ihn davon überzeugen?"

„Gar nicht", riet Mowry. „Er muß etwas wagen, wenn er gewinnen will, so wie wir auch. Wenn er uns zum Beispiel an die Kaitempi verraten würde, könnte er dafür eine schöne Belohnung einstecken, *hi*?"

„Jar", meinte Skriva kleinlaut.

„Aber dann müßte er auf die versprochenen achtzigtausend Gulden verzichten. Und das wird er sich dreimal überlegen. So eine Gelegenheit bekommt er nicht wieder. Der ist uns sicher, bis er das Geld in seinen habgierigen Klauen hat."

„*Jar*", wiederholte Skriva sichtlich erleichtert.

„Aber dann müssen wir laufen wie der Teufel."

„Wie der *Teufel?*" Skriva starrte ihn an. „Das ist ein Spakumausdruck."

Mowry geriet ein bißchen ins Schwitzen, als er so unbekümmert wie möglich antwortete: „Sicher. Im Krieg schnappt man alle möglichen Ausdrücke auf, vor allem auf Diracta."

„O ja, auf Diracta", antwortete Skriva beschwichtigt. „Ich suche gleich den Wärter auf. Wir haben keine Zeit zu verlieren. Rufen Sie mich morgen um diese Zeit an, *hi?*"

„In Ordnung."

Mowry wartete, bis Skrivas Wagen in der Ferne verschwunden war. Dann wendete er und fuhr nach Pertane zurück.

Neun

DEN nächsten Tag widmete Mowry einer Tätigkeit, die an sich einfach, aber nicht ungefährlich war. Er sprach mit jedem, der ihm zuhören wollte, und streute Gerüchte aus. Der Abwurf der Bombe über Shugruma hatte die Bevölkerung aufgeschreckt. Jetzt mußte Mowry das Seine dazu beitragen, um die Verwirrung und Angst weiter anzuschüren.

Er ging in den öffentlichen Park und setzte sich neben einem trübsinnig dreinschauenden alten Mann auf eine Bank. Nachdem beide eine Zeitlang auf das ungepflegte Blumenbeet vor ihnen gestarrt hatten, bemerkte der Alte: „Jetzt sind es schon wieder zwei Gärtner weniger."

„So? Weshalb?"

„Sie sind eingezogen worden. Wenn das so weitergeht, weiß ich nicht, was aus diesem Park werden soll. Es verwildert alles, wenn sich niemand darum kümmert."

„Ja, so ein Park braucht Pflege", sagte Mowry zustimmend. „Aber ich nehme an, der Krieg geht vor."

„Immer geht der Krieg vor", meinte der Alte mißbilligend. „Eigentlich müßte er längst vorbei sein, aber er zieht sich immer weiter hin. Wann wird das endlich aufhören?"

„Das ist die große Frage", nickte Mowry.

„Die Dinge können nicht so gut stehen, wie immer behauptet wird", fuhr der Alte fort. „Sonst wäre der Krieg längst zu Ende."

„Meiner Meinung nach stehen sie sogar sehr schlecht." Mowry zögerte und fuhr dann in vertraulichem Ton fort: „Das heißt, ich weiß es genau."

„Tatsächlich? Woher?"

„Ich sollte es Ihnen vielleicht nicht sagen – aber früher oder später kommt es ja doch heraus."

„Was denn?" erkundigte sich der Alte neugierig.

„Das mit Shugruma. Mein Bruder ist heute morgen nach Hause gekommen und hat es mir erzählt."

„Was denn – erzählen Sie schon!"

„Er hatte dort geschäftlich zu tun, aber die Stadt ist in einem Umkreis von vierzig Kilometern von Truppen abgeriegelt. Nur das Militär und der Rettungsdienst dürfen in das Gebiet hinein."

„Was Sie nicht sagen", meinte der Alte.

„Mein Bruder hat einen getroffen, der dem Unglück entronnen ist. Er hat ihm berichtet, daß Shugruma völlig zerstört ist. Nicht ein Stein ist auf dem anderen geblieben. Dreihunderttausend Tote. Der Leichengestank verpestet die Luft in der ganzen Umgebung. Es soll ein so furchtbarer Anblick sein, daß die Zeitungen nicht darüber zu berichten wagen."

Der Alte sagte nichts, sondern blickte nur entsetzt vor sich hin. Mowry leistete ihm noch etwas Gesellschaft und ging dann seines Weges. Er konnte sicher sein, daß jedes seiner Worte weitergegeben werden würde. Schlechte Nachrichten verbreiten sich ganz besonders schnell. Kurze Zeit später hatte Mowry einen Mann mit Luchsaugen aufgegabelt, dem er dieselbe Geschichte auftischte.

„Selbst die Zeitungen wagen nicht, darüber zu berichten", schloß Mowry.

Der Mann mit den Luchsaugen schluckte erst einmal, bevor er sagte: „Wenn es einem Spakumschiff gelingt, die Abwehrlinie zu durchbrechen, kann es auch einem ganzen Dutzend gelingen."

„*Jar,* da haben Sie recht."

„Eigentlich ist es verwunderlich, daß sie nicht mehr als eine Bombe abgeworfen haben."

„Vielleicht war das nur ein Versuch. Nachdem sie festgestellt haben, wie einfach das ist, kommen sie vielleicht mit einer richtigen Ladung wieder. Dann wird von Pertane nicht mehr viel übrigbleiben."

„Dagegen muß doch etwas unternommen werden", erklärte Luchsauge aufgeschreckt.

„Ich jedenfalls werde nicht abwarten, bis andere etwas unternommen haben, ich unternehme selbst etwas", teilte Mowry ihm mit. „Ich grabe mir irgendwo draußen auf einem Feld ein tiefes Loch."

Einem nächsten erzählte Mowry, daß der Planet Gooma bei einem Großangriff vollkommen zerstört worden sei, so daß man nicht einmal mehr darauf leben könne. Einem anderen malte er die Greuel eines Bakterienkrieges aus, und so ging es weiter, bis am frühen Nachmittag etwa dreißig Leute Geschichten kannten, die man einfach nicht für sich behalten konnte. Am Abend würden es Tausende sein, die die furchtbaren Neuigkeiten erfahren hatten – am Morgen Hunderttausende, bis schließlich die ganze Stadt davon sprechen würde.

Zur verabredeten Zeit rief Mowry Skriva an. „Was haben Sie erreicht?"

„Ich hab das Formular. Haben Sie das Geld?"

„*Jar.*"

„Ich muß es noch heute abliefern. Treffen wir uns wieder an der gleichen Stelle?"

„Nein, man sollte keine feste Gewohnheit daraus werden lassen. Wie wär's mit der Brücke?"

„Warum nicht? Können Sie gleich kommen?"

„Ich muß erst noch mein Auto holen. Ich kann so gegen sieben dort sein."

ALS er bei der Brücke ankam, wartete Skriva bereits auf ihn. Er gab ihm das Geld und erhielt dafür das Formular, das er sorgfältig betrachtete. Er stellte mit einem Blick fest, daß es ihm nicht möglich sein würde, eine Kopie davon zu machen. Es war reich verziert mit Schnörkeln und Ornamenten, wie eine wertvolle Banknote. Auf Terra wäre man damit leicht fertig geworden, aber mit seinen beschränkten Mitteln wollte Mowry gar nicht erst den Versuch machen, ein Duplikat herzustellen.

Das Formular war vor etwa drei Wochen benutzt und allem Anschein nach aus den Gefängnisakten entwendet worden. Es forderte die Herausgabe des Gefangenen Garud Mabin an die Kaitempi. Unter dem Namen des Gefangenen war noch genügend Platz für zehn weitere Namen. Das Datum, Name und

Kennzeichen des Gefangenen waren mit Schreibmaschine getippt worden. Unterzeichnet hatte der Bevollmächtigte mit Tinte.

„Können Sie das brauchen?" fragte Skriva.

„Ich kann es jedenfalls nicht kopieren", sagte Mowry.

„Dann nützt es uns also nichts?" fragte Skriva verärgert.

„Das will ich nicht sagen."

„Ja, was dann? Soll ich dem Kerl nun sein Geld geben, oder zerreiße ich das Formular?"

„Geben Sie ihm das Geld." Mowry sah sich noch einmal das Formular an. „Ich könnte heute nacht den Namen, das Kennzeichen und das Datum ausradieren. Die Unterschrift kann bleiben."

„Das ist aber sehr riskant. Die ausradierten Stellen sind immer zu sehen."

„Nicht, wenn ich es mache. Was ich brauche, ist eine Schreibmaschine. Ich müßte mir morgen früh eine besorgen."

„Ich kann Ihnen heute abend noch eine bringen", bot Skriva an.

„So? Bis wann denn?"

„Acht Uhr."

„Kann man darauf noch schreiben?"

„Sie ist so gut wie neu."

Mowry sah ihn scharf an. „Eigentlich geht es mich ja nichts an, aber was machen *Sie* mit einer Schreibmaschine?"

„Ich verkaufe sie. Ich verkaufe alles mögliche."

„Alles, was Ihnen so in die Hände fällt, *hi?"*

„Genau", sagte Skriva.

„Ach, was geht mich das an, was Sie sonst noch treiben. Bringen Sie die Maschine her."

Skriva brauste davon, und Mowry folgte ihm kurz darauf in die Stadt, wo er sich eine Mahlzeit gönnte. Dann fuhr er zurück zu der Brücke. Nach einiger Zeit tauchte auch Skriva mit der Schreibmaschine auf.

„Jetzt brauche ich noch Gurds Nachnamen und die Namen seiner Genossen. Haben Sie ihre Kennzeichen auch in Erfahrung gebracht?"

„Hier." Skriva reichte ihm einen Zettel.

„Und wann pflegen die Kaitempi ihre Besuche zu machen?"

„Immer zwischen drei und vier Uhr nachmittags. Niemals früher und kaum einmal später."

„Dann müssen Sie nur noch herausfinden, ob Gurd und die anderen morgen nachmittag noch im Gefängnis sind. Es wäre sehr peinlich, wenn wir morgen Gefangene anfordern würden, die bereits heute abgeholt worden sind."

„Das werde ich machen", versicherte Skriva. Er sah plötzlich auf. „Wollen Sie sie etwa morgen schon herausholen?"

„Entweder wir machen es bald oder gar nicht. Je länger wir warten, desto größer ist die Gefahr, daß die Kaitempi uns zuvorkommen. Was haben Sie gegen morgen?"

„Nichts. Ich habe nur nicht damit gerechnet, daß es schon so bald sein wird. Müssen wir nicht noch einige Vorbereitungen treffen?"

„Es gibt nicht viel vorzubereiten", erklärte Mowry. „Wir haben jetzt das Formular. Es muß geändert und auf drei Personen ausgestellt werden. Entweder wir haben Glück und kommen damit durch, oder wir haben kein Glück, dann müssen wir uns den Weg freischießen und abhauen."

„Das klingt zu einfach", wandte Skriva ein. „Wir haben nur das Formular. Das reicht doch nicht –"

„Nein, das reicht nicht, das weiß ich auch. Die Leute im Gefängnis werden sich bestimmt wundern, wenn sie fremde Gesichter sehen. Das müssen wir irgendwie ausgleichen."

„Wie denn?"

„Lassen Sie das meine Sorge sein. Können Sie noch zwei Helfer auftreiben? Sie brauchen nichts weiter zu tun, als im Auto zu sitzen, den Mund zu halten und drohende Gesichter zu machen. Dafür zahle ich jedem fünftausend Gulden."

„Fünftausend? Dafür könnte ich ein ganzes Regiment ausheben. *Jar,* ich wüßte zwei, aber ich kann nicht sagen, wie gut sie bei einem Kampf sind."

„Das ist auch nicht so wichtig. Hauptsache, sie sehen aus wie Schläger, aber nicht wie die Typen aus dem Café Sunsun, sondern eher wie Kaitempimänner." Er versetzte dem anderen einen Stoß in die Rippen. „Das gleiche gilt auch für Sie. Wenn es soweit ist, möchte ich euch alle drei sauber und ordentlich in gebügelten Anzügen und mit akkurat geknüpften Halstüchern sehen. Ihr müßt aussehen, als ob ihr zu einer Hochzeit geht. Wenn ihr mich in der Beziehung hängenlaßt, könnt ihr das Ding allein drehen."

„Sollen wir uns vielleicht noch ein paar Juwelen umhängen?" fragte Skriva ironisch.

„Ein Brillantring am Finger ist besser als ein Schmutzfleck an der gleichen Stelle", erwiderte Mowry. „Ihr könnt in eurer Aufmachung ruhig ein bißchen übertreiben. Einige von diesen Kaitempi sind ziemlich eitel. Ja, und was ich noch sagen wollte, suchen Sie zuverlässige Leute heraus, damit sie uns nicht hinterher an die Kaitempi verraten."

Skriva grinste hinterhältig und sagte: „Ich garantiere dafür, daß keiner von beiden ein Wort sagen wird."

Mowry überhörte den Hintersinn dieser Bemerkung und fuhr fort: „Und dann brauchen wir noch zwei Wagen. Unsere eigenen können wir nicht benutzen. Können Sie welche besorgen?"

„Nichts leichter als das. Aber mit gestohlenen Wagen ist das so eine Sache: Wenn man sie längere Zeit benutzt, ist die Gefahr groß, daß die Polizei auf einen aufmerksam wird."

„Wir brauchen sie nur für ganz kurze Zeit", erklärte Mowry. „Besorgen Sie sie erst im letzten Moment. Unsere eigenen Wagen lassen wir auf dem Parkplatz hinter der Brücke stehen. Vom Gefängnis aus fahren wir direkt dorthin und steigen dann um."

„*Jar,* das ist das beste."

„Gut, dann warte ich also morgen um zwei Uhr am Osteingang des Stadtparks. Sie kommen mit zwei Wagen und zwei Helfern und holen mich ab."

Nachdem alles geklärt war, schien Skriva plötzlich nervös und unruhig zu werden. Er trat von einem Bein aufs andere, öffnete ein paarmal den Mund und schloß ihn wieder.

Mowry beobachtete ihn einen Moment und fragte dann: „Was ist los? Wollen Sie noch aussteigen?"

„Sehen Sie –" Skriva zögerte und faßte dann Mut. „Gurd bedeutet Ihnen nichts, und die andern beiden noch weniger. Aber Sie zahlen eine Menge Geld und begeben sich in Gefahr, um sie aus dem Gefängnis herauszuholen. Das verstehe ich nicht."

„Es gibt noch eine ganze Menge Dinge, die unverständlich sind – dieser Krieg zum Beispiel."

„Was hat denn der Krieg damit zu tun?"

„Sehr viel", antwortete Mowry. „Er paßt mir nicht, und anderen Leuten auch nicht. Wir müssen das der Regierung nur oft genug zu verstehen geben, dann wird sie langsam auch genug bekommen."

„Darauf wollen Sie also hinaus!" Skriva starrte ihn überrascht an. „Sie wollen die Behörden schikanieren!"

„Haben Sie was dagegen?"

„Das ist mir vollkommen gleichgültig", erklärte Skriva. „Politik ist ein schmutziges Geschäft. Wer sich damit abgibt, muß verrückt sein. Alles, was dabei herausspringt, ist ein kostenloses Begräbnis."

„Es wird mein Begräbnis sein und nicht Ihres."

„*Jar,* deswegen ist es mir ja auch gleichgültig." Skriva schien sehr erleichtert zu sein, daß er endlich die Motive des anderen kannte. „Also dann bis morgen am Stadtpark."

„Aber seien Sie pünktlich. Ich werde nicht lange warten."

Mowry wartete wieder, bis Skrivas Wagen außer Sichtweite war, ehe er ihm folgte. Wie gut, dachte er, daß Skriva durch und durch eine Verbrechernatur war. Politik, Moral oder Patriotismus waren ihm völlig fremd. Er hatte nur ein einziges Interesse, nämlich so leicht wie möglich zu Geld zu kommen. Er würde noch nicht einmal merken, daß es einen Unterschied gab zwischen einem Verbrecher und einem Verräter. Mowry war sicher, daß Skriva am folgenden Tag zur verabredeten Zeit erscheinen würde.

PUNKT zwei Uhr hielt ein großer schwarzer Netzstromwagen vor dem Osteingang, Mowry stieg ein, und sie fuhren weiter. In einigem Abstand folgte ein zweites, schon etwas älteres Auto.

Hinter dem Steuer des ersten Wagens saß Skriva, der sich so fein gemacht hatte, daß Mowry zweimal hinschauen mußte, bevor er ihn erkannte. Er hatte sich sogar parfümiert und schien deswegen etwas verlegen zu sein. Während er auf die Straße schaute, zeigte er mit seinem manikürten Daumen nach hinten, wo noch so ein gepflegtes, duftendes Etwas auf dem Rücksitz lümmelte.

„Das ist Lithar. Er ist der schärfste *wert* auf Jaimec."

Mowry wandte den Kopf und nickte ihm zu. Lithar starrte ihn ausdruckslos an. Mowry drehte den Kopf wieder nach vorn und fragte sich, was ein *wert* sein mochte. Er hatte den Ausdruck noch nie gehört und wagte nicht, nach seiner Bedeutung zu fragen.

„Der im andern Wagen ist Brank", fuhr Skriva fort. „Ebenfalls ein heißer *wert* und Lithars rechte Hand. Stimmt's, Lithar?"

Der schärfste *wert* auf Jaimec antwortete mit einem Grunzen. Man mußte Skriva zugestehen, daß er eine gute Wahl getroffen hatte. Es gab einen Typ von mürrischen Kaitempibeamten, dem Lithar aufs Haar glich.

Sie fuhren durch einige Seitenstraßen und gelangten schließlich auf eine Hauptstraße, wo sie anhalten mußten, weil ein langer Konvoi von Militärfahrzeugen mit Soldaten vorbeirollte. Skriva begann vor sich hin zu fluchen.

„Sie schauen sich um, als ob sie zum erstenmal hier wären", bemerkte Mowry, der die vorbeifahrenden Soldaten beobachtete.

„*Jar,* sie sind heute morgen gelandet", berichtete Skriva. „Sie kommen von Diracta. Es geht das Gerücht, daß von zehn Schiffen nur sechs durchgekommen sind."

„Tatsächlich? Das sieht aber nicht gut aus, wenn sie trotz dieser hohen Verluste Truppen nach Jaimec schicken."

„Für mich sieht nur eins gut aus: ein großer Stapel Gulden", bemerkte Skriva. Er blickte finster auf die Militärfahrzeuge. „Wenn die uns noch lange aufhalten, könnten inzwischen zwei brave Bürger merken, daß ihre Wagen gestohlen worden sind, und dann schnappt uns die Polizei hier auf der Stelle."

Schließlich war der Militärkonvoi vorbeigezogen. Skriva steuerte ungeduldig auf die Straße hinaus und drehte die Geschwindigkeit auf. „Langsam, langsam", mahnte Mowry. „Wir wollen doch nicht wegen einer kleinen Verkehrssünde mit der Polizei in Konflikt geraten."

Kurz vor dem Gefängnis fuhr Skriva an den Bürgersteig heran und hielt. Der zweite Wagen blieb dicht hinter ihnen stehen. Skriva wandte sich zu Mowry. „Kann ich das Formular noch einmal sehen, bevor wir weitermachen?"

Mowry zog es aus der Tasche und gab es ihm. Er sah es sich an, schien zufrieden zu sein und reichte es an Lithar weiter.

„Mir fällt nichts auf. Was meinst du?"

Lithar warf einen gleichgültigen Blick darauf und gab es zurück. „Entweder ihr kommt damit durch oder nicht. Das wird sich ja gleich herausstellen."

Diese Bemerkung schien Skriva zu beunruhigen. Er sagte zu Mowry: „Zwei von uns werden jetzt also ins Gefängnis gehen, das Formular vorzeigen und darauf warten, daß die Gefangenen gebracht werden, *hi?*"

„Ganz richtig."

„Und was ist, wenn sie noch Ausweise sehen wollen?"

„Ich kann mich ausweisen."

„Mit was?"

„Das ist doch gleichgültig, Hauptsache, es überzeugt sie", sagte

Mowry ausweichend. „Und Sie stecken sich das hier innen ans Jackett und schlagen das Jackett auf, wenn es nötig sein sollte." Er gab ihm Sagramatholous Ausweisschild.

Skriva drehte es verwundert hin und her und fragte: „Wo haben Sie das her?"

„Ein Beamter hat es mir gegeben. Ich habe nämlich Beziehungen."

„Das soll ich Ihnen glauben? Kein Kaitempi*soko* würde auch nur im Traum daran denken –"

„Er war ja auch schon tot", fiel Mowry ihm ins Wort.

„Haben Sie ihn umgelegt?"

„Seien Sie nicht so neugierig."

„*Jar,* was geht das uns eigentlich an?" schaltete sich Lithar ein. „Wir verlieren nur Zeit. Entweder ziehen wir die Sache jetzt durch – oder wir kehren jetzt um und fahren wieder nach Hause."

Daraufhin blieb Skriva nichts anderes übrig, als weiterzufahren. Er schien sehr nervös zu sein und bereute sicherlich schon, daß er Mowry den Vorschlag gemacht hatte, die Gefangenen zu befreien, aber nun, da die Sache so weit gediehen war, konnte er schlecht zurück.

Das Gefängnis mit seinen hohen Mauern und schweren Stahltüren tauchte vor ihnen auf. Die beiden Wagen hielten dicht vor den Türen. Mowry stieg aus. Skriva folgte ihm resigniert.

Mowry drückte auf einen Klingelknopf. Daraufhin öffnete sich eine kleine Tür inmitten des großen Tors, und ein bewaffneter Wärter trat heraus.

„Kaitempi benötigt drei Gefangene", verkündete Mowry mit arroganter Stimme.

Mit einem kurzen Blick auf die wartenden Wagen und ihre Insassen gab der Wärter die Tür frei, ließ die beiden eintreten und schob hinter ihnen den schweren Riegel vor.

„Sie kommen heute sehr früh", bemerkte er.

„*Jar,* wir haben es eilig. Wir haben noch eine Menge zu tun."

„Hier entlang."

Sie gingen im Gänsemarsch hinter dem Wärter her. Skriva bildete den Schluß. Er behielt immer eine Hand in der Tasche. Der Wärter führte sie über einen langen Korridor in den Verwaltungstrakt, wo er eine Tür öffnete und sie in einen kleinen Raum treten ließ.

Hinter einem Schreibtisch saß ein grimmig dreinblickender, stämmiger Sirianer. Das Schild auf dem Tisch besagte, daß es sich um Kommandant Tornik handelte.

„Drei Gefangene sollen zur Befragung abgeholt werden", sagte Mowry in sachlichem Ton. „Hier ist das Auslieferungsformular, Kommandant. Wir haben wenig Zeit und wären Ihnen dankbar, wenn Sie die Gefangenen so schnell wie möglich herbringen lassen könnten."

Tornik betrachtete das Formular mit gerunzelten Brauen, untersuchte es aber nicht genauer. Dann ordnete er durchs Telefon an, daß man die drei Gefangenen zu ihm bringen solle. Er lehnte sich in seinen Sessel zurück und betrachtete seine Besucher mit ausdrucksloser Miene.

„Ich habe Sie noch nie gesehen", bemerkte er schließlich.

„Nein, Kommandant. Das hat auch seinen Grund."

„So? Welchen denn?"

„Wir haben allen Grund anzunehmen, daß es sich bei diesen drei Gefangenen nicht um normale Verbrecher handelt, sondern um Mitglieder der revolutionären Organisation *Dirac Angestun Gesept.* Deshalb sollen sie vom militärischen Geheimdienst und von den Kaitempi verhört werden. Ich komme vom militärischen Geheimdienst."

„Tatsächlich?" sagte Tornik, ohne eine Miene zu verziehen. „Vom militärischen Geheimdienst war noch nie jemand hier. Kann ich Ihre Papiere einmal sehen?"

Mowry reichte sie ihm. Die Sache schien doch nicht ganz so glatt ablaufen zu wollen, wie er gehofft hatte. Wenn nur die Gefangenen bald auftauchten! Tornik schien der Typ zu sein, der jede freie Minute mit irgendeiner Arbeit ausfüllen mußte.

Der Kommandant reichte die Papiere zurück, nachdem er sie kurz durchgesehen hatte. „Oberst Halopti, dies ist ein etwas ungewöhnlicher Fall. Das Auslieferungsformular ist vollkommen in Ordnung, aber ich habe die strikte Anweisung, Gefangene nur einer Abordnung der Kaitempi zu übergeben."

„Dies *ist* eine Abordnung der Kaitempi", sagte Mowry. Er warf Skriva einen auffordernden Blick zu. Dieser schien wie aus einem Traum aufzuwachen und öffnete sein Jackett, an dessen Innenseite das Schildchen aufblitzte. „Man hat mir im Hauptquartier drei Kaitempibeamte mitgegeben und gesagt, daß ihre Begleitung nötig sein würde."

„*Jar,* das ist richtig!" Tornik zog eine Schublade auf und nahm ein anderes Formular heraus, in das er ein paar Daten des Auslieferungsformulars übertrug. Dann sah er es zweifelnd an und meinte in bedauerndem Tonfall: „Ihre Unterschrift genügt leider nicht, Oberst. Die Auslieferung von Gefangenen muß durch einen Kaitempioffizier bescheinigt werden."

„Ich werde unterschreiben", bot Skriva an.

„Aber Sie sind kein Offizier", wandte Tornik ein.

Mowry, der innerlich über die Federfuchserei des Kommandanten fluchte, mischte sich ein: „Er gehört zu den Kaitempi und steht im Augenblick unter meinem Befehl. Ich bin zwar Offizier, gehöre aber nicht zu den Kaitempi."

„Das ist richtig, aber –"

„Die Unterschrift muß beweisen, daß die Gefangenen an die Kaitempi und an einen Offizier ausgeliefert worden sind. Diese Bedingung ist erfüllt, wenn wir beide unterschreiben."

Tornik überlegte kurz und fand dann, daß auf diese Weise dem Buchstaben des Gesetzes Genüge getan sein würde. „Also gut, Sie unterschreiben beide."

In dem Augenblick wurde die Tür geöffnet, und die drei Gefangenen schlurften mit Handschellen gefesselt herein. Ihnen folgte ein Wärter, der sogleich einen Schlüsselbund herauszog und die drei von ihren Fesseln befreite. Gurd, der inzwischen ganz ausgemergelt war, blickte mißmutig zu Boden. Der eine von seinen Genossen, der offenbar ein guter Schauspieler war, sah mit finsterem Blick von Tornik zu Mowry und dann zu Skriva. Nur der dritte zeigte bei Skrivas Anblick freudige Überraschung, doch sein Lächeln schwand sofort, als Skriva ihm die Zähne zeigte. Zum Glück hatten weder Tornik noch der Wärter etwas davon bemerkt.

Mowry und Skriva kritzelten ihre Unterschrift unter das Formular. Die drei Gefangenen sahen schweigend zu.

„Danke, Kommandant", sagte Mowry und wandte sich zur Tür. „Gehen wir."

„Was, Sie wollen die drei doch nicht ohne Handschellen mitnehmen, Oberst!" rief Tornik entsetzt.

Die drei Gefangenen ballten die Fäuste. Skriva schob wieder seine Hand in die Tasche und beobachtete aufmerksam den Wärter.

Mowry wandte sich zu Tornik um und sagte: „Wir haben

Fußfesseln in unseren Wagen, Kommandant. Gefangene flüchten gewöhnlich mit ihren Beinen."

„Da haben Sie recht", meinte Tornik.

Der Wärter, der sie hergebracht hatte, führte sie über den Korridor wieder zurück. Alle fünf spitzten die Ohren in Erwartung eines Wutgebrülls und eilig nahender Schritte. Sie bereiteten sich schon darauf vor, den Wärter niederzuschlagen und dann auf das Tor zuzulaufen.

Sie erreichten die Mauer, und der Wärter wollte gerade den Riegel zurückschieben, als draußen geläutet wurde. Dieses unerwartete Geräusch raubte ihnen fast die Nerven. Skriva zog seine Pistole halb aus der Tasche, und Gurd trat einen Schritt auf den Wärter zu. Doch dieser hatte ihnen den Rücken gewandt und schob seelenruhig den Riegel zurück. Vor der Tür standen vier Zivilisten mit harten Gesichtern.

„Kaitempi benötigt einen Gefangenen", sagte einer von ihnen.

Aus irgendeinem Grund dachte sich der Wärter nichts dabei, daß kurz hintereinander zwei Abordnungen von Kaitempi auftauchten, um Gefangene abzuholen. Er ließ die vier eintreten und hielt die Tür für Mowry und seine Begleiter auf. Doch die vier Neuankömmlinge gingen nicht weit.

Gerade als sich die Tür hinter Mowry, der als letzter hinaustrat, schloß, hörte er, wie einer von den Kaitempibeamten den Wärter fragte: „Wer war das, *hi?*"

Die Antwort war nicht mehr zu verstehen, aber die Frage genügte vollkommen. „Los, lauft!" rief er. „Schnell!"

Sie liefen zu den beiden Wagen. Dahinter stand jetzt ein drittes Netzstromauto, aber niemand saß am Steuer. Lithar und Brank beugten sich vor und öffneten die Türen.

Skriva und Mowry kletterten in den ersten Wagen, während Gurd sich hinter ihnen in Lithars Schoß warf. Die beiden anderen Gefangenen drängten sich in Branks Wagen.

Die Fahrzeuge setzten sich in Bewegung. In dem Moment wurde die Tür in der Mauer aufgerissen, und jemand rief: „Halt! Halt, oder –" Brank feuerte ein paarmal hinüber, ohne jemanden zu treffen. Mowry sah noch, wie einige Männer auf den parkenden Wagen zustürzten, dann bogen sie um die Ecke.

„Sie sind schon hinter uns her", sagte er zu Skriva. „Bald werden sie über Funk alles alarmiert haben."

„*Jar,* aber damit haben sie uns noch nicht."

Zehn

GURD sagte: „Hat keiner daran gedacht, mir auch eine Pistole mitzubringen?"

„Nimm meine", antwortete Lithar und gab sie ihm.

Gurd griff gierig danach. „Du glaubst wohl, es ist besser, wenn man sie bei mir findet, *hi?* Ein typischer *wert.*"

„Halt den Mund!" sagte Lithar wütend.

„So, du willst mir also den Mund verbieten, was?" Gurd suchte offenbar Streit. „Dabei verdienst du bestimmt 'ne ganze Menge Geld durch mich, sonst wärst du nicht hier. Wieviel, *hi?* Wieviel –"

Er wurde zur Seite geschleudert und suchte irgendwo Halt, während der Wagen um eine Kurve bog, durch eine schmale Straße fuhr und dann nach rechts abbog und gleich darauf wieder nach links. Branks Wagen folgte ihnen im gleichen Tempo und nahm dieselben Kurven bis auf die letzte. Statt nach links abzubiegen, fuhr er geradeaus weiter und war gleich darauf außer Sicht. Sie fuhren durch eine Einbahnstraße und in die nächste Querstraße.

„Wir haben Brank verloren", sagte Mowry zu Skriva. „Und die Kaitempi anscheinend auch."

„Sie werden jetzt hinter Brank her sein", meinte Skriva. „Uns kann das nur recht sein."

„Ein dreckiger *wert* will mir den Mund verbieten", murmelte Gurd.

Sie fuhren kreuz und quer durch ein Dutzend Seitenstraßen und waren schon in der Nähe der Stelle, wo ihre eigenen Wagen geparkt waren, als plötzlich hinten ein Schuß fiel. Mowry drehte sich um und erwartete, hinter ihnen einen Streifenwagen zu erblicken. Aber es war kein Auto zu sehen. Lithar lag schräg auf der Seite, so als schliefe er. Über seinem rechten Ohr war ein kleines Loch, aus dem purpurrotes Blut lief.

Gurd sagte grinsend: „Ich habe nur vorgesorgt."

„Jetzt haben wir auch noch eine Leiche im Wagen", klagte Mowry. „Als ob wir nicht schon genug Ärger hätten."

Sie waren am Parkplatz angelangt. Skriva bremste scharf, sprang aus dem Wagen und lief zu seinem eigenen hinüber. Gurd folgte ihm mit der Pistole in der Hand. Während Skriva die Maschine anließ, beugte sich Mowry zu ihnen hinunter.

„Und was ist mit Brank?"

„Was soll mit ihm sein?" fragte Skriva zurück.

„Wenn wir alle verschwinden, hat er keinen Wagen zum Umsteigen."

„Die Stadt ist voller Autos. Er kann sich leicht eins besorgen." Der Wagen rollte an. „Wir fahren zu einem sicheren Versteck. Folgen Sie uns."

Mowry ließ ihnen einen Vorsprung von vierhundert Metern und folgte ihnen dann. Während sich der Abstand zwischen den Wagen immer mehr vergrößerte, überlegte Mowry, ob es für ihn nicht besser sei, ganz aus der Stadt zu verschwinden. Er hatte fürs erste seinen Zweck erreicht: Der Ausbruch aus dem Gefängnis war geglückt und würde eine Menge Staub aufwirbeln. Mit Gurd und Skriva konnte er, wenn er wollte, durch ihren geheimen Briefkasten unter dem Kilometerstein wieder in Verbindung treten. Außerdem mußte er aus zwei Gründen zur Höhle zurück: Er mußte erstens in eine neue Rolle schlüpfen, denn als Oberst Halopti konnte er sich in Pertane nicht mehr blicken lassen, und zweitens wurde es Zeit, daß er dem terranischen Geheimdienst einen Bericht zukommen ließ. Er hatte schon ein schlechtes Gewissen deswegen.

Als der Wagen vor ihm zu einem kleinen Punkt zusammengeschrumpft war, bog er rechts ab und fuhr zurück in die Stadt. Das Straßenbild hatte sich in der kurzen Zeit sehr verändert. Streifenwagen schwärmten durch die Straßen, und überall sah man Uniformierte, aber nur wenige Bürger.

Mowry gelangte, ohne angehalten zu werden, in das Slumviertel, in dem seine Behausung lag. Er wollte nur rasch seine Sachen holen und dann verschwinden. Als er in die Straße einbog, bemerkte er, daß an der Ecke wie gewöhnlich ein paar Männer herumlungerten. Aber irgend etwas stimmte nicht mit ihnen; sie trugen zwar abgerissene Sachen, doch ihre Gesichter sahen ein wenig zu wohlgenährt aus.

Beunruhigt fuhr Mowry weiter und gab sich dabei den Anschein, als sei er nur zufällig durch diese Straße gekommen. An einem Laternenpfahl lehnten zwei stämmige Männer ohne Halstuch und Jacke. Ein Stück weiter waren vier damit beschäftigt, eine Mauer abzustützen. Sechs weitere standen um einen alten Lastwagen herum, der gegenüber von Mowrys Wohnung geparkt war. Im Hauseingang lungerten noch ein paar herum. Alle sahen ihn scharf an, während er mit unbewegter Miene vorüberrollte.

Die ganze Straße schien bewacht zu sein, nur besaß man anscheinend keine genaue Beschreibung von Mowry. Er konnte sich das Ganze natürlich auch nur einbilden, aber eine innere Stimme sagte ihm, daß seine einzige Chance darin bestand, so unbekümmert wie möglich weiterzufahren.

Als er sich dem Ende der Straße näherte, kamen vier Männer aus einem Hauseingang und stellten sich am Rinnstein auf, so als hätten sie die Absicht, Mowry anzuhalten.

Bevor es dazu kommen konnte, trat Mowry auf die Bremse und hielt bei zwei Männern, die auf einem Treppenaufgang hockten und sich unterhielten. Er ließ die Scheibe herunter und steckte den Kopf hinaus. Einer von den Männern stand auf und kam auf ihn zu.

„Verzeihung“, sagte Mowry höflich. „Man hat mir gesagt, ich müßte zuerst rechts und dann links abbiegen, um in die Asakostraße zu gelangen. Das habe ich auch gemacht, aber jetzt bin ich hier.“

„Wo hat man Ihnen das gesagt?“

„Vor der Kaserne.“

„Manche Leute können anscheinend rechts und links nicht auseinanderhalten“, meinte der Mann. „Sie hätten zuerst links und dann rechts abbiegen müssen. Wenn Sie durchs Tor kommen, biegen Sie gleich links ab.“

„Danke. In einer so großen Stadt kann man viel Zeit verlieren.“

„*Jar,* vor allem, wenn die Leute einem falsche Auskünfte geben.“ Der Mann setzte sich wieder zu seinem Kollegen auf die Treppe.

Die vier Männer, die an den Rinnstein getreten waren, kehrten wieder auf ihren Posten im Hauseingang zurück, als sie sahen, daß Mowry sich offen mit einem von ihnen unterhielt. Als er an ihnen vorbeifuhr, blickten sie nicht einmal auf. Er bog erleichtert um die Ecke und beschleunigte die Geschwindigkeit.

Als er sich dem Stadtrand näherte, wurde er von einem Streifenwagen angehalten. Einen Augenblick überlegte er, ob er nicht einfach weiterfahren sollte, aber dann sagte er sich, daß er sich damit verraten und sämtliche Polizeiwagen auf seine Fährte locken würde. In der Hoffnung, daß es ihm noch einmal gelingen würde, die Polizei zu bluffen, hielt er an.

Der Streifenwagen fuhr seitlich heran, und der Beifahrer ließ die Scheibe herunter. „Wohin fahren Sie?"

„Nach Palmare", antwortete Mowry. Das war der Name eines Dorfes zwanzig Kilometer südlich von Pertane.

„Das haben Sie sich gedacht! Hören Sie keine Nachrichten?"

„Ich hatte heute viel zu tun. Ich bin nicht mal zum Essen gekommen. Was ist denn los?"

„Alle Ausfallstraßen sind gesperrt. Niemand darf die Stadt verlassen, es sei denn, er besitzt eine militärische Sondergenehmigung. Kehren Sie um, und kaufen Sie sich eine Zeitung."

Das Fenster wurde hochgedreht, und der Streifenwagen schoß davon. Mowry sah ihm mit gemischten Gefühlen nach. Er war noch einmal davongekommen, aber ewig würde ihm das Glück nicht hold sein. Er fuhr zurück bis zum nächsten Zeitungsstand und kaufte sich ein noch druckfeuchtes Exemplar. Im Wagen überflog er die Schlagzeilen:

PERTANE STEHT UNTER KRIEGSRECHT.
AUSREISEVERBOT.
GEWALTMASSNAHMEN GEGEN DIE UNTERGRUNDORGANISATION DIRAC ANGESTUN GESEPT.
POLIZEI AUF DER SPUR DES BOMBENATTENTÄTERS.
GEFÄNGNISAUSBRUCH: ZWEI TOTE, ZWEI FESTGENOMMENE.

Mowry las rasch den kurzen Bericht unter der letzten Überschrift durch. Brank und einer von den Gefangenen waren gefaßt worden und hatten bereits ihre Zugehörigkeit zu der Revolutionsarmee eingestanden. Die Toten waren Lithar und der andere Gefangene, die angeblich beide auf der Flucht erschossen worden waren. Von Entkommenen oder einem falschen Oberst Halopti, der als Fluchthelfer fungiert hatte, war nicht die Rede.

Wahrscheinlich hatten die Kaitempi diese Angaben zurückgehalten, damit die Entkommenen sich in falscher Sicherheit wiegen sollten. Aber Mowry wußte, daß das eine Falle war. Er durfte keinem Polizisten oder Kaitempibeamten seine auf Oberst Halopti ausgeschriebenen Papiere zeigen. Doch andere Papiere besaß er nicht. Wie sollte er aus der von Militär abgeriegelten Stadt herauskommen?

Militär – ja, das war vielleicht der schwache Punkt, den er sich zunutze machen konnte. Das Militär war sicher nicht so genau informiert wie die Polizei oder die Kaitempi, und ein einfacher

Soldat würde es kaum wagen, einem Oberst zu widersprechen. Die Entscheidung fiel Mowry nicht schwer. Er hatte sowieso keine andere Chance.

Etwa sechzig Straßen führten aus Pertane hinaus, darunter breite Autostraßen und löchrige Landwege, die wahrscheinlich weniger bewacht waren. Mowry kannte sich mit diesen kleinen Straßen zwar nicht aus, aber er erinnerte sich daran, daß es neben der Hauptstraße nach Palmare noch eine wenig benutzte, gewundene Landstraße gab, die ebenfalls dorthin führte. Von Palmare aus konnte er dann die Straße nach Valapan nehmen, und zu der Stelle gelangen, von der aus er gewöhnlich zu seiner Höhle aufbrach.

Er fuhr also zurück durch die Außenbezirke und bemerkte, als er um eine Ecke bog, in zweihundert Meter Entfernung eine Straßensperre. Zwei Militärlastwagen blockierten auf beiden Seiten die Straße und ließen in der Mitte nur soviel Raum, daß ein Personenwagen sich gerade noch vorsichtig durchlavieren konnte. Vor den Lastwagen standen ein Dutzend Soldaten, die gelangweilt ihre Maschinenpistolen in den Händen hielten. Von Polizisten oder Kaitempimännern war nichts zu sehen.

Mowry verlangsamte das Tempo und blieb dicht vor der Sperre mit laufendem Motor stehen. Hinter einem der Lastwagen kam ein stämmiger Sergeant hervor und trat auf Mowry zu.

„Haben Sie eine Ausreiseerlaubnis?"

„Ich benötige keine", antwortete Mowry herablassend. Er zog die Brieftasche heraus und zeigte seine Ausweiskarte.

Der Sergeant warf einen Blick darauf, stand stramm und salutierte. Die Soldaten nahmen ebenfalls Haltung an.

In bedauerndem Tonfall sagte der Sergeant: „Ich muß Sie leider bitten, einen Augenblick zu warten, Oberst. Ich habe den Auftrag, dem diensthabenden Offizier Mitteilung davon zu machen, wenn jemand ohne Ausreiseerlaubnis die Sperre passieren will."

„Auch wenn es jemand vom militärischen Geheimdienst ist?"

„Ich darf keine Ausnahme machen. Das ist ein strikter Befehl."

„Gut, Sergeant. Ich werde warten."

Der Sergeant salutierte und verschwand hinter den Lastwagen. Gleich darauf kam er mit einem jungen, besorgt dreinblickenden Offizier zurück. Der Offizier marschierte auf den Wagen zu, salutierte und wollte gerade etwas sagen, als Mowry ihm zuvorkam: „Stehen Sie bequem, Leutnant."

Der andere schluckte überrascht, lockerte die Beine und sagte schließlich: „Wie ich gehört habe, besitzen Sie keine Ausreiseerlaubnis – Oberst?"

„Ganz richtig. Besitzen *Sie* denn eine?"

„Nein, Sir", sagte der Leutnant überrascht.

„Und weshalb nicht?"

„Wir sind dienstlich hier."

„Ich auch", erwiderte Mowry.

„Jawohl, Sir." Der Leutnant nahm all seinen Mut zusammen und sagte: „Darf ich noch einmal Ihre Ausweiskarte sehen, Sir? Es ist nur eine Formalität. Ich bin sicher, daß alles in Ordnung ist."

„Natürlich ist alles in Ordnung", sagte Mowry väterlich und reichte ihm seine Karte.

Der Leutnant warf nur einen kurzen Blick darauf. „Danke, Oberst. Sie wissen ja, Befehl ist Befehl." Er trat einen Schritt zurück und salutierte zackig, während Mowry ihm lässig zuwinkte. „Passieren lassen!"

Die Soldaten traten zur Seite, und Mowry fuhr vorsichtig zwischen den beiden Lastwagen durch. Hinter der Sperre drehte er sofort auf volle Geschwindigkeit. Er war froh, wieder einmal durchgekommen zu sein, obwohl ihm der junge Leutnant leid tat. Er stellte sich die Szene vor, die ihn erwartete, wenn sein Vorgesetzter zu einer Inspektion vorbeikam.

„Ist irgend etwas Außergewöhnliches vorgefallen, Leutnant?"

„Nein, Sir, nichts. Es war alles ganz ruhig. Ich habe eine Militärperson ohne Ausreiseerlaubnis durchgelassen."

„So? Wer war es denn?"

„Ein Oberst Halopti, Sir."

„Halopti? Der Name kommt mir doch bekannt vor."

„Er ist vom militärischen Geheimdienst."

„*Jar, jar.* Aber was war nur mit diesem Oberst? Man informiert uns eben nicht ausreichend. Haben Sie ein Telefon?"

„Ich zeig es Ihnen, Sir."

Und einen Augenblick später: „Sie Trottel! Dieser Halopti ist der meistgesuchte Mann auf dem ganzen Planeten! Und Sie lassen ihn entwischen! Man sollte Sie vors Kriegsgericht stellen! Wie lange ist er schon fort? War er allein? Haben Sie sich wenigstens seine Wagennummer gemerkt? Nein – das wäre ja auch zuviel verlangt . . ." Und so weiter und so fort.

Diese Szene konnte sich in drei oder vier Stunden, aber auch schon in den nächsten zehn Minuten abspielen. Bei dem Gedanken daran, daß die Jagd auf ihn jeden Augenblick losgehen konnte, drehte Mowry die Geschwindigkeit noch mehr auf, so daß der Wagen bei jedem Schlagloch fast einen Luftsprung machte. Er raste durch Palmare und bog dann auf die Verbindungsstraße zwischen Pertane und Valapan ein. Unterwegs begegneten ihm einige Militärfahrzeuge, aber niemand kümmerte sich um ihn.

Als er zu seinem Baum kam, war die Straße auf beiden Seiten frei. Er fuhr über den Straßenrand in den Wald hinein, lief zurück, vergewisserte sich, daß der Wagen von der Straße aus nicht zu sehen war, und verwischte alle Reifenspuren.

Es war inzwischen dunkel geworden, und er überlegte, ob er nicht im Auto übernachten sollte, doch der Gedanke an die sichere Höhle, in der eine Mahlzeit auf ihn wartete, ließ ihn die beschwerliche Nachtwanderung vorziehen.

Beim ersten Morgengrauen näherte er sich der Höhle. Sein Ring hatte schon vor fünfzehn Minuten zu vibrieren angefangen, und so stapfte er unbedenklich über den Kiesstrand, betrat die Höhle und bereitete sich eine nahrhafte Mahlzeit. Dann kroch er in seinen Schlafsack und fiel sofort in tiefen Schlaf.

Als er erwachte, dämmerte schon wieder der Abend. Er bereitete sich noch eine Mahlzeit, und danach fühlte er sich wie ein junger Gott. Pfeifend rollte er Behälter Nummer fünf hinaus auf den Strand, stellte ihn auf und machte ihn sendefertig. Zweieinhalb Stunden lang summte er in den Weltraum hinaus: „Hier ist Jaimec! Hier ist Jaimec!"

Endlich leuchtete das rote Lämpchen auf. Die Stimme am andern Ende sagte: „Geben Sie Ihre Meldung durch. Das Tonband läuft."

Mowry meldete sich mit: „Hier JM auf Jaimec" und ratterte dann seinen Bericht herunter. Er schloß mit den Worten: „In Pertane läßt sich im Augenblick nichts machen. Die Lage muß sich erst wieder beruhigt haben, und das kann noch lange dauern. Meiner Meinung nach werden sie die Suche nach der Revolutionsarmee auf andere Städte ausdehnen, nachdem sie in einer Stadt erfolglos verlaufen ist."

Es dauerte ziemlich lange, bis die Antwort kam: „Uns liegt daran, daß die Lage sich zuspitzt. Beginnen Sie sofort mit Phase neun."

„Phase neun?" stieß Mowry überrascht hervor. „Ich bin doch

erst bei Phase vier. Und was ist mit Phase fünf, sechs, sieben und acht?“

„Vergessen Sie das. Die Zeit drängt. Wir haben gedacht, Sie seien geschnappt worden, und haben schon ein Schiff mit einer neuen Wespe losgeschickt. Wir werden es jetzt zu einem anderen Planeten beordern. Machen Sie sich also an die Arbeit.“

„Aber Phase neun ist doch ausdrücklich dazu bestimmt, eine Invasion einzuleiten.“

„Ganz richtig“, antwortete die Stimme trocken. „Ich sagte Ihnen ja schon, daß die Zeit drängt.“

Damit wurde die Verbindung unterbrochen. Mowry klappte den Deckel zu und rollte den Behälter zurück in die Höhle. Dann ging er wieder hinaus und blickte nachdenklich zu den Sternen empor.

PHASE neun diente dem Zweck, die überall im Einsatz befindlichen Truppen des Feindes noch mehr auseinanderzuziehen und den Kampf gegen die fiktive Revolutionsarmee vom Land aufs Wasser auszudehnen. Jaimec besaß nur eine kleine Kriegsflotte, und seine Handelsmarine bestand vielleicht aus sechshundert Schiffen, von denen keins mehr als fünfzehntausend Tonnen faßte. Doch die gesamte Versorgung des Planeten hing davon ab, daß diese Schiffe regelmäßig ein- und ausliefen. Wenn einige dieser Schiffe nicht mehr ihre planmäßigen Routen fahren konnten, würde die ganze Wirtschaftsplanung durcheinandergeraten.

Daß Mowry den Auftrag erhalten hatte, sofort mit Phase neun zu beginnen, bedeutete, daß das terranische Raumschiff, das seinen Nachfolger absetzen sollte, eine Ladung Treibbojen an Bord hatte. Es würde sie wahrscheinlich bei Nacht im Bereich der meistbefahrenen Routen auf Jaimecs Meeren abwerfen und sich dann unbemerkt wieder entfernen.

In dem Kursus war Mowry genau erklärt worden, welche Taktik man damit bezweckte und welche Rolle er dabei zu spielen hatte. Man hatte ihm eine auseinandergenommene Treibboje gezeigt. Sie bestand aus einem gewöhnlichen Ölkanister, an dem ein sechs Meter langes Rohr angebracht war, das in einer Blinksignale aussendenden Mündung endete. In dem Kanister befand sich ein einfacher magnetischer Mechanismus. Wenn man eine solche Treibboje ins Meer warf, trieb der Kanister unter Wasser, und vom Rohr ragten etwa anderthalb Meter und die Mündung heraus. Der magnetische Mechanismus im Kanister war so eingerichtet, daß die Boje ganz unter die Wasseroberfläche sank, sobald sich eine Masse aus Metall auf vierhundert Meter näherte. Entfernte sich die Metallmasse wieder, tauchte der obere Teil der Treibboje sofort wieder über den Wellen auf.

Um dieser harmlosen Erfindung einen bedrohlichen Charakter zu geben, bedurfte es einer Vorwarnung und eines Beweises akuter Gefahr. Die Vorwarnung hatte darin bestanden, daß dem Gegner zu Beginn des Krieges streng geheime Pläne in die Hände gespielt worden waren, nach denen eine ganze Flotte winziger U-Boote mit drei Mann Besatzung auf den feindlichen Planeten ausgesetzt werden sollte. Für den Beweis akuter Gefahr mußte Mowry nun sorgen, indem er ein paar Handelsschiffe auf offener See explodieren und sinken ließ.

Wenn alles nach Plan verlief, würde jedes Schiff beim Anblick eines aus dem Wasser herausragenden Rohres sofort die Flucht ergreifen und warnende Funksignale aussenden. Andere Schiffe würden diese Signale aufnehmen und weite, zeitraubende Umwege machen oder im Hafen liegenbleiben. Auf den Werften würde man sich in hektischer Eile auf den Bau von nutzlosen Zerstörern umstellen. Und zahllose Hubschrauber und Düsenjäger würden die sinnlose Aufgabe übernehmen, die Meere des Planeten nach Treibbojen abzusuchen, um sie zu bombardieren.

Alapertane (Kleinpertane) war die nächste große Hafenstadt. Sie lag etwa vierzig Kilometer westlich der Hauptstadt und besaß eine Viertelmillion Einwohner. Es war anzunehmen, daß Kaitempi und Polizei dort noch nicht so aktiv waren wie in Pertane selbst. Schließlich hatte Mowry sich dort nie blicken lassen, und das hieß, daß diese Stadt bisher auch von der DAG verschont geblieben war. Mowry würde also einen Abstecher nach Alapertane machen und seine Aufgabe so schnell wie möglich hinter sich bringen.

Er öffnete einen Behälter und wählte aus den dreißig verschiedenen Rollen, die ihm noch zur Verfügung standen, die eines kleinen Beamten des Marineministeriums. Dann verbrachte er eine Stunde damit, sein Äußeres entsprechend umzuwandeln. Zum Schluß war er ein älterer Bürokrat mit Stahlbrille und Halbglatze.

Er suchte sich eine passende Tasche aus, öffnete sie mit einem Plastikschlüssel und deponierte darin drei Haftminen. Es waren halbkugelförmige Dinger mit einem Magnetring an der flachen

Seite und einem Schalter am Außenrand der Rundung, mit dem man die Zeit einstellen konnte. Jedes davon wog elf Pfund. Nachdem Mowry die Tasche mit ihrem gefährlichen Inhalt wieder geschlossen hatte, steckte er noch etwas Geld zu sich, überprüfte seine Pistole, schaltete Behälter Nummer zweiundzwanzig ein und machte sich mit seiner Last auf den Weg.

Es war schon heller Tag, als er endlich zu seinem Wagen gelangte. Erleichtert legte er die Tasche auf den Rücksitz, prüfte, ob die Straße frei war, und fuhr los. Er wählte eine Route, die ihn möglichst weit von der Hauptstadt entfernt nach Alapertane brachte.

Nach fünfzehn Minuten war er gezwungen anzuhalten. Die Straße war blockiert von Militärfahrzeugen, die sich auf einem freien Platz neben der Straße einordneten. Auf einem Lastwagen saßen ein Dutzend niedergeschlagen dreinblickende Zivilisten, die von vier Soldaten bewacht wurden.

Ein Hauptmann näherte sich Mowrys Wagen und fragte: „Wo kommen Sie her?"

„Von Kiestra, kurz vor Valapan."

„Und wo wollen Sie hin?"

„Nach Alapertane."

Das schien den Hauptmann zufriedenzustellen. Er wollte weitergehen, doch Mowry hielt ihn mit der Frage zurück: „Was ist denn hier los, Hauptmann?"

„Wir machen eine Treibjagd auf Angsthasen und bringen sie dorthin zurück, wo sie hingehören."

„Angsthasen?" fragte Mowry erstaunt.

„*Jar.* Vorgestern nacht fing es an. Ein Haufen Feiglinge, die Angst um ihr Leben hatten, flüchteten sich in die Wälder. Am Morgen folgten ihnen ganze Scharen. Wenn wir die Stadt nicht beizeiten abgeriegelt hätten, wäre die Hälfte der Bevölkerung verschwunden gewesen. Diese Zivilisten machen mich ganz krank."

„Was hat sie denn so erschreckt?"

„Gerüchte. Nichts als Gerüchte!" Er schnaubte verächtlich.

„Aus Valapan ist noch niemand geflüchtet", sagte Mowry.

„Noch nicht", erwiderte der Hauptmann. Er wandte sich um und brüllte dem Fahrer des letzten Militärfahrzeugs zu, er möge sich beeilen.

Endlich war die Straße wieder frei, und Mowry konnte weiterfahren. Er gelangte ungehindert nach Alapertane, wo er einen Fußgänger nach dem Weg zum Hafen fragte.

Er stellte seinen Wagen auf dem Parkplatz einer Schiffahrtsgesellschaft ab und näherte sich dem Eingang zum ersten Kai, der von einem Polizisten bewacht wurde. „Wo ist das Büro des Hafenmeisters?"

Der Polizist wies ihm die Richtung. „Genau gegenüber, das dritte Tor."

Mowry ging hinüber, betrat das Büro und klopfte ungeduldig gegen einen Schalter. Der junge Schreibtischhengst, der dahintersaß, blickte auf und fragte: „Bitte?"

Mowry zeigte ihm seine Papiere und sagte: „Ich möchte wissen, welche Schiffe noch vor morgen früh auslaufen."

Gehorsam nahm der junge Mann ein längliches Buch zur Hand und blätterte darin herum. Es kam ihm überhaupt nicht in den Sinn, nach dem Anlaß dieser Bitte zu fragen.

„Wollen Sie auch die Bestimmungshäfen wissen?"

„Nein, nur die Namen der Schiffe, ihre Abfahrtszeit und die Nummern der Kais." Mowry zog Papier und Bleistift heraus und blinzelte den jungen Mann über seine Brille hinweg an.

„Morgen früh laufen vier Schiffe aus", erklärte ihm dieser. „Um acht Uhr die *Kitsi* von Kai drei. Ebenfalls um acht die *Anthus* von Kai eins. Um neun die *Su-cattra* von Kai sieben. Und die *Sulimane* ebenfalls um neun von Kai sieben." Er blätterte die nächste Seite um und fügte hinzu: „Eigentlich hätte auch die *Melami* auslaufen sollen, aber durch einen Maschinenschaden verzögert sich die Abfahrt wahrscheinlich um einige Tage."

„O ja. Vielen Dank."

Mowry kehrte zu seinem Wagen zurück, holte seine Tasche und begab sich damit zu Kai sieben. Der Polizist am Eingang sah sich seine Papiere an und ließ ihn dann ohne weiteres durch. Mowry spazierte zum Kai hinunter, wo gerade ein Schiff beladen wurde. Es war die *Su-cattra.* Ein Stück weiter lag die *Su-limane,* bei der ebenfalls eine Reihe von Hafenarbeitern damit beschäftigt waren, Fracht aufzuladen. Das war absolut nicht der richtige Zeitpunkt, um unbemerkt Haftminen anzubringen.

Mowry überlegte einen Augenblick, ob er nicht lieber die *Kitsi* und die *Anthus* aufsuchen sollte. Aber vielleicht wurden sie auch gerade beladen. Außerdem lagen sie an verschiedenen Kais, während er hier zwei Schiffe dicht beieinander liegen hatte. Das beste war, er ging noch einmal fort und kam später wieder, nachdem die Hafenarbeiter den Kai verlassen hatten. Doch das konnte wiederum den Polizisten am Eingang mißtrauisch machen.

Mowry schlenderte zu der großen Lagerhalle hinüber, deren Türen weit offen standen, und versteckte sich hinter einem Stapel Kisten, auf denen groß *Melami* stand. Es war nicht gerade bequem in seinem Versteck, aber zumindest war er hier sicher. Da die *Melami* in den nächsten Tagen nicht auslaufen konnte, würde niemand auf den Gedanken kommen, ihre Ladung zum bloßen Vergnügen herumzuschleppen.

Während er in seiner unbequemen Stellung wartete, schien ihm der Tag überhaupt kein Ende nehmen zu wollen, doch schließlich ertönten draußen Pfiffe, die Arbeit wurde eingestellt, und er hörte, wie die Arbeiter sich entfernten. Niemand hatte daran gedacht, die Türen der Lagerhalle abzuschließen. Das bedeutete wahrscheinlich, daß der Kai bewacht wurde.

Mowry wartete noch zwei Stunden, bis es draußen dunkel geworden war, dann ging er zur Tür der Lagerhalle und spähte hinaus. Die *Su-cattra* lag verlassen da, nur auf dem Oberdeck waren ein paar Matrosen beschäftigt. Er holte eine Haftmine aus seiner Tasche, stellte die Zeit ein und zog durch einen an der Mine befestigten Haken eine Schnur.

Er ging die zehn Meter zum Kai hinüber und warf die Mine ins Wasser. Sie sank rasch bis auf zweieinhalb Meter Tiefe hinab und wurde dann von der Schnur gehalten. Der Magnetring schloß sich nicht sofort an den Schiffsrumpf an, und Mowry mußte die Schnur ein bißchen hin und her ziehen, bis die Mine sich mit einem dumpfen Geräusch an das Schiff heftete. Mowry zog schnell die Schnur ein.

Hoch über ihm beugte sich ein Matrose über die Reling, um nachzusehen, woher das Geräusch gekommen war. Doch Mowry ging in diesem Augenblick schon nachlässig auf die Lagerhalle zu. Der Matrose sah ihm nach, blickte zu den Sternen auf, spuckte ins Wasser und kehrte an seine Arbeit zurück.

Nachdem Mowry bei der *Su-limane* die gleiche Prozedur wiederholt hatte, nahm er seine Tasche und ging auf das Tor zu, an dem jetzt ein anderer Polizist stand.

„Ein langes Leben!" grüßte Mowry, während er an ihm vorbeiging.

„Ein langes Leben", erwiderte der Polizist mechanisch.

Mowry ging schnurstracks zurück zum Parkplatz. Als er um die letzte Ecke bog, erblickte er in hundert Meter Entfernung sein Auto an derselben Stelle, an der er es verlassen hatte, aber es war inzwischen zum Gegenstand unliebsamer Neugierde geworden. Seine Haube war hochgeklappt, und zwei Polizisten beugten sich interessiert über den Elektromotor. Das taten sie gewiß nicht zum Zeitvertreib.

Mowry trat hinter die Ecke zurück und überlegte. Wahrscheinlich war man inzwischen auf die Idee gekommen, daß die Nummernschilder von Sagramatholous Auto einfach ausgewechselt worden sein könnten, und hatte Order gegeben, alle Wagen dieses Typs genauer zu untersuchen und die Motornummer festzustellen.

Zwei Meter von Mowry entfernt stand der unbesetzte Streifenwagen, in den die beiden Polizisten wahrscheinlich gleich zurückkehren würden, nachdem sich ihr Verdacht bestätigt hatte. Vorsichtig spähte Mowry um die Ecke. Der eine von ihnen schrieb etwas in sein Notizbuch, während der andere aufgeregt auf ihn einredete. Es würde noch ein paar Minuten dauern, bis sie zurückkehrten, um sich auf die Lauer zu legen, denn vorher mußten sie die Haube wieder schließen und alle Spuren ihrer Tätigkeit verwischen, damit ihr Opfer auch sicher in die Falle ging.

Mowry trat rasch auf den Streifenwagen zu, aber die Türen waren verschlossen. Ein einfacher Wagentausch kam also nicht in Frage. Er öffnete seine Tasche, stellte die dritte Haftmine, die sich noch darin befand, auf eine Stunde später ein, legte sich auf den Boden und brachte die Mine genau in der Mitte unter dem Chassis an. Dann stand er auf, klopfte sich den Staub vom Anzug und eilte mit seiner Tasche davon.

An der nächsten Straßenecke blickte er sich um. Die beiden Polizisten saßen jetzt im Wagen. Der eine von ihnen sprach ins Funkgerät. Wahrscheinlich meldete er, daß das gesuchte Auto gefunden sei, und forderte Unterstützung zur Einkreisung des Fahrers an.

Mowry eilte weiter. Wieder einmal saß er in der Klemme. Er hatte sein Auto verloren und besaß nun nur noch seine Pistole, seine Brieftasche mit einem Haufen Geld und gefälschten Papieren und seine Tasche, die bis auf die mit dem Schloß verbundene Sprengladung leer war.

Die Tasche stellte er am Eingang zum Postamt ab. Sie würde nicht gerade zur Beruhigung der Gemüter beitragen. Die Entdeckung seines Wagens hatte die Behörden von Alapertane darüber aufgeklärt, daß Sagramatholous Mörder sich innerhalb der Mauern der Stadt aufhielt. Während sie darauf lauerten, daß er ihnen in die Falle ging, würde ein Streifenwagen in die Luft fliegen. Dann würde jemand ordnungsgemäß eine verlorengegangene Tasche auf der nächsten Polizeistation abliefern, ein Polizist würde das Schloß zu öffnen versuchen und damit ein schreckliches Durcheinander anrichten.

Zwei Explosionen würden Alapertane, das noch halb im Schlaf lag, vollends aufwecken. Er mußte zusehen, daß er aus der Stadt herauskam, bevor man die gleiche Taktik wie in Pertane anwandte und die Stadt durch Militär abriegeln ließ.

Elf

IN DIESEM Augenblick bedauerte Mowry den Verlust von Major Sallanas Ausweiskarte bei der Explosion in Radine. Sie hätte ihm jetzt gute Dienste leisten können, ebenso wie Sagramatholous Ansteckschild, das er Skriva gegeben hatte. Mit Hilfe eines dieser beiden Kaitempiausweise hätte Mowry jeden Zivilisten auffordern können, ihn mit seinem Wagen aus der Stadt hinauszufahren.

Einen Zug oder einen Überlandbus zu benutzen durfte er nicht wagen; man besaß zwar keine Personenbeschreibung von ihm, aber sicherlich würde jeder, der die Stadt verließ, genau kontrolliert werden, und wenn sich bei einer Nachprüfung herausstellte, daß man im Marineministerium nie von ihm gehört hatte, dann war es um ihn geschehen.

Er mußte sich auf irgendeine Weise einen Wagen beschaffen. Mit einem gestohlenen Wagen würde er nicht weit kommen, für einen Kauf war es schon zu spät, aber vielleicht hatte er bei einem Autoverleih noch Glück. Es dauerte eine Weile, bis er eine Firma gefunden hatte, die noch offen hatte.

„Kann ich den Sportwagen dort für vier Tage mieten?"

„Jar."

„Wieviel kostet das?"

„Dreißig Gulden pro Tag, insgesamt also hundertzwanzig."

„Gut, ich nehme ihn."

„Wollen Sie ihn gleich mitnehmen?"

„Jar."

„Einen Moment, ich bin gleich wieder da. Ich lasse nur eben

den Wagen überprüfen und stelle Ihnen die Rechnung aus. Machen Sie es sich solange bequem." Damit ging der Besitzer in das angrenzende Büro, und Mowry hörte durch den Türspalt, der nicht ganz geschlossen war, wie er zu jemandem sagte: „Dort draußen ist ein Kunde, der es eilig zu haben scheint, Siskra. Er sieht eigentlich nicht verdächtig aus, aber ruf sie lieber an und sag Bescheid."

Mowry war zur Tür hinaus und um die nächste Straßenecke verschwunden, bevor der Unbekannte namens Siskra Zeit gehabt hatte, den Hörer abzunehmen. Die Jagd auf ihn war also schon in vollem Gang. Er rannte, bis ihm der Schweiß den Rücken hinunterlief, um die Entfernung zwischen sich und dem Autoverleih zu vergrößern. Unterwegs riß er seine Brille herunter und schleuderte sie in hohem Bogen davon. Als ein Bus mit der Aufschrift *Flughafen* vorbeikam, schwang Mowry sich hinauf und fuhr bis in die Nähe des Stadtrands mit.

Dann ging er vorsichtig zu Fuß weiter und beobachtete dabei aufmerksam die Straße vor sich. Er ließ die letzten Häuser hinter sich, die Straßenbeleuchtung hörte auf, und er tappte im Finstern weiter, ständig gefaßt, auf eine Polizeistreife zu stoßen.

Ein Bus überholte ihn und blieb in einiger Entfernung stehen. Mowry ging behutsam bis auf zwanzig Meter heran. Der Bus war besetzt mit Fahrgästen, die eine Menge Gepäck bei sich hatten. Mowry sah, daß drei Polizisten einstiegen. Zwei von ihnen kontrollierten die Ausweise und sahen sich genau die Gesichter der Reisenden an, während der dritte die Tür bewachte.

Ein paar Meter von Mowry entfernt stand am Straßenrand ein Streifenwagen mit ausgeschalteten Scheinwerfern und geöffneten Türen. Mowry wäre den Polizisten direkt in die Arme gelaufen, wenn nicht zufällig der Bus vorbeigekommen wäre, in dem sie jetzt beschäftigt waren. Er setzte sich hinter das Steuer des Polizeiautos, ließ den Motor an und brauste mit hellen Scheinwerfern an dem Bus vorbei. Die Polizisten sahen ihm mit verblüfften Gesichtern nach. Es würde ein paar Minuten dauern, bis sie sich von ihrem Schrecken erholt hatten.

Mowry dankte dem Himmel dafür, daß er eine so günstige Gelegenheit erwischt hatte. Die Polizei – dein Freund und Helfer, dachte er sich und drehte den Polizeifunk an.

„Wagen zehn. Der Verdächtige behauptet, er wisse nicht mehr, wo er sein Auto abgestellt habe, deshalb habe er die Türen fremder Wagen untersucht. Er lallt und riecht nach *zith* – aber das könnte auch Verstellung sein."

„Bringen Sie ihn sofort her!" lautete der Befehl des Polizeihauptquartiers.

Andere Wagen bekamen den Auftrag, hierhin oder dorthin zu fahren, berichteten von Flüchtlingen und Verdächtigen, aber Mowry hörte nur noch mit einem Ohr hin und widmete seine ganze Aufmerksamkeit der Straße, über die er mit Höchstgeschwindigkeit dahinschoß.

Alapertane lag bereits fünfundzwanzig Kilometer hinter ihm, als plötzlich mit doppelter Lautstärke durchgegeben wurde: „Achtung! Wichtige Meldung an alle. Wagen vierzehn der Polizei Alapertane ist gestohlen worden. Er wurde zuletzt in südlicher Richtung auf der Straße nach Valapan fahrend gesichtet. Im Augenblick hält er sich vermutlich im Bereich P6 – P7 auf."

Sofort meldeten sich elf Streifenwagen, die sich in der Nähe befanden. Sie wurden von der Zentrale in Pertane an verschiedene Punkte dirigiert, die mit Codezahlen beziffert waren, so daß Mowry mit diesen Angaben nichts anfangen konnte. Aber eins war sicher: Wenn er auf der Autostraße nach Valapan weiterfuhr, würde es nicht mehr lange dauern, bis ihn ein Streifenwagen aufspürte, und dann würde er bald von allen Seiten eingekreist sein. Es hatte auch wenig Sinn, über kleinere Straßen entweichen zu wollen. Man vermutete ihn in einem bestimmten Gebiet und würde inzwischen alle Zufahrtswege abgeriegelt haben.

Ihm blieb nur eine Möglichkeit: Er mußte sie täuschen. Wenn sie ihn in dem Gebiet, in dem sie ihn vermuteten, nicht fanden, würden sie daraus den Schluß ziehen, daß er entweder schon vorher umgekehrt war und jetzt in nördlicher Richtung fuhr oder daß er dieses Gebiet bereits hinter sich gelassen hatte. Man würde daraufhin die Suche in die Nähe von Valapan oder in das Gebiet nördlich von Alapertane verlegen.

Mowry raste an einer Abbiegung vorbei, bremste, kehrte um und fuhr hinein. In der Ferne bemerkte er auf der Straße, die er gerade verlassen hatte, einen schwachen Lichtschein, der sich näherte. Während Mowrys Wagen über die schlecht befestigte Straße holperte, wurde das Licht immer heller. Im letzten Moment schaltete er die Scheinwerfer aus und blieb im Dunkeln sitzen. Auf der Autostraße näherte sich ein Wagen mit weithin leuchtenden Scheinwerfern und blieb vor der Abbiegung stehen.

MOWRY stieg mit gezückter Pistole aus, um sofort zu flüchten, falls der Wagen in seine Richtung einbiegen sollte. Doch im nächsten Moment setzte er sich auf der Autostraße wieder in Bewegung und war kurz darauf in der Ferne verschwunden. Wahrscheinlich verfolgte man die Taktik, kleinere Straßen erst dann abzusuchen, nachdem die Suche auf den großen erfolglos verlaufen war.

Mowry setzte sich wieder hinter das Steuer und fuhr weiter. Er kam an einigen Bauernhöfen vorbei, die er sich im Vorbeifahren genau anschaute. Endlich fand er einen, der für seine Zwecke geeignet war. Im Haus brannte kein Licht, und die Scheune lag ein ganzes Stück vom Wohngebäude entfernt. Er fuhr mit abgeblendeten Scheinwerfern vorsichtig über den Hof und stellte den Wagen unter dem Scheunendach ab. Dann kletterte er auf den Boden und legte sich ins Heu.

Während der nächsten vier Stunden erblickte er mehrmals an verschiedenen Punkten in der Umgebung Scheinwerferlichter, und zweimal fuhr ein Wagen am Gehöft vorbei, ohne jedoch anzuhalten. Mowry setzte sich jedesmal auf und zog seine Pistole heraus. Aber anscheinend kam es keinem seiner Verfolger in den Sinn, daß ihr Opfer sich irgendwo versteckt haben könnte. Auf Jaimec war es wahrscheinlich üblich, daß ein Flüchtiger lief und lief, bis die Polizei ihn geschnappt hatte.

Nachdem Mowry eine Zeitlang keinerlei Anzeichen einer Suchaktion mehr bemerkt hatte, stieg er wieder in den Wagen und setzte seine Flucht fort. Bis zum Anbruch der Morgendämmerung waren es noch drei Stunden. Bis dahin konnte er, wenn alles gut ging, den Wald erreichen, in dem sein Versteck lag.

Es war ihm gelungen, sich seinem Ziel bis auf etwa neun Kilometer zu nähern, als der Wagen plötzlich streikte. Das grüne Lämpchen auf dem Armaturenbrett erlosch, die Scheinwerfer fielen aus, und der Wagen rollte noch ein kurzes Stück weiter und blieb dann stehen.

Mowry betätigte im Dunkeln alle möglichen Schalter, doch der Wagen gab kein Lebenszeichen mehr von sich. Das konnte nur eins bedeuten: man hatte in der Hauptstadt die Energiequellen ausgeschaltet und das gesamte Stromnetz lahmgelegt. In weitem Umkreis um Pertane lief kein einziger Wagen mehr, auch Streifenwagen und Kaitempifahrzeuge bildeten keine Ausnahme.

Mowry machte sich diesen Umstand zunutze und ging, so

schnell er konnte, zu Fuß weiter. Er war ein ganzes Stück vorwärtsgekommen, als vor ihm plötzlich Lichter auftauchten. Rasch sprang er über den Straßengraben und verbarg sich im Gebüsch. Zwölf Militärfahrzeuge rollten an ihm vorbei; ihre Motoren wurden anscheinend aus einem anderen Stromnetz gespeist.

Kurz darauf mußte er wieder untertauchen, während noch eine Militärpatrouille vorbeidonnerte. Die letzte Strecke bis zu seinem Baum war am schlimmsten: In zehn Minuten mußte er mindestens zehnmal im Gebüsch Zuflucht suchen, wobei er nicht einmal sicher sein konnte, daß man ihn nicht entdecken würde, denn es wurde bereits hell. Offenbar war die halbe Armee in Bewegung gesetzt worden, um ihn zu fangen.

Er atmete auf, als sein Baum in Sicht kam und er in den Wald abbiegen konnte. Hier würde man gewiß erst zuallerletzt nach ihm suchen. Obwohl er so hungrig und erschöpft war, daß er jede Stunde eine Verschnaufpause einlegen mußte, kam er gut voran.

Gegen Mittag, als er nur noch eine Stunde Marsch bis zur Höhle vor sich hatte, verließen ihn seine Kräfte, und er legte sich unter einen Baum zum Schlafen nieder. Als er erwachte, fühlte er sich nur wenig erfrischt. Er setzte seine Wanderung fort, bis er in den Bereich kam, in dem sein Ring sonst immer angefangen hatte zu vibrieren. Diesmal rührte sich nichts. Mowry blieb stehen, blickte sich wachsam um und sah zu den Baumwipfeln hinauf, in denen sich leicht jemand versteckt halten konnte, ohne daß ein Wanderer ihn bemerken würde.

In dem Kursus hatte man ihm eingeprägt, den Ring als ein sicheres Warnzeichen zu betrachten und sich danach zu richten. Aber das war leichter gesagt als getan. In seinem Fall ging es nicht einfach nur darum, weiterzugehen oder umzukehren. Wenn er jetzt umkehren mußte, war er allen Schutzes und aller Versorgung beraubt und nicht mehr in der Lage, weiterhin noch als Wespe zu fungieren. Er zögerte. Ob er nicht wenigstens versuchen sollte, einen einzigen Blick auf die Höhle zu werfen?

Vorsichtig schlich er sich weitere hundert Meter näher. Der Ring gab noch immer kein Zeichen von sich. Mowry blieb hinter einem Baum stehen und überlegte. War wirklich jemand in die Höhle eingedrungen, oder konnte Behälter Nummer zweiundzwanzig aus irgendeinem Grund ausgefallen sein?

Während Mowry dort stand und um eine Entscheidung rang,

drang ein schwacher Laut an sein Ohr. Es klang wie ein unterdrücktes Husten. Das genügte ihm. In der Nähe lag jemand auf der Lauer und versuchte, sich ruhig zu verhalten. Die Höhle mit ihrem Inhalt war entdeckt worden und wurde bewacht.

Vorsichtig zog Mowry sich zurück. Er schlich von Baum zu Baum und brauchte eine ganze Stunde, um einen Kilometer zurückzulegen. Dann fühlte er sich etwas sicherer und schritt rascher voran, ohne zu wissen, wohin er sich wenden und was er tun sollte.

OBWOHL es wenig Sinn hatte, Vermutungen darüber anzustellen, wie die Höhle entdeckt worden sein mochte, konnte Mowry nicht umhin, sich seine Gedanken darüber zu machen. Wahrscheinlich hatten Flüchtlinge aus Pertane, die sich in die Wälder zurückgezogen hatten, sie gefunden und bei den Behörden Meldung erstattet.

Doch wie dem auch sein mochte, Mowry hatte sein Vorratslager verloren und konnte mit Terra keinen Kontakt mehr aufnehmen. Er besaß nichs weiter als die Kleider, die er am Leib trug, seine Pistole und seine Brieftasche mit falschen Papieren und zwanzigtausend Gulden. Aber was sollte er in der Wildnis mit dem Geld anfangen?

Er mußte sich so weit wie möglich von der Höhle entfernen, solange er noch die Kraft dazu hatte. Wenn man erst realisiert hatte, daß es sich bei dem Fund um ein terranisches Nachschublager handelte, würde man sich nicht mehr damit begnügen, ein paar Männer auf die Lauer zu legen, sondern den ganzen Wald durchkämmen.

Mowry schleppte sich also mit unsicheren Knien und knurrendem Magen in südöstlicher Richtung voran. Als der Abend dämmerte, warf er sich erschöpft ins Laub und schlief sofort ein.

Als er erwachte, war es noch immer dunkel. Er blieb liegen und döste vor sich hin, bis es hell geworden war. Erfrischt machte er sich wieder auf den Weg, obwohl sein Magen sich immer dringlicher meldete.

An dem Tag spielte sich in der Luft einiges ab. Hubschrauber kreisten über den Baumwipfeln, Düsenjäger tauchten tief herab – und das alles auf der Suche nach einem einzigen Mann. Aber wahrscheinlich hegte man den Verdacht, daß ein ganzer terranischer Kampfverband bei der Höhle abgesetzt worden war.

Als Mowry sich am Abend schlafen legte, hatte er nicht mehr

als ein paar Schluck Wasser zu sich genommen, und sein Schlaf war entsprechend unruhig. Am nächsten Morgen setzte er seine Wanderung durch die endlosen Wälder fort.

Nachdem er sich etwa fünf Stunden vorwärtsgeschleppt hatte, stieß er auf einen Weg, der ihn zu einer Lichtung führte. Neben einer Sägemühle standen ein Dutzend Hütten. Mowry hielt sich zwischen den Bäumen versteckt und erkundete die Lage. In einem unbeobachteten Moment kletterte er in den nächsten Garten und stopfte seine Taschen mit Früchten und Gemüse voll. Im Weitergehen verschlang er die Früchte. Als es wieder dämmerte, entzündete er ein Feuer, röstete das Gemüse und verzehrte die Hälfte davon.

Am folgenden Tag bekam er niemanden zu Gesicht, und seine einzige Nahrung war das Gemüse, das er sich aufgespart hatte. Der nächste Tag war noch schlimmer: Bäume und nichts als Bäume, kein Anzeichen von einer bewohnten Gegend und nicht eine einzige eßbare Beere in den Wäldern. Weit im Norden erklang das Dröhnen von Flugzeugen, das einzige Anzeichen dafür, daß dieser Planet bewohnt war.

Nach vier Tagen stieß er auf eine kleine Straße, die zu dem südlich von Valapan gelegenen Dorf Elvera führte. Er ordnete seine Kleider, strich sich das Haar aus dem Gesicht und ging die Dorfstraße entlang. Er betrat die Wirtschaft, suchte als erstes den Waschraum auf, säuberte sich und betrachtete sich zum erstenmal seit mehreren Tagen im Spiegel. Kein Zweifel, er war heruntergekommen, aber er sah noch nicht wie ein Landstreicher aus.

Er ging ins Gästezimmer, in dem außer ihm noch zwei Sirianer saßen, und bestellte sich bei dem herbeieilenden Kellner eine Mahlzeit. Das Wasser lief ihm im Munde zusammen, als ihm das Essen gebracht wurde, doch er zwang sich, es langsam und gesittet zu verzehren. Als er damit fertig war, bestellte er sich noch eine Mahlzeit, die er mit der gleichen Zurückhaltung zu sich nahm. Wenn es nach ihm allein gegangen wäre, hätte er noch zwei Mahlzeiten in sich hineinschlingen können und den Kellner damit beauftragt, ihm weitere sechs einzupacken.

Als er seinen letzten Drink beendet hatte, fragte ihn der Kellner: „Kommen Sie von weit her?"

„Nur von Valapan."

„Zu Fuß?"

„Nar, mit dem Auto. Aber zwei Kilometer von hier hat es mich im Stich gelassen. Ich muß mich nachher darum kümmern."

Der andere starrte ihn verblüfft an. „Wie sind Sie denn mit dem Auto aus Valapan herausgekommen?"

„Wieso?" fragte Mowry zurück, dem die Wendung, die das Gespräch genommen hatte, nicht so recht paßte.

„Na ja, ein Polizist hat mir erzählt, daß man mit einem Auto weder nach Valapan hinein- noch herauskommt."

„Ich bin schon ganz früh losgefahren", berichtete Mowry. „Ich hatte noch einige Telefonanrufe zu erledigen. Da hab ich ja noch Glück gehabt, *hi?"*

„Jar", erwiderte der andere unsicher. „Aber wie wollen Sie wieder zurückkommen?"

„Weiß ich noch nicht", erwiderte Mowry. „Irgendwann müssen sie die Absperrung ja auch wieder aufheben." Er zahlte und wandte sich zur Tür. „Ein langes Leben."

Er hatte das Gefühl, gerade noch rechtzeitig gegangen zu sein. Der Kellner war zwar mißtrauisch geworden, aber er war ein vorsichtiger Typ, der sich nicht gern lächerlich machte, indem er falsche Verdächtigungen äußerte.

Als nächstes betrat Mowry ein Lebensmittelgeschäft und kaufte sich einen Vorrat an Nahrungsmitteln. Der Verkäufer bediente ihn ohne besonderes Interesse und meinte beiläufig: „Das mit Valapan ist zu dumm, nicht wahr?"

„Jar", sagte Mowry in der Hoffnung, noch mehr zu erfahren.

„Hoffentlich schnappen sie diese stinkenden Spakums."

„Jar", wiederholte Mowry.

„So, das macht sechzehn Gulden", schloß der andere.

Mowry trat mit seinem Paket aus dem Laden und sah sich um. Der Kellner stand vor dem Lokal und beobachtete ihn. Mowry nickte ihm freundschaftlich zu und ging die Dorfstraße entlang. Als er das letzte Haus hinter sich gelassen hatte, drehte er sich noch einmal um. Der neugierige Kellner konnte sich noch immer nicht von seinem Anblick losreißen.

Mit den eingekauften Lebensmitteln kam Mowry zehn Tage aus. Er setzte seine Wanderung durch die Wälder jetzt in westlicher Richtung fort und näherte sich damit wieder der Gegend von Radine. Dort kannte er sich einigermaßen aus. Vielleicht konnte er sich mit Hilfe seiner Pistole einen Wagen und neue Papiere besorgen und sich dann in der Stadt verstecken. Irgend etwas mußte geschehen. Er konnte schließlich nicht ewig durch die Wälder streifen.

Als Mowry diese Überlegungen anstellte, wußte er nicht, daß größere Ereignisse ihm seine Entscheidung abnehmen sollten.

AM LETZTEN Tag seiner Wanderung erreichte Mowry zwei Stunden nach Sonnenuntergang die Verbindungsstraße zwischen Radine und Khamasta und folgte ihr in Richtung Radine, indem er ein Stück von der Straße entfernt durch die Wälder ging. Punkt elf Uhr blitzte am Horizont in der Gegend des Militärstützpunktes Khamasta ein gelber Feuerstrahl auf. Der Boden unter Mowrys Füßen bebte, und die Bäume schwankten ächzend hin und her. Etwas später hörte er das dumpfe Grollen einer entfernten Detonation.

Der Verkehr auf der Straße wurde sofort weniger und hörte schließlich ganz auf. Über Radine schossen tausend Feuerschlangen zum Himmel auf. In der Gegend von Khamasta stieg ein zweiter greller Blitz auf.

Mowry lief auf die verlassene Straße hinaus und blickte zum Himmel auf. Die Sterne verdunkelten sich, als die dreimal zerstörte und zehnmal angeschlagene terranische Flotte mit viertausend Schiffen heranbrauste.

Mowry führte unten auf der Straße einen Freudentanz auf. Er brüllte sinnlose Worte, winkte mit den Armen und warf sein Geld in die Luft, so daß die Banknoten wie Konfetti über ihn herabrieselten.

Aus den hoch oben am Himmel dröhnenden Kriegsschiffen sank ein wahrer Wolkenbruch von Militärfahrzeugen auf Antigraven herab. Nicht weit von Mowry entfernt schwebten riesige Panzerwagen herab und setzten mit quietschenden Federn auf dem Boden auf.

Mit klopfendem Herzen rannte Mowry auf die Stelle zu, an der sie gelandet waren, und lief einer Gruppe von vierzig Männern in grünen Uniformen in die Arme.

„Immer mit der Ruhe, Schmeißfliege", sagte einer von ihnen auf terranisch.

Mowry schnappte keuchend nach Luft. Er nahm dem andern das Schimpfwort, mit dem alle Sirianer bezeichnet wurden, nicht übel.

„Mein Name ist James Mowry", stellte er sich vor. „Ich bin nicht der, als der ich erscheine – ich bin Terraner."

Der andere, ein großer, hagerer Sergeant, sagte ironisch: „Mein Name ist Napoleon. Ich bin nicht der, als der ich erscheine – ich bin Kaiser." Er winkte einem Soldaten zu. „Bringen Sie ihn in den Käfig, Rogan."

„Aber ich *bin* Terraner", beteuerte Mowry.

„Ja, das sieht man", meinte der Sergeant.

„Sie hören doch, daß ich Terranisch spreche."

„Das tun hunderttausend andere Schmeißfliegen auch. In den Käfig mit ihm, Rogan!"

Zwölf Tage verbrachte Mowry im Kriegsgefangenenlager, das sich immer mehr füllte. Die Gefangenen bekamen regelmäßig zu essen, wurden ständig bewacht und waren ansonsten sich selbst überlassen. Es gab etwa fünfzig ganz Schlaue, die damit prahlten, daß sie Führer der Geheimorganisation *Dirac Angestun Gesept* gewesen seien und an dem Tag, an dem die Spreu vom Weizen gesondert würde, ihren gerechten Lohn erhalten würden.

Mindestens ein dutzendmal versuchte Mowry die Aufmerksamkeit eines Wachtpostens auf sich zu lenken, wenn gerade kein Sirianer in der Nähe war. „Hallo, mein Name ist Mowry – ich bin Terraner."

Meistens erhielt er die Antwort: „Man sieht's" oder: „Tatsächlich?"

Ein schlaksiger Bursche sagte: „Mach mir doch nichts vor."

„Aber es ist wahr – ich schwör's!"

„Du bist also tatsächlich Terraner, *hi?"*

„Jar", antwortete Mowry. Er hätte sich die Zunge abbeißen können.

„Jar, jar", grinste der Posten.

Es kam der Tag, an dem alle Gefangenen sich in langen Reihen aufstellen mußten, und ein Captain brüllte durch einen Lautsprecher durchs ganze Lager: „Ist jemand namens James Mowry unter euch?"

„Ich!" schrie Mowry und rannte noch aus Gewohnheit mit gebeugten Knien nach vorn.

Der Captain musterte ihn streng. „Warum haben Sie das nicht früher gesagt? Wir haben den ganzen Planeten nach Ihnen abgesucht. Glauben Sie vielleicht, wir haben nichts Besseres zu tun? Kommen Sie mit zum Geheimdienst."

Damit führte er ihn durch das streng bewachte Lagertor zu einer Baracke.

„Captain, ich habe immer wieder versucht, den Wachtposten zu erklären –"

„Gefangene dürfen nicht mit den Posten sprechen", schnitt ihm der Captain das Wort ab.

„Aber ich war doch kein Gefangener."

„Was zum Teufel hatten Sie dann im Lager zu suchen?" Ohne eine Antwort abzuwarten, öffnete er die Tür und schob Mowry in die Baracke hinein. „Da ist er."

Der Offizier des Geheimdienstes blickte von seinem Schreibtisch auf. „Sie sind also Mowry, James Mowry?"

„Jawohl."

„Wir sind über Funk informiert worden und wissen alles über Sie."

„Tatsächlich?" sagte Mowry erfreut. Er bereitete sich innerlich schon auf eine große Belobigung vor.

„So einer wie Sie, ein Bursche namens Kingsley, war auf Artishain, dem zehnten sirianischen Planeten, eingesetzt", fuhr der Offizier nüchtern fort. „Er soll sich längere Zeit nicht mehr gemeldet haben. Wir nehmen an, daß er geschnappt worden ist."

„Was habe ich damit zu tun?" fragte Mowry mißtrauisch.

„Wir schicken Sie als Ersatz hin. Morgen reisen Sie ab."

„Was – morgen?"

„Sicher. Wir möchten, daß Sie eine Wespe werden. Fehlt Ihnen was?"

„Nein, nein", sagte Mowry mit schwacher Stimme. „Es geht gleich vorbei."

Eric Frank Russell

Eric Frank Russells großes Thema ist die Gegenüberstellung von Menschen und Außerirdischen. Seine Romane leben von den Spannungsfeldern, die vor allem durch die kulturellen und wesenhaften Unterschiede zwischen den Figuren erzeugt werden. Dabei ist das Besondere an Russells Romanen, daß er augenzwinkernd immer auch menschliche Wertesysteme hinterfragt und sie relativiert.

In dem vorliegenden Roman muß der Held James Mowry sich mit den politischen Gegebenheiten einer außerirdischen Gesellschaft auseinandersetzen, wobei auffällt, daß im „Stich der Wespe" die Bewohner des Planeten Jaimec durchweg negativ geschildert werden. Dies ist eher untypisch für Eric Frank Russell, denn die meisten seiner zehn Romane sind geprägt von einer durchaus positiven Sicht der Außerirdischen.

Eines von Russells Lieblingsthemen ist die Kritik an bürokratischen Funktionären und den Machenschaften der Geheimpolizei. Auch in dem vorliegenden Text ist das der Fall, und es ist evident, daß das politische System des Planeten Jaimec stark an den Stalinismus erinnert. Hierin gehört Russell eindeutig zu den Autoren der fünfziger Jahre, denen die Sowjetunion oft als ein Modell des Bösen diente. Was ihn wohltuend von seinen Zeitgenossen unterscheidet, ist, daß er sich kaum von der damaligen Technikbegeisterung in der SF anstecken ließ.

Russell wurde 1905 in der englischen Grafschaft Surrey geboren. 1937 veröffentlichte er seinen ersten Roman und lebte fortan – bis zu seinem Tod 1978 – von der Schriftstellerei. Er schrieb zehn Romane und zahlreiche Kurzgeschichten, die hauptsächlich in dem SF-Magazin *Astounding* veröffentlicht wurden.

Meteorite – Gefahr aus dem Weltall

Ein Auszug aus dem Buch „Meteorite“
von Rolf W. Bühler
erschienen im Birkhäuser Verlag

Ein Loch im Gartenbeet

Am kalten Weihnachtsmorgen 1926 war der Landwirt Eberhardt junior mit dem Tränken des Viehs am Brunnen vor seinem Bauernhaus in Ulmiz, Kanton Freiburg, beschäftigt, als er zehn Minuten vor sieben Uhr ein pfeifendes Geräusch vernahm, das ihn unwillkürlich den Kopf einziehen ließ. „Im selben Moment sauste ein gewisses Etwas dicht neben ihm vorbei und zerschellte auf dem hartgefrorenen Hausplatz", heißt es in der Fallschilderung. „Schwefelgeruch machte sich bemerkbar, und die Kühe flüchteten unter hohen Sprüngen in den Stall hinein. Eberhardt begab sich zum Frühstück, um nachher bei größerer Tageshelligkeit dem sonderbaren Geschosse nachzuforschen. Mehrere Gesteinsbrocken von Nußgröße und darunter lagen auf dem Boden; sie fühlten sich beim Zusammenlesen kalt an." Die Feuerkugel war von vielen Beobachtern im Berner Seeland und Oberland, selbst in der Innerschweiz, wahrgenommen worden. Zwei Personen von Riederen bei Bümpliz und von Mühleberg sahen das Zerplatzen eines Feuerballs in der Luft. Wie sich herausstellte, hatte es sich um einen kleinen Steinmeteoriten mit einem Gewicht von insgesamt 76,5 Gramm gehandelt. Doch trotz seiner aufsehenerregenden Erscheinung hatte er keine Aufschlagspuren hinterlassen. Wie war dies zu erklären?

Wenn Meteorite – so werden kleinere, feste Körper aus dem Weltraum genannt – nach dem Durchflug des atmosphärischen Schutzschilds die Erdoberfläche erreichen, entstehen Einschlagspuren, die abhängig sind von der Masse (Größe) und der Auftreffgeschwindigkeit. Diese Einschlagspuren sind im allgemeinen geringer, als man es nach den spektakulären Licht- und Schallerscheinungen vermuten würde, die beobachteten Fällen vorangingen. Bei den meisten bis heute bekannten Einschlägen handelt es sich um Löcher im Dezimeter- bis Meterbereich mit Tiefen von etwa 0,3 bis 8 Meter. Weniger häufig konnte man am Einschlagort kleinere Gruben bis 9 Meter oder kleine Krater bis etwa 90 Meter Durchmesser feststellen. Bei festem Untergrund (Fels) und kleinen zerbrechlichen Meteoriten kann es sogar vorkommen, daß sie, ohne wesentliche Einschlagspuren auf dem Boden zu verursachen, in viele Stücke zerspringen.

Was aber geschieht beim Fall von schwereren Stein- oder Eisenmeteoriten, wenn der Untergrund verhältnismäßig „weich" ist, wie etwa Ackerboden oder Wiesenland?

Die Einschlagstelle des knapp fünf Kilogramm schweren Steinmeteoriten von Ramsdorf, Westfalen, der am 26. Juli 1958 fiel, befand sich in einem Gemüsegarten inmitten einer aufgeworfenen kleinen, von einem niedrigen Wall umgebenen Mulde. Der schwarz berindete Meteorit war etwa vierzig Zentimeter tief in die Erde eingedrungen. Die Entdeckungsgeschichte hört sich recht spannend an: Spielende Kinder und Jugendliche vernahmen plötzlich ein aus dem Luftraum kommendes Geräusch „wie von einem mit Vollgas sich nähernden Motorrad". Ein Aufschlag und Lichterscheinungen wurden nicht wahrgenommen. Die unternehmungslustige Schar begab sich sofort auf die Suche in Richtung des wahrgenommenen Geräuschs und fand die Einschlagstelle. Die Kinder entdeckten einen unversehrten schwarzen Steinbrocken, den sie in schöner Einmütigkeit beiseite trugen und durch einige wuchtige Schläge mit der stumpfen Seite einer Axt in fünf Stücke zerschlugen. „Familienweise" wurden diese an die Teilnehmer der „Expedition" verteilt. Das neunjährige Arzttöchterchen Louise Meisohle eilte mit seinem Anteil zum Vater und veranlaßte dadurch die endgültige Bergung des seltenen und wissenschaftlich wertvollen Fundes. Es gelang, die anderen Teilstücke zurückzuholen und zur ursprünglichen Gestalt zusammenzufügen.

Meteoritenschauer und ihre Streufelder

Es ist eher die Ausnahme, daß größere Meteorite wie etwa der 60-Tonnen-Block von Hoba, Namibia, als Einzelstücke niedergehen. Durch die starke Abbremsung in der Erdatmosphäre und dem damit verbundenen Energieumsatz brechen solche Körper in Höhen von zwölf bis dreißig Kilometer auseinander. Die entstandenen Fragmente setzen den Flug fort, wobei die Länge der Flugbahn von der jeweiligen Masse abhängt: Kleinere Bruchstücke gehen eher nieder als größere. Bei schrägem Einfall werden die einzelnen Stücke, gewissermaßen nach Größe sortiert, in ellipsenförmigen Streufeldern gefunden.

34 Tonnen wiegt der Eisenmeteorit Ahnighito im American Museum of Natural History – schwerer ist nur der Hoba-Meteorit in Namibia.

Der mit dem größten Einzelfragment beim Niedergehen beobachtete Steinmeteoritenschauer geschah bei Jilin im Nordosten der Volksrepublik China. Er ereignete sich mit einem „himmlischen Feuerzauber" am 8. März 1976. Für die Rekonstruktion des seltenen Ereignisses befragten Wissenschaftler über tausend Arbeiter, Bauern und Soldaten und erhielten ein recht genaues Bild dessen, was sich ereignet hatte. Als erstes war eine sehr schnell in südwestlicher Richtung fliegende Feuerkugel von der Größe des Vollmonds entdeckt worden. Sie raste in zwanzig Kilometer Höhe mit etwa fünf bis zehn Kilometer pro Sekunde durch den Himmel und barst anschließend mit einem Blitz „heller als die Mittagssonne" in viele Teile. Eine rötlich leuchtende Masse sauste vom Himmel herab. Vom Ort des Aufpralls stieg ein Pilz aus Staub und Rauch fünfzig Meter in die Höhe. Eine Druckwelle hob Türen aus den Angeln und sprengte Fensterscheiben im nahen Dorf. Donnergrollen vernahm man noch nach einer Minute. Als Bauern an der Aufschlagstelle nachsahen, entdeckten sie ungefähr im Zentrum einer ovalen flachen Grube das Einschlagloch mit einem

Durchmesser von 1,4 Metern. Nachgerutschtes Erdmaterial füllte das Loch auf bis in etwa zwei Meter Tiefe. Die Ausgrabung förderte sechs Meter unter der Erdoberfläche einen 1170 Kilogramm schweren, schwarz abgebrannten Steinmeteoriten zutage, der unter verschiedenen kleineren beim Einschlag abgesprengten Fragmenten von insgesamt etwa sechshundert Kilogramm Masse lag. Im Umkreis von etwa 525 Quadratkilometern fand man außerdem über hundert weitere Bruchstücke.

Der bedeutendste Eisenmeteoritenschauer ereignete sich am 12. Februar 1947 in Ostsibirien. Strahlend hell wie die Sonne raste an diesem Tag eine Feuerkugel über die Taiga und zerplatzte um 10.38 Uhr Ortszeit über den westlichen Ausläufern des Sikhote-Alin-Gebirges. Rötlicher dunkler Rauch stand am Himmel, unter der Wucht des Aufpralls erbebte die Erde, und nach wenigen Augenblicken war alles vorbei. Nur die Rauchfahne am Himmel sah man noch lange Zeit. Ein riesiger Eisenmeteorit, man schätzte den Körper später auf rund siebzig Tonnen Gesamtgewicht, war explodiert und niedergegangen. Seine Teile barsten durch die Wucht des Aufpralls, bildeten beim Auftreffen auf dem Boden Krater und Trichter und wurden in Zehntausenden von Bruchstücken über das gesamte Kraterfeld verteilt. Einen Meteoriten von 13,6 Kilogramm fanden die Expeditionsteilnehmer im Innern einer teilweise zerstörten siebzig Zentimeter dicken Zeder! Nicht auszudenken, was passiert wäre, hätte sich der planetare Irrläufer eine dichter besiedelte Region für seine „Landung" ausgesucht . . .

Wie entsteht ein Einschlagkrater?

Von weltweit rund 120 Kratergebilden nimmt man an, daß sie als Folge von Einschlägen außerirdischer Körper mit hoher kinetischer Energie entstanden sind. Wie aber weist man die Entstehung solcher Krater nach? Noch niemand konnte den Zusammenstoß eines Großmeteoriten mit der Erde und die damit verbundene Kraterbildung beobachten. Man kann die dabei ablaufenden Prozesse nur aus Versuchen sowie aus allgemeinen physikalischen Überlegungen ableiten. Eine wesentliche Hilfe sind außerdem Beobachtungen und vergleichende Studien von anderen

Explosionsereignissen, wie zum Beispiel von Atomversuchen.

Grundsätzlich müssen bei der Kraterbildung durch den Einschlag eines Riesenmeteoriten drei Hauptphasen unterschieden werden: Beim Zusammenprall mit der festen Erdoberfläche setzt die „Kompressionsphase" ein, während der das Projektil und der Untergrund zusammengepreßt werden. In der nachfolgenden „Auswurfsphase" wird explosionsartig Material aus dem entstehenden Krater ausgeworfen. Die abschließende „Deformationsphase" verändert das noch junge Kratergebilde durch Materialrückfall aus der Atmosphäre, Rutschungen und Entspannungen in den betroffenen Gesteinsschichten.

Mit sehr leistungsfähigen fotografischen Aufnahmesystemen ist unser Planet aus dem Weltraum gründlich nach Einschlagkratern untersucht worden. Die meisten mutmaßlichen Zeugen von einstigen Großeinschlägen stellte man auf den kontinentalen Schilden fest. Das sind Gebiete, wo geologisch alte Gesteine an der Oberfläche liegen, die auch über lange Zeit in bezug auf gebirgsbildende Kräfte stabil waren. Die meisten Einschlagstrukturen befinden sich in Nordamerika (Kanadischer Schild) und Westeuropa (Baltischer Schild).

Der wohl bekannteste und sicher am besten untersuchte Impaktkrater ist der vor ca. 20 000 Jahren entstandene „Meteor Crater", fünfundsechzig Kilometer östlich von Flagstaff, Arizona. Der Krater mißt tausendzweihundert Meter im Durchmesser, ist hundertsiebzig Meter tief, und seine Besichtigung gehört heute fast zum Pflichtprogramm eines jeden Arizonatouristen.

In Europa sind das Nördlinger Ries und das Steinheimer Becken auf der Schwäbisch-Fränkischen Alb die beiden am besten untersuchten Einschlagkrater. Radiometrische Altersbestimmungen an Gesteinen dieser beiden Strukturen ergaben übereinstimmende Werte: Das Nördlinger Ries und das Steinheimer Becken entstanden durch Großeinschlag im Tertiär vor rund 14,7 Millionen Jahren. Als kosmischer Einschlagkörper, der das Ries und das Steinheimer Becken gebildet hat, kommt nach Untersuchungen von El Gorsey und Chao (1976) vor allem für das Ries ein Steinmeteorit in Frage, der sich kurz vor dem Einschlag in zwei verschieden große Bruchstücke teilte. Allerdings scheint hier das letzte Wort noch nicht gesprochen zu sein. Zumindest für das Steinheimer Becken wird der

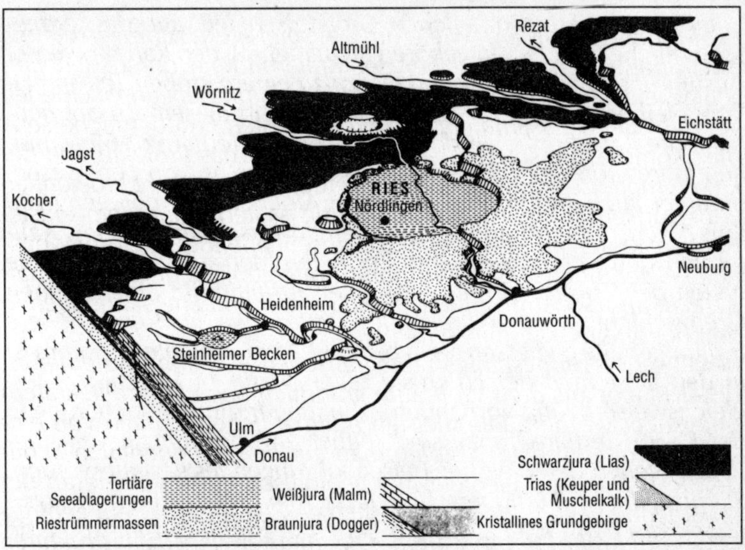

Vereinfachtes geologisches Blockschaubild der Schwäbisch-Fränkischen Alb. Deutlich sind die Krater des Nördlinger Rieses (Mitte) und des Steinheimer Beckens (unten links) zu erkennen.

Einschlag eines kleinen Kometenkerns nicht ausgeschlossen. Es wäre durchaus denkbar, daß in einem – geologisch gesehen – kurzen zeitlichen Abstand von einigen hunderttausend Jahren im Ries ein Steinmeteorit, in Steinheim dagegen ein Kometenkern niedergegangen wäre.

Bisher war nur von Einschlagkratern in Landgebieten der Erde die Rede. Sehr viel größer muß aber angesichts des Flächenverhältnisses von Land zu Meer die Anzahl jener Einschläge sein, die in die Ozeane erfolgten. Das Auffinden dieser Krater ist allerdings um einiges schwieriger als auf der Landoberfläche. Wie kanadische Wissenschaftler in der Zeitschrift Nature *1987 berichteten, ist es gelungen, die Existenz eines unterseeischen Einschlagkraters im Atlantik vor der Küste von Neuschottland (Kanada) mit einiger Sicherheit nachzuweisen. Die Struktur hat einen Durchmesser von 45 Kilometern und ist 2,8 Kilometer tief. Das Alter wird auf fünfzig Millionen Jahre geschätzt.*

Die Auswirkungen solcher Großeinschläge auf das erdgeschichtliche Geschehen gehören nicht mehr in den Rahmen dieser Ausführungen, weil Aussagen hierzu zu einem großen Teil spekulativ bleiben müßten. Erwähnt sei jedoch in diesem Zusammenhang die Katastrophe an der Grenze Kreide/Tertiär vor 65 Millionen Jahren, die zum Aussterben ganzer Klassen von Lebewesen, darunter auch die Dinosaurier, führte. Als Erklärung schlugen 1980 Luis Alvarez und Mitarbeiter von der Universität in Berkeley, Kalifornien, den Einschlag eines großen Asteroiden auf die Erde vor. Sie hatten bei Gubbio in den Apenninen in Italien in einer dünnen Grenzschicht zwischen Kreide und Tertiär etwa dreißigmal höhere Iridiumgehalte gemessen als in benachbarten Schichten. Iridium ist in den Gesteinen der Erdkruste selten, dafür in Meteoriten vergleichsweise häufig vorhanden. Ähnliche Iridiumanreicherungen der Kreide-Tertiär-Grenze sind seither an über fünfzig verschiedenen Stellen der Welt bei Tiefseebohrungen festgestellt worden. Stammt der Iridiumüberschuß tatsächlich von einem riesigen außerirdischen Objekt, das am Ende der Kreidezeit auf die Erde stürzte? Beim Aufprall hätte ein solcher Körper große Staubmengen in die Stratosphäre geschleudert. Diese – um die Erdkugel verteilt – würden Sonnenlicht für lange Zeit stark gedämpft haben. Die Folge: Pflanzen als wichtigstes Glied in der Nahrungskette wären zu einem großen Teil zugrunde gegangen und mit ihnen die davon lebenden Tiere. Das Szenario steht. Nun gilt es, in aufwendiger Forschungsarbeit die Fakten zusammenzutragen und zu interpretieren. Vielleicht gelingt es, aus einer Hypothese ein beweisbares Ereignis herzuleiten.

Gefahr aus dem Weltraum

Im Zusammenhang mit Großeinschlägen kosmischer Körper ist natürlich die Frage nach der Häufigkeit solcher Ereignisse von besonderem Interesse. Man kann sogar noch weitergehen und fragen, wie groß die Gefahr durch Meteoritentreffer für uns Menschen ist.

Der amerikanische Geologe Eugen Shoemaker rechnet pro Million Jahre mit einer Wahrscheinlichkeit von 3,2 Einschlägen kleiner erdkreuzender Asteroiden, die auf der Erde Krater mit etwa zehn

Der Meteor Crater in Arizona, 20 000 Jahre alt

Roter Kamm in Namibia, 3,7 Mio. Jahre alt

Gosses Bluff in Australien, 140 Mio. Jahre alt

Kilometer Durchmesser oder mehr verursachen. Diese Einschätzung der Gefahr aus dem Weltraum scheint realistisch zu sein, haben doch Geologen tatsächlich drei zehn Kilometer große Krater aus den letzten 1,2 Millionen Jahren gefunden. Zwei liegen in Rußland, der dritte ist der heutige Bosumtwisee in Ghana.

Neben Asteroiden müssen als einschlagende Körper aber auch Kometenkerne oder Teile davon in Betracht gezogen werden. Staubförmige Reste von Kometen erzeugen beim Eintritt in die oberen Luftschichten der Erde Leuchterscheinungen. Es können aber auch größere Kometenbruchstücke sein, die mit der Erde kollidieren. Was dann passiert, kann man aus Schilderungen eines Ereignisses rekonstruieren, das sich am Morgen des 30. Juni 1908 über der sibirischen Tunguska abspielte.

An diesem Tag stellte der britische Wissenschaftler N. W. Shaw in Südengland merkwürdige Ausschläge bei seinen automatischen Meßinstrumenten fest. Sonderbare Druckwellen waren aus Nordosten in rascher Folge über das Königreich hinweggezogen. Gleichzeitig meldeten die Erdbebenwarten von Irkutsk, Taschkent, Tiflis und Jena einen Erdstoß, dessen Epizentrum sie in Sibirien vermuteten. In den folgenden Tagen beobachteten Astronomen und Meteorologen in Kopenhagen, Wien und Berlin Sonnenuntergänge und leuchtende Nachtwolken von seltener Intensität und Farbenpracht. Niemand kam auf die Idee, diese Ereignisse miteinander in Zusammenhang zu bringen.

Verzögert durch den Ersten Weltkrieg, den Untergang des zaristischen Rußland und die Gründung der Sowjetunion, gelangten erst 1921 merkwürdige Berichte in den Westen, die ein ungewöhnliches Ereignis in Sibirien schilderten. Wissenschaftler horchten auf. Was sich da am 30. Juni 1908 über der steinigen Tunguska, 65 Kilometer Luftlinie vom Handelsposten Vanovara entfernt, abgespielt hatte, war in der Menschheitsgeschichte einzigartig und blieb noch lange unerklärt. Aus den bruchstückhaften Meldungen erfuhr man von einer blendendhellen Feuerkugel, groß wie die Sonne, die in etwa fünf Kilometer Höhe mit einer donnerähnlichen Explosion zerborsten war, während ein riesiger Staubschweif von etwa sechshundert Kilometer Länge sich in großer Höhe allmählich verteilt hatte. Der Explosionsdruck hatte den Erdboden verwüstet, Druckwellen hatten den Globus umrun-

det und waren im 5700 Kilometer entfernten England registriert worden. Die nachfolgende Hitzewelle hatte ein Flammeninferno verursacht und alles Leben in der unmittelbaren Umgebung vernichtet. Bewohner der Region berichteten, daß eine Herde von 1500 Rentieren verbrannte und ganze Nomadenfamilien bei der riesigen Explosion umgekommen waren.

Noch 1927, neunzehn Jahre nach der verheerenden Katastrophe, bot sich den Teilnehmern der ersten Expedition ins Aufschlaggebiet ein trostloser Anblick: Statt eines Meteoriteneinschlagkraters, wie man ihn eigentlich erwartet hätte, fanden die Wissenschaftler in einem ungefähr elliptischen Bereich von 40 mal 50 Kilometer ein völlig zerstörtes Waldgebiet vor mit Millionen von umgeknickten und völlig entasteten Bäumen. Die Fallrichtung der Baumstämme wies vom vermuteten Zentrum des Ereignisses weg. In einem inneren Bereich waren außerdem Spuren eines verheerenden Waldbrandes auszumachen – Meteorite oder Einschlagkrater fand man trotz langer Suche auch in späteren Jahren nicht.

Nach immer neuen Expeditionen zur steinigen Tunguska, zahlreichen Luftaufnahmen, Bodenuntersuchungen und einer Fülle weiterer Daten kam man nach anfänglichen Spekulationen über Antimaterie oder die Landung eines fremden Raumschiffs zu der Überzeugung, daß ein Kometenbruchstück hoch in der Luft explodiert war. Diese Erklärung hatte schon 1930 der amerikanische Astronom Fred Whipple vorgeschlagen. Ein solches Kometenfragment von vielleicht tausend bis zweitausend Meter Durchmesser besteht aus Eis und festen Gesteinsteilchen unterschiedlicher Größe bis hin zu Gesteinsbrocken. Für das Tunguska-Ereignis hatten Bahnberechnungen Hinweise auf ein Bruchstück des Kometen Encke ergeben. Das alles paßt zusammen und würde auch die Höhe und Stärke der Riesenexplosion erklären, vor allem aber den Umstand, daß keine Spuren eines eingeschlagenen Körpers feststellbar waren.

Die Gefahr, daß die Erde erneut von einem derart zerstörerischen Bombardement heimgesucht wird, ist verhältnismäßig gering. Ein Ereignis dieser Größenordnung sollte im Mittel nur einmal alle zweitausend Jahre eintreten.

Wie steht es nun mit der Gefährdung von Menschen und Gebäuden bei wesentlich kleineren einfallenden Körpern? Kanadische

1908 zerstörte ein nach neueren Berechnungen mindestens 160 Meter großer und über sieben Millionen Tonnen schwerer Himmelskörper im Tunguska-gebiet etwa 1600 Quadratkilometer Wald – eine Fläche so groß wie Berlin und Hamburg zusammengenommen.

Wissenschaftler haben sich besonders intensiv mit dieser Frage beschäftigt. Aus Daten des Meteoritenüberwachungsnetzes in Westkanada haben Halliday, Blackwell und Griffin 1985 eine empirische Formel gefunden für die Wahrscheinlichkeit, mit der ein Meteorit die Erde erreicht und gegebenenfalls Schaden verursacht. Für die USA und Kanada ergab sich, daß alle 180 Jahre ein Meteorit auf einen Menschen fallen könnte und daß in einem Zeitraum von zehn Jahren mit Beschädigungen durch Meteorite an acht Gebäuden gerechnet werden müßte. Wie sieht die Wirklichkeit aus?

Am 30. November 1954 fielen um 13 Uhr Ortszeit in Sylacauga, Alabama, zwei Steine von 3,4 und 1,7 Kilogramm Gewicht. Der größere durchschlug ein Hausdach und eine Zimmerdecke, streifte ein Radio und traf die Hausfrau Hewlett Hodges, die sich eben zu einem Mittagsschläfchen hingelegt hatte. Sie erlitt schmerzhafte Prellungen an der linken Hüfte. Vier oder fünf Steinmeteorite, der schwerste mit 1,4 Kilogramm Masse, fielen am 16. Februar 1827 in Mhow, Uttar Pradesch, Indien. Einer soll einen Mann verletzt und einen Baum stark beschädigt haben. Andere Vorfälle, bei denen

Menschen zu Schaden kamen, sind nicht bekannt. Die Wahrscheinlichkeit, daß ein Mensch von einem herabfallenden Meteorit getroffen wird, ist also tatsächlich außerordentlich gering.

Meldungen über Beschädigungen von Gebäuden, meistens Hausdächer, sind dagegen schon etwas häufiger anzutreffen. Das Meteoritical Bulletin *verzeichnet aus den letzten 25 Jahren etwa zwei Dutzend solcher Vorkommnisse. Gleich zweimal innerhalb von elf Jahren wurde die amerikanische Stadt Wethersfield, Connecticut, mit Steinmeteoriten „bombardiert". Am 8. April 1971 schlug ein Stein von 350 Gramm durch ein Hausdach, und am 8. November 1982 war es erneut ein Steinmeteorit, diesmal von 2,7 Kilogramm Masse, der das Dach eines Hauses beschädigte. In Baxter, Missouri, sauste am 18. Januar 1916 morgens um 9 Uhr ein 611 Gramm schwerer Stein mit Getöse durch ein Hausdach. Nach dem Meteoritenfall von Louisville, Kentucky (vier Steine, 1,3 Kilogramm Gesamtgewicht), am 31. Januar 1977 stellte man drei beschädigte Häuser sowie Blechschäden an einem Personenwagen fest. In St. Louis, Missouri, wurde am 10. Dezember 1950 durch den Fall eines Steinmeteoriten (ein Kilogramm) ebenfalls ein Auto beschädigt. Und in Claxton, Georgia, machte ein 1,455 Kilogramm schwerer Steinmeteorit am 10. Dezember 1984 einen freistehenden Briefkasten aus Eisenblech zu Schrott.*

Daß die Erde mit ihren Kratergebilden nicht noch pockennarbiger aussieht, verdankt sie einerseits den Erosionsvorgängen, die im Laufe von einigen hundert Millionen Jahren den allergrößten Teil der Impaktstrukturen zum Verschwinden gebracht haben, andererseits der Atmosphäre, die wie ein Schutzschild vor allem gegen den Einfall kleinerer Körper wirkt. Daß es viel mehr Einschläge gegeben haben muß, sehen wir etwa an der Oberfläche des Erdmondes, die teilweise von Einschlagskratern förmlich übersät ist.